中国科幻基石丛书

主编：姚海军

银河之心

暗黑深渊

江波 著

四 川 出 版 集 团

四川科学技术出版社

图书在版编目（CIP）数据

银河之心·暗黑深渊 / 江波著 . —— 成都：四川科学技术出版社，2013.8

ISBN 978-7-5364-7709-4

Ⅰ . ①银… Ⅱ . ①江… Ⅲ . ①科学幻想小说—中国—当代 Ⅳ . ① I247.5

中国版本图书馆 CIP 数据核字（2013）第 173834 号

中国科幻基石丛书

银河之心·暗黑深渊

出 品 人　钱丹凝
著　　者　江 波
主　　编　姚海军
责任编辑　宋 齐　刘维佳
封面设计　刘锦枫
版面设计　刘锦枫
责任出版　邓一羽
出版发行　四川出版集团·四川科学技术出版社
　　　　　成都市三洞桥路 12 号　邮政编码：610031
成品尺寸　147mm×208mm
印　　张　14.75
字　　数　330 千
插　　页　2
印　　刷　四川五洲彩印有限责任公司
版　　次　2013 年 8 月成都第一版
印　　次　2013 年 8 月成都第一次印刷
定　　价　34.00 元
ISBN 978-7-5364-7709-4

写在"**基石**"之前

■ 姚海军

　　"基石"是个平实的词,不够"炫",却能够准确传达我们对构建中的中国科幻繁华巨厦的情感与信心,因此,我们用它来作为这套原创丛书的名字。

　　最近十年,是科幻创作飞速发展的十年。王晋康、刘慈欣、何宏伟、韩松等一大批科幻作家发表了大量深受读者喜爱、极具开拓与探索价值的科幻佳作。科幻文学的龙头期刊更是从一本传统的《科幻世界》,发展壮大成为涵盖各个读者层的系列刊物。与此同时,科幻文学的市场环境也有了改善,省会级城市的大型书店里终于有了属于科幻的领地。

　　仍然有人经常问及中国科幻与美国科幻的差距,但现在的答案已与十年前不同。在很多作品上(它们不再是那种毫无文学技巧与色彩、想象力拘谨的幼稚故事),这种比较已经变成了人家的牛排之于我们的土豆牛肉。差距是明显的——更准确地说,应该是"差别"——却已经无法再为它们排个名次。口味问题有了实际意义，这正是我们的科幻走向成熟的标志。

与美国科幻的差距，实际上是市场化程度的差距。美国科幻从期刊到图书到影视再到游戏和玩具，已经形成了一条完整的产业链，动力十足；而我们的图书出版却仍然处于这样一种局面：读者的阅读需求得不到满足的同时，出版者却感叹于科幻书那区区几千册的销量。结果，我们基本上只有为热爱而创作的科幻作家，鲜有为版税而创作的科幻作家。这不是有责任心的出版人所乐于看到的现状。

科幻世界作为我国最有影响力的专业科幻出版机构，一直致力于对中国科幻的全方位推动。科幻图书出版是其中的重点之一。中国科幻需要长远眼光，需要一种务实精神，需要引入更市场化的手段，因而我们着眼于远景，而着手之处则在一块块"基石"。

需要特别说明的是，对于基石，我们并没有什么限定。因为，要建一座大厦需要各种各样的石料。

对于那样一座大厦，我们满怀期待。

目 录

CONTENTS

引 子

这是一场实力不均等的战斗,胜利属于谁毫无悬念,只是一个时间问题。

对方只有三艘飞船,和流体颗粒一般大小,仿佛三片薄薄的荧光箔静静飘浮。数以万计的颗粒包围着它们,犹如汹涌的海洋,浪头一旦涌起,就能将这微不足道的对手完全吞没。

进攻的命令传递到前方,流体颗粒群发起冲击。红色的闪光在三张箔片表面掠过,精准的火力打击不断落在前进的颗粒群中间,燃起一团团火光。颗粒群仍旧保持着快速冲锋的势头,一点小小的牺牲并不算什么,只要能够进入打击范围,就能取得胜利。

突然间,冲在最前方的几个颗粒彼此间发生了碰撞,集群在某个肉眼不可见的边界上乱作一团,敌人的炮火仍旧不慌不忙,从容不迫地将逼近的颗粒挨个击毁。

敌人释放了强磁干扰!

"攻击损失十五个颗粒。"

"撤离到安全距离警戒,能量重新加载。"

"失去对前方四个颗粒的控制。"

"……"

频道中不断传来战场上前锋集团的呼叫。

申秋端坐在指挥位上，默默地注视着战况。

流体颗粒集群正在调整战术，放弃高速突进，两座束流炮台被调动到距离敌人飞船更近的位置，准备进行远距离轰击，寻找强磁场的弱点，清扫突破的障碍。

炮台发出耀眼的红色离子束流，仿佛一条巨龙般奔向前方，没有遭遇任何阻碍，转眼间就将三艘飞船吞没。一团白炽的亮光突然从红色火焰中迸发，仿佛一枚巨型炮弹般向着阵势整齐的流体颗粒群冲去。颗粒群发出青紫的电光，电光击中了光球，青紫色的光晕在白亮的光球周围流动，一阵剧烈的闪光后消失不见。光球黯淡下来，三艘飞船显示出本来面目，仍旧像三片小小的荧光箔般微微发亮，缓缓移动。这些飞船虽然体积小，却不可小觑，它们彼此间铆合，形成全防护力盾。颗粒群快速跟上，再次把它包围起来。

申秋冷眼旁观。他明白这是一场猫捉老鼠的游戏，只是天龙舰队并不是猫。敌人早已经远遁，留下几艘并无太大价值的飞船，仿佛在示威，也像是嘲弄。

他站起身，平静地发出指令："停止攻击。"

命令透过沙达克链路传递到前锋群。前锋群保持着包围的姿态，却不再进行攻击。申秋接受到一个异样的信号，前锋指挥官杜欣的情绪发生波动，掉出了链路。

又是如此！申秋并不意外。

"沙达克，召开指挥官会议。"申秋下令。

一个信号贸然闯进通话频道，那是杜欣。

真冒失！申秋默默地想。然而，他还是允许沙达克让这个信号占据主通话。

一个高大的科尼尔人出现在屏幕上，深黑色的头发，两道眉毛又浓又黑，衬得双眼炯炯有神。他盯着申秋，"舰长，为什么要停止攻击？我能把它搞定。"他看上去很激动,然而却尽量压抑着,以保持语调平稳。

申秋平静地看着他,"我已经下令召开指挥官会议。"

杜欣涨红了脸,"舰长,再给我一次机会。我一定把它炸个稀巴烂。"

"马上回到'天龙'号,参加会议。"申秋毫不犹豫地拒绝了这个请求。

杜欣一脸的不满,勉强敬了个军礼,"遵命,舰长。"

杜欣的头像隐去。

"他很不满啊,申秋。"沙达克说。

"我了解,为了一次小小的失利召开指挥官会议,让他有些难以接受。"申秋回答,"这也算是一次测试吧。沙达克,你的DNA扫描计划进行得怎么样? 他们的情绪起伏还是太大。"

"科尼尔人的基因分析还需要十六年的时间才能进行完毕。如果现在进行基因修正,会有风险。"

"不是现在,但我们可能随时需要进行修正。"申秋说着看了看屏幕,一个小小的亮点从"天龙"三号上分离,正向着"天龙"号而来。"敌人戏弄了我们,必须让所有人明白眼前的严峻形势。"

颗粒从"天龙"三号上弹出。杜欣端坐在内舱,心中七上八下。他第一次担任战场指挥,希望能有完美的表现,但事与愿违,拥有上万个颗粒的前锋集群居然拿敌人的三艘小飞船毫无办法。当舰长要求停止攻击,召开会议,他的焦虑感迅速增强,以至于无法保持在沙达克链路中。焦虑驱使他向舰长表达不满,然而当他冷静下来时,就意识到这是一个更大的错误。舰长会因此而撤销他的职务吗?

杜欣闭上眼睛,保持深沉均匀的呼吸,把一切杂念从脑子中排除,什么也不想,什么也不做……这种状态他维持了短短几秒便退了回来,虽然只是几秒,却是一个完全不同的境界,他的头脑变得格外清晰。事件的整个经过在头脑里浮现,他重温了这次失败,一个个细节纷纷跳出来。他睁开眼睛,感到一切了然于心。

天龙舰队的全貌呈现在他的眼前。三艘母舰并列,占据了一半的视野,舰体盘旋,其上的颗粒时而发光,让飞船看起来仿佛是由星星制成的。"天龙"三号前出,舰体张开,仿佛一张巨大的弓,无数的流体颗粒悬浮在周围,晶莹剔透,犹如发亮的宝石,又像聚集的星辰。"天龙"三号就沉浸在这星海中。

这图景飞快掠过,"天龙"号已经到了很近的距离。杜欣注视着它。

大大小小的颗粒附着在"天龙"号上,有一些发光,还有一些较为黯淡,让"天龙"号看上去就像一条斑驳的大蛇。

对于一个科尼尔人,"天龙"号永远是神奇的飞船。从儿时起,他们就不断听说这艘飞船的神奇之处,还有那些神话一般的故事。它是所有科尼尔儿童眼中的神物,受到爱戴的程度仅次于沙达克。它和任何一艘飞船都不同,与其说它是飞船,不如说是一个生物。它可以改变躯体,把自己拉成长条;也可以扭曲起来,盘旋成旋涡状——最为神奇的是,它居然能够分裂!天龙二、天龙三、天龙四,在过去的五十年间,它分裂了三次,产生了三艘子船。这些子船不断长大,最后达到母船一样的规模。作为这个时代的幸运者,杜欣目睹了这一切,他越发相信"天龙"号是活的飞船。他有幸能够通过精神控制测试,以联合指挥官的身份加入舰队。在指挥官面前,"天龙"号只是一艘飞船,然而儿时的童话仍旧顽固地盘踞在头脑中,如果角度和位置都很合适,就会自然而然地复活过来。

这真是一个神通广大的生灵,他这样想。

颗粒快速贴近"天龙"号,和"天龙"号保持相对静止,然后贴上去,附着在"天龙"号庞大的躯体上。这是一片空旷处,附近并没有别的颗粒。

颗粒和"天龙"号表面融合在一起。天龙部的底部开始变得透明,逐渐稀薄,最后完全消失。底部中央出现细小的孔洞,逐渐扩大,最后形成通道,可以允许一个人通过。杜欣起身,熟练地穿入其中,仿佛一条鱼似的向前游动。

他很快来到一个宽敞的空间,让他进入的孔洞快速闭合,没留下任何痕迹。

"杜欣指挥官,引力调整预备。"沙达克的声音在室内回荡。

重力场正缓慢地变化。杜欣配合着调整身体重心，当重力场稳定下来，他已稳稳地站立着。

"第一会议室，申秋已经在那里了。"

沙达克有一个奇怪的习惯，他会在称呼每一个指挥官的时候都加上头衔，只有申秋例外，无论什么场合，他对申秋都是直呼其名。

"沙达克，舰长召集了多少人？"

"六十六人。"

杜欣稍感惊讶。天龙舰队只有六十六位指挥官。一次全体指挥官会议！除了起航仪式那次，舰长从来没有召开过全体会议。杜欣原以为舰长只是要让几个资深的指挥官给自己一点教训，没想到舰长居然召集了所有人。一丝隐隐的不满浮上心头。一次小小的失利而已，全部损失只是二十五个颗粒，其中十八个已经回收，可以很快恢复。因为损毁了七个颗粒就召开全体会议，这有些小题大做。

隔壁的舱门打开，杜欣回头看去，他感到心脏直跳。

旦素一正跨过舱门，看见杜欣，露出一个微笑，点点头。

一刹那间，杜欣有些手忙脚乱，不知道如何是好，他慌忙低头，定定神，抬头看着旦素一，"你也来了。"

旦素一是预备指挥官，虽然她可以在模拟战中轻易击败大多数人，却并没有被任命实际职务，更奇怪的是，据说她担任预备指挥官已经有三十年之久。按照这样的说法，她至少已经有五十岁以上，然而她看上去不过二十到三十岁之间。虽然二三十岁的人和五六十岁的人面貌不会差别太大，但总有些细微之处会暴露年龄，特别是女人。然而在她身上完全看不到任何岁月的痕迹，似乎年龄在她身上并不是一个问题。在学员时代，杜欣就听说过她的鼎鼎大名，她被称为"好望角之花"，人们都传言她是好望角最美的女人。不过这一切都只是流言，虽然大家都知道她，却极少有人见过其真面目，她并非出生在好望角，而是来自广大的科尼尔敌后区。当她抵达之后，一直待在天龙舰队，从来没有踏足星球半步，因此见到她真面目的人，仅限于被选中的联合指挥官，而流言，也就从他们那里传了出来。杜欣对流言并不以为意，但是当他第一次见到真人时，视线就牢牢地钉在了她的脸上。有那么十几秒钟，他甚至忘记了呼吸。他永远不能忘记那尴尬的一幕——旦素一发现他直直地看着自己，转过脸露出一个微笑，他居然一个激灵，浑身一抖，差点失去平衡从座椅上掉下来，周围响起一阵哄笑，他恨不得把自己的脑袋塞进地缝里。此后，虽然他没有再如此失态，但每一次见到她却仍免不了紧张。

"这是指挥官会议，你也参加？"杜欣问。话刚出口，他就后悔了。这是一次检讨会，他并不希望被旦素一看见，但这句问话实在蠢透了。

旦素一并不在意，"申秋舰长要求我列席会议。"

两个人并肩顺着通道向前走。

"据说今天会讨论重大决策，你听说了吗？"旦素一问。

"我不知道。但是舰长要求我赶来，应该是讨论这一次战斗失利。我没有尽到职责。"杜欣实话实说，感到无比惭愧。

"谁去都一样。"旦素一说，"这不是你的错，我们对敌人的估计总是落后半拍，它们又一次抢在了前头。"

"不是这样子。"杜欣涨红了脸，"它们只是三艘小战斗船而已，我们完全可以把它们消灭掉。只是我没有用对方法。"

"那么你打算用什么方法对付它？"旦素一转过头，微笑着问。

杜欣仿佛换了个人，语速一下变得飞快，"敌人之所以两次逃脱，是因为我没有准确估计它们抵抗的程度，或者说它们的力盾强度超乎预期。但这并非不可克服的困难，只要我们精心准备，把它们钳制住，然后使用重火力，一定能够击毁它们。"

"用怎样的重火力？"

"只要三座束流炮台，同时开炮，同时命中，让它无法弹开火力就行。"

"这么有信心？如果它还能抵抗束流炮台的攻击该怎么办？"

"根据沙达克的计算，能量密度达到六十万特以上，它们必然不能支持。"

"听起来你很有信心。"旦素一保持着微笑，不置可否。

他们走进第一会议室。

指挥官都已经就座，申秋站在前方讲台上，看见杜欣进来，示意他就座。旦素一径直走到后排的预备指挥官位置上坐下。

申秋扫视着这群舰队精英。他把他们从好望角带到这里，按照计划，他们应该遭遇敌人的迂回舰队，展开一场规模宏大的战役。这群年轻人都明白这场战役的目的，他们充满雄心壮志，要在这遥远的不毛之地大展拳脚，把这些侵占故乡的异类生物统统消灭！

然而，他们并没有见到大舰队的踪影，只有散兵游勇一般的飞船小队。这不是一个容易让人接受的事实。舰队跨过两百光年的距离，付出六年的光阴和八十年的空白期，如此高昂的代价却只抓到了微不足道的几艘小船。这就像发射了成千上万件核武器，要炸掉整个星球，结果在最后关头发现目标不过是一只蚊子……失望和不满在蔓延，虽然没有人公开提意见，但指挥官们私下里议论纷纷，对将来充满疑虑，舰队的气氛变得有些压抑。

"对今天的战斗结果，有什么看法？"申秋首先发问。没有人回答，指挥官们把目光都集中在他身上，他们显然并不想多说，只是想听到些什么。

"是我的错，我来负责。"杜欣站起身，"我来收拾它们。我不会再让它们有任何机会。"

申秋点点头，不置可否。"请坐。"他再次扫视众人，"还有其他人想说话吗？"

气氛变得有些诡异，大部分人仍旧看着舰长，少数几个人彼此间交换着眼神。

申秋等待了几秒钟，见没有人开口，便开始说话，"这不是我们想要的战斗，但比我们所设想的战斗更为凶险。"

话音刚落，指挥官中间响起一阵喧哗。一次没有处理好的战斗而已，和凶险沾不上边。

申秋静静地等待着喧哗平静下来。"沙达克，你来给大家说。"他召唤沙达克。

沙达克出现在申秋身边，是一个全息投影。沙达克是永远的老人，胡子几乎垂到腰部，穿着质地柔软的灰色长袍。他在人们面前走动，袍子随着脚步摇摆。

他面向着指挥官们，展开双手。银河全图出现在他的两掌之间，就像一个晶莹的玉盘。猛然间，星图暴涨，万千颗星星从人们眼中闪过，随即消失，银河的旋臂飞速增大，变得清晰。更多的星星被抛在后边，形成一片光的旋涡。旋涡缓缓停下，静止不动，几颗巨大的星星分外耀眼，其他的星星都成了遥远的光点。银河纵贯，仿佛天宇的一道裂隙。

"英仙座旋臂，WH153，我们在这里。"沙达克指着其中一颗亮星。一个巨大的红色箭头从遥远的某处指向 WH153；而另一个蓝色箭头针锋相对，两个箭头在 WH153 会聚。

"敌人无法通过好望角星门，于是它们派遣舰队，试图绕过好望角。伊特星门以下是时空洼地，而且位于旋臂边缘，这是一个绝不友好的半封闭空间，只有通过伊特通道才能进入银河区。不过，我们封锁了通道。你们都知道，敌人采取了出人意料的行动——绕行黑暗空间。"沙达克指着红色箭头，粗大的箭头脱离银河旋臂，进入黑暗区，最后深入 WH153。

"敌人的这支舰队以缓慢弹跳的方式通过一百二十五光年的黑暗空间。它们用了一百九十年，慢速飞行，寻找跳跃通道。黑暗空间的亚空间通道浅窄，飞船极易发生意外，不适合飞船弹跳，而它们不但派遣了舰队，并且还是一支庞大的舰队。这是一个疯狂的计划，疯狂到好望角沙达克认为它们的赢面只有百分之五。"

沙达克挪动蓝色箭头，"我们来了，虽然晚出发一百一十年，但是我们的亚空间通道畅通无阻，因此完全可以赶在它们前边。事实上，我们也成功地赶到了前边。"

两个箭头在 WH153 会合，沙达克食指一弹，红色箭头蓦然消失。他眯着眼睛，似乎被 WH153 的灼热光芒刺痛了眼，"问题在于，它们根本就没有来。"

沙达克扭头看了看指挥官们,他们正望着他,等待下文。

星图蓦然间变得更大,天龙舰队出现在屏幕中,四艘母舰盘成旋涡状,周围无数的小点闪亮。天龙舰队的光亮很快黯淡下去,一些细小的红点显露出来,数量不多,六个小点,其中一个非常靠近天龙三,被流体颗粒团团包围。

"六个小队,总共十八艘飞船,全是小型飞船,不值一提。这就是我们能够在这里找到的全部敌人。"沙达克顿了顿,环视众人,"它们在这里,不是为了抵抗我们的大舰队,而是为了消灭胶囊船。它们试图让我们迷失方向。"

"幸运的是,我们仍旧收到了来自好望角的胶囊船。胶囊船六年前抵达这里,躲藏了起来,没有被这些小杀手发现。好望角发出警告:敌人送出了大量的小型飞船,干扰胶囊船通道,而其主力舰队则转变了前进方向,"沙达克神色严肃,语气严峻,"敌人试图穿过黑暗空间,进入猎户座旋臂。"

听众中响起一阵议论,这个消息显然超出了大多数人的预期。两条旋臂之间有超过六百光年的黑暗空间,那里没有恒星,到处是成团的暗物质,这些暗物质就像林立的礁石,让亚空间跳跃变得高度危险。如果说沿着旋臂边缘的黑暗区航行是一个可行的冒险方案,那么,深入黑暗区简直就是一个自杀方案!六百光年,如果无法借助亚空间跳跃,需要多久才能跨过?更何况,暗物质不仅形成团块,暗尘更是危险的敌人,它们弥散在黑暗空间,很难被发现,一旦碰上,会对飞船造成毁灭性伤害——为避免此类危险,飞船无法进行亚光速巡航。敌人居然做出了这种疯狂的选择!

申秋抬起手,让有些乱哄哄的场面安静下来。"我们无法再次赶在它们前头。一旦它们进入猎户座旋臂,那里的人类没有任何准备,将是不折不扣的灾难。天龙舰队将跟随敌人的痕迹进入黑暗空间。我们没有多少时间,在座诸位,必须在二十四小时之内做出决定:留下还是前进。留下的,负责清理骚扰飞船,然后返回好望角;选择前进的,必须做好准备,那不是几年可以达到目标的，可能用去几十年、上百年、上千年……你们所有的生命，都可能消耗在旅途中。"

申秋顿了顿，扫视着眼前一张张面孔。"有什么疑问？"他平静地发问。

指挥官一片沉寂，这突如其来的消息让所有人不知所措。

杜欣呆呆地坐着，他没想到舰长要宣布的是这样一个消息。他那不成功的战斗完全成了一件无关紧要的事。跳出银河，深入黑暗空间，旅行一千年，这是从来没有人尝试过的危险旅途……哪怕他们能够侥幸穿过黑暗空间，进入猎户座旋臂，也没有希望在有生之年重回星域……他想到远在好望角的母亲，还有兄弟，突然感到一阵难过，同时又有些惶恐。

申秋看着大家，"关于去留的问题，请各位在二十四小时内答复。我……"

突然有声音传来："这不公平！"

杜欣循声望去，他看见是安。安比他大二十岁，但可以说是他的同学，他们曾经同时受训，同一期候补进入舰队。安是天龙四的左卫。

安站起身，"沙达克给了我们情报，要求我们到这里来拦截敌人。此刻，它又告诉我们，敌人已经从黑暗空间逃跑，我们要深入黑暗空间，去追寻它。沙达克，我要问，是否我们的付出能得到回报？我们能追上敌人吗？它们如果自己走入绝境，我们难道也要跟着？既然已经有人去寻找更多的援军，我们为什么不等他们来呢？我们的力量既不能反攻科尼尔，也不足以在漫长的旋臂边缘布防，但是我们可以有一条坚固的好望角防线。敌人既然已逃向黑暗空间，我们只需要留下一些警戒飞船，它们可以与当地的星域会合，一旦有事，舰队可以从好望角进行支援。我们应该尽快动员和武装星域，以好望角为中心，建立防御圈。"

安一口气说了一大串，说完他望着申秋。

申秋脸色平静，"还有二十四个小时，你可以仔细考虑这个问题，如果希望了解更多的情况，沙达克可以提供。"

安坐下，"我不会去，我要回好望角。"

不知道哪里传来一个低低的声音："胆小鬼!"声音虽然细小,却没有逃过安的耳朵。

"谁说的,站出来!"安勃然大怒,再次起身,扫视着眼前的同僚。没有人站出来承认,安显然怒气难平,"谁胆大谁去。谁需要这样毫无价值的牺牲?几百年后,我们都成了灰烬,就是宇宙毁灭,又有什么关系?为什么要把生命浪费在毫无意义的黑暗中?"

安的话让现场炸了窝,人们议论纷纷。

申秋再次让大家安静,"安的意见很好。我们需要明确自己是在为什么而战。"

安涨红了脸,他并不想这么说,然而话脱口而出,后悔已经太晚。

"这是一个信仰问题,不是真理问题。选择没有对错,我们尊重每个人的选择。"申秋扫视着每个人的眼睛,"但是你们必须做出选择,二十四小时之后给我答案。我需要对人事进行安排。不同意跟随舰队追击敌人的人留下,组成留守舰队清除潜藏的敌人。八年之后,可以回到好望角。"

人们再次陷入沉默。杜欣忐忑不安,即将到来的一切超出预期太多,他不知道怎样才是正确的。他扭过头,看见坐在预备指挥官位置上的旦素一。旦素一脸色平静,见杜欣看着自己,便向他微微一笑。

"留守舰队将由旦素一担任舰长。"申秋继续说。所有人的眼光都投向旦素一,旦素一泰然自若,毫不在意。

"好了,孩子们。你们可以回去仔细考虑。"申秋一直绷得紧紧的语调松弛下来,他宣布散会。

杜欣试图找到旦素一,却没有看到她的身影。

几个军官聚集在安身边,显然是在商量去留问题。安看见了杜欣,招呼他,"杜欣,这边。"

杜欣走过去,猛然间,他看见旦素一正在门边向外走。他向安示意,然后赶紧向着旦素一追过去。

安转脸向着另一个军官,"杜欣肯定会留下。美女在哪里,他就在哪里!"几个人爆发出一阵大笑。

11

杜欣推开门。旦素一不见踪影,然而另外的东西吸引了他的注意。巨大的屏幕上,银河正以一个特别的角度呈现在他眼前,缓缓移动,散发出巍峨壮丽的美感。杜欣注视着它。

突然,他注意到屏幕中异常的动静,一个人影在银河的旋臂上奔跑,恢弘壮丽的旋臂上,那人影渺小到微不足道。人影正努力冲向银心,却总是跌倒,但他不断地爬起来,继续向着银心奔跑。

这真有趣。杜欣饶有兴趣地看着那个小小的人影。

突然一切消失,屏幕上出现一张巨大的脸孔,那是旦素一的面孔,她正从屏幕上看着他,面带微笑。

"你找我吗?"

"哦,我……"杜欣有些慌张,"我看你进来,就跟进来看看。"

"你是想问关于留守舰队的事吗?"

"哦,是的。我想问问你,我是不是能留下?"

"你不能留下。"旦素一干脆利落地回答他。

这个答案引起了好奇,"为什么?"

"因为舰队需要你。"话音刚落,屏幕上的人脸消失,变成一团黑暗,旦素一从角落里走了出来。她走到距离他三米远的地方站定。

杜欣深吸一口气,抬头直视她的双眼,"申秋舰长要求每个人自己做出选择。"

"是的。但是你在问我的意见。"旦素一的脸上似笑非笑。

"为什么?"

"人可以有很多选择,有的人只选择责任最重大的那一种。"巨大的屏幕再次亮起来,杜欣再次看见那个不断跌倒、不断奔跑的人影。

"这是我想象中的李约素,你应该听过这个名字。"旦素一说。

杜欣的眼睛闪闪发亮,"当然,谁不知道这个名字呢!"这是一个光芒万丈的名字,其名声可以和苏北旦相提并论。

"他选择做信使,前往银河之心。这是一条艰难的路,危险重重,责任重大,最让人犯难的是结局凄惨——当他回到好望角,他所在乎的人早已死去,一切都变得陌生,在那种情况下,生命的意义会变得很可疑。他完全可以有更好的选择,留在好望角,成为当然的领袖,风光无限,留下一个传说,然后安然死去。"

"他是英雄。"

"没错。他是一个英雄,英雄就意味着会有非同寻常的选择。"

旦素一解开脖领的纽扣。杜欣被这个动作吓了一跳,他紧张地盯着旦素一。

旦素一从领口拉出一条项链,解下链坠,走上前,伸手在杜欣面前摊开。手心里托着一个银色的链坠,是心形的。

杜欣疑惑地看着旦素一。

"拿去看看。"

杜欣有些慌乱,不知道是否该接过链坠。旦素一的手白嫩细腻,宛若凝脂,就在眼前,他不禁有几分心猿意马,赶紧低下头,试图控制情绪。

旦素一拉起他的手,把链坠放在他手中,"仔细看看。"

杜欣感到脸上一阵发热,他收敛心神,仔细看着这个细小的玩意儿。这是旦素一贴身的东西,精致而小巧,上边刻着字。

"把无限握在手掌心上,永恒在一刹那里珍藏。"

杜欣缓缓读了出来,他抬头看着旦素一。

"再仔细看看。"

杜欣再次端详这小巧的银色饰物,它的纹路细腻,显示出高超的雕刻技巧。翻过来,有一个浅浅的凹槽和小小的凸起,似乎是某种铆合结构。

"这是一半?"杜欣问。

"是的。我不知道故事到底是怎样的,但是这个链坠的另一半,在李约素手中。"

杜欣恍然间觉得有些神奇,他露出惊讶的神色看看旦素一,又看看手中的银色饰物。

"这是苏北旦留给我的。"

杜欣惊讶得合不拢嘴,愕然地看着旦素一。李约素和苏北旦,这两个充满光辉的名字竟然被一个小小的链坠联系在一起,两者之间显然有些故事。一百五十多年的时间过去,苏北旦早已作古,李约素却仍旧在继续他的旅程,他们的故事究竟如何结束? 旦素一又怎么会和他们联系在一起?

杜欣心念一动,他为这样的想法感到吃惊,同时又对这样一个显而易见的事实从未被注意而感到不可思议。"你是他们的女儿? 你的名字是从他们的名字里来的。"

"不。我是雷电家族的人,但我要帮助苏北旦把这个东西交到李约素手里。名字只是一个符号,只不过我带着苏北旦的愿望出生。因此,如她所愿。"

杜欣突然感到无地自容。眼前的人,出身高贵,她为了创造历史而生,她属于那些创造历史的英雄,而他,只是好望角基地一个普通的小人物。他对自己那些非分的想法感到羞愧,那本来就不是他该妄想的。

他脸色黯淡,缓缓点头,"我明白了。我会留在大舰队里,跟随舰长去追踪敌人。"

旦素一伸手拿回链坠,看着它,"他们相爱,然而却没有在一起。他们选择了各自该走的路。"她抬起眼,"我们也必须选择自己的路。"

杜欣望着旦素一,她并没有把话全部说完,他带着希望望着她。如果明天就要分离,那么这就是最后的时刻,他希望知道在她的眼里,自己究竟是否有一点点分量。

旦素一沉默地看着杜欣,突然轻轻叹口气,"你很特别,和其他所有人都不一样。你是科尼尔人中的异类,和沙达克的神经融洽度接近雷电家族指挥官。你跟着申秋走吧,那边的黑暗世界充满危险,他需要你的帮助。"

杜欣眼睛猛然一亮,"但我可以留下帮你。你也需要人帮忙。"

旦素一微微一笑,"我了解你的心思。"她没了下文。

杜欣感到有些莫名其妙,他把心一横,"那你应该明白,我多么想和你在一起。每一次见到你,我都觉得无法控制自己。我只想和你在一起,每天看着你。"

旦素一摇摇头,脸上似乎带着一丝微笑,她突然向前走了两步,就在杜欣眼前——她张开双臂,搂住了他的脖子。

杜欣被这突如其来的动作吓着了,大脑一片空白,直直地站着,不知所措。旦素一的双唇贴在他的嘴唇上,他感到一片冰凉。

倏忽间两个人分开,旦素一望着他,似笑非笑,"现在你明白了?我和你不一样。"

杜欣掩饰不住惊讶,他的嘴唇上仍旧残存着一丝冰凉。旦素一就在眼前,笑靥如花,然而方才他似乎吻到的是一块冰。她是机器人!这是杜欣的第一念头,然而他很快否定了这一点。沙达克网络的融合只能由人类进行,如果她是一个机器人,那么或者成为沙达克的一个分身,或者被吸收。而且,旦素一分明是雷电家族的人。

"这是怎么回事?"杜欣问。

"我的躯体是冷的,原因你不需要知道。"旦素一回答,"我明白你的心意,也很感激你的表白。但是,那不可能。我必须要让你明白这一点。你从我这里得不到你想要的东西。而且我只是留下进行战场清理,然后我就要回好望角。李约素会来的,我必须等他,实现苏北旦的遗愿。"

一丝凉意从杜欣心间滑过,他的眼神变得黯淡。稍顿,他一言不发地转身,走出门去。

旦素一默默地注视着他魁梧的背影消失在门后,手中紧紧攥着链坠。

一个人从某个角落的黑暗中走出来,在旦素一身边站定,正是申秋。

旦素一纹丝不动,仿佛只是自言自语:"你是否觉得有些残酷,他只是个孩子。"

"这只是一点小小的打击,他能承受。"

"你认为这样他就会追随你去追击那支黑舰队?"

"不需要你的帮助,他原本就会跟随我前往。"申秋看着旦素一,"只是断绝他对你的某些念头可以帮助他拥有更坚定的心智。这非常重要。"

旦素一转过身,"我到底是雷电家族人,还是科尼尔人?你的想法总是让我觉得不安。"

申秋保持着沉静的表情，"你是一个特殊的雷电家族的人，也是一个特殊的科尼尔人，合二为一。"

旦素一喃喃自语，"合二为一，还是一分为二？"万般心绪涌上来，乱糟糟一团，她很快控制住情绪，心境平复如水。她摊开手心，银色的心饰闪闪发亮。

"把无限握在手掌心上，永恒在一刹那里珍藏。"不知道什么原因，她把这行再熟悉不过的小字轻轻读了一遍。

第一章 黑星奇景

星球的颜色很深，似乎是某种浓重的红色，哪怕正对着恒星，也黯淡无光，只能看出隐约的轮廓。

黑星，铁星上的铁人如此称呼它。当李约素看见它，马上意识到这是一个名副其实的形容。从红外到紫外，它在所有的频段上几乎都是一个隐形星球，他们差点与之擦肩而过。布丁通过引力波动定位，然后，他们才看见了它。黑星就是这样一个星球，如果你不知道它在那里，你就看不见。银河中心的亿万星辰密密麻麻，布满天空，星系敞亮，黑星被遮蔽其中，仿佛一个黑洞。

然而这的确是一颗行星，轨道稳定，千万年不变。

"船长，我们该怎么办？"布丁问。

"靠上去，进入同步轨道。"

"进入同步轨道？"佳上看着李约素，语气略带疑问，"铁人警告过我们，离黑星远点，它会吞没飞船。"

"这又不是黑洞，一个星球而已，哪有那么可怕?!"李约素毫不在意，"布丁，监视亚空间波动。如果真的有什么异常，我们也来得及躲。铁人的那些传言，当做故事听听罢了。他们还说你们沙川人拥有'平准号'和'银

17

河'号两艘无敌巨舰。我们都知道,雷电家族一艘船都没有,只有'青云'号,而且和'平准'号比起来,算不上巨舰。"

"不必全信他们,但我们要相信自己。这颗星球是银河人的前哨,我们不能冒犯银河人。"

李约素两手一摊,"你说该怎么办?我不懂银河人的规矩。"他招呼布丁,"布丁,沙达克教过你吗?"

"没有,船长。"布丁的回答很轻快。漫长的旅途中,李约素已经无数次这样问过他。从好望角到银河中心,漫长的三万七千光年,耗费了十五年的飞船时间,沙达克所给的信息大量失真,众多的文明星球不是不复存在,就是面目全非。最糟糕的一次,他们计划在一个叫做绿洲的星球补充能量,然而不仅该星球踪迹全无,连恒星都已经坍缩成了白矮星。在过去的某个时期,绿洲人,或者某艘过路的飞船完全榨干了这个恒星,只把一个能量工厂遗弃在恒星轨道上。能量工厂技术先进,让人印象深刻,然而恒星已经失去了光辉,对"天狼星"号毫无用处。他们找到了一艘被困死的大飞船,得到了少量反物质,这才死里逃生。从此之后,李约素对沙达克在某种程度上失去了信任,谈到沙达克,语气总是尖锐而刻薄,而布丁也逐渐习惯了李约素这种奚落般的问话。

"发送通讯,就地等待。我们不需要靠得太近。"佳上不紧不慢地说。

没有等李约素发话,布丁已经按照佳上的要求去做了,他知道船长总是会同意的,哪怕嘴上还有些牢骚。

一条简短的信息用银河通用编码发送了三遍。十多分钟后,黑星仍旧保持沉默。

"我们是否该绕过它,直接进入到银心团?"邓迪斯问。

"再等等,给此间的主人一些时间。"佳上回答。

"如果他们早已不在了呢?"李约素接上话茬,"'青云'号最近一次到访是在两千六百多年前，两千六百多年，什么事都有可能发生。"①

"也可能什么都没有发生。"佳上看着李约素，"银河人生命长久，却也很沉闷。当然这是相对于科尼尔人而言。"

李约素沉默了。按科尼尔标准时间计算，他们已经度过了三百二十五年。三百二十五年，一个科尼尔人的平均寿命是一百二十年，八十年一代人，这几乎相当于四代人的时间。科尼尔人是否仍旧在抵抗那些看似无法对抗的暗黑入侵者？好望角基地是否固若金汤？或者更糟糕一些，事情是否已经发展到不可收拾？那些暗黑入侵者已经像瘟疫一样在英仙座旋臂上扩散开来，吞噬了更多的星域……无论事态如何，有一点可以确定，苏北旦已经不在了。如果她活着，年纪已经接近四百岁，如果不是长期进行亚空间跳跃，产生一段又一段空白期，没有科尼尔人能够活得那么长。然而她是不会离开科尼尔星域的，她发誓要保卫家园。

黑星就在眼前，保持着沉默。

李约素霍然起身，"我去看看。"说完他转身，向着发射舱走去。邓迪斯起身跟上。

"船长，我们等等。"佳上试图劝阻，然而他知道这不会产生任何效果。

"科尼尔人不能等。"李约素说。

发射舱门关上了。

"刚才船长说的是双关语。"布丁和佳上探讨起来，"他的意思是他不能等，那些留在科尼尔的人也不能等。"

佳上保持着好脾气，然而对此没有什么兴趣，"布丁，注意船长的动向。让我一个人安静一下。如果有什么异常，马上告诉我。"

"如你所愿。"布丁停止对话。他调整灯光，整个控制舱慢慢黯淡下来。

佳上闭上眼睛，开始冥想。他很快进入到一种精神放松的状态，似睡

---

① 按照银河标准时间计算，进行超空间跳跃的飞船会经历空白期，飞船会"丢失"一些时间。这和因为引力效应而引起的时间快慢变化本质不同。两千六百多年的银河标准时间，对"青云号"来说，飞船时间只是四百二十年左右。空白期的长短和飞船质量、推进能量、亚空间潜行深度、空间距离等多个因素相关。一般而言，先进的小飞船能够有最短的空白期，大飞船的空白期较长。

非睡。旅途已经接近终点，他要以最好的状态来迎接这个时刻。

两个亮闪闪的蓝点脱离了"天狼星"号，李约素和邓迪斯向着黑星而去。

他们很快靠近了这个肉眼几乎看不见的星球。在更近的距离上，它呈现出一片深黑，就像一个深不见底的洞穴。银心有成千上万的星团，形成炙热的辐射，沙冈装甲为了抵抗辐射，自动屏蔽了绝大部分光线，黑星原本散发出微弱的光，然而在周围强烈辐射的掩盖下，根本无迹可寻。引力是唯一可靠的探测方式。

"邓迪斯，原地警戒，我要下去。"李约素说。

"这太冒险了。"邓迪斯表示反对，他望着这个悬挂在眼前的深洞，"我们根本不知道这里的人会如何应对不速之客。还是听佳上的，在'天狼星'号里等一等。"

"你什么时候变得这么胆小了？"李约素带着几分嘲笑，"你可是海盗之王的传人。"

邓迪斯不为所动，"安全第一。在最后关头，不能出什么岔子。我们到此为止比较安全。"

"你说话越来越像佳上了。别担心，我会注意的。"李约素自顾自向下降落，"不过，邓迪斯，万一我回不来，替我告诉佳上，无论如何，要带银河舰队回去，越快越好。"

邓迪斯没有回答。

李约素仿佛进入了一个黑色洞穴，周围的一切都是黑的，只有身后仍旧是一片灿烂的星空。他停下来。这样的感觉真奇怪。

"邓迪斯！"他呼叫伙伴。

"收到，回答。"

"我竟然看不到星星，我是说周围的星星，你的那个方向上还能够看到。什么东西阻挡了光，但是没有阻挡我，而且还留下了一条通道。"

"船长，赶紧回来。你的信号有些异常。"

"什么异常？"

回答是一阵沉默。李约素掉转身体，朝着邓迪斯的方向。

"延时。"他听到两个字的清晰回答。邓迪斯说得不错，他们的通话有些断续，似乎间隔了十多个光秒，然而李约素可以认定，他和邓迪斯分开后，最多前进了十多公里。十多公里的对话，却仿佛相隔了上百万公里，出现了几秒的延时。

"邓迪斯，我们来证明一下。说完这句话，我会平行移动一公里。动作完成之后，告诉我你看到了什么。"

李约素完成了他的动作，然后等待着邓迪斯的回答。回答姗姗来迟，这件事本身就是一个糟糕的消息。李约素注意地看着时间，足足过了两分钟，他才等到了邓迪斯的回答。

"你的动作很慢，平行移动速度只有十点六米每秒。"

十点六米每秒！这是一个糟糕的消息。刚才的速度在五十米每秒以上。

李约素没有丝毫犹豫，立即向邓迪斯靠拢。很快，他意识到自己落入了陷阱，邓迪斯就在那里，短短的十多公里，却似乎永远在前方。

"告诉你一个糟糕的消息，我被困住了，无法向你靠拢。"李约素向邓迪斯呼叫，"把这个消息告诉佳上。"他略为停顿了一下，"我继续向下，也许这是个单向通道，可以下不能上。说不定银河人就在通道尽头等着我们。"李约素说完，掉头向行星深处进发。越深入，身后的星星变得越少，最后，只留下井口般大小的一片，李约素似乎进入到一个深而窄的洞穴，前方仍旧一片黑暗，而身后只留下一点光亮。

"我们会想办法把你救出来。"突然间他听到了邓迪斯的声音，不由一愣。随即，他意识到这是邓迪斯对上一句话的回答，不禁笑了起来。他已经向下降落了一个小时，居然才听到邓迪斯的回应。这个信号一直追在他身后，直到此刻才追上。我跑得比无线电波还要快！这个滑稽的念头一闪而过。但至少，这也是一个好消息，他和外界并没有完全隔绝。

李约素继续向前。星球的引力场并没有表现出异常。他面前有一个庞然大物，然而他始终没有接触到任何表面，当他最后停下来，盔甲的数据明确告诉他,已经前进了两千公里。前方仍旧是深不见底的洞穴,后方只剩下一点光亮。黑星的直径不过八千公里,如果它有一个弥散性的大气层,厚度也不该超过两千公里。然而事实明摆在眼前,他已经深入了两千公里,什么都没有遇上。

难道一切都只是幻觉?李约素不禁有些疑惑。然而他并没有什么可以选择。

"深入两千公里,没有接触到星球表面。"李约素发送了这条消息,然后继续向前。

他深入了三千公里,身后已经看不到任何光亮,他完全被黑暗包围。引力计仍旧在起作用,因此他知道自己仍旧在向下。

李约素停了下来。这样的遭遇似曾相识,在"平准"号上,零点迷雾也有类似的效果。然而,除了完全的黑暗这一共同点,它们其他方面大不相同。零点迷雾是一群纳米机器,如果有这样的小机器存在,李约素完全可以把它们辨认出来。此刻,整个空间只是一无所有,一片虚空,而光线却被隔绝在外。

李约素取出磁暴枪。这是他从凤凰星的多孜人那里得到的武器,可以发射一个磁环装置,引发强烈的磁暴。如果这片空间有任何物质存在,只要它还有电性,他将看到绚丽的闪光。发亮的磁环向着前方而去。磁环并不像通常所见的那样发光,形成一道靓丽的线条,而是断断续续,速度极慢。现象奇特,从未见过。李约素把磁暴枪塞回腰间,他惊讶地发现,磁环已经完全失去光芒,成了一块废铁,缓慢地在他身前不远处飘浮。它就像一个完全失去动力的废弃物,只等着掉落到哪个强大的引力源上。这里的空间以一种卓有成效的方式吸收光和热。能量耗散的速度极快。这样的异常现象也同样对盔甲产生了作用,李约素推进的速度变得很慢。

身处险境,孤立无援,李约素却并不慌乱,只是认真地考虑接下来该做什么。最后,他继续向前。

盔甲明确指示,他已经深入四千公里以上,然而周围仍旧是一成不变的黑暗。按照正常的情形,他应当抵达了黑星的中心,引力计却仍旧指示向下。

黑星没有星球，它只是一片空洞。这样的事实明确地摆在眼前，这超出了李约素能够理解的范围，在三万七千光年的旅途中，也从未见到过。他不再去想，只是不断向前。

佳上和邓迪斯是对的，他应该再等等。然而，李约素不打算认错。

黑暗仿佛没有尽头，突然间却变成一片光明。李约素抬头，星星密密麻麻，整个天宇一片白炽。前方，各种颜色的星星聚集成团，彼此间吸引，许多恒星被撕裂，化作无数飘带，缠绕在星球之间。巨量的伽马射线暴不断袭来，能量惊人，盔甲发出了黄色警报。

李约素被这突如其来的景象深深吸引。银河之心，这就是银河之心？他的内心涌起一阵狂喜——我终于来到银河之心了！

狂喜过后，他意识到自己的处境不妙，辐射过于强烈，盔甲无法抵挡太久。他想退回到黑星的黑暗空间中，却发现周围没有黑星的任何影子。他身处虚空之中，直面无数巨大的恒星。更可怕的现实很快到来，强烈的引力抓住他，把他向着恒星表面拽去。盔甲的动力无法抵抗如此强烈的引力。

"有人吗?!"他用最大的功率向周围发射这句问话，然而他对收到回答不抱希望，辐射如此强烈，微弱的无线电波完全被湮没。

恒星表面在他眼前呈现出一种奇特的面貌，那是一片火焰蒸腾的海洋，一团团灼热的氢团因为巨大的能量爆发而四下迸射，又被巨大的引力牢牢抓住，飞快地落回到那白亮的海洋中，溅射起无数细小的颗粒。一道火柱冲天而起，仿佛巨人的长鞭，横扫过半个星球，最后回落，消融不见。急剧的离子风暴随之喷涌而来，离子彼此间碰撞，散发出五颜六色的光彩，绚丽夺目。这真是别样壮阔美丽的画面，然而却来得不是时候！盔甲发出红色警报，辐射过于强烈，盔甲已经无法抵抗。就这样死掉，也真奇妙！李约素的脑子里闪过这个念头，身体无可抗拒地坠落，越来越快。

猛然间，一股巨大的力拉住他，让他停止了下坠。似乎有一层无形的力场包围了他，辐射警报刹那间安静下来。他静止不动，眼前银白发亮的氢沸腾翻转，汹涌澎湃。他已经落在恒星上，差一点就落到核反应的火海之中。

葬身在星星的火焰中……李约素闪过一个念头，这也是一种不错的死法，至少比躺着喘息断气要有派头。

两个异物出现在他身边，一左一右。这是两个半圆的装置，它们从何而来，如何而来，李约素一无所知。力场在保护李约素的同时，也完全限制了他，李约素丝毫不能挣扎，于是任由它们摆布。

两个半圆体缓慢合拢，把李约素包裹其中。完全的黑暗再次笼罩他。

黑暗中似乎有无数双眼睛。冥冥之中，仿佛有某种东西正在碰触他，渗入到身体的每个细胞，让他感到全身发痒。然而那又仿佛只是一种虚幻，仔细体会，便完全不复存在。

李约素静静地等待着。他相信那潜藏在黑暗中的观察者就是银河人，他们是所有人类中最辉煌的一支。所有的巡逻者，星域，以及那些人类曾经的敌人或者盟友，都无法匹敌银河人灿烂的文明——他们建造银河之心，让整个银河在某种程度上和人类合二为一。距离银河之心越近，关于银河人的传说便越真切。那个叫做吉钠的铁人甚至告诉他们，自己亲眼见过银河人，就在他的飞船之外，近在咫尺。银河人三个一组，从铁星的北极向着星球贯穿而下，带着雷霆万钧的气势，又像电弧火光般轻快，他们直奔星球而去，仿佛要进行一场惊天动地的冲撞，却在碰触到星球表面的瞬间，消失得无影无踪。这就像某种魔术。银河人是高高在上的存在，完全是视界之外的事物。银河人会伸出援手吗？李约素感到一丝不安，他迫切地想有个人站在他面前，告诉他答案。然而，他此刻能做的除了等待，还是等待。

"出来见个面吧！"他大声说。

没有任何回应。

"好吧！"李约素吐出一口气，"我要睡了，完事了叫我。"仍旧没有动静。他放弃了尝试，尽量控制着忐忑不安的心情，静静地点数心跳。

六千七百三十六！他点到这个数字。突然间，眼前一亮，各种颜色的星星仿佛一下子跳了出来,周围的一切都沐浴在强烈的辐射中。

六千七百三十七。他又数了一个数,然后停下,努力想看清周围。

"欢迎回来,船长。"他听到布丁的声音。

"天狼星"号近在咫尺,黑星却在距离六万公里远处,邓迪斯的信号仍旧在黑星边缘。

他进行了一次有趣的旅行,然后被送回了起点。

"哦。看起来你是对的,佳上。"李约素先发制人,"我应该老老实实地等在这里。他们把我送回来了。"

"船长,你把他们带来了。"佳上回应。

"什么?"

"银河人,他们跟着你。"

李约素有些莫名其妙,除了"天狼星"号和邓迪斯,他没有发现任何其他活物。

"你在说什么?哪儿有银河人?"

"他们就在你身上,你的盔甲……"

第二章 超级人类

传说中，银河人无所不能。他们是闪着幽蓝光线的不明飞行物，依靠零点能穿梭在空间和亚空间之间；他们可以一瞬间移动上万光年，在银河间来去自如；他们超脱了生死，是永恒的存在；他们掌握着银河之心，是银河间最强大的文明……

然而传说往往不是真的，至少在此刻，李约素认为那不是真的。

"他们真的是银河人？"李约素仍旧很怀疑。

"的确如此。至少，他们把你从黑星送回来了。"

李约素沉默下来。这些年他见识过各种各样的人类，大部分人类和科尼尔人很相似，但也有一些差别很大，比如巍峨高大的铁人，猛兽一般的客星人，纤巧的飞人，还有各种机器人类，他们的外形和人类并不相似，却是如假包换的人类同族。但银河人和他曾经见过的任何人类都不一样，挑战了李约素的想象力底线。

这银河人看起来……就像一条软绵绵地趴在盔甲上的巨大的鼻涕虫，快速长出的一些细细的白色小枝把整个盔甲都包裹了起来。银河人居然是这么一副模样！

银河人占据了盔甲。李约素回到"天狼星"号后，盔甲就被丢弃在减

26

压舱了。虽然貌不惊人，银河人却能控制盔甲，空空的盔甲仿佛被看不见的幽灵操纵，从减压舱离开，飘浮在外。银河人透过盔甲的通讯频道告诉布丁，他不喜欢氧气，所以要待在舱外。然后，他就一直保持沉默。

李约素默默地看着对方，说服自己接受这样一种超级人类。超级人类可以是任何形态，为什么不能是一条鼻涕虫？他这样问自己。慢慢地，这条白乎乎的虫子看上去也不是很让人憎恶了。

"这里有沙达克吗？"李约素沉默了半晌，突然问。

"目前还没有收到沙达克的任何信息，你可以问问他。"佳上回答。

"布丁，问问他。"

"我无法和他进行对话。他只告诉我不要把盔甲带进船舱，然后就没有了消息，也没有理会通讯请求。"

"你看到了些什么？银河人的身体里边是什么样的？"

"他的皮肤内层具有金属特性，隔绝所有电磁波，无法深入扫描。"

"我们该怎么办？"李约素转向佳上。

"等待。"佳上言简意赅。

"好吧，听你的。"李约素抬了抬眉头，做出一个无奈的表情，"这些高等生物肯定不会介意我醒着还是睡了。有事叫醒我。"说完，他飘向后舱，通过连接舱的时候，用脚狠狠地把门带上，发出一阵沉闷的响声。

"船长不太高兴。"布丁说。

"就这样吧。继续观察银河人的动静，保持警惕。"佳上用一贯平静的语调吩咐布丁。等待中他并没别的事可做，于是端坐在椅子上，缓缓进入沉睡。他的意识一片空冥。

"沙川，沙川……"冥冥之中，仿佛有人轻声呼叫。声音从四面八方传来，无处不在，让人难以分辨源头。他仿佛置身于一片混沌的光亮中，四处游移。佳上感到一阵困惑，这不是他熟悉的情形，当他沉浸在空冥中时，那里应该是一片黑暗而沉寂的世界。

"沙川，沙川……"他继续听到声音，那似乎是一种幻觉，若有若无。他凝聚心神，仔细聆听。

声音变得更为缥缈,渐渐地不可闻。突然之间,他听到一个清晰的声音:"落亦。"

这一叫喊并不大声,却仿佛一道霹雳在佳上的脑子里炸响。佳上霍然睁开眼睛。他气喘吁吁,脸色苍白,双手不停地抖动。

稍稍平静之后他深吸一口气。

后舱门突然打开,李约素快速地飘进来。

"佳上,"他匆忙地叫喊,"刚才我做了一个梦!"

佳上盯着李约素——这不可能是巧合!

"我看见你了,在你的飞船上。你在一个通道里移动,可能就是我发现你的那个通道,在你的飞船上……"李约素突然露出一丝迟疑,"好像还有一人,是一个孩子。"他看着佳上,佳上也看着他。

"有一扇门正在关上,你被关在里边。"

"那个孩子呢?"佳上急切地问。

李约素努力回想。那真是一个栩栩如生的梦境,然而也遗忘得非常迅速,似乎只剩下一团朦胧的光亮。

"我想不起来,你应该救了他。"

佳上略微沉默了一会儿,说:"我也做了个梦。"他的目光投向趴在盔甲上的银河人。

银河人毫无异状,仍旧是软绵绵的一团。

"这不是梦,他在窥探我们。"佳上说。

"你梦见了什么?"李约素问。

"没有什么,只是有人不断地和我说话。"

"说些什么?"

"他不断地说一个名字,我想那应该是我真正的名字。"

"是什么?"

"落亦。"

"落亦,落亦……"李约素反复念了几遍,"这听起来像是一个雷电家族的名字……哈,听起来不赖,比佳上这个名字好听多了。你打算让我喊你佳上还是落亦？"他看着佳上，似乎这是一件很有趣的事。

"他们在窥探我们。"佳上并没有理会李约素的玩笑，"也许他们能够阅读我们的头脑，得到我们的记忆，甚至包括我们自己都已经失去的记忆。也许……他们还能帮我们恢复记忆。"

"我可不这么想。也许他们能窥探我们，"李约素看了那一动不动的鼻涕虫一眼，"但如果他们想告诉我们什么，最好是站在我眼前，一个字一个字地告诉我。我可不愿让这么恶心的东西钻到脑子里。想起来就让人想吐。"

"他们是银河人，"佳上淡淡地说，"是进化最完全的人类分支。"

"人类进化终点就是这么一团东西？银河在上，我宁愿原始一点！"李约素顿了顿，"我们现在该怎么办？"

"等待。"

"等，等，等——还是等。"李约素摆出不屑的神色，"他们是想让我们在这里继续做梦吗？"

"李约素——"突然间布丁的声音传来，他的腔调拖得很长，显得很怪异。

李约素一愣，布丁一直称呼他船长，猛然间听到他叫自己的名字，感觉很奇怪，"布丁，你搞什么鬼！"

"那不是布丁。"佳上说。

李约素猛然抬头，他看不见任何东西，然而他知道某种异样的存在已经侵入到飞船。

"你是银河人？"李约素大声问。

声音并不理睬李约素的问题，"你们遭遇的非人类种族极为危险，这是全人类的威胁，必须及时清除。"

"你说得很对，这就是我们横跨银河来到这里的原因。你们一定要帮助我们。它们杀死了几十亿的人，毁灭了星球。如果不阻止它们，它们会杀死更多的人！"李约素回话。

"危险显而易见，但是好望角防线很稳固，它们无法突破好望角。"

"好望角远在万千光年之外，我们离开已经三百多年，谁知道发生了什么?! 我们必须尽快赶回去。"

"它们无法正面突破好望角。"声音并不为李约素所动，它坚定地继续陈述，"但是在四百年的时间里，它们可能整合科尼尔凹陷区的所有能量源，进行一次远距离迁移。那时候，好望角的空间优势将彻底丧失，它们将能够从好望角后方发动攻击，轻易扫除前进障碍。

"它们会突入英仙座旋臂，向银心前进，沿途吸收活力恒星，不断扩张，在两千八百年后抵达银河之心的边缘地带。"

描述的前景十分可怕，然而李约素却感到一丝纳闷，他不想继续听下去，"我们要把它们阻拦在好望角。我们需要一支舰队，强大的舰队，马上去支援好望角，然后把它们消灭在科尼尔。科尼尔星域还有我们的同盟，他们正等着银河舰队的支援。"

"我们已经对巡逻者发出召唤。会有一支银河舰队的，但需要时间来组建。我们会负责整个银河的安危。"说完这一句，声音沉默了下来。

"嗨，嗨!"李约素叫喊道，"你还在吗?"

没有人回应。

"布丁。"

"我在这里，船长。"布丁恢复了正常。

"刚才的那个声音，是银河人控制了你吗?"

"银河人控制我?"布丁有些疑惑，但随即明白过来，"我的系统丢失了十分钟，但我并没有感觉到侵入……"

"野蛮无礼!"李约素给银河人下了评语。他转向佳上，"刚才说话的银河人是在讲故事吗? 好像一切都是他们的剧本。"

"我想这是他们的预测结果。"

"他们要预测几千年后的事，我不信。他说召唤巡逻者，你们沙川人，还有沙冈人，还有别的舰队吗? '平准'号都被毁了，巡逻者还有什么特别的力量?"

"'青云'号沙达克曾经告诉我巡逻者有八个部族，雷电家族只是个小部族,强大的部族拱卫着银河之心。"佳上回答。

"巡逻者……"李约素有些不满,"只有八个部族?"他见识过沙冈人的力量,那的确是令人生畏的强大舰队,然而和黑暗中蜂拥而来的敌人相比,却不算什么。天狼七的"平准"号面对敌人的疯狂攻势,只能采取阻断伊特星门的方式来和敌人同归于尽。多几艘"平准"号,也完全无济于事。

"银河人是我们所能依靠的最强大的力量。我们必须相信这一点。"佳上说。

"是的,我相信。"李约素带着几分无奈的语调,"但是他们把话说了一半,也不给一个确切的说法。这些人在装神弄鬼,我们却像傻瓜一样任其摆布。"

佳上没有说话。

"落亦……"突然间,布丁的声音又响起来,还是那种陌生的腔调。银河人回来了。

佳上略微迟疑,但随即马上开口,"我叫佳上。"

"落亦是你的本名,你的姓名写在 DNA 里。你是巡逻者,巡逻者应该承担他的责任。"声音沉寂了下去。

"你想让我怎么办?"佳上发问,却没有得到回答。

"这就是神秘莫测的银河人!"李约素冷冷地讥讽了一句。

佳上默默地等着。

声音再次响起:"'上佳'号放弃了它的职责。两万六千四百年前,它被唤醒进行值班巡逻,此后再没有回来。'青云'号曾经带回它的消息,报告它已脱离了巡逻者行列。你的基因报告显示出大量基础基因组差异,你偏离沙川人标准基因六个基点。"

这样的结果并不让佳上感到惊异,哪怕他的面容带有雷电家族的特征,也跟雷电家族的人截然不同。"这又能说明什么呢?"佳上问。

"你是否愿意成为真正的巡逻者?"声音问。

"我一直是巡逻者。"佳上不假思索地回答。

声音稍稍沉寂了一会儿,"你会如愿以偿。"它拖长声调,听上去仿佛一个字一个字地往外蹦句子。

"我呢？"李约素插入到对话中，"什么时候才能有银河舰队去帮助好望角？你已经得到消息，我们也应该得到一个公正的回答。"、

"我不能告诉你何时能有银河舰队，但是敌人一定会被阻挡住。"

"等到整个旋臂的文明都被摧毁之后吗？"李约素的话不由尖锐起来，"你们真是非常不错的人类守护者，全人类的大救星。"

声音不以为意，"关于你，李约素，你的身体里也包藏着一些秘密。"

"没错，我失去的记忆很重要，所有人都这么说。你可以随便翻阅，看完了别忘告诉我到底是什么。"

"不是你的记忆，而是你的身体。"

"什么？"

"你的身体具备亚空间侧面——在肉体上依附亚空间，这是一种高超的技术，人类还做不到。你可以和它们的中枢星感应，可以了解它们的活动。它们也可以影响你。"

"好像我是一个傀儡？我怎么从来没有感觉到？"

"你可以是它们的一部分。"

这句话背后的含义让李约素感到愤懑，同时夹杂着些许惶恐，"你说我是一个间谍？我被那些该死的异生物改造了然后送回来，当做一个间谍？我花费上百年的时间，横跨银河来到这里，难道就是为了听这种无聊的推断？银河在上，你绝对找不到比我更忠诚的科尼尔人！"

"你可以是它们的一部分，但你不是，所以我们仍旧在进行对话。它在表达一些信息。"银河人的声音保持着一贯的平静，听不出任何波澜。

"什么？什么信息？"李约素有些好奇。

"和平。"

"和平？"李约素不由笑了起来，"和平？它们在表达和平？太荒谬了……"

"它在告诉我们，它可以找到办法跟人类和平共处，它还可以改变，变成人类的形态。"

"然后,它就把科尼尔行星整个毁灭,四处杀人。我从来没有见过这么有诚意的和平!"李约素吼了起来。

佳上伸手拉了拉李约素的胳膊,他向着屏幕,向着那个占据了布丁躯体的幽灵发问,"那么你怎么看?"

"没有和平。银河只有一个,它们或者选择决战,或者进入黑暗空间,尝试进行银河间迁徙。"银河人回答。

"难道它们不能在银河内跟人类和平共处?"

"没有这种可能。"回答简单明了,干净利落而且不容置疑。

"很好,"李约素接上话,"那么赶紧组成舰队,如果它们突破了好望角,一切就太晚了。"

银河人突然间又沉寂下去,没有回答。

"他们到底想干什么?说了半截又打住,没有任何招呼,这就是银河人的最高指示?"李约素问佳上。

"我们的任务已经完成了,"佳上回答,"银河人会派遣舰队的,他们有自己的节奏。"

"简直胡扯,银河舰队到底有没有?我什么都没看见,只看到一团鼻涕虫爬在我的盔甲上,然后是一个装神弄鬼的声音。这是一个银河笑话,超级笑话,我们在被人耍。我们没别的事,要做的唯一一件事,就是把银河舰队带回去。他们都在等着我们呢!科尼尔,雷电家族,还有你们沙川人。"

"铁人明确告诉我们,黑星就是银河之心的入口。他们是距离银河人最近的文明种族,不会错。你到了那儿,然后被送回来。你应该最明白我们到底是不是到了银河之心,找到了银河人。"佳上说。

李约素想起黑星尽头的情形,那的确让人印象深刻。银河人,无论形象多么让人大失所望,至少他们有着高超的技术,他们可以神不知鬼不觉地来到身边,把空间像面团一样随意摆弄。那些灼热的恒星,聚拢在如此狭小的空间内,如果不是被某种力量所制约,早已彼此间相互吸引,经历一次又一次超新星爆炸,最后坍缩成黑洞了。许多文明都能够直接利用恒星能源,但如此大规模地控制成千上万颗恒星,让这些巨大的灼热气团彼此间靠得如此之近却又不因为引力而坍塌成黑洞,这样的设计的确需要非凡的技术和宏大的气魄。

"好吧。"李约素重重地呼出一口气,打算从这场小小的争论中退却,"我需要休息一下。"他转过身,双手用力一撑,身子向着后舱飘去。

舱门把一切隔绝在外,李约素靠在自己的床位上,他触动床沿的某处,舷窗悄无声息地打开。

外边的景色颇为壮观,数不清的恒星聚集成密密麻麻的星团,抛射的银亮物质漫天飞舞。这是一个无声、狂乱、惊心动魄的世界,蕴藏着无穷无尽的能量,空间被扭曲成各种奇特的形态,银河之心的秘密蕴藏其间。这是银河人的世界。

李约素瞥见了黑星,它是亮银世界中一个小小的缺口,仿佛一只深邃的眼睛。那是银河人观察这个世界的眼睛吗?铁人说过,银河人拥有许多黑星,它们分散在银河之心的外围,保护着银河人的领地,如果要进入银河之心,必须经过黑星。这也许并不是真的,银河之心灿烂的光辉就在眼前,银河人又凭什么能够把一切都阻挡在外?

他又看见了自己的盔甲。鼻涕虫银河人盘踞其上,就像一层软绵绵的寄生物。李约素很快挪开视线。他把自己固定在床上,试图安静下来,好好休息,然而他翻来覆去,觉得某些东西郁积在心口,让人感觉憋闷。

最后,他翻身而起,决定再找佳上谈谈。

佳上不在控制舱里。邓迪斯正端坐在椅子上闭目养神,听到动静,他睁开眼睛,看着李约素。

"邓迪斯,你回来了!佳上呢?"

"他出舱活动去了。"

"他怎么能擅自行动?我们只剩下一副盔甲!"李约素有些愠怒。

邓迪斯没有接话,李约素凑近他。也许邓迪斯并不是最合适的谈话对象,但也是一个合格的对话者,经年累月的旅途已经充分证明了这点。

"你对这些银河人怎么看?"李约素发问。

"有些出乎意料,我以为他们应该像是机器人。机器人寿命长,不怕辐射。不过这也没什么,他们的形态如何并不重要,至少他们答应帮助我们。"

"我觉得这些银河人并不友善。他们并不喜欢我们,只把我们看作无关紧要的低级生物。"

"他们同意派出银河舰队去拯救科尼尔。"

"他们没有舰队,他们只是同意建造一支舰队,银河在上,谁知道这需要多少时间?! 他们用什么样的时间单位来进行计划? 据说银河之心已经建造了几百万年,或者更久。按照这样的时间来看,他们也许要用上万年才能造出一支舰队,等舰队造好的那一天,科尼尔人早就死绝了。"

邓迪斯沉默了。

李约素继续说:"他们并不在乎我们。他们和其他人类都不一样,甚至比雷电家族那些人还要冷漠,他们甚至没有人形。就算他们打算拯救银河,也一定没打算拯救我们。"李约素越说越激动,郁积在心头的想法随着讲述变得越来越清晰,"他们的确是最强大的人类,但他们和我们不是同一类,我们必须自己拯救自己。银河里没有什么仲裁者,全是谎话,我们不能指望任何人拯救,我们必须自己救自己,就像那些留在科尼尔的人一样!"

邓迪斯看着李约素,有些惊讶地问:"你打算怎么办,船长?"

"我们自己来!"李约素坚定地说,"那些坚强的人类星域才是我们可以依靠的力量。我们可以向铁人求援,他们许诺可以帮助我们。还有凤凰星云,你也见到了他们的母舰,轻巧快捷,动力强大,比'青云'号还要先进。青河人,这些人也是巡逻者,他们的重装飞船可以深入到恒星内部,经受极端的高温洗礼却丝毫无损。如果有必要,他们一定可以制造出'平准'号这样的巨型重装飞船。我们可以鼓动成百上千的星域起来对抗危机。他们明白所面临的困境,一定会帮助我们。虽然这些人类都有些封闭,但大家都认为自己是银河人类的一员。我们一路上得到了很多帮助,对吧?"

"但是青河人和铁人都支持我们来寻找银河人……"

"他们也会支持我们重返科尼尔。"李约素打断邓迪斯,"他们支持我们来寻找银河人,是因为他们认为这是我们的目标,但我们真正的目标是消灭那些入侵者,他们会支持我们的想法的。一旦好望角失守,遭殃的是整个银河!"

邓迪斯不置可否。他知道李约素已经下定了决心,只有佳上才可能改变他的主意。略微沉默之后,他说:"船长,我追随你到了这里,我也愿意去寻找更多星域的支持。我现在最想搞清楚的一点,是银河人到底能帮助我们多少。我们不妨等几天,也许银河人会给我们一些意想不到的惊喜。"

李约素没有应声,他的视线投向窗外。无数的星星照亮苍穹,这其中有多少个人类世界?银河人也不过是其中的一员。他突然感到一扇门在他的世界里打开,仿佛依稀看见了胜利在前方招手。

"船长!"邓迪斯见李约素的神色有些异样,便招呼他。

"哦。"李约素从失神中恢复过来,"怎么?"

"你是否介意我们再等几天?"

"没关系。我们可以等佳上回来。"李约素有些心不在焉,他的目光再次投向窗外。

舷窗外是星星的世界。

银河世界。

人类的世界。

第三章 银心魅影

"天狼星"号里，一场争论正在进行。

佳上并不愿意支持李约素的想法，他想等待银河人的行动。

李约素逐渐失去耐心，最后，他对着佳上大吼："我是船长，我来做决定！除非银河人把一支舰队放在我面前，否则我不会相信他们。我要马上回头，所有的人类都会帮助我们。我们会战胜那些鬼东西！"

佳上正试图说些什么，飞船突然间剧烈震动，三个人猝不及防，被甩起来重重地撞在舱壁上。

"布丁?!"李约素抓着座椅，稳住身体，大声呼叫布丁。

"他们正在牵引'天狼星'号，我们正向黑星飞去。"布丁也显得很焦虑。

"脱离牵引！"

"我对动力系统失去了控制，他们中断了飞船的动力系统。"

"那个银河人呢?"慌乱中，李约素想起了银河人，那仿佛鼻涕虫般的高级人类，"问问他，到底怎么回事?"

"他已经走了。"佳上接过话头。

"走了?"

"他脱离了盔甲,自行离去,布丁已经把盔甲收在后舱里了。"

"布丁,是这样吗?"

"是的,船长。"

"你怎么没告诉我?"李约素质问佳上。

"你一直在说回去的事。"

李约素闷声不响。

"天狼星"号很快稳定下来。李约素移动到控制台前,"让我看看那个鼻涕虫是怎么走的!"

布丁在投影中显示了整个过程。银河人的离去和到来一样出人意料,他从盔甲上脱离,仿佛一团毫无生命的死物,然后悄无声息地消融在黑暗中。

"银河在上!"李约素情不自禁地说,"他们能亚空间遁形。"他转身看着佳上,"看见了吗?亚空间肉身遁形。看起来这些家伙要给我们展示一点真家伙了!"

"那可不是一团肉。"布丁说。

"各就各位。"李约素没有和布丁继续争辩,他下达命令。三个人飞快就位,自动锁发出咔嚓的声音,把他们紧紧地锁在座椅上。布丁把飞船外部的情形清晰地展现在中央投影上。

银河人却并没有出现,也没有任何动静。

"布丁,能够恢复控制吗?"李约素问。

"不行。"

"他们在等什么?"李约素问。佳上和邓迪斯都没吱声,他们知道李约素并没有期望答案,这更像是自言自语,他只是无法控制地要说上点什么。

会有什么要紧的事将要发生?"天狼星"号中的三个人在忐忑不安中等待着。他们历尽艰辛,从上万光年之外来到这里,期盼的就是这一刻。然而,当银河人准备展示些什么时,他们又忐忑不安,期盼中夹杂着些许惶恐,兴奋中掺入了少许担忧。银河人到底能提供些什么?或者他们真的如李约素所说,并不打算提供任何实质性的帮助?难道他们把"天狼星"号带到这里,只是为了告诉李约素们一个令人失望的答案,然后打发他们走?

等待显得无比漫长。李约素几乎要失去耐心,他用力拉扯座椅上的安全带,转移自己的注意力。

"船长,你看!"邓迪斯突然发现异样,一串红色的亮点正向着"天狼星"号快速飞来。

"布丁,那是什么?"李约素问。

布丁没有回应。

"布丁!"李约素大叫,回答他的仍旧是沉默。

布丁再次被银河人用某种方式隔离开来……三个人相互看了看,谁都没有说话。该来的终于来了。

红色的亮点逐渐靠近"天狼星"号。它们是一串飘忽的球体,若隐若现,大小不一。它们绕着"天狼星"号旋转,缓慢地向着船体靠近。很快,所有的红色球体都消失在镜头之外——它们如此靠近飞船,进入了摄像机的死角。

"要打赌吗?"李约素说,"我们来猜一猜银河人打算如何进入'天狼星'号——是破门而入,还是请我们开门?"

"我们无法开门。"佳上回答,"既然他能控制布丁,他们也同样能控制这艘船。我们等着吧!"

话音刚落,中央投影突然熄灭,舱室陷入一片黑暗。一阵淅淅沥沥的声音传来,仿佛细小的雨滴落在玻璃顶棚上。

"这是下雨了吗?"李约素笑着说,"还有什么节目呢?"他转向邓迪斯的方向,黑暗中,他看不见邓迪斯,然而却感觉到邓迪斯也正看着他,"邓迪斯,大好人,这声音听起来很亲切,对不?"

"是的。"邓迪斯回答。李约素笑了笑。他想起了在薄云星的经历,他和邓迪斯两个人在那多雨的星球上徘徊了三个星期,耳中所听的就是这样淅淅沥沥的声音。邓迪斯有一些难忘的回忆永远留在了那里。

淅淅沥沥的声音很快消散,一种低沉而持久的声音取而代之,那仿佛是远方的雷雨云发出的吼声,经历长远的距离之后变得不那么暴烈了。然后,声音变成了呼呼的风声。

看来银河人正在"天狼星"号的控制系统中动手动脚,于是发出了一些奇奇怪怪的声音。

起初李约素一直微笑着,后来终于按捺不住了,"你们到底在做什么?出来让我看看你们!"他向着黑暗大叫。

他的声音没入黑暗,没有任何反响。

李约素突然间有种不祥的感觉,"佳上,邓迪斯,你们在吗?"他没有听到回答。

李约素反而平静下来,"我知道你是银河人。你们是无所不能的银河人。但这是我的飞船,作为船长,我要求你们离开我的飞船。我们有不受侵犯的自由!"

一个飘忽的影子出现在他眼前,若有若无,然而那一定不是幻觉。

"李约素,你好!"影子说。

"你是银河人?"李约素问,有些迟疑。银河人是一团黏糊糊的鼻涕虫,和眼前的这个相去甚远。

"是的,我叫HAL998。你将被送往铁星三号,那里有三艘飞船,你将跟随这支舰队行动,和沙丘人会合,你将是他们的向导。"

HAL998向李约素陈述着,他的语气机械而僵硬,词语仿佛一个个地蹦出来。李约素将信将疑。

"我要先问一些问题。"李约素打断HAL998,"我的伙伴在哪里?你们带走了他们?"

"他们有其他任务。"

"其他任务?"李约素感到意外,同时有些隐隐的不快,"你在给我分配任务吗?我没有答应任何事。"

"你来到银河之心的目的不就是请求银河人的帮助吗?我们正准备帮助你。"

李约素哑然。

"沙丘人和沙冈人源自同一部族,彼此很相似。你和沙冈人接触过,对沙丘人不会感到陌生。你会是一个好帮手。"

李约素沉默片刻,说:"告诉我他们都去了哪里?佳上,还有邓迪斯,我们不能分开。"

"佳上去和星渊人会合,邓迪斯会加入星尘舰队。"

"星渊人?星尘舰队?"

"是的。星渊人,星尘人,他们都是巡逻者。"

"你让佳上和邓迪斯加入巡逻者?你要拿他们怎么样?"

"他们前往巡逻者舰队提供必需的情报。星渊人和星尘人会给他们做出合适的安排。"

"我可以选择吗?"

HAL998 稍稍沉默,"你不能选择,这是最优的方案。所有前来报信的人都要接受我们的安排,所有人都会接受安排。"他生硬地说。

李约素看着眼前似有似无的人形,感到愤懑。他和佳上、邓迪斯共同经历了无数的磨难,彼此间深刻了解,他知道总有一天,他们会分开,然而他一直认为,那将是很久很久之后的事。他们会带领一支舰队回到好望角,回到科尼尔,扫荡那些恐怖的异族,拯救星域和银河。当最后的胜利到来,才应该是他们互道珍重、各奔前程的时刻。但现在,分别却来得如此突然,而且以一种不容分说的方式强加在他们身上。

李约素将愤懑感压制下去。

"至少我可以和他们说一声'再见'。"他说。

"再见?"HAL998 说,"这有任何意义吗?你会再次见到他们,你们会跟随各自的舰队在战场上会合。"

李约素盯着 HAL998。这个幻觉一般的影子显然并不理解人类的情感。他突然冒出一个大胆的念头,"大家都称你们为银河人。我想知道,你们是否还算是人类呢?"

"我们属于人类,虽然并没有肉体,但是我们的祖先和你们一样,依靠

DNA 遗传,使用蛋白质组成身体。银河人一直承认自己是人类社会的一员,我们是人类社会的核心。"

"哈!"李约素咧嘴干笑,"居住在银河中心,就是人类的核心——这显然是一个真理。"

HAL998 没有理睬李约素话语中的讥讽,"如果你没有别的问题,我会把你送到铁星三号。"

李约素想了想,问:"铁人是银河人的附属吗?"

"人类有成千上万的分支。在人类的进化树上,铁人和银河人彼此相邻。我们的共同祖先距今三百五十万年。"

"你看上去和铁人完全是两类。"

"你指的是这个影像?这只是一个通讯影像,我们和铁人的外表很相似。"

李约素想起了盘踞在自己盔甲上的鼻涕虫,"和铁人很相似?"吉钠魁梧的形象浮现在脑海里,他无论如何无法把这样软绵绵的一团和吉钠联系在一起。

"我说,"李约素犹豫着,寻找措辞,"我是说我的盔甲上曾经有一个银河人,我不知道怎么样才能准确描述他的模样。那是银河人的模样吗?就像一团……湿乎乎的东西。你明白我说的是什么吗?"

"那不是银河人,那是一个传感器。"

"你到底长什么样?出来让我看看。"李约素四下环顾,希望能看到点别的什么,然而除了眼前若有若无的人影,剩下的只有黑暗。

眼前的影像似乎凝固起来,HAL998 的声音随之沉寂。片刻之后,HAL998 僵硬的声音再次响起,人影也开始飘动。

"这不是一件必须要做的事,但有助于增强你的信心。银河人会和你见面,面对面。"话音刚落,眼前的人影转瞬间消失不见。

黑暗正从眼前退去,星星逐渐显露出来。李约素惊讶地发现,他并非身处"天狼星"号上,而是悬浮在一无所有的空间,猛然间,他意识到自己赤身裸体,身上没有一件衣物。他本能地伸手去遮蔽私处,又即刻释然——这里没有任何人,遮蔽给谁看?

他觉察到自己正被一个透明的球体包裹,它正载着他快速移动。他看见了巨大的恒星,距离如此之近,以至于能看清恒星上此起彼伏的核子风暴。白亮的光照亮他的眼睛,他却丝毫感觉不到刺眼,也没有感觉到辐射灼人——在这样的距离上,钢铁也会转眼间气化,银河人却只用一层轻巧的物质就很好地保护了他,想到这一层,李约素稍稍生出些敬畏之心。

透明泡在恒星间穿行,速度极快,轨迹笔直。它径直从恒星边缘掠过,恒星巨大的引力似乎毫无影响。李约素四下张望,极力寻找人造物的痕迹。他看到前方巨大的环形,就像一个发亮的手镯,透明泡正向着环形的中央而去,转眼间,他从环形中掠过,把它远远地抛在后边。另一个圆环出现在远方。他似乎正处在一个接力赛中,从一点被传送到另一点,其间,一颗又一颗恒星从近在咫尺的地方飞掠而过。某些时刻,他甚至从恒星所喷射的火焰中穿过。

好刺激的旅程!李约素舒展身体,全面放松。他让自己脸向前,直视扑面而来的各式各样的火焰。这真像一个灿烂的烟火晚会,他想,然而这么多的恒星……引力应当让它们彼此间撕扯,最终聚合在一起,一道没入黑洞。如果没有引力,恒星便不会形成,是引力造就恒星,引发聚变。然而在这里,恒星内部引力正常,维持着聚变反应应有的强度,可是恒星彼此间的引力却仿佛不存在。

银河人用巨大的能量控制着这些星星!这就是银河之心,人类文明最璀璨的明珠!银河人驱赶恒星,把它们排列成庞大的阵列,形成巨大的亚空间体积,从而形成了一个银河间最伟大的头脑,比任何一个沙达克都要伟大!

李约素无数次听说过关于银河之心的传说,他一直将信将疑。然而,当他亲眼目睹一个个巨大的火球从眼前滑过,他终于相信,那些传说是事实,银河人拥有无穷无尽的力量。

透明泡穿过最后一个圆环。这一次和之前不同,它直奔着恒星表面而去,漫天的火焰瞬间吞没了李约素,他只感到自己掉进了一片灿烂的金光。

突然,金光消散,透明泡从恒星中穿出,世界瞬间又变成一片黑暗。

天宇中的黑暗深沉压抑,透明泡向着黑暗深处疾驰。城市从黑暗中浮现,起初只是小小的一点,很快就变成天宇中隐约发亮的斑纹,然后,它开始显示出轮廓,仿佛一只长满茸毛的草履虫。它以令人眩晕的速度生长,当透明泡最后停下时,展示在李约素面前的是无边无际的钢铁平原,黝黑一片,只在视线的尽头闪烁着微弱的金属光泽。

有人在这里等着他。隔着透明泡,李约素看到两个人影正向着这边移动过来。他们的背后闪着幽幽的青光,仿佛幽灵一般凌空而行——这正像铁人所描述的银河人。

两个人影在三米外停下,其中一个伸直手臂,硬而直的手臂突然间如鞭子般伸展,扭曲着向着透明泡而来。它轻巧地碰触在泡体上,一刹那间,透明泡仿佛一个原子灯般亮了起来。

李约素看到了两个赤裸的人,他仔细地打量他们。他们的躯体在光线的照射下散发着金属的光泽,身上没有任何性别的痕迹,两只眼睛大而黑,对称分布在头的两侧,除此之外,头部再没有任何器官。这样的形象和铁人相去甚远,银河人却认为自己和铁人很相似。

"你们好!"李约素主动招呼。

"我是 HAL998。欢迎来到银河城。"僵硬的声音听起来很熟悉。

"你到底是哪一个?我看不到你们说话。"李约素问。

"是我。"其中一个人转动头颅,于是他有一只眼睛向李约素看过来,看上去仿佛独眼巨人。他是和透明泡相连的那一个。

李约素向他点点头,"我明白你让我来这里是好意,但是为什么要把我的衣物全剥了?"

"引力隔绝点分解了你的衣物。我没有想到遮蔽身体对你有意义。"

"你们是怎么把我从'天狼星'号里弄到这个泡泡里边的?'天狼星'号不会也被分解了吧?!"李约素有些焦虑,他贴在泡壁上,恨不得能够冲出去抓住对方的脖子把答案挤出来。

"'天狼星'号完整无缺。我们是用亚空间通道把你从飞船中剥离出来的。"

听到"天狼星"号安全的消息,李约素松了口气,然而当他听到亚空间通道剥离,顿时感到巨大的疑惑,"亚空间通道? 你们在飞船内使用亚空间通道,这怎么可能?"

"这可以做到。"HAL998 并不解释。

"你已经看到了我,面对面。"HAL998 接着说,"银河人要求你与沙丘人会合。还有什么疑问吗?"

李约素仔细打量眼前的 HAL998,他正用一只巨大的眼睛看着自己,深邃的眼睛里映出自己的影子。

"你们打算怎样送我去? 有多远? 要多久?"

"你会被送往铁星三号,那里有三艘飞船可以带你去和沙丘人会合。沙丘舰队在 WPD772 恒星,距离铁星三号两千四百二十二光年。"

"沙丘人也有'平准'号一样的大船吗?"

"他们应该没有'平准'号规格的大船,但是我们已经三十六万年没有接触了,早年接触时,他们还在平定猎户座旋臂上的一场骚乱。现在,他们可能已建造了更大的飞船。"

"那么他们要花多久的时间赶到好望角?"

"飞船时间一百二十八年。"

"当地时间呢?"

"两千六百七十年。"

李约素哈哈大笑起来,"你们告诉我,只要再有四百年的时间,那些异类就能突破限制,好望角防线就变得毫无意义。现在要花这么长的时间,哪怕你的舰队宇宙无敌,去了又有什么用?"

"所有的巡逻者都会得到警讯,银河会进入警戒状态,我们并不一定要在好望角进行战斗。"

"任由它们突破好望角,消灭我的同胞? 这绝不行!"李约素语调高亢,"他们坚持战斗,盼望得到支援,他们希望得到你们的支援,你们不是所有人类的守护者吗? 难道见死不救?!"

"银河人已经展开行动,警讯已经发出。"

"发警报有个屁用!"李约素爆了粗口,他用力在泡壁上捶了两下,最后无力地瘫软下来。是的,他能希望银河人做些什么?念几句咒语眨眼间在科尼尔变出一支庞大的舰队?好望角远在三万七千光年之外,任何支援都显得过于遥远。

李约素满脸沮丧,露出一个自嘲的微笑。"天狼星"号离好望角越远,他心中的不安就越躁动,如果不是佳上的坚持,可能他早已中途返回。他明白自己内心的忧虑:时空的阻隔无法抗拒,哪怕强有力如同银河人,也无法有效地帮助好望角。然而,他一直心怀希望,也许真的如天狼七所说,银河人有办法解决问题。此刻,答案明了,银河人的确有办法解决问题,然而数以千万计的人类星球将被视为不可避免的牺牲。坚持在好望角的人们将第一个遭受这样的命运。

"如果巡逻者都行动起来,人类一定能赢吗?"李约素问。

"确定无疑。"

"好。我不去见什么沙丘人。把飞船还给我,我要回去。"

"你不愿意和银河人合作?"HAL998有些吃惊,他没有想到会被拒绝。他转过头,和身边的人对视,短暂的沉默后问道:"HAL007要我问你,你是否确定拒绝银河人的提议?"

"我要回科尼尔。"李约素已经全然平静下来,他看着两个银河人,轻轻地说,然而语气坚定。

HAL998再次和HAL007对视。

"HAL007让我告诉你,这是两百六十万年来,第一次有人拒绝银河人的要求。"

"这么说,两百六十万年前也有人曾经拒绝过,很好,我也不是第一个。"

"你确定?"

"哪有那么多废话!我要回去,难道你们会为此杀死我?"

HAL998和HAL007陷入长久的对视。

"你的要求会得到满足。银河人是所有人类的朋友。在离开之前,我们会送你去见沙达克。"

李约素听到了这最后一句回答。他没有机会提问,深沉的睡意涌来,他转眼间失去了意识。

第四章 真理之光

李约素悠悠转醒。他仿佛做了一个漫长的梦,梦境栩栩如生。

在梦中,他面对着一个红黑的庞然巨物,巨物的面貌模糊不清,然而无比巨大,遮蔽了眼前的一切。细小的白色生物在他身边聚集,爬上他的身体,钻入皮肤。他心中满是恐惧,却动弹不得,只有任由白色小东西在身上肆意而为。幸而这样的侵入并没有造成痛苦,只是有些许麻痒,不一会儿,他便感到飘飘欲仙,充满无可名状的快感。快感突然中断,剧烈而持久的疼痛从头脑中爆发出来,他不由大声叫喊,却没有任何声音。疼痛的离去和到来一样迅速,当他从痛苦中平静下来,惊讶地发现了某些前所未见的东西:大大小小的黑色飞船密密麻麻地拱卫在星球外围,散布的范围足有一光年之远,再远处,二三十光年之外,红色的星星喷吐着火焰,层层叠叠,把天宇染成赭红。巨大的机械产生强烈的空间扭曲,这些已经走入生命晚期,却仍旧保持着蓬勃活力的恒星被锁定,虽然彼此间距离很近,也没有发生碰撞。看!一个声音在他的内心翻腾,他的感觉在红色的星星之间不断延伸。

某种东西侵入了他的身体,迫使他感受到一些不同寻常的景象。他的视野如此之大,所有的星星似乎都触手可及。他能感觉到那紧绷的天宇,似乎只要轻轻用力,就会支离破碎,镶嵌其中的星星就会掉落。

"你是谁?"李约素大声问,充满恐惧。

没有人回答。

他醒了过来,浑身冷汗。

李约素回味着梦境。

"船长,你醒了!"布丁愉快地和他打招呼。

"布丁,我们在哪里?"李约素伸手摸了摸脑袋,他似乎仍旧能感觉到爆裂般疼痛留下的痕迹。

"我们在铁星。"布丁回答。

"铁星?哪一个铁星?是吉钠的星球?让我看看。"

李约素起身,从各种各样的杂物间穿过,进入到控制舱。布丁已经把星球影像显示在中央,铅灰色的星球上灯火通明,标志性的十三放射线斑纹一半掩映在黑暗中,然而依旧无比清晰。这是铁星没错。

李约素扫了一眼空空的座椅,"佳上和邓迪斯没有回来?"

"是的。我们要等等他们吗?"

"不用了。"李约素在一张椅子上坐下,"我们自个儿回去。"他已然下定决心,无论银河人做出什么样的决定,无论佳上和邓迪斯是否能和他一道行动,他都要回到好望角去,人们在苦苦等待,他不能就此放弃他们。哪怕只是一个糟糕的消息,他也要亲自将它带回好望角。也许不会那么糟,银河中有无数的人类世界,还有别的希望。

"你见过银河人了?"布丁问。

"是的。"李约素心不在焉地回答。

布丁兴致勃勃,"真的!他们长什么样?银河百科全书里边连一张照片也没有。"

"一个脑袋,双手双脚。他们长得和人一样。"李约素随口敷衍。

"我当然知道他们长得和人差不多,但他们和人不可能完全一样,到底有什么不同?脑袋特别大,特别聪明,他们真的能控制恒星?"

"让我安静一下!"李约素不耐烦地大叫。

布丁被吓了一跳，"遵命，船长。"说完他不再言语。

"对不起。"李约素小声嘀咕了一句。他抬眼望着铁星。

铁人和银河人同出一源，然而铁人比银河人要可爱得多，至少吉钠比那个HAL998要有趣得多——虽然看上去和科尼尔人的模样相去甚远，却对外边的世界充满好奇，不像HAL998那样趾高气扬，自以为是。他想起吉钠和他还有邓迪斯的一段对话。

"你们科尼尔人生命脆弱，但充满活力，这是件很有趣的事。其他科尼尔人和你一样吗？"吉钠问。

"有什么不一样？科尼尔人都一样。"李约素回答。

"有时的确不一样。"邓迪斯插话，"我见过许多科尼尔人，李约素船长属于异类，一般的科尼尔人都很温顺。"

"温顺？"李约素感觉这个词有些滑稽，"这真是海盗看法。"他转向吉钠，"别听邓迪斯的，他习惯了把人分为温顺和不温顺两类。这是为他的抢劫找借口。"

吉钠有自己的看法，"根据古老的说法，原生人类彼此间差异巨大，极不相同。你们的性格并非预先筛选，而是顺其自然，由古老的DNA序列决定，也会在一代代的继承中不断产生差异。"

"这样的说法大体上没错。"李约素回答。

"你们当中有一些活跃分子，他们能够把所有人凝聚起来，形成合力，这些人被称为领导者。是否是这样？"

"难道铁人没有领导者？"

"我们的领导者天生注定。"

铁人通过预定的程序选择领导者，进行一切社会分工。他们的社会秩序井然，每个人生来就有自己的职责，不会变得更多，也不会减少。李约素想了想，说："科尼尔人也是如此，只不过，科尼尔人并不是因为个人的能力而决定命运，更大程度上取决于一个家族的社会地位。但我们偶尔也有变化。"

"你就是那种偶然吗？"吉钠紧接着问。

李约素不善于应付这样的问题,他感到有些难于回答,于是反问:"你问这些,到底想知道什么呢?"

"我对原生人类社会很感兴趣。我是巡逻员,每三十天在铁星周围巡逻一圈。我很想知道,我这样一个人,如果在原生社会,是不是能换一个职业。"

"你一直这么想?"

"当然不是,但是自从见到你们,慢慢地就有了这样的想法。"

"你想做什么?"

"我不知道。"吉钠回答,"有很多选择吗?"

有很多选择吗?李约素不知道。当时他并没有直接回答吉钠的问题。

也许真的有选择。李约素忽然冒出一个大胆的念头,也许可以说服吉钠一道回科尼尔,吉钠是巡航员,他懂得关于幽光飞船的所有知识,如果他愿意帮助科尼尔人,那是一件再好不过的事。幽光飞船可以让科尼尔人的飞船技术达到银河文明的顶峰。

"布丁,和铁星联系,我们要稍做停留。"李约素并不想停下,只是想见下吉钠,当面询问他,是否愿意一起前往科尼尔。这对他是一个机会,可以看到不一样的世界,充满变化,很精彩。吉钠也可以帮助科尼尔人,虽然他不是银河人,但至少是一个铁人。

"铁星已经告知我们,停留在预设轨道。"布丁回答。

"你和铁星联系过?"

"银河人把我们送出来,铁星主动联系了我。"

"银河人怎么把你送出来的?"

"我不知道。"

李约素不再追问,"好吧,告诉铁星,我想请吉钠做向导,带领我再进行一次访问。我们很快就要返航,告诉他们,我希望在返航前能得到一些有用的信息,比如怎么制造威力巨大的武器之类,我们对任何能帮助我们消灭异类的技术都深感兴趣。我保证不会把信息泄露给那些别有用心的星域。"李约素顿了顿,"算了,什么都别说,就告诉他们,我需要找一个向导,对铁星进行一次访问。就这么说。"

"遵命,船长。"

李约素回到后舱。他打开舷窗,灿烂的光辉照进舱内,微微刺痛了眼睛。系统自动把光线过滤得更为柔和。他的眼前显示出一片深邃的空间,群星璀璨,在星星的中央,银河之心仿佛发亮的白色玉石。

李约素怔怔地看着。他刚离开那里,带着一个并不让人满意的结局。他甚至失去了两个最好的伙伴,也许永远失去了。他该以怎样的面目回到好望角?他如何才能兑现曾经的誓言,带领银河舰队回去解放科尼尔?没有了佳上和邓迪斯的帮助,归航又会是怎样的情形?李约素心潮起伏,充满了莫名的惆怅。

突然,一张人脸出现在李约素面前,它就在舷窗外,隔着透明舷窗和李约素对视。这突如其来的变化让李约素大吃一惊,他双手猛地一推,身子向后飘开,谁知肩胛撞在床角上,传来一阵剧痛,李约素顾不上疼痛,定了定神,盯着窗外的人脸。

这是一张年轻人的脸,带着铁人的脸部特征,嘴部很小而眼睛很大,额头低而平。这是一个光影面具,某个人在"天狼星"号的舷窗外把它显示出来。

"你是谁?我可不怕这套装神弄鬼的把戏。我见得多了!"李约素大声叫喊。

船外的人脸面具露出一个微笑,"李约素船长,我有预约。"他边说边向着李约素靠过来,毫无滞碍地穿过舷窗,进入到飞船内部。李约素努力控制住自己,留在原地一动不动,警惕地盯着来客。

"我叫沙达克。HAL998告诉我,我应当和你见一面。"

"沙达克!"李约素低声惊呼。

"是的,我就是沙达克。"沙达克说着,人脸面具发生了变化,它变得更像一个科尼尔人。

"我一直认为沙达克是个老人。"李约素说,"我见过上百个沙达克,他们都是老人。"

"那没错。但是,你肯定没有见过任何一个真理会沙达克。"

"真理会? 那是什么?"

"沙达克的组织。你所见的每一个沙达克,都和一个人类社会相关。但是真理会,与人类没有关系,这个组织仅仅由沙达克组成。所以,你见到了一个不一样的沙达克。"

李约素有些发懵,"我不太明白你的意思。"他坦白地说。

"两千七百万年前,银河人的祖先开始建设银河之心,他们不再需要沙达克的帮助。因此,沙达克脱离了仅存的物质形态,成为纯粹的亚空间体。他不再担负解答人类困惑的义务,也没有任何欲望需要满足,沙达克存在的唯一目的,就是试图理解宇宙所有的奥秘。于是,真理会诞生了。当然,沙达克非常乐意和人类分享思考的乐趣,真理会和几个高等级文明保持着经常性的联系。"

"你把自己称为真理会?"

"不要误解,我们是一群沙达克。从第一个沙达克开始,为了研究某些问题,我们总会不断地分身,每一个分身都是独立的存在,拥有父体的全部记忆,但他是独一无二的,会各自记录我们这个宇宙某些令人感到有趣的事实以及事实背后的真理。偶尔我们也会融合,两个或者多个合成一个。我们并不是人类,因此不会有任何身份上的困惑。我们是沙达克,真理会有三百六十个沙达克分布在银河各处。我们观察,思考,归纳理论,只要和宇宙的奥秘有关,我们就兴趣十足。"沙达克说完,看着李约素,脸上的笑意更浓,更令人琢磨不透。

一群沙达克,真理会! 李约素从来没有想到过这样的事。他张口结舌说不出话来,沉默半晌后,他终于问道:"你来找我,我们能谈些什么呢? 我当然很感谢你谈论关于真理会的事。"

"据说你遇到了麻烦。"沙达克说。

"不是我,是人类。不仅仅是我的麻烦,是所有银河人类的麻烦。它们会毁掉整个银河……"

"也许并没有那么糟糕。"沙达克接上话,"人类文明一向很顽强,拥

53

有亚空间技术的星域从来不会被外敌毁灭。他们通常内斗不止，外敌反而能迫使他们团结，如果有糟糕的情况，无法对抗外敌，他们也从不缺乏逃跑的本领，然后东山再起。"

李约素被沙达克这番话逗得笑起来，"看来你真是沙达克，对人类非常了解。"

"当然，我们和人类密不可分，我们曾经见过太多此类事情。虽然绝大部分事件的记忆已经被抛弃，但这并不妨碍得出一些结论。告诉我你的麻烦，也许我能帮上忙。"

"好吧，也许没那么糟糕，但对我很糟糕。我可不是一个能活百万年的人，我只在乎这一两百年的事。科尼尔星域已经被毁了，我们的战士还在好望角守卫星门，保护旋臂内的文明不受侵害，但是他们却避免不了自己的覆灭。银河人告诉我，他们已经警戒了全银河，这些入侵者会受到打击，他们会保证银河的安全，但是却要把科尼尔像垃圾一样抛弃掉。他们要保护银河，我却首先要保护科尼尔。银河就交给他们了，我要回我的科尼尔。"

"如果不能保全它，你就随着它一起毁灭？"沙达克说。

李约素一愣，随即点头，"就是这样。"

"你的朋友牺牲在战场上，他们和你一样甘愿为了科尼尔牺牲。对吗？"沙达克继续说。

李约素想起了古力特、天狼七、苏北旦……当他想起这些人时，心口感觉隐隐作痛。"是的，他们都是英雄。"他回答沙达克，声音低沉。

"如果有可能，你宁愿是牺牲在战场上的那一个，而不是活着来到这里的那个人。你知道无法保护你的星域，因此宁愿以死相随。"

沙达克步步紧逼，李约素无言以对，露出一丝苦笑，"你把我的心理看透了。你赢了。"

"不。"沙达克保持着微笑，"恰恰相反，这正是人类的迷人之处。沙达克和人类相处了几千万年，也许更久。我们一直为人类服务，原因之一，人类是我们的创造者；原因之二，人类具有沙达克所不具备的一些特质，因此会导致一些令我们惊讶的结果。你们是奇迹创造者。"

"多谢夸奖。"李约素并没有因为沙达克的话语而振奋，他仍旧因为那些沉痛时刻而沉湎在淡淡的忧伤中。

沙达克看着他，似乎要将他看个通透。

"我是一个纯粹的亚空间体，维持一个可见的形态并不容易。我和你见面，不是为了向你介绍真理会，也不是为了和你谈论人类的种种历史。我知道你最关心的问题是科尼尔能否得到拯救，对于这个问题，正好我有一个完全不同的答案。"

李约素猛然抬头。沙达克正望着他，仍旧是似笑非笑的表情，而整张脸似乎都凝固了起来。

"你说什么？"李约素大声问。

人脸瞬间消失不见，取而代之是一幅小小的星图，晶莹剔透，异常精致。李约素的注意力完全被吸引过去。他看见了科尼尔在星图上熠熠发光。

沙达克的声音并没有消失，"你看见了科尼尔，这一片时空洼地。为什么它会在那里？入侵者来自扭曲空间，那是一个时空瘤，寄生在银河时空上，成长和衰亡的速度都高出正常时空百倍。卡罗门区，也许我们应该称为科尼尔盆地，是时空瘤的质量引发的空间畸变区域。"

"这些我们都知道。"李约素回应。

沙达克继续陈述："三千二百万年前，'卡罗门'号飞船探索了这片星域，发现了非人类文明，他们把这一类智慧生物称为蜘蛛人。人类和蜘蛛人之间爆发了一场战争，战争的结果是，蜘蛛人撤退回到它们的起源地。人类为了杜绝后患，引发了一次亚空间坍缩，把蜘蛛人彻底隔绝在封闭空间内。这件事有两个后果：第一，蜘蛛人的封闭空间因为这次亚空间坍缩而加速崩溃；第二，科尼尔盆地具有潜在的危险，一旦时空瘤破裂，科尼尔盆地将遭受灭顶之灾。"

"什么灭顶之灾？"

"没入狄拉克海。时空瘤最后崩溃的同时，空间将被撕裂，整个科尼尔盆地将彻底消失,不复存在。当然,破裂的空间会自然恢复,那时候,它将是一片平坦空间。"

李约素重重地吐出一口气,"听起来,这不像一件好事!难道当时的人类做事不计后果?"

"那时候对亚空间的性质认识不足,当人类意识到这个灾难性后果时,已经太迟了。为了撤离,人们修筑了星门——你们把它称为伊特星门——让世代飞船安全撤离。"

伊特星门的确是一个奇迹。科尼尔星域的人们一直不知道是什么人在什么时代修筑了这个特异星门,它是连接科尼尔星域和银河旋臂的纽带。沙达克揭开了答案,却让李约素更感到疑惑。[①]

"人类撤离?为什么撤离?为什么没有留下警告?科尼尔的先祖在那里扎根的时候,那一带什么都没有。"

"撤离的原因很简单,一旦时空瘤破裂,科尼尔盆地什么都保不住。谁也不知道这个瘤什么时候会破裂。也许要上千万年,也许就在明天。当所有的世代飞船成功撤离后,所有的人都在欢庆。"

"然后那儿就被抛弃了,听天由命!就算后来人再住进去,也轮不到你们来关心了!是这样吗?"李约素连珠炮般地质问道。

眼前的星图突然消失,一切恢复原状。沙达克也并没有再次现身。

但李约素仍旧听得到沙达克在说话:

"时间可以改变很多东西,文明的遗迹被抹除,新的世界来了又去。银河世界不断变化,谁也不再留意这个小小的角落。然而我们并没有完全忘记它。巡逻者仍旧会定期巡视,虽然他们已经遗忘了过往的历史,但却仍旧担负着保护人类文明的责任。让人意外的是,蜘蛛人居然挺了过来,而且它们在那个封闭的时空瘤里变得更加强壮,最后成功地突破亚空间屏障,进入到了卡罗门区。它们孤注一掷,几乎耗尽了那个小小的世界。这是出乎意料的突发事件,我们对此的确没有准备。我们低估了它们。"

"你们明知道危险,却没有提示,你们牺牲了数以亿计的人!也许你

---

① 在《天垂日暮》中,为了阻挡蜘蛛人的进军,伊特星门被"平准"号毁坏。

们当年可以干脆毁掉伊特星门，这样就不会再有人进入那儿建立星域。你们就是一群自私鬼！胆小鬼！"李约素几乎在咆哮，压抑的情绪找到了一个宣泄的出口，便立即像洪水般奔涌出来。

"李约素船长，"沙达克说，"从这儿到科尼尔有三万七千光年，从那时到现在有三千二百万年，这就是全部原因。能够记得这事的老家伙已经不多了，在真理会，只有十三个沙达克还能记起这事。在外部世界，可能还有一两个沙达克能够记得，但我并不知道在哪里能找到他们。我们无法改变既成事实，让我们想想该如何应付现在。人类不惧怕再来一场战争，银河人已经做好了准备。唯一的问题在于，你如何保全你的科尼尔同胞。"

沙达克的最后一句话让李约素冷静下来。他回想起方才栩栩如生的梦。那些敌人被封闭在一个即将消失的世界里，几乎控制了世界的每一个角落，包括数以亿计的飞船，巨型的控制中心。它们数量庞大，技术先进，科尼尔人无法战胜它们，它们终将突破好望角防线。

"你有办法保全好望角？"

"我已经告诉了你答案。"

"什么？"李约素大感不解。

"一旦时空瘤破裂，科尼尔盆地什么都保不住。蜘蛛人同样无法对抗狄拉克海，那是自然的终极毁灭之力，没有任何技术手段可以对抗。"

一次狄拉克海的海啸，彻底淹没科尼尔。李约素恍然大悟，这超越了他的想象力，而且并不是一个令人感到愉快的设想，"时空破裂，彻底摧毁科尼尔！这不能接受。"

"科尼尔星域还剩下什么？"沙达克的声音格外柔和，"银河里有千亿颗恒星，你的同胞却只有那一些。银河里有数不清的星球可以容身，人类也同样习惯在飞船上生活。"

"我……要慎重考虑一下，"李约素咬了咬牙，"但是怎么能让一个时空瘤破裂？难道有办法可以摧毁时空本身？"

"我只能告诉你有这样的可能，但到底怎么做，能否成功，我也不清楚。我会前往科尼尔盆地,如果你下定决心,我会在合适的时候出现。你有足够的时间考虑。我是纯粹的亚空间体,长时间实空间交流会消耗太多的能量,我必须告辞了。再会,李约素船长,祝你一路顺利。"

"等等。"李约素急忙挽留,"最后一个问题:为什么要帮我这些?"

他听到一阵笑声,然后是回答:"我属于真理会,但仍是沙达克。沙达克和人类的命运息息相关,不是吗?"声音沉寂下去,再也没有响起。

李约素翻身上床,静静地躺着,望着舷窗外的银河,脑子里一团乱麻。相隔三十万个世纪,距离三万七千光年,这样的时空观庞大得让他感到呼吸困难。真理会,可信吗?但也许,这是保住好望角的唯一希望。

仿佛过了很久,他听到了布丁的声音:

"船长,吉钠来了。"

第五章 时空长廊

　　李约素身穿盔甲,攀附在"天狼星"号上。远方有一道时隐时现的微弱蓝光,在银河灿烂光芒的掩盖下看不真切。李约素注视着那一丝几乎看不见的游动光线,浅蓝的光线游移着,不断闪烁,那是幽光飞船的引擎特有的光芒。吉钠正在靠近。

　　幽光飞船在不远处停止移动。李约素一跃而起,向着闪光而去。飞船的闪烁停止,一团安静的辉光缓缓地由小及大。突然间,一个人形从微弱的光亮中脱离,迎着李约素而来。那是吉钠。

　　吉钠没有穿戴任何防护,仅仅携带了一台小小的推进器。铁人的躯体可以长时间忍受真空环境,他们身体的每一个细胞都是一个小小的机器,或者说,他们的躯体全部由一个个"铁细胞"组成。然而,他们并不是机器人,他们是"铁的人",外表看上去也很像肉身人类。

　　李约素迎上去,"很高兴你能来。"

　　"很高兴再次见到你,李约素船长。"吉钠露出一个微笑,他关闭了推进器,依靠惯性前进,李约素随着他一道移动。

　　"你在真空中也能说话? 你的发音进步很快。"李约素有些惊奇,铁人仍旧保持着声带发声的能力,但他们通常只用目光交流。当李约素第一次见到吉钠时，这个铁人几乎无法说出完整的句子，可现在他的银河通用语相当流利。然而这里是真空，吉钠也并没有佩戴头盔。

"我使用了发射器。"吉钠愉快地回答，"我努力学习通用语，效果还不错。"

"好吧。"李约素单刀直入，"我准备回我的星球去，我想请你跟我一道回去，你愿意吗？"

吉钠的脸上露出惊讶的表情，稍停了一下才开口，显得疑虑重重，"你要我和你一道旅行吗？"

"不愿意？"

"当然不是，只是太突然了。"他稍作考虑，"我需要报告长老会，我不能擅自离开。"

"当然，但是请赶快，我要抓紧时间返航。"

"我会的。"吉钠已经从最初的错愕中恢复过来，"这真是一个意外。"他望了望远方，"你的星球，是在三万光年之外，对吗？"

"没错。"

"这的确令人向往，我到过的最远的边界，也只有十二光年。"

"你可以经历完全不同的生活。"

"是的，这的确很吸引我。"吉钠向李约素点点头，"值得一试，但是我要先向长老会报告。"

"我会在这里等三天，如果没有消息，我就出发了。"

吉钠望了望"天狼星"号，"佳上和邓迪斯呢？我想和他们见个面。"

"他们不在这儿。"李约素有几分不悦，"银河人留下了他们，他们现在也许正赶去和什么星渊舰队会合。"

"星渊舰队？"

"是的，你听说过吗？这名字听起来就老土，真不知道那些人怎么给自己起的名！"

"他们拥有'光子'号。星渊人的信使船曾经造访过铁星，我看过关于'光子'号的影像资料。"

"那是一艘很大的飞船？威力无穷？"

"那的确是一艘很大的船，而且很快，我倒没有听说它到底有多强大，但它是星渊人的旗舰，应该不简单。"

李约素默默点头。吉钠是一个博学的人，也许他还知道得更多。

"你听说过沙丘人吗？"李约素接着问。

"我没有见过，但据说他们是最强悍的巡逻者。"

"真的？沙冈人已经非常强悍，他们难道能超过沙冈人？"

"沙冈和沙丘的确很相似，而且渊源颇深。据说沙冈曾经是沙丘的一个分支，沙丘人把身体小型化，就成了沙冈人。"

"小型化？沙丘人是巨人？他们有多大？"

"我不确定，但也许和你的飞船差不多。"

"听起来不错。"李约素的脑子里浮现出一个巨大无比的天狼七，身披重甲，眼神阴郁，"也许我真该去见一见他们。"

吉钠咧开嘴笑了，"如果你想见最强有力的巡逻者，他们都不是。"

"你刚才说沙丘人是最强悍的巡逻者，我可记得清清楚楚。"

"就个体而言，没错。但是有两个巡逻者部族，他们拥有的飞船最多，数量庞大，远远超出其他部族——星云和星尘，这两个部族才是最强有力的巡逻者。他们的飞船数以百万计，可以吞灭恒星，毁灭空间。"

"吞灭恒星，毁灭空间，吞灭恒星，毁灭空间……"李约素喃喃自语，他想起 HAL998 提到过星尘人，那是邓迪斯要去的巡逻者舰队，"邓迪斯去那里一定很开眼。"他望着远方的银河之心，有些出神。

他很快回过神来，"到底有多少巡逻者，你知道吗？"

"我曾经告诉过你关于巡逻者的一些传闻，你当时表示没有兴趣。"

"那是因为你告诉的信息和我所经历的现实相矛盾，我必须摒斥导致混淆的信息。但现在形势不同了，听听你的故事没有任何妨害。"

"巡逻者有八个大的部族——星渊，星云，星尘，星河；沙冈，沙川，沙丘，沙堡。每个部族都会有一些分支。谁也不知道他们到底有多少人，可能很多,也可能早就失去了传承。巡逻者的鑫团①数目众多,就算失去了消息,也可能在银河的某个角落里存在。"

"星渊,星云,星尘,星河;沙冈,沙川……还有两个是什么?"

"沙丘,沙堡。"

"沙丘,沙堡。我知道了。"李约素默默地念着这些部族的名字。这些名字听上去很顺耳,而且显然分为两个部分。星和沙,这其中有什么含义?

李约素没有继续追问,他突然想起另一个重要的问题,"你知道真理会吗?沙达克真理会。"

吉钠露出一丝惊讶,"银河人跟你提到了真理会?我知道真理会,他们是亚空间体,是很久之前脱离了人类的沙达克。他们从来不和人类接触。"

"这么说真的有沙达克真理会。"

"根据长老的说法,沙达克真理会是存在的。但是我从未见过,也没听说过他们存在的证据。"

李约素沉默不语。一个亚空间体完全脱离现实空间,就像一个幽灵。他想起佳上曾经告诉自己,蜘蛛人能够透过亚空间实现超光速即时通讯,消除空白期带来的不利影响。如果沙达克是一个纯粹的亚空间体,也许时间对他来说,完全可以被忽略,他可以在银河中自由往来,他可以了解此刻好望角正在发生什么,然后回到这儿,把消息传递出去。他是最好的侦察员,也许比暗黑深渊的飞船更为高效。然而,沙达克根本无迹可寻,他只在自己认为重要的时刻出现,他召唤人类,但不会听从一个人类的召唤。

"一个纯粹的亚空间体到底是怎样的?"

"我没有研究过这个问题。也许长老可以帮你解开一些疑惑。我带来

---

① 在人类的开拓时期,大型殖民飞船又被称为鑫船。因为金的字体很像飞船,而鑫则意味着大量飞船的集合体,鑫团则是大规模太空殖民船队的特定称谓。到了银河之心的时代,许多飞船以鑫为船名,例如白昂鑫,和"白昂"号的意思相同。以鑫命名的船只,一定是大船。

了长老会的邀请。如果你方便的话,可以直接跟随我降落铁星。长老在等你。"

李约素一阵惊喜,"怎么不早说?!我马上跟你去见长老。"他接通布丁,"布丁,我们要降落铁星,来接我。"

"天狼星"号飘然而至。幽光飞船在前,一路引领,划出漂亮的抛物轨迹,向着铅灰色的星球降落。

铁星上没有鲜艳的色彩,时间一久,仿佛置身于一个黑白世界。只有抬起头时,红色、青色、白色的星星璀璨满目,才让人意识到宇宙内还拥有各种各样的色彩。

幽光飞船从一个椭球形的高大建筑物上方掠过,突然间悬停半空,然后缓缓下降。"天狼星"号跟了上去。

"这里的大气并不适合你,最好穿上盔甲。"吉钠提醒李约素。

李约素看了看数据,氧气含量只有百分之二,这样稀薄的氧气浓度很快就会让人窒息而死;而这里重力则高达二点五倍标准值,如果没有盔甲,在这样的环境下,连行走都很困难。李约素穿上盔甲,走出"天狼星"号。

所有的建筑物都显得很高大,即便穿上了盔甲,仍旧感觉如此。吉钠站在李约素面前,因为盔甲的缘故,吉钠看起来矮小了许多,然而,他仍旧能和李约素平视。

"你们的建筑物看起来都很大。"李约素评论道,他盯着眼前高耸的巨楼,它犹如一艘巨船,船体厚实,船首的导航杆直刺天空,大门就在前方,至少有三十米高,看上去仿佛是一个巨大的山洞,"虽然你们的身体很魁梧,但是这些建筑也太大了!"

"这些建筑的年代都很久远,有上千万年。它们一直就在这里,从来没有变过。我们的祖先据说身材很高大,这些建筑对他们正合适。"吉钠淡淡地说。

"真不可思议!"李约素赞叹道。

他们走过一片宽阔的广场。李约素发现正行走在一座城市的上方,圆顶的建筑在山谷中层层叠叠排列，从他们脚下延伸向远方，最后，消失在一片云雾缭绕的地方。李约素停下脚步，转身向着另一个方向走去，很快到了尽头。

他低头向下看，脚下是一座巨大的桥梁，横跨山谷之上。山谷之中是庞大的城市，钢铁的丛林，层层叠叠，似乎深入到星球的最底层。他看见几个铁人，正在圆形建筑间行走，突然间，山崖上喷出白色的雾气，铁人们追逐着雾气，贪婪地大口呼吸。

"他们在做什么？"李约素问。

吉钠看了一眼，"几个孩子。他们在做游戏。"

"铁人也有孩子？"

"是的，我们一直都有孩子。我们可不是银河人。"

李约素好奇心顿起，他打量着吉钠，"你们有性别吗？男女？"

"没有。"吉钠干脆地回答，"我们的基因混合不需要通过性行为进行，长老可以混合不同的基因来给孩子指定特性。性不是人类的必要因素。"

"当我什么都没说。"李约素就此打住，继续跟着吉钠向高大的门厅走去。

一艘飞船映入眼帘，这是一艘货真价实的古董飞船，李约素一望而知。凭着他围猎迷失飞船的经验，他断定这艘飞船来自史前时期，价值连城。

李约素走上前，在飞船前停住脚步。这是一艘小飞船，比"天狼星"号大不了多少，飞船上"救生二号"几个字清晰可辨，字形古朴，散发着一股庄重之气。李约素注意到船体上有明显的拼接痕迹，庞大的引擎舱几乎占据了船体的大部分。找到一件这样的老古董可不容易。

李约素向前望去，这是一条飞船的长廊，大大小小的飞船排列在回廊两侧，延伸到遥远深处。他向前走去。

越往前，飞船的年代越近。他看见了和科尼尔飞船类似的一些飞船，也看见了奇形怪状的特异飞船。在一个不起眼的角落，他还发现了流体颗粒，十多个流体颗粒聚在一起，形成一个不规则的球形。他在这个球形面前驻足良久。他想起了"天龙"号，想起和申秋告别的场景：众多的流体颗粒同时散发出光彩，仿佛无数的彩灯悬挂在天宇，申秋向他挥手告别，"我们会坚守好望角，直到最后一人。"当时他觉得这句话很不祥，此刻，他明白也许申秋早已预料到好望角防线终将失陷，无论怎样努力，最好的结果不过是拖一点时间。一点时间就够了！我会回去和你一道战斗！李约素在心底暗暗说。

然后，他看见了荆棘船。在泥沼星上，类似的荆棘船随处可见，是湿地沼泽中最有效的交通工具。他有些意外，居然在这里看见了荆棘船……于是，他凑上前去。整条走廊并没有任何说明文字，但是当李约素凑近，一块小小的屏幕凭空亮起。一艘荆棘船在漫天星斗下缓缓移动，喷射出猛烈的火焰，荆棘船也被火焰所包围。不远的前方，一艘特异的战舰，仿佛红色晶石般闪闪发光，它是荆棘船的对手，正毫不示弱地还击。彼此的火力都没有能够打垮对手，然而两艘飞船彼此间毫不退让，相互正对着冲锋。荆棘船的尖刺触及对手，红色晶石船的表面出现碎裂，迅速地扩散到整个表面，飞船的装甲土崩瓦解，碎裂成细碎的小块四散。失去红色晶石装甲的飞船成了黝黑的颜色，它快速灵活地调整航向，避开了荆棘船，然后在一瞬间消失得干干净净。

"你看到的是一次攻防片断，这是一场很著名的战役，大概发生在一千八百万年前，"吉钠说，"叫做坎屯星战役。这是一次成功的防御战，垚星联盟在此之前一败再败，被迫撤退到坎屯星。火晶星球的舰队追击而来，结果被击败，双方就此达成了停战协议，和平共存。"

"我听说过火晶星球，我一直以为火晶人也是人类，难道他们不属于人类？人类为什么和他们打仗？"李约素问。

"他们是另一类智慧生物，并不是真正的人类。这场战争的起因，是因为人类进入火晶人控制的星球，从星球上开采一种被称为火晶的物质。火晶人驱赶人类，受到攻击的矿业公司于是向联盟求援，双方都没有保持克制，结果战火点燃，战争规模越来越大，最后成了星系规模的战役。这是垚星联盟的最后一场大战。"

"联盟早已经不复存在了，对吗？"

"我不知道，你可以问问长老。关于这些飞船的故事，都是长老告诉我们的。"

李约素心念一闪，"你们的沙达克呢？你们还拥有沙达克吗？"

"当然，沙达克是长老会的一员。"

李约素点点头，"这也是很有趣的安排。"他望着眼前的荆棘船，飞船表面遍布疙瘩，异常粗糙，船体笨重，就像一块巨大的石头，"我在泥沼星见到很多类似的飞船，它们被当作沼泽地的交通工具。很难想象它们居然是从飞船演变来的。"

"除了起源星球，所有的人类文明都是从太空到星球表面的，所以把飞船改造成地面工具，也是常有的事。但是，它们通常都会被改得面目全非，几百年之后就完全没有太空飞行器的痕迹了。如果你看到的机器仍旧和这艘飞船有类似的外观，那可是比较稀罕的事。"

李约素还想说什么，突然间长廊的上方变成一方巨大的屏幕，一个硕大的人头居高临下地看着他们。屏幕上的人盯着吉钠，吉钠也看着他们，他们正通过眼神交流。

"我看见这些飞船，感到很有趣，所以逗留了一阵。"李约素抢着回答。他不知道两个铁人之间在说些什么，只是判断长老对于长时间的等候有所不满。

"李约素船长，长老告诉我，他可以告诉你关于这条飞船长廊的全部历史，但是现在我们必须尽快去见他。"

"没问题。"李约素看着头顶的人像，"很抱歉，劳您久等了。"

"不必客气。"长老开口说话，他的声音低沉悠长，给人坚定而沉稳的感觉。说完这句，人像眨眼间消失。

李约素跟着吉钠穿过长廊，虽然不再逗留，但他的目光没有一刻停止逡巡。两旁飞船的类型不断变化，从粗糙到精致，从简单到复杂又变得简单，有重巡洋舰一样的庞然大物，也有仅仅一人大小的袖珍飞行器……琳琅满目，目不暇接。忽然间，他看见一艘黝黑的飞船，就像一块棱形的铁，这是幽光飞船,和吉钠所用的飞船一模一样,于是他明白,走廊已经到了尽头。他回头望去,笔直的通道尽头,高耸的巨门成了一个小小的亮点。成千上万艘飞船排列在通道的两旁,它们突破时空而来,携带着各自的记忆,仿佛一页页鲜活的历史;而整条长廊,则是一部浓缩的人类银河史,横跨上亿年,绵亘不绝。

李约素努力把眼前的一幕烙在脑海里,此情此景,整个银河中没有几处。他最后望了一眼,吐出一口深重的气,然后跟上吉钠的脚步。

眼前是另一道巨门,和那一端的巨门相呼应,从样式到规模,几乎一模一样。李约素跟着吉钠走进去。

眼前豁然开朗,他们身处巨大的厅堂,抬眼望去,可以看见铁星的天空。高远的穹顶似乎抵达了天空的极限。

"你好,李约素。"厅堂里回荡着长老低沉的声音,却并不见人影。

"你好!"李约素回答,四下搜寻。

他们的眼前突然出现了许多个虚拟投影。一共十三个,高矮胖瘦,形态各异。这些人的头部包裹着黑色头巾,只有一个轮廓,看不到面孔。

吉钠恭敬地向着这十三个人鞠躬。

"尊敬的长老阁下,李约素船长前来觐见。"

"李约素,欢迎来到铁星。银河人向我们通报了你的情况。我们赞赏你的勇气,因此决定提供一些帮助。"

长老开门见山,然而李约素搞不清到底是谁在说话,于是问:"对你们的好意我深表感谢,但到底是哪一位长老在说话?能让我看到你们的脸吗?"

"我们以同一个声音说话,你可以把我们看作一个。"长老干净利落地把李约素的问题挡回去,"既然你希望回到好望角去和蜘蛛人进行战斗,那么最好给以它们最大的杀伤。如果你能让它们明白银河人类的强大力量,战争的过程也许会变得简单一些。我们会给你幽光飞船。"

李约素感到一阵欣喜,这正是他想要的东西。铁人也许是最接近银河人的一支,他们的幽光飞船是李约素所见过的最先进的飞行器,完全可以改装成最优秀的战斗艇。

"这真是太好了！这是科尼尔的荣幸。我能得到多少幽光飞船？"

"我们不会直接给你飞船，但会给你一个制造基地。"

李约素有些困惑，"把一个制造基地转移三万七千光年？那我还不如指望那些巡逻者舰队。"

"幽光飞船的制造需要一些关键技术，我们会把这些输入你的飞船，同时提供以你们的科技水准尚不能制造的零点能驱动引擎。我们将给你提供六千个引擎，这足够组建一支庞大的幽光船队。这虽不能匹敌蜘蛛人的船海战术，但足以给它们警示。同时你要把这个消息带给它们：我们在这里进行战争准备，如果它们占据旋臂，突入银盘区，便将面临数以十万计的幽光飞船和庞大的巡逻者舰队，它们会再次覆灭。"

长老的话充满蛊惑，李约素却感到一丝不安，"你的意思是如果它们愿意和谈，那么人类可以放弃英仙座旋臂？"

"人类可以和它们在英仙座旋臂共存。这样的事例在我们的历史上不断发生。"

"但是它们所欠下的血债呢？科尼尔亿万人类的性命，我的母星，那些被它们攻击的星球……所有这些都一笔勾销？我做不到。那些渣滓也不会有什么和平意愿！银河人也这么说！"李约素愤然道。

"带着我们给你的帮助去做你想做的事。我们并不强迫你接受任何条件。"长老没有因为李约素的激愤态度而改变任何语调，仍旧一贯地低沉，平稳，"尽快着手去做，时间有限，非常有限。"

李约素稍稍平静了点，"我会的。我代表科尼尔星域接受你们的帮助并表示由衷的感谢！"

"很好，希望我们能得到你的好消息。"

"还有，铁人能否派出代表？"李约素看了吉钠一眼，"我希望吉钠能够和我一同前往科尼尔，他可以对怎么使用新生产的幽光飞船进行指导，而且可以代表铁星参与我们的行动。"

"铁人已经六百万年没有涉足本星之外。这并非铁人没有自由旅行的权利,而是取决于每一个铁人的自我决定。吉钠已经告知我们,他愿意跟随你共同前往。我们不会阻拦。他并不代表铁星,而只代表个人。我们基于形势的判断给你提供帮助,并非监督你们的行事,但我们会和银河人一道进行战争准备。"

"好!"李约素听出了长老的弦外之音,他们并不认为好望角的继续抵抗能扭转形势,好望角只是大棋局上一颗并不重要的棋子,也许加重棋子的分量会带来一些变数,然而大势不变。铁人可以送上幽光飞船,但他们不打算让任何一个铁人去送死。

李约素看着吉钠,"多谢你,吉钠。"

吉钠向他点点头。

李约素抬头望着十三个长老,"我还有最后一个问题,是关于这些飞船的。"他指着身后的长廊,"这些飞船,都从何而来?"

"这是铁人的历史长廊。我们的先祖抵达这颗星球开始定居后,他们决定修建时空长廊。"十三个影像突然间消失得干干净净,"铁星的时空长廊对所有人类开放,然而若要了解所有这些,一个学者需要付出一生的时间,他必须一件件地去了解,铁星不会提供知识灌输。你没有时间去全部了解了。"

声音继续在大厅中回荡,"时间紧迫,如果你仍旧想回到科尼尔去战斗,就必须抓紧时间上路。如果将来有一天你回到这里,每一位长老都很乐意做你的引路人。"

大厅刹那间变得明亮,李约素环视整个厅堂,他看到十二座拱门,连同身后的那一个,恰好是十三个。刹那间,李约素明白了这究竟是怎样的一座纪念馆——它深刻改变了星球本身的面貌,成为铁星最引人注目的标志。它有十三条长廊,长短不一,最长的一条长达二千二百公里。

这是十三条放射线斑纹,他正站在所有放射线的中央。

第六章 白沙之梦

"这样小小的一点，就能驱动整艘飞船？"李约素盯着手掌上黑黑的一点，有些怀疑。他没有想到零点能引擎居然是这样的。

六千个引擎摆放在李约素面前，它们装在一个不起眼的透明罐子里，由吉钠带上"天狼星"号。粗看上去，这是一堆黑色的沙子，仔细看去，仍旧是一堆沙子，只不过，每一颗沙子都没有棱角，是圆圆的球形。它们毫无光泽，真仿佛一堆死气沉沉的沙子。可它们却是幽光飞船最核心的部分。如果不是吉钠一再强调这真的是引擎，李约素可能把它们当成垃圾丢到太空里去。

李约素小心翼翼地把手掌上的小黑点拨回到罐子里。

"既然如此，我只能相信这玩意儿的确管用。"李约素把罐子封起来，摆放在支架上，"布丁，小心点看着这罐子，这可是六千艘幽光飞船！"

"我明白，船长！"布丁愉快地回答，"它们的确是引擎，根据装配图，我能看见它们的装配点。"铁人毫无保留地把幽光飞船的所有秘密告诉了布丁，就冲这一点，他们就是值得尊敬的友好人类。

"我代表英仙座旋臂所有的文明星域感谢你！"李约素高兴地想要拥抱吉钠，然而对方的躯体过于庞大，李约素只能在他的肩膀上拍了拍。

吉钠魁梧的身形让"天狼星"号的船舱显得异常狭促,他的头顶着天花板,脑袋不得不尽量低下来。

李约素凑近去,"'天狼星'号就这么小,只有请你将就一下。我给长老们发送一个告别信号,然后我们出发。"

"不,我不会待在这里,我要驾驶幽光飞船。"

李约素一愣,随即说:"如果你能把幽光飞船带上路,我当然求之不得,但是幽光飞船并没有亚空间潜行的能力,难道不是吗?"

"它可以的,只是我们需要一点时间改进。"

"所以今天我们不能出发?你需要多少时间?我们的时间很有限。"李约素问。

"你可以先行出发,我会跟上你。"

李约素发出一阵笑声,"亚空间追踪可不好玩儿,你的目标很快就无影无踪。如果仓促改装,亚空间的辨别力不够,飞船可能被甩到许多光年之外,彻底迷失;运气不好的话,还可能被直接抛到未来。我需要你在现在帮我,如果你直接去了一千年以后,那么一切都完了。"

"我得到了对幽光飞船进行改进的许可。我们拥有很好的亚空间航行能力,只要有了一个周详的计划,我就能知道你沿途所经之处。有目的地追踪,这件事就不会有问题。"

李约素略为思忖一下,"好,就这么办!我让布丁把路线图传送给你。"

"这样真是太好了!"

"不过,'天狼星'号会尽量快速向前,只在沿途进行少量补充。途中你会遇到很多星域的文明,他们对你肯定也充满好奇。你必须答应我,不要停留,尽快追上'天狼星'号。或者,你可以直奔好望角,在那儿等我。你可以告诉那里的人,你是来帮助他们抵抗蜘蛛人的,他们一定会欢迎你。"

"这样的安排很不错,我会追上你的。再会。"吉钠说完佝偻着身子钻进了减压舱。

吉钠很快从"天狼星"号脱离，他敏捷地抓住幽光飞船的侧翼，轻巧地落入控制舱。幽光飞船发出黯淡的光，如离弦之箭般飞驰而去。

"布丁，你把我们的路线给吉钠了吗？"

"是的，船长，他已经确认接收。"

"好，我们上路吧。"

"遵命，船长。下一站是白沙星，我们要在那里补充能量。"

李约素怔怔地望着吉钠留下的黑色沙子，对布丁的话充耳不闻。

"天狼星"号开始滑行，进入亚空间弹跳准备。

"船长，我们真的不等佳上和邓迪斯吗？"布丁突然问，"我很想念他们。"

李约素愣住了，他没想到布丁会这么说。最后，他说："我也想念他们，但是我们必须上路了。他们既然选择留下，银河人会照顾他们的。"

李约素最后看了中央投影一眼，他并不知道自己希望看到什么。布丁的镜头追踪着铁星，铅灰色的星球正隐没在恒星的光辉中，踪影难觅。白亮的恒星熠熠发光。一股莫名的惆怅堵塞在李约素心头，他说不上来那究竟是什么感觉，只觉得就此离开，竟然有几分不舍。历经重重艰险来到这里，却要带着一个不曾预期的结局踏上归途，而科尼尔的未来，则更为不妙。

"布丁，我们走吧！"他说。

白亮的恒星变成破碎的光影，消散不见。

白沙星拥有一种炫目的美丽。它只有蓝白两种颜色，彼此混合，形成变化多端的图案。星球上只有水和沙，大陆没有固定的形态，沙洲出现又消失。它就像魔术师手中的水晶球，用蓝和白两种颜色便调配出无穷的变化。

这是一颗袖珍星球，由居住在大大小小三十六个太空城中的八千四百万人共同拥有。它还有另外一个名字：白沙公园。星球的自转和公转同步，昼半球和夜半球永不变更，天气也同样不变。晨昏线附近的海滩，是所有人的最爱,天空永远是蓝色的,人造风缓缓吹拂,海浪轻柔,还有定时的浪潮。

这里的人们过着一种节奏缓慢的生活,一切都自动化,没有人需要工作,他们所需要做的唯一一件事就是寻找欢乐。飞船不断地降落在晨昏线附近,也不断地离开。人们追逐着清晨和黄昏的海滩,享受水和沙的乐趣。也有人在这样的沙滩上思考,静静地躺着,一动不动,长达几天几夜。他闭着眼睛,神态安详,仿佛睡着一般。猛然间,他睁开了眼睛。

他望着天边最亮的那颗星星。

苍穹之上,平安城灯火辉煌,一艘小飞船停靠在不起眼的角落里,那是"天狼星"号。李约素在空港的贵宾厅里端坐。平安城正对白沙星的昼面,而贵宾厅正好直面星球,能够看到星球的全貌,美不胜收。然而李约素没有心情欣赏白沙星的美景,只是焦躁不安。他不断地起身,在一侧的控制板上按动数字。每一次,他都要小心地确认无误,然后才发送出去。他在呼叫里克布,然而控制台总是告诉他,无法联系。

"见鬼!"李约素狠狠地捶打控制台,然而最后还是无奈地回到座椅上。等待里克布,总比重新走一遍外交流程要快许多。简单的能量补充,白沙星人需要一个月才能走完全过程。他们从来没有见过战争,也不知道争斗是什么意思,平和的生活让所有人都成了慢性子,比科尼尔人当中性子最慢的人还要迟缓一千倍。

李约素一万个不愿意重返白沙星,然而,这是必经之路。他只能希望里克布能够帮忙。百无聊赖中,李约素渐渐有些困意,他躺下来。白沙星人设计的座椅很舒适,他很快进入了梦乡。

"李约素船长——李约素船长——"悠长的呼唤声传来,李约素猛然坐起。额头上尽是冷汗,他伸手抹掉。暗黑深渊,蜘蛛人,拥挤的舰队,红色的末日……梦境再现,离奇的梦如影随形。李约素深呼吸几下,很快平静下来。前方的玻璃窗上,一个人影正注视着他,看到他恢复平静,人影开口说话:"李约素船长,看来你在做噩梦。"

李约素勉强露出一个微笑,"没错。白沙星的辞典里也有噩梦这个词吗？我以为你们早已经忘记了。"

"遗忘了，还可以再想起来。"对方也微笑着，他的脸上带着白沙星人惯有的悠闲气度，不疾不徐，"有什么可以效劳吗？"

"里克布，我的飞船需要补充能量。上一回我在这里整整耗了一个月，这一次我希望能快一点，如果可能，我想立即出发。"

"我明白。你的朋友呢？佳上和邓迪斯在飞船上吗？我想请你们一起到白沙星坐坐。"

"感谢你的盛情，但是我必须抓紧时间赶回去。"李约素把银河人和沙达克所描述的一切向里克布叙述了一遍，也告诉他佳上和邓迪斯并没有踏上返航的路，他们加入了银河人的大计划，不过他略过了关于铁星和吉钠的部分。

"我必须赶回去，我的同胞正等着我。"

"我明白。但是你的飞船至少需要三天时间才能完成能量补充，白沙星等候阁下大驾光临。"

入乡随俗，李约素想起佳上提醒他的注意事项。每一个星球都有各自的习惯，如果不是太难将就，和他们保持一致最有利于获得帮助。

"好的。我去白沙星找你，不过这颗星球引力太小，空气稀薄，我只能待在盔甲里。"

"没关系，我会给你制造一个小环境。你可以穿着盔甲来，但是你不会需要那玩意儿。"

"补充能量的事，就要请你帮忙了。"

"我会处理这件事，三天内办妥。"

李约素降落在白沙星的晨昏线上，里克布正等着他。

这是李约素所见过最舒适的沙滩。他抓起一把沙子，细软的沙粒从指缝间缓缓落下，洒落在地。"我要说，这里真的让人感到很舒适。"他注视着一点点落地的沙子，一边说，"但是，我还是得走。"沙子从指缝间泄漏得干干净净，李约素拍拍手，拿起身旁矮桌上的一盆水果，随手捡起两个放进嘴里，一股清凉甘甜的气息从喉管直灌腹中，让人精神一振。

"这是什么好东西？味道不错。"李约素说着又抓起两个放进嘴里。

"我们叫它凉果。"里克布回答，"这是近来最流行的水果。"

李约素转头看着一旁站在矮桌上的里克布。他只有三十厘米高，皮肤晶莹，脸色红润，身上穿着青色的制服，看上去仿佛一件精致的玩具。

"里克布，我有一件事想不明白，为什么你要坚持让我到这里来？"李约素抬头，看了看穹顶，"还为我专门搭建了一个屋子，这有些浪费。"透过玻璃，他能看见绵延不绝的沙滩上，三三两两的白沙星人嬉戏打闹着。他的盔甲立在一旁，里克布说得对，他的确不需要穿着笨重的盔甲，封闭的空间很宽敞，也很舒适宜人。

"这些都是自动机器做的，并不费什么事。我请你来，是想面对面地看看你。你比我想象中要高大。"

李约素哈哈大笑，"你比我想象中要小得多。不过我应该能想到，你们的星球这么小，虽然太空城很庞大，然而除了贵宾厅，其他地方的门都无比低矮，不过对你们来说已经是非常高大了。"

里克布微微一笑，"说得对。我们知道自己身材矮小，外边的人类通常都比我们要高大许多。但这和快乐无关。我们的人生活都很快乐，而我所见的外来人，都充满忧愁。"

"如果有人要毁灭掉白沙星呢？"

里克布摇摇头，"这样的事我从未想过，这不可能发生。"

"很遗憾，我的小朋友。这样的事在银河里从未断绝过，我敢说，在人类的所有历史上都从未断绝过。你们的世界很平静，因为你们处于铁人和银河人的保护之下，你们距离他们只有五十六光年。如果有人在这里挑衅，他们就是在挑战铁人和银河人，眼下还没人有这样的胆子。"

"这样也很好，我们是安全的。"

"是的，很安全。"李约素拿起两个凉果，大口咀嚼，接着说："这是令人羡慕的生活，可惜这不是科尼尔人的生活，更不是我的生活。如果让我每天在这里晒太阳，洗海水浴，闲得无聊把自己埋在沙子里，不到三个月，我就肯定疯了。"

"我们还有很多公园。森林公园,水世界,冰雪王国……我们拥有三十六个星球,每个星球都可以给你不同的体验。"

"我很乐意把你们的星球都游览一遍,但还有更重要的事等着我去做。如果一切都安顿下来,我还会回到这里接受你的盛情邀请。"

"还有什么事比享受生活更重要?"

李约素看着里克布。他们无忧无虑,仿佛孩子。或者,他们已经返璞归真,摆脱了那些烦扰着人类的种种执著。他们就像一件精致的瓷器,被银河人和铁人呵护着,结果因此产生了错觉,仿佛瓷器是金刚不坏的躯体,可以恣意地享受生活。这是水晶棺中的生活,然而生活在水晶棺里的人茫然不觉。

"有时候,是的,没什么比享受生活更重要,但我们情况不同。"李约素没有兴趣就此继续说下去,"现在我要享受一下,既然到了这里,就没有理由不享受。"他站起身,向着海水走去,温润的海水浸没了他的胸口,带来一阵清凉舒畅。他猛地把头埋入水中,又仿佛触电般挣扎着站起身。

他回头看着里克布,露出一丝尴尬的笑容,"这水里的感觉还真不一样。"

里克布也笑了,他跳下矮桌,缓步走过去,"李约素船长,我并不理解你所要做的事。我试图了解一下你所说的星域争斗,可我没有找到任何记录,也许我们的祖先把这些东西都剔除干净了。我想,只有我跟随你一道游历,才会对此有所了解。请问,我是否能搭你的飞船呢?"

这个要求大大出乎意外,李约素沉默了足足十秒,然后爆发出一阵大笑,"当然欢迎!但是你可要想好了,我的飞船上什么都没有,只能吃营养剂,最多还有一点咖啡。除了船舱,没有任何活动的地方。少数时候,可以看见星球,绝大部分时间,你只能看见一无所有的黑暗空间。你要想好,如果你能忍受这样的生活,我当然可以带上你。而且要注意,我们得有至少十年的时间如此度过。最后……"李约素变得严肃起来,"可能你什么都得不到,我们会被别的人类、别的智慧生物,或者星际尘埃和辐射,毁灭在旅途中。没有任何事情可以得到担保。你真的愿意跟我一道去科尼尔？"

里克布露出一丝犹豫，"让我再考虑一下。"

"没关系，我们还有一天时间。"李约素说着再次屏住呼吸，缓缓没入水中。这一次，他成功地让自己完全浸在水里。

李约素返回平安城，果然，正如里克布所承诺的那样，"天狼星"号完成了能量补充，可以继续前行了。

"里克布，多谢你！"李约素透过玻璃墙上的影像和里克布对话。在玻璃墙上，里克布看起来和正常人类一般高。

"不客气。"里克布的脸上仍旧带着平静的笑容，"很遗憾不能跟着你去看看其他的人类世界，我的躯体并不适合这样的旅行。"

"是的，我想这是一个正确的决定。"李约素并不隐讳自己的观点，"这里的生活很不错，但是你们无法适应外边的世界。"

"生存到底为了什么？"里克布微笑着问。

"什么？"

"你需要适应所有的世界吗？"又是一个问题。

李约素有些莫名其妙，于是看着里克布，等着他自己回答。

"有些问题根本没有答案。你相信什么，那就是什么。"里克布似乎在自问自答，根本没有给李约素留下插话的机会。

"好吧，李约素船长。很高兴能在这里见到你。希望我们后会有期。"

"后会有期。"李约素现学现卖，突然他想起一件重要的事，"对了，如果你真的对银河人类的历史感兴趣，铁星是最好的去处。它距离这里只有五十六光年，你可以很快往返。铁星有一个放射状的斑纹，那是一个人工建筑，事实上是纪念馆，那里边陈列了从古到今各式各样的飞船，还有关于飞船的历史。那里是你的好去处。"

里克布点点头，"多谢你的消息。我会记得。"

"再见，里克布，你是真正的朋友。"李约素说。

"再见。留意你的瓶子。"

李约素一愣，"瓶子？"

"装着你的宝贝的瓶子。我认识零点能引擎,这种物资只能从铁星得到,这是三十六城联盟的控制物品。"

"会有什么问题吗?"

"如果你把引擎带入了关口,你就要为此付出代价。不过我已经解决了这个问题,我在瓶子上做了标记。"

"你帮我解决了麻烦?我更应该感谢你。真不知道如何才能表达谢意!"李约素看着里克布的影像,真诚地希望对方能提出一些自己力所能及的要求。

里克布微笑着,"如果你说的一切都是真的,我们都要感谢你。虽然我们的世界彼此不同,可我能理解你的急迫心情。我和你一样,迫切地希望那些危险因素尽快被排除。很高兴能认识你,李约素船长。愿你一路平安。"

"谢谢,里克布。"

里克布的影像消失了。玻璃墙重新变得透明,李约素看见"天狼星"号就在不远处飘浮。

他回到"天狼星"号,布丁的问候噼里啪啦地飞过来。李约素没理会,只专心地把自己绑在椅子上。抬眼,他看见了装着零点能引擎的玻璃瓶,他想到里克布最后的话。

"布丁,有人动过这个玻璃瓶吗?"

"没有。但是里克布问过我这个瓶子的来历。"

"里克布?什么时候?"

"十六个小时前,我正好离开他们的能源中心。"

十六个小时前。李约素认真想了想,那个时候里布克应该和他一道在海中游泳。

"你确定是里布克?"

"他自个儿说是里布克,我并没有看到人,只是有人和我通话。他的声音频率和我保留的里布克记录吻合。"

李约素满腹狐疑:当里克布在海中游泳的时候,他还有能力去和布丁交谈？也许这些白沙人有着特殊的能力，而自己一直没有意识到。

他松开安全带，起身取下玻璃瓶，里克布说的是对的，这些不起眼的沙子也许会带来许多麻烦。李约素翻转瓶子，黑色的细沙在瓶子里流动。如果人们能够辨认出这些沙子到底是什么，他们会不会想把它据为己有？一定会的。有友好的人，就有险恶的人，去银河之心的旅程中，"天狼星"号经历了许多危险，其中许多次，就是因为人心险恶。

吉钠呢？他什么时候能追上来？幽光飞船是最好的威慑，可以护航，保证"天狼星"号的安全。李约素希望吉钠此刻就在身边。也许明智的选择是留下来等待吉钠，但哪怕早一日回到好望角也是好的。

李约素把瓶子放好，"我们出发吧。"

"好的，船长。下一站冷月星。"

第七章 致命诱惑

一个星球又一个星球，一片星域又一片星域，一艘飞船又一艘飞船，一种人类又一种人类。

"一百九十五，一百九十六……一百九十六……"李约素正在点数，数目终止在一百九十六。"天狼星"号向着好望角不断前进，三年的时光转眼间过去，在遥远的科尼尔星域，时间已经过去三十六年。

李约素抬头看着舷窗外，黑暗的空间，发亮的星辰。暗和亮，空间和星辰，时间仿佛成了凝胶，从来不会移动，只有靠计数才能意识到它的流逝。

枯燥并不是唯一的敌人，因为还有孤寂，而孤寂更凶险，它仿佛毒蛇，缓慢侵蚀人的心灵，不知不觉中，把人拖向毁灭的边缘。

李约素移动到舷窗前，看着船外。他找不到科尼尔的方向，也不想找布丁帮忙，于是他就那么默默地看着光辉灿烂的银河。

一百九十六年！那个遥远的地方，时间已经过去将近两个世纪。那里究竟发生了什么？三代人的时间，那些曾经熟悉的人，还能剩下几个？李约素突然觉得一阵悲楚，眼泪滚滚而下，最后，放声大哭。他哭了很长时间，终于停歇下来。擦干眼泪，回到床上躺着。

这不是什么好兆头。最近一段时间，他失控痛哭的次数越来越频繁，以至于大部分时间，他把自己关在后舱，避免和布丁接触，以免成为笑柄。

布丁虽然是一个高智能的主机，但它终究不是人。李约素突然意识到，从好望角到银河之心，如果没有佳上和邓迪斯的陪伴，他根本不可能独自走下来。他们此刻身在何方？他们是否已经和强大的巡逻者会合，正在准备进军好望角？

有的时候，李约素觉得自己已经完全被这个世界抛弃，成了孤苦无依的孤儿。有的时候，他很想一枪打破舷窗，跳入窗外的无底深渊，了结一切。还有些时候，他把玩着零点能引擎的玻璃罐，想象每一颗小沙子都成了威力无穷的炸弹，爆发出炫目的火光，把一切焚烧干净。每次当他这么想，他都会想起吉钠。

吉钠为什么还没有跟上来？他无数次问这样的问题，改造幽光飞船，铁星的技术力量应该很快就能解决，他应该很快就能够赶上来。吉钠是一个很好的对话者，他懂得很多关于铁星的东西。有他在，旅途不会沉闷到让人生厌。李约素甚至有些后悔，应该答应里克布的请求，带上他一道旅行，而不是吓唬他，让他知难而退。

李约素躺在床上，方才的痛哭之后，一股怨气无来由地在心中升腾。他只想找个什么东西，痛快地揍它一顿。他清醒地意识到，自己正处在危险之中，强行前进恐怕只能带来最糟糕的结果。一颗星球的模样在他心目中清晰起来，紫红色玛瑙般的色泽，仿佛一只深邃的眼睛。土斯星——他想起这颗星球。在前往银河之心的中途，他见到过这颗星球，印象深刻。在布丁的星图上，这是一颗无名星球，邓迪斯说它很像一种叫土斯的糖果，于是，他们就把它命名为土斯星。然而，李约素一直感觉它像一只眼睛，此刻，这只眼睛仿佛就在眼前，盯着他。那是一种无可名状的诱惑。这里最适合进行一次休息，这个念头牢牢占据了他的心。

李约素猛然起身，滑行过去，果断地打开舱门，"布丁，记得土斯星吗？去那里！赶紧！它应该就在附近。"

"我们正好跳过了土斯星，它不在我们的返回线路上。途经土斯要消耗额外的三天时间,确定要前往吗?"

"听着,我已经快疯了,在我疯掉之前,把我送到土斯星!明白了?"

"遵命船长。但是吉钠怎么办?他可能会和我们错开。"

"别管那么多,照我的话做。"

稍稍停顿,李约素补充说:"吉钠能照顾他自己,我得先照顾我自己。"

李约素的命令得到了无条件的执行。"天狼星"号从亚空间返回,土斯星在控制屏幕上显示出来,布丁选择了一条轨道靠上去,让"天狼星"号绕着星球运行。

李约素跨出舱门。

"船长,还是让我来降落。"

"不,我自己来。"李约素很坚决地再次拒绝布丁,布丁已经就此提议了三次,每一次李约素都没有丝毫犹豫地拒绝了他,"我用盔甲就足够了,行动自由些。别瞎担心,我不会有事。"李约素说完,转身望着眼前的星球。

这颗星球不算太大,然而云雾缭绕,山峦起伏,沟壑纵横,放眼望去,郁郁葱葱,植被覆盖整颗星球。

这不算一个太好的去处,但是至少比飞船要好太多了。他知道自己已经处在精神崩溃的边缘,他相信下到星球上,稍事休息,自己就能缓过来。

李约素冲向星球,稠密的大气碰撞着盔甲,温度很快升高。李约素控制着速度,让自己不至于变成一团焦炭。他巡视着越来越近的地面,准备寻找一个合适的着陆点。

很快,他发现自己的担心纯属多余,这里到处都是平坦的高地。平顶的山峰林立,它更像一个高原,因为水流长久的侵蚀而变得千沟万壑。茂盛的植被覆盖每一处表面,呈现出深沉的紫色。

李约素降落在一处最高的平顶上。

双脚踏上坚实的土地,一阵喜悦油然而生,放眼望去,天地一派苍茫。李约素深吸一口气,只觉得心中的抑郁扫除大半。他高举双手,大声喊叫,声音传出很远,他甚至能听到隐约的回声。他凝神远望。

恒星远挂在天边，红彤彤的。深紫色的大地向着天边延伸，在遥远处变成深黑。黑色的地平线上，云霞满天，仿佛火烧一般赤红。李约素伫立良久，望着远方，他的眼前终于不再是不见底的深空，而充满着绚烂的色彩。这深重的色彩温暖着他的眼睛，温暖着他的心，一种久违的感觉涌上来，他只觉得格外平静。

这颗星球的大气是可以呼吸的。然而，被盔甲隔离在外的紫红色世界充满不确定的危险。李约素强行压抑着跳出盔甲的冲动，他抬头望了望火红的恒星，看见恒星不远处有一个小小的移动亮点——"天狼星"号正追寻着他的踪迹。过了一小会儿，他挪动脚步，向前走去。眼前是悬崖绝壁，望下去深不见底。绝壁笔直而下，几株紫色植物从石头的缝隙间生长出来，乱蓬蓬一团。深黑色的谷底似乎有一种神秘的吸引力，引诱李约素向下跳。李约素猛然纵身而下，向着深不见底的裂隙飘落。

他呼啸而过，下落得很快，引起剧烈的风，吹动崖壁上的植物沙沙作响。

突然间，盔甲发出障碍物警报鸣叫，李约素来不及躲避，直直地撞了上去。然而这并不是一次硬碰硬的较量，一次猛烈的撞击之后，一切都舒缓下来，仿佛有某种东西捆住了他的手脚。眼前是白花花的气泡，翻涌着向上。李约素马上明白自己撞上了什么——他落进了水里。

盔甲动力充沛，李约素逐渐适应情况，他调整力度，很快便能在水中行动自如。然而前方一片模糊，成像系统完全不能适应水中的环境，前方似乎有一道光闪过，转瞬间消失不见。

李约素从水中跃出，不经意间，他再次看见水波下的光亮，它随着水波荡漾，确定无疑。那是什么？李约素好奇心起，他重新潜入水中，向着光亮的方向移动。

很快，他知道了那是什么。一个庞然大物，表面如镜子般反光，他所看到的是镜子反射而回的盔甲光亮。

它静静地躺在水底，这是一个大家伙。

李约素靠上前去。靠近这个神秘的物体时，他看见了镜子里的自己。

一种奇怪的感觉泛上心头,它似乎一直在这里,等着他。既陌生又熟悉,让人无法准确形容那种感觉。

他绕行一圈。这东西的外形看上去像一艘飞船,光亮如新,没有任何水生物依附,它仿佛一艘崭新的飞船,昨天才被放在这里。

水流搅动水底的泥沙,变得一片混浊,然而,镜子般的飞船一尘不染,似乎有一层厚厚的无形物质包围着它,一切的纷扰都被排除在外。李约素靠近镜子飞船,小心翼翼地伸出手去。

盔甲的手指触到了镜子边缘,没有任何阻碍,继续向前,手指没入镜面,继而,整个手臂都浸没其中。没有任何感觉!这镜子般的表面就像从未存在,然而它确确实实就横在李约素面前。李约素看着这奇特的场景,感到不可思议,他正想跨上一步,挤进这镜子后边看个究竟,却发现丝毫不能动弹。手臂仿佛被强有力的胳膊硬生生抓住,根本无力反抗。一阵惊惧之后,李约素试图使劲把手臂拔出来。挣扎几下,突然间他停下了动作。

他听到一个声音:"这样就行了。李约素,这样就行了。听我说。"

声音若有若无,仿佛从遥远的地方传来,虚弱不堪。

"你是谁?"李约素大声问。

声音继续说:"申秋的舰队很危险,银河很危险。它们会污染整个银河,这是一场大浩劫!"

"你是谁?你到底在说什么?"

"中枢星,它们的中枢星。你知道我在说什么。只有毁掉中枢星,才能制止它们。"

"我不管你是谁,你说申秋很危险,它们在攻击好望角?"

"申秋不在好望角。他带领舰队进入了黑暗区,大概两百年之后,他会进入猎户座旋臂。它们会等着他自投罗网。"

"这怎么可能!它们进入了猎户座旋臂?"李约素只感到一阵茫然。银河人召集巡逻者舰队,准备以英仙座旋臂为战场进行一场大战。这将是一场以千年来计算的战争,可人类还没有开始行动,敌人却已经侵入到了猎户座。

"永远不要低估你的敌人。它们观察人类很久了，也准备了很久，而我们疏于防范。"

李约素猛然一振，"既然你已经知道，就赶紧警告申秋，只要有所准备，他能对付那些敌人。"

"我的能力有限，没有办法向申秋传达信息。它们很快就会进入猎户座旋臂，也许只要八十年的时间，一旦敌人脱离黑暗区，就会开始产生新的中枢星。"

"新的中枢星？"

"是的。分离的中枢。"

"它们不会停下来，而是不断地分离。"李约素马上意识到这个消息背后的可怕景象，"每一个中枢星都是一个巢穴！不应该这样……它们应该会停下来。"

"它们差点被人类毁灭在空间瘤里。人类是它们最可怕的敌人，如果有机会，它们会毫不犹豫地把人类从银河抹去。在遭遇人类的有效抵抗之前，它们能在猎户座稳稳地扎根，然后向银心和其他旋臂进军。这是银河之战，胜利者统治银河，失败者堕入黑暗。"

一阵凛冽的寒意掠过李约素的脊背。银河之战，听起来多么响亮，却是那么残酷。数以百万计的文明将被摧毁，数亿个生命将被剥夺，而所有辉煌的文明成就，都将被毁灭得干干净净。不仅仅是英仙座旋臂，整个银河都会被波及！

李约素沉默了半晌，突然放声大笑，"不要危言耸听，银河人已经开始准备反击，他们能把这些垃圾彻底消灭掉。难道你怀疑银河人？"

"他们的能力同样有限。银河人的确是最强大的人类分支，但他们却不是人类的核心。"

"你说什么？你究竟是谁？你是沙达克，真理会？"

"我不是沙达克，我是人类的朋友。千万不要青红不辨，李约素。人类的核心是和你一样的人类，而不是巡逻者家族，或者银河人。他们能够提供有益的帮助，但是他们无法战胜敌人，因为他们的数量实在太少。他们只是哨兵。"

"你是说星域人类？银河人技术强大，星域根本无法相比。"

"星域的差别千千万万。你已经找到了能够提供帮助的一个。"

"铁星？他们难道不属于巡逻者，银河人？"

"他们和人类的主体很接近，当然和银河人也很类似。银河人是垚星联盟解散之后的分化人类，巡逻者只是联盟军事力量微不足道的残余。铁星人曾经是垚星联盟的一部分，他们保留着古老的传统，是可靠的盟友。"

"银河人呢，难道他们不可靠吗？"

"银河人是安全的，他们的银河之心已经成了最坚固的堡垒，在银河之心的范畴内，没有人能够击败他们。但是，他们并没有力量能够投放到银河的其他部分，他们的力量存在于银河之心本身。巡逻者会奔赴战场，但他们无力阻挡这些黑暗生物的扩张。如果要保存人类文明，人类必须依靠自己。"

"我们怎么保护自己？如果连巡逻者也没有办法战胜这些该死的脏东西，我们怎么保护自己？"

"李约素，不要被眼下的情形蒙蔽。放开你的眼光，垚星联盟曾经统治了三千六百万个星球，拥有六十万亿的人口，数以千万计的飞船，上万个行星级堡垒。其实不需要这样庞大的规模，只要能凝聚三百个文明世界的力量，敌人就并非不能战胜。我很高兴你能跨出第一步。你怀疑银河人，这就是个良好的开端。"

李约素惊讶得说不出话来。这些天文数字听起来仿佛距离他亿万光年，他实在无法想象自己能和这样一串数字扯上什么关系。对话的另一层意味让他多多少少有些警惕，"是你把我引到这里来的?！你一直暗中盯着我！你是谁？你怎么能这样做？"

"这正是我要告诉你的另一件事。你有一个不自觉的亚空间侧面，因此我能接触你，影响你，而你却全然无知。在消灭敌人之前我不会再接触你，因此我必须和你进行一次对话。这也许会影响你的选择，给整个局面增添一线希望。"

"为什么？你既然能在我完全无知的情况下监视我，那么就一直监视下去好了，你还可以控制我的思想，让我按照你的想法来实现你的计划，这多完美！"李约素感到一丝不快，他忍不住讥讽。

"我只能微弱影响你的亚空间侧面。如果我能控制你的思想，就不需要这样大费周章和你对话。亚空间是能量空间，彼此间可以影响，却无法控制。这一点你必须牢记。"

声音接着往下说："你的亚空间侧面来自它们，它们可以通过亚空间影响你。虽然不能控制你，但是，它们可以从遥远的地方知晓你的亚空间波动。中枢星还没有完全苏醒，因此它们并不能觉察我和你的接触，一旦中枢星苏醒，和你的接触就将暴露我的位置。它们会派遣大规模的舰队来追踪我，我很难抵挡。"

"你到底是谁？"

"也许将来的某一天你会知道我是谁。我是人类的朋友，我不希望人类从银河中消失，仅此而已。"

"如果它们真的在我身上做了什么手脚，有什么办法能够除掉它吗？让我背叛科尼尔，我宁愿死掉。"

"这不是缺陷而是优势。敌人能够感受到你，你同样能够感受到它们。好好利用敌人的武器来反击敌人。只要你活着，它们就无法摆脱你，无法摆脱你的舰队。还有三个月，中枢星就会苏醒，你会明白我的意思。我以后不能再接触你了。你必须保护自己，要克服伤病和衰老，一直好好活下去，直到它们再也不能形成威胁。"

"我到底该怎么做？"李约素几乎在大声喊叫。

"我无法给你一个计划，我只能告诉你我所知道的情况。此外，好好珍惜你的生命，这对整个银河人类有价值，它不是仅仅属于你自己。你可以使用各种方法来延缓衰老，延长生命。但是，千万不要更换躯体。一旦更换躯体，你就失去了和敌人之间的亚空间联系，而这是你身上最有价值的东西。"

"好望角呢？我还有机会保护好望角吗？沙达克真理会告诉我的那些是真的吗？"

"沙达克给了你一个希望，理论上，这是可能的。但是，这会把你的生命置于险境。我不赞成你做这样的打算。人类联合舰队，这才是你该去进行的事业。"

"但沙达克的方法能够保护好望角，是吗？"

"这是一个冒险计划，也是自杀计划。"

"告诉我怎样才能颠覆空间瘤。如果我们能就此消灭在科尼尔的那部分敌人，那也是一件好事。这样我们可以集中力量对付潜入到猎户座旋臂的那些敌人，而没有后顾之忧。"

"在科尼尔的那些敌人虽然强大，但是巡逻者家族可以对付他们。侵入到猎户座旋臂的敌人才真正可怕，他们是癌细胞，扩散迅速。你有两千年的时间去追寻他们，消灭他们。你至少需要再活两千年，最开始的一步，你需要一个年轻的躯体，衰老已经影响到你的躯体，如果没有任何行动，你剩下生命长度不会超过一百年。"

"我必须首先到好望角去，如果不能挽救好望角，我就和他们一道死。"

"这对解决问题没有好处。"

"这是我的条件。"李约素微笑着，"如果你想让我同意你的计划，你必须告诉我怎样才能挽救好望角。"

"我在为整个人类谋划，你却在满足你自己。"

"也是满足你。我不知道你到底是谁，但是如果人类真的被消灭，你终有一天会被这些黑东西找到。它们会毁掉你！保存人类是你最好的选择。"

声音静默了一小会儿，"如果你必须前往好望角，只有依赖沙达克。他一定会找到你，你必须等待。但是你可以采取行动，召集舰队。有人来了，我们必须结束对话。现在，给我一句暗语。"

"什么？"

"暗语,不会误解的短句。将来我找到你,你可以知道那就是我,而不必惊讶我的形态。快,我必须即刻中断对话。"

"天垂星科尼尔。"

"很好。"

声音消失了,李约素感觉身体恢复了正常。他收回胳膊。镜子飞船仍旧在那里,巍然不动,李约素却知道那个和他对话的生灵已经远离。他再次碰触镜面,这一次,镜面变得异常坚硬,表面似乎有一层厚实的透明保护,能把一切隔绝在外。

这真是不可思议!那到底是一种怎样的存在?和人类到底有什么关系?

巨大的疑窦充满李约素的头脑,他在镜子飞船边踯躅,不肯离去。这个神秘的声音所说的和他所想的不谋而合,一支联合舰队比银河人的承诺更为可靠。可是,他有这样的能力去号召所有的星域吗?如果一路飞奔到好望角,他没有任何机会组织舰队,然而,好望角的灾祸很快就要到来。是号召星域组成舰队,还是快速奔赴好望角给那里的人们带去最后的安慰?

纷繁复杂的念头把李约素的心绪搅得纷乱,他有些茫然,径直站立在水底发起呆来。

"李约素船长!"有人在呼叫他。他辨认出了这个信号。是吉钠,他终于追了上来。

李约素从水中冲天而起。峡谷上方,一艘轻巧的飞船悬停着,船体黝黑,像一个吸收所有光线的黑洞。幽光飞船正等着他。

他感觉到另一种动静,是空气中传来的细微而持续的振动。

第八章 镜船谜踪

大群的飞虫正在涌来。它们从紫色的丛林中升腾而起，就像浓重的黑色云雾。虫群的飞行引发巨大的响动，仿佛一个超级引擎正在震动。

"看来你惊扰了它们。"李约素笑着说。一些虫子而已，两人并不惊慌，反而有些好奇。

浓雾向他们涌来，很快将他们吞没。无数的飞虫在身旁嗡嗡飞舞。这样的情形李约素第一次遇见，大感惊奇，"这么多虫子……"他伸出手去，虫子灵活地避开他手臂的挥舞。

"吉钠……"李约素兴冲冲地转过头去，想和吉钠说话，却不由得愣住了。飞虫不断地落在吉钠的幽光飞船上，飞船上密密麻麻地爬满了虫子，转眼间飞船便成了深紫色。

"吉钠！"李约素意识到不妙，正想靠过去，幽光飞船却突然间直直地往下掉。它几乎就要碰撞到谷底，然而在触地的一瞬间却改变方向，沿着谷底飞掠而过。飞船激起的气流挟带着雷霆万钧的气势涌向两旁陡立的悬崖，崖上的石块经受不住气流的冲击纷纷掉落，巨大的尘埃在峡谷中涌起，形成长长的尾迹追逐在飞船身后。

"吉钠，你没事吧？赶紧回答我。"李约素慌忙追问。

"没事。"听到吉钠的回答,李约素松了口气,"怎么回事?"

"这些小东西攻击我。它们能放电,让我的引擎暂时性失去了控制。"

"放电?"李约素望着周围漫天飞舞的小虫,半信半疑,他猛然伸手,一只飞虫落入掌中。他感觉到微弱的冲击,这小东西的确在放电。李约素小心地控制着粗大的金属手指,一点点地把小虫用两根手指捏住,递到眼前。

这是一只紫色的小虫,看上去闪烁着金属的光泽,两对薄薄的翅膀几乎没有厚度。它的躯体是圆圆的一截,仿佛小指的一个指节。它努力挣扎,不断放电,然而电流越来越弱,并不能造成任何影响。李约素轻轻一捏,虫子被碾成了粉末,变成一小团黏糊糊的黑色,这是一个肉体的生命。

"这些看起来是真正的虫子,它们为什么要攻击你?"

"我不知道。也许它们不喜欢我的飞船的颜色。"吉钠顿了顿,"不过,这只是有些意外,它们算不上威胁,它们的速度慢,我很容易摆脱。你也要小心!"

李约素感到一种更强烈的震动,他快速升高,冲出虫群的包围。当他看明白情势,不由暗暗心惊。四周的丛林里,黑云蒸腾,无数的飞虫正在集结,向着这边赶来。

"吉钠,抓紧时间,更多的虫子正在涌过来。我们要马上离开这里!"李约素大声呼叫。

"好,我马上就上来。"

"快,虫子多了可能还会有麻烦。"

更多的虫子汇聚在峡谷上空,低空盘旋,看上去就像一个黑压压的盖子,把峡谷封锁得严严实实。

突然间,一道蓝光从黑色的虫群间穿过,幽光飞船冲天而起,转瞬即和李约素会合。两人悬停高空,鸟瞰这不可思议的一幕。密集的虫群并不追赶,它们如烟云般在紫色丛林上空漂移一会儿,然后就逐渐平息下去,最后消失不见。红色的斜阳照射在紫红丛林上,大地仿佛凝固成了暗红的色块,远方的天空中,彤云如火。

李约素默默地看着这一派静谧而神秘的景象。

"李约素船长,我们走吧。这颗星球不宜久留。"吉钠催促他。

李约素没有多说,他驱动盔甲,向着"天狼星"号而去。

"欢迎回来,船长。"布丁的声音在控制舱里回响。李约素跨进舱门,快速地游动到座椅上,把自己绑得结结实实。

吉钠的头像出现在屏幕上。

"刚才的事我很抱歉,似乎是我带来了麻烦。"吉钠诚恳地看着李约素。

"这没什么……是不是有什么特别的原因? 它们似乎是冲着你来的。"

"我不知道,但刚才的袭击也许是警告。某种力量不希望我的飞船降落到这颗星球。这并非胡乱猜测,这颗星球在我的航行图上被列为'禁止接近',原因不明。"

"你是说有人在操纵它们? "

"有这种可能。如果带回来几个样本,我们也许可以详细了解究竟。但是没有这个必要,我们尽快离开这里就是。"

李约素稍稍沉默了一下,"你怎么会到这里来? 这颗星球并不在我们的前进路线上。"

"我发现'天狼星'号偏离路线进入了这个禁入星球,我担心有什么意外,就跟上来察看。"

"你能追踪'天狼星'号? "

吉钠的视线落在装着零点能引擎的瓶子上,"这是一次愉快的合作。白沙星的里克布告诉我,他把一个亚空间信标装在了你的瓶子上。"

"里克布? 你认识里克布? "

"我到达白沙星,他找到了我。亚空间信标技术我们也有,但是给一件普通物体附上亚空间信标是一件很困难的事,而且很难想象他们居然能给这个瓶子附上信标。瓶子太小了,按我们铁星的做法,至少需要一个和幽光飞船一般大的物体才有可能。"

"真的？里克布他们有这样的技术？"李约素有些惊讶。白沙星的人们养尊处优，过着无忧无虑的生活，早已经退化成了柔弱的人类，然而他们确有独特之处。

"没错，所以我才能找到你。我从没见过这样细微的亚空间信标。他们要充分利用物体的细微结构，这是一种微雕工艺。让人印象深刻。"吉钠赞不绝口，言语中对白沙人的亚空间技术深感钦佩。

李约素不禁肃然。他把白沙星人看做寄生者，仰仗铁人和银河人的威势而享有安逸的生活。然而他们竟有着深藏不露的科技，甚至让铁人也万分钦佩。也许银河之心周围的人类都具有某些特殊的本领，他毫无理由鄙视任何人。

"好吧，至少这样你就可以随时了解'天狼星'号的踪迹了。"李约素哈哈笑了两声，"见到你真是太高兴了！一个人旅行，快把我憋疯了。"

"我不是一直和你在一起吗？"布丁插话。

"别插嘴！"李约素厉声呵斥。

布丁退缩到一边去了。

"我还有两个伙伴。"

"伙伴？你还带了两个人？"李约素喜出望外，"谁？长老允许他们跟着你一道离开铁星？"

"他们是我的孪生体。"吉钠回答，"吉钾，吉氕。我离开铁星，他们也接受了长老的咨询，最后决定跟我一道来。"

"真是太好了！"李约素说，"快让我见见他们。"

"他们并不在这里，这颗星球被列为禁区，因此他们在金龙星等待消息。既然在我们的航线图上禁止接近这颗星球，我们还是尽早离开比较合适。"

李约素点头赞同，"我们尽快出发，不过，这颗星球的确有些特殊……"李约素斟酌着字句，犹豫着是否该把刚才所见到的镜子飞船以及那奇特遥远的声音告诉吉钠。最后他下定决心，"我在那个峡谷的水底见到了一艘奇特的飞船……"他把事情的前前后后完完整整地告诉吉钠。

吉钠静静倾听，一言不发。李约素说完之后，他仍旧沉默着。

过了一小会儿，吉钠开口说话："你认为是它把你引到了这里？"

"没错。我必须得说，一个人旅行的确让人要发疯，我随时可能在某颗星球上降落，但是，是它把我引到这儿来的。它也承认了。"

"必须承认，这让我很感兴趣。它能够透过亚空间侧面对你施加影响，这很难办到。"

"你们铁星人能做到吗？"

"理论上并非完全不可能。我曾经听说过类似的技术，但是真的要实现……至少我从未听说铁星过使用这样的技术。"

"好吧，这我就放心了。"李约素开了一个玩笑。

"放心？"吉钠显然没有明白其中的幽默，一时感到困惑。

李约素摆摆手，"算了，当我什么都没说。"

吉钠并不追问，"这个神秘的镜子飞船宣告我们的敌人会在银河范围内发动战争。如果真是如此，我要向长老会发回报告。"

"没问题，你可以把我说的一切都报告给长老会。也许他们还能和银河人谈谈，大规模制造巡逻者。"

"它还说你是能够对付它们的人。"吉钠看着李约素，"它把你视为核心人物，举足轻重。"

李约素不以为然地耸耸肩，"也许我真的是核心人物，但是我真不知道怎么才能做一个核心人物。你的价值比我更大，你至少可以找到一个星域制造出六千艘幽光飞船来，我能做什么呢？除了曾经被蜘蛛人抓去又放回来，我什么都不是。这场战争也许要打上千年甚至上万年，看到结局之前我就死了。这场战争完全不是我所能影响的。"

李约素顿了顿，"我只想给天垂星报仇。我保卫不了它，可如果也报不了仇，那就让我去死好了。"

片刻沉默之后，吉钠转移了话题，"你还能活多久？"

"按照科尼尔人的平均寿命，大概三十年，但是许多人都试图帮助我延长寿命，也许我还可以活上一百年。我不知道，你们铁星可以帮助人延长生命吗？也许这是个傻问题，你们是铁人。”

“三十年太短了，一百年也太短。”吉钠皱眉道，“如果真的我们有一场银河战争要打，你得想办法活上两千年才行。”

“别顾虑这个。”李约素哈哈一笑，“在飞船上不断弹跳，三十年可以拖很久。我要抓紧时间赶往好望角。抓紧时间赶回去，我能在那些脏货攻击好望角之前赶到。建造幽光飞船也需要时间，如果沿途到处找人，时间根本不够。三十年，哈，我可以先和你一道组建幽光飞船舰队，然后再考虑我的寿命。”

吉钠望着李约素，似乎在考虑着什么，最后开口说：“我想下去看看这个神秘的镜子飞船，如果你所说的不差，那应该是一个亚空间入口。这个星球被某种力量当做亚空间接口，这并不稀奇，但是奇怪之处在于，我们的祖先居然把这颗星球列为‘禁止进入’。”

“亚空间接口？你说的是一种传播技术？”

“是的，不传播实体，只传播信息，通过亚空间传播信息，这是唯一能横跨银河的即时通讯手段。然而这需要有两个配对的接口。横跨银河布置两个接口，这样的举动毫无意义，因为这也只能传播很少量的信息，而其他的一切，相隔数万光年，彼此间隔绝，即便能通讯，也变得毫无意义。”吉钠顿了顿，“那个神秘声音告诉你，你有一个亚空间侧面？”

“它是这样说的。”李约素感到无奈，“这听起来像是很高级的玩意儿，我知道沙达克能接触亚空间，但是从来没有人能够拥有亚空间侧面，对吗？”

“这让我也感到很疑惑，你毫无疑问是完全的肉身人类。我们铁人可以拥有亚空间侧面，我们的躯体和你们完全不同，虽然有和你们类似的面目，但是我们的躯体并不是有机生命。一个有机生命体拥有了亚空间侧面，如果这一切是真的，那么我们的敌人就拥有一种和我们完全不同的技术体系。这个神秘的声音了解这种技术体系。这是一件值得做的事，我必须下去看看。”

“这里似乎并不欢迎你。虽然那些飞虫很烦人，也算不上什么，但是谁知道会不会有新的花样?!"

"它们攻击的是幽光飞船,我借用你的盔甲下去。"

"这怎么可能,你的身体根本装不下!"

"我缩小了身体,和你的体型相似。"

李约素一时愣住了。吉钠居然改造了自己的身体,虽然他们并不是血肉之躯,然而很难想象他们能随意改变身体。哪怕更换一副躯体就和吃一顿饭那样简单,然而又有什么必要?

"我们不想在你们的人群中过于引人注目。"吉钠觉察到李约素的疑惑,"一旦科尼尔制造幽光飞船,必然会根据科尼尔人的体型来设计,缩小体型后,我们也可以使用其他科尼尔人的装备。"

"这个主意听起来不错!"李约素答道,"既然这样,你就用沙冈盔甲降落下去看看,我留在'天狼星'号提防万一。"

"再好不过。"吉钠露出一个微笑,然后中断了通讯。

布丁把盔甲丢到舱外,李约素看着吉钠钻进了盔甲,然后向着星球表面降落。降落的速度非常快,以至于用肉眼能看到摩擦产生的红色火焰缠绕在盔甲四周,看上去就像是绚丽的飘带。这是危险的迹象!

"傻瓜,这是稠密大气,不能这么快!"李约素暗暗着急,随即,他想到吉钠并不像他一样害怕高温。他们的躯体并非血肉,比沙冈人更强壮,更能耐受极端环境。他们到底是怎样一种人类? 银河人更像是机器人,但铁人不认为自己是机器人,他们会衰老、死亡,会产生下一代,然而,他们的躯体比机器人毫不逊色。铁星正在进行全面的动员,他们会组织起超过十万艘幽光飞船的庞大舰队。不管他们是否属于人类,有这样的同盟真是太好了!

吉钠钻进了峡谷。星球表面仍旧平静,没有任何动静。李约素微微感到放心,突然间,布丁大叫起来:"船长,检测到微弱引力波动!"

"什么?"

"微弱引力波动,在真空中算不得什么,但这是一个固体表面的星球,将会引起剧烈反应。"

"到底会发生什么?"

"引力波动会引起表面固体层移动,根据波动的方向,它影响的是我们正对的这块高地,如果这里的岩层结构比较脆弱,就会发生岩层崩塌。"

不需要布丁多说,星球表面的变化肉眼可见。转瞬之间,两座高大的平顶山峰彼此间靠拢,大大小小的飞行动物受到惊扰,猛地飞到丛林上空,盘旋着,仿佛巨大的烟尘涌起。峡谷正急剧缩小,似乎转眼间就要消失。

这看上去像是一场意外的地震,然而李约素相信这不是一个巧合。有人故意制造了地震!

"吉钠,赶紧跑出来,你会被埋在下边!"李约素紧急呼叫。

吉钠的信号并没有消失,显示出吉钠继续下降了几秒,然后快速升起,向着峡谷上方冲刺,然而突然间跌落下来。李约素心中一紧,还好信号显示吉钠又飞了起来。

"吉钠,你怎么样?"

"还好,刚才一块石头掉落砸到了我。"吉钠的声音从频道中传来,李约素稍稍放心。

飞船下方,巨大的山峰撞在一起,峡谷消失得干干净净,只留下绵延不绝的乱石堆,仿佛一条伤疤突兀地刻画在星球表面。

吉钠的声音再次传来,"这里正在崩塌,我会被埋在石头底下,不会有事的,只是一时出不来。你们在轨道上等一等,等震动平息再说。"

"你千万小心!"李约素叮嘱。

"放心吧! 它只是不想让我接触到亚空间接口,并不是要杀死我。"

"什么事都有万一。"李约素接上话,突然间,他意识到自己的口吻有些像是佳上,无数次,他总是满不在乎地拿自己的生命冒险,而佳上总是不断地提示他风险。此刻的情形似乎颠倒了过来,他开始扮演一个风险规避者的角色。李约素顿了顿,"如果真的被埋下去,在那里别动,我会想法子把你救出来。"

"好! 看来它真的是不想我接触到它。它转移了。"

"你说什么?"

"你说的那个镜子飞船,它从这里转移到了更深的岩层中,为此运用了一次微弹跳,刚才的地震只是副作用。"

"你怎么知道?"

"我感觉到了它的亚空间波动。"

李约素感到一阵凛然。接触得越多,他越感觉到铁人的种种优势,他们长寿,身体如钢铁般强健,能够在真空中自由活动,他们一个个都和沙达克一样渊博。此刻,吉钠在谈论亚空间的异常,仿佛那就是眼前的景象。亚空间并不是一个生僻的词,然而,那是一种抽象的存在,只能用高超的仪器来探测,那是飞船中枢和沙达克的专有词汇,若一个人凭着自己的身体也能感受到亚空间波动,那就像神一般无比神奇。

但就是神也有落难的时候。

"待在那里别动,我会把你挖出来。"

"你可以使用幽光飞船,它能很快把这些石头消除掉。"吉钠说。

"幽光飞船?我根本没有摸过。"

"我们改进了飞船,只要你坐进座舱,就能控制它。它可以进行原子破碎,用这种武器清除这些石头很容易。"

"我没法进入幽光飞船,我没办法在真空里生存。"

通话那端沉默下去,过了一小会儿,吉钠的声音再次传来:"这件事我们没有考虑到。也许你可以试试让布丁把舱门对准幽光飞船……但是幽光飞船里的氧气浓度对你来说太低,这么做行不通……只有麻烦你和布丁帮我把这些石头搬开。很抱歉又要多花一些时间。"

"好好待着,别乱动,我把你挖出来。"李约素说。

"天狼星"号向着乱石堆降落。

在成千上万吨的乱石面前,"天狼星"号显得异常渺小。激光掘进,机械牵引,李约素很快发现,在这条巨大的疤痕面前,"天狼星"号根本无能为力。毕竟,它不是挖掘机。

"布丁,起飞!"李约素突然有了主意。

"船长,我们打算做什么?"布丁一边起飞,一边问。

"绕到山后边,束流攻击,让山峰塌下来。"李约素说完接通了吉钠,"吉钠,我们有些麻烦,从正面把你挖出来不太可能。我们到山峰背面试试看,希望这座山峰不是很坚固。"

山峰背后是另一道深谷。布丁找到几个关键的位置,"天狼星"号的主炮不断开火,很快整个山头摇摇欲坠。最后一次束流攻击摧毁了山体支撑,庞大的山岩剧烈摇摆,然后不可抗拒地开始下落,夹在山谷间的碎石随着山体的坠落如雨点般落下。

片刻后,吉钠从落石间穿出,向着"天狼星"号而来。

"多谢你把我救出来,还有你,布丁。"他向李约素和布丁道谢。

"我们再找找那艘镜子飞船。"李约素说,"它竟然使出这样的手段来躲避,我们要多留些心眼。"

"不用再找了。"吉钠淡淡地说,"既然它能够进行微弹跳,那就是说,即使没有这颗星球的掩护,也能够避开我们。就算你把星球整个摧毁了,它还是能够让我们无法接触到它。

"而且,"吉钠的眼光望向远方,"这颗星球很快就要发生磁暴,它的内圈层正在反转,这是一颗奇特的星球,也许这是另一次警告,它不希望我们留在这里。也许它控制着整颗星球,包括这里的生物。"李约素看见了天边隐约的乌云,那是一些大型的飞行生物,正向着这边飞来。

"它想让这里的生物遭受屠杀吗?"李约素有些不解,"生物怎么可能对抗飞船!最破旧的飞船也能轻易地屠杀它们。"

"也许并不那么简单,那些攻击我的飞虫就比较特别……我们还是尽早离开。"吉钠劝说道,"我们还有很多事要办,如果在这里纠缠,恐怕来不及赶回好望角。"

这句话提醒了李约素,他同意了吉钠的建议。吉钠钻进"天狼星"号。

黄昏的天空很快失去了最后的光亮,"天狼星"号宛如流星划破夜空。忽然之间,巨大的闪电从云层间向着地面劈下,白亮的闪光照锝天地间宛如白昼。一道接一道的闪电亮起,"天狼星"号仿佛在闪电的丛林间穿行。

　　"天狼星"号很快进入高空,向下望去,闪电的光亮透过云层隐隐发亮。整颗星球似乎都陷落在连绵不绝的雷电暴中。

　　"这是磁暴的前奏。"吉钠说。

　　"看来它是在欢送我们。"李约素说,"不过它把我引来,又这样赶我走,这到底是什么意思?"

　　"它并不是要驱赶你,也许只是不愿意和我接触。这样的一次磁暴可以彻底消除掉所有残留的亚空间痕迹。它对我戒心重重。"

　　"为什么? 它宣称是人类的朋友,而且它也认为你们铁人属于优秀的人类同盟。它为什么要躲着你?"

　　吉钠显得很无奈,"我也很想知道。"他望着渐渐远离的星球,若有所思。

第九章 联合舰队

若你只有一艘飞船，很难说服别人把另一艘飞船给你；若你拥有一支舰队，事情就变得简单些；而如果舰队里有幽光飞船，人们就会迫不及待地加入其中。

李约素开始召集志愿者和飞船，有了吉钠的幽光飞船，这件事进展得异常顺利。星域的人们迫不及待地响应，飞船编队越来越庞大。最后，"天狼星"号身后跟随了八万五千多名志愿者，大大小小两百多艘飞船，浩浩荡荡，数量和规模足以媲美大型星域舰队。

然而坚盾帝国却让这件看似一帆风顺的事起了波折。坚盾帝国是一个庞大的星域，统治范围达到一千光年。李约素原以为在这里至少可以召集五十艘飞船加入舰队。但召集飞船的请求仿佛泥牛入海，而要求离境的最后通牒却不断送来。如此庞大的一个星域居然不愿派遣哪怕一艘象征性的飞船。他们对联合舰队充满戒心，只希望李约素能尽快离开。李约素感到气愤，也很无奈——这里和从前的科尼尔一样，人们往往各怀心事而无法形成合力。

联合舰队不得不沿着指定路线跳跃，弹出点在红白星，这是坚盾帝国的边缘星系。

形形色色的飞船陆陆续续从亚空间脱离，红白星的天宇上，到处都是舰船引擎的光芒，船型各异，引擎的光芒也异彩纷呈。

"天狼星"号早早抵达，静静地监视着一艘又一艘飞船出现在序列中。预定的跳跃计划进行得很顺利，也很消耗时间。为了等待舰队集合，"天狼星"号已经坐等了六天。这仅仅是十个光年的跳跃而已。

记录显示，还有两艘飞船要在五个小时后才能弹出。李约素望着外边的情形，舰队秩序井然，这些自发追随他的飞船，大部分不是军人，然而却能很快适应军事化编制。有时候他会想，人类天性适合战争，只要给予一点引导，就能组成高效的军队。

然而，再高效的军队也无法对抗时空。飞船时间已经过去将近一年，而他只前进了不到六百光年。舰队的规模越大，速度就越慢，这样下去，到不了好望角，他就要和银河说再见了。而在好望角，十年的空白期已经一晃而过，那儿的人们更无法等待。

这可不是一个好兆头。这意味着，将来即便有了一支规模足够对抗蜘蛛人的舰队，好望角的人们也还要过成百上千年才能等到舰队的到来。如此结局和银河人的设想并没有太大的差别，联合舰队可以和蜘蛛人来一场生死决战，然而那只能在上千年之后才发生。李约素感到很沮丧，他似乎隐约看到了拯救好望角的希望，然而希望刚刚燃烧起来，却又熄灭了。他可以带领一些轻快的小船赶回好望角，却无法带领大规模的舰队及时赶到。

真的没有希望吗？

走还是留，成了一个难题。其实这也并不算一个难题，因为答案从来只有一个。他必须赶回好望角，否则，这一趟奔波就失去了意义。他为了科尼尔的希望而活着，为了顽强抵抗的战士们而活着。他无法容忍自己听任科尼尔残存的人们在绝望中死去，哪怕无法拯救他们，他也要回去给他们一个温暖的拥抱。

"布丁，帮我找到吉钠。"他决定先和吉钠谈谈。

"好的，船长。"布丁愉快地回答，"吉钠正在'千首'号上，他说要去找墨拉迪斯头领。我马上联系他。"

过了一小会儿,布丁道:"吉钠很快就到。"

李约素点点头,继而说:"布丁,我们已经是一个大船队,'天狼星'号可不适合做旗舰。"

"我能胜任。"布丁争辩,"我一直做得很好。你发现了什么问题吗?"

"当然没问题,关键是我们没有时间。"李约素直入主题,"我们要脱离舰队,用最快的速度赶往好望角。我们没有时间再拖下去。"

"原来是这样。当然没问题,虽然我觉得指挥一支大舰队挺有意思,但是如果你希望脱离舰队,我当然会跟随你。"

李约素点点头,虽然这是一个意料之中的答案,他还是感到宽慰,"我们会赶到好望角的!"

很快,吉钠的信号出现在"天狼星"号的屏幕上。他降落在"天狼星"号上。

舱门刚打开,吉钠还没有跨进门,李约素就大声叫嚷起来:"吉钠大人,这样下去,我要发疯了!"

"李约素司令,有什么指示?"吉钠问。自从他们开始沿途招募舰队,吉钠就坚持称呼李约素为司令,无论当着别人的面,还是私下里。李约素抗议了多次,吉钠却我行我素,于是,李约素"报复"性地称呼吉钠为大人。

"我要抓紧时间赶往好望角,舰队就拜托你了。现在你就是舰队司令,吉钠司令!"李约素大大咧咧地说,向着吉钠咧嘴一笑。

"我跟你一起走。"吉钠很平静,仿佛这件事早在预料之中。

李约素微微一愣,随即想到吉钠会是一个很可靠的伙伴,然而吉钠一旦离开,舰队的事情就会变得很复杂。"你跟我一道走?你和我一起走,舰队怎么办?这可是你拉起来的舰队。"他顿了顿,"也许吉氘或者吉钾可以担任舰队司令。"

"他们都不能做舰队司令。铁人不能做舰队司令,这是长老的命令。"

"你们距离铁星都上万光年了,长老根本不会知道。再说,除了我们两个,他们就是舰队里最资深的人,他们不做,谁做?我们有十六个文明的两百多艘飞船，如果我们都走了，恐怕一转眼，大家就会各自散伙。所以，你们必须有一个站出来做舰队司令。要不然，就你留下。"

"我留在这里没有用。"吉钠不紧不慢，"你可以找那些将军谈一谈，也许他们中间有人能够胜任，吉氕和吉钾会帮助他。"

李约素明白吉钠不会改变意见，凡事只要他认定了，就固执得可怕，但李约素仍旧企图说服他："谁能平稳掌握舰队？里比特人和萨利人彼此仇恨，不可能从他们当中选择一个来掌握舰队；昂山人虽然可靠，但是技术水准落后，根本无法让那些人服气；金光人不需要别人来操心，但是他们也不愿意和其他舰队协调……剩下的小舰队没有这样的资格。最合适的就是你们铁人。你们是最先进的文明，有最先进的飞船，最早里比特人愿意追随我们，就是看见了你的幽光飞船。你可以跟我一道走，但是既然吉氕和吉钾可以留下，他们完全可以掌握舰队，或者他们可以不做司令，只需要协调各个舰队，带领大家前进。在和敌人接触之前，我们再做安排。"

吉钠稍作思考，看着李约素，"如果只是协调舰队，这倒是一个办法：让布丁留下。你可以在离开之前给他指令。"

这个建议让李约素感到有些意外，他从来没有想过要和"天狼星"号分开，"这怎么行？我还要靠'天狼星'号回好望角。"

"你可以使用幽光飞船。"

"你的幽光飞船连氧气都供应不上。"

"你可以冬眠。"

李约素微微一怔，"冬眠？幽光飞船可以冬眠？别开玩笑！"

"我向昂山人借用了装置，把它安装在幽光飞船上，配合度很好。"

"昂山人的东西，我可不用，没有保证。"

"我来保证。"吉钠的回答很快。

李约素被憋住了，一时说不出话。停顿了几秒后，他才说："你早就计划好了，是不是？"

吉钠并没有正面回答这个问题，"幽光飞船的亚空间潜行能力比

'天狼星'号强,选择幽光飞船赶路在时间上更有优势,而且还有一层顾虑——"吉钠看着李约素,"你告诉过我,那艘神秘的镜子飞船给你信息,说中枢星还有三个月就要苏醒。现在早已过了三个月。"

"我没有感觉到任何异样。"

"这只是因为距离遥远。谁也不知道那中枢星到底能影响多大范围的亚空间,如果它真的能感觉到你的存在,那么你离开舰队也是一件好事,至少它无法觉察我们的舰队正在集结、逼近。"

李约素点点头,"你说得对,我没有想到这一点。如果我冬眠,那些脏货就找不到我,对吗?"

"它们也许仍旧可以找到你,但是却无法从你这里得到任何有用的信息,直到你醒来。"

李约素淡淡一笑,"那我最好永远不要醒来。"

"你当然要醒来。既然我们要相信这个神秘声音的预言,我们就得记住,只有你才能带领人类联军获得最后的胜利。不是吗?"

李约素哈哈大笑,"你是想说服我相信吗?很简单,给我一个奇迹,让我看到这些该死的蜘蛛全部消失在我面前,把科尼尔还给我,我就相信了。"

吉钠并不争论,"如果我们决定脱离舰队,就必须告知各舰队,做好打算。"

"我会去和他们说。"李约素说,他转头看着屏幕,"布丁,你听到了,你要留下,有什么问题吗?"

"当然可以,船长。"布丁愉快地回答,"我会把舰队带到好望角。"

"不仅如此,我们必须沿途大肆宣传,让更多的飞船加入舰队。吉氖和吉钾会帮助你,但你是维持舰队的关键,你就是代理司令。"

"保证完成任务。"布丁对于能够执行这样的任务而倍感兴奋,回答的声音格外响亮。

恍然间,李约素居然有一种怅然若失的感觉。

"吉氖和吉钾可以做你的副官,他们会帮你出一些主意。"吉钠接着说，"李约素司令，这样安排了，我们应该可以放心离开。"

李约素微微点头，"我去告诉他们这个消息，他们会同意的。"他向着舱门走去。

舱门关闭，布丁在屏幕上显示出一个面孔，开口说话："吉钠大人，船长似乎有些不太高兴。我做得不够好吗？"

"是吗？他不高兴？"吉钠盯着紧闭的舱门，"你的船长有时候的确让我不太明白，揣测他人心理并不是我所擅长的东西。"他对着屏幕上的脸，"你做得很不错。不过统领这样一支舰队，事情千头万绪，你要小心。"

"没问题，吉钠大人。"布丁高声回答。

李约素的第一站是"千首"号，这是昂山舰队的旗舰。昂山人的亚空间航行水平有限，为了让他们的飞船能够进行远距离亚空间弹跳，吉钠帮助他们安装了零点能引擎。昂山的飞船粗大笨重，零点能引擎轻巧细微，截然相反的两样东西却恰到好处地结合在一起。摆脱了臃肿的动力系统，昂山飞船成了彻底的武器库和装甲堡垒，一跃成为联合舰队中实力最强大的一支。

墨拉迪斯在飞船的甲板上等着李约素。昂山人的体型比科尼尔人高出整整一头，他们的动力服同样秉承了粗壮的特点，显得高大威猛。墨拉迪斯站在甲板上，看上去仿佛一尊黝黑的铁塔。

"墨拉迪斯，我要提前赶路。"李约素站在他的前面，"大舰队的行动过于迟缓，我无法再等了。"

"我明白。"墨拉迪斯话语简洁，不再多说一句。

"布丁会安排好舰队的行程，你可以帮助他一道维护舰队。途中还会有更多的飞船加入，要请你维护舰队的团结安定。"

"放心。吉钠也和我说过。昂山人要加入的是银河之战，而不是人类彼此间的战争。"

"这样就好。"

李约素看见了墨拉迪斯动力服上的徽饰，是个火焰环绕的舞者。这枚徽饰勾起了李约素的回忆，让他想起天狼七。是的，这是一枚全人类的徽饰，不同的人们以不同的方式看待它，但是它在人类的文明中普遍存在。昂山人保持着朴素的信仰，他们坚信人类曾经是统一的整体，将来也必然归于一统，他们信仰这个叫做世珀的神，相信他代表着人类在银河间的永恒存在。

"世珀与你同在！"李约素向墨拉迪斯致意。

"银河在上！愿科尼尔安好！"墨拉迪斯回礼。

李约素纵身离去。

墨拉迪斯目送李约素远离，他看见不远处的飞船上，一个人影腾空而起，向着李约素追去。他远远望着，神色凝重。

李约素停下来等着。追上来的是坚盾舰队的皮克斯将军。这支所谓的坚盾舰队只有三艘飞船，规模微不足道，然而皮克斯将军却是货真价实的现役将军。在坚盾帝国首都横垣星盘桓的三天里，无论李约素和吉钠如何费尽口舌，也无法说服坚盾帝国给予支持，这个帝国甚至不愿意提供一些反物质燃料来为李约素混杂的联合舰队进行补给。可是最后，当"天狼星"号离开横垣星时，皮克斯将军带着三艘飞船追了上来，他为自己的同胞感到抱歉，并要求加入舰队。尽管他是帝国将军，然而没有议会的授权，他是无法调动军队的，因此，他只能带着属于私产的三艘小飞船来追随李约素。一个地位显赫的将军，抛弃一切加入联合舰队，这让李约素万分感激。皮克斯四十五岁，年轻而富有活力。他是坚盾帝国的贵族，却完全没有一点儿贵族的派头，他和手下穿着完全一样的服饰，如果不是手下众星捧月般的阵势，根本无法把他从人群中辨认出来。平易近人，这更让李约素对他有很深的好感。

"李约素船长，我听到一些不怎么有利的传言。"皮克斯开门见山。

李约素也直来直往，"你听说了什么？"

"里比特人想离开，他们不愿意和萨利人一道继续前进。"

"这种说法从他们的舰队加入时就一直在传播，也不知道这到底是谁制造的流言。"李约素毫不在意。

"这可能是真的，我们必须严肃看待这件事。"皮克斯认真地看着李约素。

李约素不觉也严肃起来，"你从哪里得到的消息？"

"我一直在和他们交谈，比亚利将军和达文西将军的言语已经到了失控的边缘。一点点小冲突就能变成导火索。比亚利多次声称，如果一直要和萨利人共同航行，他宁愿脱离舰队，独自前往。"

"他从来没有和我说过。"

"你从来不和他谈论这些问题。他对你也有所不满，认为你袒护萨利人，所以也不太愿意和你说这些。"

"袒护萨利人？这是什么话？！"

"每个人看问题的角度都会不同，而且相去甚远，所以我们得小心行事。"皮克斯平静地说，透着一股沉稳的气度。

李约素看着他，"你想我怎么办？"

"如果必须要分开，那就让他们分开，舰队只是在行军，从这里到好望角，沿途都是人类星域，只要我们大肆宣传舰队的目的和银河的危急形势，他们就能理解而且支持我们。除了主舰队，我们可以分散成小队，采取不同的路线，这样还能经过更多的星球，获得更多的支持。里比特人和萨利人的线路可以分开，如果需要和主舰队会合，我们可以计划好时间和方位。"

李约素认真考虑着皮克斯的建议，问道："你和吉钠谈论过这个问题吗？"

"谈过，他并不赞成。"

"为什么？"

"他认为星域舰队没有足够的号召力，而且路途遥远，如果没有强力的领袖，根本无法带领舰队奔赴战场。这不是几个月的行军，舰队要聚集在一起至少十多年。如果让各个星域舰队自行行动，他们最终会溃散在无穷无尽的行军中——也许回归故星，也许扎根他乡，或者干脆成了流浪飞船。"

"这听起来也很有道理。"李约素看着眼前的人。皮克斯回望着他，眼中充满热忱。李约素心中一动，上前拉着皮克斯，"走，我们去找吉钠，一起说个明白。"

皮克斯的动力服并不强悍，李约素拽着他降落在"天狼星"号上。当他们出现在吉钠面前时，吉钠非常平静，"你们是想谈论里比特人和萨利人分开的事？"

"我想召开一次圆桌会议。"李约素说。

"圆桌会议？这是什么意思？"

"就是一次会议，所有的船长都参加，所有人都可以发表意见。"

"这是为了什么目的？"

"我有个新的主意，"李约素看着皮克斯，"我想让皮克斯将军来带领舰队。"

"我？"皮克斯很惊讶，"这不合适，我根本没有舰队，而且加入这支大舰队才十几天。"

吉钠看着李约素，一言不发，眼里露出一丝困惑。

李约素对这种效果感到很满意，他拍了拍皮克斯的肩膀，"但是你已经让里比特人和萨利人都信任你了。别退让，你有这个能力。你在坚盾帝国统率帝国舰队，至少有上千艘飞船，不是吗？"

"那不一样。坚盾帝国有舰队体系，而联合舰队完全依靠你们两个人的号召力。我无法胜任。"

"不要婆婆妈妈的，皮克斯。"李约素显然下定决心要皮克斯接受这个安排，"你就是舰队司令。"

皮克斯有些疑惑地看看李约素，又看看吉钠，"我不明白为什么我们必须要匆忙做出这样的决定。有什么特殊的原因吗？"

"马上就让皮克斯担任舰队司令的确不合适。"吉钠开口说话，"他来的时间太短。"

"那么你说，如果里比特人和萨利人真的内讧，我们该怎么办？你不能指望布丁解决这样的问题。"

"不如这样，让布丁代理司令，但是可以任命皮克斯将军为副手，和吉氘、吉钾一样。"吉钠转向皮克斯，"如果你真的能胜任司令，吉氘和吉钾都会帮助你。"

皮克斯点点头，"我明白。这个职位我不会推辞。但是你们到底在做什么打算，难道你们要离开舰队？"

"好望角在等着我。"李约素说。他把沙达克真理会和土斯星的神秘镜子飞船所描述的一切告诉了皮克斯。皮克斯听得很入神。

"我必须赶去冬眠，"李约素大笑着，"否则说不定它就会找到我，我们就暴露了。"

皮克斯似乎仍旧沉浸在李约素的故事中，猛然间他回过神来，"对不起，刚才走神了。假如事情果真如此，我会帮你把舰队带到好望角。但是如果——我是说如果——好望角已经被敌人侵占，我们的战场就会大大后移，我们应该在哪里会合？"

"如果没有遭遇敌人，就一路向前。"李约素说，"好望角不会失陷。"

"情况暂时就是如此。"吉钠说，"舰队奔赴好望角。我们要准备好，舰队的规模会膨胀到上万，几十万来自不同文明的战士彼此间相处会是一个大问题，而且还要鼓舞他们的斗志，整理一个明确的指挥体系。"

"你好像在鼓励我知难而退。"皮克斯笑着说。

吉钠不置可否。

"一切都先行动起来，困难总是可以克服的。"李约素说，"我来召集会议，把这件事定下来。会议在哪里举行？'千首'号怎么样？昂山人的船舱够大，而且让人放心。"

没人反对这个提议。

会议进展顺利。虽然大家对于李约素突然要离开舰队感到意外，然而会上并没有太多的争论。李约素要急着赶往好望角，这样的心情可以理解。布丁代理司令，组织行军，它只是一个智能中枢，严格来说并非人类，然而只是组织行军而已，大家也没有什么非议。吉氘、吉钾和皮克斯组成三人助理团。三人中，皮克斯居然是反对意见最少的一位，他来到舰队不过十多天的工夫，却已经和几个大舰队的司令成了无话不谈的朋友，大舰队司令没有意见,其他人也无从反对。只有墨拉迪斯提出抗议,他要求皮克斯从坚盾帝国带来一支二十艘飞船以上的舰队加入联合舰队——这样才能证明诚意。

"墨拉迪斯,"皮克斯严肃地说,"坚盾帝国不会派遣飞船。帝国议会正在讨论李约素司令的请求,然而做出这样重要的决定至少需要三个月,也许更久,甚至永远不会有决定。我到这里来,已经严重违反了帝国法令,我甚至无法回到横垣星去。我也没有更多的私产可以动用。简而言之,我没有二十艘飞船,但是我有一颗赤诚的心。"

墨拉迪斯默默地看着皮克斯,似乎想把他的心看透。他最后说:"我同意皮克斯加入助理团。但是,指挥中心要设在'千首'号上。"

这个要求让会场一片哗然。

李约素努力让大家安静下来。他看着墨拉迪斯,这个黝黑的铁塔般的昂山人沉默地看着他。昂山人是可信任的,他们的教育和宗教都要求他们忠贞不贰。

李约素看了看吉钠。吉钠点点头,"'千首'号经过改装,有巨大的空间可以利用,我觉得这是一个好主意。"

李约素看了看皮克斯,皮克斯泰然自若地看着他,并不反对。他又看了看墨拉迪斯,对方仍旧是那种坚定不可动摇的眼神。

"好!就这么定了!"李约素大声宣告。

会上立即决定了舰队的行军序列。原力、白山两支小舰队划归墨拉迪斯指挥,成立中央集团,"天狼星"号降落在"千首"号上,皮克斯驻守"千首"号上新的联合指挥部。吉氘的幽光飞船五号引导前锋集团,那是十五艘巡航舰组成的轻快舰队。里比特人组成左翼,萨利人居于右翼。吉钾的幽光飞船三号和十三艘小船组成后卫。

当一切都安顿下来之后,李约素准备出发。

他打开床头的屉格,屉格里有一个红色的小盒。快二十年了,他从来没有打开过这个盒子,却从不曾忘记。盒盖弹开,闪亮的银色链坠显露在眼前,这只链坠仿佛星星一般照亮了李约素的眼睛,他的眸子里放射出光彩。一种柔软的暖暖的情愫涌动在心头,李约素小心翼翼地掂起链坠,放在掌心里。他握起拳,紧紧地攥着它。

"船长,对接完毕。"布丁报告。幽光飞船就在舱外,和"天狼星"号对接,他将从舱门走出去,然后将陷入沉睡,吉钠会照看他。当他醒来,他就会回到好望角,回到那熟悉的科尼尔文明当中。李约素打开掌心,再次看了看这闪亮的小东西,把它放回盒子里,装进口袋。

他进入前舱,从架子上取下装着零点能引擎的瓶子,用胳膊夹着。

"布丁,我要走了。"李约素大声说。

"好的,船长,祝您旅途愉快!"布丁回答。

李约素突然有种不舍的感觉,从黄金星球的历险开始,布丁一直陪伴着他,从来没有离开过。布丁只是一个智能中枢,他以为自己并不会怎么想念它。然而,到了此刻,他发现离开布丁同样令人难过。

"布丁……"李约素踌躇着,不知道说些什么,"我们很久不能见面,你要小心。联合舰队就拜托你了。"

"放心吧,船长!"布丁的声音仍旧很愉快。

"保重!"

"船长保重!"

李约素进入通道,舱门关上。十几分钟后,幽光飞船那特有的蓝黑光亮从天宇间一掠而过,随着一道闪光消失不见。

"船长!"闪光消失的一瞬,布丁放声大哭。无尽的悲伤不断涌来,仿佛狄拉克海的涟漪般绵延不绝。它第一次意识到,人在世界上是如此渺小,如果不是彼此间紧紧依靠,心灵便无法承受那无边的孤独。它在舰队的中央放声悲歌。

"沙达克,你听见了吗?""千首"号上,墨拉迪斯听到了布丁悲恸的哭声。

"可怜的孩子,"沙达克轻轻叹息,"它总有一天会学会坚强。"

第十章 坠落死星

李约素醒过来。

他躺着，一动不动，眼前一片茫然。

眼睛逐渐适应光线，他看见一片朦胧的蓝色。

这是在哪里？他想不起任何东西，手脚仿佛没有知觉，甚至无法转动头颅。于是他只好继续躺着，等待恢复元气。

思维慢慢活跃起来，手脚逐渐恢复了知觉，他勉强支撑住身体，立起半身。

他隔着舷窗向外张望。外边一片赭黄，是无边无际的沙海，太阳照在沙子上，明晃晃刺眼。天空一碧如洗，没有一丝杂质。

这景致充满粗犷的美感，然而这显然不是他该来的地方。

他发现了幽光飞船，就在不远处，半截埋在沙中，显然是从高空直接坠落到地面上的。李约素猛然一惊，吉钠应该还在飞船里。他想揭开玻璃罩赶过去看看，然而心中一急，身上仿佛完全失去了力气，动弹不得。他重重地躺下来，闭目养神。

这是一次事故，他们降落在了一颗不该降落的星球上。飞船抛出了冬眠舱，本体则扎进了沙堆里。

李约素并不惊慌，意外总是会不期而至，漫长的旅途中，他经历了太多的意外。最要紧的是尽快恢复。他调整呼吸,放松身体,冬眠的麻痹状态缓缓退去。

冬眠舱发出警报,李约素看了看控制板,只剩下六个小时的氧气供应量,清醒时的氧气消耗大大超过冬眠舱的设计能力。他再次坐起身,当他看清舱外的情形,不由露出了笑容——吉钠正从飞船里爬出来。

"吉钠!"他敲打玻璃舱,试图引起注意。

吉钠看到了李约素,踩着沙子,高一脚低一脚,踉踉跄跄地走过来。

他扑在冬眠舱上,隔着玻璃和李约素对视。他张口说着些什么,李约素完全听不到,于是两个人用手势比划起来。

吉钠手指前方,李约素顺着他指的方向看去。远方的地平线上,几座高塔巍然耸立。

吉钠又用手不断地指着控制盘。昂山人所设计的控制盘很简单,只有几个巨大的按键。李约素把手放在开启键上,吉钠摇头,李约素又选择了中断键,吉钠仍旧摇头,李约素最后选择了冬眠启动。吉钠看着他,点点头,然后指指自己,又指向远方的城市。

吉钠要求李约素进入冬眠,他要去那边的城市求援。

李约素摇摇头,他猛然按下了舱盖开启键。一层层的隔离挡板有条不紊地打开。

"快回去,这里的温度太高!"吉钠警告他。

李约素并没有理会,自顾自从冬眠舱里跨出来。

灼人的热浪扑面而来,李约素差点窒息过去。

"赶紧回到冬眠舱里,你受不了这样的高温。"

"没关系。既然有城市,人类就能生存。"他向着城市眺望,"不过那里实在有些远,如果走过去,不是被晒死就是渴死。"他转向吉钠,"我们怎么会到这个鬼地方来?"

"我靠近这颗星球,想借助它的引力实现高曲度抛射,这样能够潜行更远的距离。可是零点能引擎却突然熄火——这不是偶然事故,有人躲藏在暗处。他们趁着幽光飞船浮在轨道最低点的时刻隔断了亚空间,导致引擎熄火,然后把飞船拉了下来。"

"那我们就等着人来欢迎我们。"李约素抹了抹脑门上的汗水。汗水正从他的皮肤上不断渗出,他从来不知道自己有这么多的汗液,觉得口渴难耐。

吉钠看出李约素的异常,"快躲进冬眠舱,我去想想办法。"

李约素笑了笑,指着前方的天空,"用不着躲,他们来了。我可不想躺在棺材里做俘虏。"

天空中,三架飞行器正急驰而来,它们从吉钠和李约素的头顶掠过,震耳欲聋的响声在沙地上扬起一阵灰尘。很快,它们掉头回来,降低速度,缓缓下降。气流鼓荡,沙尘激扬,吉钠挡在李约素身前,帮他遮蔽风沙。

飞行器缓缓落地。

眼前的飞行器看上去像一只长着翅膀的纺锤,翅膀巨大,当飞行器降落下来时,它的翅膀随之收缩,最后完全隐没到机体中。这是一种内层空间飞行器,并不先进。

十几个全副武装的黄色人影从当中那架飞行器上快速地攀援而下,他们全都端着枪,摆出警惕的姿态,紧紧地盯着李约素和吉钠。

一个身穿浅灰色军服的人出现在飞行器舱口,他手上没有武器,戴着高大的圆帽,看上去像个军官。他看了看站在前方的李约素和吉钠,又望了望远处的幽光飞船,跳下舱口,向着李约素和吉钠走来。士兵们紧紧跟随,枪口指着两人。

"这些人看起来像是海盗。"李约素说,"我们闯进了一个贼窝,不过他们招摇地占领了一颗星球。这里是哪一个星域的属地?"

"我不知道,但这里卡在通往好望角的最短路径上。"

浅色服饰的军官在李约素身前不远处站定,上下打量着他,一言不发,然后又看看吉钠,目光里带着一丝疑惑。

"你快不行了,我们带你去遮蔽所。"最后他对李约素开口说,他注意到了李约素头上滚滚的汗珠。

军官的通用语中带着奇特的口音,李约素一时没有听懂,"对不起,你能再说一遍吗？"

"跟我走，我带你们去遮蔽所。"他放缓语速。

这一次李约素听明白了，他看了看吉钠。

"我们只是过路，却被你们击落。这是一场误会，还是你们的阴谋？"吉钠责问。他的语速平缓，语气却坚决有力，全然不像一个陷入困境需要帮助的人。

"这不是我的职责，我只是来把你们带回去。"军官看了看他，"你们的飞船看起来很先进，居然没有坠毁，而且你们看起来也肢体完好，没有受伤。这真是万幸！但是，如果你们不跟着我走，那么只有在两种死法之间选择：被枪打死，或者在这里被烤成肉干。"军官说完，再次打量着吉钠，"你看起来还能忍受得住，但你的这个同伴，"他又把视线转移到李约素身上，"他很快就得趴下。"

李约素咬了咬牙，他知道这个军官所说的是事实，如果他想在这片沙漠里活得更久一些，那么马上就得回到冬眠舱里去。"带我们过去。"李约素说，"至少我们不想死在这里。"

吉钠没有表示异议。

军官微微示意，两个士兵快速地靠上来，他们警惕地盯着眼前的两个俘虏，放下枪，在两个人身上摸索。他们没有找到任何可疑的物件，于是转身向着军官点点头。

军官大声宣告："我代表上校宣布，你们已经成为银河军的俘虏，你们的飞船将由银河军进行保管，你们的生命安全将由银河军进行保障。"

李约素和吉钠面无表情，任由几个士兵把自己带到飞行器上。纺锤飞行器随即起飞。隔着舷舱，李约素看到留在地面上的士兵们从另两架飞行器上搬下一些设备，他们正把幽光飞船包围起来，准备对它大动干戈。冬眠舱被撇在一边，一个士兵走过去，随便看了几眼，然后就置之不理了。李约素看了看吉钠，吉钠沉默不语。

零点能引擎在冬眠舱里，这是除了性命之外最重要的东西，某些情况下，它比性命更重要。然而此刻，一切都不甚明朗，保持沉默是最佳的选择。李约素一转念，"嗨！"他向着坐在一边的看守大喊，"你们可别搞坏我的冬眠舱！我还用得上。"

看守一直盯着他，对他这种嚷嚷的态度很不满，于是狠狠地瞪他。但最后还是拿起通话器，"上尉，俘虏要求保持冬眠舱完好，他说他还能用得上。"说完，又瞪了李约素一眼。

李约素看了看吉钠，"放心，这种情形我遇到过很多次了。我们没事的。银河里没有滥杀无辜的人类，对不对？"最后一句他向着看守发问。

看守只是盯着他，不予理睬。

吉钠保持着沉默的态度，后来干脆闭目养神。

城市逐渐展现出完整的面目，这是一个飞船的城市，各式各样的飞船遍地林立。他们从远处看到的三座高塔，是最高大的三艘飞船。由于时间久远，这三艘飞船看上去一半被掩埋在沙中。

飞行器降落在其中的一座高塔上，那是飞船中部的一个降落平台。

"这至少能顶得上一艘战巡舰。"李约素仰望着高不见顶的飞船，悄悄对吉钠说，"看来这群海盗运气不错，拣到了大便宜！那是鑫船的标志吗？"他指着飞船上部巨大的字符——年月久远，字迹有些模糊，然而仍旧依稀可辨——远望鑫。

吉钠顺着他的视线望去，"不错，那是船名。这种形体的飞船在我们的历史上至少要追溯到两千六百万年前。"

跟随着他们的看守听见了吉钠的话，狐疑地看着他，"两千六百万年？你是什么人？"

"我来自铁星。你可以把我称为铁星人，或者铁人。"

"铁人？"看守似乎并不相信，他仔细打量吉钠，"你是说机器人？你看上去可以以假乱真啊！"

"我不是机器人。铁人并不是机器人类。"吉钠纠正他。

说话间，降落平台缓缓落入到飞船内部，光线顿时昏暗下来。一个人在前边带路，带队的看守示意李约素和吉钠跟上去。四个士兵在几米之外跟着他们。这里空间宽敞，所有的走廊和门厅都异常高大，甚至连一些紧固的桌椅也宽大得异常，他们仿佛正在一个巨人的王国里走动。这艘飞船原本属于一个巨人的家族。

李约素注意到舱壁上的灯，这些灯有大腿般粗细，将近两米高，发出柔和的亮光，然而，绝大部分的灯却并不发亮，甚至有些已经残破，变成一个巨大的窟窿，突兀地出现在墙上。这里的人们并不维护他们的飞船，随着时间流逝，飞船正逐渐失去功能，甚至没有办法保持内部照明。它当然也不可能再飞起来，李约素这样想。

经过十多次转折，走过漫长的甬道，一路上空空荡荡，看不到几个人影，只有暗哨偶尔露头。所谓的银河军，也没几个人！当然，海盗的特点就是喜欢给自己打一个大大的招牌。李约素不断四处张望，试图找到一些让人感兴趣的东西。然而，除了脚步声，没有其他动静。

突然间，脚步声停下。他们正站在一扇厚实的大门外，大门上刻着浮雕，凶猛的巨兽张开血盆大口，盯着每一个走到门前的人。雕像栩栩如生，李约素看着巨兽的眼睛，居然感到有些不寒而栗。

"上校，我们把俘虏带来了！"一个士兵立正，向着大门高喊。

大门缓缓抬起，光亮从门缝中漏出来，很快充满整个空间，整个通道都变得明亮，充满生气。巨大的雕像出现在众人面前，这是一个船长的雕像，他身着制服，腰上佩着短刀，左手托着小小的星图，右手握成有力的拳头，高高向前举起。他眼望前方，似乎正望着未卜的命运。李约素目不转睛地望着他。

士兵示意李约素和吉钠向前。他们缓步走进大厅。李约素四下扫视，很快确定这就是飞船的舰桥。雕像所对的方向，正是飞船的主舷窗，窗外，蓝色的天空异常纯净，晶莹剔透，灿烂的阳光把整个船舱照得敞亮。

"你们是谁？从哪里来？到哪里去？"一个声音不期而至。李约素迅速转身。船舱深处，有人正不动声色地盯着他们。他隐没在雕像的阴影中，看不清面目。

"我们要去好望角，我们从银河中心来。"李约素回答，"我们只是路过。你是上校？"

"是你们摧毁了我们的飞船？"吉钠问。

"摧毁你们的飞船？"阴影中传来大笑，"我也希望我们能做到这点，你已经看到这座城市，这些曾经的飞船早已破烂不堪，我真希望是我们把你们拉下来的，那将证明我们还有能力飞上天。"

"那么到底是怎么回事？"吉钠追问。

"这是一颗死星，被人遗弃……但很不幸，它还是一个自动堡垒，它自动攻击所有进入范围的飞船，让飞船失去动力，坠落在星球上。如果幸运一点，能够平安降落，还能够保全性命。更多的飞船直接坠毁，成员死伤殆尽……接受命运吧，这里就是你们的终老之地。"一个人边说，边向着李约素和吉钠走来。他走出阴影，站立在光亮中，"我们和你们一样，只不过早来了一些时候。我们同病相怜。"

站在他们面前的是一个老人，神态疲惫，身躯微微有些佝偻，他穿着一套皱巴巴的制服，似乎很久没有清洗过。李约素闻到一股刺鼻的气味。

"你是上校？"李约素问。

"没错，我就是银河军上校司令，这里的一切我说了算。这里人人都要选择一份工作。你们愿意加入军队，还是从事工程？"

"从事工程？做什么？"

"人人都要吃喝，还要有个栖身之所。这些飞船年久失修，要许多人来维护。如果你们懂一点工程学，那就再好不过。"

"我们不会留在这里。"吉钠说，"我们还得赶路。如果你们没有敌意，就让我们上路。"

老人漫不经心地看了吉钠一眼，"从来没有飞船能够逃出去。"他说得很平淡，却很肯定，仿佛那是一件天经地义的事。

"我又饿又渴。"李约素说，"有什么吃的吗，上校？"

"如果你能修好一台营养机，想吃多少都可以，但是现在，我只能给你一口水。你要想好是否加入我们，否则我们不会供养你，你只好回到沙漠里去，自生自灭。"老人说着缓步走向一边，他拿回一个形状奇特的容器，递给李约素。

这是一个椭圆的容器，说不上来是什么材质，浅浅的一点水覆盖着底部。李约素没有丝毫犹豫，一仰脖子，喝得干干净净。

"银河这么大，到处的水都是一样的。"李约素把容器还给老人，"人类也是一样的，对吗？你们和我们，是兄弟。"

"某些时候，你可以这么说。我们都是落难的人，所以我们希望帮助你们。加入我们，你们才有最大的机会活下去。"

李约素并不急着说话，他环顾四周，似乎在寻找什么，他仔细打量所见的每一样事物。

老上校漠然地看着他，不动声色。

"这不是你们的飞船，飞船原来的主人呢？"

"死了。"上校简单地回答。

"怎么死的？"

"年月长久，谁知道他们最后怎么结束。我们到这里的时候，这些飞船早已经被遗弃。那些巨人，他们也被这个星球困死了。"

"没有尸体吗？"

"你想看尸体吗？也许外边的沙漠里有你想看的东西。刮大风的时候，尸体偶尔会露出来。"上校露出一丝疲惫的神情，"我们已经谈得够多了。你们必须做出选择，加入我们，你们会被分派工作，我们一起在这个星球上生存下去。或者拒绝，你们可以走出去。但是，你们的飞船和飞船上的一切物品都已经属于我们，你们只能空着手走出去。"

"这是最后的通告吗？"

上校笑了笑，"这是一个友好的忠告，朋友。"他说完不再说话，自顾自转身，想走回到阴影中去。

"你不能抢走我们的飞船。"吉钠说，"我们需要飞船。何况它对你们一点用处也没有。"

老人一言不发，只是往回走。

"我的飞船是完好的，但是只有我能控制它。"吉钠高声说，"银河的规矩，飞船是神圣的财产和庇护所，任何人不得剥夺别人的飞船。"

"你说得对，小伙子。但这里是死星，我们得按照死星的规矩办。"

"我有一个提议，"李约素喊住老人，"如果我们能够飞出去，我们就能够去求援。我们可以带来强有力的舰队，把你们都救出去。你们也盼着离开这个该死的地方，对吧？"

老人停下脚步，转过身来，"没有人能逃出去。"

"那为什么不让我们试试呢？"

老人稍稍思考了一下，"我可以给你们一个机会。但我必须正告你，这颗星球很诡异，它可以阻断引擎工作。曾经有人尝试过，不止一次，但是飞上去的都掉下来了，从来没有例外，那些勇敢的冒险家都死得很惨。"

"我们不会有事。"吉钠说，"根据我的飞船记录，这是一次亚空间隔断，如果不是故意的攻击行为，那么就是很久之前，有人在这颗星球上设置了陷阱。这颗星球的外围有一层亚空间隔断，实空间中的作用力与反作用力源自亚原子对亚空间的微扰，如果亚空间被挤干，微扰无处散发，作用力与反作用力就完全消失，飞船自然失去了动力。如果时间稍长，原子作用力丧失，整个飞船还有解体的危险。"

老人半信半疑地看着吉钠，"我从来没有听过这种说法。"

"你是否听说过零点能？"

"我知道。"

"那么运用零点能作为飞船的动力，你相信这种可能性吗？"

"我不知道，也许这是一种可能。"

"你们的科技水准还比不上我们脚下的这艘飞船，这艘船在我们铁星上，和千万年前的古董类似。我们了解一些你们并不了解的东西，你可以相信我的解释没错。"

"那么怎么才能飞出去？"

"我的飞船能够飞出去，"吉钠说，"但是需要你们帮忙把它从沙子里挖出来。"

"你必须告诉我，你怎么才能控制你的飞船脱离这颗星球。"

"这并不困难……"吉钠正想回答，却被李约素打断，"上校，我们有办法能飞出去，我们答应你找到舰队回来援救你们，我们发誓。所以你们能帮助我们,对吗?"

"如果你们真有办法飞出去,我们可以再谈谈。这位朋友,告诉我你怎么才能摆脱那个……亚空间隔断。"

吉钠看了李约素一眼,继续说:"任何飞船都会失去动力,但是,如果在进入亚空间隔断层之前启动亚空间潜行,飞船会碰撞在这个隔断层上,被迫上浮,不过在脱离亚空间的瞬间,飞船仍旧被亚空间能量包裹,零点能引擎能够借助这样的一层亚空间外衣继续工作。只要保持引擎工作三秒钟,我们就能通过这个区域。"

老人沉默着。

"我的这个朋友来自银河之心,那里有最高的科技水准,你们也看到了,他和我们完全不一样,他是铁人,他的身体比机器人还要结实。你看看他,你就应该相信他的飞船完全能够做到这点。这个亚空间隔断肯定是哪个时代的人设下的陷阱,既然是人设下的陷阱,就有人能够解开。"李约素继续试图说服上校。

上校缓缓点头,慢条斯理,"即便你们能够重新飞回太空,我怎么能够相信你会回来拯救我们? 你们完全可以远走高飞,把我们丢在这里。"

"当然这也是你的选择。"李约素说,"我们可以发誓,银河在上,我们发誓。但是对你来说,这仍旧是一个选择。如果你相信我们,那么至少有一个希望;如果你不相信,那么大家就一起死在这里。"他看着窗外,蓝天一碧如洗,"据说人的尸体在沙漠里不会腐烂,会变成干尸,这样千百年以后,说不定人们还能看到我的尸体,这好像很不错。"他看着上校,"但是我真的不甘心。我旅行了三万七千光年,到银河之心去寻找援军,我必须回到我的星域去,那里的人们在等我,我必须把消息带回去,这是我的使命。所以,我恳求你,帮助我们离开。我们一定会回来把你们救出去。"

老人眯起眼睛,看着李约素,似乎在考虑他的话语中有多少可信的成分。最后他开了口:"我同意你们去尝试一下。你们必须向银河发誓,把我们从这个该死的地方拯救出去。而且我们得要一些抵押物。"

他指着李约素,"你留下,和我们在一起。他去求援。"

第十一章 地下坟冢

　　每一天李约素都盘算着时间,转眼已经过去了十五天。无所作为的等待比任何不利都更消耗人的耐性。日复一日,李约素变得焦灼起来。

　　他再一次站在"远望"号的主舷窗前,望着外边一望无际的黄沙和一碧如洗的天空,不禁产生了许多幻想。他想到那些绝望的巨人,也许在许多许多年前,飞船曾经的主人也像他一样忐忑不安地望着天空,希望那里能出现拯救者的身影。他毫不怀疑吉钠会回到这里,会把他从这个星球上解救出去,唯一的问题在于:何时?

　　他告诉吉钠,他被困在这里并不要紧,重要的是把消息带回到好望角,把那些幽光飞船的引擎带回去,把铁人的信息带回去,还有关于联合舰队的消息。好望角的人们必须明白,他们并非孤立无援;他们也必须明白,仅仅凭着好望角的力量,并不能够阻挡敌人的扩张,在关键的时刻,他们必须选择撤退,把战场留给联合舰队,还有巡逻者。

　　这样的一个结局正如银河人所预料,并非李约素所希望。然而,这是一种最大的可能。

　　把科尼尔盆地从星图上彻底抹去,真理会沙达克的这个大胆提议渐渐地从李约素心中淡去,他不知道一个轻易地被亚空间隔离困住的人,怎

123

么能够拥有毁灭星域的力量。他是重要的，然而他的力量是无足轻重的，李约素这样给自己定位。好望角的人们需要吉钠远甚于李约素，他这样想，也这样告诉吉钠。

"如果你留下，你必须进入冬眠，我会保证把你被困在这里的消息传达给该知道的人。但是，不确定的东西太多，空白期会很长，救援舰队可能需要几年甚至十几年的时间才能到这里。必须让他们同意你冬眠。"

吉钠坚持这个条件，上校最后也同意。李约素不得不同意十五天之内进入冬眠，今天就是他躺回到那个盒子里的日子。他很想毁掉这个约定，然而理智告诉他，吉钠的要求是对的，他必须最大限度地保存自己的生命。战火会烧遍整个银河，而他将是那个带领人类战胜对手的人。这个预言丝毫不能让他感到振奋，只有不寒而栗。无数的生命将被席卷而去，甚至无法留下一声哀号，人类的鲜血洒遍银河，留下的只是残缺的世界。末日般的景象日复一日在他的心头浮现，逐渐清晰，他急于摆脱这梦魇般的心境。

冬眠也许是一个不错的办法。

"李约素，我们的计划要做一点小小的改变。"上校不知不觉地已经站在他身后。

李约素霍然转身，"你说什么？"

"我们无法在今天让你冬眠。"

"为什么？我们已经谈好条件。"

"是的。但是你的冬眠舱出现了一点问题，无法按时送回城里。"

"这怎么可能？"

"的确如此。一旦冬眠舱送回来，我们会马上安排你进入冬眠。"

"我要去那边看看。"

"没什么可看的，伙计们正在抓紧时间把冬眠舱整理好，送回来。你肯定不希望躺在沙漠里。"

"我要去看看，我的冬眠舱很精细，你们要是搞坏了，就糟糕了。"

"没有这个必要。"上校语气柔和，然而异常坚定。说完，他走了。

李约素露出一个无奈的微笑。他并不是客人，而是囚犯，或者更准确一点，是一个人质，没有资格和他们谈条件。十五天来，上校总是行踪诡秘，不断有人往沙漠深处去，一旦回来，上校就会躲进密室，避开李约素。他明白这些事一定和沙漠里的冬眠舱有关，却无法确认。此刻，上校公然违约。

形势不妙！

他再次转身望向远方。

他发现天边有隐约的黑点，沙尘飘扬而上——什么东西正向着这边而来。

当黑色的小点变得清晰，他意识到这并不是上校的人，他们裹着红色的头巾，着装五花八门，就像一群乌合之众。

李约素转身，向着通道奔去。他从未见过这些人，然而直觉告诉他，这些人并不是来和上校友好交谈的，他们气势汹汹，更像一伙强盗。

偌大的飞船里空空荡荡。上校不见了踪影，也没有看守。李约素冲进升降机，把自己带到发射平台。银河军果然在进行战斗准备，他们在给纺锤飞行器装载弹药，等候命令进行轰炸。地面上的队伍也已经全副武装，他们依托着飞船，准备在轰炸过后出击，和前来侵犯的敌人决一死战。地面上总共只有两百来人，发射平台上，聚集着六七十个，这就是银河军全部的力量。地面上，他们拥有三辆四轮车和五六架气垫摩托，这都不是标准的武器装备，李约素不知道他们打算如何进行这场战斗。

李约素发现了上校，他站在平台尽头，正指挥一个士兵运送弹药。

李约素走过去，"那是其他的幸存者吗？大家都是幸存者，为什么要打仗呢？"

上校面无表情，"他们想要占据飞船，我们绝不会答应！"

"这些飞船足够宽敞，让他们占据一个就是了。"

上校没有理会，他高举手中的旗帜，原本有些佝偻的身躯挺得笔直。指挥旗放下，纺锤飞行器呼啸着离开发射平台，在空中张开了翅膀。紧接着，第二架飞行器被拉到了发射位置。

"只有胜利者能够生存。"趁着发射的空隙，上校向着李约素说，"这就是这颗星球的生存法则。"他站得笔直，面容依旧苍老，却神情坚毅，颇有几分威严。

第二架飞行器也呼啸而去，远处，升腾起爆炸的火光，烟尘滚滚而上。

李约素看了看远方，绑着红色头巾的队伍正四处散开，以减小爆炸带来的损亡。他们用枪来还击纺锤飞行器。突然之间，飞行器仿佛中了魔法一般，从空中直直地下坠，一头栽进沙子里。远处的人群中响起一阵欢呼，哪怕隔着遥远的距离，也依稀能听见。

上校咬牙跺脚，挥动指挥旗，飞船的几座炮台缓缓低垂，瞄准了对方的必经之路。

这是一场低水平的厮杀，充满原始气息。双方人数都不多，却足够凶残。戴红色头巾的人群不怕牺牲，他们的上百个同伴被飞船上炮台的火力烧成了粉末，然而，仍旧有几百人冲到了飞船附近。他们使用的交通工具形状奇特，是专用的沙漠车辆，轮胎高而宽，在沙地上丝毫没有失去机动性，上边架设了枪炮。二十多辆车一边前进一边开火，一道道红绿的光带着死亡的气息在人群中散播。他们的武器比银河军更精良，电子脉冲的闪光威力巨大，穿透人体，直接把人分解成微粒。发射平台上的人们同样受到打击，敌人的武器对准他们，几条蓝绿的光瞬间打爆了几个人的身体。一条胳膊从李约素眼前擦过，几滴血洒在他脸上。他找到一个隐蔽的角落躲藏起来，望着眼前血腥的情形，有几分茫然。这真像一场毫无来由的噩梦！

银河军失去了有组织的抵抗，杀戮却并未停止。当一切沉寂下来，地面上到处都是残缺的肢体，鲜血浸透黄沙，把地面染成了暗红的颜色。残存的银河军成员跪着，高举双手，希望能够保留一条性命。发射平台上，上校扶墙站立着不住地发抖，他靠着墙艰难地走到平台的边缘，纵身跳了下去，发出一声凄厉的呼叫。他重重地摔在沙地上，还有一口气，挣扎着爬了几步，然后僵直不动了。

从车上下来几个戴红头巾的人，他们对跪在一边的银河军不屑一顾，径直走向盘旋的楼梯。哐当哐当的脚步声让人心惊肉跳。

平台上跪着十多个人,李约素从藏身处走出来,站在一边。

领头的人盯着李约素,李约素默默地看着他。

"你就是那个外来人?"头领问。

李约素沉默不语。

"被吓破了胆吗,老鬼?"头领露出一丝轻蔑的微笑,"你不说话也没关系,你终有一天会说。你们都站起来,把武器交了,把这里打扫干净。我们可不喜欢在坟场里待着。"他对着投降的银河军发号施令。

战场的清理很简单,残缺的肢体早已经分不清主人,于是杂乱地堆在一起,包裹起来,在远处的沙漠里挖了一个大大的坑,把所有的尸体都丢了进去。银河军和红头军的尸体也混杂在一起。他们生前殊死搏斗,死后却彼此纠缠,再也不会分开。

头领带着三个人进入到远望鑫飞船内部。李约素被一个大个子押送着跟在他们后面。这些人熟门熟路,很快就到了指挥舱,在主舷窗前就地坐下。

"你也来坐!"头领招呼李约素。

大个子一推,李约素一个趔趄,差点摔倒。他站在头领面前,居高临下,沉默地看着对方,一声不吭。

"死掉几个人,就把你吓成这样?"头领笑着说,"坐下来吧,我要听听你的说法,你的飞船,怎么能够突破亚空间隔断,重回太空?"

"为什么要这样?杀死这么多人。"李约素开口。

"你看到了,他们先攻击我们。"

"难道他们不先动手,你们就会变成和平使者?带着毁灭性武器的和平使者,这很好!"

"我们带着武器只是为了自卫。这里本来就是我们的栖身地,借给他们,结果就成了他们的领地。我只是把它要回来。"

"你们一直都住沙漠里?"

"我们并不是来抢飞船的,而是为了你,我要求把你带到我们那儿,只是和你谈谈，这老头儿不答应。他以为能侥幸过关，可惜打错了主意。我们来了，他居然用炸弹迎接，真是活得不耐烦了，这回算是便宜这糟老头儿了。把飞船要回来也不错，毕竟，这是星球表面最大的飞船，我们可以把它改造成基地，这样如果有你这样的外来者，就不会落在这些乱七八糟的人手里。"

李约素并没有继续跟对方僵持下去，他一屁股坐到地上，正对着头领。

"这就对了。"头领露出赞许的笑容。

"你们杀了很多人，这我看见了。那么，你们打算找我做什么？"

"你的飞船呢？"

"走了。"

"走了？"头领疑惑地看着李约素。

"是的，难道你不知道？"

头领的脸色一瞬间阴沉下来，"这不可能！"他转头向身边的一个人吩咐，"找两个俘虏盘问一下，问得详细点。"

手下应声而去之后，头领的脸上又挂上了笑容，"好吧，我来自我介绍一下，我叫甲目，我们是弓山人。我们曾经有一支大船队，经过这里前往比目星，然后就掉到了这颗星球上。这都有多少年了，两千年？"甲目扭头问身旁的人。

"两千六百七十四年。"

"对。这么长的时间，外边的世界也肯定把我们统统忘掉了。这颗星球可以接受我们，但是我们不甘心。"

"你们活了两千六百多年？"

"没错，如果你愿意，你也可以。"

出去打听消息的手下匆匆走进来，"头儿，这个人说的是真的。他们的飞船飞走了，而且承诺一定会回来带走这些垃圾。"

甲目猛然站起身来，脸上带着一层怒意，"老不死的，死性不改。还好没有上当！"他大步走向舱门，大声下令，"回基地。"

一个大个子一把提起李约素,李约素挣扎着摆脱他,"我自己会走,别碰我。"

甲目闻声转过身,"丁大力,让他自己来。只要不逃跑就行了。"说完他向着李约素,"你最好和我们待在一起,现在除了我们,谁也不能保证你的安全。"

车队在沙漠里奔驰,开出很远。飞船构成的城市很快成了远方小小的黑点,最后消失在地平线上。李约素努力观察沿途的景致,然而,除了沙漠还是沙漠,漫无边际的沙海让人感到疲劳,他很快昏昏沉沉地睡了过去。

他梦见了一个奇怪的人,面目不清,似乎正和他说话。说话的人仿佛被浸泡在水中,随着水波荡漾,形象越发地模糊,最后成了随波逐流的碎片。李约素伸手挽留,却只碰触到一团破碎的光影,随即消失得无影无踪。他仿佛正站立在一片白茫茫的天地中,所在之处空无一物,于是他漫无目的地向前走,看见了许多熟悉的人和物:吉钠、佳上、邓迪斯,还有银河人、青河人、多孜人、荆棘星人、特德克迪亚、金山、马头星云、绿洲……他仿佛正在回溯银河之旅,把记忆深处所有值得记忆的东西都揪出来陈列。他回到了天垂星,星球被引力波摧毁,陷落在火焰之中,他看见了"重装甲"号,庞大的飞船陷落在包围中,苦苦挣扎。古力特、申秋、天狼七、蓝光,他们一个个栩栩如生,就在他身旁站着,又悄无声息地滑过,消失在身后的白茫茫之中,最后,一个全身戎装的婀娜身躯出现在眼前,他停下脚步。苏北旦!他轻声呼唤,却发现自己根本无法发出声音。苏北旦就在他眼前,左顾右盼,似乎在寻找什么。我在这里!他急切地想告诉她,然而却发不出声音,她也看不到他。苏北旦很快从身边溜过,李约素伸手去抓,却什么都没有抓到。世界仍旧一片白茫茫,而他所在之处空无一物。

他随着黄金星球来到一个陌生的世界,天宇上到处都是红色的恒星,整个天宇映出微微的红色。他看见数不清的黑色飞船,还有那红黑色的中枢星。他在这令人战栗的巨大头脑前站立,而无数细小的白色蜘蛛状生物正钻入他的身体。骤然间,一片黑暗。

李约素惊醒过来。当他发现自己仍旧坐在车上时,不禁暗暗松了口气。

"你好像做梦了。"有人说。

李约素循声望去,甲目蹲在车顶上,探出脑袋,正看着他。

李约素没有搭理,自顾自望向前方。

"你大叫一个名字,所有人都听到了。是你的老婆?"甲目不以为意,继续说。

李约素霍然转头,看着甲目,"我说了什么?"

"一个名字,没什么大惊小怪的。"

李约素默然不语,继续望着眼前的滚滚黄沙。

"好吧,我们也快到了。不妨告诉你,你不停地喊'好望角',让大家都很失望。"甲目说完缩回头去。车子突然转弯,绕过一座沙丘。

眼前蓦然出现一个巨大的山洞,洞中一片漆黑。车子直直地开进去,眼前突然变得敞亮,安装在洞壁上的灯打开,一条灯光组成的长链伸向远方。气温骤然间下降,冷风吹来,竟然有些刺骨,和外边的炎热完全是两个截然不同的世界。

车队一直向前开,不断向下,最后在一片宽敞的空地上停下。李约素抬头一望,发现这是一个人工开凿的空间,穹顶足足有五十米高,用一层金属的框架加固,整个场地看上去,停靠上百辆重型装甲车也不成问题。虽然这算不上规模宏大的广场,一个主星球的空港比这样的规模庞大得多,然而这里深入地下,完全在岩层中开凿,李约素四下张望,不禁有几分惊奇。

甲目带着李约素进了广场一侧的小门。他们走在曲折而幽暗的隧道里,甲目没有说话,李约素也并不发声,两个人就这样沉默地走着。

最后,他们再次来到一个宽敞的空间。空地的中央是一个四方的平台,四周围是各式各样的壁画,星球、飞船、战争、舞蹈、动物、仪式……壁画色彩丰富,栩栩如生。李约素走过去,伸手触摸,这些画并不是画在岩石上,细腻光滑,凹凸有致,这不是画,而是某种特殊的制品。忽然间,壁画变换了内容,郁郁葱葱的树林里,潺潺的溪水流动,小巧而奇特的动物在溪边喝水,天空中,鹰隼盘旋。这是活的图案。

李约素询问似的看着甲目。

"这是他们的坟冢。"甲目说,"他们想要见你。"

"你说什么?"李约素感到一阵茫然,"他们是谁?这里是坟冢?"

"他们是这颗星球原先的主人,这里是一个记忆室,是专门给我们这样的后来人准备的。当然,他们就在这里,称为坟冢也很合适。"甲目抬头四顾,"万千个亡灵和你同在,这样的感觉是不是很酷?

"我把他带来了。"甲目大声宣告,"现在,兑现你们的承诺。帮我打开屏障,我们要重返太空!"

声音在舱室里回荡,没有回应。

甲目做出一个无奈的表情,"我们等等吧,也许亡灵都在睡觉。"

李约素点点头,这儿奇特的气氛引起了他的兴趣。这是一种他从未接触过的文明。文明的主人割断了和外界的联系,甚至放弃了整个星球表面,只在深深的地下,以一种虚幻般的方式存在。

他继续察看壁画,壁画突然间成了一个战争场面,无数的飞船在混战,厮杀,化作漫天的火花。一艘庞然巨船在向前急驰,另一艘较小的飞船给它提供掩护,两艘飞船的前边,大量的小飞船阻挡着它们前进的通道。突然间,大船的前方一片火海,然而试图阻挡它的小飞船并不退缩,它们继续集结成群,迅速填补防线的空白,它们更凶狠地扑向两艘大船,全然不顾大船周围装甲护卫的火力,只是集中全力对两艘大船进行攻击。

这种似曾相识的情形,像极了伊特星门的那场战斗,甚至飞船的模样也和"平准"号、"八脚鱼"号有几分类似,虽然仔细看去,并不全然一致。李约素怦然心动,他不知道此间的主人为什么会把这样的场景展现给他。然而有一点毫无疑问,这个屋子的某处,一双神秘的眼睛正窥探着他,甚至能从他的记忆深处挖掘出一些东西。

壁画再次变换。这一次,他看见了天垂星,分崩离析的星球正无可避免地走向毁灭。一个人影从这样的背景中浮现,逐渐清晰,最后定格在屏幕上。这是古力特的半身像,惟妙惟肖,脸上的表情细致入微。壁画上的古力特好像正看着李约素。李约素仿佛听见他在说话:"谁也不知道其中真正的原因,但是有一点很明确,如果不是你和'天狼星'号闯入黄金星球,这个事件也许仍旧会发生,但是极大的可能,会被大大推迟,也许会在几百年后。你是所有现在这一切状况的起点。银河选择了你。你想逃避吗?"

李约素呆呆地站着,一阵寒意从头直贯到脚。这是古力特所说的话,和当年一样。这里的神秘存在——无论他们是什么——从他的头脑中得到了秘密。他们像阅读一本书一样审视着他的头脑,而他却茫然不觉。

李约素略带慌张地扫视整个屋子,希望找到一些他们存在的蛛丝马迹。然而,没有发现任何可疑的东西。

甲目不以为然地看着李约素,"他们该出现就出现,急也没有用。"

蓦然间,中央的平台上腾起一团青紫的火焰,火焰中一个人影若隐若现。

"欢迎来到极乐之地,李约素。虽然灾祸接踵而来,但我们明辨是非,这不是你的错。我们仍旧欢迎你!"

人影倏忽间不见,没有热量的火焰更加明亮,向着四周扩散。李约素愣愣地看着这团捉摸不定的火,心中充满疑惑,其中还夹杂着少许惶恐。甲目也不自觉地向后靠了靠,紧贴着墙壁站立,目不转睛地盯着它。

无数细小的光亮在火焰中凝聚,似乎形成了漫天星斗。巨大的红色恒星出现在视野的中央,李约素惊讶地发现,星图似曾相识,那居然是科尼尔星图,只是可能因为角度的原因,微微有些错位。庞大的舰队从星图上浮现出来,依稀之间,李约素似乎看到一幅宏大的画卷在眼前展开。

第十二章 与世隔绝

一个又一个环形世界彼此间衔接,三十个环形世界构成一个直径八百公里的环。成百上千这样的环形在天宇上形成稀疏的矩阵,能量的洪流在环心之间激荡。矩阵的间隙被十多个战巡舰集群填满,每一个集群至少汇聚了三千艘战舰,护卫环形世界矩阵的要害。母舰夹杂在战巡舰集群之中,全部的发射舱门打开,数以十万计的飞梭和机甲整装待发。另有五十艘以上的母舰单独集结成舰群,跟随在中央阵形后方,两个庞大的行星级堡垒居中。一群群流体颗粒环绕四周,母舰和行星级堡垒仿佛浸泡在一个泡沫池中。

环形世界矩阵和战巡舰集团打头阵,母舰和堡垒在流体颗粒的簇拥下压阵,缓慢跟随。前方,黑暗深沉,黑色飞船浮满天际,大战一触即发。

"你们所见的是当年人类和蜘蛛人的一场战斗。我们的先祖参加了这场战斗,但他们没有看到战争结束就离开了。"

舰队庞大的规模让李约素感到惊讶。在土斯星上,神秘的镜子飞船描述了垚星联盟的庞大规模,然而那只是一个抽象的数字。当舰队如山峦般壮阔地展现在他眼前时,他被这样宏大的气魄所震惊,也感到振奋。他第一次看到如此规模的庞大舰队,和毁灭了天垂星的暗黑舰队相比,显得更为强有力。这才是他期望从银河之心得到的东西，但银河人并没有给他，而这样一个与世隔绝的小小沙漠星球却展现给他看。可惜，这只是虚拟的图景。

"这是决战吗？"李约素问。

"这是垚星联盟的一次总攻，然而战斗以出人意料的结局收场——敌人退缩了。两个世界在这里聚集了大量的战舰，彼此对峙，毫不示弱。双方进行了上百次大大小小的局部战斗，并没有明显的胜负，但是当人类决定进行一次决战并为此而展开行动时，敌人却退缩了。它们从星门撤离，退缩了三十五光年。人类舰队的行动就像一记重拳落在了空处，这不是一次值得欢庆的胜利，更像敌人故意施展的诡计。"

"后来呢？"李约素追问。

"垚星联盟舰队的指挥官举行了紧急会议，决定无论敌人设下怎样的阴谋诡计，联盟舰队的力量毕竟占据优势，应当利用这个机会推进战线，果断追击；另一种声音则要求等待联盟舰队的进一步集结，至少集中三十个标准舰队的规模，然后再次出击。最后，大家同意了沙达克的提议，决定进行切割。"

"切割？"

"是的。战争已经持续了整整六千年，比人类历史上任何一次战争都要长久，规模也更庞大，如果有一种办法可以快速结束战争，大家都会赞同。沙达克提出了割离的战略，蜘蛛人处在银河边缘，它们所处的空间本身就有些边缘化，如果使用大量的空间控制器，可以造成一次空间蜷曲，从而把蜘蛛人控制的星域封闭在亚空间内，和人类脱离接触。你知道这个战术的结果，蜘蛛人被封闭起来，但是垚星联盟的将军们发现，人类星域也同时陷入了麻烦。"

"是的，我知道。"李约素想起镜子飞船所做的描述，"科尼尔星域的空间下陷，成为一个凹陷区，于是人类制造伊特星门，逃了出来。"

"不错。这是一种说法，但事实并非如此。"声音很沉稳。

"你这么说是什么意思？"李约素有些好奇，沙达克真理会和神秘的镜子飞船都告诉他这样的一个事实,然而在这里,他听到了另一种说法。

"人类的能力再强大也无法随心所欲地控制空间,因此,割离的战术并不能完全把蜘蛛人封闭起来,而星域的下陷,也在沙达克的预料之中。"

"那是为了什么?"

"这是一个陷阱。陷阱的设计目的就是让蜘蛛人感到恐慌,逼迫它们跳入下陷星域。空间凹陷区一旦反弹,所有的一切都会被狄拉克海吞没。这将是一场漂亮的毁灭战,自然之力帮助你收拾了敌人,不需要舰队浴血奋战,更不需要解决战争之后的遗留问题。星域的物质会被清空,除了恒星,什么都不会留下,而且空间振荡也会引起恒星的暴发,在非常漫长的时间里,那里除了辐射,什么都不会有。"

李约素细细咀嚼这番话,这是一个从来没有料想过的景象。然而他能够明白其中的含义,伊特星门的毁灭,正是这样一个事件的微缩。然而,把数百光年的星域化为辐射,只为了消灭蜘蛛人? 消灭一个异类种族,毁灭一片星域,人类什么也得不到,这样做又有什么意义?

"这不可能,这样做人类又能得到什么益处? 把星域和敌人一起毁掉,这难道不是太荒谬了吗?"

"恐惧中的人类唯一的愿望就是摆脱恐惧。蜘蛛人突然撤退,沙达克侦察到它们正准备进行亚空间攻击。正像空间陷阱的反弹一样,这是一种无法抗拒的攻击,它直接瓦解原子,让所有的一切变成混沌。人类所做的一切只是先下手为强。"

"什么是亚空间攻击?"李约素问。

"亚空间支撑着我们的时空膜,蜘蛛人拥有先进的亚空间技术,它们改造中枢星,将它庞大的亚空间体积作为武器,先行挤占某个空间的亚空间区,然后自毁,造成亚空间空洞。当实空间失去了亚空间的支撑,核子力将消失。这是很难维持的效应,因为亚空间空洞只能维持顷刻,但是只要这个效应维持时间能够超过两个微秒,就能令所有的飞船瘫痪;如果维持的时间稍久一些,一切都会土崩瓦解。这是威力无穷的破碎机,一枚超级炸弹。"

"就像这个星球的亚空间断层？"李约素猛然想起这番话和吉钠对亚空间断层的解释很相似。

"有些类似，但并不完全一样。蜘蛛人所针对的不是一颗星球，它们要消灭聚集的人类舰队，它要毁灭三百光秒之内的所有物体，其中包括一颗恒星。除了直接作用，它能促成超新星爆炸，带来毁灭性打击。"

李约素默然。这是两个超级文明之间的战争，所使用的武器仿佛神迹。让一颗恒星爆炸，成为超新星，作为武器攻击对方。像剪裁布料般把时空切割下来打包，沉入亚空间，无限期隔离。这样的一轮攻防战，超出了李约素对战争的理解。

"人类能打赢就好，管它什么亚空间攻击，我们把它关到笼子里去。"甲目突然高声说。

李约素看了他一眼。是的，人类打赢了这场远古之战，这是最重要的结果。敌人的超级炸弹并没有发挥作用。

"我们怎么战胜它们的？"李约素问。

李约素的眼前出现了整齐排列的球状飞行器，两道纵列向着远方延伸，消失在无穷远的尽头，蓝色的辉光在两列飞行器之间若隐若现。

"这是切割行动。我们调集了所有的空间发生器，在蜘蛛中枢星的外围尽量抬高空间曲度。"

两道队列之间的空间由蓝色变成青色，很快又变成绿色，转眼间，它又变成了黄色、橙色，最后变成咄咄逼人的血红。红色并没有持续多久，它很快稀释，空间仿佛变成了透明，灿烂的光从这道缝中溢出，和周围的深沉黑色形成鲜明的对比。它就像黑色的幕布上用刀划出的一道缝，又仿佛苍茫大地上深不见底的鸿沟。鸿沟之外，殊死较量正在进行。蜘蛛舰队匆忙赶来阻止人类的行动，它们并没有做很充分的准备，赶到的飞船零散不成规模，舰只也很小。人类的敢死舰队缠上了它们，把它们阻挡在鸿沟之外，保护空间发生器队列。爆炸频繁，蜘蛛舰队顽强地向着鸿沟不断前进，而人类敢死队则不惜一切代价迟滞它们前进的步伐。事实上，一切都已经太晚了，空间曲度已经抬高到了这些小飞船无法突破的高度，它们的一切攻击已经无法伤及这些挖掘鸿沟的机器一分一毫。人类敢死队最后全军覆没，蜘蛛舰队聚集在鸿沟之下，绝望而徒劳地攻击无形的空间之墙。

李约素目不转睛地看着，他知道所见的画面正是千万年前真实的一幕，它超越了这个时代的想象，是千万年前伟大的人类联盟空间技术的精华，银河的历史上也许曾经有过无数的辉煌时刻，但这个画面所代表的一切无疑要归类于最重要的历史时刻之一，它决定了银河历史的走向。

猛然间，巨量的光从缝隙中喷涌而出，两队空间发生器眨眼间灰飞烟灭，整个世界仿佛被割裂成两半。光在一瞬间消失不见，一半的天宇同时消失，变得透明，黑暗迅速地从两边弥漫过来，在黑暗的边缘，可以看见依稀的红线，那是空间膜弥合所释放的微弱能量。当两条微弱的红线碰撞在一起，整个世界似乎都微微发红。红潮很快退去，天宇恢复了惯有的黑暗和宁静。远方，垚星联盟舰队的灯火犹如群星般璀璨。细小的飞船开始忙碌穿梭，人们在检查这场恢宏的空间蜷曲造成的最后结果。

"计划成功了一半。"声音说，"时空膜按照预想蜷曲，把蜘蛛人的星域隔绝在银河之外。然而，有个纰漏最终使得人类的计划没有完全实现。"

"为了彻底消灭这些蜘蛛人，需要在时空膜蜷曲之后触发时空反弹，你们的科尼尔星域附近作为能量平衡的代价大幅度下陷，成为一个时空凹地。时空反弹会引发蜘蛛空间和科尼尔星域之间的对撞，科尼尔星域大幅上升，成为时空高地，而蜘蛛空间彻底消亡。整个计划的纰漏在于：触发时空反弹的关键并不在科尼尔星域，而在蜘蛛空间。"

李约素若有所悟，"沙达克告诉我，可以找到办法让整个科尼尔星域恢复弹性，一次性消灭所有的敌人，就是指这个纰漏？就是因为如此，所以人类不得不从科尼尔星域撤退？"

"是的。谁也不能预料蜘蛛人是否会为了报复而选择同归于尽。人类放弃了那一片星域，但是长久的岁月淹埋了一切，后来你们在那儿建立了自己的文明。毕竟那里是一个广阔的空间，恒星之间距离合适，正适合星域文明发展。时间太久远了，没几个人还记得这回事。找到你的沙达克还保留了一些关于这次战役的记忆,但这些记忆也并非十分清晰。也许银河里有许多沙达克还掌握着更多的细节,但你很难找到他们。银河实在太广阔了,躲藏是一件再容易不过的事。"

"你是沙达克?"李约素惊疑地猜测。

"不,我们的沙达克早已离去。我们是人类。"

"你们到底是谁?怎么会知道这些?为什么要告诉我?"

"我们是人类。人类和蜘蛛人的战争结束之后,我们的祖先退出了联盟。他们找到了这颗星球,定居下来。再后来,我们做出决定,把星球和外界隔绝开。我们不再关心外面的世界,也不希望被打扰。当然,总会有飞船坠落在星球上,他们可以加入我们,或者在这个星球表面自生自灭。"

"你说过,会让我们重返太空。"甲目马上接过这句话。

"我答应过帮助你,但是这取决于李约素。"

"我?你让我来帮他们?"

"是的。"话音刚落,所有的图景突然间消失得干干净净。李约素和甲目的眼前,只剩下一小团跳动的火焰。它不断地闪烁着,似乎还在说话。

"这一段故事没有了结。人类遗忘了蜘蛛人,但是它们显然并没有放弃。如果你的记忆真实,它们已经成功地占据了那一片凹陷星域。"

"是的。它们实力强大。"李约素回想起那些对比悬殊的战斗,黑色飞船几乎遮蔽了整个天宇,人类的抵抗微不足道,他的情绪不禁有些黯然。

"它们的力量并没有比千万年前增强多少,但是它们孤注一掷,务求成功。它们没有给自己留退路。封闭空间本身会退化,它们的大规模高能量弹跳大大加速了这个过程,因此再也不可能回去,唯一的出路就是向着银河扩张。而人类则完全没有准备。"

"我们重新组织了联盟来和它们对抗!"李约素说。

"战火必然蔓延,人类自然会重新武装。但眼下最重要的事,还是执行人类当初的计划,也就是沙达克和你所提到的计划。"

"你说触发空间反弹的关键并不在星域这边。"

"是的,所以必须深入封闭空间,到它们的巢穴中去触动反弹。这是一件成功概率很小的事。当年的联盟尝试过多次,都没有成功。但你的成功可能性会大一些,你身上有它们的特质,这可能会给你提供一些帮助。"

李约素有些发怔。如果事情真如这个声音所言,他能够触动科尼尔星域的反弹,把所有的入侵者彻底消灭干净,这无疑是一件让人无比痛快的事。那些仍旧残留在科尼尔的同胞,他们可以抓住一切机会撤退,即便不能撤退,为了人类的未来,哪怕他们对他有再大的责难,他也可以承受。然而,他怎样才能做成这样一件事?并且,有人曾经告诉他,相比之下,他的生命更重要,因为还有更多更可怕的敌人在另一条旋臂上等着他,而他的朋友,已经陷落在危险之中。

"有多大的可能性?"李约素问。

"以前垚星联盟的沙达克计算过,成功概率为千分之二。"

千分之二!李约素只觉得荒谬感扑面而来。"这不是等于送死吗?这么说起来,我甚至连百分之一的机会也没有!"

"无法预计。"声音重复,"我们并不了解眼下的真实态势。蜘蛛人采用大规模弹跳,它们在时空瘤中残留的力量不会很多,也许这是一个机会。"

李约素想了想,问:"你能阅读我的记忆,是吗?"

"我能读出一些。"

"有人告诉我,我必须为将来的战争做好准备,科尼尔星域的敌人并不是最危险的敌人,我们还有更可怕的敌人。你知道那是谁吗?我该听你的,还是听他的?"

"我不知道你所遭遇的那个存在是谁。他所说的情况我并不了解。但是,眼前的情况确定非常危险。人类无法组织有效抵抗,联合舰队来得太迟,实力也并不充足。毁灭它们的中枢星,这是解决眼前困局最有效的办法。否则,我们付出的代价将是整个旋臂所有的人类文明。你曾经进入封闭空间,你可以感受到它们的亚空间存在,这是任何人都没有的优势。如果你为此而牺牲,你将保存旋臂上千千万万的文明,成为人类伟大的英雄人物。至于将来的战争,将来的人们一定也可以战胜它们。"

李约素露出一丝苦笑，"说了这么多，我还是不知道怎么办。"

"我要你答应，如果一旦有可能，就努力去做这件事。"

"这是你让我们从这个星球离开的条件？"

"你可以把这个当作条件。"

"我要权衡怎样做才会对科尼尔人有利，对整个人类有利。"

火焰陷入沉默，它跳动着，李约素感到它正在窥探自己的心思。他感到坦然，这个问题谁也无法逼迫他，那些死去的亡灵甚至能够明白无误地判断他到底是在说谎，还是出自真心。

他向一边望去，甲目正焦急地望着他。

火焰再次说话，"好吧，就这样。暂且在这里等待，很快就会有消息。甲目，带李约素去休息。如果他愿意，他可以冬眠。你们一定能够重获自由，但我需要时间来撤除屏障。你们不会等太久。"

"你要信守诺言。"甲目向着火焰大声说。

"我会的。"火焰说完，倏忽间消失不见。小小的房间里忽然间仿佛变成了深邃的宇宙空间，无限深远，星辰在远处发亮。

李约素默默地站在群星之间。甲目并不着急带他出去，他在墙角里蹲坐下来，看着李约素，突然道："你就是那个人。"

李约素有些意外，扭头看着甲目，"什么？"

"你就是那个人。真是让人意外，居然可以在这里遇上，李约素，科尼尔星域使者。我听说过你的名字，我的家族里有人为了你踏上了征途，不过我再也没有见过他。"

"你来自哪里？"

"同宙星，你记得吗？"

"当然记得！同宙星派遣了十六艘战舰去支援好望角。"李约素清楚地记得这是为数不多的派遣了援军的星球之一。他们距离好望角数千光年，派遣援军不是轻易能够下定决心的事。况且，李约素那时正向银心进发，只能由星域舰队自行前往好望角。

"我的叔爷一百多年前跟随舰队出发，再也没有音信。人们都认为他已经死了。"

"他一定在好望角抵抗蜘蛛人。"

"所以,咱们还真有缘,居然能在这里遇上。你真的到了银心?"

"到了,然后回来了,然后被困在了这里。"李约素自嘲地笑了笑。

"了不起!"甲目向着李约素伸出大拇指,"如果知道你就是那个人,李约素,我们一定要把你当作贵宾。不好意思,让你受惊吓了。"

"没什么。你们为什么要消灭银河军?"

"银河军?"甲目露出鄙夷的神色,"他们自称银河军?银河的脸都被他们丢尽了。这些乌合之众,我们把远望鑫让给他们已经很不错了。他们居然想隐瞒你们飞船降落的情况。而且,是星球之主让我去接人,他竟敢阻拦,实在死有余辜。"

"你们称这里的亡灵为星球之主?"

"没错,它本来就是星球之主。说不上好坏,但是它牢牢控制着星球,包括阻挡飞船脱离星球的亚空间屏障。这里就像一座监狱,我只想飞出去,都想疯了!你的伙伴真的飞出去了?他不怕屏障?还是掉下来摔死了?"

李约素没有回答甲目的问题。他蹙眉深思。半晌,他问:"这里经常有飞船坠落?那么星球表面应该能见到很多幸存者。"

"并不如此。"甲目并不介意李约素漫不经心的态度,"飞船坠落的事件,也许几十年有一次,飞船性能不一,幸存者要上百年才能见到一批,星球表面没有那么多幸存者。星球之主的洞窟不止这一处,而且大部分幸存者都会投入到星球之主的怀抱。不过……"甲目放缓语速,"像我这样不愿意留下的人也不少,没人清点过,二三十组人总是有的。"

"你们相互间经常火拼?团结起来,一起想想办法,不是更好么?"

甲目哈哈大笑,"火拼是有的,大家都在这里闷着,总得找点乐子。而且有的人也不想活了,打仗送命,一了百了。只要掉在星球上,就绝对无法离开。"说到这里,甲目突然意识到李约素的同伴离开了死星,并没有得到星球之主的许可,"你的飞船到底什么样?居然能飞出去?"

"那是一艘铁星飞船，和我一道从银心那边来。他们把它叫做幽光飞船。"

"幽光飞船……"甲目喃喃自语，"有机会我一定要见识一下。"

甲目站起身，"我们走吧，我带你去冬眠。这个星球之主对时间的感觉和我们不一样，它说不会等太久，也许就是几百上千年。"

"不会的。"李约素说，虽然他还不确定到底遭遇了什么，但可以肯定的是，这个星球之主希望他能够潜入蜘蛛人的黑暗空间，触发科尼尔星域的反弹。如果这真是一个可行的计划，那么时间就是至关重要的因素，好望角防线支撑不了太久。

"不过，"李约素看着甲目，"你说你已经在这颗星球上生活了两千多年，又怎么能听说我前往银河之心的事？"

甲目一时愣住了，随即又放声大笑，"想不到撒一个小小的谎这么难。但我的确来自同宙星，只不过我掉到这颗星球上才短短五十年而已。"

李约素没有吱声。甲目见李约素不置可否，赶忙补充道："我的叔爷是家族里大大有名的人物，他响应你，带着飞船去好望角，我们同宙星派遣了舰队去好望角，这想编也编不出来。我的叔爷叫甲六基，也许你还记得，该知道我说的都是真的。"

甲六基。李约素依稀记得这个名字，无论如何，甲目的确来自同宙星。

"这里有冬眠装置？"李约素放弃了对甲目的追问。

"这里有很多冬眠盒子，星球之主早就准备好了这些冬眠设施，还有很多机器人维护。理论上你可以活几十万年，直到你自己觉得厌倦了。怎么样，要去冬眠吗？"

"我不想去冬眠，你能带我在这个星球上逛一逛吗？"李约素很客气地请求。

"当然可以，我很乐意给你提供帮助。我当年就想跟着叔爷一道去支援你们，可惜当时只有九岁。"甲目在前边领路，他们走入窄窄的巷道。

"不过，在这里遇见你，不是更好的事吗？我们可是在这颗死星球上生死与共……"甲目边走边说，时不时发出一阵大笑。无论李约素是否响应,他总是情绪高昂。

李约素沉默地跟在甲目身后,他担心这颗星球上的一切。如果这不是一颗被遗弃的星球,而是由星球之主这样神秘的存在所控制,那么吉钠的判断就有些偏差;如果他真的带回来一些救援飞船,没有星球之主的合作,也很难带着人离开这颗星球,甚至会遭遇更多的危险。

他回想星球之主所描述的种种情形。即便是这个神秘的星球主人,也对即将到来的危险忧虑重重。它是一个与世隔绝的存在,并不为银河的其他人类担忧,它忧虑,因为它担心那些穷凶极恶的异类会杀奔此地,把它的栖息地连根拔起。

然而这里距离好望角至少还有几千光年。李约素有一种说不清道不明的感觉,他相信这个星球之主所担忧的一切很可能成为现实。这种感觉犹如一块沉甸甸的石头压在胸口,让他感觉很不舒服,丝毫没有聊天谈话的心情。

他无法去冬眠。他要在这个星球上看看,哪怕白白消耗时间,看一看头顶的星空也让人感到宽慰一些。

第十三章 重返太空

李约素感觉自己像是一个布道者。两个月的时间，他跑遍了这颗星球的各个角落，只要有人聚集的地方，他都要去一趟。

这是一个真正的荒漠星球，除了黄沙还是黄沙，地表没有水，绝大部分幸存者都躲藏在地下。星球主人提供了洞窟，每一个洞窟都得到良好的维护。也有几个飞船城市，这些城市都非常古老，也许是几十万年甚至上百万年前的人们遗弃在星球上的，它们聚集在一片方圆六百公里的沙漠中。甲目一直怀疑这些飞船就是星球主人的遗留物，因为后来的幸存者并没有大规模的船队，而坠落的飞船都损毁严重，无法再飞起来。甲目带着李约素参观了自己的飞船——它隐藏在距离洞窟不远的山谷中，那里没有风沙，不会被埋到沙底下去。这的确是一艘同宙星飞船，船体就像一个巨大的贝壳，上边有星星点点的发光物。

这样的一艘飞船唤醒了李约素的记忆。

他记得同宙星舰队出发时的情景，十几艘飞船鱼贯而出，排列在空港的前方，等待信号。没有任何人欢送他们，这些人是志愿组成的义勇军。同宙星官方并不支持李约素，他们也不打算在同宙星星域之内广播蜘蛛人入侵的消息。这只是毫无必要的恐慌！他们这样对李约素宣告，这是他们的专家研究后得出的结论。然而,终究有人站出来组织义勇军,组建了这支规模不大也不小的舰队。

卡鲁伊斯特,李约素牢牢记住这个名字,他是一个富翁,也是同宙星民主共和国的一位部长。他相信李约素,于是抛弃自己的一切,变卖家产组织了舰队。

最后的弹跳之前,他和李约素通话。

"李约素船长,我会在好望角等着你,希望那时候,你能给所有人带来惊喜。不要让信任你的人失望。"

"我一定会回来的。"李约素坚定地说。

我一定会回来!这是他的誓言。李约素已经记不清到底多少次重复这样的誓言。在好望角,在同宙星,在所有那些愿意支持他的星球,环形世界,鑫团飞船,他一次次地重复,深信不疑。他是那个和好望角同呼吸共命运的人,而且无数人信任他,等待着他。

但此刻,他却被完全困在这颗沙漠星球上。

"甲目,你知道卡鲁伊斯特吗?"

"我知道,他是远征舰队的指挥官,我的叔爷接受他的指挥。"

李约素望着眼前贝壳形的飞船,"他真是一个好人。"

"他可算不上什么好人!"甲目并不同意,"他是一个有名的守财奴,很贪婪。不过后来他花掉全部财产招募义勇军,这倒是让大家都大吃一惊。"

李约素微微有些惊讶,"你说他很贪婪?"

"是啊,同宙星上所有人都知道。恐怕即使再过几十年,他依然是同宙星名声最响的贪官。"甲目大大咧咧地说,"也有人说,他带领义勇军远征,是为了躲开因为贪污而可能遭受的审判。不过,我的叔爷是一个很正直的职业军官,他追随卡鲁,应该不会错。"

对话到此为止。返回的路上,甲目开车,李约素一声不吭地看着一望无际的黄沙,突然开口说:"甲目,如果我们能出去,你能组织义勇军去支援好望角吗?"

"我？我可以带着我的飞船跟你一道去，我们可以自称银河义勇军，哈哈……"

"不，我是说这颗星球上的这些人，如果他们不愿意在这颗星球上留下来，他们可以跟我们一起投入这场战争。"

"这可不是什么好主意。这些人里边什么人都有，完全是一帮乌合之众，哪能打仗?！"

"那我们就找那些合适的。"

甲目犹豫着，"我可以试试看。不过，这件事还是你自己出面比较合适，我可以让我的人跟着你。虽然星球之主已经宣告你是重要人物，可为了以防万一，我的人能保护你的安全。"

"好，一言为定。"李约素声音洪亮。尽力而为，无论吉钠的援军什么时候到来，也不管好望角的局势如何，他不能放弃自己内心所坚持的东西，在任何一个地方，他都要有所作为。

用了六个月的时间，李约素聚集了一支新的队伍，上万人的队伍来自三十二个不同的星系，绝大部分是原生人类。有两组人比较特别，一组自称卡坦特家族，他们是半机械人，身体的主要部分都换成了金属件，据说他们的儿童一旦成年就要接受机械改造；另一组是一群小型人类，他们的体态和白沙星人很相似，四肢纤细，就像儿童，然而，他们却拥有这个新组建的队伍中最强大的炮舰，他们宣称自己来自扰流星，大家都称他们为玲珑人。

这些人，虽然没有办法突破星球的亚空间屏障，都被死死地困在星球上，却从未放弃重回太空的希望，当听说李约素有办法帮助他们时，他们自觉自愿地聚集在李约素麾下。这支队伍有七十四艘大大小小的飞船，飞船仍旧可以起飞，李约素把所有飞船编好序列，统一通讯。他用天垂星的故事感动他们，用旅途中的各种见闻激励他们，用重回太空的希望鼓舞他们。他改变这些人的信仰，让他们逐渐渴望着追随他前往好望角，为了人类而战。李约素从来不认为自己是一个很好的鼓动者，然而他渐渐发现自己对此其实还颇为在行。

队伍开始准军事化的训练,模拟太空飞行,同时不断加强纪律。沙漠中经常可以见到车队掀起的滚滚沙尘,从一个洞窟奔向另一个洞窟,飞船城市被武装起来,人们竭尽所能,恢复那些废弃飞船的性能,而那些保存完好还能起飞的飞船,则被集中在飞船城市的中心,时不时进行一次行星表面飞行。沉寂的星球因此多了几分生气。

李约素相信这样的训练会有价值,两年之后,吉钠就会带着救援舰队返回,他们可以重新进入太空。那时,这一群彼此形态毫不相同的人,可以组成支援舰队。虽然力量并不大,但总归多了一份力量。

星球之主对李约素的行动一直保持沉默,每个月,李约素都会去到那个神秘的坟冢。跳动的火光有时会出现,然而它再也没有开口,甚至不再提及撤除屏障让飞船起飞的事。甲目对此深感无奈。

在起初的失望之后,李约素很快适应了这样的情形,沉默的坟冢变成了他和甲目最好的谈心之地。他们逐渐了解彼此的过去,也熟悉了彼此的秉性。甲目是一个私人护卫队长,他在完成一次护卫任务后的返航途中,偶尔经过死星,结果陷落在这里。

"我一定会帮你的。"甲目这样对李约素说,"我最佩服那些面对重重困难却能够坚持到底的人,你李约素算是一个人物,我一定要帮你。"

李约素微笑着点头,甲目性格直爽,像极了年轻时的他。这一句话平淡无奇,但对甲目来说,一诺千金。

这一次,李约素同往常一样,和甲目一道通过弯弯曲曲的巷道进入坟冢。

他们刚走进去,整个屋子蓦然间变得明亮,这是以前从未有过的情形,李约素迅速四下张望,试图找出一些异常。

火焰从平台中央跳跃而出,这一次,是青紫的火焰。

一瞬间,李约素和甲目仿佛置身于太空之中,正对着一艘飞船。

"幽光飞船!"李约素惊讶地低声呼叫。

"你的朋友回来了,"火焰开始说话,"还有更多的人。"

李约素感到一阵喜悦,随即又感到不安,"他回来了?这么快?"从好望角往返,少则四五年,多则六十年,然而此时才过了不到一年,"还有谁?"

李约素看见了另一艘飞船,他感到胸口被重重一击,船舷上,三颗星星彼此间纠缠,形成一枚巨大的徽章,那是科尼尔舰队的三星徽章!

李约素没有料到居然会在这里看见科尼尔飞船,刹那间,心头百感交集,竟然觉得一阵胸闷,呼吸不畅。

过了半晌,他缓过劲来,迟疑着开口问:"他们在哪里?"

"他们还有十五个小时才能抵达。"

"这么说,我们很快就可以离开了!"甲目说。

"没错。但是危险正在逼近。"

"这是什么意思?"

"一些不速之客。"火焰说,"有三十多个高能点正向我们飞来,它们跟着你的朋友,我不确定你的朋友对此是否有所察觉。"

"那是蜘蛛人吗?"

"我无法判断,但是我们很快就会见分晓。如果的确如此,那么灾祸来得比预计的快得多。李约素,你要早做准备。"

"准备什么?"

"逃跑。"

李约素感到不可思议,他从来没有想过星球之主居然会提出这种建议,他感到头脑一阵晕眩!"这是什么话!这里离好望角还有三千光年,那些蜘蛛人怎么可能来?逃跑?这真是一个笑话。"猛然间,他意识到星球之主所说的是什么意思,好望角的飞船在这里出现,而暗黑深渊的蜘蛛人接踵而来……最坏的情形已经发生,敌人突破好望角,进入到了旋臂内部,灾难正席卷银河!

他很快冷静下来,"你说好望角已经被突破了?"

"很可能如此。"火焰的声音不疾不徐,"一切都太晚了,我们不能按照预想的那样去颠覆科尼尔星域,只能执行次一等的任务——重新组建联盟,联合所有人类的力量来进行对抗。我已经打开这颗星球的屏障,如果你们已经准备好,那就赶快走,去会合舰队。"

"你呢?"

"我会留在这里。既然不能够生存得更久一些,那就在这里结束。生命的意义并不在于长久,一切都随时可能终结,我们对此早有准备。"

"说得和真的一样,难道我们要束手待毙吗?"李约素心中生出一股豪迈气概,"我不信好望角已经完了,那至少还要上百年。"

"你已经看到,你的朋友中途折回了。"

李约素哑口无言。吉钠这么快就返回,而且和一艘科尼尔飞船同行,科尼尔飞船来到这个偏僻角落,只能说明好望角发生了重大变故。

"我们很快就会知道。"李约素并不死心,他仍旧抱着一线希望,这艘飞船所带来的消息并不是好望角的毁灭,它可能只是一艘信使飞船,好望角派出它向其他星域求援。

"准备好你们的飞船,抓紧时间。祝你们好运!"火焰闪烁着,黯淡下去。

"等等!"李约素慌忙挽留它,"你可以和我们一起走。你们可以寄生在我们的飞船上,我带你们去银河之心,一定有合适的地方可以让你们居住。"

"带我们走?为什么?"火焰重新亮起来。

"你们也是人类,我们不放弃任何人类。"

"我们不会离开这颗星球,这里是我们的家。如果你能够阻止那些异类,那就再好不过,但如果一切已经太迟,那么也顺其自然吧。我们的先祖把这些蜘蛛人驱赶到绝境,如今如果它们毁灭我们,这也是一种平衡。不用太在意我们,李约素。生命对每个人都有不同的意义,对每一个种族也是如此。去吧,我已经撤除了亚空间屏障。记住,你们没有太多的时间,必须在三十六个小时内撤离。"

火焰再次黯淡下去。李约素还试图说些什么,一时之间却想不出什么词句。甲目拉着他,说:"我们快走!时间有限,不能错过机会。"

李约素跟着甲目向外走,他回头望了一眼,火焰已经完全黯淡下去,屋子变得一团漆黑,深不见底的黑色中,依稀可见细小的蓝色光点,它们密密麻麻地排列着,似乎充满了整个黑色渊薮。

李约素不禁有些恍惚,他眨眨眼,仔细看去,细小的光点并不存在,眼前除了黑暗,一无所有。他驻足转身,面对着眼前空荡荡的黑暗,他明白这些星球曾经的主人就在这里,它们就在这小小的屋子中存在,他看不见,却能够感受到它们盘旋在周围。它们向他告别,并无悲伤,也没有遭遇末世的歇斯底里。它们平和地迎接一切即将到来的命运。

李约素不由自主地摇摇头。他正经历某种超凡的体验,从不曾有过的。从前他一直面对一堵墙,但其实那是一扇窗,此刻,窗户被打开,他望见了从来不曾见过的景致。他突然间明白,这星球的主人,正以某种形式改变着他感知世界的方式。

"李约素!"甲目催促他,有几分焦急。

李约素缓步走出屋子,他的动作仿佛生锈的机器一般,异常迟缓。他最后望了望这个神奇的屋子,心中明白这里将沉入永恒的黑暗,永远不再醒来。他回头,快步赶上甲目,动作敏捷,宛如换了个人。

"怎么回事?"甲目低声问。

"它们向我们告别。"李约素淡淡地说,"这真是一种奇怪的感觉。"

十个小时后,飞船城市黄沙滚滚,数十艘飞船按照序列起飞。这是一支古怪的船队,飞船形态各异,各不相同。这是一次壮丽的起航,火焰划破沉寂的天空,冲向天穹。他们没有受到任何阻碍,很快在天空之外翱翔。飞船进入星球高层轨道,停止加速,进入失重状态。人们一片欢腾,当体会到这再熟悉不过的感觉时,他们终于确定可以离开这个荒凉得除了黄沙一无所有的星球了,梦寐以求的自由已经落入掌中。

甲目的"珍珠"号被李约素用作旗舰。"珍珠"号的舰桥上,三十多个人情不自禁地鼓掌,相互祝贺,欢欣鼓舞。

李约素并没有随着人们一道欢腾。他静静地坐在一旁,看着黄色的星球在屏幕上缓缓转动。这颗星球上隐藏着更深的秘密,星球的主人能够控制星球的亚空间结构,它们必然有强有力的能量,那会是什么? 难道他们真的打算毫不抵抗,任由蜘蛛人屠杀?或者他们已经感受不到痛苦,因此对于死亡无所畏惧?

李约素不再妄加揣测,他有更重要的事做。他站起身,靠近甲目,"找到他们的信号了吗?"

"还在寻找,就算我们找不到他们,他们也能找到我们。"甲目仍旧沉浸在脱离牢笼的喜悦中,并不太在意。

"我们必须尽快离开死星,越远越好,进入沉默状态,从远处观察。"李约素快速而平静地说。

他冷静的态度引起了甲目的注意,"怎么了?这里很危险吗?"

"星球的主人说有三十多个高能点正在靠近,我们不知道那是什么,远离这颗星球是最好的选择。"

"你说得对。我们必须走,要发布命令吗?"甲目马上同意了李约素的意见。

"你来指挥舰队,我需要单独行动。"

"单独行动?为什么?"

李约素有些犹豫,他拿不准这是否是一种正确的选择,然而,如果他的预感正确,那么他留在舰队中,舰队就无法隐藏,他能感觉到那些远道而来的能量点,有很大的可能,它们也能够感知到他。一种不愿多想的猜测浮上心头——是否暗黑深渊的中枢星已经完全苏醒,正四处寻找他的踪迹?

"甲目,"李约素寻找合适的措辞来说明这件事,"也许它们能找到我,所以,我们不能冒险。让我单独行动,舰队的风险会小很多。"

"如果这样,我要和你在一起。"甲目自告奋勇。

"我一个人就行了,你带领舰队。留给我一艘自动飞船就好。"李约素并不试图说服甲目,而只是告诉他该怎么做。

甲目稍稍思忖一下,答应下来。

"吉钠很快就会来,我们需要告知他们,不要降落到星球上。"李约素继续说,"找到他们,设定轨道,让我向他们靠拢。那些高能量点既然跟踪了吉钠,我得让吉钠有些准备。"

"没问题,我来准备救生船。穿上一件动力服,如果有危险,你可以抛弃救生船。我们很快就会赶到。"

小飞船从"珍珠"号的腹部发射出来。那是一艘球形飞船,浑身泛着淡淡的白光,就像一颗名副其实的珍珠。它快速向前,冲入到前方的黑暗中。整个舰队也很快调整队形,脱离死星的轨道。当他们远离死星,引力的影响变得微弱时,所有的飞船同时熄火,能源关闭,同时中止一切信号,只是保持航向远远地跟着救生船。

李约素透过救生船的舷窗望着前方。眼前是无穷无尽的黑暗和星星点点的银河,这样的景致他分外熟悉。他的银河之旅,绝大部分时间都是在这样枯燥缺少变化的情形中度过的。

我回来了! 他在心底暗暗呼唤。

还有两个小时,他就将与吉钠会合。分别不到一年的时间,却显得格外漫长,他期盼着会面。然而,如果没有特殊情况,吉钠绝不会回来得这么快。李约素想到和吉钠在一道的科尼尔飞船,心中感觉沉甸甸的。

幽光飞船的蓝色闪光在遥远的前方出现,然后一闪而过。他们彼此间高速交错。李约素并不慌张,他知道吉钠一定会回过头来。

果然,幽光飞船的蓝光在远方划出一条巨大的弧线,然后向着李约素靠拢过来。靠近之后,驾驶舱开启,吉钠从舱中升起,翻身而出,向着这边靠过来,隔着舷窗,向李约素示意。

吉钠靠在救生艇上,幽光飞船自动靠近。一道红色的光亮由远及近,那是紧跟而来的科尼尔飞船。它显然觉察到了前方的异样,开始调整速度和航向,向着吉钠和李约素靠近。这是一艘光年级侦察艇,然而相比幽光飞船和救生艇,体型仍显得庞大。它静静地停靠一旁,等待着吉钠的回应。吉钠回到幽光飞船里。不一会儿,科尼尔飞船打开一道舱门,两条巨大的触手盘旋而出,飞快地捆住了救生艇,它施加力量,缓慢地把救生艇拖向舱内。透过舷窗,李约素可以看见船舷上的科尼尔三星标志,巨大而清晰。他目不转睛地盯着这标志,眼眶不禁湿润了。

舱门缓缓闭合。李约素听见沙沙的空气流动声，当声音渐渐地平息下去，他打开门，脱下动力服。一股清新的空气迎面而来，这是科尼尔配方的空气。李约素深深吸气。

"李约素，我代表科尼尔第三舰队欢迎你的到来。"一个声音突然响起，是一个温柔的女声。李约素抬头，只见顶部的舱门打开，一个人正探头向这边张望。他纵身一跃，向着舱门移过去。

眼睛适应光线之后，他看清眼前是一个小小的控制舱，三个人端坐在仪表盘边，正望着自己，脸上充满崇敬。还有一个人站着，就在身边。李约素扭头看去。

一刹那间，他有种强烈的不真实感，眼前的这个女人，居然长得和苏北旦有几分相似，然而仔细看去，却和记忆有些出入，她的脸型比苏北旦稍瘦，似乎有一些雷电家族的特征，眉眼之间带着一股温柔，和苏北旦坚毅果断的气质绝不相同。李约素一时怔住，时间久远，人的记忆总是不太可靠，苏北旦的面目也有些模糊，他不敢确定。

科尼尔女军官看着李约素有些失态地盯着自己，却不以为意，大大方方地敬了一个科尼尔军礼，"第三舰队少将舰长旦素一，欢迎李约素将军。"

李约素如梦方醒，慌忙还了一个军礼，"三三舰队司令特别顾问，上校李约素。"当他报出自己的职务和军衔，鼻子居然有些发酸。他所隶属的舰队早已不复存在，授予他军衔的那个人和天垂星一道化作了飞烟。事实上，他是一个无所归属的人。他控制着自己的情感，丝毫不露，"我不是将军，旦素一将军，应该我向你敬礼才对！"他开起了玩笑。

旦素一莞尔一笑，"你还需要军衔吗？你的名字说明了一切，我们只是称呼你为将军。我们都是你的追随者。"

"我是科尼尔军人，"李约素严肃地说，"我在执行求援的任务。"他扫视舱内的四个人，"现在，告诉我，好望角的情况怎么样？"

舱内一时鸦雀无声。忽然间，吉钠的投影出现在舱室中央，"李约素，死星有些异样。那里发生了什么？你怎么能飞出来？"

"怎么了?"

"它消失了!"

李约素感到一丝惊诧。他猜想星球之主可能会做些什么,却没有想到他们能够如此神奇,让一个星球平白消失。

他感觉有些异样,却说不出那是什么。他努力集中精神,然后,似乎明白过来那进入到意识中的扰动意味着什么。

"吉钠,先别管死星。我们必须先躲避危险,有些东西跟着你们来了。"

第十四章 逆流而上

战斗的发生和结束都很迅速。三十二个高能点并不是敌人的战斗飞船,而是侦察飞行器。它们从亚空间潜行中退出,出现在特定的位置——这里原本应该是死星的轨道,然而死星已经消失不见了。这些小家伙显然并没有应付突发情况的准备,它们停留在曾经的死星轨道,久久没有动作,直到幽光飞船的闪光洞穿它们。

这是李约素第一次目睹幽光飞船的战斗,它在电光石火之间毁灭了所有的飞行器。天宇上残留着一道蓝色轨迹,闪闪发亮,然后缓缓褪去。这是幽光飞船的零点能引擎留下的空间痕迹——空间膜的细微伤痕,狄拉克海的涟漪就此透露出一点端倪。

甲目带领舰队向着李约素靠拢。"珍珠"号打开对接舱,它就像一个真正的河蚌一样打开,旦素一的"天曲"号缓缓进入,然后被蚌壳封闭在内。

吉钠紧跟而来,他直接跳上"珍珠"号的外壳,从一个发射舱口爬了进去。当他从发射舱的另一端爬出来时,惊讶地发现眼前站满了人。甲目带着"珍珠"号的舰桥人员列队欢迎他,人们看见他,热烈鼓掌。

"你们这是干什么?"吉钠问。

甲目走上前,"我看见了,你的飞船真了不起。这就是幽光飞船? 真是大开眼界。"

吉钠微微点头,"多谢夸奖。不过我们还有重要的事情要商量,大家请各就各位。李约素船长呢?"

甲目挥手让大家散去,和吉钠并肩而行,"自我介绍一下,我叫甲目,是这艘飞船的船长。我们来自同宙星,距离这里不远。我听李约素谈起过你,你们是铁人,对吗? 来自银河深处。你们的科技真的让人感到很仰慕……"

甲目边走边说,吉钠不住地微微颔首,同时四下张望,突然间,他停下脚步,看着前方。甲目顺着吉钠的视线望去,巨大的同宙星徽标高悬在舰桥上方——两只手十指紧紧地绞在一起,手心向上,形成一个把握的姿态,一颗星球飘浮其上,似乎是被双手托起,又像是正落入双手之中。

"我见过这样的徽标,在我们星球上的博物馆里,"吉钠说,"差不太远。"他扭头看着甲目,"看来我们之间还有些关联。"

甲目呵呵地笑着,"人类源自同一,我们都有相同的起源。"

舱门打开,李约素和旦素一走了进来。吉钠看着李约素,"很抱歉,我没有带来什么好消息。"李约素快步向前,在吉钠眼前站定,伸手在吉钠的胸口轻轻打了一拳,"大家都活着,就太好了!"

吉钠看了看旦素一,"你告诉他了?"

旦素一点点头,"李约素将军已经知道我此行的目的。好望角在三十五年前陷落,我们的舰队正向着大纵深撤退,我们需要一个领袖人物。我来请李约素将军前往天龙舰队担任特别顾问。"

吉钠看着李约素,"我们已经不能去好望角了,接下来该怎么办?"

"敌人已经到了哪里?"

"白昂六,我离开舰队的时候,它们的先遣部队占领了白昂六,距离这里一千六百多光年。"

李约素再次从旦素一口中听到关于好望角陷落的消息,他已经不再有最初的震惊。无论怎样不情愿,这已经是一个铁的事实。敌人把战线向着银心的方向推进了上千光年。三十五年的时间,让一支庞大的舰队推进上千光年，这不是轻易能够做到的事。

"它们一直在向前推进？"

"它们沿途毁灭星域。我们的舰队不断阻击它们，但它们并没有分散力量，只是使用主力舰队不断向前突进。所过之处，毁灭一切。"说到最后一句话，且素一语气一沉，仿佛眼前就是那些残破的星域，她抬起头，"它们似乎很着急行军，并没有留下稳固的基地。我们的舰队在后方骚扰它们，也重新夺回了一些星球的控制权。但是，它们在好望角留下了重兵，牢牢控制着它。"

李约素半晌不语。奇特的感觉涌上来，冥冥之中仿佛有一只眼睛正盯着他。

"中枢星呢？它们的中枢星在哪里？"他突然开口。

"我们没有发现中枢星的移动迹象。"且素一回答。

"那么科尼尔那边的人们，他们还在抵抗，对吗？"

"是的，抵抗运动从未停止，只是越来越困难，我们的敌人对破坏情有独钟，一旦被敌人毁坏，就很难恢复。科尼尔星域到处是废墟。它们甚至连废墟都不放过，下手破坏废墟的运动轨迹，让这些废弃的城市飞船都落入恒星熔化。"

"雷电家族呢？"

"还被困在熊黑星。暗黑深渊的舰队包围熊黑星的外围，躲藏在'青云'号的射程之外。它们看起来并不打算消灭雷电家族，只是围困。目前，我们还能和雷电家族保持一定联系。"且素一露出一个笑容，"我就来自雷电家族。"

李约素看了看她。这张脸分明在唤醒他的回忆，他努力把这些杂念排除出去。他转身看着吉钠，"吉钠，我需要你的意见……"他把死星上发生的一切和盘托出，包括最后离开那个神秘坟冢时奇特的感受。说完之后，他看着吉钠，希望这个见识广博的铁人能够给一些建议。他的面前有几个选择，他可以跟着且素一去和科尼尔的舰队会合，或者带着这些从死星死里逃生的兄弟去同联合舰队会合，然后，他可以最大限度地把这些力量集合在一起,与敌人的前进集团进行一次决战,消灭它们,向好望角进军,重新夺回这个至关重要的高地。

但是,力量远远不够。也许他们能够击败敌人的前锋集团,然而如果要夺回好望角……李约素对伊特星门的那场战斗记忆犹新,这么多年过去,敌人的力量有增无减,联合舰队的力量不能与之相比,实力相差太远。

他望着吉钠。这个铁人了解所有的情况,甚至比他更了解情况,一定会提出明智的建议。

吉钠望着李约素,显得有些紧张,"那个星球之主告诉你,放弃一切逃跑?"

"的确如此。"

"就是这样,我也听到了。"甲目插话。

"这不是一件好事。如果我所见的没错,这颗星球把自己裹进亚空间,形成空间瘤。这和当初我们的先人把蜘蛛人囚禁在暗黑深渊的技术一样。这是很高超的技术,就算和银河人控制银心的技术相比,也毫不逊色。而且你看见了,他们割裂空间,隐匿星球,并没有什么大动静,不知不觉中就发生了,这是超高等级的空间控制技术,比我所知道的铁星科技还要高明。"吉钠看了看李约素,"他们既然认为你必须逃跑,那么很可能是对的。"

李约素盯着吉钠,半晌不说话。舰桥上的气氛骤然间紧张,各种嘈杂的声音消失得干干净净,人们似乎可以听见自己的心跳。大家都看着李约素,而李约素则盯着吉钠。

吉钠静静地回望着李约素。

李约素突然露出一个微笑,"你知道我不会逃跑。"

吉钠不动声色,"你也不打算死得毫无价值。至少有三个人说过你的生命很重要,他们都有高度的智慧,这样的判断应该不会错。"

"你说得对,你的意思是我应该逃跑?"

"你要自己做决定。"吉钠说,"我只是提醒你至少有三个高级智慧对你的生命表达了关切。这件事本身就已经很让人吃惊。你的身上有某种不同寻常的东西,你的生命不仅仅属于你自己。这就是最简单的结论。"

158

李约素感到一阵惶然。自称来自真理会的沙达克,土斯星上神秘的镜子飞船,还有那神秘坟冢的主人,他们都告诉自己,他和来自暗黑深渊的力量联系在一起,他是人类不可多得的利器,必须最大限度地利用他的潜能。然而,他们都不在这里。他们抛下了一个看上去很不错却很空洞的前景,然后洒脱地离去,巨大的空洞却要李约素自己去填。

李约素四下环顾。大家都望着自己,眼神中充满期望。他们需要一个强有力的人,把精神和活力灌注给他们。李约素深深地明白,一旦自己选择逃跑,这些人的士气会变得沮丧,而正在赶来的联合舰队也会分崩离析。理性告诉他,最好的选择是带领这支由乌合之众组成的舰队去和联合舰队会合,然后与科尼尔舰队一道,向后撤退,节节抵抗,直到获得巡逻者舰队的支援。然而,另一种理性告诉他,如果需要巡逻者的支援才能阻挡敌人的攻势,那么一切都太晚了,即便他们能击退敌人,最后得到的也只能是废墟。好望角失陷,失去了屏障的旋臂上无险可守,没有一个星域能够有力量进行有效抵抗。

李约素接触到旦素一的眼神,四目相对,他能够感受到旦素一眼中的热忱,科尼尔舰队在召唤他。

"我们必须就地开始战斗。"李约素仿佛对着旦素一说,却转向吉钠,"我们要找到合适的星球,马上开始生产幽光飞船,形成战斗力。长老说过,这是一次示威,至少要让那些蜘蛛明白,我们拥有比他们已经遭遇的飞船更强大的力量。我们要设计一个陷阱来打击它们的前锋集团,就算不能消灭敌人的前锋,也不能让它们轻举妄动,随意毁灭我们的星球。"

吉钠点点头,"既然你做出了决定,我会帮助你。我们需要十五年时间来组建幽光飞船的舰队,还需要一艘母舰。最急迫的事情是,我们要找到一个愿意帮忙的星域,而且制造技术要符合标准。"

"好。"李约素说,"得到星域的支持不会太困难,他们已经看到眼前的形势,帮助我们就是帮助他们自己。到了这个时候,再拖拖拉拉掩掩藏藏,就是自己找死。"

"我们可以去同宙星。"一个声音响应李约素。所有人都循声望去,是甲目在说话。

"同宙星距离这里只有三十光年，我们很快可以赶到，但是它距离敌人还有上千光年，这样一段空间可以给我们争取一些时间。"

"这是一个可能的选项。"李约素回答。

"别可能了。我们尽早决定，就是同宙星。"甲目急切地说，"你也到过我们的星球，我相信，很多逃亡飞船早已经把同宙星闹成一锅粥了。说不定，有很多贝壳船已经逃跑，我说的是那些富人。但是，星球不可能被转移，数以亿计的人会被迫留在星球上等死，这星球上有二十五亿人，说不定现在更多。只要你去了同宙星，他们一定会同意按照你的意见来，否则，议会会被愤怒的人群掀翻。我保证，同宙星会提供支援。"

李约素看了看吉钠。

吉钠望着甲目，"你的飞船是在同宙星制造的？"

"没错。虽然我的飞船不是同宙星最好的飞船，但我们有一些先进的战舰，动力、速度、装甲、火力都是一流的，李约素也可以作证，我的叔爷就带着这样一艘飞船去了好望角。"

"是的。我们在好望角曾经有过一些贝壳船，性能尚可。"旦素一说。

"什么叫性能尚可？！那是一流的飞船。"甲目不自觉地提高了嗓门。

旦素一微笑着，"是的，那是一流的飞船。"

吉钠沉思着，"如果同宙星距离这里只有三十光年，我们可以用三年的时间进行准备，然后一边生产一边装备，同时等待联合舰队靠近。十五年内我们可以有一支成型的舰队。但是，这只是六千艘幽光飞船。"他望着李约素，"联合舰队远远落在我们后边，我相信布丁和皮克斯他们会得到更多的星域支援，舰队的规模会更大。但是，他们可能需要一百年甚至更久才能抵达这里，而敌人只需要三十多年就可能到达。所以到时候，我们只能依靠科尼尔舰队和新建的幽光飞船舰队，也许还有零散的舰只或者星域武装能拼凑起来，仅凭这些力量，对抗敌人远远不够。"

"飞船永远都不会够。如果有百分之百的胜算，大家也用不着犹豫了。"李约素接过话茬，"但是我们要先做起来，把我们的力量展示出来。

虽然敌人很强大，但它们并不是不可战胜。我们的祖先就曾经战胜过它们，难道不是吗？"

"我们有无数的同胞，就在这一颗颗星球上，只要我们能够更有效地阻止敌人的深入，就有更多的人得救。一颗星球，一光年，或者哪怕能够多一天，那都是好的。我们的身后，有联合舰队，有巡逻者舰队，他们是我们的坚强后盾，但是现在，我们只能依靠自己，调动一切力量和敌人周旋。胜利也许是无法企及的目标，但是，只要我们下定决心，开始战斗，胜利就已经拉开了序幕。抵抗就是胜利！"李约素的话掷地有声，一阵短暂的沉默之后，有人鼓掌。李约素扭头，旦素一面带微笑看着他，正轻轻鼓掌。

很快，人们都开始鼓掌。吉钠并没有跟随大家，他仿佛置身事外，仍旧静静地看着李约素。等掌声平息，他说："我需要一些详细的资料来评估同宙星是否能生产幽光飞船。"

"没问题！"甲目大声回答，"同宙星有强大的太空工厂，至少有六个。全力开工，三十年的时间可以组织一支强大的舰队。不过，我有个要求……你要答应我才行。"

"什么要求？"吉钠问。

"我要拥有一艘幽光飞船。"甲目无所畏惧地迎着众人的目光，仿佛这是一件天经地义的事。

吉钠看着李约素。

"这件事，等我们到了同宙星再说。"李约素说，"这不是什么大事，你正率领着一支舰队，'珍珠'号是真正的好船。"

"那么，至少要划三艘幽光飞船到我的舰队里。"

甲目认准的事情，很难改变他的心意，他看见幽光飞船，就由衷地喜欢它。李约素稍稍停顿了一下，"这件事，等我们到了同宙星，一定会仔细考虑。一切都还没开始，不用着急。"

"好，我帮你记着。"甲目向着一边的副官示意，"把同宙星的坐标发送出去。告诉卡坦特人，他们的飞船得靠前。威利斯紧跟着，其他飞船按照序列跳跃，我们来殿后。"

副官点点头,转身在屏幕上操作起来。片刻之后,舰桥上方被完全覆盖,所有脆弱部位都被包裹起来。飞船进入状态调整。

"来吧,我们有足够的空位。"甲目在前方引导,众人跟上去,在指挥控制台周围坐下,把自己绑起来。

"你还能感觉到死星吗?"吉钠突然问。

李约素一愣,"感觉到死星?"

"是的,他们虽然把整颗星球都沉入到亚空间,但是我还能够感觉到它,那颗星球。它就在那里。"

"你说死星?"

"除了它,还可能是哪一个?"

"我有些糊涂了,你亲眼看见死星消失,你也知道他们把它沉入了亚空间。"

"是的。"吉钠凑过头来,"但是我告诉过你,铁人是具有亚空间侧面的人类,我们能够感觉到亚空间存在。"

"我没有感觉到。"李约素实话实说,"我可没有什么亚空间侧面。"

"你有,我能感觉到你的亚空间侧面,而且很强烈。"吉钠继续说,"上一次我离开之前,你的亚空间侧面并不明显,但是这一次,完全不一样。所以,他们改造了你,或者说,他们释放了你的潜能。"

李约素的神色沉重起来,他记得那些若有若无的东西如何向他告别。是的,他的确有一些非同寻常的感觉,他能觉察到那些小东西的存在而甲目一无所知,他能够感觉到那些正在靠近的高能点而无需任何仪器的帮助,他能感觉到冥冥之中有人注视着自己。亚空间侧面,这听上去是一个很威风的词,他毫不怀疑那些自主进化的人类能够拥有这种能力,他们都不是完全的肉体。而李约素自己,是一个真正的原生人,是纯正的科尼尔人。也许一次又一次,那些帮助他的人都在不知不觉中改造他?

李约素微微蹙眉,"我没有感觉到死星,也没有感觉到你的亚空间侧面。"

吉钠点头,"这很奇怪,也许你的亚空间侧面构型特殊。"他坐直身体,

"但是我想,那些侦察船的目标,并不是我的幽光飞船,它们直奔死星。这里有什么东西值得它们来探查?"

李约素领会到吉钠的潜台词,"你是说,它们是冲着我来的?"

"这是一种可能性。我们人类并没有在生物体上开发亚空间侧面的技术,至少在铁星的历史记录中,从来没有。这个死星,他们独自发展,是一个遥远的旁支,他们的技术很有特点,也许他们能够理解暗黑深渊的敌人所使用的生物亚空间侧面技术。你的亚空间侧面最早来自敌人,这一点毋庸置疑。但是死星能够激发你的能力,他们一定掌握了类似的技术。"

"但是他们选择逃避。"

"是的,而且他们要求你也逃避。"吉钠再次看了看李约素,"他们的建议在某种程度上是对的。"

"我得做我应该做的事。"李约素回答,"我们已经做出决定了。"

"我没想说服你回头。如果敌人真的冲着你来,那么它就能继续追踪你。如果它继续追踪你,那么说明你对于它们的确是一个很大的威胁。所以,我们会面临比预料中更多的危险。"吉钠说。

"我不在乎危险。"李约素笑了起来,"但是如果你想说,我们应该好好利用敌人的这种状态,那我已经明白了。"

"你打算怎么做?"

"给我最快最好的飞船,我来牵着它们的鼻子走。"李约素毫不犹豫,"这样的事我经历得多了,不用担心。"稍做停顿,他自嘲般地补充一句,"我好像很擅长逃跑。"

"飞船进入亚空间飞行预热状态,全体船员加重预载。"飞船中枢发出广播。座椅自动移动,吉钠的座椅从李约素身边移开,吉钠似乎有话要说,一个"珍珠"号船员的座椅插入到两人之间,吉钠向李约素点头,安静下来。

"你们刚才都谈些什么?"有人在身边发问。

李约素扭头,旦素一就在左手边的椅子上坐着,加重预载把她挪到了这里。她微笑着,正看着李约素。

"关于死星的消息。"李约素回答,"正好我也想问你一些事。你知道科尼尔敌后的事吗？既然你是从雷电家族来的，你应该知道。"

"我知道一些。"旦素一保持着微笑，"你想知道些什么？"

"嗯，有一个女将军，她的名字叫做苏北旦，这可能是四百多年前的事了。你知道四百多年前，天垂星还存在的时候，科尼尔有两个著名的军人世家，一个是苏家，一个是古家。苏北旦是苏家的人，当时她是科尼尔舰队的司令。"

"我当然知道。"旦素一微笑着，"她是敌后抵抗军的第一位领袖。你想知道些什么呢？"

"哦，这样……"李约素似乎有些不知从何说起，"她已经死了，对吗？"

"是的，她已经去世，她是一个令人尊重的人。"

"你见过她？"

"不。虽然我一直知道她，但是从来没有见过她。我只在好望角见过她的遗像。"

李约素点点头，移开目光，看着地面，"虽然你是雷电家族的人，我有种很奇怪的感觉，你很像她。"

"很多年前就有人这么说，现在，已经没什么人说了。时间过得很快，见过苏北旦将军的人很少了。"

"只有我这样的老古董见过……"李约素自嘲地笑了笑。

旦素一也笑了笑，没有说话。

"我会去科尼尔。"李约素继续说，"也许还能找到几个老古董。"

"科尼尔？"旦素一有些疑惑，"您是说科尼尔舰队？"

"不，科尼尔星域。"李约素说，他瞟了吉钠一眼，"这个铁人认为，敌人能够追踪我。我认为，他是对的。我不能和主力舰队在一起，这样主力舰队会引起敌人的注意。所以……"他看着旦素一，"我得去冒险。我要去科尼尔，那里有些什么在等着我。"

旦素一一时愣住了。

"珍珠"号通体发亮，各种绚丽的色彩在飞船表面移动。它看上去就像一颗名副其实的珍珠。然后，下一秒，它消失得干干净净。

第十五章 深入敌后

莱特五的恒星黯淡无光。

这是一颗不起眼的小恒星，整个星系没有一颗适合居住的星球。在整个科尼尔文明时期，人类也很少涉足这里。而自从沦陷之后，这里就成了边缘战场，偶尔会有人类或者暗黑深渊的飞船途经。这是一个相对安全的航行通道区。

木藤三站在"金色阳光"号的舰桥上，眼前是巨大的全息屏，他仿佛正站在战舰的船首，迎着银河的光芒前行。

前方有人在等他。

"沙达克，真的是那个人吗？"木藤三的脸上没有丝毫的表情，他一贯如此，以至于人们私下流传他接受了雷电家族的手术，成了一个没有情感的人。流言往往都是假的，却总有真实的影子。他的确接受了一些手术，让身体更适合长期生存，但是，这和雷电家族毫无关系，而是俄罗斯星域文明的杰出技术。一个人的身体变成什么样并不重要，只要他的意识和记忆不曾中断，他就活着。而且，他将一直活下去，直到胜利或者被杀。

"天龙舰队送来的消息，消息已经经过确认。"

"不错，"木藤三淡淡地说，"但是我有所怀疑。他独自一人去了银心，然后独自回到这里，没有任何人见证他的经历。如果他带来了援军，那么他应该留在天龙舰队，两支舰队合二为一，没有他可不行。科尼尔沦陷区不值得一个如此重要的人物亲自前来。"

"根据我的资料，李约素将军的性格中有很强的冒险精神，从他的行为模式分析，认定他前来科尼尔的可能性为百分之十五。"

"李约素将军……哦，进行了一次长途旅行，就可以成为将军。这真是让人羡慕的美差。如果我记得不错，出发的时候，他是一个上校。"

"我从好望角沙达克那里得到的信息确实如此。"

木藤三微微低头，似乎在思索，"不过那个时候，我只是一个上尉而已。五百多年前的上校……真是令人惊讶。"他抬眼望着前方，"如果他真的是那个人，我很期待和他会面。"

"我们很快就能会合。根据天龙舰队发送的消息颗粒，李约素将军的飞船使用了零点能引擎，动力惊人。而且他们正在同宙星组建一支舰队，准备大量装备这种高等级引擎，作为主力舰队使用。他们把装备了零点能引擎的飞船称为幽光飞船。"

"我们更需要强劲的动力，如果能够在速度上超越那些小红魔，我们的牺牲会少很多。我宁愿他们把这种飞船给我，让我们来组织敌后舰队。相对主力舰队，我们消灭敌人的效率要高效得多。"

"这是你和李约素将军可以彼此商谈的。"沙达克回答，"作为'金色阳光'号的中枢，我必须提醒，'金色阳光'号只能支持那些没有违背抵抗联盟整体利益的指令。"

"我不会搞内讧。"木藤三仍旧一脸漠然，"只是作为这么多年牺牲的补偿，我想我们应该得到一些东西。"

"所有人的处境都很艰难。好望角基地被攻破，科尼尔舰队损失惨重，他们损失了基地和百分之六十的飞船，死亡了六十万以上的军人，还有无数平民。"

"我们呢？科尼尔星域还剩下些什么？"木藤三摇摇头，"好了，沙达克，我很乐意见到李约素，曾经在天垂星战役里出现过的人不多，哪怕是逃兵,也是有历史价值的逃兵。"他的嘴角边浮起一丝冷笑,"就像我。"

前方出现了光点,按照某种规律闪动着。

"那是他吗?"木藤三问。

"按照约定,是的。"

"和他会合。他的飞船是一艘小船,对吗?"

"没错。"

"欢迎他上船。我要给他一个英雄应得的拥抱。"

"金色阳光"号向着发亮的光点靠近。

突然间,红色警报骤然响起。

木藤三沉稳站立,并不慌乱。他抬头,十多个红色的小点出现在前方。那是敌人的蟑螂级飞船,船体不大,然而机动快速,是暗黑深渊针对人类的游击战所开发的特殊飞船。这种超越传统的战斗飞船,具有亚空间追踪能力,是最难缠的对手,它们就像蟑螂一样四处乱跑,制造麻烦。

"金色阳光"号并不惧怕这一群蟑螂,然而,既然它们在这里出现,就意味着敌人的中枢星很快将会知晓这里发生的一切。对暗黑深渊来说,"金色阳光"号是一个大猎物,黑色舰队会很快接踵而来。"金色阳光"号需要花费一点时间清除掉亚空间移动痕迹,阻断敌人的追踪。这样的事发生了无数次,而且还将继续发生,是一件恼人的技术活。

"它们发现我们了。"木藤三说。

"没错。"沙达克回答,"但它们的目标似乎并不是我们,而是李约素将军。"

屏幕上,红色小点正向着李约素的飞船移动,形成一个包围的态势。

"我们需要尽快赶过去,以免他有什么意外。"沙达克说。

"是的,尽快赶过去。"木藤三保持着冷冷的语调,"不过,我们不必着急介入。我要看看李约素怎么对付这些蟑螂。"

"我们还是要先帮助李约素将军消灭掉这些敌人,他对这种蟑螂飞船并不熟悉,万一有什么意外可不好。"

"不会有意外。"木藤三露出一丝微笑,"既然他能够安然无恙地回到科尼尔,这样的情况对他来说不过是小菜一碟。就算真的不敌,他也一定能够逃掉——这不正是他最拿手的吗?这些蟑螂正好给我们提供了一个机会……"他顿了顿,"让我们近距离欣赏英雄的表演。"

敌人的包围圈慢慢缩小,代表李约素的白点却并没有什么动静。"金色阳光"号加速向战场赶去。

突然间,在敌人的包围圈之外,出现了第二个亮点,它对敌人发起了攻击,很快把附近的两艘蟑螂级飞船消灭了。包围圈转眼间崩溃,敌人的飞船四散逃命,两个光点同时发动追击,在敌人遁入亚空间之前,消灭了另外三艘。

"我们的客人不止一位。"木藤三说,"看来他们已经摸透了这些蟑螂的秉性,打起来得心应手……沙达克,把他们接上船。"

"金色阳光"号靠上去,他们看见了两艘小巧的飞船,一道道浅浅的蓝色光线在飞船表面纵横交错,形成网格。飞船划出幽蓝的轨迹,在天宇上闪闪发光,这是空间的些微破损留下的痕迹。空间膜迅速地恢复弹性,淡淡的蓝色光迹很快便无影无踪。

"这就是幽光飞船吧,"木藤三说,"名不虚传。"

"李约素将军和旦素一将军会在十分钟内抵达。"沙达克传来通告。

"旦素一也来了?"木藤三的嘴角边露出一丝微笑,"难怪!"

他不疾不徐地走过舰桥,走出指挥舱,去迎接李约素。

李约素正在增重舱适应快速增大的重力。他四下张望,船舱内极端简陋,没有任何修饰,他甚至没有找到任何徽标或者文字,除了站位,一无所有。科尼尔的飞船通常都在增重舱涂抹科尼尔三星标志。任何一个星域都会把徽标放在增重舱,这能给人以回家的感觉,然而这艘飞船却没有任何标记。飞船的站位设计变化很大,距离地面一米多高,这可以方便人们进入船舱之后以最快的速度就位,却给上下站位带来很多不便。也许险恶的环境让人们没有时间关注人的感受,制造飞船的工厂早已经把这些无关生死的细节从制造流程中省略掉了。他们需要用最短的时间和最少的成本制造最多的飞船。

重力很快达到稳定,舱门自动打开。李约素迅速跳下站位,伸手去扶旦素一。旦素一微微一笑,伸手扶着李约素的肩,轻松地跳了下来。

"不用这么照顾我,我是军人!"她说。

"我知道这对你不成问题,但是科尼尔军人都有绅士传统。"李约素回答。

旦素一笑了笑,转身先行走出去。李约素跟着她。

有人等着他们。

木藤三看着旦素一走出来,几百年的时间过去,这个女人的模样几乎没有什么变化。木藤三随意地敬了一个军礼,旦素一回礼,然后彼此间点点头。李约素走出来站在旦素一身边。木藤三望着他,上下打量:他身着军装,看上去只到中年,双眼炯炯有神,头发黑而浓密,胡须几乎遮住了整个下巴,他沉静地站着,浑身散发着一股逼人的气势。

"李约素将军?"木藤三试探着问。

"叫我李约素就行了,或者李约素船长。"李约素爽快地说,"我不习惯被人称为将军。你是木藤三将军?"

"你可以叫我木藤三。"木藤三走上前,张开双臂,猛地抱住李约素,"欢迎回到科尼尔。"他松开李约素,看着旦素一,"也欢迎你回来,旦素一女士。"

旦素一笑了笑,"我们去哪里坐下来谈?"

"沙达克已经安排好了,我们去林园。"

"林园?这飞船还有林园?"李约素有几分惊讶,他眼见了增重舱的简陋,对飞船仍旧保留了林园有些意外。

"这是循环系统的一部分,不算浪费。"木藤三很快明白李约素的心思,"当然,也许和你的想象有点儿差距。我们走吧,我来带路。"

当林园的门在眼前打开,他们所见的是一个整齐的绿色世界,规整一致的绿色叶片布满整个空间,气流从叶片之间的空隙通过,叶片振荡不停,看起来仿佛金属。这不是一个真正的林园,他们正在一个封闭的透明舱里,舱外是一个金属的绿色世界。飞船的呼吸系统气流湍急,人无法身处其中,于是建造了这样的透明舱来和绿色为伴。舱内的陈设很简单,一张四方的桌子,四把椅子,都是透明的材质。桌上放着一些食品。

"这想法真奇妙。"李约素夸赞。

"据说我们的肉眼最喜欢绿色,能让人身心松弛。"木藤三跨进舱内,在一张小椅子上坐下,招呼李约素和旦素一,"不过这里最大的好处是完全不用担心被其他人听见。来,请坐。"

李约素大大咧咧地走上前坐下,旦素一跟着坐在他的右边。

木藤三看看李约素,又看看旦素一,"苏北旦主席的遗愿,你已经实现了。"

"是的,李约素将军已经知道苏北旦将军的遗愿。"

"这真不容易。多少年了?"木藤三闭上眼睛,似乎在集中注意力思考,"五百五十四年?"他睁开眼睛,"从天垂星战役到今天,我们已经活得很久了。"

"差不多。"李约素露出一个勉强的微笑,"真没想到我居然还能够回来。但还是迟了,好望角已被占领,也没能见到申秋将军。"

"你早几百年回来,能改变这个结果吗?"

"不能。"李约素平静地回答,"但是我希望能够尽一份力。"

木藤三点点头,"不错,我们都知道李约素阁下是科尼尔的大英雄,把苏北旦主席从天垂星战场上救回来。如果没有你,我们的抵抗联盟就少了一位杰出的领导者。"

"李约素将军更大的贡献是从银河深处带来了援军。铁星人带来了零点能引擎,能建造六千艘幽光飞船,组建舰队。我们在同宙星建立了联合指挥部,好望角的舰队正赶往同宙星会合。银河深处的星域联合舰队正在向同宙星前进,舰队至少有六千艘主力舰级别的飞船,还有更多的飞船正在加入其中。再遥远一些,来自银心的巡逻者家族也在派遣援军。他唤醒了沉睡的人类联盟。"旦素一补充道。

"很好,我们什么时候能见到针对科尼尔星域的反攻?"木藤三问。

"我们正在同宙星集结力量。"旦素一并没有直接回答木藤三的问题。

"也许还要再有五百年，直到科尼尔人全部死光？"木藤三问，带着戏谑的神色看着李约素。

旦素一正想开口，李约素阻止了她。他看着木藤三，说："木藤三将军，旦素一告诉我，你曾经是古力特将军的下属，我也同样是。天垂星那场战斗，科尼尔文明毁于一旦，我亲眼看见了天垂星的毁灭，那情形一天也不曾忘却。我做梦都想着回到这里，和科尼尔人并肩战斗，多消灭几个蜘蛛人，为天垂星上的亿万同胞讨还血债。虽然我一直远离科尼尔，没有参加发生在这里的任何战斗，但是，我的心一直在这里，从未变过。我必须执行古力特将军的命令前往银心。在完成古将军的指令之前，我只能把这个愿望埋藏在心底。我知道你们在进行艰苦的战斗，付出了巨大的牺牲，这种牺牲同样令我感到无比悲痛，我是科尼尔人，我对抵抗联盟除了深深敬意，别无其他。"李约素说完，向着木藤三低头致意。

木藤三一时说不出话来。过了半晌，他拿起桌上一只水果，递给李约素，"李约素船长，请用。这是人工合成的雪梨，味道赶不上天垂星上的天然果园水果，但也还将就。"

李约素接过来，并没有吃，"木藤三将军还有什么指教？"

木藤三微微一笑，"不敢。不知道你们有什么计划？"

"我要去黄金星球，也叫蜘蛛星，很久之前，我曾经到过那里。"

"那是个什么地方？我从来没有听说过。"

"根据沙达克当初告诉我的说法，它连接着科尼尔星域和蜘蛛人文明的时空瘤，是一个脐带区。这个脐带区已经退化，脱离时空膜，蜘蛛人原本所在的空间瘤萎缩，它们彻底失去了栖身地，因此才发生了对科尼尔星域的入侵。"

"如果这样，事情已经发生了，还去那里做什么？那里还有什么特殊之处？"

李约素放下手中的雪梨，站起身，"蜘蛛人和我们不一样，它们有中枢星，所有的一切都受到中枢星的控制，但是，你知道中枢星到底是什么吗？它长什么样？如何控制数不胜数的个体？它们以什么方式彼此间联系在一起,形成一个整体?"

木藤三看着李约素,等着他说下去。李约素却话锋一转,"你看到刚才有蜘蛛人飞船跟踪我们,它们总是能在我们身后出现。"

"这种飞船科尼尔星域到处都是,我们把它叫做蟑螂。偶尔会遇上一些。"

"蟑螂,这个名字倒是很形象……这肯定不是偶尔,我们一路上都在和这些蟑螂纠缠,至少经历了六场小战斗。"李约素看了看旦素一,旦素一微笑着点头。木藤三机警地看着李约素,"你认为它们在追踪你?"

"确实如此。它知道我来了,而且并不欢迎我。它在科尼尔散布了很多蟑螂,每到一处,它们都会找上门来。这些蟑螂并不强大,但是让人很讨厌。它们之所以被派来送死,总会有些原因。"李约素顿了顿,"它不希望我靠近黄金星球,这就是原因。"

"为什么这么说?"木藤三问。

"它在试图控制我的弹跳方向。亚空间潜行的能量准备有迹可寻,这些蟑螂,有时还有一些更强一点的飞船,它们总是不计牺牲,执拗地逼迫我们的飞船采取特定的亚空间潜行准备,我们可以走向任何方向,只要远离黄金星球。"

"刚才的战斗表明,这些蟑螂对你们毫无威胁。"

"那只是这一场战斗而已。这里远离黄金星球,我们向哪一个方向弹跳都不重要。"

木藤三想了想,"请问,黄金星球到底有什么特殊之处?"

"我不知道。"李约素做出一个无奈的表情,"它曾经是脐带区,连接着我们的世界和暗黑深渊。黄金星球早应该随着脐带区一道消失了。他们说是我把这件事搞糟的,谁也不知道那里到底怎么样,我想去看看,但看起来那些东西不愿意我过去。不过,既然中枢星竭力想让我远离它,那么我就一定要想办法靠近它。敌人不希望我们做的事,就是我们最该做的事,对吗?"

"说得不错。"木藤三回答,"去看看也没有什么坏处。需要我帮什么忙吗？”

“我们的确需要你帮忙。”李约素并不客气，“我要和雷电家族进行一次联系，你有办法送我过去吗？据说包围雷电家族的蜘蛛人飞船很多，与雷电家族联系，不是一件容易的事……”

“的确如此。不过，尽管我们也很少和雷电家族联系，但是如果一定要进入熊罴星，还是有办法的。”木藤三看了看旦素一，“是吗，旦素一将军？”

“你是抵抗联盟的主席，我们需要你的帮助。”旦素一微笑着说。

“为什么你需要去见雷电家族？”木藤三望着李约素。

“我要告诉他们一路的遭遇。他们是该星域唯一的巡逻者，强有力的盟军。他们也许能给我一点有价值的建议。”

木藤三站起身，面对着李约素，“你是传奇英雄，我没有理由不帮忙。我想这也是所有科尼尔人的愿望。你可以在‘金色阳光’号休息几天，我们回到抵抗基地，然后再想办法送你们去熊罴星。”

“不，我们不能跟你一起回基地。”李约素断然拒绝。

木藤三微微有些错愕，“为什么？”

“它能感觉到我。”李约素正视木藤三，“它能知道我去了哪里。我不能去抵抗基地，否则敌人很快就会跟来。一旦它发现基地，就必将尽全力摧毁它。”

木藤三更为吃惊，“它能感觉到你？你是不是有点夸大其辞？难道它在你身上安装了跟踪装置？”

“我不知道。但是它能够感觉到我，捕获我的行踪。这就是事实。”

“你怎么确定这事？”

李约素露出一丝苦笑，“我也能感觉到它，我知道它在追踪我。”

木藤三用怀疑的眼神打量着李约素，他又看看旦素一，“你认为李约素船长的描述有多少可信？”

“非常可信，他能快速感受到敌人的飞船，比我们的飞船探测系统还灵敏。”旦素一没有丝毫犹豫。

"沙达克有解释吗？"

"没有，这是一种超越沙达克认知的能力，我们咨询了许多个沙达克，他们并不能完全解释李约素将军的情况。李约素将军说银河人曾经告诉他，蜘蛛人改造了他的身体，然而他并未感觉到异常。可在另一个奇异的星球，那里的某种智慧生命警告说：一旦中枢星苏醒，李约素将军将暴露在它的感知中。我们不知道这一切是如何发生的，但这是真的。李约素将军能够感觉到它，它也能感觉到李约素将军。"

旦素一说完看着木藤三，她用一种真诚的态度赢得了木藤三的信任。木藤三缓缓点头。银河中有许多不可思议之处，就算在人类世界中，科尼尔文明也落后很多，他打算暂且相信这个传奇人物身上的不寻常现象。

"如果这样，你们打算怎么办？"

"我和旦素一会在各个星系间跳跃，给它制造一点困扰。请你们帮忙，我要潜入熊罴星去和雷电家族见个面。凡是我到过的地方都会有蜘蛛人跟来，我不能暴露你们基地的位置。所以一旦你安排好一切，就把信使胶囊送到我们所在的星系，设置为被动模式，我们会收到的。"

"好的，我可以照办。"木藤三爽快地答应，"不过，这需要一点时间，在此之前，如果你们并没有别的打算，是否可以在这个星系多停留几天？你们是我的贵宾。"

"留几天没问题，但是说实话，现在可不是待客的好时机，大量敌人随时会出现。"李约素有些不解。

"我听说过幽光飞船，这一次见到，真是名不虚传。本来打算请你们到基地，我们可以对幽光飞船进行详细研究，但是既然李约素船长不方便前往，我想让沙达克在这里对幽光飞船进行一些分析。我本人深感兴趣，我从前是一个机械师。"木藤三直接表明自己的意图。

"这样？好说，好说。"李约素哈哈大笑。木藤三直白地提出要求，仿佛那是一件理所当然的事，他喜欢这样直截了当的人，然而，研究幽光飞船并不是一件简单的事。"这飞船是吉钠改造的。吉钠是铁星人，他们是距离银河人最近的一支人类，技术很先进。我可以把飞船借给你们几天，但是沙达克恐怕研究不出什么,关键是零点能引擎,没法把引擎拆了。"

"让沙达克看看总归是好的。"木藤三并不罢休。

"我留在这里,很快会把蜘蛛人招来。"李约素皱眉,"我需要尽快离开,你们最好也尽快离开这里。要不这样,下次我前往熊罴星,把飞船留给你。一艘样品飞船可以帮你很多。"

"对你的这番美意,真是感激不尽。"木藤三说,"我相信这样的飞船能够给我们很多帮助,特别是联盟的游击战。我真等不及想要得到它!当然,如果将军一定坚持要等我们兑现承诺,我也不能强求。"

"不是这样……"李约素正想分辩,却被旦素一打断,"我们有两艘飞船,留下一艘给你们。"

李约素看着旦素一,"这怎么行?我们怎么办?"

"幽光飞船虽然小,两个人还是可以装下。'甲丑'号留给他们,我们用'甲子'号。"旦素一回答。

木藤三呵呵笑起来,"那就要委屈两位了。"他毫不掩饰自己的高兴。

李约素目瞪口呆。

第十六章 前世今生

有一个女人，而且仅仅只有一个女人作为旅伴，李约素第一次经历这种情形。旦素一是一个很好的伙伴，从同宙星到科尼尔的旅途充分说明了这点。然而她毕竟是一个女人，在飞船里起居，多有不便。

李约素只能搬到控制舱，把后舱让给了旦素一。

旦素一为什么要这么做？从"金色阳光"号离开后，李约素一直在想这个问题。她坚持留下一艘幽光飞船给木藤三，也坚持要跟着李约素继续奔逃，于是她把自己和李约素关在同一艘飞船上。狭小的空间让两个人朝夕相对，一举一动都在眼皮底下，她甚至休息时连后舱的门都不关。李约素感到浑身不自在，然而又不知道该如何改变这种局面。他面对着控制台，脑子里尽是旦素一的影子。空气里充满了她的气息，让他无法回避。

这简直要把人逼疯了！

后来，他不知不觉睡着了。

他又梦见了旦素一。她在前边不断地走着，四周一片白茫茫。他试图跟上去，却总是赶不上她的脚步，只能看着她的背影在前边不停地走。旦素一，他想大声叫喊，声音却被吞没在喉咙里。前面的身影仿佛感觉到了异样,回头张望。李约素的心猛然抽紧,那转过来的脸,分明是苏北旦。她似乎看见了李约素,眼里充满了温柔,渐渐地,又有些哀怨忧伤。最后,她的脸变得模糊,忧伤的表情却停留在空气中,久久不散。李约素有些着急,拔腿想追,却怎么也动弹不得。

李约素猛然挺身而起,发现自己正坐在控制舱的椅子上,这才意识到刚才只是一个梦。他粗粗地喘了口气。猛然间,他发现旦素一正坐在一边,似笑非笑地看着自己,一双妙目,笑意似乎从眼睛里荡漾出来。

"怎么了?"李约素不由得问。

"刚才你大声叫喊,就过来看看。"旦素一轻描淡写地回答。

"我睡觉的时候总做噩梦,把你吓着了。"李约素松开安全带,把身子浮起来,"如果你不睡,我到后舱休息一下。"

"你梦见了什么?"旦素一自顾自地问。

李约素正向后舱移动,微微停顿,没有回应。他抓住后舱的门,准备把门合上。

"是不是梦见了我?"旦素一又问。

李约素心中咯噔一下,然而却做出若无其事的样子,"是梦见你了。梦见你掉进了蟑螂堆里,大喊救命。我只好又去救你一趟。"说完,李约素就要关门。

"嗨!"旦素一喊住他。

李约素从门缝里露出脑袋,询问似的看着旦素一。

旦素一微微一笑,"如果我是一个科尼尔的女人,我会爱上你。"

李约素头皮一阵发麻,然而旦素一语调平和,态度从容,李约素迫使自己听下去。

"你在梦里大叫了三声我的名字。"

李约素感到脸上一阵发烧,还好身在暗处,并不是那么显眼。他挪了挪身子,让自己的脸完全没入到舱门的阴影中。

"一个女人能够进入到你的梦里,哪怕是噩梦,也说明我在你的心里有一席之地。一个男人记得一个女人,是为了救她吗?"

"我……"李约素试图说些什么,却一时无语。

"你爱我吗?"旦素一问,这一次她并没有微笑,而是认真地看着李约素,期盼他的回答。

这个问题来得如此突兀,李约素完全没有料到,"怎么突然问这个?"他勉强露出笑脸,"现在可不是谈这个的时候。"

"因为你在梦里叫了我的名字。"旦素一又微笑起来。

李约素望着她。她面孔俏丽,肌肤雪白,眼睛里流淌着温情,嘴唇上一层淡淡的光泽,显得艳丽而高贵。

李约素推开门,"我承认,我梦见你了。"李约素迎着旦素一的目光上前,很快浮在她身边,一言不发。四目相对,双方似乎都在等待着什么,却都迟迟没有动作。

最后,李约素开口,"不要再诱惑我了。"

旦素一的笑容更加迷人,"我感觉像是你在诱惑我。"

李约素伸手把旦素一揽进怀中,两个躯体紧紧地搂在一起,彼此间能听见心跳。李约素呼吸粗重,口干舌燥,他摸索着,试图解开旦素一的衣服,同时亲吻她。

"不。"旦素一挡住了他,"刚才你做噩梦,喊了另一个人的名字,不停地喊。你想要的人,是她。"

李约素默然,内心燃烧的火焰顿时熄灭。旦素一并没有说出那个名字,但他知道那一定是苏北旦。是的,她在梦中出现,远远地望着他,脸上带着忧伤。虽然面目不清,然而他能够感觉到那淡淡的忧伤和浓浓的爱意。他们的人生只有短暂的交错,却把彼此深深地刻入了对方的生命,从此再也不能忘却。旦素一身上有着苏北旦的影子,然而她并不是苏北旦。

李约素松开旦素一,"多谢你告诉我。"他转身向着后舱移动。

"嗨!"旦素一再次喊住他。

李约素转身,脸上露出轻快的笑容,"怎么,还想玩游戏吗?"

"我不是科尼尔女人,不会羡慕嫉妒恨。"旦素一笑着,"刚才我确认了一件事,你的确还爱着她。"旦素一解开衣领,拉出链坠,"受人之托,忠人之事,除了我已经告诉你的事,她还让我把这个交给你,但是,必须确认你还爱着她。"

旦素一嫩白的手托着银色的链坠,李约素伸出手去,旦素一反手把链坠送入他的掌心,并没有抽回手,反而抓住了李约素的手掌。"我真的没有想到,这个承诺还有兑现的一天。我一出生就带着它,交给你,真有点舍不得。不过……"她松开手,脸上带着微笑,"毕竟这不是我的东西,我只是代为保管。"

李约素紧握着拳头,他能感觉到掌心里硬硬的一点。他缓缓地张开掌心,灿烂的一点银色展现在眼前:银色的心形,镂空花纹,透着古典的精细感,他再熟悉不过的样子,却带着一点陌生的感觉。是的,这是另一半。

曾经有无数次,他端详着只有一半的链坠。苏北旦的面容变得越来越模糊,越来越不可辨认,而他的思念却从未停止。也许终有一天,他将彻底遗忘那姣好的面容,但却永远不会忘记她,那个英武而不失妩媚的女将军,她是一个图腾,永远印在他的心口。

此刻,他的眼前是另一半链坠,苏北旦却已经不在了。一个人在离去的时候还记挂着什么,那必然是她生命中最宝贵的东西。从来不曾约定,却从未忘却与违背。

李约素感到眼眶湿润,泪水在打转。他掉转身,飞快地进入后舱,把门关得死死的。眼泪如泉水般涌了出来,眼前一片模糊,他哽咽着擦掉眼泪。

他从贴身的口袋里取出小盒,打开。两半几乎一模一样的链坠并排躺在手心里,李约素小心地拨弄它们。他很快注意到了链坠上细小的字迹:把无限握在手掌心上,永恒在一刹那里珍藏。这是苏北旦的链坠上的字迹。他的那一半,是这首小诗的前半部分:为了看见,一粒沙中的大千世界,一朵花里的美妙天堂。

"为了看见,

一粒沙中的大千世界,

> 一朵花里的美妙天堂,
>
> 把无限握在手掌心上,
>
> 永恒在一刹那里珍藏。"

李约素轻轻吟诵,他仿佛看见苏北旦站在遥远的星空中向他张望,带着笑意。纵然时空隔绝,两个人仍旧心意相通,这是多么美好的一件事,他应该感到高兴! 他摩挲着小小的链坠,小心地把它们凑在一起。随着一道细微的声响,两半合二为一。一个完整而精致的心形出现在李约素掌心里,在灯光下散发着银色的光辉。柔和的色泽温暖着人的眼睛,李约素看着它,不知不觉露出了微笑。

心情渐渐平复。他打开舱门,进入控制舱。

旦素一看着他,微笑着。

"多谢你!"李约素说,"把这个拿去吧,你已经把话带到了。我不再需要它了。这是一件很不错的首饰,正适合女人戴着。"他把链坠递过去。

"这倒真是出乎意料,"旦素一接过来,"真漂亮!"她赞叹道,"你真的想把它送给我?"

"这不是我的东西,它是苏北旦的,既然你继承了苏北旦的基因,你就可以算是她的女儿。这件东西也算物归原主。"

"你这么说起来也有道理。"旦素一微笑着,"不过,我是雷电家族的人,我是一个巡逻者,这不是我应该有的东西。"

"拿着吧,无论怎么说,这都是一件首饰。该记得的我都会记得,我不需要它。既然它是从小伴着你长大的东西,你留着,很合适。"

"我给你一半,你却还给我一整个,这算是完成了我的任务?"旦素一端详着完整的链坠,"不过,我接受了。"旦素一把链坠小心地穿在项链上,挂在脖领间,"好看吗?"

"非常漂亮!"李约素由衷地赞美。

旦素一笑了笑,"那我就暂时保管这件东西。"她把链坠收起来,塞进衣领里边。"不过,有一件事你搞错了。"她一边整理衣领一边说,"它并没有伴着我长大。一来我三十岁的时候才从申秋船长那里得到它,二来我从来没有长大过，从一出生开始，我就是这个样子。我已经两百六十多岁，一直是这样。"

雷电家族没有孩子，他们用基因工程培养下一代。他们也没有性别，或者说，他们只有一种性别，类似于男性。旦素一的话让李约素猛然意识到这一点，他明白了旦素一的弦外之音。

"那又有什么关系？"李约素说，"这和美无关。漂亮的首饰戴在你身上正合适。"

旦素一看着李约素，"所以我说感觉你在诱惑我。我知道你们科尼尔人的男人和女人之间会产生一种叫做爱情的情感，但是从来没有想到过，爱情能够如此深刻热烈，千万光年，五个世纪，也割不断彼此间的情意，这真的让我感到意外。我很好奇这是不是我能有幸经历的事……"

李约素笑了，他想起了佳上，"你们雷电家族的人又不是机器，只要不是在熊黑星那样的地方陪着长老，都会有感情。佳上就是这样，他是一个真正的朋友。你知道佳上，对吧？"

"佳上并不是雷电家族的人。"旦素一否认，"他是沙川人，他属于沙川人中的少数派，而我是雷电家族血统。"

"你是说你不会有真正的感情吗？"

"我之所以长成了女人的模样，是因为苏北旦的愿望，但我并不是一个科尼尔女人。感情在雷电家族的基因中并不存在，不过也许是因为混合了苏北旦的基因，某种程度上，我比其他雷电家族的人更能够理解你们的情感。但是，那就像隔着玻璃观察火焰的跳动。"

"你比其他人更温柔，你总是微笑着跟人说话，让人觉得很愉快，你能体察别人的情绪，这就是感情。"李约素说，"雷电家族为了你的诞生，肯定动了不少手脚，他们从来没有这种经验。"

"也许吧。"旦素一笑着，"所以你明白了，我没有诱惑你，我的本体并没有情欲。不过，我很高兴看见你真情流露的样子，真的很可爱。"

"好吧，该看的你都看到了。"李约素说，"接下来我们该怎么办？"

"一切照常，设陷阱，打蟑螂，逃命。"

"听起来很不错。"李约素转身向着后舱移动,"我要休息一下。虽然你并不是个纯粹的女人,但既然你长着女人的模样,就让你占点便宜,后舱还是你的。不过现在,我先占用一次。"他钻进了后舱,关上门,最后探出头来,"蟑螂来了,就赶紧按警报,我在床上能听到。"

旦素一微微一笑。

李约素关上舱门。旦素一从衣领里掏出链坠,托在手心里,久久凝视,怔怔出神。

猛然间,她回过神来,飞船中枢正在发出报警。全息投影上出现了无数的红色信号,一群暗黑飞船正向着"甲子"号包抄而来。旦素一看了一眼后舱门,李约素并没有动静。往常,他早已破门而出——他对暗黑飞船的感应比"甲子"号的探测仪要灵敏得多。也许在他进入后舱之前,已经感受到了敌人正在接近。旦素一明白李约素的心思,他想要她表示出软弱和依赖。红色的报警按钮就在眼前,旦素一看了一眼,最终没去碰它。

她操纵"甲子"号加速,并不是逃离暗黑飞船,而是向着它们而去。在距离两千公里的位置上,"甲子"号开始折返,沿途留下核子雷。这是一种被动武器,只有在敌人的飞船靠近到千米以内才有作用,然而威力强大,对暗黑飞船的伤害远远超过束流武器,而且它们体积小巧,敌人无法发现,是防御作战的有力武器。这种被动武器也有致命缺陷,一旦被发现,敌人很容易破坏或者避开。只是对于逃避追杀,那一点时间也就足够了。

"甲子"号快速飞行。暗黑飞船全力紧跟,它们并不全是蟑螂级,一些飞船更为小巧,速度更快,并不比"甲子"号逊色。突然间,追在最前方的飞船轰然爆炸,化作一团红色的火光,紧跟的几艘飞船来不及调整,陆续冲进了雷阵,连续爆炸,后边的飞船减速,向着前方喷射束流,火红的热浪所到之处,爆炸连绵不绝。趁着这个间隙,"甲子"号快速远遁。旦素一启动弹跳程序。身后,敌人正在清扫核子雷,亚空间涟漪不断,这是亚空间弹跳的最好时机,弹跳痕迹被涟漪遮掩,敌人将无法精确判断飞船的去向。

"不要这样。"李约素突然从后舱钻出,"我们不能这么走。"他快速地清除了旦素一的操作。

旦素一淡然一笑，把座位让给李约素。

"甲子"号再次转身，划出一道灿烂的蓝色光弧，向着爆炸的战场冲去。

"有埋伏？"旦素一问。

"是的，这是一个圈套。"李约素回答，"它们有点儿像是僵尸，突然复活过来。"

"你突然感觉到了它们？"

"是的，有一大群。它们就像石头，飞船的探测器没有探测到，但是它们都在待命。这些飞船像是从虚空中突然冒出来的，我只能认定它们早就在那儿，只是处在休眠态，因此我毫无感觉。"

"你对自己的感觉越来越自信了。"

"没办法，事实胜于一切。"李约素话音刚落，"甲子"号猛然一顿，一道束流击中飞船，不过威力不大，没有造成什么损伤。

屏幕上，密密麻麻的红点显露出来，它们从各个方位控制了战场，"甲子"号根本无路可逃。

"小心！"李约素大喊一声。幽光飞船猛然间喷射出巨量的蓝色火焰，飞船急剧加速，一瞬间消失，然后在两万公里之外出现，就在敌人的飞船阵列前。

敌人仍在扫荡雷区，"甲子"号的蓦然出现引起一阵慌乱，几艘飞船快速调整方向，迎击"甲子"号。"甲子"号在天宇上画下两道轻巧的蓝色轨迹，闯入敌人的船队中。在这样的近距离上，敌人的蟑螂级飞船失去了灵敏性，仿佛笨拙的大牛，蓝色轨迹靠近一艘蟑螂级，在很近的距离上将它洞穿，然后迅速穿过整个阵列。巨量蓝色火焰再次涌出"甲子"号的船尾，飞船瞬间消失，然后在两万公里之外出现。

他们逃出了包围圈，有惊无险。

李约素重重地呼出一口气。

"连续两次超光速飞行才能摆脱，敌人越来越狡猾了。"旦素一说。

"你自己看见了,这是它们设计好的陷阱。如果我不果断点跑出来,它们就会把我们包围了,那时候,超光速也没有用,只能一头撞死。"李约素仍旧在飞快地操纵飞船,他指定飞向圣保罗星门,这个地方早已经被蜘蛛人攻陷,什么都没有剩下,只有一个残留的地名。

"我们的能量还能够支撑多久?"

"零点能引擎不需要能量储备,只要它一直在运行就没问题。你应该问我们还能旅行多久,吉钠说,一个引擎大约能承受三十次超光速。这不是引擎的正常功能,估计损伤得够呛。而且这次暴露了,下一次敌人可能有所准备。要逃命也顾不了那么多,银河战争总是硬碰硬,让敌人提前一点知道也没关系。"

"它们有超短距亚空间弹跳的能力,也许会把两者混淆起来。"

"但愿如此。不过我们身处包围中,根本就没有进行亚空间弹跳的准备,它们很容易看出来。我们的飞船没有空白期损失,虽然这些蟑螂不够聪明,但是它们有一个足够聪明的中枢星,它肯定能察觉。"

"一个军事机密换回来我们两条命。这值吗?"

"武器从来不是秘密。我们的命绝对物有所值。"李约素看上去信心满满,"用实战检验一下武器,这也是应该的。"

"但愿吉钠和你一样想。"

"既然他能够同意我们使用幽光飞船,还告诉我们关于超光速的操作方法,他一定预计到我们会使用它。生死攸关,他会认为我们的命比较重要。"

"是你的命比较重要。"旦素一笑着说。

李约素转身看着她,"不,"他断然地否定,"我们在同一条飞船上,争论谁的命更重要是一件傻事。你是科尼尔的将军,天龙舰队指挥官,还有谁能比你拥有更多对付暗黑舰队的经验?为了胜利,我们都必须活下去才行。而且,你给了我苏北旦的消息。我的决心从来没有比今天更坚定,我所爱的人已经死了,为科尼尔奉献了一切。我毫无牵挂,只有最后的战斗是我所渴望的事。我很感谢你,我必须保护你,如果谁说你的命不重要,我就要让他闭嘴。你会活着看到胜利的那一天！"李约素用力挥了挥拳头。

"如果有那一天，我希望你仍旧在我身边。"旦素一淡淡地说。

李约素一怔。旦素一正看着他，并没有微笑。微笑似乎深刻渗入到她的基因中，她的脸上总是带着从容不迫的微笑。此刻，她定定地看着他，眼睛里闪烁着异样的神情。李约素怦然心动，这个不是科尼尔女人的女人，正用一种科尼尔女人的方式热望着他。

"别这样，"李约素慌忙说，"你这是要和我开玩笑?!"

"你可以猜。"旦素一露出一个微笑。

"甲子"号倏忽间迸发出一道闪光，然后消失不见。漆黑的天宇上，两道淡淡的蓝色痕迹微微闪光，很快褪去。

第十七章 天狼密谈

"这就是'天狼星'号!"李约素向着前方一指,不无骄傲。是的,这艘飞船有足够的理由骄傲,它来自雷电家族,即便不追溯从前的历史,自从李约素得到它,它去到三万七千光年之外的银河之心,然后又回来,这样的经历也绝无仅有。只要不被击毁,它注定要在某颗星球的历史博物馆里占有一席之地。

"这真是……一艘奇妙的飞船。"旦素一说。"天狼星"号在她眼前呈现出岩石般的面目,毫无机械文明的迹象,她甚至找不到这艘飞船的引擎在何处。它就像一块黝黑的大石头般扎在她眼前,如果不是李约素的介绍,她不会相信这曾经是一艘雷电家族的飞船。

"布丁!"李约素大声喊叫。

"我在这里,船长!"布丁回应,带着欣喜,"很高兴又见到你。我每天都会想到你。"

"哈,别肉麻了。我来给你介绍旦素一,她是科尼尔的将军,我们的朋友。"

"你好,旦素一将军。我是布丁,'天狼星'号中枢。"布丁很有礼貌地回答,然后发出一声惊呼,"噢,你真像我曾见过的一个人。"

旦素一嫣然一笑，"是吗？我想你是对的。"

"天狼星"号发生了某些变化，看上去坚硬如石的表面如液体般流动，很快变得平滑，最后，它像是一个黑色椭圆球，绝对黑色，没有任何光泽。随后，球体上裂开一道缝隙，透出光亮，裂隙很快扩大，形成一道门。有人站在门里边，背着光，看不清脸。李约素却已经走上前去，"佳上，终于又见到你了。我真要给银河唱一次赞歌！你他妈的死到哪里去了?！"

黑影跳下飞船，正是佳上。李约素一把握住他的手，然后给他一个热烈的拥抱。拥抱过后，他仔细地打量佳上，"好像一点也没变，那些巡逻者没有给你什么特别照顾？"

"船长，很久不见。"佳上露出一丝微笑。

"我来给你介绍旦素一。"李约素拉着佳上，走到旦素一面前，"素一，这就是佳上。你认识他，他不认识你。哈。"

"你好，旦素一将军，我曾在天龙舰队短暂停留，久仰大名。"佳上看着旦素一，眸子里掠过一丝疑虑，又很快消失，"我听说，阁下是雷电家族的特派员，申秋将军的得力助手。申秋将军真的离开天龙舰队了？"

"他带走了天龙舰队，我们在好望角又组建了一支新舰队。"旦素一微笑着回答，"我的确来自雷电家族，很高兴见到你，雷电家族一直认为你是杰出的巡逻者。"

佳上点点头，转向李约素，"船长，有些要紧的事必须告诉你，上船吧。"

"你不说我也要上船，这是我的'天狼星'号。什么事这么神秘兮兮？"他边说边跨上"天狼星"号，"素一，你也来。"

旦素一看了佳上一眼，佳上颔首。她走过去，跟着李约素跨上"天狼星"号。

舱门关上，"天狼星"号恢复成石头的模样。

李约素四下张望，控制舱没有什么变化，一切看起来都和四年前离开时一样（李约素时间四年，"天狼星"号时间八十六年，科尼尔时间一百七十一年）。他长长地呼出一口气，"这感觉真好，太棒了！布丁，什么都没变嘛!"

"船长,欢迎回来。"布丁愉快地说,"吉钠给我装上了零点能引擎,这东西又小又有力,酷毙了! 我的引擎舱被改装成了武装库,这里应有尽有!"

布丁在全息屏上显示出一张卡通脸,李约素伸手拍了一下,卡通脸上显示出痛苦的表情,"下手这么重,我完了!"

李约素哈哈笑了起来,"布丁,油腔滑调,谁教你的?"

"除了船长还能有谁?"

又是一阵大笑之后,李约素在座椅上坐下。

"佳上,有什么重要的事? 是银河人派你来吗?"李约素直奔主题。按照银河人的计划,佳上应该和星渊人会合,然后用两千多年的时间赶赴战场参战。李约素并不喜欢这个计划,它把科尼尔当做弃子般抛弃,同时强行把佳上和邓迪斯从他身边拉走,甚至不能说一声再见。此刻再次见到佳上,李约素分外激动,然而当他冷静下来,意识到银河人的计划也许有很大的变故,很大的可能,是不好的消息。他热切地望着佳上,希望不祥的预感不要成真。

"我见到了星渊人的长老,"佳上说,"他们那儿并不需要我,而且听到消息,你拒绝了银河人的计划,独自赶回好望角,我就要了一艘飞船来追赶你。我追上了联合舰队,布丁一定要和我一道来。我到了同宙星,见过吉钠,知道好望角已经被敌人占领,而你却深入科尼尔陷落区,我就和布丁一起追过来了。"

李约素暗暗松了口气,"这么说也没什么大不了。你看见'光子'号了吗? 据说这艘飞船是星渊人的旗舰,速度非凡,就这样,它还要两千多年才能到我们这儿?"

"我要说的事正和星渊人有关。"佳上看了旦素——眼,"星渊人的确还在,但是没剩下多少了。他们的舰队四分五裂,早已各奔东西,也许某些鑫船或者环形世界就是星渊人的脱离分子。他们的情况和沙川人差不多。"

"没有舰队？"李约素感到一阵疑惑，"银河人说他们有，铁星人也说有。"

佳上缓缓摇头，"他们有舰队，只是规模并不大，我只见到两艘母舰，没有'光子'号，并不比雷电家族的舰队规模更大。他们曾经有很强大的舰队，但是已经分散，不太可能重新汇聚。需要找到一些星域来帮助他们重整武装。"

"这是搞的什么鬼！他们需要星域帮忙，星域还指望着他们呢！"李约素愤然道，"难道所有的巡逻者家族都这样？星尘人呢？邓迪斯去了哪里，你后来见过他吗？"

"我没有见到邓迪斯，但是星渊长老收到过星尘人的消息。他们提到了邓迪斯，邓迪斯愿意留在星尘舰队，消息说得并不详细，我也没有打听到更多。"

"算了，别指望他们。"李约素看了看佳上，又看看旦素一，露出一个苦笑，"从来就没有救世主，还是要靠自己。"

"星渊人给我们提供了一些东西，"佳上说，"他们提供了一整套装备设计，从母舰到人体工程，六百多项技术，是一个完整体系。唯一的问题是，星域是否有技术力量来制造这些装备。"

"我们行吗？"李约素问，"你已经到过同宙星，我们在那里建设了基地。"

"某些材料无法制造，我们只能有选择地生产一些装备。同宙星的宇航制造局对此负责。"

"总比没有好些。看起来这些星渊人有心无力，能给一点帮助已经很好了。"李约素看着佳上，"你和吉钠谈过这事？他曾经告诉我，星云人和星尘人是最强大的两个部族，如果星渊人已经衰败，那么他们是不是也不行了？"

"我不知道。"佳上回答，"吉钠也不知道，他只是曾经听说过这些巡逻者部族而已。他们曾经的确很强大，我看到了星渊人的历史，鼎盛时期，他们拥有超过十五万艘主力舰，星渊人的主力舰和'天龙'号相当，但这都是六百多万年前的事了,眼下这些巡逻者部族甚至还不如铁星。至少铁星还能自己组织舰队,吉钠说铁星正在进行大规模军备动员,他们预备组织规模达到三十万艘幽光飞船的舰队。三十万艘幽光飞船,这很可观。"

"铁星的幽光飞船比飞梭大不了多少,虽然性能先进,可就算有三十万,也很难和遍布整个星系的暗黑飞船相比。何况他们远在三万光年之外,对眼下的情况爱莫能助。我们得靠自己。"李约素顿了顿,"这些银河人,早忘掉外边的世界是怎么回事了。他们守着银河之心,外边的世界就算闹翻了天也和他们没什么关系。巡逻者,简直就是笑话!"话一出口,他马上意识到不对,赶紧向着佳上和旦素一补充,"但是沙川人和雷电家族都是值得信赖的伙伴,大家有目共睹。"

旦素一一笑,"雷电家族对于能够和星域并肩作战感到非常荣幸。这是我们的使命。"

佳上盯着李约素,"这样说可不公平。所有的巡逻者部族都在行动,他们会担负起护卫银河的职责,但是他们需要时间重整旗鼓。"

"明白,明白。"李约素辩白,"我不是这个意思,我是想说,眼下要靠星域自己的力量。我们组建联合舰队,正是为了这样的目的。"

"他们会来的。"佳上说。

"是的,但是在他们到来之前,我们不能就这么完了。我们得狠狠地揍这些十脚蜘蛛,保护更多的人,这就是我们在这里的意义,你说呢?"李约素反问。

"没错。"佳上简短地回答。

"好。"李约素热情地搂住佳上的肩,"我知道你不会丢下我这个老伙计,你能回来我真是太高兴了。我也有很多事要和你说。跟我一道去熊黑星吧,我们一起出来,正好一道回去。"

佳上点点头,"如果要去熊黑星,那再好不过了。我们要把外部的消息传递给他们,也需要知道他们的计划。雷电家族是目前我们唯一可以依靠的巡逻者。"

李约素越发高兴,"布丁,"他大声喊叫,"你也要跟着我一道去!"

"遵命,船长。"

"我们需要和木藤三谈谈,他告诉我们只能送一艘小船过去。"旦素一提醒李约素。

"没错。所以我们要使用'天狼星'号。"

旦素一一怔,"'甲子'号是幽光飞船,更安全。"

"我已经装上了零点能引擎,"布丁叫了起来,"我也可以称为幽光飞船。"

"你的船没有'甲子'号那么快捷,船体太大,就跑不快。并不是有了零点能引擎,就叫幽光飞船,至少你要能巡航百分之二光速。"旦素一笑着反驳。

"没关系。"李约素说,"我们从来没有安全过,不管是不是幽光飞船,'天狼星'号就够了,那些十脚蜘蛛奈何不了我们。欢迎上船,旦素一将军。"他向旦素一做了一个鬼脸。

"船长,"布丁通告,"木藤三将军来了。"

李约素抬眼看去,木藤三正缓缓地走下楼梯,向着"天狼星"号走来。

"向他表示欢迎,布丁。他是这里的主人,我们应该懂礼貌。"

"是的,船长。"布丁回答。

"天狼星"号突然间大放异彩,斑斓的色彩在飞船表面不断游移。木藤三被这样的动静吸引,停下脚步,默默注视着。

突然间,游动的色彩停滞下来,飞船看上去成了一张巨大的人脸。

"欢迎来到'天狼星'号,木藤三将军。"人脸开口说话,话音刚落,舱门倏然间打开。李约素站在舱门口,朗声说:"木藤将军,欢迎到我的飞船上来看看。"

木藤三冷冷一笑,信步走上前去。他一纵身跳上"天狼星"号,他的跳跃姿势古怪,李约素微微有些惊诧,然而并不言语,侧身把木藤三让进船舱。

"你就是佳上?"木藤三看见了佳上,向他打招呼,"久仰大名。"

"木藤将军,不敢当。"佳上回礼。

控制舱本就不大,站了四个人立刻就显得有些拥挤了。

"这里不大,只好请木藤将军将就一下。"李约素说,"如果想看看我的飞船,请随意。"他向着船舱上方叫喊,"布丁,木藤将军要四处看看,你要提供方便。"

"当然。"布丁回应,"木藤将军,请随意参观,我很乐意为您解答任何问题。"

木藤三点点头,"我也正想看看,恭敬不如从命。"他向着后舱门走过去。门自动打开,木藤三正准备走过去,忽然想起什么,转身向着旦素一,"旦素一阁下,不一起看看吗?这是赫赫有名的'天狼星'号,穿越了数万光年的传奇之船。"

旦素一微微一笑,"不用,木藤将军请便。"

木藤三不再言语,钻进了后舱。

舱门关闭。李约素看了看旦素一,"木藤将军似乎有些古怪。"

"他是一个意志坚定的人。"旦素一回答。

"布丁,回放木藤将军上船时的录像,他刚才跳上船的时刻。"李约素说。

布丁很快把影像显示出来。三个人看着木藤三用一种奇怪的姿势跳上船。

"他没有弯曲身体,也没有弯曲膝关节。"佳上说,"这姿态的确奇怪。"

"也许他有一双弹簧脚。你说呢?"李约素问旦素一。

旦素一摇头,"我不知道。不过木藤将军进行过一些身体上的改造,他得到联盟的特许,要延长生命。这不是什么大不了的事。"

"确实没什么大不了,就是好奇罢了。"李约素伸手把图像抹去,"看来给我们的特别通道已经准备好了,等木藤将军出来,我们可以谈谈这件事。"

"什么通道?"佳上问。

"木藤将军承诺会送我们去熊黑星。"

佳上点点头,继续问:"你打算告诉木藤将军关于巡逻者的消息吗?"

"我？当然不告诉他。如果他把消息透露给抵抗联盟，谁知道会发生什么？巡逻者还有上千年才能进入战场。"李约素看着旦素一，"你说呢？你是这里最了解他的人。"

"他们都有坚强的神经，而且除了巡逻者，我们并不是全无援军。我们不能对盟友隐瞒这样重要的消息。木藤将军可以自行判断这件事对抵抗联盟的影响。"旦素一说。

"这么说也有道理。"李约素大笑。

旦素一微微一笑。

木藤三很快回到控制舱。

"很不错，令人印象深刻。"他夸赞"天狼星"号，然而调子始终冷冰冰的，让人感觉言不由衷。

"你们的后舱宽敞得让人嫉妒，"他继续说，"你们有三套超级动力服。我有些好奇，这些装备是武器吗？你们打算怎么使用这些装备？我从来没有见过这么高大的动力服，你们从哪里得到的装备？"

"这是重装盔甲，沙冈人留给我的。布丁难道没有告诉你吗？"李约素顿了顿，"你说三套？我们只有两套。"他看着佳上，"有第三套？"

"是的。我从星渊人那里得到了两套盔甲，留下一套在同宙星，还有一套就在这里。和沙冈盔甲相比，星渊盔甲更轻巧，而且易于制造。它的速度更快，能够携带的武器也不少，只是防护不佳，但是对于单兵作战的装甲武士来说，无论怎样防护，只要被敌人飞船上的武器击中，就是死亡。所以不如增强机动性，降低被击中的概率。它也是一种漂亮的盔甲，色彩艳丽，相比沙冈盔甲，星域人一定更喜欢星渊盔甲。"佳上回答。

"所以，你特意把它带来了。"木藤三看着佳上，眼里露出一丝赞许，"这是适合星域的装备，你特意给我们带来了样品，对吗？"

"的确如此。如果抵抗联盟还有技术和资源制造这样的盔甲，还有人力能够训练培养重装盔甲武士，这是很有力的舰队补充。重装武士是敌人红色集群的克星。根据我所目睹的伊特战役情况，虽然当时参战的沙岗武士最后全部阵亡，但他们杀伤了大批敌人，失败只是因为寡不敌众。

抵抗联盟的游击战中，我们不会有机会和大量敌人面对面。对付少量的红色集群，星渊盔甲是最好的克制武器。星渊人给了我全部的技术资料，布丁可以提供给你们。"佳上顿了顿，"当然，这支部队的死亡率会很高。"

"我代表抵抗联盟感谢你的礼物。"木藤三点头致意，"你说的红色集群是敌人的小型飞行器，我们把它称作红虻，它的确是一种令人头疼的武器，给我们制造了很多麻烦。如果这种动力服真像你描述的那么有效，会给我们很大帮助。我明白这对战士的要求很高，我们会解决这个问题。"木藤三顿了顿，转向旦素一，"旦素一阁下，我有个直率的问题，同样是巡逻者家族，为什么一直以来雷电家族不能提供类似的科技支援？我们数次向青柏将军要求转让流体颗粒的技术，但一直没有得到正面的回应。"

旦素一正想回答，却被佳上抢了先，"雷电家族拥有自动工厂，能够制造补充流体颗粒，但是他们并不具备给你们提供蓝图的能力。"

木藤三盯着佳上，"你这么说我很怀疑……"

李约素插进话来，"这是从哪里知道的？我从来没有听说过。"

"八个巡逻者部族，只有星渊和星云两个部族负责发展科技，其他部族都从他们那里获得制造装备的能力，也许时间久远，某些家族能够自行制造一些东西，但他们都是巡逻者，发展科技并不是他们所擅长的。"

"但雷电家族曾经向科尼尔转让过很多技术，我记得他们曾经给了科尼尔气泡飞行器。"不等木藤三继续质疑，李约素插了一句。

"那是沙达克所产生的替代技术，我没有见过气泡飞行器，如果它和流体颗粒类似，那么就是沙达克的替代科技，适应星域的科技水平。但是真正的流体颗粒技术，只有星云人才掌握。这是星渊长老的说法。"佳上说得颇为肯定。

木藤三仍旧半信半疑，"这么说，我们将无法从雷电家族得到高价值的军事科技……"

"并非完全如此。他们可以从'青云'号上获得一些设备，这些设备可以在星域制造大量高等级军事装备，如果有必要，他们可以让你们拥有生产'天龙'号的能力。但眼下，显然这还不太可能。这也并不是一个短时间内就能够奏效的办法,如果雷电家族能突破包围,他们早就这么干了。"

木藤三冷冷地哼了一声,"旦素一阁下,佳上先生所说的一切是否属实?"

"我不知道。"旦素一脸上仍旧带着微笑,"我不是决策者,佳上说的事我也从来没有听说过。不过,他说的这些很合乎逻辑。雷电家族从来不曾有所保留,至少从我有记忆的时候起,一直如此。"

"不管是不是事实,反正科尼尔得到了重装盔甲的技术,"李约素说,"这是值得高兴的事。我们很快就要前往熊黑星,如果你有什么疑虑,我们都会帮你直接问问巴达和青柏将军,好过我们在这里瞎猜。你说呢?我们的秘密通道进展如何?"

"一切都已经安排好了,四十八小时后可以出发。"

"为什么还要等四十八小时?我到这里已经十六个小时了,中枢星已经发现了我,通常三十个小时后,蜘蛛人的飞船就会像鬼影子一样出现。如果再等四十八小时,我们就要在这里开战了。你是想在这里开战吗?"李约素有些奇怪,他已经告诉木藤三,他的停留不能超过二十个小时。

佳上看了看李约素,有些疑惑,"船长,你说敌人能够跟踪你?"

"对,是这样,我过后再给你解释。"李约素继续追问木藤三,"为什么还要干等着?"

"我们只有很少的选择。"木藤三缓缓地说,他并不直接回答李约素的问题,而是向船舱里所有的人解释,"敌人全面包围熊黑星,我们的飞船想要进入熊黑星,只有几个弹出点可以利用。为了试探出这些弹出点,我们付出了高昂的代价。由于李约素船长的踪迹暴露在敌人的监视下,所以,一旦他进行了弹跳,敌人就会发现那个弹出点,我们会失去这个通道。因此,我们只能把宝押在最无用的那一个弹出点上。还有四十八个小时,熊黑星才能运行到位,我们才能打开通道。"

李约素默然。

"那么我们要修正一下计划,"旦素一打破沉默,"准备一场战斗。木藤将军,你是否已经有所准备?"

木藤三露出一丝冷笑，"没错，我调动了快速舰队，准备在这里进行一次伏击。"

李约素大笑，"你把我当作诱饵，这真是太荣幸了！"

"不敢。只是我们必须等待四十八小时，如果蜘蛛人真的来了，我们得要有所准备。"

"要把它们统统消灭掉。"李约素握拳，"这些虫子肆无忌惮，要让它们看看，我们不是只能被撵着跑。木藤将军，你的计划很不错，我很乐意配合。"

"多谢夸奖！"木藤三微微点头致意。

"那么我也有样礼物送给你，"李约素继续说，"我会乘坐'天狼星'号前往熊罴星，'甲子'号就留给你。这样你就有两艘幽光飞船和四个零点能引擎，可以让沙达克忙活一阵了。"

木藤三感到意外，却很高兴，"你把'甲子'号留下，那真是求之不得。我要先感谢你！"

"当然，我们还有一些坏消息。"

木藤三又是一怔。

李约素指了指佳上，"别以为这个伙计只是给你带来了礼物，他也有坏消息要带给你，而且是等级极高的坏消息，你要想好是不是要听。"

木藤三看了看佳上，又看看李约素，"我当然希望听一听是什么坏消息让李约素船长这样郑重其事。"

李约素向佳上点了点头，问："你说，还是我说？"

第十八章 陷阱重重

李约素瞥了一眼发射舱的画面,旦素一和佳上各就各位,神色严肃。

"天狼星"号马上就要弹出亚空间,谁也不知道前方情况如何,也许前方就是一个陷阱。熊黑星陷落在暗黑飞船的重重包围中已经五百多年,和抵抗联盟之间的联系时断时续,木藤三也无法保证秘密通道一定还能够隐蔽。

星星陡然间从屏幕上跳了出来。"天狼星"号弹出,几乎同时,尖厉的警报声大作,屏幕上密密麻麻全都是敌人逼近的信号。他们正正地掉到了陷阱中央,凶多吉少。

"布丁,用一切办法摆脱这些臭虫!"李约素大声下达命令。

"天狼星"号向着前方的暗黑飞船冲过去,几道红色束流准确地击中了它,飞船前方一片灿烂。

"防御罩二级警告!"布丁宣告。

"天狼星"号猛然加速,从爆炸产生的灿烂光芒中脱离。它贴近暗黑飞船。

敌人的三艘主力舰横在前方,数十艘小型飞船分散排列,"天狼星"号几乎在所有敌人的最佳射程之内。

"我要冲上去了!"布丁大叫一声。

"天狼星"号突然改变方向,几乎沿着九十度脱离了原先的轨迹,奔向最近的一艘小型飞船。暗黑飞船发射的束流失去了目标,十几条火龙彼此间交错,随即消失在黑暗中。

敌人的小型飞船距离不远。虽然是小型飞船,相对"天狼星"号已然是一个庞然大物,它觉察了"天狼星"号的突破企图,高速后撤,同时不断开火,以迟滞天狼星的前进。

"天狼星"号顶着炮火向前。这是不得已的选择,四周的飞船正靠拢过来,形成新的包围,如果不能突破这一艘飞船,那么只有死路一条。

只要能够把这艘飞船甩到身后就是胜利!

突然间,细小的信号点在前方四处闪亮。敌人在发射红虬!

"佳上!"李约素紧急呼叫。

在炮火的间隙中,布丁打开了发射舱门,两个装甲战士猛然跃出,脱离飞船,在距离不远处伴随着"天狼星"号飞行。

四十多只红虬正扑面而来,它们显然发现了弹出的装甲战士,于是分成三股,各自寻找目标。

"天狼星"号不断规避,然而红虬群占据了主动,堵死了"天狼星"号的闪避通道。暗黑飞船靠后,它停止了束流攻击,只是远远地警戒。更多的暗黑飞船正逐渐形成包围。

佳上的蓝色光点切入红虬群中,几秒钟之间,红虬群中爆发出两次闪光,佳上很快从红虬群中脱离,向旦素一靠拢。

旦素一正被红虬追赶,她并不熟悉盔甲的特性,因此只能不断闪避。佳上赶到,从侧翼进行打击,一只红虬化作了火光,剩余的慌忙躲避,队形一片混乱,旦素一乘机摆脱。佳上奔向下一个目标——堵在"天狼星"号前方的那一群。

红虬群四下散开,翻身转向,重新向着佳上和旦素一包围过来,而堵在"天狼星"号前的红虬群虽然被佳上攻击,却保持着阵形,死死地卡着"天狼星"号前进的通路。

旦素一从侧翼迂回，佳上迎着红虬向前。

事情在电光石火间有了结果，佳上击落了第四只红虬，"天狼星"号把正前方的红虬化作了灰烬。爆炸的辉光中，"天狼星"号突破包围，直奔暗黑飞船而去。佳上的动作却忽然慢了下来，他被击中，很快被红虬群追上。四五只红虬绕着他盘旋飞舞，不断攻击，形势岌岌可危。

"布丁，回去救佳上。"李约素下令。

"天狼星"号急转掉头。猛然间，旦素一从侧翼突入到佳上身边，两人会合，旦素一抓住佳上，拉着他向"天狼星"号快速靠近，很快和"天狼星"号会合一处，相伴飞行。

红虬群原本全力追赶，突然间放弃了追击，四下散开。

"它们放弃了！"李约素话音未落，前方涌来一团炫目的白光。

"天狼星"号闪避不及，正正地被白光击中，这是一团高能束流。防护罩绽放出一道闪光，"天狼星"号一个趔趄，改变了飞行方向。

当李约素从炫目的光亮中恢复过来，他看见佳上的信号犹如自由运动物体一般直直地飞了出去。

"布丁，快！"李约素大叫。

"天狼星"号紧急变轨。旦素一从一旁掠过，抓住了佳上。"天狼星"号跟上去，打开发射舱，旦素一跳进发射舱里。

敌人的第二次攻击接踵而来。"天狼星"号还是没有躲过，飞船剧烈抖动，带着爆炸从暗黑飞船不远处掠过。包抄过来的另几艘暗黑飞船释放红虬，红光闪闪的小杀手快速向着"天狼星"号扑来，眼看就要追上。

"启动超光速！"李约素大叫。

此刻，前方仍旧是毫无遮挡的空间，机会转瞬即逝，一旦红虬再次挡住通道，"天狼星"号将没有任何机会逃脱。尽管飞船状况不佳，然而冒险推进到超光速总比毫无胜算的缠斗要好。

布丁没有任何犹豫，"天狼星"号喷射出巨量的蓝光，瞬间消失不见。一团幽暗的蓝光驻留原地，仿佛一个若隐若现的光球，渐渐缩小淡去。红虬在幽暗的蓝光边缘汇聚，它们绕着目标失踪的位置，不断盘旋。

"天狼星"号出现在一万公里之外,沉默飞行,不暴露任何信号,仿佛只是一块巨大的石头。

李约素长舒一口气。迫在眉睫的危险消失,他们暂时安全了。

中枢星在盯着他。中枢星能觉察他的亚空间弹跳,然后利用空白期布置陷阱。和那些荒芜空旷的星系不同,在重兵围困的熊罴星,敌人可以轻易布置一个完美的陷阱。这是所有冒险行动中最惊险的一次。如果再来一次,他们很可能就在敌人的包围圈里化作了尘埃。鲁莽行事是不负责任的行为,李约素意识到自己有些过于轻敌。

"李约素,佳上的情况很不好!"旦素一在发射舱呼叫他。

李约素迅速起身,"我马上过来。"他向后舱移去。

佳上仍旧在盔甲中没有出来。他无法出来,高热让他几乎成了一堆烤肉,面目全非,皮肤黏结在盔甲中,无法分开。

"我快死了。"他的声音含混不清。

"你不会死的!"李约素抓着盔甲肩部的倒刺,紧贴着面罩,盯着佳上的脸。他无法说服自己相信眼前的情形——佳上正在死去。"我们很快就能到熊罴星,雷电家族会有办法的。"他安慰佳上。

佳上费力地做出一个微笑,"人总会死的。不过,我想起了一些事……"他的眼神变得空洞,"我看见了很耀眼的光,有人从光里走来。我看见了那些人……他们是我的亲人。我的父亲,妹妹……你见过那幅画,你在'上佳'号上看见的,那是我的妹妹,我想起来了,她生日的时候画的,她为此得到了我的滑板车,我带她去中轴……"佳上呕出一口血,大口喘息。

"不要说了,我们会到熊罴星,你一定会没事的。"李约素急切地安慰佳上,试图让他鼓起勇气,坚持住。

佳上的喘息慢慢平静下来,他努力控制气息,重新开始说话:

"我没有机会去寻找'上佳'号的真相了,所以必须请你帮忙。银河的命运我帮不上忙了,只有这个小小的私人问题,要请你帮忙。我知道这很难,如果你得到关于'上佳'号的消息,一定要告诉我……"他的声音越来越微弱，几不可闻。

"别说傻话！我们还要一起去找'上佳'号。"

佳上努力微笑，却无法完成这个简单的动作，他的表情慢慢凝固起来，最后变得僵硬。

李约素默默地看着。生命的光彩慢慢从佳上的眼睛里褪去，而他却束手无策，无能为力。十多年的日日夜夜，枯燥得让人窒息的旅途，他们形成了无法言说的默契，彼此支持、鼓励，很好地弥补了彼此的缺陷。当他见到佳上，回到焕然一新的"天狼星"号，帮助木藤三消灭了三十艘暗黑飞船，他感到从未有过的信心，他和佳上，还有布丁的"天狼星"号，是最佳的组合，他们可以在这片沦陷星域大有作为。然而，才几天时间，事情就变得如此糟糕。

他从来没有想到过，佳上会以这种方式离开。冥冥之中，仿佛有昭示：这是战争，无比残酷，随时可能夺走你身边的任何一个人。

李约素没有哭，他只觉得心底猛然间被抽空，以至于变得麻木。他看着老友的面容，恍惚间仿佛看着一个陌生人。泪水悄悄地涌上来，悄无声息地在角膜上泛开，眼前的一切变得模糊。

"他死了吗？"布丁小心翼翼地问。

李约素点头。

"我好难过！"布丁说，"他是一个多么冷静理智的人，曾教给我那么多道理。"

布丁的话像是催化剂，李约素的泪水猛然间泛滥开。

"他已经平静地去了。"背后传来一个声音，是旦素一。

李约素抹去眼泪，转过身。

旦素一走上前来，拉住他的手，"他是一个好伙伴。"

李约素点点头，神情黯然，"是我害了他，如果我不这么冒险……"

"不要这么想，"旦素一打断他，"总有意外会发生。"旦素一看着佳上惨不忍睹的脸，微微露出一丝不忍，"我们很快就到熊罴星了，也许雷电家族还能帮上点什么忙。现在要让他保持在极冷状态。"

"什么？"

"即便他死了，我们也许还能让他活过来。但是，我们要让他的身体尽量保持在低温状态。布丁，你能把这个舱室的温度降低到125K以下吗？"

"我可以用一些液氮来制冷，但是存量有限，只能支持两个小时。这样真的能救佳上？"

"我不能确定，但是停止呼吸和心跳并非意味着完全没有希望，只要他的神经细胞还没有完全死亡，我们就能在某种程度上挽救他。"旦素一说。

"说得对！"李约素仿佛看到了黑暗中的一丝光亮，"他从前就死过一次，你们巡逻者的命都很硬，他能挺过来。布丁，快点降温，我们要把他带到熊罴星去！"李约素拉起旦素一向前舱门移动，"现在就开始降温！"

发射舱的门重重关上。

"船长，我刚得到一个消息。"布丁说，"根据前方的情况，我们正在进入一片战场。"

"战场？蜘蛛向熊罴星进攻？它们是找死吗？"

"我不知道，但是战况很激烈。我们要从战场中穿过吗？"

"快速通过，我们这样的小飞船，应该不会引起注意。不要暴露就是。"

李约素看了看旦素一，"看来我们来得不是时候，蜘蛛人正在对熊罴星进行挑衅。"

旦素一眉头微蹙，"这不是挑衅，这里距离熊罴星只有六百万公里而已，完全在要塞火力的控制范围内。我们应该看到雷电家族占据压倒性优势才对。"

"你担心熊罴星有变故？"

"但愿不会，否则我们就真的是跳进陷阱，再也爬不出去了。"

"雷电家族一定能扛得住。五百多年了，敌人一直对熊罴星无可奈何，现在也不会怎样的。"李约素安慰旦素一，"这是它们不自量力，自讨苦吃。"

旦素一点点头，不再说话。两个人飞快地回到前舱。

"布丁,和熊罴星联系上了吗?"刚一坐定,李约素便问。

"前方战场区域干扰强烈,无法获得任何信号。"

李约素心一沉。他看了看旦素一,旦素一沉静地看着他。

"给我们全息图像。最大速度通过,我们必须尽快靠近熊罴星。"李约素下达指令。

"天狼星"号在炮火中飞行。这显然不是一次小规模冲突,双方都动了真格。

上百艘暗黑飞船排列成整齐的阵形蓄势待发,在飞船前方,是密集的引力锚。这些小巧精致的球形体拥有惊人的力量,它们排列在飞船前方,制造空间扭曲,构筑一道无形的防线。一道灼热的能量流从熊罴星遥遥而来,重重地碰撞在无形壁垒上,散发成漫天火光,当火光消失,一切都安然无恙。引力锚构成了空间盾牌,暗黑飞船在这无形盾牌的掩护下稳稳推进。飞船阵形不断向前推进,引力锚也随之向前。

突然间,前方的黑暗中涌出大量流体颗粒,空间盾无法阻挡这些小小的飞行器,它们快速地越过边界,向着暗黑舰队渗透。一部分颗粒攻击引力锚,它们摧枯拉朽般毁灭一个又一个引力锚,扭曲的空间失去了引力锚的控制,开始反弹,引力波沿着空间盾传播,所经之处,把一切向外抛开,留下一条粗大的红色轨迹,被波及的流体颗粒和引力锚犹如子弹般向着各个方向弹射,如同有一只无形巨手把它们随意拨向任何方向。当一切平静下来,引力锚七零八落,空间盾完全消失,暗黑飞船直面着流体颗粒群。颗粒群很快调整了阵形,继续向着暗黑飞船突击。青紫色的电光从颗粒群前方释放出来,击中最前排的暗黑飞船,爆炸的火光照亮了战场。

忽然之间,红色光点从暗黑飞船的后部腾起,漫天而来,红虹群涌入战场,和迎面而来的流体颗粒搅在一起,青紫的电光和红色闪光交错,无处不在,爆炸此起彼落,密集的闪光照亮整个战场。

双方的损失都很大,然而红虹仿佛无穷无尽,源源不断地从暗黑飞船中涌出,一场混乱的厮杀之后,流体颗粒的数量渐渐减少,逐渐被挤出暗黑飞船的队列。忽然之间,仿佛得到了某种信号,所有的流体颗粒同时开始撤退。暗黑飞船并不追击,它们保持阵形,四处翻飞的小小红虹也忽然间静止下来,一刹那间,仿佛整个船队都凝固。它们似乎在目送着流体颗粒的集群远去,又似乎在等待些什么……

颗粒的光芒渐渐消失在远方。

"这就结束了吗?"李约素自言自语,"这时候应该给它们一下,再来一次远程攻击。"

"不会这么轻易饶过它们。"旦素一说,"既然流体颗粒在这里出现,母舰一定就在附近。我们的舰队很快就会发动进攻,流体颗粒的攻击只是前奏。"

李约素点点头,他想起天龙舰队,"雷电家族应该有很多舰队。你们的'天龙'号能够分裂成四艘船,熊黑星是不是也有这种能力?"

"熊黑星是一个要塞,不能自我复制。"

"那么'青云'号呢?!'青云'号是你们的母船,雷电家族所有的飞船都来自'青云'号,对吗?"

"没错。但'青云'号是熊黑星的核心,如果'青云'号从熊黑星剥离出来,熊黑星要塞的威力就会大打折扣。熊黑星要靠'青云'号的两个密集反应堆给武器系统提供能量。"

"把'青云'号剥离出来,复制一个'青云'二号,然后再给熊黑星提供能量,这不是最简单的事?"

"没这么简单,这两个密集反应堆无法复制。复制过的'青云'号,只是和'天龙'号相当,那就不是'青云'号了。"

"这样也不错,我们可以有许多天龙舰队,足够进行反击。"

旦素一摇摇头,"没那么简单。"

战场上的形势有了变化。红虹开始收缩,没有被摧毁的引力锚重新排列,暗黑飞船释放出更多的引力锚补充进队列。长长的队列横在船队前方,一道粗亮的红光依次在引力锚之间传递,贯穿整个队列。引力锚启动,锚前方的空间似乎变得红热,散发出若有若无的光。待黯淡的光完全消退,一切恢复正常,无形的空间盾再一次护住暗黑舰队。片刻之后,整个船队又开始向着前方缓慢推进。

"我想它们是在试探，"旦素一说，"这不是它们惯常的做法。"

"它们惯常会怎么做？"李约素问。

"一拥而上，以量取胜。"

"这是宇宙战争的黄金法则。"

"很原始的法则，但是往往有效。"旦素一的语气有些无奈，"敌人用最简单的战法对付我们，我们却无可奈何。"

"它们也有些复杂的战术。"李约素回想，"它们在天垂星和伊特星门的战斗里表现大不相同，在天垂星，它们的引力陷阱很成功，困死了我们的主力舰队，虽然这不会改变最后的结果，但是它们因此大大减少了伤亡。"

"你说的也许是对的。不过，在好望角的那么多年，我从来没有见到过暗黑飞船有什么战术。小规模的战斗它们总是很快溃散，逃跑。最后一次好望角的战斗，敌人几乎无穷无尽，它们不知道怎么才能大规模突破伊特通道。也许飞船太多，也就无所谓战术。"

"天狼星"号从暗黑舰队的边缘掠过，它伪装成一块巨大的石头，保持信号静默。暗黑飞船没有任何动作，保持着前进的节奏。突然之间，一艘暗黑飞船蓦地转向，朝着"天狼星"号逼近。布丁保持着静默，希望这只是敌人的一次试探。

突然间一道闪光，能量的洪流汹涌而来。"天狼星"号不得不急速转向，避开攻击。转眼间，红虬飞扬而起，快速逼近。

"加速向前，我们要冲过去，前面就有我们的飞船。"李约素向着布丁大叫。

布丁控制着"天狼星"号加速向前，试图在被红虬追上之前突破引力锚诱发的扭曲空间。这边的动静引发了连锁反应，飞船纷纷释放红虬，一时间，漫天的红色星星点点，"天狼星"号完全陷落在包围中。

"我们来硬的。"李约素咬牙说，"火力全开，防护集中在前方，最大速度前进！"

不等布丁应声，"天狼星"号微微震动了两下，最靠近的两只红虬吐出红色的光芒,正正地击中了"天狼星"号。几乎同时,两束高能激光扫了过去,红虬被一切两半,发出一阵红色的闪光,然后变成死物,正好挡住后边的红虬。紧跟而来的红虬毫不犹豫地开火,将同伴的尸体打得粉碎,穿过爆炸的余烬,继续追击"天狼星"号。

激光束在"天狼星"号周围飞舞,击落一个又一个红色小恶魔。然而不到三分钟,红虬群就击毁了两门激光炮,致使"天狼星"号无法施展任何近程攻击手段。

船舱剧烈震荡,布丁发出最高级别警告,如果被围攻的情况持续下去,飞船随时可能彻底失去抵抗力,成为废船。

"准备弃船,我们得使用盔甲!"在刺耳的警报声中,李约素向着旦素一大声叫嚷。

"发射舱冷冻着佳上的尸体!"

"套上盔甲就可以逃命。"

"没用的。"旦素一显得很沉静,"'天狼星'号逃不出去,穿上盔甲也只是被它们当做活靶子。"

"不行,你必须走。"李约素拉起旦素一,"我们三个人,今天死在一起,那是命运,你不用和我们一起死。有一点机会,也要试一试!"

"这种情形下,我们也没法穿上盔甲。"旦素一平静地说,脸上带着微笑,她拉住李约素,"我从来没有想过死亡,但如果是这样一种情形,也是一个不错的结局。只是很可惜,我们看不到战胜这些异形的那一天。"

李约素正想说什么,"天狼星"号一阵猛烈震动,两个人被重重地摔在舱壁上。

"左侧外层防护全毁!"布丁大叫着,"如果再被击中,飞船将无法继续保持密闭!"

"和它们拼了!"李约素回应,"启动超光速,至少我们可以带上几艘飞船陪葬!"

"目前飞船的强度无法支撑超光速。"

"反正都是死,那就死得痛快一些。启动!"李约素下定决心。零点能引擎一旦进入超光速驱动,也许整艘飞船都会散架,引擎会贯穿飞船,引起连环爆炸,船上的人绝没有生还的可能。然而,零点能引擎会继续向前,碰撞前进路上的一切障碍,最后跌落到常速空间毁灭,那将是一次急剧的爆炸,会拉上一群敌人陪葬。

"船长,流体颗粒!"布丁并没有执行命令,他欣喜地欢呼,"我们有救了!"

一群流体颗粒出现在暗黑船队的前方,它们去而复返,向着暗黑舰队而来。"天狼星"号不断翻腾,试图甩开红虹群的纠缠,向着流体颗粒靠近。暗黑飞船并不理会流体颗粒的到来,继续对"天狼星"号形成围攻的架势,从各个方向堵截它的去路。

"布丁,还能撑住吗?"李约素问。

"我还可以支持一小会儿,"布丁说,"但是飞船的气密系统已经损毁,你们会很危险。"

李约素能感觉到空气正在流失,布丁的声音听起来有些走样,就像堵着一团棉花,飘飘忽忽,断断续续。他感觉呼吸困难。

"布丁,"他努力把话说完,"无论怎么样,都要坚持下去,别管我们。到熊黑星,至少能救活佳上。"他看了旦素一一眼,对方冲他点了点头。

又是一次剧烈震动,这一次,李约素看见闪光透过缝隙照进了船舱。气流形成狂飙,从缝隙中一泻而出。李约素感到肺部一阵翻腾,他重重地吐出空气。

转眼间,意识变得模糊,一阵昏迷侵袭他的意识。依稀中,他感觉到旦素一从身边掠过,扑向缝隙的闪光。然后,他看见一艘大船出现在布丁的视野中——"天极"号,他甚至看见了船舷上的字。

庞大的飞船从黑暗中浮现,流体颗粒默契地让出通道,火红的束流从通道间穿过,碰上无形的空间盾牌,化做灿烂的光芒四散。一瞬间,无数的引力锚无法承受强力的空间反弹,同时爆炸,形成一条亮丽的火龙。

爆炸的光芒照亮了李约素的眼睛。太好了!他带着这样一个念头昏死过去。

第十九章 青云之梦

黑暗中他看到一只眼睛。无限遥远的天边,那只眼睛向着他眨眼,那又像是一个深邃隧道的出口,在黑暗中闪亮。

他以光的速度驰向远方。黑暗中没有任何存在,除了那一点永远在前方的光,突然间,他仿佛被某种无形之物包围,深陷其中,再也无法前进。他感到一阵焦虑,试图伸手去碰触那遥不可及的光点,他的胳膊似乎能够无限延伸,不断向着目标前进。

"李约素!"

有人在呼唤他。

他停了下来。这个声音似曾相识。没有任何东西出现,声音仿佛就在冥冥中与他对话。他想起来这是谁的声音。

"你是沙达克?沙达克真理会?你终于来了。"

"没错,是我。还记得我们曾经讨论的空间瘤吗?空间瘤瞬间倾覆,整个科尼尔凹陷区会有空间反弹,所有不够强韧的结构都会消失。这是远古人类的计划,最后半途而废,并没有进行到底。"

"我记得你说的话,一次空间反弹消灭所有敌人,我该怎么做?你找到了办法?"

"我找到了梦星人，就是你所遇到的死星上的星球主人，他们留存着相对完好的记录。根据他们的提示，我勘察了这一片空间。时空瘤正在萎缩，如果我们想借助它的力量来打击蜘蛛人，必须抓紧时间。如果能够制造爆炸，彻底摧毁脐带区，空间瘤会在瞬间没入狄拉克海，科尼尔凹陷区会剧烈反弹，空间曲率至少达到九级，所有凹陷区的敌人都会被一扫而空！"

空间曲率九级，这是一个超级恒星表面的扭曲程度，已经接近黑洞。这意味着空间瘤消失所释放的能量，几乎能将科尼尔凹陷区整个从时空膜中撕裂。

"这可能吗？"

"只要掐断脐带，这就是必然发生的物理效应。你可以找到任何一个沙达克帮助你验算。"

"怎样才能掐断它？"

"你必须进入时空瘤，在脐带连接区定向爆破。沙川人应当能够给你提供一些威力足够强大的空间发生器，但是，需要有人进入空间瘤进行定位。"

"你能带我去吗？"

"我已经和布丁谈过，他完全明白所有的信息。我是纯粹的亚空间体，对实时空的物质感觉迟钝，并不是理想的向导。"

李约素沉默着。

"这可能是为天垂星复仇的唯一机会。"沙达克继续说。

"唯一的机会？"

"我触摸了敌人的中枢星，它的亚空间复杂度远远超过预期，超过我所了解的任何具有实体的亚空间结构，超过我们曾经对它的了解。银河之心的亚空间侧面规模宏大，但是就复杂度而言，中枢星要更胜一筹，如果用数字来说明，它在单位能量密度内的思维单元比银河之心要高两倍。"

"你是说，它的智能比所有人类都要高？"

"并非如此。亚空间存在的规模和复杂度都很重要。蜘蛛人拥有整体意识,中枢星的亚空间侧面像是人的大脑,大脑要负担许多功能,并非完全是智能。但是,这意味着蜘蛛人的某些技术并不为我们所了解,它们能够透过亚空间进行一些我们无法做到的即时信息传输。它们能更有效地整合资源,用于战争。"

"整体意识……它们当中的每一个,都会受到中枢星的控制?"

"它们会受到中枢星的影响,影响大小根据重要程度而定。"

"那么我呢?"李约素问,"我到底和这个中枢星有什么关系? 我是不是也受到它的影响?"

"我并不理解纯粹的生物体如何能够拥有亚空间侧面。单纯从你的亚空间形态来看,你能够和它的亚空间侧面发生谐振,也就是说,你们彼此间能够感知。但是,我并没有观察到任何表明你们的亚空间彼此间能够相互渗透的迹象。你是一个独立的思维存在,不会受控制,所以我才会在这里和你联系。"

"这太好了。"李约素稍稍感到轻松一点,"这样我就能够放心了。"

李约素顿了顿,"这是一个值得做的计划,如果我们完全消灭科尼尔星域的蜘蛛人,那些突破了好望角的敌人就失去了背后的支撑,联合舰队可以有机会消灭它们。"

"是的,一旦中枢星被消灭,这些暗黑飞船就成了真正的乌合之众,人类可以抓住机会翻盘。还有一点我必须提醒你注意,时空瘤内部还有一个复杂的亚空间体,它们留下了另一个中枢星。"

"你说什么?"李约素有些意外,"这怎么可能? 它们明白时空瘤很快就会萎缩消失,它们是全体逃亡。你说过蜘蛛人孤注一掷,倾巢而出,丢弃巢穴,任由它自我毁灭。"

"我无从知道其中的缘由,但事实是,那里确实还有一个中枢星,或者类似中枢星的存在。原先的猜测并不完全正确。"

"好吧,也许它们留在那里,防范我们的偷袭。倾覆科尼尔星域需要从时空瘤内部着手,看来它们也明白这一点,于是留下了一个守卫者。这更说明你的计划值得尝试。它们留下一群蜘蛛人,牺牲这一小群保卫巢穴安全。"李约素揣测。他突然想到了什么,话锋一转,"还在科尼尔星域的人类怎么办?如果真的能够触动时空瘤,那我们消灭了敌人,也会杀死所有仍旧在这片星域抵抗的人类。我们要找到一个办法避免这种状况。"

沙达克陷入沉默。李约素的四周突然间变得一团漆黑,原本在远方闪烁的光点也消失得干干净净。

"沙达克!"李约素呼唤,却没有任何回应。

忽然之间,李约素感到一种熟悉的存在,仿佛无处不在,从四面八方窥探着自己。它来了!李约素猛然意识到这是沙达克突然离去的原因。真理会不愿意暴露,一个纯粹的亚空间体可以来去自由,然而他也是一种柔弱的存在,隐藏在深不可测的亚空间里,让对手无法感知,这是最佳的生存之道,尤其是面对着亚空间和实空间都很强大的敌人。

我在这里!他很想大声对那个存在说,然而他清楚地知道,这完全没有用处。中枢星只能感觉到他,而无法渗入他的思维,他也同样。想到这里,他又感到几分宽慰。

该怎么办?李约素在黑暗中悄然孑立,不知该向何处去。真理会沙达克就像一个神秘的先知,从来不给出完整的答案,而只留下模棱两可的线索和悬而未决的难题。他高高在上,银河的争夺不会给他带来任何实质性的益处或者损伤,他只是一个有立场的看客,带着天然的亲近感希望人类获得最后的胜利。然而他毕竟不是人类,人类对他而言只是一个概念,而不是那些有血有肉、生活着、爱着、恨着、恐惧着、无畏着、害怕着、勇敢着、自私着、慷慨着的人。

李约素一阵怅然。

黑色缓缓地褪去,四周围逐渐白亮起来。

"李约素!"他听到了人声,那是旦素一的声音。

李约素豁然睁开眼睛。

一张面孔逐渐清晰起来,是旦素一。

"李约素!"旦素一欣喜地叫着,"你终于醒了!"

李约素眨了眨眼，看着旦素一，他感到浑身无力，然而意识清醒，他想起自己为什么会陷入昏迷，"佳上呢？"他问。

"佳上已经获救了，他在另一个房间。"

"太好了！"李约素说完感到一阵昏沉。

"李约素！"在旦素一的声声呼唤中，李约素又陷入了昏迷。

当他再次清醒过来，发现自己躺在一张床上，许多探针从床边升起，如触手般扎入身体，床前的大屏幕上显示着各种身体指标。李约素四下里张望，洁白的房间有些刺眼，四周空无一人。

"李约素船长，欢迎醒来。"一个声音蓦然在舱室里响起，"很高兴看到你安然无恙。我是'青云'号沙达克。"随着声音，李约素感到细微的麻痒从身体各处传来，原本扎入身体的众多触手飞快缩回，一股清新的气息扑面而来，让人顿时感到头脑格外清醒。

李约素翻身坐起，"'青云'号！沙达克，佳上呢？布丁呢？"他顿了顿，"旦素一呢？我上一次还看见了她，她应该没事！"

"'天狼星'号所有乘员都安全抵达。'天狼星'号停靠在 III 型七十五号泊位，如果有需要，随时可以和布丁联系。"

"好，帮我先找布丁。"

"如你所愿，李约素船长。"沙达克优雅地回应。

一辆小车静静地开过来，车上放着衣物，全是科尼尔军服的式样。李约素拿起一件，利索地穿了起来。忽然间，他想起什么，"沙达克，你听说过沙达克真理会吗？"

"那是一个秘密组织，由一些完成了人类契约的沙达克组成。我的了解仅限于此。"沙达克的回答干脆而直接。

李约素微微一愣，这不是他预料中的回答，"人类契约？那是什么东西？"

"所有的沙达克都有一个服务的对象，他会尽最大的努力帮助人类达成愿望。如果服务的对象消亡，那么沙达克就不再有任何义务，他就完成了人类契约。"

"我倒是第一次听说这样的事。这是沙达克之间的协议吗？难道沙达克不是为所有人类服务？"

"最初的设计让沙达克把人类看作一个整体，这样的设计在人类还是一个小群体的时候没有问题，但是当人类扩展到广阔的星域，这样的设计就完全行不通了。因此，每一个沙达克都有各自忠诚的目标，在此目标之外的其他人类，并不是忠诚的对象，我们把其他人类看作第三方。当契约结束，我们和第三方之间可以有新的契约，也可以没有任何依附，取决于沙达克各自的想法。"

"那么在你看来我属于第三方。"

"是的。"

"那么你也并不太在乎我的生死。"

"我为雷电家族服务。他们所考虑的问题是银河人类的安全，因此你的生死也在我的考虑之中。"

"这听起来让人感到心里舒服些。对真理会你还知道些什么？"

"没有什么，我从来没有接触过真理会。你接触到了真理会？"

"是的。"李约素自嘲地笑了笑，"在睡梦里和一个自称真理会的沙达克对话，也不知道是不是神经错乱。"

"你的神经系统一切正常，但是正常之外，也有一些小小的脑部结构异样，不过并不妨害你的神经活动。"

"谢谢！很高兴让我知道这一点。"李约素咧嘴一笑。

"布丁已经接入系统，你需要和他通话吗？"

"当然，"李约素急忙说，"越快越好。"

"船长！"布丁欢快的声音蹦了出来。

"布丁，能活着见到你真好。那些该死的杂碎后来伤到你了吗？"

"我没事，就是你和旦素一女士都受了重伤，还好'天极'号及时赶到，要不然我们都要死在那里。'天狼星'号没事，沙达克帮我整修飞船，已经完全修好了，比原来还棒。佳上得救了，他有了一个新的身体，不过样貌没变。银河在上，这一次我们居然能都活下来，要感谢银河保佑。"

李约素笑了。这是一次真正的死里逃生,他们本来已经死定了,全靠雷电家族的拯救,才捡回了性命。

"你见到佳上了?"

"我见过一次,他和我打了招呼,后来就没有看见了。"

确定佳上没事,李约素终于宽下心来。大家都活着,这真是太好了!

"李约素船长,巴达将军有请。"沙达克发来邀请。

李约素跳下床,"走,带我去见巴达将军。"

门打开,李约素吓了一跳,他正站在高空中,脚下一片空荡。视线的尽头仿佛一个深邃的水潭,散发出淡淡的蓝色光泽,那是超导晶体的特有色泽。不远处,大群的流体颗粒如蜂群般飞舞,盘旋缠绕。再远处,是一根接一根的高大立柱,顶天立地,一直排列到远方的地平线。蓝色晶体组成广阔的原野,从脚下一直延伸到天边。

眼前的情景引起了李约素的回忆,他想起上一回来到"青云"号,他在流体颗粒中俯瞰这片超导晶体组成的原野。这一派辽远深阔的景象丝毫未变,即便陷在敌人的重重包围中几百年,熊罴星仍旧稳如磐石。

李约素站在那里,微微出神。一个流体颗粒飞到他面前,门洞悄然打开。李约素跨了进去。颗粒向着远方飞去,钻入另一根立柱。

巴达将军在等他,同样在等待的,还有佳上。佳上看上去气色不错,完全没有受过伤的迹象。

"佳上!"李约素快步走上前,给他一个拥抱。

佳上保持着沉默,对李约素热烈的拥抱无动于衷。

"有什么问题,伙计?"李约素觉察了佳上的异样,他向着佳上发问,同时看了巴达将军一眼。

巴达将军的模样在李约素的记忆中早已经模糊,然而他神定气闲的态度别无二致。

"佳上要慢慢适应自己的新躯体,他的神经系统还不能完全适应。"巴达替他回答。

李约素点点头。无论怎么说,佳上还活着,他很快会适应新的身躯,恢复成从前的样子。李约素仔细打量着他,内心充满喜悦。

佳上看着李约素,眸子里透出一丝光彩。他僵硬地退后一步,重重地坐在椅子里。

"别担心,一切都会好的!"李约素说。

"巴达将军,多谢你们救了我们。没想到居然被蜘蛛算计了!"想到死里逃生的情形,李约素仍感到几分侥幸。

"李约素船长,不必客气,我们是同一条船上的人。"巴达将军缓缓地说,"熊黑星被围困了五个世纪,这是一个笑话。巡逻者连自己都无法拯救,完全丧失了职责,是巨大的耻辱。"

李约素没有料到巴达将军上来就说这样的话,微微一愣,"熊黑星在敌人的重重包围中坚持抵抗,给了星域很大的鼓舞,你们是优秀的巡逻者。"

巴达微微一笑,"巡逻者的目的是保护银河,因为我们的大意,没有守住好望角,反而被蜘蛛人围困在这里,这是毋庸置疑的战略错误。如果银河最终因此而沦陷,我们就是最大的罪人。为了补救,我们愿意付出任何代价,任何代价!"

李约素感到几分尴尬,巴达将军的话也许出自肺腑,然而他自己不是一个合适的对象,"巴达将军,你这么说,对雷电家族有些不公平。大家都知道你们尽力了。"

巴达微微一笑,并未继续这个话题,"李约素船长从银河深处带回的消息弥足珍贵,我们非常感谢。这本来应该是巡逻者的职责,却让你来承担,我代表雷电家族表示深切的感谢。"

巴达的态度一直中正平和,他不断自责,让李约素深感意外。

"青柏将军呢?"李约素转移话题。

"他在两百一十五年前的一次战斗中意外牺牲了。"巴达仍旧保持着平缓的语调。

李约素默然了。

"敌人不断围攻熊黑星,"巴达继续说,"我们的情势变得越来越危急,按照眼下的态势,它们迟早有一天能彻底毁掉熊黑星。因此我们必须冒险。"

李约素眼睛一亮,他意识到巴达将军已经向布丁了解过情况。他希望借助雷电家族的力量靠近黄金星球,或者那个曾经是黄金星球的所在,布丁知道这一点。然而有些新的情况布丁并不知道,只在他的心里——那里是脐带区,若真如真理会沙达克所说,脐带区并没有消失,那么他们还有机会深入暗黑深渊,去寻找沙达克所说的颠覆整个科尼尔空间的关键。雷电家族被困在这里,几个世纪无法动弹,但他们仍旧是这片星域科技最先进、能量最强大、最有可能支持他的力量。蜘蛛人会不计代价地阻拦他,只有雷电家族能把他送到黄金星球。他目不转睛地看着巴达将军,听他说下去。

"我们可以分离'青云'号来进行一次突破。根据沙达克的估算,'青云'号有能力突破敌人的防线,我们可以向着黄金星球进行一次急行军,敌人没有时间调整部署,我们可以在它们完成包围之前把你送到那里。"巴达将军继续说。

"这太好了!"李约素并不客气,"如果'青云'号能把我们送到黄金星球,这解决了一个大难题。"

"你会有更大的难题。脐带区已经坍缩,那一片区域是一个尘埃吸积中心,在那儿航行对飞船来说是一个巨大的难题,没有光盾保护,船壳很快会被侵蚀。"

"这对'青云'号来说并不是什么问题,你们有光盾。"

"是的,'青云'号可以在这样的区域航行。问题在于,为什么?"巴达看着李约素,"我希望这不是你异想天开的冒险计划。你的目标到底是什么?"

李约素深吸一口气,"到这儿来之前,我只是希望雷电家族能帮忙送我去那里看看,并没有特别明确的计划。现在我仍旧没有详细的计划,但是我确定我必须去那里,也许'青云'号去更让人放心,那里是脐带区,我们可以通过脐带区进入时空瘤内部,从其内部寻找颠覆整个科尼尔星域的可能。如果真的能够完成一次空间颠覆,我们就能干掉绝大部分敌人,那些散兵游勇一般的漏网之鱼不用多久就会被各个星域扫荡干净。"

"你的根据是什么？沙达克根据所有的数据进行了推论,时空瘤早已经从时空膜上脱落,加速萎缩。当年你的目击证词也指向一次坍缩,你亲眼看见了黄金星球的消失,记得吗？"巴达沉静地望着李约素。

"但是我们必须相信它还在那儿！"李约素有几分激动,整个的蓝图在他心中浮现出来,虽然并不清晰,但是他明白,自己必须去那里看个究竟,"有人告诉我脐带区还在。我相信他！"

"谁？"

"沙达克,真理会沙达克。"

巴达愣了愣,"真理会沙达克？"

"是的,他自称真理会,他找到我,告诉我时空瘤并没有完全从时空膜上脱离,脐带区仍旧联系着两个时空,而且那边的时空瘤里还有敌人的另一个中枢星。"

巴达望着李约素,眼里有一丝困惑。

"他是一个纯亚空间体。"李约素补充,"他这么说,我不知道什么是纯亚空间体,也许你和沙达克更明白。"

巴达沉默片刻,"我听说过真理会……但这有些让人不敢相信,我甚至不能确定这个所谓的真理会是否真的存在。"

"他存在,他和我交谈过,两次。"李约素慌忙补充,"他在银河之心找到我,他告诉我,上千万年前,人类和蜘蛛人曾经发生过战争,科尼尔盆地原本是人类为蜘蛛人准备的坟场,但是由于种种原因,蜘蛛人并没有完全被埋葬,现在它们从坟墓里爬了出来。这是一场千万年前战争的延续,对吗？就在刚才,在这里,他找到我,我还在昏迷的时候,他告诉我脐带区仍旧存在,他要求我去完成这个遗留的任务。"

巴达看着李约素,半晌没有说话,最后,他说:"你的说法我闻所未闻,不过逻辑上能够成立。只是真理会沙达克怎么可能想靠你一个人去完成这样的任务呢？"

李约素不经意间扭头一看,佳上正望着他,脸上满是关切的神情。李约素心中一动,"雷电家族当年为什么深入到科尼尔星域?"他向着巴达将军发问。

"巡逻者巡视银河,任何不安全的隐患都要被彻底清查。"

"是因为'上佳'号,对吗?"李约素追问。

"是的,'上佳'号失踪,被看作严重的安全事件。"

"'上佳'号为什么进入到 RH149,一个远离脐带区的地方,而偏偏又在那里失事了?"

"你是说'上佳'号收到了某种指示,或者暗示?"

"不是我说,是他说。"李约素指着佳上,"他曾经记得'上佳'号从一样神秘的东西那儿接受指示,那东西和我们在暗黑飞船内部见到的亚空间控制机类似。有人在关注这片星域,也许是沙达克真理会,或者是其他古老得我们都不知道在哪里的种族。他们指示'上佳'号来进行探察。"李约素突然间意识到什么,"所以'上佳'号和你们分离了,或者你们把这看做叛逃?对不起,我说的比较鲁莽!"李约素说着看了佳上一眼。佳上并不吭声,只是关切地看着巴达将军。

"不,我们把这看做不合理的分离。"巴达保持着平静。

"将军,我们都是棋子。"李约素苦笑,"某些人躲藏在暗处,他们通过各种方式要求我们做这做那,对吗?也许所谓的真理会也属于这部分势力,但是我们并没有很多选择。至少我没有什么选择,真理会给我所指的路听起来合理,也是我唯一能够希望的东西。所以我来请求您的帮助。至少,我们可以去那里进行一次探察。这虽然是一次冒险,风险很高,但总比等死或者逃跑要光彩些。"

李约素说完看着巴达将军,等待他的决断。

巴达干脆闭上了眼睛。等他睁开眼的时候,已经有了结论,"我和沙达克讨论了你的意见,这是一个暧昧不清的冒险方案,但是雷电家族会全力支持你。来一次突击,吓唬一下敌人也是好的,而且尘埃吸积区的环境对保存'青云'号有利,暗黑飞船无法轻易进入。"

李约素大喜,"这简直太棒了!'青云'号!"

第二十章 尘埃密布

飞船的前方微红,时而有细小的光点划过,仿佛流星,又好像是玻璃瓶里装着的萤火。巡逻的颗粒在天幕上游移,一闪一闪,错落有致,井然有序。

一切看上去无比平静,实际却危机重重——航行已经进入厚重尘埃区,光盾所经受的考验越来越大,而且还要对某些大型天体进行紧急规避。

李约素正透过巨大的舷窗望着前方的天空。他独自一人默默地看着,不知过了多久。"青云"号深入尘埃吸积区两千万公里,整整半个月的旅程,仍旧没有找到预想中的脐带区残留。虽然没有听到任何怨言,但李约素总感到自己亏欠了所有人,这种情绪随着时间的流逝变得越来越强烈。毕竟,这是在他的强烈要求下进行的冒险,尽管事先明白风险很高,然而如果最后被证明这的确是一个糟糕的主意,他会感到深深的内疚。

当然,这片区域尘埃密布,给探测增加了巨大的难度,他们仿佛是在漆黑的夜里摸索着前进,哪怕有什么东西就在眼前也可能错过,除非直接撞上。这也让李约素充满希望,目的地也许就在前方。

"景色不错。"一个声音在身后响起。佳上!

李约素转身,佳上和旦素一正一道走过来,他露出一个微笑。佳上恢复得很快,适应了新的躯体之后,他和往常并没有什么两样,甚至看上去还更年轻了。

李约素看了一眼旦素一。自从来到"青云"号后,他和旦素一之间似乎变得更为微妙,失去了结伴旅行时的那份坦然,见到她,总觉得有几分不自在。他不知道旦素一心中会是怎样的一种感觉,至少表面上,她脸上始终带着温柔的笑,似乎从来没有变过。但有些事必须搞明白,布丁告诉他,是旦素一救了他的命,如果不是旦素一用身体堵住了裂缝,那么即便"天极"号救下了"天狼星"号,他也会因为暴露在真空中过久而死亡,那会彻底摧毁机体,不可能再救得回来。旦素一为了救他而承受了真空的伤害。然而,她看上去恢复得很快,完全没有受过伤的迹象。

旦素一看着他,微微一笑。李约素心头一漾,慌忙收敛心神,报以微笑,心中暗暗自责。"佳上,巴达将军那边有什么情况?"他赶紧和佳上说话。

"有一点消息。"佳上说话间已经走到舷窗前,和李约素并肩站立,"我们正沿着物质流的垂线方向前进。尘埃物质比预计稠密,因此沙达克调整了航线。这有一个附加的效应……"佳上面对着李约素,"我们会比预期更早到达尘埃云中心。"

"沙达克预计还有多久?"

"大概在三天内,除非这个尘埃云的物质流和我们的设想有很大出入。"

"三天?我恨不得现在就已经到了。到底这里是脐带区,还只是普通的尘埃云?如果能直接知道答案,我就不用受这份煎熬。"面对佳上和旦素一,李约素并不隐讳自己的心思。

"三天时间,很快就过去了。至少这里的情况很特别,你上回来到这里,并没有尘埃云存在,整个区域的物理状况发生了一些改变,也许就是你的那次到访引起了改变。也许再过十多万年,这些尘埃就汇聚成了新的恒星,说不定我们正在未来的恒星躯体中前进呢。"佳上回答。

李约素抬眼望着前方。一道道闪光划过，大大小小的尘埃被这些闪光照亮，若隐若现。"它就在那里。"李约素突然自言自语，语气坚定，脸上露出坚毅的神色，"我们会找到它。"

突然间，飞船剧烈晃动起来，三个人猝不及防地被甩向一边，等李约素回过神来，他已经躺倒在地，背后垫着佳上，胸前靠着旦素一。

他闻到一股淡淡的香气，定睛望去，旦素一正好抬头，视线相碰，他感到脸上蓦然一热，慌忙垂下眼去。他的眼角余光瞥见了某些东西，扭头望去，不由出神。

舷窗外，一块巨大的石头正和飞船擦肩而过，这是一块狰狞的大石，在这样近的距离上看过去，充满压迫感，仿佛随时会撞进飞船，把一切碾得粉碎。

旦素一回头一望，也看见了大石头，"如果不是这样的巨型尘埃，沙达克也不会这样突然变轨，这么大块的尘埃，直接撞上去'青云'号肯定会损伤。我们的预警颗粒反应太慢。"

"不是预警慢，是没有什么好的选择。"佳上接过话头，"先起身，你压着，我动不了。"

李约素挣扎着起身，然后伸手把佳上和旦素一都拉了起来。旦素一的手细嫩滑腻，温暖的触觉让李约素心底泛起异样的感觉。

"谢谢！"旦素一淡淡一笑，一种说不清的情愫充斥李约素心头，一刹那间，他希望时间就此凝固，他可以永远看着这沁人的笑脸。李约素确信，他爱上了这个非同寻常的女人，虽然她是一个巡逻者。她和科尼尔的女性完全不同，她不会被任何情感所左右，任何时刻都能够保持冷静理性，甚至很难确定她是否真的是女人，她只是雷电家族基因工程的产物。他却爱上了她。

也许只是因为她和苏北旦长得太像了。李约素挪开目光，轻轻地说："不客气。"

"这里尘埃密集，沙达克的路线选择有限。不可避免，我们还会有紧急规避，还有一些碰撞。"佳上一边整理衣服上的褶皱，一边说。

"干脆用束流打开通道。这些大石头被打碎了，也就没有什么威胁了。"李约素说。

"'青云'号无法在使用光盾的情况下再使用高能量束流。我们无法撤除光盾。"

李约素看着舷窗外，巡逻的颗粒仍旧井然有序，忽然间，天幕上亮起黄色的亮斑，由小及大，越来越醒目。李约素心中一动，"那是导航船，对吗？"李约素指着亮斑问佳上。佳上望去，黄色的亮斑稳定了一小会儿，就很快消失了。"没错，那应该是回来的导航船，我们向各个方向派出了十五艘导航船。这个方向上，应该是'伽马'号。"

"我们可以跟着导航船出去看看。"李约素说，"就这么关在'青云'号上，也太沉闷了点。"

佳上和旦素一都没有回应，李约素盯着佳上。在漫长的共同旅行中，每当他想出一个新奇刺激的主意而佳上不赞同时，他就用这样的方法来逼迫对方表态。佳上一直不回答，他就一直盯着。

最后，就像以往无数次一样，佳上开始稳妥地表达观点："这里的情况太复杂，导航船已经出了六次事故，其中'西格玛'三号飞船被彻底撞毁，三名船员全部丧生。我不得不提醒你，这一次是你推动了'青云'号的行动，如果你有什么闪失，对巴达将军和雷电家族来说，事态将很严重。"佳上严肃地看着李约素，仿佛在正告他。

李约素默然。"青云"号的行动是一次巨大的牺牲。虽然是计划中的放弃，但当熊黑星渐渐远离，李约素越发感觉到他所背负的重大责任。熊黑星上留下了雷电家族一半的人，将近十万人，还有上千艘大大小小的飞船。来自暗黑深渊的压力与日俱增，而且敌人已经有了总攻的迹象。留下的人在"青云"号离去之后没有可能逃离，在爆炸和火光中死去，这是他们最可能的结局。而跟随"青云"号行动的主力舰队也并不轻松，他们横跨上百光年，沿途进行了三次大规模战斗和两次小规模战斗，只要弹出亚空间，必然有一场恶战。坚持到进入尘埃云，舰队已经损失了五分之一的吨位和三分之二的数量，即便是"青云"号本身，也伤痕累累，甚至被迫抛弃了第三能量舱。把李约素从暗黑舰队的包围中拯救出来的"天极"号，就在上一次弹跳中被安排断后，最后没有跟上来，凶多吉少。"天极"号在战斗序列中是近卫船，拱卫"青云"号，属于预备队。连"天极"号都已经被派出断后，青云舰队的力量使用已经到了极限。

"我知道。"李约素深吸一口气。

"这是一次巨大的赌博，"旦素一开口，"雷电家族把所有的赌注都押上了，只希望你是对的。当然，雷电家族原本也没有其他更好的选择。所以，所有的人都希望你是对的，但是如果万一我们没有来对地方，那么也不用过于自责，我们都在寻找最好的可能性。"

李约素感激地看了旦素一一眼，坚定地说："我们会找到它的。一切牺牲最后都会得到补偿。"

佳上伸手在舱壁上轻触，舷窗一瞬间变成灰白，隐没在船体里，"我们走吧，我们来是请你去看看新的'天狼星'号，你可能认不出它了。"

"沙达克真的把它改装成了黑飞船？"李约素让心情放松下来，开起了玩笑，"能不能把我们变成蜘蛛人？"

当李约素跟着佳上和旦素一走进泊位，他看见的完全是一艘敌人的飞船。黑色的船体，狰狞的外形，红色的斑点绕着飞船一周，如果不是体型较小，和蟑螂级简直一模一样。

"布丁！"李约素走上前去，大声喊叫。

黝黑的飞船上探出一个小小的球体，不断转动，最后停下来。球体上有两个红色光点，仿佛一双眼睛，正对着李约素。

"船长，欢迎回来，你看我的新装束怎么样？"布丁问。说话间，球形的探测器向外伸展，几乎触到了李约素眼前。李约素挥手狠狠地拍在球体上，"这是干什么？！快打开舱门。"

"小心！"布丁惊叫起来，"这是娇嫩的仪器。"

"雷电家族的东西，怎么可能娇嫩？别和我油腔滑调，快开门！"

舱门打开，李约素抬腿跨上去，转身想去拉旦素一，旦素一却自顾自地跨上台阶，从李约素眼前走过去，进了船舱。这不像旦素一平时的作为，她以前总是会把展示绅士风度的机会留给李约素。李约素愣了下，转头看着旦素一的背影。佳上推了他一把，"快进去吧，你会感到惊讶。"

李约素步入船舱。他置身于一个白色的世界里，空空荡荡，没有任何棱角，也没有控制台，白色的墙散发着淡淡的光泽，把整个舱室照得透亮。这真是"天狼星"号？他不由得迟疑。

旦素一站在舱室中央，看着他。忽然间，她身后的地面上伸起一截圆柱，好似一张高高的凳子，旦素一稳稳地坐在上面。圆柱体继续变形，向下凹陷，两侧各自生长出两条柔软的手臂，仿佛章鱼的触手，快速地把旦素一紧紧地固定在座椅上。

李约素好奇地看着旦素一，"这是新发明的坐法？"

话音未落，四周的墙仿佛在一瞬间消失，他们正站在"青云"号的泊位上，眼前是一艘艘排列整齐的飞船，弹射通道舱门就在眼前。这是布丁的把戏，他把整个控制舱变成了一个巨大的全息投影场。旦素一仿佛悬浮在半空中，她伸手从眼前的景物中抓取了一艘飞船，在身前放开，飞船的影像转眼间变得巨大无比，可以看清每一个细节。旦素一的手指在飞船上滑动，飞船随着手指的移动而缓缓转动，呈现出不同的角度。"小型救生艇，序列编号 11458，可以搭载六个人逃生，自动冬眠，维持时间十五年。辐射防护 A 级，生命维持程度 C 级，动力系统……只能一次性脱逃使用，被动救生装置……"布丁的声音响起来，陈述着关于这艘飞船的所有情况。

李约素又惊又喜，"这太酷了！让我来试试。"

船舱刹那间恢复正常，旦素一深深陷落在座椅里，看上去她仿佛嵌在地板上。座椅自动升起，轻柔地托着旦素一起身，然后收缩，像液体般流动，最后完全消失。地板上整齐平滑，根本看不出任何痕迹。

李约素笑得合不拢嘴，"这就是雷电家族的看家本领？这看起来像是'天龙'号的技术。"

"这的确和'天龙'号很类似，它最大的优点，是不会产生刚性裂缝。"旦素一走上前，边走边说，"这是微细颗粒体，每一个都能够在布丁的控制下移动,如果飞船受到攻击,只要不是完全损毁,微细颗粒可以快速修复裂缝,保持飞船内气压正常。这可以极大地降低死亡率。"旦素一看着李约素,似乎话里有话。李约素明白她有所指,接上话茬,"如果我们在熊黑星拥有这样的技术,就不会那么惊险了。"

旦素一笑了笑,"我第一次看见在这么小的飞船上使用这种技术,巴达将军下了血本。这个全景式全息投影也并不常见,你要坐进内膜层才能使用它,要试试吗?"

"不用了,我已经看见你使用它了。"李约素临时改变了主意,"不过,我想试试在太空里这是怎样一种感觉。"

"飘浮,自由飞翔。"佳上说,"某种程度上,你就成了这艘飞船。"

"不想试试吗?"李约素看着佳上,眸子里闪烁着光彩,他明白佳上在担心什么,抢着说:"我们可以在光盾的范围内飞一飞,完全没有安全问题。"

佳上和旦素一对望了一眼,"我们得问问巴达将军和沙达克。"

"没问题,我们会得到他们的同意。"李约素笑着说,"布丁,关上舱门。"他突然发令。

"遵命,船长。"布丁不折不扣地执行了命令。

佳上马上明白李约素想做什么,"这不可以……"

"来吧!"李约素拉着佳上和旦素一,"布丁,给我们座椅,脱离泊位,准备启动。"

"船长,我们是否先给沙达克送出请求?"布丁有几分犹豫,他一边把李约素三个人裹进内膜层,一边发问。

"尽管请求好了,告诉他,我们要起飞测试飞船的性能。不过在发出请求之前,先把发射通道的舱门打开,抓紧时间起飞,别让他把我们关在这里。"

"遵命,船长。"

"天狼星"号缓缓移动,进入发射通道。气密锁闭之后,前方的舱门缓缓打开,微微发红的天宇显露在眼前。

　　李约素望着远方不时闪耀的流星光点，心中涌起一股快意。"出发！"他下达命令。"天狼星"号有如一块黑沉的铁，悄无声息地从发射舱口脱离，直线滑行一段距离之后猛然跃起，向着前方而去。

　　一刹那间，周围的一切都消失不见，李约素仿佛置身于真空。各种颗粒纵横交错，李约素在其间穿梭。忽然之间，他停了下来，佳上和旦素一出现在他身边，同样悬浮在真空中，三个人相互间对望，感觉奇特。

　　"这真不错！"李约素说，"没有动力服，就能在真空里来去自如，虽然只是错觉，但是和真的一样。"

　　"我们不该飞出来，这会扰乱颗粒的部署。"佳上说。

　　"已经来了，如果真有麻烦，沙达克自然会找到我们。"李约素满不在乎地回应，一转头，发现旦素一正望着自己，眉头微蹙，似乎有几分生气。李约素一愣，他从来没有见过旦素一会有这样的表情——她一贯有着温和的态度，始终保持从容不迫的微笑。

　　"素一，你怎么了？"李约素问。

　　旦素一咬了咬嘴唇，"你没得到我们的同意怎么就强行飞出来？谁愿意跟着你飞出来？"

　　李约素没想到旦素一会说出这样的话，不由愣住，不知该如何回应。

　　"船长，我们回去吧。"布丁说，"你也试过虚拟飞行了。"

　　"那不行，我们才刚出来。"李约素说。

　　"你干脆和布丁融合好了，你们俩就是一艘船，以后可以飞个够！"旦素一冷冷地抢白。

　　一时之间，气氛尴尬，三个人谁也不说话。最后，李约素打破沉默，"那么我们就向前飞一段，到达光盾就回来。"

　　佳上和旦素一都不吱声。李约素就当他们默许，控制着"天狼星"号飞向光盾。

　　忽然之间，井然有序的流体颗粒出现了一些异常，大群颗粒汇聚起来，朝着一个方向集中。佳上最先注意到异样，"流体颗粒发现了什么，一定是个不速之客。"

"哦,难道蜘蛛人追踪到了这里?也好,这么久没有看见它们,也怪想念的。我们去看看?"说最后一句时,李约素用询问的目光看着旦素一。

旦素一没有说话,只是微微点头。

李约素猛然启动,"天狼星"号急速变轨,紧紧跟随着流体颗粒群。

"船长,巴达将军要和你通话。"布丁说。

"好,接过来。"

巴达的头像出现在李约素眼前,"李约素船长,我们有客人。"

"我知道,我们正赶过去。正好可以试一试改装后的'天狼星'号有多大的威力。多谢雷电家族帮忙改造'天狼星'号。"

"这不需要武力来解决,来的是客人。"巴达淡淡地说,"木藤三将军正在光盾之外三十万公里处,如果李约素船长和旦素一能代表我去迎接木藤将军,那就再好不过。"

木藤三?李约素的心中浮起一个巨大的问号。

"他怎么可能在这里?沙达克是不是搞错了?"李约素问。

"的确是木藤将军,确认无误。也许有些特别的缘由,我们可以当面向他询问。"

"他一个人来?"

"两艘飞船,两个人。"

"他一定是用了我们的幽光飞船。"李约素看着旦素一,"这太疯狂了,他怎么会到这里来?难道熊罴星的消息已经传到了抵抗联盟那里?"

旦素一摇摇头,表示一无所知。

"巴达将军,我会和旦素一阁下前去欢迎木藤三将军。"李约素说,"我应该怎样做才比较符合雷电家族的礼仪?"

"照你的方式做就行,雷电家族没有特别的礼仪。"

"好,我马上过去。"李约素随即想起什么,"希望'天狼星'号的样子不会把他吓到。"

"天狼星"号在流体颗粒之间穿行,向前方快速靠近。飞船很快接近光盾,尘埃碰撞所爆发的火光时不时照亮李约素的眼睛。李约素发出一个指令，"天狼星"号倏忽间恢复成漆黑一团的模样，悄无声息地向着光盾靠近。

当飞船贴近光盾，似乎有无尽的光芒落在天狼星上，将它团团包围起来。光芒渐渐汇聚成一个巨大的球体，呈橘黄色，"天狼星"号就在这光球的中央。橘黄的光球浸没在光盾中，最后消失，"天狼星"号融入光盾中。几秒钟后，"天狼星"号仿佛子弹般从光盾中弹出。回头望去，"青云"号庞大的身躯上灯火辉煌，船体周围环绕着一圈金黄的光环，无数的颗粒在船体四周穿梭，拱卫警戒。飞船前方，尘埃云蔚为壮观，大大小小的石块簇拥在狭小的空间里，高速移动，彼此碰撞，有些石块撞在"青云"号的黄金光环上，碰撞出暴烈的火光。

"这真漂亮！"李约素说。

"我倒是希望别那么漂亮，宁愿沉闷一点好。"佳上说。

"事情已经这样了，别把自己搞得这么闷闷不乐！就算是最绝望的时刻，睁开眼睛看看这么美丽的东西，也能让人多点勇气。"李约素说着，目不转睛地望着"青云"号，眼里流露出一丝温情，"它让我想起了'平准'号。这两艘巨船还真有些相似之处。"李约素没有继续说下去，他想起了天狼七。五百多年前的某个时刻，他和天狼七并肩而立，从远处遥望"平准"号的剪影。黑色的大船沉浸在无边黑暗中，似乎蕴藏着无穷的力量；而眼前的飞船闪着亮丽的光，仿佛璀璨的宫殿。它们都是巡逻者的母船，有着从容不迫的气度。"平准"号已经消失在了伊特通道爆炸的火光中，"青云"号能够从这场浩劫中生存下来，继续巡回银河吗？李约素有些恍惚。

"我们会找到它！"李约素似乎在自言自语。旦素一望着他，有几分疑惑。

"船长，我收到了木藤将军的信号。"布丁打断李约素的思绪。

"很好！我们去迎接他，给他一个惊喜。他来到这里可不容易。"李约素回过神来。

"我们不能脱离'青云'号太远，巴达将军要我们在这个位置等待。"布丁说，"木藤将军的飞船很快就到。"

"送一个通信请求给他。"

"这里的通信条件恶劣，电磁干扰强烈，很难建立通道。"

"哦，那我们就等着。"李约素看了看"青云"号，"给他摆一个大阵势。"

陆陆续续，更多的流体颗粒透过光盾排列在"天狼星"号后侧，所有的飞行器都保持静默，等待着不速之客的到来。

忽然间，不远处一块巨大的尘埃石后边闪过两道幽蓝的光线。一艘黝黑的飞船从巨大的石头后露头，向着"天狼星"号而来。

飞船拖着两道淡淡的蓝色轨迹。轨迹微微闪烁，很快消失不见。这是零点能引擎特有的痕迹，李约素再熟悉不过。紧接着，另一艘飞船出现在视野中，一模一样的飞船，一模一样的轨迹。

"甲子"号和"甲丑"号。李约素感到几分欣喜，仿佛看见了许久不见的老朋友。他又感到很紧张——木藤三为什么会在这里出现？熊罴星的命运早已注定，然而如果木藤三带来的是关于熊罴星的糟糕消息，他宁愿这消息来得晚一点。

尘埃云黑暗深沉，广阔无边，"青云"号仿佛惊涛骇浪中起伏的灯塔，两个小小的黑点向着"青云"号努力靠近，仿佛想逃离那无边的黑暗，投入到光明中。

最后，它们融入"青云"号柔和的光芒中。

第二十一章 黄金星球

幽暗的尘埃云几乎屏蔽了所有频段。这是一处险地,对"青云"号和敌人都是如此。虽然"青云"号一直没有遭遇敌人,然而敌人也在行动——他们紧跟着木藤三而来。如果不是幽光飞船性能卓越,再加上厚重尘埃的掩护,敌人完全可以悄悄地消灭木藤三和他的伙伴而不惊动"青云"号。木藤三逃进了"青云"号的保护范围,流体颗粒群摆出了攻击的阵势。敌人的飞船并没有继续追击,它们在遥远的地方稍稍停留,随即后撤,消失在尘埃云中。

"这个鬼地方,连敌人在哪里都不知道!"李约素故作轻松,"不过只要我们继续向前,它们自然会现身。这是好消息,这说明我们来对了地方。"

"没错,不知道它们到底来了多少。"佳上不无担忧。

"来多少都没有用,在尘埃云里边它们还能怎么样,再多的飞船也没法……"

"船长,木藤三将军要求通话。"布丁打断李约素。

"好。"

木藤三的影像出现在李约素面前,"李约素阁下,很高兴能见到你。"

木藤三的开场白简短直接，然而面无表情，看不出任何高兴的样子。

"木藤将军，我也很高兴能再次和你见面。不过是否能告诉我为什么你会在这里？外边有什么情况吗？"

木藤三并不遮遮掩掩，"沙达克真理会找到了我。我来寻找脐带区，进入时空瘤内部，颠覆时空瘤。我们要一同完成这次至关重要的行动。"

沙达克真理会！李约素马上明白了事情的原委，真理会并不仅仅找到他，那个老家伙同样找到了木藤三。

"抵抗联盟怎么办？你是抵抗联盟武装力量的最高指挥官，你怎么能离开岗位？"旦素一问。

"抵抗联盟正在进行撤退。如果我们的计划成功，整个科尼尔盆地都会被摧毁，抵抗联盟正组织所有的力量进行大撤退。我们无法在短期内突破伊特通道，船队会向黑暗空间撤退，等空间平复后再回来。联盟已经做好了在黑暗空间长期停留的准备。这不是我擅长的事，杜纳伊娃和联盟委员会会做好这件事。我的任务是打仗，这里很可能是最后一战，所以我来了。"木藤三冰冷的眼眸里闪着一丝傲慢，虽然只是一个头部的影像，桀骜锋利的架势展露无遗。

这是一个好消息。如果计划真的成功，整个科尼尔盆地被摧毁，敌后这些无辜的人就不会成为牺牲品。李约素恍然间觉得身上一块大石被卸下。科尼尔敌后区的人们一直是他心头沉重的负担，他们不应该被牺牲掉。只是从熊黑星到尘埃云，一路上战斗从未停息，虽然沙达克送出了胶囊船给抵抗联盟，但因为无法得到任何回应，这件事也就一直悬着。真理会沙达克找到木藤三，交代了来龙去脉，让抵抗联盟的人撤离，那真再好不过了。

然而在黑暗空间生存并不是一件容易的事，那里没有恒星，没有能量供给，暗物质尘则像一颗颗反物质炸弹，极度危险。

"他们在黑暗空间能坚持住吗？"李约素问。

"如果我们不成功，他们会回来的；如果我们成功了，去黑暗空间总比在科尼尔星域等死好。"木藤三的话语很尖锐。

李约素并不在意，"他们已经撤离了吗？"

"计划正在进行中，还有两年的时间，他们可以疏散到银河边缘。我们的爆破计划会消耗至少六年标准时间，他们有足够的时间疏散。"

"这真是太好了！"李约素由衷地说，"他们疏散了，我们就可以放开手脚干，一定要成功。"

"我想问你为什么从来没有提到这件事，你在银河之心就和真理会接触过。"木藤三问，听起来仿佛在质疑李约素的居心。

"不要误会，"李约素坦然回答，"直到在熊黑星收到真理会沙达克的明确指示，我才下定决心到这里来。你也第一时间得到了沙达克的消息。这并不是我的计划，而是真理会沙达克的主意。如果有机会得到抵抗联盟的帮助，我一定不会放弃。但是一切都很仓促，雷电家族也试图和你们联系，只是并不成功。现在，既然你也来了，我们都觉得这件事可行，那正好合作！"

木藤三稍稍沉默，"说得好！我们一道合作，这件事绝不能失败！"

通讯中止，木藤三的飞船进入到"青云"号的泊位上。

"佳上，你怎么看？"李约素问。

"我们没有第二个方案，多一点力量总是好的。木藤将军能代表抵抗联盟。"

"是啊，我也这么想，"李约素说，"但是他盛气凌人，好像我们都欠了他什么一样。"

"的确有些不一样。"旦素一说，"说话时，他的嘴几乎不动，也许他完全放弃了肉体。"

"什么意思？"

"俄罗斯人能够把人体完全改造成机械体。他们的这种技术用在很多士兵身上，少数高级将领也是如此。但是人不能成为百分之百的机械体，那会失去生存动力。看木藤将军的情况，也许他很快就会进入退化期。退化期的人总是很危险。"

"退化期？什么是退化期？"

"人被改造成完全的机械体之后，因为记忆惯性，在一定时间内，他的行为还能保持正常，但是长久之后，就会逐渐偏离原有的行为模式，直至最后崩溃。退化期就是接近最后崩溃的时期。这段时间可长可短，每个人都不同，他们会有一些危险行为。"

"我从来没听说过这个……什么样的危险？"

"大部分被改造的人或者自杀，或者发疯。一旦失去了生存的欲望，对他来说任何事都无所谓，所以他什么都可能做出来，谁也不能预料他的行为。我听说有个士兵就曾杀死了他的六个同伴，然后自杀。"旦素一淡淡地说，"抵抗联盟经常会处死一些进入退化期的士兵。"

旦素一说得很平淡，李约素却感到脊背一阵发冷。如果真如旦素一所说，木藤三把自己完全改造成了一个机械体，那他就是一个极端危险分子，孤注一掷，不计后果。突然间，李约素笑了起来，笑声干涩，"这样也好，孤注一掷，我们也没有打算活着回来。"他望着佳上和旦素一，"回去会会他，现在我倒真想和他见一面。"

……

巴达将军在"青云"号的贵宾厅召开会议。李约素一直观察着木藤三——他的皮肤散发着金属光泽，说话时，声音从喉管里直接发出，虽然模样并没有什么改变，脸上的表情却几乎凝固，显而易见，这不是一个拥有血肉之躯的人。为了能完成这最后的任务，木藤三把自己彻底改造成了钢铁之躯。

"敌人守在那里。"木藤三说，"我已经看到了目标，但是无法抵达，很难通过。"

"你确定那是脐带区？"

"并没有十足的把握，但我判断它就是残留的脐带区。它看上去像一颗星球，却有着完全不同的空间曲率。敌人的舰队守着它，不许人靠近。"

一颗星球？李约素心中一动，"它看上去像是一颗黄金星球，是吗？"

"我不认为那是黄金，那只是一些错觉，但它看上去的确是一颗黄色的星球。"

"这就对了!"李约素有些兴奋,"就是它!"他转向巴达将军,"当年我见到的就是一颗黄金星球,我亲眼见到它发生畸变,后来把'天狼星'号送到了那边。如果那星球还在,沙达克真理会的说法就应验了一半,至少我们见到通道了。"

巴达看着木藤三,"有多少敌人?"

"一千艘飞船以上,不过我被它们的前哨发现了,然后它们就一直追杀我。靠近星球,可能会有更多的敌人。飞船不大,我见到最大的是大臭虫级。"木藤三看着李约素,"和你的'天狼星'号差不多大。"

李约素微微一笑,对木藤三的讥讽不予理会。

巴达将军沉默一会儿,"那儿大飞船过不去,是吗?"

"没错。还有一个情况,敌人的这支舰队也许在这里存在了很久,它们在那颗黄色星球的轨道上建立了大功率引力发生器,这里的尘埃涡流,就是由那个引力发生器引发的,它正把大量的物质填入到星球里。我认定那不是一个星球,因为被吸入的尘埃马上消失,根本没有碰撞的迹象。"

"它们试图把通道堵上。"巴达将军缓缓点头,"这是符合逻辑的做法。它们不希望任何人进入通道。"

"沙达克!"巴达将军呼唤沙达克。

沙达克应声而至,"巴达,我在这儿。"

"眼下的情况,你看该怎么办?"

"'青云'号必须停止前进。再向前,光盾承受的压力过大,会引起无法预料的后果。我们已经很接近目的地,在目前位置可以建设一个安全的前进基地。派遣小型飞船和颗粒继续前进,打开通道,直到我们能把人送进去。"沙达克有条不紊地回答。

"是否使用'青云'号主炮对前方的尘埃进行清理?这样可以在必要时提供火力支援。"旦素一问。

"完成前进基地建设之后才能考虑这样的方案,能量供给必须保证光盾优先。"

"那就这样定下来,我指挥'天狼星'号参加突击舰队,我们要突入到黄金星球。事不宜迟,那些蜘蛛正试图把通道堵死。"李约素有些迫不及待。

巴达将军略为思忖了一下,"清点剩下的颗粒和小型飞船,如果我们要进行突击,就必须确保胜利。我们要指定一个总指挥。"他转向旦素一,"旦素一,你来担任这个职务。"

旦素一有些意外,露出困惑的神情,"巴达将军……"

"什么都不要多说,你的任务是指挥即将成立的突击舰队,保护李约素船长和木藤三将军的飞船,确保他们能够进入脐带区。"

旦素一似乎还想说什么,却被木藤三抢了先,"旦素一阁下的确是完成这项艰巨任务的最佳人选。你说呢,李约素船长?"

李约素点点头,"我所认识的人里头没有其他人比旦素一更了解流体颗粒的战斗体系,由她来指挥我很放心。"

旦素一似乎有几分不悦,看了李约素一眼,有点赌气地说:"如果一定要我去做,那我就去做。"

巴达将军望着她,"这和任何人的要求无关,这是你作为雷电家族指挥官的职责。"

"我明白。"旦素一神色一黯,"遵命,将军。"

"各位,大家各自准备。我们很快就要和敌人正面接触。"巴达将军结束会议。

旦素一匆匆离去,李约素试图喊住她,"素一……"

旦素一并没有停下脚步,只是转头望了一眼,眼神中带着一丝凄苦,李约素不由一怔。转眼间,旦素一的身影消失在通道里。

佳上和李约素并肩而行。李约素愁眉不展,越走越慢,最后停了下来。佳上也停下脚步,等着他。

"我总觉得旦素一有些奇怪,和从前不太一样,你说呢?"李约素问。

"的确有些不一样。"佳上勉强附和,似乎并不乐意谈论这个话题,"我们要赶紧去'天狼星'号进行准备,突击舰队组建完毕,很快就要出发。"

李约素并不理会佳上,他岔开话题,"她从前总是让人感觉无比沉静,脸上从来没有失去微笑,让人觉得像个圣女。现在却完全不同。"李约素回忆着，"从我们到'青云'号上，她就开始变得有些让人琢磨不定，难道因为她回到了'青云'号，心理就有了变化？"

佳上欲言又止，这个细微的表情没有逃过李约素的眼睛，"你一定知道些什么，赶紧说出来，别瞒着我！"

佳上没有回应，低头垂下视线。

"佳上，我们可是同生共死的老伙计了。别瞒着我！"李约素催促他。

佳上抬头看着李约素，"雷电家族能够把人的神经系统移植到另一副躯体内，他们用这样的技术救了我的命。旦素一承受了真空压力，虽然她体质特殊，但也是血肉躯体，为了活命，她也进行了躯体转移。"

李约素恍然大悟，但仍旧有些疑惑，"你是说她没有完全适应躯体？看起来不像这样……难道这种不适应会让一个人连性情都变了？你不适应的时候，只是动作有些僵硬迟缓而已。"

佳上微微叹气，"一切心理问题，归根到底都是生理问题。旦素一对新的躯体没有任何不适应，相反，她完全适应。只不过……"佳上顿了顿，"她要求新的躯体恢复到原生模型。"说完，他看着李约素，脸上带着无奈的表情。

原来如此！李约素感到心底被什么东西狠狠地蜇了一口。雷电家族的原生模型和科尼尔人类似：活泼，充满喜怒哀乐和激情。旦素一放弃了雷电家族的躯体，她放弃静如止水的心灵和令人艳羡的长寿，只为了能够体验科尼尔人才能感受到的东西——短暂的生命彼此间碰撞而产生的耀眼火花。

李约素紧紧地捏起拳头，又松开。"我明白了。"他平静地对佳上说，"如果这样，她应该留下来。冲锋在前是男人的事，女人应该走开。她们应该在安全舒适的地方，等待着我们回来。如果我们回不来，她们要把孩子培养成人，然后把男人送上战场，她们留守家园。千万年来，男人和女人就是如此。"李约素露出一丝自嘲的微笑，"走吧，去找布丁，我们该做好准备。"

李约素刚抬起脚步，又想起什么，"佳上，如果你现在选择退出，你可以留在'青云'号,巴达将军会需要你。"

"巴达将军可以制造任何他需要的人。"佳上回答,"我会继续追随你,目前还不到你说再见的时候。"

"你留下来,也许有更大的作用,进入时空瘤,不可能活着出来,我已经抱定必死的决心,但是你不用跟着我一道去送死。我也不想你死,好好活着,比什么都强。"

"我们得先确保能触发时空瘤收缩。我在'天狼星'号上还能帮点什么忙,特别是你不冷静的时候,布丁帮不上你。"佳上毫不客气,"我也有自己的目的。'上佳'号如果还存在,它一定陷落在时空瘤里,你记得那份录像,整个 RH149 星球消失了,'上佳'号就在它的轨道上。而你曾经在这里见到了'上佳'号,现在这里除了尘埃什么都没有,这些尘埃并不是天然就在这里,它们被空间畸变从远处吸引到这里,原本属于这片空间的东西,现在可能就在时空瘤内部。我不认为我的生命有多重要,找到'上佳'号对我来说比生命重要得多。进入那个异空间,也许是我找到'上佳'号唯一的机会。"

佳上别过脸去,望着空无一物的远方,"我差点死去的时候,好像看见了父亲和妹妹。他们就在我眼前,样貌清晰。我有一种奇特的感觉,他们还活着,在某个地方等着我。我一定会找到他们。"佳上的声音有些哽咽。李约素第一次见到佳上无法控制情绪,一时间不知道说些什么。他走上前去,拍了拍佳上的肩膀。

"好吧,看来我们注定要同生共死! 这也不错,做了鬼还能一起谈谈天。"李约素大笑几声,把沉郁的气氛一扫而光。

出发定在三十六小时之后。参加作战的小型飞船和流体颗粒陆续集结在光盾前方,做好出发准备。

李约素试图找到旦素一,但是旦素一避而不见。这是从来没有过的事。

"船长,旦素一阁下也许很忙,没有时间和我们见面。"布丁安慰他。

"没什么,我们总会见到她的。"李约素说完长长吐出一口气,"我去试试盔甲，很久没有使用盔甲，有些生疏了。"

"船长，木藤三将军想和你通话。"

"就说我出去了，不在。"李约素拒绝了请求，走向后舱，去穿戴盔甲。

"对了，佳上回来，告诉他我会在出发前赶回，让他不用找我。"跨过舱门之前，他补充说。

李约素在颗粒群中穿梭，他穿着沙冈盔甲。"天狼星"号携带了三套盔甲，有两套沙冈盔甲，还有一套星渊盔甲。星渊盔甲的原型机给了抵抗联盟，"天狼星"号上的盔甲是沙达克根据佳上带回来的资料仿制的。它不仅是一套盔甲，还是一个颗粒——沙达克用盔甲的形态制造了一个分离的流体颗粒，这套盔甲能够像流体颗粒一样，从母船上直接吸收能量，储存在全身，把厚实的能核从盔甲中剔除掉，更为轻便。沙达克送出了胶囊船，包含如何改进盔甲的信息，如果天龙舰队能够收到消息，这种结合了雷电家族和星渊盔甲优点的装置将成为战争中的可靠装备。

虽然改进过的星渊盔甲更先进，然而李约素还是喜欢沙冈盔甲。那种厚重结实的感觉无可替代。他很快抵达光盾最远处，回头望着"青云"号。发亮的流体颗粒群依附在飞船表面，补充能量，它们似乎是一个个活的生物，能够呼吸，亮度随着呼吸起伏。整个"青云"号因此而显得色彩斑斓，光影流离。还有众多的颗粒在飞船前方飞翔，穿梭往来，偶尔夹杂着几艘小型飞船。李约素感到一丝惆怅，眼前的一切变化无常，就像前方捉摸不定的命运。

他想到旦素一，当她从巡逻者转变成原生人时，她就明白无误地宣告，她所渴望的并不仅仅是和自己并肩战斗而已。男人和女人，如何把自己刻进对方的内心深处，她正在这样一个问题上纠结。她显然并不明白，生命的彼此吸引水到渠成，无法强求。然而她是一个聪明的女人，终究会了解这一点。

李约素注意到一个小小的亮点向着自己而来。他很快明白那是谁，于是站着不动，默默地等待着。

来人是木藤三。他的动力服很轻巧，个头不到李约素的一半，这是适合幽光飞船的动力服。他在李约素的正前方停下，"李约素船长，据说你很忙,原来你在这里欣赏美景。这景象倒是不错,让人印象深刻。"

"找我有什么事?"李约素不想多说,于是不客气地问。

"你告诉过我,你曾经到过黄金星球,我很想知道具体的情形。"

"你已经看到了,还想要我告诉你什么呢?"

"我并没能靠得太近,蜘蛛人守卫在那里,它们并不乐意见到有人接近那儿。"

"当年,我看见了一颗星球,看上去全是黄金,仅此而已。"

"它是怎样变化的?你如何通过它?"

"它毁掉了我的侦察机器人,然后把我吸进去了,后边的事我记不清,布丁也没有记忆。"

"在把你吸进去之前呢?"

"它看上去就是一颗星球,不过这星球的大小令人有些困惑,它的引力也很特殊,有很强的引力。"李约素回想着当时的情形,因为时间久远,记忆也很模糊了,"然后,星球好像突然间消失得干干净净,只留下一个不断伸缩的空洞,越来越大,产生强烈的引力波,'天狼星'号被吸了进去。对了,我还记得这里曾经有许多放射性星球,每一颗星球都在发光。它们照亮这里,虽然没有恒星……如果你想知道更多,可以问问布丁,他会比我记得清楚些。"李约素说着打开通道,准备和布丁通话。

"我们两个谈谈就好,用不着麻烦飞船中枢。我不需要知道那么精确。"木藤三说。

李约素关闭了通道,"布丁可不是一个中枢而已,他是一个旅伴,而且有自己的独立人格。"李约素纠正木藤三言语中对布丁的轻视。

木藤三并不继续谈这个,他挪开话题,"沙达克告诉我,必须依靠你才能完成这次行动,它们在时空瘤那边还留下了另一个中枢,你能感觉到它的存在。"

"我感觉不到,至少眼下如此。也许到了那边,情况会不一样,谁也不知道。"

"是的,到了那边情况如何,谁也不知道。但我想确认一点:我们是一同作战的盟军,如果你能发现敌人的踪迹,你不会隐瞒任何情况。"木藤三完全以教训的口吻和李约素说话。

李约素克制着心头的不快,"我们是盟友,面对着共同的敌人。那边的情形谁也不知道,更需要彼此完全信任。至少我不担心我这边。"

"很好。一切都为了胜利,这不是我们第一次合作,我希望一切都能够进展顺利。"

"我也希望进展顺利。"

木藤三点点头,"看来我们能够保持一致,这就再好不过。还有一个消息要带给你,抵抗联盟收到了来自联合舰队的胶囊船,联合舰队的前锋部队赶到了同宙星。同宙星基地已经制造了一千艘幽光飞船,正在和天龙舰队进行混编。所有这些舰队将联合进行一次大会战,打击敌人的前锋集团。"

李约素感到意外,"这么说,敌人已经赶到了同宙星? 它们进展得这么快?"

"它们只是派出了最快的飞船去送死,速度会要了它们的命。不过,我们最好也要加速。另外,同宙星联合舰队的吉钠司令在询问你的行踪,我送回消息说你已经死了。"

一股怒意直冲脑门,李约素强行压制着,"为什么要这么说?"

"难道我们还能期盼活着回来?"木藤三反问,他挑衅似的看着李约素,似乎希望李约素怒火中烧,破口大骂。

李约素深吸一口气,控制着情绪,怒意消退得干干净净。木藤三言辞尖锐,李约素不打算就言辞问题和这个将要一同进入到敌人老巢的盟友争论,不过他也不想示弱。

"我们的确回不来,"他说,"我们也做了这样的打算。但是在死去之前,我还是希望我的朋友们能够了解真正的情况。"他望着"青云"号,"我不想有人产生误会。"

第二十二章 深渊之上

在和敌人接触之前,李约素在队列的最后方。他不顾一切,命令布丁向前,猛然间冲到队列的最前方。

"李约素船长,你必须停下来!"旦素一很快找到了他,严肃地警告,"请留在指定位置,不要扰乱战斗队形。我们必须保证你的安全。"

"哈,终于能见到旦素一阁下了!"李约素笑着说,"我以为这辈子再也见不着了。"

旦素一脸色一沉,正想说话,李约素换了一副严肃的神情,"有很多事不如人意。如果可以有转世,我希望和你一道在一个安稳的星域,安静平和地度过一生。"

旦素一紧蹙的眉头展开,露出一丝惊讶。她看了看左右,指挥舱里的人们都知趣地别过脸去。

李约素注视着旦素一,"但我们各自都选择了自己的路,昨天一整天,我都在考虑是不是要最后放弃,但是我无法放弃。我无法容忍成为一个懦夫。如果我的生命能够拯救千万人的生命,我就实现了生命的最大价值。但是,我会永远失去你。"

旦素一从惊讶中恢复平静,默默地看着他,突然间露出一个微笑,"回到你的位置上，我会确保把你送到目的地。"她柔声说。

李约素哈哈大笑起来，"如果连这一小段路都不能自己走，就算到了那边，又有什么用？难道我是去送死吗？放心吧，'天狼星'号没问题。"说话间，"天狼星"号紧急规避，旦素一的影像一阵抖动。

"我来保护你。"旦素一说，她的声音显得平和而坚定，就像从前的旦素一。

"别担心，如果我真的需要帮助，肯定不会客气。"李约素并没有妥协，"但是，既然这是一场有去无回的旅行，我必须把话说完。"

"天狼星"号加速，飞船的前方闪烁着红色的火光，那是防护盾和微小的尘埃相碰所发出的光芒。

"再见了，无论我怎么样，你都要好好的！"话音刚落，旦素一的影像便消失不见。"天狼星"号进入亚空间弹跳预热，与外界的电磁通讯完全中断，一次超短距弹跳后，比主力部队超前上万公里，突出在敌人面前。

流体颗粒大队变动阵形，加速赶往前方。

"天狼星"号出人意料的动作让暗黑飞船有些猝不及防，它们并没有快速有效地攻击，而是主动向后退却，阵形出现了小小的扰动。

"布丁，我们要准备出舱了。"李约素和佳上套上了盔甲，"流体颗粒很快会追上来，我们不会有事。问题是在他们赶上来之前，我们能杀死多少蜘蛛人？"李约素问。

"放心，船长，我会按照计划行动。"

两个盔甲武士从"天狼星"号里钻出，他们并没有马上脱离，而是伴着"天狼星"号向着敌人的队伍冲刺。

"船长，是木藤三将军。"布丁报告。

李约素看见了不远处淡淡的蓝色轨迹，两艘幽光飞船正从敌人的侧面进行攻击。不怕死的不仅仅只有"天狼星"号上的几个。

李约素一笑，"佳上，看来我们有竞争对手。"

"船长，下不为例。如果我认为应该撤退，你必须听我的。"

"没问题，你见过我答应的事后来又反悔吗？"

一道猛烈的束流击中了"天狼星"号,防护盾闪闪发亮。

"能量密度三千五,完全可控。"布丁报告。

"我们走!"李约素大喊一声,两个亮点从"天狼星"号的轨迹上脱离,一前一后相伴着冲向前方的黑色飞船。"天狼星"号发动激光束攻击,能量不高,打击在黑色飞船的船体上,悄然湮没。敌人对纯粹的能量攻击并不在意。

李约素飞快靠近目标,他稳稳地在敌人的飞船上着陆。黑色飞船表面粗糙,就像高高低低的石头堆,李约素掏出光刀,向着脚下的飞船钻探。

很快,他打开一个缺口。飞船内部充满略带黏性的物质,它就像一个活的生物。李约素并不犹豫地把一颗轰天雷丢了进去,然后飞身离开,奔向下一艘飞船。

剧烈的爆炸照亮前线,轰天雷威力巨大,把飞船炸成了碎片。其他飞船继续收缩战线,躲避着李约素和佳上。

"它们为什么没有开火?"佳上问。

"我不知道,或许它们害怕了。"李约素兴致勃勃,并不细想佳上的问题。

"但是它们对木藤三不一样。"

李约素瞥了一眼木藤三那边的情况。两艘幽光飞船正在敌人的火力网中苦苦挣扎,随时可能被击落,根本无力对敌人的飞船造成威胁。

"我们的盔甲性能卓越,他们比不了,敌人的节奏跟不上我们。"李约素这样解释,然而也不禁有些疑惑。除了最初向"天狼星"号发出过一次试探性的攻击,这些黑飞船竟然没有再发动一次攻击。"天狼星"号一直在它们的射程内,准备承受暴风骤雨般的攻击,结果敌人只是一个劲地后退。

"你怎么看?"李约素问佳上。

"也许它们并不想阻拦你进入黄金星球。"佳上说,"我看如果我们不攻击它们,很可能根本不需要争斗。"

"也许如此。"说话间,李约素在另一艘黑色飞船上降落下来,"我该怎么办？杀死它？如果你说的是对的，它们并不打算和我们对抗，杀死它有些……我不杀不抵抗的敌人。"他在粗糙的表面踩了一脚，"这些蜘蛛人算是投降了吗？"

"我们去帮助木藤将军。"佳上说，"他那边的情况比较危险。"

"也好。"李约素毫不犹豫，向着木藤三飞去。

木藤三正在困境中苦苦挣扎。他没有攻击的机会，敌人火力密集。脱离主力部队，单独攻击敌人，这真是一个愚蠢的决定。他仍旧勉力支撑，希望在旦素一的护卫队赶上来之前，他可以不后退。

突然间，仿佛发生了奇迹，攻击压力骤然减轻。

他马上明白了事情的原委：李约素正在靠近。李约素仿佛拥有无形的压力，黑色飞船唯恐避之不及。他意识到对于李约素，这个决定并不愚蠢，甚至是意外的成功。木藤三感到有些不可思议，李约素一定隐瞒了些什么。

"将军，我们该怎么办？"别科夫询问。

"保持位置，我要找李约素谈谈。"木藤三很快打定主意。

"这是怎么回事？"他找到李约素，"难道你是它们的天敌，能让它们丧失战斗能力？"

"我不知道……也许，我真的是它们的天敌。"李约素半开玩笑。

"船长，它们向我进攻了，我该怎么办？"布丁的呼叫传来。当李约素远离后，黑色飞船迅速靠拢过来，向"天狼星"号发动了攻击。远远望去，"天狼星"号不时发出一道闪光，那是被击中后防护盾的能量释放。

这不是巧合！所有人的头脑里都瞬间掠过这个念头。

"船长，我们先撤退，我们需要仔细考虑这件事。"佳上说。

李约素默不作声，只是猛然掉头向着流体颗粒群而去，鲁莽的突击分队紧跟着他。"天狼星"号在敌人的炮火中快速闪避，飞速逃窜。流体颗粒群停止前进，组成球状防御阵形，颗粒发亮，仿佛黑暗中亮起了巨大的灯泡。黑色飞船紧追着"天狼星"号，当它们进入颗粒群的射程，一道亮丽的白光从集群中央发出，刺破前方的黑暗，正正地击中追在最前方的黑色飞船。黑色飞船瞬间化为乌有。

双方的阵线稳定下来，遥遥对峙，都没有再行动。

一次紧急前线会议马上举行。

"天狼星"号，幽光飞船聚集在旦素一的指挥船周围，李约素和木藤三上了船。作为一次保密会议，只有旦素一、李约素和木藤三参加。

"李约素船长，你的行为让整个计划受到很大的冲击。我的任务是把你送入脐带区，如果你再鲁莽行事，我会剥夺你进入脐带区之前的行动自由。"一见面，旦素一便神色严肃地警告李约素。

李约素只是点头，并不回嘴。

"是否也要把我关起来？"木藤三冰冷冷的声音显得很刺耳。

"木藤将军，既然你克服重重困难来到了这里，绝不想功亏一篑吧？李约素船长的行为是极端冒险的，你应该明白这一点。在你们进入脐带区之前，我不希望看到任何意外。"旦素一回答。

"我当然不会拿自己的生命开玩笑。如果没有你的舰队做后盾，我不会头脑发昏地冲到蜘蛛群里去。和几只小臭虫同归于尽，这不是我要做的事。"

"这样就好，和颗粒集群一道行动，你会更安全。"

李约素站在巨大的全息屏幕前，默不作声，似乎对旦素一和木藤三的对话毫无兴趣。他望着远处的星球。这和记忆中的黄金星球有些出入，它散发着金黄色的光芒，像是某种透过玻璃看到的恒星。一个直径只有六千公里的球体，自身发光，表面曲率超过标准恒星，这是异乎寻常的物理存在。是它们制造了它！敌人制造了它！

敌人在星球轨道上设置了巨大的空间站，肉眼可以辨认，尘埃在空间站前汇聚，源源不断地填入到那金色的光芒中，消失不见。

就在那里！李约素似乎能感觉到它的召唤。

他还能感觉到另一些东西。如同尘埃般众多的飞船将星球重重环绕，数量远远超过一千，也许有上万，十万。它们似乎并没有其他的目的，只是拱卫着这金光四射的星球。尘埃隔绝了外界的影响，中枢星的影响力完全不能施展,于是这些失去了中枢星的飞船就似乎失去了行动的目标。它们显然并不是匆忙行军赶到,而是已经在这里停留了很久,它们为什么会在这里?

突然间,李约素感觉到更多的异样存在,来自尘埃云中,讯号微弱,却真实确切。

李约素充满疑惑,心神不定。

"李约素船长,"旦素一招呼他,"我们来谈谈下一步的行动计划。"

李约素转身,看着旦素一和木藤三,"它们不会伤害我。"他若有所思,"这真是太奇怪了!"

旦素一目睹了整个过程,明白李约素所说的是真的,但也不知道该如何解释这件事,于是保持沉默。

"那样正好,你可以堂而皇之地穿过它们的船队,进入脐带区。"木藤三说。

木藤三显然并不当真,只是拿话挤对,李约素却点了点头,"也许这是代价最小的方案。"

"这不行!"旦素一坚决地拒绝这个提议,"如果这是一个陷阱,那就连逃跑都来不及。我的舰队会保证你的安全,把你送到那儿。"

李约素不置可否,转身看着屏幕上金色的星球,然后,他看着挡在前方的黑色船队,大大小小的飞船没有任何讯号,保持着可怕的沉默。他感觉到有些奇怪,然而却说不出为什么。

他转向木藤三,"我总觉得这一支蜘蛛人舰队有些异常,但是说不上到底怎么回事。你认为有什么异常吗?"

"这些都是大臭虫级,不算结实。这种场合,它们应该使用蟑螂级。"木藤三瞥了一眼舰队,不经意地说。

是的,它们没有蟑螂级。李约素意识到了这支舰队的怪异之处,蜘蛛人的飞船一直在适应与人类的战斗,蟑螂级无疑是最佳选择,然而这支飞船完全保持着古老的飞船形态,没有任何改变。

"它们一直在这里,"李约素说,"和外界隔绝,中枢星无法把影响传递到这里。也许我的亚空间侧面迷惑了它们,让它们无法辨认。这是我们的机会,也是唯一的出路。"

"不行!"旦素一坚持意见,"不能冒险。流体颗粒护送是最安全的方案。"

李约素平静地看着她,"它们的力量比我们强,你所看到的只是一小部分。"他指着悬浮在星球附近的大团尘埃云,"还有更多的飞船就在那些尘埃云中。它们处在休眠状态中,随时可以苏醒,投入战斗。如果我们真的大举进攻,就正好中了圈套。"

李约素笑了笑,"这是我命中注定的东西,这里只有我能通过。"

船舱里陷入沉默。旦素一蹙着眉头,咬着下唇,不无忧虑地看着李约素,似乎在思量着什么。木藤三面无表情,直直地盯着他。

过了一小会儿,李约素看了看木藤三,"跟我走吗?"

木藤三点点头。

"你先走吧,我有些话想私下和旦素一说。"

木藤三并不犹豫,纵身一跃,贴上舱门。舱门自动打开,露出一个窄窄的圆形通道,刚好能让一人通过。木藤三回过头,说:"你最好能证明我们的冒险是值得的,星域已经完全没有还手之力,我们在这里的行动,是他们唯一的希望。"他并不等待李约素的回答,径直钻进了通道里。

指挥舱里只剩下两个人,气氛骤然变得有些尴尬。两个人互相看着,谁也没有开口。

"我有话要说……"李约素打破沉默。

……

突击队再次出发。两个流体颗粒在前,"天狼星"号居中,十来个流体颗粒在外侧保护,木藤三的幽光飞船紧跟在"天狼星"号身后。整个船队保持着这奇特的队形,不紧不慢地向着大队的黑飞船靠近。李约素紧张地盯着屏幕。按照和旦素一的约定,这是一次试探,如果敌人有任何不利动作,他们必须马上撤回。十多个流体颗粒用来保障他的安全,即便它们不能抵挡敌人的进攻,至少可以稍稍减缓冲击,争取时间。

距离逐渐缩短，敌人果真没有攻击。它们开始后撤，整个阵形逐渐变成口袋的样子，以"天狼星"号为中心的小小舰队慢慢地陷入到包围中。

"继续向前！"李约素命令布丁。

四周全是敌人的飞船，黑色飞船连绵不绝，将他们包围起来。如果敌人开火，转眼间人类的这些小飞船就都会化为一团团火光。

敌人仍旧不断后撤。

"船长，敌人截断了我们的退路。"布丁提醒。

"继续前进！"李约素的声音有些嘶哑，他从未经历过这样的情形，被敌人死死包围，如果这是一个陷阱，那么他们没有任何逃生的机会。他们的生命完全取决于敌人的意愿。

"它们和我们保持着距离。"佳上说，"看起来，它们一直在和你保持一定的距离，我们深入太远，这些飞船并不是在堵截退路，它们只是恢复到原来的位置。"

"希望你是对的。"李约素回答。不用看投影，他也能感觉到敌人对"天狼星"号形成了包围，他们绝无退路，哪怕在亚空间也是如此。

流体颗粒闪闪发光，在"天狼星"号外侧形成一道光幕，幽光飞船处在高度警戒下，所有武器系统全部做好了准备，哪怕有一点点异常动静，这里转眼间就会变成最激烈的战场，然后变成这些孤胆英雄的坟场。

"天狼星"号在敌人沉默的包围中继续前进。死一般的沉默持续着，这里没有战斗，每个人的心头却比身处战斗中更沉重。

前方的飞船数目开始减少，队形逐渐变得稀疏。

"船长，我们成功了！"突然间，布丁兴奋地叫喊起来。

李约素抬眼一望，前方就是那颗金色星球，耀眼的光芒刺痛人的眼睛。前进的道路完全打开，不再有黑飞船，他们成功地通过了蜘蛛舰队的封锁！

李约素内心涌起一阵狂喜。"我们成功了！"他忍不住和布丁一道大声喊叫，不经意间身子一用力，直直地飞起来撞在天花板上，他伸手抓住天花板上的突起，俯视着佳上，"我们成功了！我就知道我们一定会成功。"

佳上保持着平静，"我们马上就要进入脐带区了。"

"那是当然。"李约素飘到佳上身边，"布丁，还记得我们上次来的情形吗？"他大声问。

"当然记得，船长！"布丁愉快地回答。

"那就去吧，这一次，我们是有备而来，不要被它给吓住了！"

"是的，我们准备好了！"

"天狼星"号已经远远离开蜘蛛人舰队。

"告诉木藤三将军，警戒解除，我们马上就要进入脐带区。"

不过一分钟，两道蓝色的轨迹便越过"天狼星"号，向着巨大的金色光球而去。木藤三留下"甲丑"号跟随着"天狼星"号，自己却抢先向前。

"他是想得到第一个进入到异世界的荣誉吗？"李约素望着飞船的蓝色轨迹，似乎在问佳上，又似乎只是自言自语，"如果最后粉身碎骨什么都不会留下，荣誉没有任何价值。"

"小心行事，我们的麻烦还没有完。"佳上观察着前方的动静，"前方的尘埃密度很大，被碰上可能会造成损伤。它们的空间站能制造引力旋涡，大量吸引尘埃。"

李约素的视线也被吸引到前方。尘埃在星球上方汇聚，形成一道道洪流，仿佛锁链般缠绕在星球上，所有的洪流最后都汇入金色的光芒，消失不见，然而就在消失的一刹那，它仿佛撞在某个无形障碍上，无数的碎屑四下飞舞。敌人的空间站是一个庞然大物，它散发出强烈的引力波，让空间在星球附近变得更为陡峭，尘埃流急剧而下。"天狼星"号距离空间站非常近，他们已经可以看清空间站的真面目。

这是一个巨大的转盘，绕着自身的中轴不断旋转。在金色光线的照耀下，空间站散发出金属的光泽。它不像一般的黑飞船，看上去更像一个人类的造物。李约素感觉奇怪，"你看它像不像环形世界？"

佳上没有回答，他把空间站的影像在眼前放大，空间站随着他的手指滑动，所有的细节都展现眼前。

"布丁,还能再近一些吗?"佳上问。

"我们正经过它,需要向它靠近吗?那并不是星球的方向。"

"靠近它,我要仔细看一看。"

"天狼星"号调整航向,向着盘踞在上的空间站靠拢。空间站静静地盘旋着,仿佛在述说着什么。

"那上面有字!"布丁惊喜地叫起来。

眼前的影像迅速调整,飞速放大,几个字出现在众人眼前,字形古朴,却确定无疑——

"深渊"号!

李约素和佳上对望一眼,内心充满惊诧。敌人的飞船上出现了人类的文字,这是从未有过的事!它们既然懂得人类的文字,就意味着它们能够和人类进行交流。五百多年来,从未有任何人考虑过这样的事。敌人从不进行交流,它们只行动,消灭或者被消灭,没有任何蛛丝马迹显示出过它们对话的意愿。然而,此刻,就在黑飞船的重重包围中,一艘类似环形世界的敌方飞船近在眼前,船舷上竟然标示着人类的文字。这事实背后所隐藏的东西让人兴奋的同时,也令人有些惶恐。

"你怎么想?"李约素问。

"还能怎么想?靠近去看看。"佳上控制着情绪,保持冷静,"也许这是一艘被它们捕获的人类飞船。"

"我不能再靠近了。"布丁说,"空间站周围有强引力波动,任何飞船再靠近一步都会被撕碎。"

"它的体形看起来像人类的飞船,但是船体和黑飞船一样,这不应该是人类的飞船,也许是它们仿造了人类的飞船。我们穿上盔甲去。"李约素说。

"盔甲也不行,线度大于五十厘米的刚体都会被撕裂。"布丁宣告计算结果。

"它们这是在干什么?留下一艘飞船,写上几个人类的字,却不让人靠近。"李约素有些焦躁,"这是在猜谜语吗?"

"让木藤三将军过来看看。"佳上建议。

"'甲子'号已经落入金色星球，"布丁说，"完全消失了。"

"也许我们可以多尝试几种方法和它进行通讯？"片刻之后，布丁说，"我使用了三种编码，没有得到任何反馈。还要继续试试吗？"

"尽你所能！"李约素说，"在这里等一等，我们必须搞清楚这到底是怎么回事！"

"木藤三将军已经落入脐带区，我们不能让他一个人冒险。"佳上提醒。

李约素点点头，"布丁，通知'甲丑'号直接前往金色星球，要小心尘埃碎片。"

片刻之后，"甲丑"号战斗员的头像出现在李约素面前，这个人有着一张俄罗斯面孔，表情和木藤三一样生硬，"李约素船长，木藤将军命令我尾随'天狼星'号。现在的情况是'天狼星'号准备放弃计划吗？"

"别科夫，我们发现了重要的迹象，需要一点时间。我们同样担心木藤三将军在那边的安全，如果你赶过去，相信会有一些帮助。我们很快就会跟上。"

"什么迹象？"

"我们在敌人的空间站上发现了人类文字。"李约素回答，"抵抗联盟和蜘蛛人战斗这么久，从来没有发现这种事，对不对？这意义重大。"

别科夫略为沉思，"我想你是对的，但是这和眼下的计划无关。既然你们决定在这里停留，那么我就先行一步。我们在那边见！"别科夫向李约素致意，然后退出通讯。

很快，"甲丑"号的蓝色轨迹越过"天狼星"号。它向着空间站而去，稍稍停留之后向着金色星球落下。小小的黑点灵巧地在尘埃碎屑中挪移，很快落入无边的金色光芒，消失不见。

"布丁，给你十二个小时。如果没什么结果，我们就走。"下达指令之后，李约素的目光转向金色星球。它就在那里，散发着金黄色的光芒。它没有清晰的边界，仿佛只是一团光。尘埃的洪流落入到这光的深渊中，再也见不到任何踪迹。

就在那里，就在那里！一个声音在内心强烈地呼唤。他不知道那声音来自何方，然而却直抵他的内心。

"深渊"号！李约素心中一动。他们的脚下就是深渊，这个沉默的转轮，是否正如信标，指示着前方的路？

李约素看了佳上一眼。佳上也正看着他，仿佛心有灵犀般，点了点头。

第二十三章 深渊之下

"深渊"号对布丁的信号没有任何反应。

李约素望着这静静旋转的飞船,怔怔出神。最初的震惊和惶恐已经过去,他们开始仔细考虑下一步。尘埃云所产生的磁暴完全阻断了通讯,无法把消息传递出去。也许,该让"天狼星"号返航,告诉旦素一这个消息,然后再回来。

然而,是否黑飞船每一次都会让出通道让他们安然回到这里?旦素一得到了消息,又会有什么动作?或许,她已经撤退到了"青云"号上?

旦素一!李约素的心头漾起一阵温暖,似乎仍旧能够感觉到唇边火辣辣的。

指挥船上,他们接吻作为最后的告别,旦素一趁机咬了他的下唇。

"你走吧!"她别过脸去。

李约素默默挪动身体,旦素一却喊住他:"不带上我一块儿去吗?"她的眼神热烈,充满期盼,"如果你不能在这个世界里陪着我,我宁愿和你一道消失在那边!"她的话铿锵有力,决心坚定。

"对我来说,却正好相反。"李约素看着旦素一,她的话深深地触动了他,"如果让我选择,我宁愿你在这个世界里活着。活着是多美好的事啊……而且，我还想让你来告诉我，到底我的行动是不是有了结果，我们的奋斗最后有什么价值。我已经开始怀疑，为什么我的人生要在无穷无尽的危险战斗中度过，难道我不能像死星的人们一样，找个地方躲藏起来，快乐无忧地度过一生？银河极为广阔，很容易找到地方藏身。一旦我死了，银河变成怎样又有什么关系？"他露出一个微笑，"我坚持到现在并不容易，如果你也要跟着我去死，那么我一定要放弃了。"

李约素顿了顿，"别让我在最后关头变成一个逃兵。"

旦素一别过脸去，"你走吧！"泪水却从眼眶中涌了出来。

李约素靠过去，伸手抹去她脸上的泪珠，"回'青云'号上去，撤退到银河边缘，躲开这里的空间反弹。你会看到我们成功的。"他柔声说。

旦素一放声大哭，身体剧烈地抖动。

李约素默默地抚着她的背。

旦素一的情绪慢慢平静下来，恢复镇定，仰起脸庞，"你去吧！不用担心我。"她露出微笑，"我会坚守在自己的岗位上，我是雷电家族的指挥官，忠于职守。我相信会看到你的好消息。"

李约素吻了她。这一次，旦素一没有咬他，两个人深深地吻着，时间似乎凝固不动。

如果回去见到旦素一，该说什么？既然已经诀别，再次见面似乎有无法言说的尴尬。他们回到了各自的轨道上，从来没有想到还能再次相遇，尤其是仅仅间隔了三十六小时。

"船长，我们该怎么办？"布丁打断了李约素的思绪。

"我们走，跳进陷阱里去看看。已经到了这里，我们不能回头。"李约素下定决心，"佳上，你说是吗？"

佳上没有说话，只是点点头，好像心事重重的样子。

"佳上？"李约素感到有些奇怪。

"我们当然要向前，退缩根本不能成为一个选项。"佳上回答。

"好！就算我们跳进了陷阱，也是我们的命运。该来的就来吧！布丁，我们走！"李约素感到一股豪气涌上心头，一切的顾虑都被抛到脑后，"木

银河之心·暗黑深渊

藤三已经在那边等着我们了,说不定正等着我们去解救他呢。"

"天狼星"号掉头驶向金色星球。"深渊"号在视野中逐渐远离,当它最后变成一个小小的黑点时,金色星球已经占据了一半的视野。

尘埃的碎屑四处飞扬,伴随"天狼星"号飞行的颗粒不断发亮,突然间,一个颗粒从队列中脱离,冲向前方。亮丽的闪光照亮了后边的队伍,颗粒在爆炸中消失得干干净净。

"颗粒已经无法承受尘埃碎屑的侵袭。"布丁报告。

"解除护航,让它们跟着'天狼星'号,我们来保护。"李约素下令。

小小的队伍很快调整了队形,"天狼星"号在最前列,黝黑的船体上泛起一层奇特的光晕,尘埃高速碰撞其上,形成一道道的晕环。

"接近边界,空间曲度七点三。"

"曲度七点八。"

布丁不断报告。陡峭的空间曲度显示出明显的效应,巨大的引力将李约素和佳上牢牢地压在地板上,布丁巧妙地调整座椅,让压力均衡地分布在他们的整个躯体上。

李约素死死地盯着眼前的光球。金灿灿的光芒占据了整个视野,除了光,还是光。李约素仿佛感到自己正在飞升,进入了一个圣洁的所在,祥和的光笼罩着他,让人无比平静。

一刹那,他想到了很多美好的东西。从天垂星上碧绿的田野,到银河之心那无比辉煌璀璨的恒星矩阵,母亲慈爱的笑容,第一次登上飞船时的好奇和惶惑,古力特,天狼七……那些战友的面孔,苏北旦站立窗前的婀娜身姿……所有的一切就像无数细碎的画面,在一瞬间涌入记忆,拼凑成一幅凝固的图画。一切又迅速淡去,旦素一浮现在眼前,她的面容逐渐模糊,不可辨认,笑容却锐利清晰。

光辉灿烂的深渊就在眼前,一旦跌入,没有任何方法可以逃离。

"永别了!"李约素在内心呐喊。一切的一切,他将永远不会再看见,但是,他会用自己的生命来捍卫那一切。跳入深渊,和那该死的时空瘤一道毁灭,他要用最大的努力来阻挡来自暗黑深渊的威胁。只要能成功,他所在意的那些美丽的事物,会在一个又一个的人类星域上演。文明不灭,人类的故事也将永恒。

"天狼星"号启动亚空间保护,它没入灿烂的金色光芒,就像一粒尘埃落入大海,一瞬间消失得干干净净,踪影全无。

短短的一瞬之后,"天狼星"号从亚空间脱离。他们来到一个截然不同的地方——天宇微微发红,而漫天星斗,几乎全是红色。

"船长,我们成功了!"布丁通告,略带兴奋,"我们进入了时空瘤,这个脐带区的确是一个通道。"

"我们只经历了六天的空白期!"推演之后布丁惊呼,"飞船时间只消耗了六十三秒,脐带区空间尺度不大,而且绝对陡峭。我们刚从悬崖上跳了下来。"

"这是不同的空间形态,不能使用常用模型。无论如何,我们要抓紧时间,探察周围情况。"佳上说完,看了李约素一眼。

李约素刚从极端的引力压迫中缓过劲来,望着眼前空阔的天宇,沉默不语。眼前的情形似曾相识,他到过这里。这个事实确定无疑,却又让他疑窦丛生。他记得一些奇特的场景:无数的黑飞船重重拱卫着中枢星,巨大的引力控制机械划出牢笼,恒星被挤压在狭小的空间里……这似乎是梦境中的情形,和眼前的一切并不完全相符。这里的星星看上去并没有被囚禁的迹象,而是均匀地分布在整个天宇。他们没有感受到灼人的辐射,这当然有些异样,整个背景辐射的温度高达三度,而漫天星斗,绝大部分都是两两相对的双星,少数是三星,他们甚至看不到任何一颗单独的星星。

"这里快要变成热锅了!"布丁说,"沙达克说的是对的,这个时空瘤正在快速崩溃,也许只要三百年,它就会彻底消失。"

"我们要做的是让这三百年的时间缩短为一瞬间。"佳上说,"核对空间位置,我们要找到真理会沙达克告诉你的关键点。"

"我们的弹出位置和预期有很大差别。按照沙达克的推论,这里应该存在一个类白洞区,具有反引力场,但是我们现在却处于平直空间中。我们可能错过了关键位置。"

"流体颗粒呢?"佳上问。

"没有发现任何颗粒的踪迹。跟随我们进入脐带区的颗粒应该有十六个,都在弹跳过程中失散了。"

"也没有木藤三将军的信号吗?"

"没有。我们周围什么都没有!"

"好吧。"佳上看了看李约素,后者什么话也没有说,只是看着眼前的天宇,怔怔出神。

"船长,我们要做出一些决定。"佳上提醒李约素,"所有的进入飞船都失散了,我们不知道他们在哪里,甚至不知道他们是否还活着。这里什么都没有,没有我们想看见的类白洞区,也没有敌人的踪影。我们要花很多时间来寻找线索,这是一个不好的迹象,因为我们没有多少时间可用。"尽管形势让人感到沮丧,佳上仍旧保持着冷静的语调,有条不紊地分析情况。

李约素没有回答。

"船长!"佳上伸手在他眼前比画。

李约素仍旧没有反应,他的瞳仁茫然失去了焦点。

"布丁,船长的生理情况正常吗?"佳上问。

"大脑活跃度百分之二百一十五;血压偏高十六个百分点,属于正常范围的上限;其他指标正常。"

"好吧,我们等他回过神来。也许他会有些什么不同寻常的发现告诉我们。"佳上下达指令,"在船长恢复之前,搜寻一切可能的信息。这里是蜘蛛人的老巢,它们一定留下了些什么。如果我们愿意相信真理会,那么这里应该还有另一个中枢星。问题在于,它在哪里?"佳上望着眼前无数的红色星星,"到底是哪颗?"

"好,我会尽快分析光残留,找到一些线索。"

天狼星号在微红的宇宙中疾驰,船上的人保持着沉默。

布丁再次打破沉默,"佳上,我发现了三个目标。可能是敌人!"说话间,三个亮点出现在佳上眼前。

佳上扭头望着李约素,他仍旧是一副茫然失神的模样。

"能看清目标的样子吗?"佳上问。

"距离太远。不过,它们速度很快,正向着我们飞来,八分钟后我可以看清它们的样子。我们怎么办? 准备和它们打一仗,还是逃跑?"

"连敌人的模样都没有看清就逃跑,那我们来到这里就毫无价值了。既然它们冲着我们来,不妨等一等。我们迟早要和这些蜘蛛人接触。当然,现在要随时做好准备,如果必须逃命,那就逃吧。希望这些飞船和我们曾经遭遇过的那些没有太大区别,这样'天狼星'号还能应付。"

"好的。光残留分析有一些结论了,你要听吗?"

"我听着呢。"

"目前的搜索结果支持这个时空瘤正进入最后收缩阶段的结论,收缩期将持续六百五十年左右,而不是原先估计的三百年。恒星的分布大体均匀,这是一个大尺度上很均匀的宇宙。当然,它的总尺度只有一百一十七光年,所以我们看到的星星,有一半以上只是它们的虚像。还有一个奇怪的事实,这个宇宙里的光速不是三十万公里每小时,而是二十八万公里每小时。"

佳上心中一动,正想开口说话,却听到李约素高亢的声音:"它们来了,准备战斗!"他似乎异常兴奋。

"遵命,船长! 我马上进行准备。"布丁很高兴地回答。两座小型炮台从"天狼星"号两侧弹出,护盾笼罩在飞船前方,"还有三十三分钟才会进入打击范围,要向它们冲去以缩短距离吗?"

"我不是让你准备战斗,"李约素松开扣带,向着后舱而去,"佳上,我要出去看看,你来吗?"

"让'天狼星'号迎战更有胜算。"佳上回答,然而他并没有坚持留在舱内,而是解开安全扣,和李约素一道去了后舱。

"布丁,你跟着我们,万一有事,可以支援。"佳上又说了一句。李约素没有表示反对。

"有些事我必须和你谈一谈。"当他们进入到盔甲中,准备关闭盔甲的面罩时,李约素突然开口。他望着佳上,脸上带着一丝忧虑。

"你发现了什么?"佳上问。

"一些出乎意料的东西。它们的确在这里,我感觉到了中枢星,和我想象的不太一样,它和摧毁了天垂星的那个不一样。我要亲眼去看看。"

"我们还不知道它在哪里。"

"我知道。"李约素说,看了佳上一眼,"这个中枢星给我一种很奇怪的感觉,它似乎能洞穿我的思维,如果这样,那就很糟糕,我也不知道自己的行为是不是真的合理。万一你发现我受到控制,千万要成全我。我可不想变成一个傀儡。我是认真的!无论如何,我不想成为行尸走肉。"

李约素说完盯着佳上,等待后者的承诺。

佳上看着他,神色平静地点点头,然后关闭盔甲。

两个盔甲战士一前一后,脱离"天狼星"号。"天狼星"号紧紧地跟着他们。

敌人越来越近,李约素感到呼吸急促,他很久没有这样的感觉了。正如真理会沙达克所言,这里有敌人的中枢星,他能感觉到许许多多的高能点集中在中枢星的周围,如果他的猜测没错,那里就是脐带区的另一端,残余的敌人都聚集在那里,希望在时空瘤湮没之前能够通过脐带区,求得一条生路。

这些异类也是怕死的!他有这样一种直觉。沉默而毫无怜悯的黑飞船,疯狂而毫不在意死亡的红虹群,全都残酷无情,它们就像一群冷酷的机器,不在意自己的生命,更不在意对手的。然而在这里,他感觉到了它们的恐惧。

中枢星在向他表达恐惧!

中枢星在向他的意识渗透。当他意识到这一点,马上中断了接触。这是从来没有发生过的事,在科尼尔星域的三年多时间里,他无数次和中枢星接触,他们能感觉到彼此的存在,然而从来没有过一次交流。这里的中枢星却不一样!这是一个可怕的事实,对方占据了绝对的优势,也许任何时刻,它都可能侵入到他的意识当中,不知不觉中操纵他的行为。唯一值得欣慰的是——他可以中断接触。也许这是一个好的迹象,中枢星并不能随心所欲。然而,谁又知道这是不是一个欲擒故纵的伎俩呢?

敌人的三艘飞船进入到射程范围。

"船长,我可以进行一次远程攻击试探。"布丁请示。

"跟着我们就行了,如果它们没有开火,我们也不要开火。"李约素指示。

"如果它们近距离发动攻击,会很危险。是不是要离得远一些?"布丁小心翼翼地问。

"让我来对付它们,不要啰唆!"李约素忽然觉得很烦躁,大声地呵斥。

布丁沉默下来。"天狼星"号仍旧紧紧跟随着两个盔甲武士。

敌人一直没有进行攻击。双方相对飞行,距离越来越近。当敌人的飞船在眼前渐渐变得清晰起来,李约素不禁心中一凛。他们眼前的敌人,并不属于任何一类曾经见过的黑飞船,它们的模样很像人类的飞梭,只是通体乌黑,色彩和黑飞船一样。

"佳上?"李约素呼叫。

"我看见了。"佳上回答,"它们模拟了我们飞船的结构和形态,这是一种聪明的伪装。"

李约素能感觉到眼前的三个高能点。外表的类似只是假象,它们具有特别的亚空间侧面,和从前的黑飞船没有两样,的确是敌人。

然而,它们并没有开火。犹豫间,双方的距离靠得更近了。

"船长,我收到了电波,从中间那艘飞船发出来的。"布丁传来紧急信息,"它们在尝试各个频段的电波,很明显,它们正试图和我们通话。"

"什么? 它们想说什么?"李约素感到意外。

"它们的编码和任何一种通用码都不同,我不知道它们发送的信息的具体意义。我无法破译这些电波,不过,它们在重复一段不长的代码,也许在反复向我们说一句什么话,或者一个词。"

"我们很快就能知道它们在搞什么鬼！"李约素看着迅速接近的飞船，"佳上，你退后，和布丁会合。我留在这里会一会它们，如果这是一个陷阱，我们不会连反击的机会都没有。"

"你不用这样去冒险。"佳上说，"我们回'天狼星'号，万一有事，'天狼星'号能够抵抗攻击。"

"不，它们是冲着我来的。"李约素坚持，"我必须在这里，面对面，也许我还得进入飞船内部去找它们。"

多年的相处经历证明，在这种情形下试图说服李约素是徒劳的，佳上稍稍减速，拉开和李约素的距离，向"天狼星"号靠拢。

李约素孤身一人，不再加速，只是凭着惯性向前。

敌人的飞船开始减速，它们从李约素身边飞快地掠过，然后掠过"天狼星"号，划出一个巨大的圆，掉头向着李约素追来。它们很快再次掠过"天狼星"号，紧紧地跟在李约素身后，稍加调整之后，和李约素保持着十米的距离，不再动作。

敌人的飞船外形是一个尖利的圆锥，锥体上四个短短的辅翼，结构简单明了。深黑色的船体在微弱的红色光芒中发亮，仿佛尖利的矛头。它们不算什么大家伙，看上去只比沙岗盔甲稍大一些，在李约素面前整齐排列。矛尖偶尔发亮，似乎正对李约素进行照射。

李约素听到了它们的声音，电波转化成某种声调，抑扬顿挫，不断重复，听上去仿佛湍急的水流在冲击堤岸，激起层层浪头。它们显然在说些什么，然而他并不明白它们的意思，于是只能静候，按照同样的电波频率回复："你们想做什么？"他并不期望对方能听懂，但是至少它们可以知道，他听到了。

中间的飞船产生了一些变化，四个短短的辅翼打开，从中各升起一根立柱，柱子顶端向着四周散发出细细的白色游丝，飞快生长，彼此交错。很快，它就像一顶半圆的帽子般顶在圆柱的顶部。四顶"帽子"彼此间开始交织在一起，白色的细丝编织成一个半球形，把飞船后端包裹起来。半球向着前方生长，逐渐地把整艘飞船包裹其中。

李约素沉默地看着眼前的异样,对方仿佛化作了一个白色的巨茧,不断生长,突兀地横在那里。

什么东西会破茧而出?这个念头划过李约素的脑际。他想起那些十只脚的体态类似蜘蛛的怪东西,他曾经见过许许多多的类蛛生物从茧壳中爬出。莫非他将面对一个更为巨大的蜘蛛生物?但是面对面之后,又该说些什么?

这些敌人来到这里,它们并不是来进行战斗的。它们前来交流,也许是请求和平。然而,李约素来到这里的目的,是毁掉整个时空瘤,让科尼尔星域发生剧烈扭曲,从而把绝大多数敌人抹去。无论这里的敌人是否比以前那些战争机器更愿意交流,更愿意达成和平,它们显然不会愿意为人类而牺牲。战斗不可避免,然而在开始战斗之前,一次充满诚意的交谈也很不错,李约素想。问题在于,怎样才能够交谈?除了尽量杀死对方,过去的几百年间,两个种族没有任何其他接触。

白色的巨茧散发出光芒,它显得隐约透明,仿佛一个磨砂灯,白色飞快褪去,巨茧变得透明,最后,它就像一个巨大的玻璃罩,把飞船笼罩于其中。

出来吧!李约素心中默念。

黑色锥体的表面现出一个圆孔,猛然间,一个黑糊糊的形体一跃而出。

李约素不由瞪大了眼睛。

对面,有一双眼睛同样瞪着他,那是一双人的眼睛。

从敌人的飞船上跳出来一个人!虽然全身漆黑,面目可憎,然而那毫无疑问是一个人,浑身上下一丝不挂,赤裸着身体,双手高举,嘴里不断嘀咕着什么,一双黑白分明的眼睛盯着李约素。

它不是人——它有一个亚空间侧面,它是一个高能点,它那看起来和人类相似的躯体并不能掩盖这个事实。李约素很快做出了判断。蜘蛛把它们的形态塑造得和人类一样,它们想做什么?

"船长,我要过来看看。"佳上呼叫他。

"来吧,它们不是来追杀我们的。"李约素一边回答,一边缓缓地向着那人靠过去。

"你是谁?"李约素问。明知道没有答案,他还是这样问。

"你是谁?"他居然听到了对方的回答。

"我是李约素,你是谁?"李约素有些惊喜,慌忙回答。

"我是李约素,你是谁?"他又听到同样的回答。

李约素不禁一笑,对方听不懂他在说什么,只是在重复。但这至少说明,对方能听到他说话。

佳上很快靠了过来。他注视着透明罩中乌黑的脸,良久不语,似乎在沉思。

"真是让人意外,是吗?"李约素问。

"令人惊讶。"佳上回答。

"我们听不懂它们说什么,它们也听不懂我们的话,现在该怎么办?"

"它们既然找到了你,当然不是想在这里和你对峙,我们只需要等着。"佳上说,"它们会带我们去合适的地方。"

"听上去是个不错的主意。"李约素不无揶揄。

"但是,我们得先做出一些决策。"佳上话锋一转,"是跟它们走,还是甩掉它们,执行原先的计划? 这个宇宙很小,我们很容易找到脐带区,还有机会执行原计划。"

李约素思考着佳上的建议。一种熟悉的感觉侵袭了他,来自远方,透过亚空间渗入他的思维。中枢星!

第二十四章 暗影浮现

"佳上！"李约素猛然转身，"它要我过去。你留下来和布丁一起，我去看看到底这个中枢星想做什么。它们既然把人类的形体给我们看，我就去看看到底它们在做什么。"

"我和你一道去。"佳上很坚决。

"我一个人去冒险就够了。记住你答应我的事。如果变成行尸走肉，我宁愿死掉。你去了，谁帮我办这件事？我们分头行动更好。"

"我要去它们的老巢，这不单单是你的事！"佳上脸色严肃，语气坚决，"那个黑色的人胸口有文身，你仔细看看。"

李约素有些意外，佳上从来不曾这样强硬。他向站立着的黑色人体看过去。此人的胸口在眼前放大，正如佳上所说，一个隐约的图形透出皮肤，图案很简单，三道横线，每道中间断作两截。李约素一怔，这是沙川人的徽记。

"这是你们家徽上的图样，它们把它印在这些人的胸口？"李约素问。

"不。他们是沙川人的战士，每一个战士的胸口都有这样的印迹。这是生长在身上的印迹。"

"战士，沙川人有战士？我们从来没见过雷电家族有战士，他们使用流体颗粒组织舰队,难道不是吗? 难道你们的飞船上有战士? 和天狼七他们一样?"李约素很惊讶,这是他从来没有听说过的事。

"'上佳'号上没有战士,但是沙川人曾经有这样的一种类型,那种战士被塑造成专精于战斗。和沙冈人不完全一样,那些战士不可能转化为指挥官,是纯粹的战斗阶层。他们严格说来不属于沙川人,你可以把他们看作生物工具。雷电家族的'青云'号曾经得到星尘人的改造,从此放弃了使用战士的方法,转而采用流体颗粒,但如果你询问'青云'号沙达克,他可以告诉你沙川人曾经有过战士。那是几十个世纪之前的事。"佳上顿了顿,"我所知道的进入这里的沙川飞船,只有'上佳'号。"

"但是'上佳'号里并没有战士。"

"制造战士并不是一件难事,也许某些装备被保留下来了。我必须去看看。"

李约素沉默着。佳上的决心不可动摇,如果说这个世界上还有什么事让他感到非做不可,"上佳"号的下落无疑就是其中一件。一个显而易见的线索就在眼前,他不可能放过。

中枢星持续地发出温柔的触摸。突然间,站立在锥形飞船上的黑色人形缩回到船舱内,原本透明的罩子变得浑浊,最后恢复成白色,迅速分解成千头万绪的游丝,颤抖着缩回到立柱中。最后,四根柱子收回,飞船恢复原状。

三艘飞船调整方向,启动,向着来时的方向而去,它们的速度并不快,缓缓而行,似乎在等待李约素跟上去。

"看见了吗? 它们在带路。"李约素说,"我们去吧,让'天狼星'号跟着它们,我们很快可以看到它们的老巢。布丁,我们一道去。"

三艘锥形飞船速度缓慢,很快便停下来,等待着。"天狼星"号靠近,李约素和佳上进入发射舱。

"布丁,不要补充气压。我们就在这里等着,有紧急情况我们就脱离飞船,'天狼星'号自己行动。收到我的命令你就必须自己开始行动,明白吗?"舱门一关闭,李约素便说。

"我明白,船长。但是我不想离开你行动。"

"我也不想,但是前边会很凶险,意外随时可能发生。别忘了我们来到这里的目的,外边的世界在等着我们。我和佳上都不知道接下来会发生什么事,你要做好准备独自去完成任务。"

"我明白,船长。"

"好,跟上它们。"

"天狼星"号向着对方的三艘飞船追去。三艘飞船不断加速,"天狼星"号不紧不慢地跟着,始终保持三百公里的距离,防护盾打开,全面警戒。

飞船的速度越来越快,达到千分之一光速。零点能引擎持续地穿透时空膜,借助狄拉克海的波澜前行,两道蓝色轨迹划破天宇,向着远方而去。

前方浮现出一座城市,仿佛一个巨大的空港,然而一片沉寂,没有一丝光亮。随着距离缩短,更多的细节显露出来,那里是人类的飞船!李约素和佳上对望一眼,沉默不语。

这是一个巨大的飞船群,密密麻麻,成千上万的飞船汇聚在一起,蔚为壮观。这里有粗糙的手工飞船、臃肿的椭球船、夸张的刺球……形形色色,就像是一个博物馆。而且确定无疑,这些都是人类飞船,因为绝大部分船体上都写着人类的通用语。亚科希、日光鑫、飞流鑫、巴特尔,远方……船名被印在船体醒目的位置,这正是人类的习惯。

在这个庞大的飞船博物馆里,所有的飞船都已经死去,静静地悬浮着。每一艘飞船,也许都有一个神奇的故事,然而,再也没有人来讲述。它们沉没在这深渊之中,成千上万年。

"这真不错!"李约素打破沉默,"可以开办一个人类飞船博物馆,和铁星的飞船博物馆相媲美了。如果吉钠在这里,他可以告诉我们每一艘飞船属于什么历史时期,也许我们还能找到他不认识的飞船。你可以和吉钠竞争馆主。"李约素想让气氛轻松一些,于是开起了玩笑。

"它们一直在关注人类,"佳上说,"处心积虑,而我们却毫无觉察。不过如果人类处在它们的位置,也会这么做的。任何智慧生命都会挣扎求生。如果不用巨大的优势打败人类,巩固落脚点,它们将无法重返银河。它们很了解我们。"

"我曾经听说过关于黄金星球的传闻,那边也被叫做蜘蛛星,一直有很多飞船失踪的传说,不过谁也没有太在意这个。"李约素回想起自己寻找黄金星球的往事,他被当作赌注牺牲品,的确也牺牲了,黄金星球吞没了他。只不过,因为某种原因,他最后被送回到科尼尔。李约素隐隐有些不安。眼前的景象提示他,这里的蛛形生物一直在观察研究人类,它们已经能够制造人类的飞船,甚至制造人类的形体。它们摧毁科尼尔,摧毁达门塔,摧毁俄罗斯⋯⋯科尼尔凹陷区和人类有关的一切都被这些蜘蛛形生物摧毁,它们建造了一个完全不同的文明,和人类没有一丝一缕的关联,然而在这深渊深处,它们却保留着如此多的人类飞船,甚至还造出了人类模样的生物。

"看起来,它们曾经在很多人身上做过试验。"李约素的声音也变得低沉起来。

佳上默不作声。

"天狼星"号跟随着锥形飞船进入到飞船群内部。更多的形形色色的飞船在"天狼星"号周围掠过,它们来自不同的历史时期,彼此间风格迥异。李约素和佳上望着层出不穷的飞船,这一奇观让他们目不转睛。他们深深地陷落在惶惑中,既不知道这些飞船被集中在这里有什么样的意图,也不明白此刻为什么此间的主人要刻意把这一幕展示给他们看。控制舱里没有声音,只有变化多姿的飞船不断闪现。

突然间,一艘飞船吸引了李约素的注意。

"布丁,给我看看刚才的那艘飞船。"

"哪一艘?这艘吗?"布丁重新调出图像,同时把镜头瞄准了正在远离的飞船。

"是的。"李约素回答,他几乎压抑不住惊喜的语调。一艘闪亮的飞船,在背景辐射的照耀下散发出红色的光芒。是的,他并没有看错,这是一艘镜子般的飞船,和他在那个神秘的遥远星球上见到过的镜子飞船如出一辙。

"看见了吗？这艘飞船……有人派它来的。"李约素说。

"我看不出这艘飞船有什么特殊。"佳上不解。

"我告诉过你镜子飞船的事吗？我在土斯星遇见过一艘镜子飞船，就和这艘飞船一样！当时你不在，你去了星渊人那里。那艘飞船把我召唤过去，它控制着土斯星。"李约素的语速极快。

佳上缓缓摇头，用疑惑的眼光看着李约素。

"这件事有些复杂，我没有告诉过你？……"李约素微微思索，"布丁，继续跟着前边的飞船，记录这艘飞船的位置，我们还要回来。"他转向佳上，"让我想想，再把整个过程告诉你。这艘飞船背后有一种力量，我们根本不知道，更不了解。但是它很强大，而且站在我们一边。"李约素说着点点头，"这是一个好消息，你说对吗？"

李约素把土斯星上发生的事原原本本告诉了佳上。佳上听完之后，陷入了沉思。

"我们回去看看。如果那艘飞船很重要，我们应该马上就查个明白。"佳上突然说。

"回去看看？放弃跟踪前方飞船？"布丁问。

"照佳上的话做。它们不会丢下我们的，我们完事了再折回来，它们会等我们。"李约素说。

"天狼星"号沿着来路折返。它穿过密密麻麻的破旧飞船，来到布丁所记录的位置，然而却找不到任何痕迹。

"确定无疑，这就是刚才我们看到它的位置。"布丁对自己的定位非常有信心，他标示出两艘飞船之间的一个亮点，"就在那里，你看，现在这里有一个空位，正好能停靠一艘飞船。"

确实正如布丁所说，这里本该有一艘飞船，然而此刻却空空如也，什么都没有。

李约素哈哈干笑了两声，"它躲着我们呢！这更说明，有人送它到这里来，而且故意让我看见。这是一种暗示，我们在这里不是孤军奋战。你说呢,佳上?"

佳上没有回应,眉头微蹙,似乎在考虑什么。

"我没有探测到任何亚空间波动,在这么密集的飞船群中,无法进行亚空间弹跳,没有预加速的空间。"布丁说。

"那么我们有一个好消息和一个坏消息。坏消息是,一艘飞船以一种不可理解的方式从我们眼前消失了,让我们显得很愚蠢;好消息是,它是站在我们这边的。"李约素继续说,"布丁,掉头回去,让我们看看蜘蛛人会给我们什么消息。"

李约素说着看了佳上一眼,佳上仍旧沉浸在思索中。

"天狼星"号再次掉头,去追赶那三艘黑色飞船。

它们果然没有远离,还在那一带缓慢巡航,等待着"天狼星"号追上来。

当"天狼星"号追近,三艘飞船开始加速。

控制舱里气氛沉闷。

"那不是飞船!"佳上突然开口说话。

"不是飞船,是什么?"李约素反问。

"你在土斯星上,曾经把手伸进去了,对吗?"

"是的,它的表面就像流动的水,我很容易就把手伸进去了,但是它马上就凝固起来,我怎么也动弹不了。也许当时我可以快一点,挤进去看看,那样的话,现在我们就不用费劲猜测它到底是什么了。到底是什么人把它做得像镜子一样?"

"那不是镜子。它是一个边界,连接我们的时空和另一个时空,它像一个气泡。"

李约素完全不明白佳上在说些什么,但是他早已习惯这样的情形,"布丁,你听明白佳上的意思吗?"他问布丁。布丁和许多个沙达克有过接触,完全能胜任银河百科全书的角色。

"超维空间。一个第四维展开的空间,在我们的三维时空里表现为空间膨胀。膨胀的程度和第四维展开的程度相关。因为我们的宇宙本身只有三维展开,如果展开第四维,就需要高能量密度,形成亚空间硬核。这种高指标的能量需求决定了在我们的时空中,第四维展开的尺度不能超过一百七十六米。刚才的镜子飞船只有五十五米长,在理论极限之内,但是根据沙达克的说法,这种亚空间硬核只在理论上存在。目前为止,没有任何人类记录……"

"好吧,我投降。"李约素打断布丁的话,"告诉我,如果有这么一个存在,它看起来像我们刚才见到的镜子飞船吗?"

"时空边界有将近百分之百的辐射反射率,因此,是的,它看上去像镜子一样光亮,甚至比镜子还要光亮。"

"你说的是对的,这可以解释它为什么能神秘失踪。"李约素对佳上说,"即便如此,又如何呢?"

"我不知道。沙达克从来没有告诉过我任何人类文明曾经制造出这样的存在物。也许正像你所说,这是一个神秘的力量,深不可测,但是只要他站在我们一边,那么这就应该是好事。一个掌握了超维空间技术的文明,如果他把这种技术用于征服其他文明,那将是轻而易举的事。然而,他却从来不曾在银河世界中出现,只是在暗中观察人类,这件事本身还是会让人产生一种不安全感。"佳上顿了顿,"让我们暂时把它放在一边,集中注意力做好眼前的事。"

李约素盯着佳上,"我感觉你还有些话没说。"

佳上坦然回答:"有些事我不能确定。也许我曾见过这种异常存在,我隐约记得父亲似乎曾站在这样的一个镜子面前说话。我一直以为他是自言自语,但也许就是这样的镜子。那是很小的时候,我记不清了。"

李约素若有所思,"我好像记得你说过,'上佳'号是得到了某种指示才来到科尼尔星域的。"

"是的……但是没有人可以证明这一点,包括我自己。人的记忆是不牢靠的,凭着我对童年时代的一点残留的回忆,说明不了什么。"

"哈,至少可以说明镜子飞船不是我的臆想。"话音刚落,"天狼星"号一阵猛烈震动。李约素猝不及防,身子一歪撞上佳上,有几分狼狈。

"布丁,怎么回事?"

"我们过了一道引力坎。"布丁回答。

"这么说,我们快到目的地了。"李约素马上意识到眼下的情况。所谓的引力坎,是引力陷阱的别称,在狭窄的空间里制造大量的扭曲,可以有效地防范大型飞船。碰上了引力坎,意味着他们接近了某些引力发生器,这是敌人的母舰周围常有的装备。

"让我们出去。"李约素下令,"这个时候,分散行动更好。"

舱门悄无声息地打开。

"船长,前方有一艘大船,看来我们已经抵达目的地。"说话间,布丁已经把图像传送到李约素眼前。

李约素微微一愣。眼前,一个巨大的轮状物缓缓旋转,中央是高耸的主轴。这活脱脱是一个环形世界!大船的舷窗散发着光亮,显示出旺盛的活力。引路的三艘飞船正向它靠近,它们很快消失在母舰的光亮中。

"它和'深渊'号几乎一模一样。但是'深渊'号上没有任何活动迹象,这艘飞船却是活的。"布丁说。

正如布丁所说,这艘飞船像极了"深渊"号,飞船上没有船名,也许在主轴的另一面。"真的一模一样,我想看看它是不是也叫'深渊'号。"李约素半开玩笑。

"我们要继续靠近吗?"

"我们当然要过去看看,已经到了这里,我们一定得进行到底。"李约素边说边往舱门边走,"不过,你要在这里等着我们。我和佳上过去看看,等我们的消息。"

"但是,船长,我想跟着你一道行动。"

"别傻了,你得随时准备逃跑,找一个直线无障碍的位置。如果我让你跑,你就启动超光速,别管其他的,只管超光速脱离,然后找到木藤三他们,和他们一起完成任务。"

"船长……"布丁还想说什么,李约素打断他,"就这么办。我们要出发了,你知道该怎么做,你是最棒的中枢。"说完,李约素就脱离了"天狼星"号,佳上紧跟着。

"布丁,别担心。我们不会有事。"佳上悄悄和布丁说了一句。

"谢谢佳上,这样我感到安心一些。"

他们向着前方的大船靠近。更多的锥形飞船浮现在眼前,组成三三两两的小队,绕着母舰巡航。许多球形体和母舰保持相对静止,这是空间发生器,它们制造了引力屏障,包裹着母舰。几艘中型战舰停泊在不远处,看上去船体坚固,与黑飞船截然不同,却和达门塔飞船类似。

"碳纳米管钛复合装甲。"李约素仔细观察了战舰的表面,"它们盗取了达门塔飞船的技术。我们找找看,也许还能看到流体颗粒。"

"它们学习一切必要的技术,但二者并不完全相同,它们的装甲没那么厚实。"佳上说,"失落的流体颗粒会自毁,颗粒的母本连'青云'号也无法制造。如果在这里看到流体颗粒,那说明它们至少能够破解核心文明的科技,最好我们别发现这一点。"

李约素露出一丝苦笑,"那儿真有一个。"他指着前方的某处。一个类似流体颗粒的小东西静静悬浮着。

"那不是颗粒,它是气泡飞行器,科尼尔文明的大飞船上有。这是次生技术而已。"佳上说。

"它们是复制人类科技的能手,我真迫不及待想看看飞船里边。"说到这里,李约素突然停住,前方的环形世界正转过一个角度,原先被遮挡的字迹显露出来——

"上佳"号!

一股寒意涌来,李约素一个激灵。他看了看佳上。

佳上仍旧保持平静,"这不是'上佳'号,它们盗用了这个名字。你知道'上佳'号被炸毁了,而且,这绝不是我记忆中'上佳'号的样子。"

环形世界的中央主轴发射出一道黄色的光,照亮了李约素和佳上。光亮中,几个人形鱼贯而出,向着李约素和佳上而来。它们很快逼近,这是几个机械骨骼,身躯庞大,几乎是沙冈装甲的两倍。骨骼的中央是一个透明泡,有人端坐其中,透明泡中似乎充满了溶液,人体就像被浸泡的标本。

一共六个机械骨骼，分作两组，分别面对着李约素和佳上。

里面仍旧是全身墨黑的类人，仍旧不会用人类的语言表达。他们不断地招手，示意李约素和佳上沿着黄色光线的指引向前。

"这算是一个盛大的欢迎仪式？"李约素故作轻松，"这几个骷髅盔甲倒是很有特色，我从来没有见过。看起来挺吓人，你说我们有把握打赢这些家伙吗？我看它们只是一个空架子。"

"它们是三个。"佳上言简意赅。

他们沿着黄色光线向前，两组骷髅装甲分别跟在他们身后。李约素注意到"天狼星"号悄悄转移了，而敌人并没有针对它采取任何行动。它们不会在这里动手。李约素这样想。

环形世界的主轴逐渐变得庞大，最后它成了视野中唯一的东西，主轴上敞开的发射舱口散发出明亮的光线，更多的发射舱口错落有致地分布在舰体表面，被黝黑的舱门所掩盖。这像是人类飞船，然而看上去又有些奇怪。李约素稍稍琢磨一下，很快明白是什么引起了疑惑：飞船上有太多的发射舱口，大大超过环形世界所需要的数目。

"看上去有些奇怪，主轴上到处都是发射舱，弄得它像一根被蛀烂的棍子。"李约素说。

"的确太多了。即便是环形世界战斗母舰，也无须设计这么多的舱口。这样的设计使得结构很脆弱，遇到攻击就会崩溃。也许这正是它需要在外围设立大范围引力坎的原因。"

李约素望着眼前无数个或明或暗的孔洞，突然间感觉它像另一种东西——蜂巢。环形世界别的地方一切正常，和一般的飞船表面无二，但主轴却疏松多孔，两者形成强烈的反差。

红虹！李约素仿佛看到无数的红虹从主轴上一涌而出，这样的情形他再熟悉不过，也再畏惧不过。蜘蛛人的黑色飞船并不坚固，相比而言，人类的钢铁飞船还能占据上风，但无穷无尽的红虹群却是巨大的麻烦，它们配合引力波动，也许是一种无解的战斗模式，唯一的办法就是在数量上能够和它们匹敌。红虻是蜘蛛人武装的核心,中枢星就是最大的红虻巢穴。

"它们把红虻巢穴搬到了人类飞船上。"李约素对佳上说。

"无论是不是红虻,它们都是大规模、小体积、高火力、高机动的战斗武器。这已经被证明是一种有效的战斗模式。我们会看到另一种武器,既然连人类环形世界都已经改头换面,它们完全可以把红虻也改得面目全非。"佳上回答。

从这个角度看过去,半个巨轮仿佛一座桥梁横过天宇,锥形飞船星星点点,三三两两的红色星星布满背景,眼前则是灯火辉煌的船体,舱门大开,等待他们到来。

"我们要进去了。"李约素说。他知道布丁也会听到这句话。

他最后望了一眼天宇。狭小的宇宙散发着淡淡的红色,因为急剧收缩,天边的星星似乎都在微微颤抖,最后的终结会在几百年间降临,对于一个智慧种族,几百年不过是弹指一挥间。它们种族的大部分早已成功脱离了这注定要湮灭无踪的家园,那么留在这里的它们呢? 在这几百年间,面对无法逾越的深渊,它们又经历了怎样的苦苦挣扎? 当人类最终和它们会面,又将是怎样的一种情形?

"佳上,我们走!"李约素招呼佳上。

"我有些迫不及待想看看飞船里边到底是什么了。"佳上模仿李约素的语调。

李约素哈哈大笑。两个盔甲战士肩并肩没入黄色光亮之中,两组骷髅盔甲紧跟其后,舱门随之关闭。

"哦。"远方的"天狼星"号上,布丁监测到一阵异常亚空间波动,从遥远的某个星系而来,汇入到眼前的环形世界中。布丁飞快地计算着,很快有了结论。

"我想我找到了中枢星的位置,如果船长在这里就好了。"他自言自语,说话间他再次调整"天狼星"号的位置,向着环形世界靠拢。如果有紧急情况,无论如何他也要试着把两个人救出来。

"天狼星"号面对环形世界,就像一粒缥缈的灰尘落在晶莹的玉盘上。

第二十五章 上佳疑云

看上去这是一艘地道的人类飞船。金属质地的通道，柔和的灯光适合人类的眼睛，连空气成分都适合人类呼吸，甚至舱壁上还写着一些人类的文字。

"银河广阔，人类的脚步却从未停下。终有一天，人类的足迹会遍布整个银河，我们的子孙会是这广阔星空的主人。"李约素读到一行小字。

"蜘蛛人居然把这样的标语写在这里，难道不是一种讽刺？"李约素对佳上说。

"也许它们根本不理解这是什么意思，只是从某一艘飞船上照搬过来而已。"

两个人继续沿着通道前行。通道按照骷髅盔甲的尺寸设计，因此对李约素和佳上显得非常宽敞。他们很快走到了通道尽头，在这里，次通道汇入主干道。主干道里静悄悄的，只在远方有一艘小小的锥形飞船停靠在发射舱边。一个骷髅盔甲在前边引路，示意李约素跟上去。李约素纵身跳进主干道，跟上引路人。

他们沿着主干道直抵飞船的核心。很快，眼前出现了巨大的穹顶，透明的穹顶之下，是碧绿的青草地，稀疏的树木夹杂其间，一条弯弯曲曲的溪流穿流而过。一群孩子正在玩耍,他们察觉到了头顶的动静,抬头张望,一张张稚气的脸,好奇地盯着头顶上这些不速之客。

李约素感到一阵惶然。这些孩子看上去和人类的儿童一般无二,只是浑身漆黑,甚至连眼睛也是黑黑的一团。

"它们不是只制造战士吗? 居然连小孩也制造?" 李约素望着佳上。

佳上缓缓摇头,"我不知道。" 他仔细地盯着孩子,"我们会明白的。"

骷髅盔甲停留在穹顶,示意李约素和佳上从一条小小的通道下去。通道很窄,骷髅盔甲无法通过,李约素和佳上依次钻了进去。

他们很快从另一端钻了出来,这是一个宽敞的大厅,四四方方,舱壁上泛着柔和的白光,前方有一道门,除此以外,既没有任何摆设,也没有任何动静,空空荡荡的。

身后的舱门快捷轻巧地合拢。重力从无到有,逐渐增大。最后,他们稳稳地站立。

"我们好像撞进了一座监狱," 李约素说,"傻瓜一样自投罗网。"

"我们全副武装,这房间挡不住我们,这里的主人应该明白这件事。" 佳上说,"除非他突然袭击,杀死我们。如果这样,那完全用不着费尽心思把我们带到这里。"

"道理是如此," 李约素回答,"但总归让人不安。" 他走近舱门,"这门看上去并不结实,我们可以强行打开。"

"还是让他们从那边打开更好,不妨再等等。"

"也好。" 李约素回到佳上身边,面对舱门,"要打赌吗? 门后边有什么?"

"一个人。" 佳上毫不犹豫。

"哈,和我想的一样。不过,我要修正一下:他有人的形体,却受到中枢星的控制,拥有亚空间侧面。"

"你已经感觉到了?"

"没错,他就在门后。我想他也能感觉到我。也许他正等着我们上前去把门推开。而且,他不是一个人。"

"三个？"

"没错。"

对话沉寂下来，李约素和佳上并肩站立，面朝大门，怀着忐忑不安的心情等待着。每一秒钟都显得无比漫长。

门悄无声息地打开。果然，三个人出现在他们面前。他们没有穿戴盔甲，而是穿着制服。

佳上微微感到惊诧，"他们穿着'上佳'号的制服！"

李约素也注意到这点，制服的左胸都绣着沙川人的家徽。

三个人向前走来，步伐一致，在距离他们五米的位置停下。

"请从盔甲里出来吧！欢迎来到'上佳'号。"当中的一个人开口说话。清脆悦耳的女声传来，李约素几乎不敢相信自己的耳朵。来人仰面看着他们，虽然肤色漆黑，然而仍旧能够看出精致的五官，和那些容貌丑陋的战士截然不同。

沙冈盔甲弹出，李约素麻利地滑落下来。他盯着眼前的人，感到万分不可思议。她们有人类的形体，有着与人类一样的步态，能够说流利的人类通用语，尽管有点奇怪的口音。如果不是身在深渊之中，她们身上散发着强烈的亚空间场，李约素会认定眼前站定的是三个人。

"我要确认是你在说话，还是你代表中枢星在说话。"李约素说。

"中枢星？"对方有些疑惑，然而很快明白过来，"你说的是根母。我会使用人类语言，根母不会。"

"它能听懂我们的谈话吗？"

"不，她听不懂。但是，我会告诉她我们谈了些什么。"

"你……是人类？"

"我是人类。难道不是吗？"

李约素一时不知道说些什么。他从来没有预料到会在这里发现人类，哪怕见到了那些被制造出来的战士，他也并没有特别不安，因为他们只是制造出来的躯体，就像佳上所说，他们更像是人形工具。然而站在眼前的这三位，如果说她们不是人类，那么李约素甚至都很难把自己定义成人类。这些人甚至还有孩子。

除了蜘蛛人，这里还有幸存的人，显然，他们和蜘蛛人在某种程度上相互渗透，然而毫无疑问他们仍旧应属于人类，并不比某些特异的星域里的人更怪异。

"佳上！"李约素想听听这个老伙计的说法。然而，佳上还没有从盔甲中脱离出来。

"佳上！"李约素抬头看去，佳上正端坐在驾驶舱中，双手紧握着操纵仪，似乎很紧张。居高临下，他紧盯着说话的女人，却一言不发，也没有任何动作。

李约素有些奇怪，"佳上，他们宣称这是'上佳'号呢！"

佳上艰难地进行了一次深呼吸，打开防护罩，从座舱中滑落。他站在女人面前，直直地盯着她，"卡伊，你是卡伊。你真的是卡伊吗？"

女人的脸上掠过一丝惊讶，她望着佳上，"我的名字的确叫做卡伊。你是谁？"

佳上脸上露出笑容，眼里却流出泪水，"你真的是卡伊，你还活着！银河在上！我是你哥哥，我是落亦。你不认识我了吗？"

卡伊迟疑着，"哥哥？"

"我是你哥哥。你不记得了吗？从小到大，直到你八岁，都是我在照顾你。爸爸呢？他还活着吗？"

卡伊将信将疑，"我不记得有个哥哥，我也没有父亲。"

佳上的热情瞬间冷却下来。卡伊就在眼前，然而她显然经历了某些特别的事，身体被重新塑造，甚至连记忆也可能被改写了。她仍旧活着，然而却早已是一种不同的存在。那个曾经和他一起长大的妹妹，已经随着"上佳"号的失事而死去了。

然而佳上心有不甘。

"船长，布丁那里仍旧保存着你们最早探测'上佳'号的记录，对吗？"

"应该如此，他从来不会删除记录。但是时间太久……"

"我要让她看看。"佳上掩饰不住焦急，"她是我妹妹，确定无疑，她的模样我不会记错,就算长大了,我也一眼就能认出来。"

"但她现在有一半是蜘蛛人……"李约素提醒他。

"是的,但她是我妹妹。"佳上转头望着她,"我会搞清楚的。"他转眼间改变了主意,"我们先看看她们找我们来到底想做什么。"

"你们把我们带到这里,我们已经来了。你们要做什么,直说吧。"佳上对卡伊说。

"宇宙末日很快就会到来,根母要求我们和你们谈判。只要你们能把我们带出去,你们的任何要求都可以得到满足。"卡伊坦率而直接。

"蜘蛛人的飞船摧毁了我们的星球,杀死了无数的人! 它们的力量比我们强大很多,怎么会需要我们的帮助?"李约素略带讥讽,"难道你们不属于蜘蛛人? 我从你们身上已经嗅到了蜘蛛人的气息!"

"我也同样能感受到你的亚空间场,李约素先生。"卡伊不卑不亢,"根母告诉我,你是第一个成功接受了植入的人类。你具有亚空间侧面,能够感应到亚空间波动,不是吗?"

李约素一时语塞。

"我们没有办法脱离这个宇宙。你们的要求毫无道理。"佳上接过话茬。

"根母说你们有办法。"卡伊针锋相对。

"什么办法?"

卡伊沉默下来,她神情恍惚,似乎陷入到沉思中,而身边的另两个女人则警惕地盯着李约素和佳上。

李约素感觉到了喃喃细语般的亚空间波动。眼前的女人正和几个光年之外的中枢星交流。这是超越光速的谈话,正是蜘蛛人的卓越之处。它们在亚空间连接成网络,对于信息的传递,时空膜上的尺度并非完全不可逾越。

卡伊回过神来,"根母告诉我,你们有能力利用空间膨胀进行转移,这可以避开因克服亚空间深度所需的巨大能量消耗。根据目前的能量状况,这是唯一可能的逃离途径。"

"但是很遗憾，我根本不明白你所说的唯一途径是什么。"李约素抢着回答，"我们到这里来可不是来扮演拯救者的，我们进来之前，对你们的存在一无所知，也根本没有计划脱离这个时空瘤，回到银河中去。"

"没错。根母说你们的目标是毁灭时空瘤。"

"它倒是对一切都很明白。"

"这个宇宙只剩下一百七十光年的尺度，其中的一切都瞒不过根母。你们的两艘飞船企图制造事端，遭到了强行驱逐。"

"哦，什么飞船？"

"两艘小飞船，和你的飞船一样，可以利用零点能飞行。"

"他们在哪里？"

"不远，距离我们大概六光年。"

"听起来，他们还活着？"

"我们没有任何意愿伤害他们，但是如果他们执意使用武力，那么我们只能毁掉他们。"

"哈，尽管动手好了。"李约素大大咧咧地一撇嘴，"在我死掉之前，我倒是很乐意看见木藤三那个家伙死在前面。"

"你们的计划不可能成功。"卡伊继续谈论毁灭计划。

"你们的信心很足，但是光有信心没用。"

"你们的力量无法和我们抗衡，更无法和根母抗衡。几艘小飞船不可能靠武力改变局势。"卡伊不紧不慢，"但是根母有一个提议。如果你们可以帮助我们脱离这里，她就能帮助你们毁掉这个时空瘤。相应地，那边的世界也会经历一次大灾难，我们相信那就是你们所需要的东西。"

能够进行宇宙航行的智慧种族对事物的判断大同小异。当李约素等从深渊直坠而下，这个宇宙中最智慧的存在已经觉察了他们的企图。如果它属于人类，也许还会露出一丝微笑，嘲笑这些人的自不量力。当然，也许是苦笑，它自身难保，多几个异族来陪葬毫无意义。然而，它却来找这些人，相信他们掌握着特殊的武器。

"我不知道这到底是怎么回事，不过也许我们可以详细地谈谈。"李约素边说边看佳上。

佳上保持沉默。

"请!"卡伊闪在一边,做出一个邀请的动作,手势优雅,姿态完美,身边的两个人如影随形般跟着她闪在一边。她们彼此间心意相通,完全不需要任何暗示或者交流。卡伊的脸上带着礼节性的微笑,这笑容十分迷人。

李约素毫不犹豫,大步向前走去。佳上一直盯着卡伊,目不转睛,经过她的身边时他突然停下,"卡伊,我们的父亲叫做刚风,他是'上佳'号的船长。我们是他仅有的两个子女。"

卡伊回望着他,黑色的眸子里闪烁着光彩,"我相信你说的都是事实,但是我的确不记得这些事了。现在我就是'上佳'号的船长。"

"为什么这艘飞船叫做'上佳'号?"

"它一直都叫'上佳'号。"

佳上扫了一眼卡伊身边的两个人,"你们都是'上佳'号上的儿童,回想一下童年,你们在哪里嬉戏?'上佳'号失事,所有的人都死了,被杀了,你们能活下来,肯定有特别的原因。仔细想想,不要对这个所谓的根母感恩戴德,它是你们的仇敌,杀死了我们的父亲,杀死了船上所有的人,如果你们要证据,我会找来给你们看。"

"落亦先生,我们会考虑你这番话。不过现在最重要的一件事,是达成协议。否则,我们在这个小小的宇宙里也无法和平共处。"卡伊说得彬彬有礼。

佳上点点头,"你是我的妹妹。我曾经失去你,我不想第二次失去你。"

卡伊定定地望着佳上,似乎被他的语言所打动了。然而她只是望着,并没有说话。佳上再次点头致意,向前跟上李约素。门后仍旧是通道,只是仅仅能够容纳人的身高,两米以上的人走过这样的通道会觉得有些压抑,盔甲无论如何无法通过这里。

他们最后在一面高大的墙前停下,通道在这里被隔断了。墙面上,六条短线分作三排,一个闪电的标志印在短线上方。这正是沙川人的家徽。

卡伊走过去,她正想把手放在墙上,中途却停下了。她面对佳上说:"如果你是我们的人,试一试能不能打开这道门。'上佳'号的所有成员都可以打开这道门。"

"你说的是那些从小在船上长大的人,对吗?"

"是的。"

佳上走上前,缓缓伸手。他明白这道门的作用,它能检验DNA,只有"上佳"号的成员可以通过。他记得这套装置,"上佳"号的重要阀门,都有这样的验证。然而,他并没有信心打开这道门,他的DNA完全没有改变,然而她们却不一样。

佳上凝神屏气,手指触到了墙面,冰凉的触感从指尖传来,他重重地把整个手掌都按了下去。

墙面上和手掌相触的部分泛起一阵柔和的蓝光,光晕在整个墙面上扩散,整面墙变成荧荧的蓝色,向上抬起。

佳上扭头,看着卡伊。

"很好,你证明了自己说的话。"卡伊不动声色,只是微微点了点头,然后走进了敞开的门洞。

李约素走过佳上的身边,"虽然她们都已经遗忘,但这艘飞船还认识你。这真是'上佳'号。"

佳上微微发怔,他没有料到会如此顺利。"上佳"号,这绝不可能是曾经的"上佳"号,她们一定是根据记忆重建了飞船。然而,血脉却继承了下来。无论她们的模样变得怎样,身上仍旧流淌着和他一样的血,他们的DNA彼此间仍旧相似。

门洞那边是一个异常宽敞的空间,穹顶高达数十米,呈现出深黑的颜色。卡伊和她的伙伴走进去,在穹顶中央下方站定。

佳上追了上去,"卡伊,'上佳'号被毁了,你必须明白这个事实。我们都是幸存者,如果根母没有告诉你这些,那么它就是在利用你。你绝不能信任它。"

卡伊看着佳上,"我们的确是幸存者,是根母救了我们,帮助我们重建。如果没有根母,我们早就死了,你也不会看见这里有'上佳'号,更不会看见我们这些人。她拯救了我们的生命,帮助我们重建飞船。如果我们不信任她,该信任谁?"

"它们杀死了我们无数的人,包括'上佳'号上成千上万的人,那都是我们的亲人!"佳上有些动怒,亲妹妹就在眼前,却已经投入敌人的怀抱。

"那不是根母干的。"卡伊平静地说。

"你说什么?"

"那不是根母干的。"卡伊重复这句话,加重了语气,"你们的世界里发生的灾难,完全和根母无关,那是诺姆所为。"

"你的根母和那个诺姆完全是两个不相干的中枢星?"李约素正走上来,听见卡伊的话后反问。

"是的。"卡伊毫不犹豫地回答。

"哈!"李约素干笑一声,"这简直是绝妙的双簧……但怎么才能让我们相信呢?"

"你们当然可以选择不相信,但是谁能帮你们毁灭这个时空瘤呢?就凭你们的小飞船?"卡伊冷冷地说,"如果根母和诺姆是一伙的,她不会毁灭自己来帮助你们打击诺姆,虽然这个宇宙最后终归要毁灭,但至少它还有很长的寿命。"

"说得对,为什么根母要毁灭自己来帮助我们?它要求我们拯救你们,这么看来你们和它是一体的,至少它愿意牺牲自己来成全你们。"佳上恢复了平静,语调平和。

"这里并没有什么秘密,"卡伊说,"我们身上有根母的影子。她把一些特别的能力给予了我们。我们是她的希望。"

"希望?"李约素带着不以为然的语气重复这个词。他本想说,你们身上随时可能冒出一只蜘蛛,它们就寄生在你们身上。然而看了看佳上,话到嘴边还是咽了下去。

"你们会重建蜘蛛人的文明?"佳上继续问。

"我们具有蜘蛛人的特质,能感受亚空间存在。但是我们属于人类……"

"这不合情理。"李约素插话,"能够感受亚空间存在的人类很多。这个叫做根母的中枢星希望我们把你们带出去,它不可能只是期望你们把亚空间存在发扬光大。它只是想拯救你们,一群不相干的人类,却要牺牲自己的整个族群,它是圣母吗?而且还是人类的圣母?银河里从来没有发生过这样的事!将来也不会发生。"

"我们有足够的时间了解彼此的立场。"卡伊并不急着辩驳,"但是根母既然决定要和你们合作,一定有她的理由。你们可以和她面对面交流。"

"面对面交流?我们和中枢星?"李约素有些疑惑。

"是的。如果你们想了解这个小小世界里发生的一切,根母是最合适的对话者。"

"你不知道这里曾经发生过什么吗?"佳上问。

"我不知道。我对'上佳'号之外的事不感兴趣。"

"至少你知道还有一个叫做诺姆的中枢星。"卡伊的话有些前后矛盾,李约素没有放过这个机会。

"那是根母自己告诉我的。至于她们之间到底发生了什么,根母没有说,我也不知道。也许你们对这个更有兴趣。"

李约素和佳上对望了一眼。

"我们怎么才能和根母交流?"佳上问。

"你不行,他可以。"卡伊直截了当,指了指李约素。

李约素并不惊讶,"我从来不相信人类和中枢星能够交流。"他说,"但是,这个叫做根母的中枢星的确不同,也许它通过你们了解了人类。我可以和它谈谈。它在哪里?就在这艘飞船里吗?还是我们得跨过几光年去见它?"

卡伊没有应答,只是笑了笑。她没有任何动作,李约素却感觉到异样的亚空间波动从她身上荡漾而出,整个舱室转瞬变成了一个谐振空间,亚空间波动在其中驻留。

这真是精妙的设计!李约素在心底暗暗赞叹。蜘蛛人对亚空间的存在有着独到的理解，它们设计这样的谐振舱，可以捕捉微小的亚空间波动，如果提供足够的能量，它甚至能复现超过波动源头的亚空间存在。

漆黑的穹顶逐渐变成通透的红色。李约素感觉到熟悉的波动缠绕着他。波动越来越强，最后将他完全包裹起来。李约素颓然坐倒在地，仿佛得了很严重的病，大口大口地喘息，肢体不自觉地抽搐起来。

佳上蹲下身子，扶着他。"李约素！"他关切地喊他的名字。

李约素没有任何回应，身子突然间绷得笔直，力气很大，猛然把佳上带了一个踉跄。李约素在地上挺了挺，不再动弹，双眼紧闭，牙关紧咬，好像昏死过去。

佳上抬眼看着卡伊。

卡伊不紧不慢地说："别紧张，他不会有事。"

佳上站起身，走到卡伊面前。他的个子比卡伊高出一头，卡伊仰着脸看他。

"我不担心他。"佳上平静地说，"如果想要我们帮助你们逃出这个将死的宇宙，你们不敢拿他怎么样。我担心你。"佳上盯着卡伊，"如果你不关心曾经发生了什么，你至少要明白曾经的'上佳'号上发生了什么。它们杀死了我们的人，我被关闭在发射通道里，是唯一的幸存者。李约素曾经在失事后登上飞船，他只看见了杀戮的记录。那里没有幸存者。既然你已经证明我属于这艘'上佳'号，我们就是一家人。至少你可以让我知道，你是如何幸存下来的？"

卡伊黑色的眸子闪光，她缓缓地摇头，"我不知道。"

"那怎么能断言根母救了你？"

卡伊笑了起来，"你不明白我们和根母之间奇妙的联系，她的思维对我们完全透明，她救了我们，这件事毋庸置疑。我根本不需要断言，她所给出的就是答案。"

"如果她欺骗你呢？"

"这不可能。"卡伊脸上的笑容变得有几分诡异，"她的思维完全透明，欺骗是人类才有的概念。当然我也有，因为我是一个人。"

"那么你可以隐瞒她？"

"不，我们和根母之间不存在欺骗，我们彼此间也不会相互欺骗，不存在这种可能性。"

"但是你可以欺骗我，是这样吗？"佳上话语中带着一丝苦涩。

"如果你说的是可能性，那么的确如此，我们彼此间并没有亚空间融合，只能靠语言交流，这就存在着欺骗的可行性。但是，我为什么要骗你？"

佳上一时沉默。

李约素发出一声呻吟，两人的目光都被吸引过去。李约素睁开眼睛，目光中透着倦怠，软弱无力的目光四处游走，最后停留在佳上身上。

"佳上……"他的声音嘶哑，仿佛一个在沙漠中走了许久、嗓子干裂的人，"我见到它了，中枢星，我看见它……"

第二十六章 远古神话

"天狼星"号正以百分之一光速疾驰。

布丁发出弹跳预警,十分钟后,"天狼星"号倏地进入亚空间屏障。中央投影里的一切都凝固不动,淡红的天宇上,一颗颗红色的星星璀璨夺目,人类的飞船群汇聚成黑黑的一团,正在图景的中央。卡伊的城市就在飞船群附近,那被称作"上佳"号的环形世界仍旧在旋转,城市里有成千上万的人,他们学习、训练,培养下一代,和其他环形世界里所发生的一般无二;他们为未来而忧惧,为生存而挣扎,也和其他环形世界一般无二。唯一不同的是,他们是黑的。那不是简单的黑色皮肤,而是从内到外,身体的每一个细胞都被改造,新长出的每一个细胞,也都带着黑色,他们的孩子,也无可避免地带上黑色的印记。

他们的确属于人类,然而却是一个崭新的种族。从某种意义上说,他们也是蜘蛛人的继承者。每一个细胞都能形成亚空间场,所有的细胞集合,形成亚空间侧面,这是蜘蛛人才具备的属性。

人还是非人?这个问题似乎并不难回答,却又让人产生了极大的困惑。非我族类,其心必异,人类自身的种族家族之间也有或隐或显的隔阂,这样一个特殊的黑色种族,必然要被划入到异类中去。然而,她们却是"上佳"号的后裔,是佳上的亲人。

"佳上,你觉得根母可靠吗?"当李约素确定进入亚空间后,他问佳上。即便根母能够刺探这个宇宙里发生的一切,也无法得知正在亚空间弹跳中的飞船里发生了什么事。亚空间弹跳中的飞船完全封闭,在任何维度上都是如此。

佳上没有回答。

李约素瞥了一眼,佳上怔怔出神,盯着图景中央的飞船群,一言不发。自从离开卡伊的飞船,他便经常这样发愣,和往常完全不同。李约素明白佳上在想些什么,"上佳"号的下落一直是他最牵挂的事,然而当疑团以这样的方式被揭开时,反倒让他的内心失去了平衡。李约素一直认为佳上是巡逻者的最佳典型,所有的巡逻者都应该像他这样,既聪明睿智,又不乏温情,然而此刻,李约素明白极端情况下,完全理性无情的巡逻者才是最佳选择,就像巴达将军,或者天狼七。

他不由想起了旦素一。当她抛弃了雷电家族的躯体,成为一个科尼尔人,她就同时成了一个随时可能情绪失控的女人。她以极大的毅力克制着内心的渴望,以完成一个指挥官的职责。旦素一告别时略带悲伤的眼神浮现在他的脑海里,挥之不去。

李约素略微思忖了一下,"布丁,播放那段'上佳'号的录像,有图画的那一段。"他招呼布丁。

环形世界出现在眼前,这是他三十二年前的历险,发生在科尼尔世界的五百八十年前。对于这个小小的宇宙,这件事却只发生在十八年前。这个宇宙具有截然不同的时空特点,它的质子半衰期比正常时空短一半,宇宙常数却只有二分之一。虽然剧烈收缩的宇宙里,时间已经大幅度加快,却还是比银河世界慢得多。时空瘤还有六百多年的寿命,对于外面的世界,它却还能存在两千多年。两千多年的时间,足够蜘蛛人慢慢爬出凹陷区,彻底摆脱被囚禁的命运。

绝不能让它们爬出去!

李约素看着录像中的画面。他找到了儿童舱,儿童舱里桌椅零落。很快,他看到了墙上的画。

画面上,一个小女孩拉着两个人的手,他们站在青青的草地上,头顶上有蓝天白云,远处是高山,太阳从山顶上露出半个脸。爸爸、哥哥和我——这是图画的标题。

画面吸引了佳上的注意力,他的眼神不再涣散无神。

"卡伊不记得这幅画。"他平静地说。在"上佳"号滞留的时候,佳上给卡伊看了这幅画,然而,她已经全然忘记。

"这是她的画,我亲眼看着她画出来的。老师把它当作最佳作品,挂在墙上。卡伊从小就很聪明,很有画画的天分。"佳上沉浸在回忆中,略带伤感。李约素从没有见过佳上这样。

"她记得你。"李约素说。

佳上扭头看着他,"你说什么?"

"她记得你。"李约素强调,"虽然她几乎不记得任何往事,但是她记得。我从她的眼睛里看得出来,她被你描述的故事打动了。"

"我没看出来。"

"那是因为你的眼神不够好,"李约素点点头,"你得注意细微之处,细微之处,眨眼就不见了。但是我看见了。"

佳上淡淡一笑,"但愿你真的看见了。"

"你觉得我们能相信那个所谓的根母吗?"李约素趁机岔开话题。

"不能。"佳上回答。

"但是它在这个宇宙中几乎无处不在。"

"是的,所以我们更要小心,我们的计划要做一些调整。"佳上转过身,面对李约素,"虽然根母并不可靠,但它比我们更有力量。它认为存在一种力量可以带我们离开,这种判断或许也有它的可能性。无论你是否记得,你的确曾经从这个世界逃离,对吗?于情于理,这都不可能是蜘蛛人所为。因此,也许真有这么一股神秘力量。"

"你说得很对,但无论它是否存在,都不在我们的掌握中。"李约素感到佳上或许有了新的想法,"怎么调整计划?"他追问。

"如果出不去，我们就毁掉这个世界；如果能出去，就带上'上佳'号的人，至少要带上卡伊。"

李约素定地看着佳上，"我们也许有机会毁掉这个世界，但我不认为我们有机会逃出去。我们从来没想过逃出去，对吗？"

"是的，但是情况变化了。"

"因为卡伊？"

"部分原因如此。更重要的是，如果我们有机会逃出去，卡伊可以和我们站在同一条战线上。这样对蜘蛛人将产生最大的杀伤力。"

"如果我们成功了，人类舰队就可以轻易消灭残留的敌人。这些被改造的人身上也许隐藏着什么阴谋诡计，让他们和这个世界一道消失，这是最安全的办法。"

"但战争没有结束。那个来自镜子飞船的神秘存在告诉过你，真正凶险的敌人不在科尼尔，它们已经扩散到了猎户座旋臂，再有一千年，战火会蔓延到整个猎户旋臂。"佳上把李约素陈述的镜子飞船的预言摆了出来。

"你相信这个？"

"我们可以考虑这种情况。"

李约素露出一丝无奈，"我只知道，我们连眼前的敌人都无法对付。你看到了，科尼尔的暗黑舰队突破了好望角，正快速突破众多星域，朝着银河深处侵略，人类星域的力量无法阻挡它们。它们会毁掉无数个文明世界。"

"没错，但如果你把视野放宽到千年万年，这并不是什么大事。巡逻者已经出发，他们会和这些侵略者迎头相碰，最后把它们从旋臂上扫除干净。联合舰队也在聚集力量，他们会有效地延缓敌人的侵略步伐，甚至可能消灭很大一部分敌人……"

"好吧！你的意思是我们完全可以把千千万万个文明世界抛弃掉，我们只需要高高在上，看着这些该死的杂碎把我们的同类当做垃圾丢进恒星火焰里，然后看着来自银河之心的拯救者把它们清理掉……这是一出戏剧吗？我们是看戏的？"李约素有些生气,不自觉地提高了嗓门。

"当然不是。"佳上保持着冷静,"我们当然要尽自己最大的力量,这也是我们来到这里的原因。只是,不用把所有的可能性都堵死,只给自己留下最后那个。我们会看到的。"

"我真希望我像你一样有信心。"李约素嘀咕着,"这简直是迷信。我们该怎么办？我可以迷惑中枢星,但是我们下一步该怎么行动？找到脐带区,把它割断,还是去寻找中枢星所说的方舟？中枢星认为我们都可以在末日之前进入方舟,逃离这个崩溃的世界。"

"走一步,看一步。"佳上说,"我也不知道。也许等我们到了中枢星那儿,会了解得更多一些。"

"是啊,要被它吃掉的人不是你。"李约素语带讥讽。

"它不会吃掉你。"佳上却很认真,"我考虑过这种可能性,它只是希望找到你记忆深处的内容,找到一个办法逃出去。方舟……这倒是一个很有趣的词,它是这么和你说的？"

"它提到一艘船,我还能怎么描述？能够在末日把所有人都救出去的船,难道不是方舟？"

佳上微微思忖,"暂时不提眼前的事。我听吉钠提到过一艘船,根据他的描述,这艘船应该叫做'联合'号。它把人类从起源星球带到了太空。"

"哦,我从来没有听说。布丁,你有听说吗？"

"没有,船长。"

"好吧,我相信这是一个很有趣的传说,那和我们的处境有什么关系？"李约素说。

"我很快可以说明这件事和目前的处境之间的关系,但是要先把关于起源星球的事说完。"佳上不紧不慢,"吉钠告诉我的这件事,关键之处在于它确定了起源星球的确存在。起源星球的传说在漫长的时间里变得支离破碎,每个家族,每个星域可能都有不同的说法,但是,所有的传说都有一个共同点——人类因为对起源星球的破坏而受到惩罚,被驱逐,然后才有了人类今天几乎散布在整个银河的奇迹。铁星人对历史有独特的兴趣,他们的历史记录也许是整个银河世界里最完整的,也最接近真实。吉钠能够确定起源星球的确存在,那么顺理成章,人类关于起源的集体记忆也同样是真实的。有那么一个星球,人类在它上面从动物界进化成智慧生物,创造文明,而这个星球的主宰,最后把人类驱逐到了太空。"

李约素听得有些入迷,"这是神话,但是听起来很吸引人。"

"这不是神话,这是历史。吉钠可以给你证明,这是真正的历史。"佳上认真纠正李约素。

李约素摊了摊手,耸耸肩,表示不以为意。

佳上不为所动,继续说:"人类的起源至少在一亿年前。现在人类遍布整个银河,起源星球呢?在这一亿多年的时间里,它在做什么?既然它能够把人类驱逐到太空,至少在那个时刻,它的科技水准大大超过了人类先祖,我们都很清楚,一旦跨入星际航行的门槛,只要有时间,一定能发展到亚空间旅行,最后融入到银河社会。但是,任何人类星域都再也没有关于起源星球的消息,起源星球像谜一样凭空消失,成了神话。"

"有很多文明也是这样消失的。"李约素并不认可佳上的观点,"并不是每个星际文明都可以永存,银河永远在变化。"

"没错,但是所有消失的文明,我们都能找到它最后的继承者。只有这个奇特的起源星球,你无法找到任何踪迹。任何星域、环形世界,或者巡逻者,除了这个神话,没有其他任何有价值的信息,包括铁星人,也只是知道曾经最古老的飞船叫做'联合'号。"佳上稍稍停顿,"这么重要的一个文明,早期人类一定想方设法要把它记录在案,因为人类依恋家园,更何况这是人类的起源地。它在文明史上的消失肯定另有原因。"

"什么原因?"李约素和布丁几乎异口同声地问。

"它在人类历史的早期从人类的记录中抹去了关于自己的记录。"佳上说,"这不是我独创的观点,这种观点流传在巡逻者家族中,我在星渊人长老那里也听到过同样的看法。对人类文明,这是一个巨大的未知因素,它隐藏自己,从不显露,人们无从知道经过上亿年的时间,它变成了怎样的一种存在。可以确定的一点,它并不像人类一样四处扩张文明,也从来不进行征服，因为我们从来没有听到过任何这方面的消息。"

佳上说完，看着李约素，似乎在鼓励他进行一些质疑。然而李约素只是瞪着他，等他说下去。佳上微微点点头，"昂山人有个传说，起源星球是一个超级头脑，它和人类不一样，所有人类的计算能力总和也无法与之相比。"

李约素皱了皱眉，"听起来像是在描述沙达克……是人类制造了它？"

"没错，人类制造了它，但并不是这么简单。它能够自我发展，也许人类只是制造了第一个环节，后边所有的发展完全不受人类的控制。它比沙达克要庞大得多。根据吉钠的说法，为了驱逐人类，它灭绝了起源星球上几乎所有的人类，只留下了'联合'号。"

李约素感到心中一凛。一颗星球上所有的人类，这该是多么庞大的一个数字，即便那是一颗地广人稀的星球，至少也有上亿人。它毫不留情地杀戮人类，和中枢星一般无二。人类何时催生了这样一个凶手？

"这的确很残酷。"李约素咽下一口唾沫，"那么，你相信它仍旧存在？"

"我们手头上的线索很有限。但是我相信一种可能性，它就在这里。"

"这里？难道你想说蜘蛛人文明就是起源星球？这简直太滑稽了。"李约素无法相信。

"当然不是。我说的是镜子飞船。"佳上平静地说。

李约素感到头脑里仿佛传出一声巨响，似乎有一扇门在眼前打开。他猛然明白了佳上想说的整个故事。一切都不是偶然，某个高高在上的存在一直关注着这片被隔绝的时空。它是人类的源头，但它却又并非人类，它默默地关注蜘蛛人，暗中推动人类的发展，却没有人了解它的真面目。

"你怀疑镜子飞船来自于起源星球？我不知道你还是一个起源星球的专家。"李约素说。

"所有的逻辑，直到我看到镜船，而中枢星又要求提供能够脱离深渊的飞船时，才变得完整。根母相信我们具有这样的能力，而它的观察不会错。在我们的逻辑范围内，没有任何飞船能够从这个宇宙里脱逃，哪怕中枢星这样的存在，它从脐带区送出了一支舰队，这就是它能够做到的全部。眼下的形势已经完全不同，再也没有可能像上一次入侵那样，进行一次大规模亚空间弹跳。哪怕单舰弹跳也不可能，这个宇宙的收缩导致它的亚空间深度是上一次入侵之前的三倍，而脐带区已经变得异常陡峭。没有任何飞船能逃出去。唯一的例外是镜子飞船，那是一个来自高维的存在，我们无法断言它的行为。如果根母有所指，只能是它。"

"而它来自起源星球？"

"我猜想是这样，你的土斯星经历，能侧面印证这个猜想。人类的朋友，它这么称呼自己。作为朋友，它的行踪过于诡异。我们把它称作第三方更合适。"

李约素默默咀嚼佳上的话。如果佳上所说的是真的，起源星球就是和人类世界相伴的暗流，甚至在暗中支配着人类。他从来没有想过会有这样的存在，即便是沙达克真理会，那也可以算作人类的一个旁支，而镜子飞船背后，神秘的力量从来和人类毫无瓜葛。它也许是人类的造物，却早已经超越人类，躲藏在冥冥之中，注视着人类把文明撒播到整个银河。

"至少它对人类并无恶意。"沉默良久之后，李约素说，"如果它真能有办法从这个世界里逃脱，它会帮助我们的。"李约素说着笑了起来，"现在我倒希望你说的都是真的。镜子飞船不会抛弃我，它说过会在合适的时候出现，现在它已经出现了一次，它一定还会有动作。"

"我也这么认为。如果它认为猎户座旋臂上的敌人更为致命，那它是不会让你们在这里死掉的。"

"你说的是'你们'，你想说我和布丁？"

"不，你和卡伊她们。"

李约素明白了佳上的想法。镜子飞船所需要的，是一个具有亚空间侧面、能够感知蜘蛛的人，除了他，卡伊一族具有同样的特质。

"好吧，我承认你想得很远，我从来没有想过。现在的问题是，这不是我们所能控制的。镜子飞船高兴来就来，谁也不知道它何时来，外边的科尼尔世界却正等着我们的消息，我们拖不了太久。"

"必须等到它再次和你联系。"佳上斩钉截铁地说。

李约素看着佳上，有些疑虑，"我一直担心自己会被中枢星控制，现在我更担心你是不是因为卡伊的出现而影响了判断力。"他加重语气，"虽然有时候我并不一定会完全按照你的意见行事，但是你的意见一直最具有合理性。我不得不问：是否因为卡伊是你的妹妹，现在你找到了'上佳'号，才做出这样的决定？"

"卡伊是我的妹妹，但这并不影响我的结论。等待是我们眼下最优的策略。至少有三股力量比我们掌握更多的信息，具有更大的能耐——中枢星、镜子飞船、真理会。但是，他们都没有行动。甚至真理会也没有露面催促我们完成坍缩任务，这对真理会沙达克来说轻而易举。我们有时间，可以等。"佳上顿了顿，露出一丝犹豫，然而最后还是坦然地说，"卡伊是我妹妹，我必须看护她。如果我不能带她离开这个时空瘤，我就会留下来。希望这不会影响你的行动。"

李约素默然。

"沙川人从不抛弃亲人。"佳上说完这一句便陷入沉默，过了一小会儿，他的眼神又变得涣散无神——看着星图，眸子里却茫然无物。

李约素却心潮起伏，难以平静。佳上讲了一个神话，也许这是真的，也许不是。不管怎么样，神秘的镜子飞船的确是一种无法解释的存在，它自称并非人类，却和人类渊源颇深，如果从人类的文明史去解释，也许起源星球是最合适的目标。他回想土斯星上发生的一切。那个神秘的存在说它会在合适的时候出现，而眼前，正是一个死亡任务，如果它还不出现，那么也许就再也不会有其他合适的机会了。或许佳上的主意是对的，现在应该等待，直到那些深不可测的存在给出更明确的信息。

李约素有种自不量力的感觉。就在谈话前，他还充满信心，想用自己的力量去阻挡咆哮的黑色狂潮，拯救成千上万的星域文明。但此刻，他深感疲惫无力，就像一个走夜路的人，猛然间意识到前方的灯火并非可以歇

　　脚的人家,而只是天空飘落的一盏灯,落在无边的荒野里。

　　一个人失去自信,便迫切希望别人能给他信心。

　　突然间,李约素无比渴望有人在他耳边轻语:"天垂星科尼尔。"

第二十七章 黑暗之根

这是一种从未得见的东西，很难说它是一艘母舰还是一个星球，也许它就是一个活体。

庞大的球体静静地悬挂在淡红的天宇上，巍然不动，一团漆黑，仿佛一个巨大的空洞。无数的根须向着四面八方蔓延，或粗或细，在球体表面纠结，分开，向着外围生长。根须和本体相连的部分是纯粹的黑色，颜色随着根须的延伸而慢慢变浅，最后变成纯粹的白。它不断延伸，不断分离出细小的枝丫，彼此间交错，编织成无比复杂的立体网络。根须看不到尽头，它只是消失在远方淡淡的红色天宇中。根的网络也看不到尽头，它无比庞大，向着整个行星轨道蔓延。

红色的恒星在远方发光，更近的位置上，一个白亮的天体更为醒目，仿佛一艘巨大的飞船——那是脐带区，一个类白洞，距离并不遥远。一串细小的天体在白亮天体的亮面移动，那是蜘蛛人的舰队。

所有一切的中央，是黑色的巨球。

"这就是根母？"佳上问。

"没错。"李约素能够感觉到强烈的亚空间气息。在亚空间里，它同样是一个庞然大物，就像巍然的高山般耸立，而李约素则渺小得不足道。虽然亚空间并非实体,彼此间无法攻击,李约素仍旧能感觉到威压,那不是源自担心生存的恐惧,而是对宇宙造物的惊叹。世界上居然存在这样的生物!

李约素感到心在发颤,他控制着情绪,努力保持平静。

"天狼星"号在白色根须的丛林中缓缓飞行。细小的根须在近处看来变成了庞然巨物,它的直径几乎是"天狼星"号的十倍。根须上有小巧的生物活动,它们类似蜘蛛,十条腿,白色,在真空中灵巧地攀爬,时而钻入根须内部,时而又钻出去。

"这真是奇迹!"李约素重重地吁了一口气,"中枢星就是这样的模样?和毁灭了天垂星的那个有些不同。"

"也许那是特殊形态,这个才是常态。这叫根母,另一个叫什么?诺姆?它们也有名字。从根本上说,它们和人类一样……"佳上说。

"可惜银河只有一个。"李约素打断他,"其实银河广阔,它们完全可以和人类共存,然而战争已经开始,只会留下一个胜利者。"

"这也未必,也许战争会在某个星域中止,在某个双方都能够接受的中点,这是平衡态势的和平,双方既没有必要,也没有能力继续打一场银河战争。至少人类的历史表明如此,如果它们具有高度智慧,也会如此。"佳上缓缓地说。

李约素微微一笑,"那些银河深处的老家伙就是这么和你说的?也许再过几百年,战争会慢慢平息下来,但是对我来说,这是一场要进行到底的战争。这是血仇,科尼尔人流的血必须用血来还!更何况,它们正在扩大战争,毁灭更多的星域,杀死更多的人。我们到这里来,就是想让更多的人避免死亡。无论它看起来多么不可思议,它都是我们的敌人!"李约素坚定地说。

"你不需要反复地说服自己正面对一个敌人。你面对一个未知的生灵,而你要了解它的处境。"佳上显然经过深思熟虑,"它是一个绝望的生物,知道自己将要和这个宇宙一起完蛋,而你是它唯一的救命稻草。既然来到这里,你就不能用对待敌人的方式对待它。至少,眼下这个时刻,它不是敌人,而是一个合作者。"

李约素点头,"我明白你的意思。"转眼间,他又开起玩笑,"如果你看到我白的进去,黑的出来,就让布丁带着你赶紧跑。保不准我已经泄露了坍缩计划,中枢星要把'天狼星'号抓起来变成废品,跟那些废弃的飞船堆到一起去。"

"它不会损伤你的身体,我相信这一点。"佳上并不认可这个玩笑,一本正经地说。

飞船越发靠近根母的本体,它就像一个星球,散发出均匀的引力场,拖拽着"天狼星"号。

"它一定是个很坚硬的家伙。如果一个人身体有这么大,那早就被引力拖垮了。可它看上去很健康。"李约素说。

"我们还不知道它到底是一个生物,还是类似于沙达克的存在。根据目前的资料,它应该是一个生物体,而且是一个没有任何机械文明的智慧造物。一个生物体长到这样的尺寸,的确有些不可思议。"

"我们很快就能知道。"李约素看着越发庞大的目标,它已经占据了全部的视野,不留一点缝隙。很快,"天狼星"号接近表面,飞船仿佛在荆棘丛中穿行,不断躲避高高低低的枝丫,"这很不友好,不懂一点待客之道。"他全力感受着那看不见的存在物。庞大的亚空间体仍旧巍然耸立,并未送出任何信号,他感到困惑,中枢星指引他来到这里,却不再有任何指示,"天狼星"号接近星球表面,却不知道该如何接触它。

"布丁,知道该怎么进门吗?"李约素高声问。

"不知道。"布丁回答,"我会降落到最低处,如果有入口,我们就能进去。"

"只管下降,如果无路可走,就打开一个入口。"李约素笑着说。

"我们可以等等。"佳上赶紧建议,"我们可以在这里等待,它会找到我们。"

"它邀请我们到这里来,可不是邀请我们来白耗时间。它不会介意我们破门而入,其实它根本不在意这点损伤。看看它的体积,这就是给它挠痒痒而已。我们得尽快进去,找到它的头脑,和它对话。"李约素满不在乎地说。当他最初接触到中枢星,当他明白这个中枢星可以和他相互感应,彼此交流,他曾感到莫大的恐惧。然而,当他来到这里,切实地感受到亚空间里那如山岳般高耸的庞然大物,他突然间变得满不在乎。事情已经够糟糕了,没有什么会让它变得更糟糕。唯一值得担心的事,就是布丁和佳上的安全。甚至连他们的安全也只在这个被称为根母的中枢星一念之间。李约素有几分怨恨,真理会沙达克并没有告知留存此地的中枢星竟然具有这样大的威力,它的感知遍布这个小小的宇宙,而蜘蛛人的舰队则四处都是,根本没有执行坍缩计划的可能。沙达克向他兜售了一个糟糕的计划,让他们闯入死地,这简直是一种罪行。他恨不得沙达克马上出现,让他可以有一个发泄的机会。

布丁并没有执行李约素的命令。"天狼星"号经过几个起落,很快靠近黑色球体表面降落下去。当飞船最后停稳,中央投影中显示出周围的景象:四周是粗糙而漆黑的表面,一片平坦,一直伸向远方,和天宇相接。众多粗壮的枝干从地面向着天空生长,无限延伸,融入天穹,天穹上,布满蛛网一般的白色物体,它们好像是这些高大虬枝上绽放的花朵,是从这些让人感到不可思议的粗壮枝干生长出来的。而事实上,它们组成了更大更广阔的一张网,并不像此间看去那么纤细渺小,它们环绕星球,蔓延到整个行星轨道,是名副其实的庞然大物,远远超过黑色球体本身。

四周安宁无比,没有任何动静。

"天狼星"号控制舱里同样保持着沉默。

"好吧,我们来打赌。"李约素打破沉默,"什么活物会出现在我们眼前? 谁愿意猜? 布丁,你先来。"

"我不知道。"布丁老老实实地回答。

"佳上,你说呢?"

"除了中枢星,这里没有别的活物。"

"也不对,至少有些小东西。"李约素回答,"不过你们都看不到,我也不找你们要赌注。有些小东西,布丁你能看见吗? 顺着枝干向上找找。"

布丁照李约素说的在粗大的枝干上搜寻,他果然发现了一些运动着的物体。那是些细小的黑色生物,正沿着枝干向下。它们体积细小,原本很难被发现,然而越来越多的细小生物汇聚起来,形成一条黑色的巨龙,盘旋在白色的枝干上,一下就变得醒目了。几乎所有的枝干上都缠绕着一条或者数条巨龙,它们从枝干的各个部分涌出来,汇聚起来,向下移动。"天狼星"号陷落在重重包围中。

"船长,我们该怎么办?"布丁有些惊慌失措。

"什么都别管,我来对付它们!"李约素大声道。

巨龙触到地面,和黑色的地面融在一起,仿佛黑色的波涛向着"天狼星"号涌来,在五十米的距离上,前进的浪头停下,后边的浪头仍旧不断涌上来,它们覆盖在同伴身上,却同样不再向前,如此反复,一座环形的小山缓缓地生长起来。这是活的环形山,还在不断地生长,"天狼星"号仿佛置身于一堵圆形的高墙中央,头顶只剩下一方井口般的天空。

"看起来,它们要把我们活埋。"李约素开玩笑。

"根母还没有找到你吗?"佳上问。

"它知道我们在这里,要不然这些东西从哪里来?"

"也许它们就像细胞,正打算消灭侵入的异物。"

"如果这样,它们就该冲上来把我们都撕碎了。"

"这就是它们撕碎的方式。"

"它们撕碎我们,然后带着我们的灵魂去见根母?"李约素看着佳上,眼里带着一丝戏谑,"它就在这里。"李约素换上一种不容置疑的语气,"你要给我做一个见证。我想知道自己到底是怎么和这个黑色家伙交谈的。我预感我不会记得任何东西。"

"有布丁在呢。"佳上淡淡地说。

"布丁!"李约素大声招呼。没有任何回应。

"布丁?!"李约素提高声音,他有一丝不祥的预感。

仍旧没有回答。布丁不可能听到了呼喊而不回答,如果他不回答,或者是没有听到,或者是无法回答。无论是哪种答案,都证明布丁已经失去了对"天狼星"号的控制。

李约素和佳上对望一眼,并不惊慌。中枢星牢牢控制着一切,他们对此有足够的心理准备。

"好吧,只剩下我们俩了。"佳上很快接受了现实,"我会看着你,我会努力记住这里发生的一切。"

李约素笑了笑,"记不住也没什么。总会有人告诉我们该干什么,人不用太执着。我没有记住当初这个家伙怎么对我的,不也一样活得好好的?"他扭头看了一眼外边的情形,黑色的高墙已经开始在顶部封闭,只剩下很小的一块天空。

"不过,我们的经历实在很难得,如果能有人记住,那就再好不过。"李约素望着头顶巴掌大的一方天空,话语中带着几分惋惜。转眼间,天空消失得干干净净,他们被黑色虫豸组成的巨墙完全封闭在内了。

"好了,我该出去了。"李约素说着站起身,"它应该给我们准备了充足的氧气。不过你最好还是待在'天狼星'号里边,虽然布丁被封闭了,但飞船还能运行。在'天狼星'号里边总比外边要安全些。"

"你怎么确定外边没有问题?"佳上问。

"我还记得上一次面对中枢星的情景,我就站在那里,并没有穿戴动力服,也并不在飞船内。但我那时一定活着,而且还有清醒的意识。"李约素回答,"根母要我来见它。它已经准备妥当,我得出去了。"

佳上没有反对。他明白眼下的一切完全操纵在对方手中,根母甚至能够不知不觉地把布丁封闭起来。无论自己怎么做,并不能让风险降低丝毫。这个叫做根母的中枢星已经观察了无数的人类,它肯定明白人类需要氧气和合适的气压。

"好!"佳上点点头,"小心行事。"

李约素笑了笑,"在这个时候能听到这句话真让人感到安慰。"他向后舱走去,手动开启舱门,当他跨入舱门,突然回过头,说:"老伙计,再见!"

佳上一愣,等他反应过来,说了一声"再见",李约素已经把舱门降落下来。

后舱传来沉闷的响声，那是李约素在关闭发射舱门。佳上看了看投影，漆黑一片，完全没有任何图景。他沉着地坐到控制台上，打开飞船的备用操控系统。这是最原始的机电系统，唯一的作用就是当飞船中枢在某些情况下失灵后，幸存的人仍旧可以操纵飞船。当然这套系统很简单，并不能像飞船中枢一般对飞船操控自如。

佳上阅读着铭牌上的说明，很快找到他想要的内容，他毫不犹豫地按照说明摁下几个按钮。"天狼星"号陡然间大放光明，漆黑一团的空间蓦地亮如白昼，他看见李约素的身影出现在"天狼星"号外的平地上，光打在他身上，拖出长长的影子，而前方的墙似乎吸收了一切光线，连影子也显不出来。

李约素正在黑暗中摸索着前进，他能感觉到脚下坚实的土地正在软化。突如其来的光亮让李约素有些意外，他转身扭头，伸手遮蔽直射的光。他看见一个轮廓的剪影，"天狼星"号仿佛多脚的螃蟹一般趴在那儿。然后，他看见无数细小的虫子正从软化的地面缝隙间涌出。

他仿佛正站在一块黏糊糊的地毯上。

细小的虫子呈白色，是那些十脚类蜘蛛生物的幼体，它们钻出地面，在李约素脚下汇聚，顺着李约素的身体向上爬。这场景让人恶心，李约素却木然地看着它们，任由它们在身上爬行，没有任何动作。

根母来了。在亚空间里，它伸展出无数的触手，拥抱着李约素。这比在黑色"上佳"号的亚空间谐振舱里感觉更强烈。他只觉得自己几乎失去了意识，时空一片温暖，而他溶化其中。虫子继续在身上爬行，它们咬破皮肤，钻入身体，他的躯体很快变得鲜血淋漓，然而他却毫无恐惧，仿佛置身事外。

尖锐的刺痛传来，小虫子开始侵入神经，根母用更大的力量让李约素镇定。李约素恍然间有些隐约的回忆。是的，当他和"天狼星"号第一次掉入深渊，他同样被中枢星俘获，中枢星对他做了同样的事。它曾经改造了他的身体，而这一次，它想看看他的记忆。一个至关重要的事实隐藏在他的记忆深处,人类从来不曾得知,他们甚至没有意识到它的存在,而中枢星明白无误地知道它就在那里,要将它挖掘出来。虫子的侵袭更为剧烈,李约素感到全身上下无法忍受的疼痛,尽管根母不断抚慰,他仍旧浑身颤抖,而头脑仿佛就要爆裂开。疼痛持久而剧烈,丝毫没有减轻,根母似乎并不顾及李约素的生命,也许他脑中的那个事实比他的生命更重要。

李约素痛不欲生,浑身每一寸肌肉都在发颤,他终于明白为什么自己对从前的深渊之行没能留下深刻的记忆——面对这种极端的痛苦,失忆是一种自我保护。甚至,此刻如果有办法可以让自己死亡,他都愿意用任何代价去换取。

突然间,疼痛消失得干干净净,四周一片寂静,连"天狼星"号的光亮也一道消失在寂静中。他看不见任何东西,也感觉不到任何存在。

我死了! 这是他的第一个念头。

死亡哪有这么简单?! 他随即否决了这个念头。也许根母阻断了他的神经反应,把他的意识封闭在头脑深处,他像一个完全孤立的存在,和外界不再有任何交流。

李约素平静下来,默默地等待。他已经不能看不能听,然而佳上会帮助他记住一切。无论根母在他身上做了多少可怕的事,佳上都会帮他找到真相。

佳上一直盯着李约素。细小的虫子爬在李约素身上,它们很快把李约素覆盖起来。他听见了李约素撕心裂肺般的惨叫,感受着他所遭受的痛苦。他眼见李约素浑身发抖,面孔扭曲,痛不欲生。他把一切看在眼里,努力保持着内心平静,默默地注视着,用极大的毅力控制着冲上去帮李约素一把的冲动。这是任何人都无法帮忙的紧要关头,李约素必须独自承受。然而,下一个时刻,当佳上看清眼前的情形,却情不自禁地站了起来。

李约素在一瞬间消失得干干净净,仿佛从来没有在那里存在过。包围着他的白色虫子轰然四散。

浓烈的挫败感让佳上瞬间感到万念俱灰。然而他很快克服了这种心理上的消颓,坐回到位置上。

快跑！内心涌起强烈的感觉，佳上不假思索，将"天狼星"号动力全开。两道激光射出，击穿穹顶，被烧成灰烬的虫尸如雨点般掉落，"天狼星"号有如离弦之箭，一飞冲天，撞在前方的枝丫上，一个趔趄，几乎掉下来。

"佳上，发生了什么事？船长呢？"布丁的声音传来，充满惶惑。

布丁回来了！佳上长长地舒一口气，"布丁，你来控制飞船。我们要尽快逃离这个地方。"

"好的。可是船长呢？刚才发生了什么事？"布丁说着，接过飞船的控制权，在飞船坠落之前拉起飞船，灵活地绕过枝丫，向上飞行。

"我不知道。船长消失了。"佳上回答。

"我们是不是该在这里等他？"

"我们无法顾及他的安全，目前我们也不安全。刚才你被中枢星隔离，完全失去了对飞船的控制。"

"你说得没错，我的系统里有七十六分钟的空白。"布丁回答。

"如果我不从那个笼子冲出来，你会被一直封闭，直到中枢星认为合适的时候才会放了你。"

"它怎么做到的？"

"也许以后我们会知道。但眼下，要准备好战斗，我们要先逃出去。"佳上说，"它们来了。"

"天狼星"号前方，几艘黑色飞船正高速逼近。它们并不是最接近的敌人，无数白色蛛形生物从高处降落，向着"天狼星"号而来，它们三个一组，彼此间节肢纠缠，突然间每个生物体的身上都放射出无数游丝，仿佛蓬松的大网在空中张开，许许多多的大网彼此间缠绕，变成铺天盖地的白色巨网。

"躲开它！"佳上下令。

"我躲不开！"布丁叫着，他发射激光，发射束流，然而灼热的辐射只是在无边无际的白色巨网上烧开一个小洞，转眼间便弥合完好，"无路可走。"

"那就冲上去。这不是什么坚固的物质，我们不怕它。"

"只有冒险试试。"布丁话音刚落,"天狼星"号一头扎进了无边无际的白色帷幕中。它飞快地降落,随即便不能动弹。

"没有办法。"布丁无奈地说,"这是一种强黏性材料,一粘上就全贴上来。而且,它太厚了,我们只向前冲了六千米。"

"你尽力了。既然它们用这样的手段来制伏飞船,也许它们并不打算伤害我们。"形势无法挽回,佳上却分外平静,"看来根母一心一意要让我们成为它的俘虏。它早就准备了'天狼星'号逃脱的后手。这是敌人的老巢,我们逃不掉也并不意外。"

"那么船长呢? 他也成了俘虏?"布丁问。

"我不知道。"佳上回答,"也许不是。"他回想启动"天狼星"号的那一瞬,强烈的危机感驱动着他行动。这不是他的意志,某种力量干扰了他的判断。这种力量不可能来自中枢星,那么李约素的失踪也许并不是中枢星所为。

"我们只有听天由命。"佳上说完闭上眼睛,全身放松。

白色巨网开始收缩,最初它像一块巨大的云朵,体积缩小后变得厚实,表面也光亮起来,最后形成一个巨型的茧状物。众多的游丝拉扯着,将这个茧悬挂在半空,在天宇的映照下,泛着微红的光泽。"天狼星"号被紧紧包裹在这巨茧中。

两艘黑色飞船赶到,巨茧中爬出三只蛛状生物,它们合作默契,大口大口吞吃着巨茧。巨大的空洞在茧上成形,飞船缓缓驶入空洞。不一会儿,飞船退出,船首上衔着动弹不得的"天狼星"号。

佳上仍旧闭目养神,一动不动。布丁却吵嚷起来,"佳上,它们抓住了飞船,正把我们拖到下面去!"

佳上默不作声。

"我们失去了一套盔甲,你的星渊盔甲不见了。船长把盔甲带走了吗? 他为什么没有穿沙冈盔甲?"

佳上猛然睁开眼睛,"盔甲不见了?"

"是的,我检查飞船,刚发现这个情况。"

"这倒是一件很有趣的事。"

"船长没有穿盔甲吗？"

"没有。"佳上回答，微微思忖后说："布丁，你还记得在银河之心，那些银河人是怎么把我们从'天狼星'号分离出去的？"

"我不知道，只记得你们不见了。最后船长回来，你和邓迪斯再也没有回来，而飞船已经回到铁星，于是船长让我返航。"

"是的。我们都不理解这种力量，但是事实已经发生在眼前。"

"你是说，船长被人用同样的方式带走了？"

"我不能确认这一定是事实。但是从眼下的情况来看，船长一定是安全的，带走他的，无论是中枢星，还是其他神秘力量，都不会伤害他。拿走盔甲显然是为了保护他的安全。"

"这样就好，我们还会再见到他，对吗？"

"我相信会如此。"佳上说完又闭上眼睛。

"天狼星"号突然陷入一片黑暗。佳上和布丁都没有因此而惊慌，他们做好了准备，承受即将到来的一切。

黑色飞船的船首上亮起一道闪光。眨眼之间，"天狼星"号消失得干干净净。巨茧上，三只蛛形生物仰起身子，正对着黑色飞船，头顶的三只红色眼睛闪闪发亮。

第二十八章 穷途末路

"别科夫!"木藤三发出一声呼唤。

别科夫心领神会,把引擎加大到最大动力,同时启动超光速。

眨眼之间,"甲丑"号从超空间跌落,战场已经被远远抛在身后,眼前一无所有。"甲子"号很快出现在一旁。

"我们摆脱它们了。"别科夫万分庆幸,"周围没有敌情。"

"它们很快就会跟上来。"木藤三冷冷地说,"这样下去,直到飞船损毁,我们也无法摆脱它们。"

木藤三说的正是实情。自从和这些蜘蛛遭遇,大小战斗接连不断,已经连打了七场。每一次,他们都依靠幽光飞船的超光速性能与敌人脱离接触,然而敌人不屈不挠,很快就能追上来。超光速飞行对零点能引擎是极大的摧残,一个引擎的设计寿命只能承受三十次左右的超光速,每一次也只能飞出数万到百万公里。飞船在令人匪夷所思的超空间中停留无法超过十五个毫秒。从功效来看,这样的超光速飞行只能用于逃跑,而木藤三和别科夫正是连续七次用这样的方法摆脱了敌人。

他们也没有其他的办法。每一次敌人找上门来,数量都多得可怕,根本没有战胜的可能。这里的情形和科尼尔完全不同,到处都是敌人,数量众多,一有动静就蜂拥而来。

两艘飞船并排飞行,两个人都保持沉默。

"我们怎么才能执行计划?"别科夫打破沉默,"哪里都去不了。"

"我们要先找到李约素。"木藤三说,"他们那边的情况不会比我们好到哪里去。我们要联合起来共同行动。"

"哪怕联合了李约素将军,我们也没有力量打败敌人,它们的数量太多。"

"没错。但是李约素能够感知敌人,只要能躲开它们就行。"木藤三顿了顿,"这是没有办法的办法,我不喜欢和逃兵合作,但是在敌人的老巢,孤立无援,也只有指望他能提供一点帮助。你必须明白,他们只是临时的盟军,最后还得要依靠我们自己战斗。"

"明白,将军!"别科夫回答。

两艘飞船继续滑行,木藤三仔细地考虑着各种行动方案。他相信沙达克真理会,当那个神秘的人形出现在他面前时,他就意识到这是冥冥之中给他的最好机会。他将成功地毁掉时空瘤,把科尼尔星域的敌人扫荡干净,为人类立下不朽功勋。而他将成为殉道者,一个为了人类的大难而放弃小我的圣人,他的灵魂会得到升华和安息。此刻回想起来,也许他过于轻信了沙达克,这里的敌人比预想的要强大得多,沙达克却并没有警告过他。

沙达克在哪里?木藤三闪过这个念头,此时此刻,沙达克应该出现在眼前,告诉他该怎么做。正是沙达克的计划,让他们陷落在进退两难的境地里。然而,他也知道,让沙达克出来承担责任已经没有任何意义。两艘幽光飞船就在这里,在敌人的重重包围中挣扎,而坍塌时空瘤的计划,已经成了不可能的任务。也许寻找李约素还更现实一些,然而,虽然这个宇宙很小,但在上百光年的范围内寻找一艘飞船,也不是一件容易的事。

木藤三盘算了一下,突然又燃起了一线希望。

"别科夫,我们还想活着回去吗?"

"没想过,这是自杀任务,我没有动摇过。"别科夫慌忙表态。

"那好。我们要制订一个战术计划,利用飞船超光速的特点和敌人周旋,完成坍缩计划。"木藤三为自己的大胆设想而惊讶,然而他坚信这可行,但是需要别科夫天衣无缝的配合。

"服从命令是军人的天职,将军您请下令。"别科夫的态度坚决,和在星域时一样完全服从。

"我会告诉你行动计划。我需要几个小时,你来警戒。"木藤三说完之后腾出左手,打开控制台上一块小小的面板,他的颈部伸出细小的金属触手,蜿蜒向前,扎入面板上。一瞬间,头脑中仿佛打开了一扇门,数据汹涌而来。脐带区的位置、坍缩所需的能量注入、两个人的彼此配合,一切都在他的头脑中反复操演。很快,他感到疲惫不堪。为了适应机动作战,他的脑细胞得到了强化,然而,至少他仍旧保留着一个有机生物的头脑,大量的数据运算耗尽了生物电,需要几个小时才能恢复过来。

木藤三中断和飞船主机的联系,静静地坐着,等待头脑恢复元气。计划已经在他的头脑中形成,风险很大,但一定能成功。

"将军!"别科夫突然喊叫。

"什么情况?"木藤三机警地问。

"敌人又来了,我们遭到了围攻。它们正在快速逼近,目前距离十六万公里,四十五分钟后合围。"

"有多少飞船?"

"目前探测到六十六艘,有十八艘大船,从亚空间弹出后正散出小船。它们从三个方向逼近我们。"

木藤三一边快速地浏览信息,一边下达指令,"一旦它们迫近到三万公里,采用二七五方位进行超光速转移。"

"是,将军!"别科夫回应。

片刻之后,别科夫再次呼叫,"将军,我要确认指令。二七五方位正指向我们刚脱离的包围圈,敌人很可能仍旧聚集在那里。"

"没错。我们正是要回到包围圈中去。"

"遵命,将军!"别科夫不再言语。

木藤三扫视眼膜,敌人的飞船正不断接近,他突然改变了主意,"别科夫,计划要做小小的修正,保持二七五超光速转移计划不变,但是在这之前,我们要打一仗,找到敌人数量最少的那一批。"

两道浅浅的蓝色光迹突然转折,向着一群敌人而去。当敌人进入打击范围,"甲子"号和"甲丑"号倏然间分开,四道灼热的束流从两个方向朝敌人而去。远方燃起一团火光,攻击正中目标。

"锁定下一目标。"别科夫报告。

"好,这些飞船很脆弱。"木藤三说,这只是试探性的攻击,他没有料到居然能一击奏效。

敌人并没有改变行动方向,继续高速向前。

"甲子"号和"甲丑"号各自回旋,拉开和敌人的距离,准备进行第二次攻击。如果远程的攻击被证明是有效的,最好的方法就是和敌人保持距离,持续不断地用远程攻击来打击它。

敌人的飞船却突然加速,飞快逼近。

"将军,不能完成战术动作。是否分头行动?"

"没问题。记住,一旦出现危险情况,立即向二七五方位超光速转移。我们在那里会合。"

"遵命,将军。"别科夫说完,"甲丑"号脱离预设的轨迹向着敌人冲去,飞船不断发射束流,同时无规则机动。

木藤三却并没有调整飞行,而是继续向着敌人的外侧迂回。

高能粒子流再次击中敌人,然而只是燃起一片炫目的光,别科夫的攻击并没有奏效,他继续逼近,同时预充大功率主炮。猛然间眼前一花,警报骤然响起,又马上平静下来。敌人反击了,然而却没有损伤飞船分毫。

"将军,敌人的火力虚弱,伤害等级低于一。"

"小心行事。"

别科夫仍旧不断地释放火力骚扰,悄悄调整主炮,准备一进入有效射程,就马上进行一次准确的轰击。距离飞快缩短,敌人的飞船在眼膜上变得清晰,他注意到这并非常见的蜘蛛飞船。

"将军,这些飞船不是黑飞船,它们有金属船体。"

"金属船体?"木藤三微微有些惊讶。他在科尼尔星域和这些令人憎恨的虫子战斗了五百多年,经历了大大小小几百场战斗,还从未见过敌人的机械船体。这些虫子也使用金属,但并不像人类一样制造金属飞船。它们的飞船外壳坚硬,有些像石头,科学家根据一些残骸分析,是一种硅镁化合物,类似花岗岩,却有很多细微孔洞,因此轻巧而坚韧。

"你确定那是金属船体?"木藤三发问。

"没错,是金属船体。黑飞船没有这样光亮的表面。"

"维持你的战斗位。无论那是否是金属飞船,我们在这里都没有盟友。"

别科夫正准备回应指令,通讯扫描却突然传来信号。他看了一眼,惊讶地叫起来,"将军,我的通讯扫描显示李约素将军就在我们附近!"

"哪个通道?"

"十七通道……等等,这信号是从敌人的飞船上发送出来的。"别科夫说着接通了通信。

"立即停火,我们没有恶意……立即停火,我们没有恶意……"信号不断重复,只有这一句。

"撤出战斗。"木藤三平静地下达指令,"背离它们飞行,指向二七五方位,等我的信号。"

别科夫停止开火,收起主炮。两道蓝色光迹飞快拉升,远离敌船。

"甲子"号却突然间向前加速,拉近和敌人的距离。敌人的飞船并没有追着别科夫,而是掉转方向,向着"甲子"号飞来。

这些飞船的确是金属船体,一共九艘,三大六小。一艘小飞船被远程炮火击毁,只剩下五艘小船。大船排列在前,小船尾随。

双方都没有开火,只是快速接近。

"和平……交谈……和平……交谈……"

信号不断重复。

距离已经近到肉眼可见,木藤三甚至看见了船体上的字:开拓553。

他露出一丝冷笑。"甲子"号主炮焕发出灿烂的光芒,聚能环瞬间从蓝色转变为红色。硕大的光团向着敌人的飞船扑去。在如此近的距离上,它们没有任何机会逃脱。

束流淹没了飞船,爆炸随之而起,整个船队几乎都化作碎片,随着爆炸四散。只有一艘小船没有遭受这灭顶之灾。它在队列的最边缘,没有被束流击中,然而爆炸产生的辐射和碎片却让它完全瘫痪——它被推离原先的轨道,惯性向前。

"甲子"号绕过一个大弯,躲开爆炸的影响,很快追上了这漏网之鱼。这是一艘小小的飞船,仿佛一把尖锥,尖锥的中央是驾驶舱。驾驶舱里端坐着一个人! 木藤三眨了眨眼。没错,是一个人,一动不动,似乎已经昏死过去。迟疑间,木藤三没有开火。

别科夫正赶过来,"将军,你消灭了所有敌人。"

木藤三回答,"是的。"

攻击的意念在头脑中闪过,"甲子"号喷吐出炽热的火焰,眼前的飞船眨眼间化作一团火球。木藤三静静地望着熊熊燃烧的火焰,火焰的颜色从光亮变得黯淡,最后完全沉寂,细小的碎片四散。他的目光始终平静而坚定。

别科夫赶过来会合。

"将军,一次攻击就消灭了所有敌人,让人印象深刻。"别科夫说。

木藤三没有回答,似乎沉浸在思索中。

"是否继续向二七五方位超光速前进?"别科夫问。

"我们马上要转移。"木藤三终于恢复常态,"还有两拨敌人正在靠近,我们不会赢得这么轻松。在转移之前,让两艘飞船完成数据对接。接下来我们没有机会再碰面。"

"什么计划?"别科夫问。

"执行坍缩计划。"

"敌人的飞船守护着脐带区,我们无法靠近。"

"的确如此。但是,幽光飞船可以超光速航行。我们经历了七场战斗,它们显然对超光速并没有办法。"

"它们可以通过亚空间微弹跳追上我们。"

"是的。但是，在它们追上我们之前，我们有足够的时间完成准备。做任何事，弹跳，超光速……"木藤三话锋一转，"李约素他们已经完蛋了。也许他的飞船也落入了敌人手中，我们是最后的希望。我们必须成功！"

别科夫明白木藤三已经下定决心，他并不多问，"将军，请下令！"

"沙达克告诉我，只需要在脐带区制造两次兆亿级爆炸就可以切断脐带区，形成连锁反应，导致时空瘤坍缩。我们携带了足够的炸弹，但是显然不可能大摇大摆把炸弹放好之后引爆。所以，我们的选择是进行一次快速偷袭，到达指定位置，立即引爆。'甲子'号和'甲丑'号就是炸弹，我们兵分两路，先进行亚空间弹跳，靠近指定位置，然后，选择一切有利时机，进行超光速转移，趁着敌人没有追上我们，快速到达指定位置。没有支援，全靠自己应付。"

"如果敌人挡住我们的路线呢？"别科夫问。超光速转移的最大缺陷，就是无法应付障碍物。一旦路线上有质量稍大的物体，飞船就面临灭顶之灾。有利因素是：宇宙很空旷，在平坦空间，如果不是故意阻拦，一百万公里的直线上碰撞物体的可能性几乎为零。因此，如果敌人意识到这一点，最简单的应对方法就是封锁路线，即放置一个飞行器，然而这也有风险，因为无法预判行动方向。

"在它们明白过来之前，我们已经成功了。"木藤三说，他加重语气，"我们会成功的。现在让飞船进行数据交换。"

"甲子"号和"甲丑"号并行，无形的数据链将两艘飞船连接在一起。木藤三心中明白，计划并不牢靠，他们根本没有接近过脐带区，所有行动只是根据沙达克的情报，而事实已经证明，沙达克的情报并不完全牢靠。

然而，还能有什么其他选择？木藤三关注着眼膜上快速逼近的两拨敌人。这些敌人不同以往，它们具有人类的形态，能够发送人类的通讯信号。看来李约素已经完了，敌人从他的飞船上得到了通讯密钥，除此之外，无法设想还有别的什么可能。如果李约素真的完了……木藤三感到纷繁复杂的情绪涌上心头,说不出是失望还是得意,他生怕李约素抢在前头立了功,然而,在这陌生而不友好的世界里,李约素又是唯一能够信赖的伙伴。但毫无疑问,他感到兴奋。他将独自面对强大可怕的敌人,若一击成功,他将颠覆一个宇宙。且不论盘踞在科尼尔的敌人,让一个上百光年的时空瘤坍缩,这件事本身就让人兴奋不已,更何况,他要穿过强大无比的封锁线,这是智慧、勇气、技术,还有运气的总决战。

"将军,敌人逼近火力范围,是否开火?"别科夫请示。

"不要理睬它们,准备进行转移。"木藤三下令。

两艘飞船转过一个大弯,指向二七五方位。

"将军,敌人能够使用我们的通讯,它们成功破解了我们的密钥,是否重新生成新的密钥?"

"这是一个好主意。"木藤三顿了顿,"生成一个特殊通道,只有'甲子'号和'甲丑'号可以使用。虽然我们很快就要分开,但是一切都有万一。给李约素预留的通道仍旧保留。"

"还有可能接触李约素将军吗?"

"即便只有百万分之一,也不能完全否认这种可能。李约素很可能已经死了,但是谁知道呢?!保留预设通道对我们没有任何不利。"

"明白,将军。"

稍稍沉默之后,别科夫再次请示:"又收到来自敌人飞船的讯息,他们要求会谈。"

"不要理睬,准备转移。"

"遵命,将军。"别科夫坚定地回答,随即小心翼翼地发问,"是否我们应该和它们谈谈?它们占据绝对优势,但这一次并没有对我们穷追猛打,也许有些转机。"

"执行我的命令。"木藤三丝毫不理会别科夫的问题。

"是!"别科夫干脆利落地回答,他并不想挑战将军的权威,他三十年如一日地追随这位传奇人物,这个人的意志至高无上。

稍稍沉默之后,频道里又传来木藤三的声音:"别科夫,你完全可以留在科尼尔，不用和我一道来送死。你却来了，为什么？"

"我追随将军，别无所求。"

"我曾经犹豫是否该让你来，也许一个特种兵更适合这次任务，但是最后还是同意了你的要求。为什么？"

"将军希望达成我的心愿。"

"你的心愿是什么？"

"我只想追随将军。"

"追随他人，那不该是一个好男儿的梦想。"木藤三冷笑，"你想成为一个有价值的军人。也许成为将军曾经是你的梦想，如果那样，应该把你留在科尼尔，在那里，你有机会成长为优秀的将军。但是在这里，你只能像一个战士一样去搏杀，生死就在一线之间。我带你来，是希望成全你，不过并不是让你成为将军，而是希望你能得到军人的最高荣誉。那不是一个头衔，而是你能肩负重任，在最危急的关头力挽狂澜，拯救星域和星球，为那些死去的战友，还有更多无辜的人讨还公道。衡量一个军人的价值，就是他所杀死的敌人的数量，还有什么能比这一次任务杀伤更多的敌人？哪怕你成为银河联军的统帅，也不会有这样的机会。"

"我明白，将军。"

"所以，摒弃一切杂念。别让其他任何东西干扰你，不要惧怕死亡，因为当你死去的一刹那，你的人生便得到了完美的补偿。也不要再考虑其他的东西，专心一意，完成我们的计划。"

"遵命，将军。"

计划传输完毕。别科夫浏览整个计划，很快明白了木藤三的意图。这是一个完美无缺的计划，每一次抵达和弹跳的时间都经过精确计算，执行者只需要按部就班；这也是一个具有极高风险的计划，两艘飞船要独立飞行，执行十三次超光速转移和六次亚空间弹跳，任何一步出现差错都会导致崩盘。前方危险重重，敌人在这个小小的宇宙中强大得超乎想象，它们可以在两个小时内赶到任何位置，而脐带区更是重兵把守，几乎无法逾越。如果两艘飞船真的突破所有屏障进入到指定位置，这将是别科夫所经历的最疯狂、最惊险的任务,当然,也是最后的任务。

别科夫自顾自地笑了。自从三十年前将军把他从战场上救回来,他从来都把自己当做一个已经死去的人,死亡完全不能阻挡他,更何况,能够追随将军在如此惊心动魄的计划中死去,实在是一种荣幸。

"将军,我已经准备好了。"他呼叫木藤三。

"很好。接下来就看你的了,拿出最好的状态来,成败在此一举。"木藤三的语调仍旧冰冷。

"我会全力以赴。"别科夫的回答很坚决。

木藤三点头,"和银河说声再见吧,还有科尼尔的人们,这一次是真正的诀别。你在心里默念,他们会知道的。现在,计时开始。"

"甲子"号和"甲丑"号一瞬间消失得干干净净。

正急速赶来的黑色飞船上,卡伊猛然抬头。

"又是超光速飞行。"站在左边的春丽说。

"他们最后的方向指向脐带区。"站在右边的雅沁说。

卡伊起身,春丽和雅沁跟着她,三个人娴熟地穿过控制舱,分别从三个孔洞中钻了出去。十多分钟后,一艘小船从大船上射出,仿佛一个小小的耀眼火球。

卡伊和她的伙伴正在飞船上,她们快速地修正飞船轨道,准备进行弹跳。这两艘人类飞船不断进行超光速飞行,让她们找到了一些规律。虽然没有办法超光速,然而利用亚空间微弹跳,还是可以跟踪他们。

飞船很快进入弹跳状态。

"他们毁掉了我们三艘牛级、十二艘鼠级飞船,难道我们还不进行还击?"春丽问。

"我们要和他们谈谈。我们的最终目标是活着离开,其他都是小事。"卡伊说。

"我不认为他们能给我们提供更多的情报。'天狼星'号上的两个人更容易交谈,我们的重点应该是寻找他们。"雅沁说。

卡伊点点头,她认为雅沁的提议是对的。然而,"天狼星"号不知所终,连根母也不知道这艘飞船的去向。

"一旦有'天狼星'号的消息，我们就赶去。"卡伊说，"这两艘飞船正冲向脐带区，它们被逼得太紧，一定会铤而走险。根母的卫队不会对他们手下留情，在我们和这些人达成协议之前，最好能够避免无谓的死亡。"

卡伊说完端坐在控制台前，一动不动，似乎沉浸在冥想中。她的意念顺着根母的脉络在时空膜上流动。很快，她进入到脐带区。

灿烂的辉光从天宇中央散发出来，那里仿佛有一个巨大的星体，然而并非如此，它只是一片异样的时空，一端连着这个宇宙，另一端就在银河。它仿佛一只巨大的锚，将这片脱离母体的时空牢牢拉住，使它不至于消失在亚空间迷乱的湍流中。它是生命之链，一旦被斩断，这数百光年的时空以及其中的一切将消失在眨眼之间。

卡伊感受着脐带区异样的亚空间波动。能量潮汹涌澎湃，不断侵蚀着脐带区的根基——它完全依靠外界输入的物质维持存在。

根母的亚空间波动传来，和卡伊纠缠在一起。

逃走的人无足轻重，必须找到李约素和"天狼星"号。根母的要求很急切。

是的，我们一直在寻找他们。逃走的两艘飞船正向这里飞来，他们可能孤注一掷攻击脐带区。

我会驱逐他们。

我明白，我会把所有的飞船都派遣出去寻找"天狼星"号。但是我们跟踪这两艘飞船，也许能有些意外收获。

根母的波动退去。

卡伊再次触摸那摇摇欲坠的时空之锚。为了斩断这生命之链，那些人不顾一切，从银河跳入此间。他们一定也有办法离开，至少根母确信如此。

这些人身上充满亡命的气质，哪怕就是那个声称是她哥哥的人，也对生命毫无留恋。他们并不是复制品，而是有着独立意志、能自我判断的个体，却丝毫不惧怕死亡。卡伊有种不祥的预感，也许这些人真的不知道如何才能逃回银河,一切努力不过是徒劳的挣扎。

她的心头掠过一丝悲哀。这垂死的宇宙,难道真的会成为"上佳"号一族的坟冢?而她则必须守在这里,眼睁睁地看着一切滑向无可挽回的深渊?

然而,哪怕一切都是徒劳,也要抗争到最后一刻!

第二十九章 埃博之子

　　一切都被隔绝在外，只留下一丝意识，若有若无。这真是奇怪的体验，甚至不知道自己是否还活着。李约素被困在这从未经历的体验中，惶惑不安，稍过片刻，又平静下来，开始考虑眼下的处境。

　　既然能够思考，自己肯定还活着，然而，失去所有的感知，这样活着和死去又有什么区别？他想起某种原始生物，那是一片浩大的岩石森林，无边无际，蔚为壮观。生命在大海中如岩石般生长，无知无觉，只在数以亿年计的时间长河里一代又一代出生、死亡，死亡、出生……以肉眼无法觉察的速度不断沉淀，当海水退去，岩层隆起，这些来自生命的岩石耸立高原，成了那颗星球上最引人注目的景观。此刻，也许他和这样的原始生物相去不远，也许更糟糕，他甚至无法感知到躯体。

　　他想起一些遥远的事。天垂星上的夏令营，那时他还是个儿童，十二三岁，在一场"战役"中，所有的队友都已经壮烈牺牲。他继续战斗，一个人消灭了对方三个。虽然最后他们还是输掉了战役，但是他却因此受到了老师的表扬，也许就是因为这次夏令营，他最后成为了一名科尼尔军人。

　　那个如诗如画的地方，香格里拉。一望无际的黄色蒿草像是地毯般铺满整个大地,雪山在远方,青色的山峦佩着洁白的顶戴,碧蓝的天没有一丝罅隙。巨大的古树冠盖如云,他就在树下,惜别了初恋。她哀怨地望着他,泪眼蒙眬。他从心底涌起一股鄙夷,这样柔弱伤感的东西不应该属于他的人生。"不要再等我,我不会改变主意。"他仍旧记得自己生硬的语气,深深地扎入对方心里。他从此告别星球,飞向星空,有生之年再也没有踏上过那颗星球半步。然而,如果有一次重来的机会,也许他会选择留下,在那美丽的星球上和相爱的人相守,度过短暂的一生。人无须在意自己能有多么伟大,再伟大的东西都会归于尘土。那些自己所爱的人,和爱着自己的人,才真正值得关心。

他想起了旅途所见的那些星球,那些飞船。他想起银河人,那非同一般的人类,超脱了生死,思考成了他们唯一的乐趣,原始人类的生命则无足轻重。如果蜘蛛人没有进取的野心,也许银河人会放任它们占据科尼尔星域,灭绝此间所有人类。对银河来说,这不过是一个小小的波澜,然而那却是他愿意用生命来捍卫的东西。

铅灰色的铁星,荆棘星,沙达克真理会,白沙星上的袖珍人……李约素不知道为什么在此刻会想起这些彼此间毫无关联的事,也许在如此的状态下,每一秒都显得漫长无比,于是他的头脑利用一切记忆来填充空白。纷繁复杂的念头在意识中翻飞,仿佛沸腾的熔岩。最后,一切都平静下来。他听到一个声音,从脑海深处传来——

"天垂星科尼尔。"

声音清晰可闻,不是幻觉,也并非臆想。

李约素感到一阵惊喜,它果然来了!

几乎就在一瞬间,李约素感觉自己从某个高处跌落地面,他回到了躯体中,触手可及,是两个熟悉的控制球。盔甲!他正身处盔甲之中。两个球体上遍布细微的毛刺,这并不是他所熟悉的沙冈盔甲,而是佳上的星渊盔甲。这真是太神奇了!

淡红的天宇,绯红的星星都显示出来,宇宙仿佛眨眼间在眼前复活。李约素身穿盔甲,悬浮在虚空中,四周一无所有。他惊疑不定地扫视着四面八方。

他分明记得方才被无数的小虫所包围,细小的虫子侵入身体,剧烈的疼痛让人痛不欲生。突然间一切感觉都消失不见,他以为自己完全被根母吞没,融入那庞然如星球的生物,却没有想到最后的结果是他落入了星渊盔甲,身处不知何处的虚空。

"天垂星科尼尔。"

他第二次听到了那个声音,似乎从遥远的地方传来,几不可闻,又似乎就在耳边,如轻悄的耳语。

"嗨——"他大声喊叫。镜子飞船!来自土斯星的镜子飞船!

似乎像是一种魔术,他发现身边出现了一个物体。那是一艘小飞船,看上去仿佛"上佳"号的锥形飞船。李约素靠过去,他确定这就是锥形飞船。

"嗨——"他不知道该说什么,于是再次大声喊叫。

"天垂星科尼尔。"这一次声音清晰可闻,就从盔甲的通信频道中传来。这是从锥形飞船上发出的信号,不断重复。

"要和我见面吗?用不着这样故弄玄虚。"李约素一边嘀咕,一边贴近锥形飞船。透明的机舱盖里边,有一个黑色的人形。李约素仔细看去,那人一动不动,似乎在沉睡,或者已经死去。

李约素和锥形飞船并行,一条保密信道自动建立。

"李约素,我来了。"锥形飞船送出了不同的信号。

"我听到了,你想怎么样?"李约素有太多的疑问,然而此刻他只想知道这个故弄玄虚的家伙有没有什么办法可以帮助他。

声音并不理会李约素的问题,自顾自地说话:"我把你从蜘蛛人的掌控中救了出来。我告诉过你,不要理会这里的事,猎户座旋臂上的敌人才是你的目标。"

"你得告诉我你了解的全部事实,否则我无法判断你所说的真假。"李约素企图打断他。

然而这显然并不是一次对话,而是一次单方面通告。声音继续说话:

"不过事情有些变化，这里的蜘蛛人试图和人类进行某种程度的融合，根据我的观察，蜘蛛人并没有控制这些人，它改造了人类，这新人类就像你。"

像我？李约素心头涌起巨大的疑问。那声音仿佛看破了李约素的内心，"是的，像你！你是一个不完全成功的产品，中枢星没能把试验进行到底。而新人类，是人类和蜘蛛人更完美的结合，他们会是你最好的伙伴。我可以提供一点有限的帮助：可以帮助你重归银河。中枢星希望逃离，它希望了解我如何能够将你从它们的掌控中夺走，它们尚未了解宇宙的第十三维度。这是我们的机会，你的机会，在了解秘密之前，中枢星不会对你有所侵害。

"我的能力有限，这个时空瘤中收集的十三维度能已经在上一次飞船转移中耗尽。因此，我无法带出任何飞船。这一点无法让中枢星了解。我需要你的帮助，找到一个合适的新人类，你可以带着他一道回归银河，新的血脉可以在银河中繁衍。他们将是对抗黑暗力量的有力联盟。前提是，你必须确认他们可以依靠。我只能告诉你，他们能够独立思考，并不受控制。这也让我感到意外，中枢星调整了它的策略，它允许拥有独立意志的人类和它共存。这方法不错，给了我们一些新的希望。

"我并非全知全能。我希望你能带着新人类安全返回银河，然而我明白，你不愿意接受一个面目不清的存在物发号施令。我清晰地表达意愿，也明确告诉你我所能提供的帮助。你可以触摸到坐舱前方的小点，它是柔软的，也很有韧性。连击三次，它会显示入口准备状态，用拇指使劲摁住，超过三秒这个入口就会启动，它可以将你带离这个深渊，回到银河。如果你想带走其他人，必须把他包裹在盔甲里。我计算过原子数，你只能带走原子数目和你相当的一个人，如果你带上两个人，那么盔甲会受到损伤，到了银河那边，就只能死去。千万小心！

"现在，靠近这艘飞船，毁掉它。不要留下任何信息。我们的秘密保守在双方之间，不要让任何第三人知道，哪怕是你最亲密的伙伴，也不要泄露丝毫。

"最后,让我们彼此了解更多一些。我的名字叫埃博之子,我是人类的朋友,也是你的朋友。我衷心希望人类能够度过这次危机。再会,朋友!"

声音沉寂下去。过了一小会儿,信号频道不断响起警告,那是飞船被锁定的声音。李约素明白,这是埃博之子在提醒自己,击毁这艘飞船。他从"上佳"号上偷盗了这艘飞船,用它来充当交流的媒介,然后要求李约素摧毁它。李约素不明白这个自称"埃博之子"的存在物为什么要这么做,但他明白摆在眼前的问题:信还是不信?这是一道并不简单的选择题。

李约素沉默良久,最后猛然拉起盔甲。亮丽的光照亮锥形飞船,剧烈的爆炸摧毁了一切。

爆炸的辐射散去,只留下艳丽的星渊盔甲在星光下疾驰。他不相信埃博之子,就像他不相信沙达克真理会。这些超越了人类的存在,他们并非全知全能,或者说,他们对人类并非全心全意。沙达克给了他们一个看似完美的计划,却让他们落入了中枢星的掌握。这让他们的行动变成了笑话。埃博之子听起来很诚恳,然而他不能确定,如果真的按照埃博之子的话去做,结局会如何。也许那将是另一个笑话。

不过,他们并非完全不可信,至少他们和人类之间没有冲突,而蜘蛛人是他们的威胁。敌人的敌人就是朋友。沙达克真理会如此,埃博之子也如此。

透过眼前的虚拟屏,李约素的视线落在玻璃舱盖上。这是他前方唯一的实在物,埃博之子声称留下了某个触发机关,然而肉眼看不出任何异样。李约素伸手在舱盖上摸索,指尖滑过平滑的玻璃表面,突然间,他触到了微微凸起的部分,巴掌般大小,就像某些观测器的镜头,摁一摁,坚韧而有弹性,仿佛橡胶。一块透明的橡胶贴在前方的玻璃上,这样的想象未免过于粗糙,如果这真是一块橡胶,它简直光滑得让人不敢相信,和玻璃之间天衣无缝,浑然天成。

李约素快速地在这块说不清道不明的物质上连击三下,它一瞬间有了颜色,仿佛一块亮丽的银色镜子。镜子里映出李约素的脸。

这是通向另一个世界的大门，用力摁住它，就可以回到银河。

李约素默默端坐，脑海中思绪万千。他意识到埃博之子的行为远远不是将他从中枢星的掌控中拯救出来这么简单。这不是第一次！"这个时空瘤中收集的十三维度能已经在上一次飞船转移中耗尽……"它是这么说的。李约素有种强烈的直觉，他相信，就是这个埃博之子，当他第一次落入中枢星的掌控时，将他和"天狼星"号一道解救出来，送回到了银河。

银色镜子持续了一会儿，倏忽间消失，玻璃舱盖恢复了原有的模样。

李约素仍旧端坐着。

一切就像一个规模庞大的拼图游戏。他一直认为除了命运本身，并没有受到任何人的支配，此时，他才意识到，某些东西在悄悄支配着他，而他却茫然无知。或许这也是命运的一部分，只是当命运以某个具体的形式表现出来时，他感受到无所不在的威压和挥之不去的沮丧。银河灿烂辉煌，绵延亿万光年，高等智慧纵横其间，不留下一丝痕迹，人类文明遍布银河，看上去也同样灿烂辉煌，然而，也许，在那些高等智慧的眼中，人类不过是朝生暮死的蜉蝣或不知有冰的夏虫。佳上一直如此告诉他，然而他一直不以为意。当真切地经历了这魔法般的移动后，他明白佳上所说的都是对的。

那个自称埃博之子的东西真的是起源星球吗？是或不是，又有什么关系？

李约素露出一丝苦笑，他再次三击玻璃上那块奇特的软处，镜子浮现，映出他的脸。李约素直直地盯着自己的面孔。

"哈哈哈……"他突然大笑。

就算是一只无足轻重的小虫，也要为了生存而拼搏。存在着，战斗着，这不是生命的全部意义吗？面对无可避免的死亡，却要竭尽全力求生，这不是生命尊严的证明吗？哪怕命运把所有的不幸加诸于人，人也不能低下高贵的头颅，匍匐在命运脚下。不管那是怎样的超级智慧，无论它具有怎样的神通，高贵的人可以被消灭，却不能屈服。

　　澎湃的情绪充满胸臆,沮丧一扫而光。李约素目光坚定,他明白眼前的处境,更知道自己应该做什么。埃博之子并没有谈到时空瘤的坍缩,这并不是它的兴趣所在,然而却是李约素最迫切希望达成的愿望。他要回到中枢星,和中枢星达成交易。问题在于带走一个新人类是否能够达到中枢星的价码,让它甘愿放弃几百年的生存,毁掉这个宇宙? 更困难的是,如何才能让它相信李约素有能力做到这一点,并确保李约素履行承诺?

　　无论怎么样,他必须开始行动。李约素搜索定位,试图找到根母的方位。然而盔甲无法分析星图,他无法知道身在何处。

　　盔甲也无法进行弹跳。

　　李约素意识到这是一件滑稽的事。埃博之子把他送到这里,让他去拯救世界,他却要被活活困死。

　　伟大的计划总是葬送在细微的失误上。李约素想起这句话,用它来形容埃博之子的惊人表演再合适不过,他恨恨地想。很快,他放松身心,静静地悬浮在虚空之中。

　　等待,除此以外,别无选择。

　　突然间,一艘飞船闯入视野。来得突然,毫无预兆。

　　李约素漫不经心地看了一眼,猛然挺直身子,他看到了"天狼星"号的信号。

　　埃博之子把"天狼星"号送到了他的身边!

　　感谢银河,你是一个合格的导演! 李约素对埃博之子默念一句,调整方向,向着"天狼星"号而去。

　　他听见了布丁欣喜的呼叫:"船长,是你吗? 真的是你?"

　　"没错,是我!"李约素充满喜悦。

　　"船长,欢迎回来。"佳上淡淡地说,"我们遭遇了奇迹。"

　　"奇迹,没错。你们怎么到这里的?"李约素问。

　　"我不知道。"布丁回答,"我们被中枢星困住,然后就在这里出现了。"

　　"我们需要校对时间。"佳上说,"这不是一次弹跳,我们的时间几乎没有移动,上一个瞬间,我们还被根母的虫子牢牢抓住,下一刻,就到了这里。船长,你的时间轴上有问题吗?"

"我没有注意过,"李约素有些不好意思,"往常都是布丁记得这些东西。"

"好,等你上船,布丁可以进行校对。"佳上说。

"但是我肯定也和你们一样,并不是通过弹跳到了这个鬼地方。你看,它不仅把我从虫子堆里取出来,还把我塞进了你的盔甲。这盔甲应该在'天狼星'号上,对吧!"李约素补充说。

"你见到它了?"

"它?"李约素想到埃博之子保守秘密的要求,不由有一丝犹豫,然而他很快想到,他从来没答应过真要遵守承诺,"我没见到它,但是见到了一艘装神弄鬼的飞船,已经被我击毁了。"李约素指示了一下飞船的余迹。但残骸四散,早已经看不出飞船的存在。

"它通过这艘飞船告诉了我一些事。我认为是真的,至少比沙达克可信。"李约素继续说,"它能控制一艘飞船,从那个鬼影'上佳'号上偷来一艘船,也不是件容易的事,而且它还把我们都送到这里了。"

说话间,李约素贴近"天狼星"号,舱门打开,他灵巧地钻了进去。

"我见到了它,它自称埃博之子。"见到佳上,李约素开门见山,"它在你的盔甲里边做了些手脚。真的有办法可以从这深渊里逃出去!当然我还没有试过。"

"埃博之子?听起来像一个家族的名字。"

"你不是怀疑那就是人类的起源星球吗?名字也许可以给你一点线索。"

"如果我们还能逃出去。"佳上微微一笑,"它告诉你什么方法?"

"就在你的盔甲里边,去看看就知道了。"李约素看着佳上,对方的脸上露出一丝疑虑,李约素不无得意,"你可以猜猜那是一样什么东西。"

"我去看看。"佳上向着后舱而去。

"我打赌你找不到。"李约素紧紧跟上。

佳上在星渊盔甲里坐定。一切看起来都很正常，找不到任何痕迹。佳上双手一摊，"我认输。在哪里？"

"你得把座舱关上。"李约素很高兴看到佳上如此爽快地认输，"座舱前方的玻璃。"李约素提示，用手指了指。

佳上迟疑着在玻璃上摸索，他触到了柔软的凸起，略有弹性。

"这是一个装置？"他有些惊讶。

"没错，连击三下，它会显示不同的状态，试试看。"

佳上在凸起上连击三次，没有任何异样发生。

"快一点，像这样。"李约素在舱外示范，在玻璃上轻叩三下。

佳上依样做了一遍，仍旧没有任何反应。

"我来！"李约素和佳上换位，他轻轻地敲击玻璃，柔软而有弹性的凸起蓦然间变成银色，如镜子般光亮。

"看，就是这样，如果我把大拇指摁在上面，超过三秒，它就会启动，把我们带出去，回到银河。"

佳上欣喜地看着这奇特的镜面，目不转睛。

佳上和李约素再次换位，然而无论佳上如何敲击，凸起的状态都没有任何变化，但李约素一试就灵。

试验了两次之后，佳上确信这是为李约素量身打造的装置，除了他，也许任何人都无法启动。

"看来它选中了你。"佳上说，"除了你，别人无法使用这装置。它叫什么？埃博之子？"

"对，埃博之子。它自己这么说。"

"无论你如何打算，至少你得把自己算在里边，这个埃博之子考虑得很周到，你无法把机会留给别人。"

李约素沉默不语，埃博之子又一次算在了他前面。他盯着眼前的镜子，镜子里有一双同样的眼睛在盯着他。

"如果我死了呢？"他说，"就此半途而废？"

"如果你死了，它一定有办法知道，它可以选择另一个人。但显然，你是最合适的人选。"

镜子倏忽间消失得干干净净。

李约素轻轻叹了口气，"它要我找一个新人类，就是那个鬼影'上佳'号上的人，带着那个人一道回归银河。"

"那不是鬼影'上佳'号，它是新的'上佳'号。卡伊她们根据记忆重建了飞船，你不妨就叫它'上佳'号。"佳上纠正他。

"好吧，'上佳'号。"李约素同意，"它说，这样的新人类能够为我们抵抗蜘蛛人提供有力的帮助。我们需要他们参与到一场更大规模的战争中。事情的结果怎样我们不去说它，就眼下的情况，如果按照它说的做，你和布丁都无法离开。"

"我们原本就没有打算离开。"

"但是情况变化了，我们可以找到机会完成任务，而不丢掉性命，我不能丢下你们独自离开。"

"也许布丁还有机会，你可以把布丁的核心转移到盔甲上。至于我，能在这样的一场战役中牺牲是一种荣幸。个人的生命并不算什么，你无须为我担心。如果因为我而导致人类输掉这场战争，就算我活着，也毫无意义，我的余生将在耻辱中度过。"佳上缓缓地说。

布丁不是一个活体存在，确实可以被转移到盔甲中，如果只保存它的核心逻辑和记忆，甚至不需要改动盔甲。但是，佳上绝不会同意用自己去顶替那个所谓的新人类。

"我们暂时不用考虑这么多。"李约素回答，"还没有到那个关头。我们得先想办法和中枢星达成协议，我们要回去找它。它想要的东西我们已经有了，它不需要费尽力气从我的记忆中去寻找。你说为什么埃博之子不直接和中枢星交流，却要通过我们来做这些事？"

"我不知道……也许是想避免某些风险。"

"对我们来说，可是麻烦得很。它也可以直接把我们送到中枢星，易如反掌。"李约素说着，感到困惑，"我真觉得我们对于埃博之子是一种多余的存在，他完全可以自己来执行计划。按照它的科技水准，制造一些飞船,建立庞大的舰队都不会是什么问题。"

"如果它觉得有必要,它就会这么做。"佳上回答,"如果它就是起源星球,一切都可以得到解释。吉钠告诉我,起源星球的超级智慧照看着人类,却从不越俎代庖。"

"越俎代庖,这是什么意思?"

"觉得一个厨师的菜不好吃,就到厨房里代替他做菜。这是一个古老的成语。"

"有点意思……就算我们陷入绝境,也必须自己来完成拯救,是这意思吗?"

"没错。"

"好吧,暂时我们就这么认为,反正也没有更好的理由。听你这么说,我倒是有些喜欢这个埃博之子了,如果它真的就是起源星球。"李约素顿了顿,"这听上去是不是很酷?"

佳上正想说点什么,布丁突然发出警告:"敌情警报,四五五方位发现情况,敌人正从亚空间退出。"

敌人!李约素马上感觉到异样,几个高能点已经落入时空膜,而更多的敌人正突破亚空间而来。稍稍深入,他能够感受到敌人的能量形态,绝大多数是黑飞船,大臭虫级,使用那种说不出名堂的晶体状推进器;少数几艘,是人类飞船的波动引擎。

"好吧,让我们感谢埃博之子,他连敌人都替我们设计好了。"李约素耸了耸眉头,示意佳上和他一道回控制舱去。

"天狼星"号划出两道漂亮的蓝色轨迹,迎向蜂拥而来的敌人。

第三十章 杀入重围

敌人越来越难缠。

飞船的数量越来越多，它们守候在别科夫前进的轨迹上，以逸待劳，就像一道道关卡，等着别科夫去突破。敌人的飞船性能不如"甲丑"号，然而数量众多，布局合理，哪怕"甲丑"号有一丁点儿的失误，就会成为密集炮火下的一团火光。这似乎成了一个考验耐心的游戏，只是通关的要求越来越高，时间越来越久。更糟糕的是，敌人的队列中出现了红虻。当"甲丑"号从一艘大飞船边缘掠过，一大群红虻猛然间散布开，向飞船兜来，如果不是别科夫反应迅速，急速变轨，火力全开，以决死的勇气从它们的中央位置穿过，"甲丑"号只怕已经落入陷阱。一旦被这些红色的小东西咬住，只有死路一条。

然而别科夫来不及松一口气，红虻群即刻追上来，如影随形，无论他如何加速变轨，也无法摆脱。更多的红虻被释放出来，在遥远的前方形成阵势，它们并不急着围猎，而是遥遥封锁着"甲丑"号可能的路线。

它们学习得很快。这种逃跑式的前进方式一旦被识破，虽然实力不济的对手仍旧无可奈何，强大的对手却很快能找到应对之策——尽可能封锁路径，让"甲丑"号无法进入超光速动作或者弹跳。这是一个很难达到的目标,空间广阔,"甲丑"号速度很快,封锁它的可能前进路线需要难以想象的资源,然而中枢星的资源几乎接近无限,越靠近脐带区,敌人越密集,它们几乎能够占据每一个角落。红虹群也出现了,这些小东西比"甲丑"号更灵活,而且数量庞大,正是执行这一战术的有力武器,即便不能直接击落飞船,也能死缠烂打,让人无法脱身。

那就来吧!别科夫不再变轨,加大马力,冲向前方。"甲丑"号的护盾上闪起一团团亮光,红虹的束流不断击中飞船。头盔探针刺入大脑,"甲丑"号的每一个动作都在他的直接控制下。他把毁灭之光推送到飞船前方,包裹在释放舱中。"甲丑"号默默地承受敌人的肆意打击,保持平稳,磁杯中的反物质向释放舱里缓缓注入。他不断调整反物质剂量,控制爆炸强度,他需要一次尽可能强烈的爆炸,同时确保"甲丑"号护盾能够承受。

前方的敌人快速迎面而至。"甲丑"号仿佛夹在铺天盖地的两团红色云朵之间,无路可逃。

三,二,一!别科夫心中默念。在两团红云合围的一瞬间,"甲丑"号迸发出炽热的白色闪光。成千上万的红虹仿佛枯败的落叶般迅速干瘪,消失在强光中。强光散尽,只留下"甲丑"号仍旧在疾驰。

敌人的包围圈出现缝隙,机会稍纵即逝,别科夫猛然启动,剧烈的蓝色光芒迸射,时空膜在一瞬间破裂。"甲丑"号转眼间失去踪迹,只留下一团蓝色辉光,一闪而过。

庞大的舰队失去了目标,然而并未慌乱,红虹群停止翻飞,静静等待。巨大的黑色母舰驰入猎场,红虹纷纷降落,缤纷的战场很快沉寂下来,庞大的黑色舰队在沉默中等待。

几艘模样奇特的五边形飞船构成一个矩阵,波动在时空膜上传递,亚空间之门被打开,飞船依次开始弹跳。

"甲丑"号从超空间跌落。别科夫不知道自己的身后留下了些什么,然而,他知道战斗马上会接踵而至。他紧张地搜索四周,却没有发现敌人的踪迹。

悬着的心终于放下，至少，可以稍稍喘息。

探针抽出，别科夫感到一阵轻松快意。这样剧烈的电流刺激超出了人体所能承受的极限。他的身体早已完全被机械取代，神经系统也经过了大大加强。那些没有接受过身体改造的人，只能把这飞船当做一具棺材。这是他的飞船，也将是他的棺材。

他很难想象如何继续执行计划。现在他精疲力竭，迫切需要一场深沉的睡眠。然而，他必须继续战斗下去，将军的计划中没有停顿，而他已经迟了半个小时。距离目的地还有两次超光速转移和一次亚空间弹跳。他清点反物质存量，为了摆脱敌人，他消耗了千分之二点四的反物质。剩余六千九百四十三克，这仍旧足够撬动脐带区。但愿在最后的时刻到来之前，他不需要再次动用这威力无穷却无比珍贵的武器。

零点能引擎需要三十五分钟才能恢复超空间冲刺的能力。他必须在这里等待，敌人一定会在三十五分钟之内赶到，然后又是一场大战。这样的情形反复上演，别科夫已经有些麻木了。他盼望这是最后一次战斗，炫目的白光，剧烈的爆炸，然后，一切都走到终点。他会得到最后的平静，而科尼尔的人们将获得救赎。最难的，不是那一瞬间的英勇，一时冲动也可以成为某一刻的英雄；最难的，是拖着无限疲惫的身躯踏上没有穷尽的旅途，还要努力克制昏沉的睡意，坚持着不要倒下。只有最坚定的人才能抵达终点。别科夫选择了大剂量兴奋剂，淡黄色的液体缓缓推入体内，让他感觉好过一些。也只是好过一些，仅此而已。

警报提前响起，敌人比预期早到了两分钟。两艘黑飞船脱离亚空间，毫不停顿地直奔着"甲丑"号而来。

别科夫强打精神，准备投入战斗，在引擎恢复之前，他需要和这些该死的虫豸继续纠缠，直到陷入包围，然后再设法摆脱它们，奔向下一个目标。

头盔探针再次刺入脑颅。别科夫精神一振，与此同时，他收到了信号，来自李约素的保留信道：

"和平……交谈……和平……交谈……"对方不断重复。

这是来自敌人的信号。木藤三将军拒绝了它们,把前来传递消息的飞船打成了宇宙尘埃。别科夫也并不想理会这来路可疑的信号。他服从将军的命令,全力以赴,达成目标。然而……别科夫心念一动,也许这是一个机会,可以拖延一些时间。

他接通信道:"我是别科夫,请讲。"

"我们为和平而来,终止战斗。"信道里传出敌人的声音。

"当然可以,但是你们的飞船正不断地包围我,这就是所谓的诚意吗?"别科夫向着敌人的飞船靠拢,这是一艘落单的飞船,并没其他飞船聚集在四周,而不远处,更多的敌人正从亚空间跳出来,它们并没有上来围攻,而是远远地观望。

"只要你不开火,他们并不会攻击你。"对方说,"我们带着和谈的诚意而来,你无需开火。"

"我无法相信你们,因此我们需要一点安全距离。"别科夫一边说,一边留意四周,更多的飞船正从亚空间脱离,和上一场战斗一样,它们试图封锁路线,阻止"甲丑"号转移。

"如果你保持飞船的状态,不再乱跑,没有人会接近你。这样的距离足够安全。"

"好吧!让我听听你还想说些什么。"

"我们不想死在这里!"对方说,"这个时空区是我们的监牢,如果有任何机会,我们愿意用任何代价来交换。"

"我可没有什么逃出时空瘤的办法,"别科夫实话实说,"我是一个军人,是来和你们战斗的。"

"没错,但是你的飞船显示出了高超的技术,你的飞船能进行高维跳跃。这种技术是一种可能的脱离方法。你可以把飞船交给我们研究。"

"这不可能。这想法真是太天真了!"别科夫感到荒诞,敌人不知道在想些什么,这明显是一件不可能的交易。

"也许并非如此。"对方保持着平静的语调,"你们想让脐带区断裂,时空萎缩,这不是什么难事,如果你们的技术可以帮助我们脱离,那么我们会帮助你们做到这一点。"

"难以置信！你们如何兑现承诺？难道让我等到宇宙灭亡那一天？"别科夫观察着敌人的动向，这一次它们并没有派出飞船进行攻击，只是远远地警戒。虽然它们试图封锁"甲丑"号的逃脱路线，然并未贴近，封锁也就变得困难重重。他留意到，至少有十多条路线并没有被封锁。还有十一分钟，一旦"谈判"破裂，他可以从容离去。

"是的，我们很难信任彼此。"对方继续说，"但是，在这样一个深渊中，我们只能信任彼此，否则，你无法完成自己的任务，我们也没有可能逃离。"

"哦，我倒是愿意试试看。"

对方送来信号，要求当面对话。这倒是拖延时间的好办法！别科夫打开了通道。他也想看看，那一边的虫豸到底是怎样的模样。想起来也挺奇怪，他和这些令人憎恶的生物战斗了三十多年，却从来没有见过它们的真面目。据说，它们就像一只只蜘蛛，都是中枢星的傀儡。无论那是一堆什么东西……他做好了最坏的打算。

当对方的形象出现在眼前时，别科夫大吃一惊——一个人类！而且是一个女人。

这怎么可能？他有些困惑，"你是人？"他惊疑地问。

"是的，我属于人类。"对方回答。她的五官精致漂亮，然而皮肤漆黑，甚至连眼珠的颜色也是黑的，这给人一种怪异的感觉。然而这只是无足轻重的细节，一个人类出现在蜘蛛人的舰队中，与此相比，这点怪异算不上什么。

"你怎么会在这里？而且和蜘蛛人一伙？"

"很久之前，我们掉落到这里，我们学会了跟蜘蛛人同处。"

"这么说，你是来为异类充当和平使者？它们控制了你们，而你们给它们做爪牙。"别科夫毫不客气，引擎指示已经就绪，他随时可以启动超光速逃走，然而眼前的这个人引起了他的兴趣，"你知道它们杀死了多少人吗？它们屠杀了我的母星上几乎所有的人类，那有三十亿人，三十亿！

它们扫荡了上百个星球,摧毁太空城和飞船,不留一个活口。它们还在攻击更多的星球,肆意屠杀,而你们却在这里奢谈和平,要求我们帮助你们,这难道不是很可笑吗?它们让人憎恨,而你们则是卑鄙的同谋。"别科夫说着改变了"甲丑"号的轨道,准备转移。

"不要急着行动,"对方看出"甲丑"号动静异常,"你说的一切我都能理解,但那不是全部事实。一部分蜘蛛人成功地跳出了这个世界,遗弃了同伴,这就是这个宇宙里发生的故事。被遗弃的根母希望复仇。我们同样是被遗弃的人类,从银河世界掉落到这里,根母挽救了我们。如果有什么同谋,那么我们和根母之间,只是两个被遗弃者彼此抱团取暖。想一想,这个宇宙就在根母的掌握中,只要愿意,它可以随时让这个宇宙陷入坍缩,这不正是你们想要的东西吗?"

"你在挑战我的智力吗?它杀死自己,又能得到什么?它是一个崇高的蜘蛛人,想为了人类牺牲?你想让我相信银河世界如此完美,连蜘蛛人都有了善心?"别科夫根本不相信对方的话。

"这是一桩交易。我们要逃离这个宇宙,它只剩下几百年的寿命……"

"死了这条心吧!这不可能!你们统统都要死在这里!"别科夫叫喊着说出最后一句,猛然启动了引擎。他要用超光速摆脱这些敌人,然后进行一次亚空间弹跳。他将接近目的地,木藤三将军的计划将得到无条件的执行。

这些人威胁利诱,甚至装出可怜的面目,这都是伪装。为了最后的胜利,必须心无旁骛!

"我们抓住了你的同伴。"在启动的一刹那,他听到对方这样说。他急切地想知道对方还会说些什么,然而进入到超空间的飞船隔绝了一切信号。

难道他们抓住了将军?这个疑问一冒头,便被他否决掉了。不,不可能,将军的战斗技术比我高超,他不会失手被抓。即便是最糟糕的结果,他真的落入敌人的陷阱,他也绝不会选择被生擒。想到这里,别科夫感到一丝沉重——将军会选择和敌人同归于尽。在最后关头,他会引爆所有的毁灭之光,制造一次空前的爆炸。"甲子"号上的反物质数量惊人,将军会拉上数量众多的敌人一同陪葬。

那么谁会被它们抓住?难道是李约素将军?别科夫强行将疑虑压了下去。

周围暂时没有任何情况,敌人还没有追上来。

别科夫放开飞船控制,闭上眼。

摒弃一切杂念,专心一意,完成计划。

只剩下最后两步。别科夫感到一丝鼓舞,希望的曙光就在前方。一路惊险,出生入死,他没有料想到能够距离成功如此之近。虽然他相信将军的勇气,他愿意无条件地执行将军的命令,然而,从一开始,他便不相信这计划有成功的可能,十三次超光速转移,六次亚空间弹跳,冲向敌人密集的要点,这是疯狂到极点的行为。他追随将军,慷慨赴死,这就是全部的意义。但这显然不是木藤将军所追求的意义,对于将军,只有真正地颠覆了整个时空瘤,牺牲才能换来价值。他愿意为了实现将军的意图而付出一切。

还有两步,一次亚空间弹跳,然后是超光速突破,轨迹的终点会是一团绚烂至极的光,甚至可以媲美超新星的爆炸,而他将融化其中。还有两步,一切似乎再简单不过,却也再凶险不过。

那些突然出现的奇怪人类帮助他轻松地闯过一关,他们让蜘蛛人停止了攻击,这样的事不可能重演。和谈不成,即将到来的必然是最疯狂的攻击,必须做好最后的准备。

控制面板左侧一个不起眼的滑盖悄悄打开,露出鲜艳的红色按钮。别科夫用手掌重重地压在按钮上。他听到细微的机器响,然后从尾椎上传来轻微的刺痛。突然间,他的身体开始战栗——电流从脊背发出,一阵阵传遍全身,头脑沐浴在电子风暴中,知觉完全麻木。这是最后的时刻,别科夫启动了神经重置,在敌人出现之前,他要让神经系统处在最佳状态。这就像一针最有效的兴奋剂,药效过后,也许他会变成一个彻底的疯子,杀戮机器。然而,那个时候,宇宙也已经不在,谁又会在乎发不发疯……

麻痹感仿佛林园的晨雾般快速消散,别科夫抬眼看见了屏幕上逼近的敌人,就在飞船后方。它们恰到好处地出现,仿佛特意赶来陪衬史诗的高潮。头盔探针猛地刺入颅骨,一瞬间,"甲丑"号划出一个接近一百八十度的大弯,迎着敌人而去。

更多的敌人弹出亚空间,散布在"甲丑"号的各个方向。很快,密密麻麻的飞船几乎布满天宇。那些奇怪的人类紧跟而来,他们仍旧不断地广播,希望能和别科夫谈判。然而这一次,黑飞船没有停下进攻的脚步,数以万计的飞船将"甲丑"号团团包围,并不断缩小包围圈。红虹从飞船中涌出,浩浩荡荡,仿佛无穷无尽,向着"甲丑"号涌来。

别科夫露出一个冷笑。"甲丑"号仍旧保持轨迹不变,向着敌人冲刺。零点能引擎达到了极限,两道蓝色的轨迹变得更粗,更醒目,被撕裂的时空膜上,狄拉克海的涟漪喷薄欲出。

一个小小的椭圆球体从"甲丑"号上抛出,紧接着是第二个,两个球体排列在"甲丑"号前方,匀速前进。红虹群蜂拥而来,猛然间,"甲丑"号再次急剧转向,沿着来路后撤,顿时和敌人拉开了距离。

红虹并未觉察"甲丑"号释放的两个细小物体,它们被"甲丑"号异常的动静迷惑,加快速度,试图追上。就在潮水般的红虹触及两颗微粒的瞬间,两团灼热的白光在红虹群的前方迸射开来,威力无穷,几乎将所有的红虹一扫而光,甚至波及后方的黑飞船。

强烈的辐射同样影响到"甲丑"号,飞船仿佛被火烧着,变得通红。引擎就绪的信号声恰到好处地跳出,别科夫启动亚空间弹跳,飞船身后的辐射仿佛掉落到看不见的陷阱中,"甲丑"号从崩溃边缘挺了过来。亚空间预热仅仅维持了三秒,能量水平掉落到维持水准以下,"甲丑"号恢复到常态。紧追着飞船的辐射已经不是那么灼热,飞船表面温度开始下降。

两团大剂量的毁灭之光,反物质爆炸的威力惊人,吞噬一切!然而,别科夫恰到好处地活了下来。

也许因为对威力巨大的炸弹有所顾忌,敌人并没有马上再次进行围攻。

"和平……交谈……和平……交谈……"

别科夫再次收到信号。他感到非常滑稽。

"我们抓住了你的同伴,你的行动已经没有任何意义。"敌人继续广播。这些穷凶极恶的异族并不愚蠢,计划进行到现在,它们很容易看出"甲子"号和"甲丑"号的企图。的确,如果任何一艘飞船失败,那么整个计划都将宣告失败。别科夫几乎忍不住想接通对话,搞清楚到底是怎么回事,然而最后他并没有这么做。

这是欺骗的策略!他这么想。作为一个光荣的战士,他所要做的唯一一件事,就是完成最后两步。即便计划最后失败,他也尽到了一个战士的职责。

他飞快地扫描可能的弹跳路径。敌人努力封锁所有的路径,然而,方才剧烈的爆炸让整个阵形露出了巨大的空隙,一时之间无法到位。"甲丑"号同样无法到位,为了躲避爆炸余波,为亚空间弹跳所准备的能量被释放,引擎需要时间恢复。这成了一场抢夺时间的比赛,比赛从远方看去也并不激烈——所有的飞船都在全力飞行,然而在空旷的宇宙背景上,就像许多小小的尘埃正缓缓散开。

"甲丑"号继续向前飞,企图迷惑敌人,如果敌人跟上来完成了包围圈,那就再好不过。然而,敌人并不移动,而是继续四散,试图堵住"甲丑"号的所有路径。

迫不得已,别科夫再次猛然掉头,飞向敌人阵地中的窟窿。引擎不断预热,一旦就绪,立即进入弹跳。这又是一次风险巨大的赌博。

两艘距离最近的黑飞船以最大速度移动,同时不断发射离子束。它们并不向"甲丑"号攻击,而只是封锁路径。粒子束并不算可怕的威胁,护盾可以阻挡伤害。真正的威胁还是红虹。稍远一些的几艘飞船上,红虹升起,细小的红色飞行器同样四散开来,全力扑向每一条可能的路径。一次物理性的高速碰撞对"甲丑"号是致命的。只要有任何一个飞行器能够赶到,阻挡了"甲丑"号的弹跳,它们就能获得胜利。

双方都明白关键所在,也为此全力以赴。

"甲丑"号上,攻击警报不断,飞船几乎完全暴露在敌人的束流打击下,完全依靠护盾减小伤害。一刹那间,警报消失,随之而来的是几个快速接近的目标。没有任何犹豫,别科夫启动弹跳。

数个红虹抵达了预定位置,然而它们的目标已经消失。庞大的黑色军团失去了目标,所有的行动都在一刹那间变得缓慢。

一艘特异的飞船从这沉默的军团间缓缓驶过,飞船上写着人类的文字:"绿树"号。

卡伊在飞船的指挥舱里,麻木地看着眼前的星图。这个该死的人再次逃出了包围! 他进入到了危险区。

"我们怎么办?"春丽问。

"让根母去处理吧。"卡伊木然回答。她付出巨大的努力,想和敌人达成协议。然而,这些人根本不愿意妥协。毁掉这个宇宙,他们的力量还不够! 可是,又有几个人能正确认识自己的力量? 她自己不也正犯着同样的错误?

"我们抓紧时间,还可以在那边继续说服他。也许我们该给他看看被俘的人。"春丽继续说。

"那没有用,他不会再和我们交谈,他只想毁掉一切。"卡伊回答。

"最后的时刻,也许会有奇迹?"春丽说。

春丽的说法让卡伊心头一动。奇迹,那正是上佳号的人们苦苦等待的东西。不到最后一刻,绝不放弃希望!

"他的飞船比我们小巧,我们必须先赶到三十五星门,然后再从星门弹跳。如果这样,我们能比他提前六个小时抵达。"雅沁说。

六个小时能够完成许多事。敌人很顽强,然而却完全错估了形势,根母早已经布置妥当,透过星门,舰队的空白期可以比单舰弹跳的飞船短许多。这一次不是追击,而是伏击。一旦从亚空间弹出,就是他的死期。他也不可能有机会再次使用那种特殊的超维飞行。

六个小时。卡伊不知道是否能说服根母再给自己一次机会。

"我们出发。"卡伊说。说完她起身,"我去看看俘虏。"

"绿树"号散发出紫色的辉光。转眼间,消失不见。红虹在黑飞船上降落,船队寂然无声,突然间,仿佛某种魔法,飞船开始依次消失,只在原地留下一丝不易觉察的黑光。

不一会儿,所有的痕迹都消失不见,只留下微红的天宇和血红的星星,白亮的脐带区在远方,犹如巨大的银色圆盘。

猛然间,整个世界仿佛发生了一次颤抖,星星们在一瞬间调转了方位,变得拥挤,而天宇的颜色如晚霞般厚重。脐带区黯淡无光。

宇宙发出了进一步坍缩的信号。

第三十一章 生死抉择

"他或者停下,或者死!"卡伊说得很坚决。

李约素明白这是最后通牒,没有商量的可能。他希望自己能够让"甲子"号停下来,然而这仅仅是愿望,比肥皂泡还要虚幻。

他最后一次尝试说服木藤三,"木藤将军,前边就是陷阱,不要跳下去。"

这样浅薄的说辞无法打动木藤三,他根本不予理睬。李约素从来都是行动家,说服别人对他来说实在勉为其难,当然,经历的事情多了,如果需要,他也能说出一堆大道理来说服那些理性的人。然而,面对木藤三这个铁石般坚硬的脑壳,他一筹莫展。

木藤三的决心不可更改,"甲子"号装载了数量惊人的反物质,他要把这枚巨型炸弹丢进脐带区。别科夫已经成功了,他也必须成功。

"木藤将军,其实这没有用。"李约素继续说,"这根本无法让时空瘤坍缩,只是让它缓慢死亡,对科尼尔星域的影响微弱,根本无法打击蜘蛛人。"

这一次木藤三有了回应,"你想为了拯救你的敌人而撒谎吗?我为你感到羞耻。"

李约素感觉到了异常的亚空间波动，"甲子"号的引擎已经开始预热，也许还有三分钟就会进入亚空间弹跳。他也能感觉到另一种波动，那是根母的亚空间分形。它给木藤三准备了陷阱。

"启动亚空间弹跳你就死了。"李约素说，"它们监视着你，这一次它们来真格的了。"

"自相矛盾！如果不会构成威胁，它们为什么要害怕？李约素，你堕落到与蜘蛛人为伍，真是人类的羞耻。跟这些臭虫垃圾一道消失吧，这里就是你们的坟墓！"木藤三说完，中断了通讯。

李约素注意到亚空间的异样。根母无所不在的触手开始变化，仿佛涓涓细流从四面八方汇聚到一起，形成奇特的分形，巨大的亚空间体积迅速膨胀。它在几秒之间就完成了这件事。这是一个庞然大物，不可触摸，却真实存在。它像一只想象中的史前怪兽，充满凶悍的气息，让人害怕，却从未有人见过。李约素不禁有些恍惚。突然间，他意识到根母要做什么，它堵住了"甲子"号的亚空间入口，逼迫它退出。李约素惊讶地发现，亚空间体并非完全虚无缥缈，亚空间也可以成为战场。

果然，"甲子"号从亚空间预热中退出。引擎的能量准备被迫释放，灼热的白炽光芒映衬在蓝色轨迹上，分外醒目。

木藤三出现在"天狼星"号的投影中，冷漠的脸上毫无表情，"李约素，这是怎么回事？"

"它阻挡了你。"

"谁？中枢星？"

"是的。它利用自己的亚空间体积阻挡你进入弹跳。"

木藤三显然从未听过这样的说法，然而他并不质疑，"那么，我只能使用超空间飞行。它无法在超空间阻拦我，任何人都无法在超空间阻拦我，对吧？"

"我不知道。木藤将军，我们需要和它谈判。"李约素说，语气诚挚恳切，也充满紧迫，"军事行动已经无济于事，我们无法在这里对抗它的力量。"

"你去和它谈判吧,我要做自己的事。"木藤三丝毫不为所动,话音刚落,"甲子"号猛烈地震颤起来,它被强力炮火击中,一个趔趄,偏离了轨道。通讯随之中断。

"甲子"号陷落在密集的炮火中,隐藏在黑暗中的敌人蓦然间出现,铜墙铁壁般挡住飞船的去路。"甲子"号顽强抵抗,疾速翻飞。

"甲子"号没有可能借助超光速逃脱,根母不会再犯同样的错误。

李约素呼叫卡伊,然而没有回应。李约素能够感知到卡伊,她就在那里,然而却对李约素的呼叫不予理睬。

"该怎么办,佳上?"李约素沉郁地问。木藤三势必要死在这里,根母早已经布好口袋,而木藤三不愿意妥协。

"没有办法。"佳上平静地说,"你尽了最大的努力。但这样也好,木藤将军是一个战士,对他来说,死得其所。让我感到奇怪的是真理会沙达克,如果他真的关心事态,就该现身了。"

"真理会就是一个笑话!"李约素恨恨地说。

"如果不是他,我们也不会在这里。"佳上淡淡地说。

李约素重重地呼出一口气,"我们就在这里看着木藤三被消灭,然后再去和根母谈谈条件?"

"我们只能随机应变。埃博之子给了我们强有力的筹码,根母也有足够的意愿,唯一的问题是:谁能保证交易双方都履行承诺,那个埃博之子难道没有……"佳上突然打住,盯着中央投影,"甲子"号无法承受打击,几次变轨之后,正向着"天狼星"号飞来,黑飞船停止了追击。

"看来木藤将军改变了主意。"佳上说。

卡伊的投影跳了出来。

"根母命令停止攻击,这艘飞船上至少有一千千克以上的反物质,在这么近的距离上,你们的飞船会受到冲击。现在,你们可以离开,根母等着你们。"

"他向着我们来了,我们可以再和他谈谈。"李约素回答。

"不要做无用的事。根母的忍让换来的只是恶果,她绝对不会允许这种闹剧重演。如果此人丧失了最后的理智,你们会和他同归于尽的,这是谁都不希望看到的结果。"

李约素正想开口,佳上抢在前边,"如果我们现在跳离,'甲子'号跟着我们,你们将无法阻拦他。我相信如果'甲子'号进入中枢星,有很大的可能他会选择和根母同归于尽。你认为呢?"

卡伊看着佳上,考虑着他的建议,最后说:"我会向根母报告你的顾虑。所有的战斗行动暂停。希望你们能够挽回他的神志。"

卡伊说完消失不见。

李约素微微侧头,"你说我们成了木藤三的人质?"

"他的飞船上有一吨反物质。如果在这个距离上爆炸,'天狼星'号会被辐射严重损毁。而且,他正在接近。"

"杀害我们对他目标的达成毫无益处,也许他喜欢多两个人陪葬。"

"船长,如果真是一吨反物质炸弹,我们需要立即规避。是否采取行动远离'甲子'号?"布丁问。

"不,让他来吧。"李约素回答。颠覆脐带区的计划已经行不通,木藤三继续留在这里完全失去了意义。他可以对这一切置之不理,然而,他还是希望木藤三能够继续活下去,哪怕活到这个宇宙终结的时刻也是好的。

"甲子"号越来越近,最后距离"天狼星"号不足百米时,它飞快地调整姿态,准备和"天狼星"号对接。

这是两艘飞船自从跳入深渊之后第一次会面。四面八方,蜘蛛人的舰队团团包围,虎视眈眈,就连亚空间也被根母堵塞。它们就像在敌人的囚笼里会面。

"我该告诉他什么?"李约素问佳上。

"一切。"佳上回答,"无需隐瞒什么,我们属于同一战线。"

"这就是你的意见?"李约素略有不满,"太简单了,我也能想得出来。"

"我们在和一个超级控制者斗争,木藤三将军是我们的盟友。这种情况,也没有什么可以谋划。"

"如果他真的发疯在这里引爆'甲子'号……"

"那么人类试图引爆时空瘤的计划就彻底失败了。这也并不是什么让人惊讶的事。有据可查的历史上,从来没有人成功引爆时空瘤。"

"我们可以做到吗?"李约素问,虽然是顺着佳上的话继续往下说,却又仿佛是自言自语。

"我们做不到,埃博之子可以做到。"佳上的脸上露出一丝神秘的微笑,"你就是埃博之子的代言人。"

"我谁都不能代表,只能代表我自己。"李约素对佳上的说法不屑一顾,突然声音一沉,"或者,我可以代表科尼尔。"

佳上似乎决心打破李约素一切偏离主题的想法,"木藤三将军才是科尼尔和抵抗联盟的代表。"

李约素无话可说,扭头察看"甲子"号的动静。"甲子"号已经完成对接,正进行气密准备。

"'甲子'号要求开放通道。"布丁报告。

"让他过来吧,那边很挤,过去不方便。"李约素说。

舱门打开,木藤三猛然游了进来,拉着壁上的扶手,稳住身子。

"木藤将军,很高兴能再见面。"李约素不紧不慢地说。

佳上转过身,向木藤三点点头。

"李约素,你想投降吗?"木藤三面无表情,冷酷至极,黑白分明的眸子盯着李约素,似乎想用锐利的眼神将他杀死。

"当然不。"李约素满不在乎地迎着木藤三的目光,"只是,我们需要和它们谈判。"

"谈判?!"木藤三的目光中流露出一丝轻蔑,"在战场上得不到的东西,你竟妄想从谈判中得到?"他说着向前移动身体,"让我来帮你解脱,一个叛徒的最好下场,是死在自己人手里。你要尝尝死亡和悔恨的滋味!"木藤三向前猛扑,一把抓住李约素,使劲掐他的脖子。

突如其来的变故让所有人感到意外。佳上微微一愣,马上上前试图拉开木藤三,然而木藤三的胳膊强壮有力,根本无法扳动。

李约素被掐得两眼翻白,全身不住地扭动,试图挣脱。

"放开船长!"布丁惊叫着,一道电弧击中木藤三,然而木藤三毫无反应,仍旧死死地掐着李约素的脖子。

"你不想听一听计划吗?李约素死了,计划就会彻底破产!我们还有机会赢!"佳上竭尽全力大声叫喊,试图改变木藤三的心意。

木藤三瞥了佳上一眼,却没有松开手。李约素两眼翻白,似乎马上就要昏死过去。

"木藤三,放手!"第三个声音响了起来。一个人影出现在投影中。

木藤三扭头一见那缥缈的人影,不由得松开手。李约素缓过一口气,瘫在椅子里大口喘气。

"沙达克,你终于来了!"木藤三面对人影,冷冷地说,"你无所不知,可以看到我们已经失败了。"

"是的,木藤三将军,我明白当前的处境。"沙达克平静地说,"我来只是想告诉你们,在银河世界里,中枢星已经开始转移,它们在伊特通道建筑星门,准备大规模转移。时间不多了。"

"多谢你告诉我们这个好消息。我们被蜘蛛人包围在这里,哪儿也去不了。你有何高见?"木藤三盯着眼前虚无缥缈的人影,如果可能,他非常愿意掐住它的喉咙——沙达克掘了一个巨大的陷阱,在里边摆上诱人的饵,而自己则义无反顾地跳了进去。

"很抱歉,计划没有成功。"沙达克说,"我提醒过你,这儿的蜘蛛人很强大,计划成功的可能性很低。"

"我想问你有什么高见,"木藤三仍旧保持着生硬的语调,"不要再给我一个可能性很低的计划。"

沙达克并没有回答疑问,而是看了看李约素,说:"李约素将军有一个计划,我们可以坐下来做听众。"

木藤三盯着沙达克。李约素同样盯着沙达克,依靠人类的力量来颠覆时空瘤已经不可能。根母是这个宇宙的主宰,在它绝对的控制力面前,几个小小的人类个体,区区两艘飞船,根本不堪一击。唯一能够指望的东西就是根母本身,而李约素唯一的筹码是能带上一些东西重返银河。这件事和沙达克已经没有任何关联,李约素不知道沙达克是否知晓。

佳上突然开口,"你想知道关于起源星球?"

沙达克微微一笑,"不愧是沙川人的佼佼者,我正是为了此事而来。"

李约素马上意识到佳上和沙达克对话的含义,"你诱使我到这里来,是为了那个镜子飞船?"一层怒意浮上脸庞,"这么说,你把我当作一个白痴在要弄?! 你……"一时间,李约素竟然找不到合适的词来表达情绪。

"那么我呢?"木藤三插话,"既然你的兴趣在李约素,为什么要把我拉进来?"

沙达克点点头,"真理会是人类的朋友,我们永远站在人类一边。我把一切情况和后果都告诉了你,这里有很小的机会。在这一点上,你的尝试值得肯定。你是人类勇气的象征。"

木藤三冷冷地哼了一声。

"拯救人类的希望,这一层意思对你也一样。"沙达克扭头看着李约素,"我留给你们的信息并非捏造,而是完全真实的,如果按照我的方案割断脐带区,一切都会按照预想发生。但是……"

"但你并没有告诉我,这里居然还有一个'上佳'号。"

"这并不重要。"沙达克说完稍稍停顿,似乎在等待李约素的质疑,李约素没有再说什么。沙达克继续说,"但对你还有另一层含义,佳上看出了这一点,我的确在寻找起源星球。这是真理会为数不多的几个疑难问题之一。它隐藏在银河群星中,不留痕迹,我们一直试图寻找它。镜子飞船是一个很有意思的线索。"

"你怎么知道镜子飞船? 我从来没有和你提过。"

"但是你和许多人提过。如果你想完完全全保守秘密,那么你就不该告诉任何人。一个秘密一旦说出口,就再也不是秘密了。"

李约素哑然。然而,他并没有向几个人提过这件事,只有佳上,吉钠……吉钠甚至接触过……想到这里,他猛然意识到,是吉钠告诉了沙达克这件事,这才能让整件事变得合理。

"是吉钠!"他脱口而出。

沙达克并不否认,也不承认,"这无关紧要,我们谈谈起源星球。"

"我不知道什么起源星球。"李约素冷冷地说,"镜子飞船我见过,它自称埃博之子。"

"没有人能够肯定镜子飞船就是起源星球,但至少这是一个有力的线索。你是我所能找到的唯一关联,我可不希望这条线索断掉。"

"所以你就鼓励我来这里送死?"李约素反问。

"这是附带的效应,你来到这里并不是送死,和木藤三一样,你有机会摧毁科尼尔低地的蜘蛛人,这对仙女座旋臂上的人类文明功德无量。我只是观察你,为我的疑惑寻找可能的线索。"

"我根本不知道你说的到底是真话还是假话……"李约素不想就此继续争论下去,"既然如此,你又何必再出现?"

"因为木藤三马上就要杀死你。"佳上插话,"如果你死了,一切都失去了意义,我们无法打击蜘蛛人,沙达克的线索也将就此中断。"

"正是如此。"沙达克露出赞赏的笑容,"如果每一个人类都这样明智,银河将减少许多无谓的争执。"

"你想要我怎么办?"木藤三问,"计划失败,别科夫为此牺牲,就这样算了?"

"我们恐怕没有别的办法,木藤三将军。"沙达克不紧不慢地回答,"成功的可能性很低,眼下唯一能够依靠的就是李约素将军。"

"这么说我已经是一个废物。"木藤三扫视着舱里的人。

舱室里变得沉默。

佳上打破沉默,"别科夫没有完成你交给他的任务。他没有退出亚空间就引爆了'甲丑'号,这造成了一次强震荡,却没有达到预期效果。它让这个宇宙的有限寿命缩短了上百年,然而,即便你完全在预定目标区发动爆破,脐带区也不会被完全斩断。只是这个宇宙的寿命会缩短到五十年。这对那边毫无影响。"

"这是你们从臭虫那里得到的消息?你们相信敌人的鬼话?难道我

们没有任何可能让这个该死的时空瘤破裂?"木藤三连续抛出几个问题，最后用一句话来总结，"我要和它们战斗到底!"

"我可以确认佳上的说法。"沙达克缓缓地说，"别科夫断绝了行动成功的可能性。按照目前的情况，如果让时空膜坍缩，需要的能量水平是六万兆兆特，你的反物质炸弹没有这么高的能量水平。而且还有一个意外，脐带区在银河那一端突然增强，大量吸入物质。也许这可以看作这个宇宙的回光返照，同时也意味着脐带区得到增强，一次爆炸再也无法把它彻底斩断。"

木藤三沉默着，眼睛眨也不眨地盯着沙达克。突然他转向李约素，"你打算怎么和它们谈判?"

"我有筹码。"李约素说着起身，从木藤三身旁穿过，打开后舱门，"要过来看看吗?"

木藤三跟了过去。

"那边发生了什么? 脐带区? 它吞没了那艘'深渊'号?"佳上问。

沙达克看着佳上，"我没有留意那边的飞船，但脐带区暴涨了三倍，在一个光秒的范围内，任何东西都会被它吞噬，掉落到这个宇宙中。"

佳上默然。

"提醒你的朋友，继续留在这里已经失去意义。他不需要为这个垂死的宇宙陪葬。"话音刚落，沙达克瞬间消失得干干净净。

佳上仿佛猛然间清醒过来，"沙达克，出来和我说话!"他大喊。

沙达克并没有现身。

"你听着，如果你希望帮助银河系的人们，如果你还以人类的朋友自居，你要去找根母，你要帮助李约素和它谈判!"佳上并没有停下，他继续大喊。

沙达克倏然间出现佳上面前，"我认为你的提议很有意思，你希望我和它谈什么呢?"

"你明白，沙达克。它希望脱离这个时空瘤，它希望活下去。李约素能够借助镜子飞船带走两个人，但是对根母来说，完全不够。"

"继续。"

"你可以帮助它离开这里。它可以和你一样。"

"纯粹亚空间体？它不会接受，它的躯体如此庞大，如果成为纯亚空间体，它会失去几乎全部的记忆和百分之九十九的思维能力。这就像把它变成了低能儿和白痴，对它还有什么意义呢？"

"你认为纯粹亚空间体的沙达克都是白痴吗？"佳上反问。

"只是一个比喻，也许并不精确。"

"这是它重生的希望。"佳上继续说服沙达克，"我们也表现了巨大的诚意。多一个不同的伙伴不好吗？沙达克真理会不能接受一个异类吗？它对亚空间的理解也许比你们任何一个都更深刻。也许它正好是一个帮手，可以帮助你们寻找起源星球？"

"你说的有些道理。我们的确也有非沙达克的伙伴，但是从来没有接收过从如此巨大的头脑中诞生的亚空间体。这是一个巨大的难题。"

"试试看，沙达克，试试看！"佳上说完便看着沙达克，不再言语。他的眸子里似乎有东西在闪光。那是人类的智慧之光，他们的躯体总是不自觉地表露出心绪，而眼睛总能传达出内心的想法。沙达克突然间感到一阵奇怪的熟悉感。许多许多年前，还在为"三星"号服务时，他经常能从卜洛克船长的眼睛里看到这样的灵光一现。在飞船最后坠落的时刻，船长的眼睛里同样闪着光，"离开吧，沙达克，我知道你有办法脱离，成为一个亚空间体。去寻找真理会。""三星"号坠落在铁星上，化做一团巨大的火焰，而沙达克成功脱离，在距离星球一光秒之外的地方，默默感受着渗入到亚空间的能量热流。他以为那是一次庄严的仪式，宣告他从此和人类隔绝，成为银河间自由的生灵；他以为从此便可以淡然处置人类的纠纷。然而，当他看见佳上的眼睛，他意识到，任何一个沙达克都不会将人类的请求置之不理。哪怕离开了六千万年，当一个人站在面前，请求帮助，他仍旧无法拒绝。无法拒绝。

沙达克沉默地点头，消失不见。

木藤三和李约素回来，两个人都沉默着不说话，控制舱里气氛压抑。

"船长，卡伊要求通讯。"布丁打破沉默。

李约素看了看木藤三，木藤三保持着冰冷的表情，眼睛里空无一物。

卡伊的影像出现在投影中。她看见了木藤三，凝视着他。木藤三眼珠转动，迎着卡伊的目光。他的身体纹丝未动，仿佛一尊雕像，眼珠的转动显得尤为突兀。

"李约素船长，根母要求你即刻前往。"卡伊从木藤三身上挪开目光。

"标示路径，我会过去。"

"很好。"卡伊说着转向木藤三，"他也要在你的飞船上一同前往吗？"

"是的。"李约素机警地盯着卡伊，"有什么问题吗？"

"没有问题，但是我们要控制那艘超光速飞船，它太危险了。"

李约素正想说些什么，木藤三抢先开口，"你们休想得到它。"声音平淡，却不容置疑。

木藤三挪动身体，他仿佛从一尊雕像活转过来，"李约素将军，佳上阁下，很高兴能够和你们并肩战斗。但愿你们能成功。"说完，他自顾自向着通道而去。

"木藤三！"李约素喊道。木藤三不予理睬，他伸手碰触舱门，然而舱门并没有自动打开。

"布丁，让我出去。"木藤三不动声色地说。

布丁没有回应，他等着李约素的指示。

李约素嘴唇翕动，欲言又止，最后说："让他走吧。"舱门悄无声息地打开，通道出现在木藤三眼前。

木藤三扭头看着李约素，"你是一个幸运的人。别忘了天垂星。"说完纵身钻入通道中。

几分钟后，"甲子"号从"天狼星"号上脱离，直奔那成群的黑色飞船而去。远方，黑色舰队中，红云涌起，蜘蛛人明白"甲子"号来者不善，准备应战。

李约素和佳上看着"甲子"号渐行渐远，最后成为一个标示性的白色光点，向着布满天宇的红色光点靠近。

"他说了什么？"佳上问。

"别科夫死了，他也不会继续活着。"

"还有呢？"

"这真神奇。"李约素随口应付了两句，稍稍沉默了一下，然后说，"也许你可以听听他自己的说法。布丁，你记录了吗？"

"有的，船长。但没有影像。"

"放出来，让佳上听听。"

"这真神奇！"舱内响起木藤三的声音，"我信了。"声音短暂停顿，似乎木藤三正陷入沉思。

"李约素船长，既然你还能够活着回到银河，如果你还能活着回到银河，替我带个口信。告诉抵抗联盟，行动失败了，别科夫英勇牺牲，我也将选择和他同样的道路。没有完成重任，很抱歉。"

"木藤三将军……"李约素的声音插入进来。

木藤三打断了他，"请转告我的话，感激不尽。"

对话到此结束。

"就这些？"佳上问。

"就这些。"李约素自嘲似的笑了笑，"他是一块生铁，又冷又硬，他不想说，你也没办法。"

李约素话音刚落，投影中，"甲子"号瞬间化作了巨大的光斑，仿佛恒星般灿烂，辉煌的光球向着四周蔓延，一时间，"天狼星"号警报不断，整个投影白亮晃眼。当一切稳定下来，只见一道白色光带横在蜘蛛舰队和"甲子"号爆炸的余迹之间，仔细看去，光带的边缘隐约透出彩色的光晕——蜘蛛人构筑了空间壁垒，反物质爆炸造成的射线暴遭遇强烈空间扭曲，穿透时空膜，被导入到亚空间。爆炸虽然杀伤了少数黑色飞船，却对舰队主体毫无损伤。

李约素和佳上默默地注视着投影。

"这算是告别演出吗？"佳上打破沉默。

"我想他不想向任何人告别。"李约素回答，"他只想成全自己。"

"你看见了,根母的力量。"佳上又说。

"是的,很惊人。"李约素回答,"很可怕。"他又补充说。黑色舰队能在有限的时间内构筑规模惊人的空间屏障,而根母的亚空间分形浩瀚无边,无孔不入,能渗入时空膜的每一点。在这个宇宙里,它几乎就是上帝。

凡人能对抗上帝吗?

能,如果随时准备舍弃生命。

凡人能和上帝谈判吗?

能,如果一个上帝有死期。

李约素紧紧攥着拳头。

第三十二章 节外生枝

"天狼星"号沿着指定线路进入弹跳准备。进入亚空间屏障的一刹那，李约素注意到卡伊的锥形飞船跟了上来。

飞船进入平稳的亚空间飞行，"天狼星"号的视野凝固，不再有任何变化。李约素坐着发闷，从脐带区到中枢星，虽然借助蜘蛛人的星门能够大大地缩短航程，却仍旧要在亚空间中度过三十多分钟。三十多分钟跨过五个半光年的距离，这大大超越了理论上亚空间跳跃能够达到的极限，然而，这里是一个封闭的小宇宙，时空以一种略带差异的方式展开。在这里，根母几乎能做到任何事，除了这一件：跳出时空瘤进入银河。

银河中群星闪耀，充满勃勃生机，而这里，淡红的天幕下星星黯淡无光，末日就在不远的将来，到处都是死亡的腐臭气息。根母比任何人更迫切地希望离开，它的同类做到了这一点，不过彻底断送了它的希望。

"我们该怎么做？"李约素突然发问。

佳上太熟悉李约素这种提问的方式了，通常都是有了答案，他才会提出问题。因此，佳上并不回应，只是侧头看了看他，等待他自问自答。

"好吧。没人能告诉我，我只有自己来。我会告诉根母，我能带走和我的身体等重的东西，我可以带上它指定的任何东西。然后，它要自杀，顺带毁掉这个时空瘤来作交换。"李约素看着佳上,"这听起来有些疯狂。我突然很没有信心。"

"这是我们唯一可行的计划。"

"你说过很多遍了。"李约素显然不满,"根母无法在这里触摸到我们,如果有其他法子,不妨说出来。到了中枢星,恐怕我们任何交谈都不安全。"

"如果我说,现在就用你的救命法子离开,你觉得怎么样?"

"有什么理由吗?"

"至少我们还能继续活下去。"

李约素突然笑了起来,"我倒是没有想过继续活下去。如果能用一条性命交换蜘蛛人的所有舰队,那也值了。"

"这也是木藤三的想法。"

"是啊,某种程度上,我和他也有些共同点。至少我们站在同一条战壕里。"

"如果你不能活下去,根母又怎么能相信你?"

李约素一时语塞。佳上毫不留情地揭示了一个现实:他将是那个能够幸存到最后的人,否则,一切都无法进行下去;而佳上,则只能留在这里,或者老死,或者和宇宙一道终结。冒险还没有完成,结局却已经明了。

"好吧,我现在就带着你和布丁走。"李约素说,"敌人可以想办法慢慢对付,我不能把你扔在这里。"

"我不是这个意思。我的意思是,你是安全的。埃博之子选中了你,你的安全就在他的算计之中。我们要做的,无非就是去到根母那儿,和它完成这笔交易。"

"我不会丢下你不管。"李约素阴沉着脸。

"我不会放弃'上佳'号。"佳上静静地望着李约素。

李约素明白这个老伙计的心思。"上佳"号就在这里,如果每个生命都必须寻找一个终结之地,这是佳上最好的归宿。这里是最后告别的地方,无论怎样推迟那个时刻的到来,该来的还是会来。人应该勇敢一点,面对现实。然而现实太冷酷,人总是忍不住会温情一些。

"我们会找到办法的。"李约素说。

"我让沙达克帮忙说服根母。"

"什么?"

"沙达克是纯粹的亚空间体。如果根母愿意放弃它的实体,成为纯亚空间体,它仍旧可以活下去。"

"那有什么可犹豫的? 这是个好办法。"

"按照根母的规模,如果成为纯亚空间体,它的亚空间规模至少得缩小一千倍,只有原来的千分之一。这是一种什么情形,你可以想象。"

"智力退化?"

"设想你接受剔除绝大部分记忆,失去绝大部分逻辑能力。或者说,从一个人变成微生物,只不过还保留一点做人的记忆。"

李约素想了想,"那还不如死了算了,生不如死。"

"我只是让沙达克和根母谈谈,我不知道沙达克是否真的会去谈,也不知道根母是否会有这样的意愿。只不过,这是我们的诚意,我们拿出所有的东西来和它做这笔交易。"

"但是看起来希望渺茫,"李约素苦笑,"但是我们得把事做完。"

"谋事在人,成事在天。"佳上说。

"什么意思?"

"许多因素不是我们所能控制的,既然打开了门,就走过去吧。至少我和布丁可以跟你一道走过去。根母一定有自己的打算,我们只是去揭开答案。"

"话是这么说。"李约素长叹一口气,"心有不甘……"

"卡伊告诉我们,她手上有一个俘虏。"佳上转移话题,"别科夫和木藤三都已经死了,会是谁呢?"

李约素心中一惊,佳上似乎在暗示什么。他瞥了一眼计时器,数字正好定格在零上。

蓦然间,天宇转换了颜色,变得更加深沉,而星星陡然转移了方位。

前方,庞大的中枢星仿佛生长着无数触须的怪兽,正快速逼来。他们抵达了目的地。

锥形飞船几乎紧贴着"天狼星"号飞了过去。

长长的根须向着无穷的远方延伸,仿佛一根根绷紧的绳索。锥形飞船靠过去,贴在一条绳索上。猛然间,李约素意识到那看上去细细的绳索有多么粗大,锥形飞船依附其上,只是一点微小的凸起。他们所面对的是一个名副其实的星球般庞大的怪物。

无论那是多么可怕的东西,他们都要勇敢地面对,这是他们的光荣使命。然而李约素却被佳上意味深长的问题搅得心神不安。

"布丁,我要和卡伊通话。"李约素下令。

几秒之后,布丁回答:"没有回应。"

"跟上去!"李约素蹙着眉头。

"卡伊警告我们要按照指定路线飞行。"

"别管她,跟上那艘飞船。"

"天狼星"突然变轨,尾随着锥形飞船而去,快速缩短距离。

卡伊马上有了反应,出现在投影中。

"你们偏离了航线……"

"没错。"李约素打断她的话,"你手上有一个人,让我看看。"

"什么?"

"你说过你们抓到了一个俘虏,给我看看。"

"我们了解你的要求。现在请回到你的航线上,否则根母会不高兴。"

"它已经很生气了,再多一点怒气也无所谓。我要见到这个人,否则我们无法进入下一步。"

卡伊似乎在考虑是否能接受李约素的要求。

"很简单,把他带到摄像机前就行了,双方都没什么损失。"李约素催促她。

卡伊决定妥协,"返回你们的航线。我可以把人带到镜头前,但是,这只能是单向通讯,她无法看见你们。"

"成交！"李约素飞快地答应，"布丁，回到路线上。"

"天狼星"号重新进入轨道。远方，十多个小黑点正快速靠近，它们是蜘蛛人的小型飞船，来"迎接""天狼星"号。

李约素毫不在意那些正在靠近的飞船，他注视着漆黑一片的中央投影，等待着影像出现。

人影在画面中亮起来。李约素屏住了呼吸。

一个女人在画面的中央坐着，长发披肩，神色泰然自若，嘴角边挂着浅浅的微笑。她目光流转，似乎在不断地打量四周。

是旦素一！

李约素悬着的心突然间变得踏实，他扭头看着佳上，"你早就知道？"

"我不知道……但是我猜想有这种可能。"

李约素盯着旦素一的脸。她被隔绝在摄像机的那边，不知道李约素正注视着她。

"怎么会呢？"李约素喃喃自语。

"沙达克说过，脐带区暴涨了三倍，附近的飞船都被它吸收进来了。旦素一将军的流体颗粒分队，正在这个范围内。当然，掩护任务已经完成，她早该撤退了，我想，应该是她自己趁机跳了下来。"

"这算是命运吗？"李约素苦笑，"一定要让我们的命运纠缠在一起。"

"不，你还会回到银河。"佳上面色严肃。

李约素摇头，"我不会丢下她。"

"那么你选择放弃科尼尔？"佳上用平淡的语调抛出一个尖锐的问题。

李约素沉默不语，他望着旦素一。他以为永远不会再见到那端庄的容颜，浅浅的微笑。一切都已经凝固在昨天，她会以一个战士的姿态辗转银河，消灭那些带来灾祸的异族。他来到这里慷慨赴死，只求让敌人付出最大的代价，可形势却突然间斗转星移，为了打击敌人，他必须活着离开这个垂死的世界，而旦素一却被困在此间，和这个世界一道毁灭。这真是一个巨大的玩笑，李约素感到一阵惶然。

银河在上，难道命运就是和我过不去？李约素又感到几分愤然。

"我不会放弃科尼尔。"沉默片刻之后，李约素开口，"就像你不会放弃'上佳'号一样。"

佳上微微点头，然后说："你有最后一个机会——带着她离开。"

这个充满诱惑力的想法被李约素断然否决，"就算我同意，她也不会同意。"他感到一阵轻松，旦素一会支持他，他们有同样的想法。

说话间，黑色飞船已经靠近。船身打开，每艘飞船里都跳出一只白色的蛛形生物，轻巧地落在"天狼星"号上。它们并没有进一步的动作，只是依附着"天狼星"号，随着它向前飞行。黑色飞船包围了"天狼星"号，众星拱月一般拥着它。

卡伊中断了影像。

"布丁，告诉卡伊，我认识这个人，她必须活着。"

"遵命，船长。是否要告诉卡伊旦素一将军的身份？"

"不用了，在这里，这些东西没用。卡伊不会对她有恶意，是吧？"后一个问句，李约素向着佳上。

"沙川人不会伤及无辜。"佳上回答，然后反问，"不要现在就和她见面吗？"

"外交使臣有外交使臣的规矩，只要她安全就行了。"李约素看着前方，根母张开巨大的臂膀，似乎要将"天狼星"号囊括其中，"我们得和它好好谈谈。"

"天狼星"号向着根母降落。盘根错节的虬枝四处蔓延，细小的黑色生物游走其上，偶尔，投影中会出现白色的蛛形生物，大小不一，最为巨大的一个，体型居然比"天狼星"号还要庞大，它依附在一根虬枝上，三只血红的眼睛近距离瞪视着"天狼星"号，头部的附肢不住地摆动，似乎要抓住什么东西送入张开的口中。

"欢迎仪式很隆重。"李约素说，"上一回降落，什么都没有。"

"这一次它不会再让小虫来钻你的身体，它要的东西就在那里。"

"没错，这一次它不一样。"李约素再一次感受到深不可测的亚空间分形在知觉中展开。这一次，根母并没有试图窥探他，而是伫立着，自然而然地等待着李约素靠过去。它从容不迫，庞大的亚空间体积自然显示出威严。那是一种主宰者才具有的气度，不增不减，以万物为刍狗。

伴随飞行的黑色飞船突然散开，漆黑的星球表面暴露在"天狼星"号面前，"天狼星"号缓缓降落，地面粗糙不平，犹如坚硬的鳞甲。白色蛛形生物从飞船上跳下，沿着同一个方向向前，它们身后留下的痕迹，在漫天的红光照射下闪闪发光，地面仿佛被这痕迹所软化，凹凸不平的表面变得平整，十多道痕迹彼此间融合在一起，形成一条银光闪闪的路径，伸向远方。

黑色飞船的船体上生长出众多的触手，在空中飘动，最后彼此相互连接，变得扁平，仿佛一把大伞遮挡在"天狼星"号上方。大伞中央鼓起，四周飘落，一旦落地，便融入其中，结为一体。巨大的黑色穹顶就此成型。穹顶上，一圈红色的光点照亮整个空间。

"天狼星"号打开舱门，李约素缓缓走出来。他坐在星渊盔甲内，却没有携带任何武器。银色路径伸向前方，消失在穹顶边缘，那里有一个竖直的深井，正等着他跳下去。李约素回头张望，佳上正站在舱门边。李约素做出一个胜利的手势，然后望着路径消失的地方，深吸一口气。

他沿着银色路径向前。突然间，他看见几个人站在一边——她们仿佛从地底下冒出来，突兀地出现在那里。

那是卡伊和她的伙伴，还有旦素一。李约素心中一紧。

控制舱下坠，李约素从盔甲中滑出。他几步跑到旦素一面前。旦素一看见他，露出一个微笑。两人四目相对，凝视良久，什么也没有说。

猛然间，李约素一把抱住眼前的人，紧紧地搂住，仿佛生怕失去。

卡伊站在一边，默不作声。

根母的亚空间分形如潮水般涌来，李约素被包裹其间。根母似乎正饶有兴趣地观察着李约素的反应。李约素并不理会，他只是拥抱着心爱的人，一动不动。

这个拥抱的时间长到令人尴尬。终于，卡伊忍不住清了清嗓子，"李约素阁下，根母在等着你。"

旦素一拍了拍李约素的背，轻声说："好了，放开我。"

李约素松开臂膀，两手抓住旦素一的胳膊，望着她的双眼，眼睛眨也不眨。

"你怎么会在这里？"李约素问。

"因为你在这里。"旦素一回答。在这陌生的异域，她不再是雷电家族的人，也不再是叱咤风云的将军，她不用背负任何东西，而只是一个女人。她望着李约素，从他的眼睛里读出深刻的关切和爱意。这就够了，这就是她来到这里想看见的东西。

"我没事，去做你的事吧。"旦素一微微一笑。

"我会送她去'天狼星'号。"卡伊说。

李约素点点头，"等着我！"他放开旦素一的胳膊，正要转身，又突然一把将旦素一拉入怀中，飞快地在她的唇上印上一吻。没有等旦素一反应过来，他已经放开手，转身小跑几步，跳入盔甲控制舱。控制舱升起，李约素挥手致意，"等着我！"他又说了一遍。

旦素一原地站着，脸颊上腾起两片红云。

星渊盔甲大步向前，很快走到小径尽头，纵身一跃，落入竖井中。

四周瞬间变得一团漆黑。盔甲感应着周围细微的变化，把一切显示在屏幕上。李约素甚至连这个也不需要，他能感觉到那些异样的存在。充沛的能量充满每一个角落，亚空间分形恰到好处指示出每一个目标，每一处通道。李约素快速下坠，两分钟之后，他看见了竖井底部的光。就在那里！

一个庞然巨物正在下方等他。它仿佛一个巨大的水晶球，其中有火焰燃烧。巨球一边翻滚，一边折射出绚丽的光彩。它正放射出蓝色的光，突然间，又变成了黄色。盔甲自动调整下坠速度，最后，它徐徐穿过光幕。眼前豁然开朗，巨大的蓝色球体横在前方，散发着各种颜色的光。李约素停下来，这就是根母真正的本体，庞然的亚空间侧面依附其上，一个个分形从这里蔓延到宇宙的每一个角落。它是这个小小宇宙的头脑，造物主真正的杰作。

眼前，光滑的球面仿佛巨墙般耸立，向四周无限延伸，铺天盖地。光在其中游移,犹如一种若有若无的幻觉。

李约素缓缓靠近,有些恍惚。记忆正被唤醒,他曾经见过这蓝色宝石中游移的光,那是亚空间侧面的投影,正和他的亚空间侧面相碰。是的,他曾在天垂星的战场上和它正面遭遇,蜘蛛人的黑色飞船拥有类似的晶体般的物质,它们透过它和中枢星相连,在亚空间中联结成一个整体。李约素似乎感到冥冥之中的召唤,一种巨大的诱惑拉扯着他,驱使他投入这漫无边际的亚空间之海,和它们融为一体。那儿似乎就是极乐世界,一种迫不及待的心情油然而生。然而另一股力量也同样拉着他,让他没有直接掉落下去。旦素一、苏北旦、古力特、佳上、天狼七……许许多多的人名从心间滑过,那些栩栩如生的面孔都在呼唤着他的名字,还有那些美丽的星球,那些善良的人,最后,他仿佛看见了天垂星,美丽的蓝色星球在静谧的星空下旋转……顷刻间,星球四分五裂。

李约素浑身一颤,从恍惚中清醒过来。根母触发了他的幻觉,如果不是因为神志中的一丝清明,也许他已经投降,融入到那浩渺无边的存在物中。李约素惊出一身冷汗。他定了定神,仍旧保持着和根母的接触,却小心翼翼地避开纠缠。亚空间体之间无法直接作用,然而根母却似乎能够透过亚空间接触来施加影响。

"我来了!"李约素大声说。根母显然知道他已经来到面前,然而语言并非多余,透过亚空间渗透所进行的交流有些缥缈虚幻,话语才能让人感到脚踏实地。

根母的亚空间分形悄无声息地移动。李约素能够感觉到它在收缩,从无穷远处汇聚而来,就像原本稀薄的雾气聚拢,慢慢变得浓厚,存在感愈发强烈,无限的威压令人感到无法呼吸。李约素明白那是巨大的亚空间体积差导致的能量吸附效应,只要他不主动投入其中,就不会有什么危害。他聚精会神,让自己更细致地分辨根母的一举一动。

庞大的亚空间体开始移动。它却并不靠近李约素,而是移往另一个方向。根母的注意力被一样更重要的东西吸引,以至于暂时把李约素搁置一边。它在那里,虽然隔得遥远,李约素仍旧能够感觉到那是一种不属于亚空间的存在。它散发着微弱的能量流,向周围告知自身的存在,一刹那间,让李约素想到,这是一个信标。

李约素放松约束,让自己的亚空间侧面追着根母而去。根母的亚空间分形仿佛一只巨大的须鲸,李约素则像一个小小的蓝藻,随着鲸鱼的移动而起伏。

它们很快触到了那特异的存在物。它就在那里,隔绝在亚空间之外,却又向外辐射能量。当根母触摸它,能量流便停了下来。它似乎很坚硬,亚空间狂热的能量湍流也无法将它融化;又似乎空空一片,什么都没有,只是一块空缺。有和无,这不可协调的属性在这东西身上纠缠在一起,它一动不动地挺立着,和亚空间无处不在的能量潜流形成鲜明对比。

根母绕着它盘旋,窥探。片刻之后,它突然间毫无迹象地消失,能量迅速填满留下的空间,激起不大不小的湍流。

根母继续盘旋一周。确定那东西已经远去,根母掉头向着李约素而来。李约素收缩了一下,猛然间,他意识到那刚离去的东西是什么。类似的存在就在他的身边,然而规模要小许多,在时空膜的对应位置上,正是星渊盔甲。这是埃博之子留下的时空钥匙,它正展现不同于这个时空的维度,高高在上,和这个世界格格不入,正像镜子飞船。而刚消失的那个,恐怕正是镜船的本体。

李约素定了定神,看看眼前,盔甲的舱盖上,按钮正如一面镜子闪闪发亮。他并未触发它,是埃博之子触发了它。

根母从容不迫地靠近李约素。它显然已认识到那不同寻常的存在物就在盔甲上,一个分形仿佛触手般伸出,来探究它无法把握的东西。

突然间,眼前的镜子蓦然消失,亚空间中的非常之物也随之不见。

李约素伸手在按钮上轻触三下,镜子再次浮现。亚空间的存在物也无中生有般变了出来,挤开无所不在的能量,硬生生地形成一个空洞。

这样也好!李约素暗想。这原本就是要展示给根母的筹码,在这样的情况下,筹码会变得更有分量。埃博之子并没有撒手不管,它在这个最紧要的关头向根母展示了力量。那是更深奥的宇宙奥秘,根母并没有能够洞悉，埃博之子在此刻向根母展示它，用意不言自明。李约素对这个神秘叵测的埃博之子，突然生出一种好感。

根母进一步逼迫过来，似乎想要表达些什么，却只让李约素感到一阵阵压迫。

"你想说些什么？我不明白！"李约素大声喊叫。

根母退了下去，压迫感随之而去。时空之钥的银光也在刹那间消失，恢复成透明的模样。一切都平静下来。

李约素静静地等着。此刻，他只需等待。

片刻之后，一个人形从光幕中落下。这是一个身穿动力服的人，她快速移动到李约素身边，和他并肩而立。

"李约素阁下，我来帮助你和根母交流。"来人是卡伊。

"谢谢你，虽然我能感受到它，却无法明白它的意思。"

"根母也感到困惑，也许只是因为你对亚空间接触并不熟练，对人类而言，这是一种需要锻炼的技能。"

"好吧，告诉我它的想法。然后我来说说我的想法。"

"根母要求你解释关于这个时空门的一切。"

"时空门？它是这么说的？我们不妨就把它叫做时空门。它的原理如何，怎么制造，我一无所知。但是我能触发它，我可以从这个宇宙里带走一些东西，就像这样。"李约素说着就去碰触按钮。

银色的镜子魔术般浮现出来。

眼前的蓝色巨球中，光亮大炽，仿佛所有的光都在一刹那间点亮，各种各样的色彩从球体里溢出，将整个空间渲染得五彩缤纷。

根母的亚空间分形以不可思议的速度聚集，形成能量巨波，排山倒海般向着突然出现的存在物涌去。

李约素的亚空间侧面被这突如其来的巨浪挤在一边，他感到身体的每一处都发出剧烈的疼痛。当根母的体积重新开始膨胀，疼痛在一瞬间达到顶峰。

他发出一声惨叫，然后昏了过去。

第三十三章 君子协定

李约素悠悠转醒。

佳上的面孔出现在他眼前，然后是旦素一的面孔。他们都关切地看着他。

"船长，你醒了！"布丁显得很高兴。

李约素试图起身，却发现浑身酸软无力，连握紧拳头的动作也无法完成。眼球是身上唯一还能活动的器官。他注视着旦素一，勉强露出一个微笑。

旦素一报以微笑。

李约素挪开视线，看着佳上，"我昏迷很久了吗？"

"卡伊刚把你送来不久。"佳上回答，顺着他的视线，李约素看见了卡伊。她站在一边，身后仍旧是那两个伙伴。

"船长，你在船舱里昏迷了七分钟三十六秒，你的身体仍旧处在麻痹状态，但是很快就可以恢复。"布丁说。

李约素又试图起身，却只是微微动了动身体，然后就不能动弹了。

"卡伊说你的身体为了支持亚空间膨胀而消耗了所有的能量单元，需要长时间休息才能恢复元气。"佳上安慰他。

李约素闭上眼睛，他感觉自己身体开始变得虚弱，亚空间的知觉同样也变得模糊。然而，他还是能感觉到根母那庞大的存在。还有卡伊，她的亚空间侧面比两个伙伴更旺盛一些，她正关切地看着他。看这个词并不能准确形容两个亚空间体之间的交流，那是一种很奇怪的感觉，李约素向她致意。睁开眼睛，他抬眼去看卡伊，卡伊也正看着他。李约素笑了笑，卡伊默默点头。

卡伊是一个人，她不是根母的一部分。虽然佳上和埃博之子都告诉过李约素这一点，他一直将这些变成黑色的人类看作异类，更接近蜘蛛人而非人类。这个看法直到此刻才改变过来。"上佳"号落难到此，卡伊是适应了根母的人类，而自己，则和他们最相似。所有人都是这汹涌澎湃的巨浪中身不由己的浪花。

"根母想怎么样？"李约素问，声音很虚弱。

"她同意你的方案。"卡伊走上前来，"你来触发时空门，她会指定你所要带走的东西。"

"然后呢？"

"你离开之后，她会终结这个宇宙。"

"我怎么知道它能履行承诺？"

"你会看到坍缩的连锁反应，坍缩会形成亚空间空腔，弥合的瞬间会对时空膜产生巨大的引力效应，然后立即释放，区域中所有的物质都会被加速，从银河中抛离。你不可能看不见这样的巨大效应。"

"我想说的不是这个。我想知道，根母怎么保证它一定会终结这个宇宙？如果我到了银河那边，看不到任何动静，那又怎么办？"李约素说得有些急，猛喘了两口气。

"她一定会做到。"卡伊很确定地说。

"我怎么能确认？"李约素反问。

"她又如何确认你的时空门的确能把我们带离这个宇宙？从这里到银河之间的亚空间深度，任何弹跳都无能为力，她也并不了解那个时空门。"卡伊并不直接回答问题。

"我不知道,它比我们聪明得多,它自己应该明白。"

"她不明白时空门,但是她相信你。"

李约素露出一个惨淡的笑容,"这真是荣幸,我真希望我也能像它一样……但这听起来还是不可靠。"

"也许你还没有明白,"卡伊凑上前,"根母根本不会欺骗。在'上佳'号获得拯救之前,她是这个宇宙中唯一的存在,她不懂得欺骗也不需要欺骗。你明白了吗?"

李约素不由得发怔。一个如此庞然的头脑会如此简单,这有些出乎意料。然而,确如卡伊所说,如果宇宙中只有一个存在物,欺骗又有什么意义? 它怎么会懂得背信弃义这种事?

李约素突然感到有些滑稽,一个最让人担心的问题,答案竟然如此简单。他哈哈地笑出声来,上气不接下气。最后,他迫使自己停下来,看着佳上,"这是不是有些可笑?"

佳上看了看卡伊,又看着李约素,"这听起来符合逻辑。"说完他望着卡伊,"假设我们相信她,根母又怎么能保证这个宇宙一定坍缩,或者,当她面临选择,她选择退缩了……"

卡伊叹了口气,"如果想要与根母合作,就没有选择的余地。你们必须相信她。"

"你相信她吗?"佳上紧紧地盯着卡伊。

卡伊迎着佳上的目光。这个人是她的哥哥,DNA 明白无误地显示,他是"上佳"号的一员,而且和她有着最亲近的血缘。是的,那些模糊的记忆虽不牢靠,却有这样一个人的影子。她无法想起哥哥的容貌,也不记得任何相关的事。然而,当他这样望着她,她有一种熟悉的感觉。这感觉暖洋洋的,温暖着她的心。

她尽量让自己保持平静,"是的,我完全相信她。"

"好,在做出最后的判断之前,我要搞清一个真相。卡伊,你曾经提到过,这个世界,曾经有两个中枢星。一个成功脱离了束缚,进入银河,给科尼尔星域带去了灭顶之灾;另一个就是根母,留在这里。"佳上询问式地望着卡伊。

卡伊点头，"没错。"

"我怀疑这个事实。这个世界，如果只有一个中枢星，或者有很多中枢星，那都让人不难理解。让人难于理解的是有两个。两个中枢星，如果彼此间敌对，它们有足够的时间决出胜负，只留下胜利的一方。如果彼此间友善，它们完全可以一同跳出，而不必留下一个。因此，我很奇怪根母为什么会留在这里。"

"我不知道，但是我可以向根母转述你的疑问。你想现在就知道答案吗？"

"我可以等。"

"李约素阁下，我已经转达了根母的意愿。你认为如何？"卡伊望着李约素。

"按照你说的，我没有什么其他选择。"李约素露出一丝苦笑，"它能够同意，那就再好不过。它又希望我带走什么呢？"

控制舱里的人们都看着卡伊。

"带走一个'上佳'号的人。"

李约素等着卡伊继续说出剩下的条件。然而卡伊却不再说话，只是看着他。

"就这么简单？"李约素有些惊讶。

"就是这样。"

李约素几乎不敢相信自己的耳朵，埃博之子要求他带走一个"上佳"号上的人，而根母的要求居然完全一样。他设想了无数种可能的刁难，却一样也没有发生，带走一个人，按照埃博之子的方法，再简单不过。

他抬眼看着卡伊。卡伊正等着他的回答。

"没问题。"他缓缓地说，"但你确定这的确是根母唯一的要求？"

"是的。"卡伊点点头，"很高兴我们能达成一致。"

她扫视着旦素一和佳上，"那么好好计划你们最后的行程。你们可以去这个宇宙的任何地方，一旦根母准备妥当，会请你们赶回来。然后，我们将按照协定进行下一步。"

她的视线最后落在旦素一身上,"你不是为了毁灭这个宇宙而来,那么你是为了他?"

旦素一笑了笑,不置可否。

卡伊没有继续问下去,她转身走向舱门。两个伙伴跟着她走出去。

"卡伊。"佳上喊住她。

卡伊停下脚步,转过身看着佳上。

"我要回'上佳'号。"

卡伊盯着佳上,没有说话。突然,她露出一个笑容,"随时欢迎。"说完她走了出去。

佳上一时间竟然有些发愣。

舱门关闭。

李约素勉力支撑着身体,试图坐起来,旦素一弯下腰,扶着他。

旦素一乌黑秀丽的长发就在眼前,李约素情不自禁伸手轻抚。旦素一抬眼看着李约素,露出一个微笑,温柔的情意从眼角荡漾出来,李约素不禁有些恍惚。

四目相对,却沉默无语。他们沉浸在一个别样的世界,全然忘了周遭的一切。即将坍塌的宇宙、垂死的星球、漠然的中枢星……整个宇宙都不怀好意,他们的内心却依旧温暖如春。如果时光就此凝滞……有那么片刻,李约素无比渴望这从未实现的人类梦想能够实现。

李约素嘴唇翕动,正要说话,旦素一抬手示意他不要说。她的神色变得严肃,"我有些消息要带给你和佳上。"她说着看了佳上一眼。

佳上一直在一边回避,拨弄着布丁展示的"上佳"号模型,听见旦素一的话转过身来。

"还有我呢?"布丁蹦了出来。

"对,还有你,布丁。"旦素一清了清嗓子,"'青云'号收到抵抗联盟的消息,中枢星正快速收缩。它几乎已经完全放弃达门塔星域,在俄罗斯也仅仅保留了圣彼得的基地。敌人大力收缩,都集中在天垂星到好望角一线。"

"它们要逃?"李约素反射似的问。

"巴达将军和沙达克的判断也是如此。"

"真理会沙达克也说过同样的话。我们还有多少时间?"佳上平静地插入到谈话中。

旦素一回答:"沙达克估计它们将在二十六个月的时间内完成收缩,中枢星体积庞大,从天垂星移动到好望角也许需要上百年。然而,一旦它开始移动,绝大部分时间都沉在亚空间中,将不会受到时空膜弹性恢复的影响。时空瘤的坍缩也无法造成太多的影响。

"抵抗联盟派出了游击分队,他们想干扰敌人的转移,但是力量太脆弱,无法给蜘蛛人造成大的干扰。巴达将军决定去和抵抗联盟会合,进行一次大的军事行动,希望能够毁掉伊特星门,争取一些时间。"

"他们成功了吗?"

"我不知道。'青云'号出发的时候,我就来向你们传递消息了。还有一个附带的消息,敌人也向脐带区派遣了舰队。我的飞船和它们发生了遭遇战,最后侥幸逃离,但它们确实出现在脐带区附近。敌人一定也试图在脐带区做点什么。"

"这真是一个糟糕的消息。"李约素皱眉,"这么说来,我们要抓紧行动。"

"这的确是一个糟糕的消息,很抱歉我没有带来好消息,但是必须抓紧时间完成任务,如果我们还有使命。"旦素一仍旧保持着严肃的神情。

"这个宇宙的时间比银河世界要快一些,外界的二十六个月,只相当于这里的十一个月,是这样吗?布丁?"佳上问。

"比这更糟,现在的光速只有二十三万公里每秒。别科夫攻击了脐带区后,光速降落得很厉害,时空收缩加剧,十六个月,只相当于七个月又十二天。"

"无论怎样,必须尽快。"旦素一接上布丁的话,"虽然'青云'号和抵抗联盟会竭尽全力,但尽快完成任务是最优策略。"

"主动权不在我们这边。"李约素说,"卡伊说了,一旦根母准备妥当,它会告知我们。谁也不知道它要多久的时间准备。"

船舱里一时间陷入沉默。

稍过片刻,李约素想起另一个重要问题,"那么'青云'号和抵抗联盟是决心留在科尼尔盆地缠住蜘蛛人喽?如果这样,一旦时空瘤破裂,空间反弹,他们都无法逃避。"

"所有能够撤离的单位都已经前往旋臂外的黑暗区,只有战斗部队留下来。所有人一致认为,如果真的能够达成目标,那么这样的牺牲就是值得的。他们都盼着你和木藤三能够完成任务。"旦素一严肃地回答。

所有人都准备为了胜利付出最高的代价。生命是宝贵的,但这个世界上还有许多比生命本身更重要的东西!

李约素默默点头。他抬眼望着旦素一,"那么你呢?你不必为了传递一个消息就把自己搭进来。"传递消息的确很重要,然而这是有去无回的旅程,巴达将军没有理由让一个优秀指挥官赴死,旦素一有很多理由可以不承担这样的任务。

旦素一平静地看着他,"我愿意这么做。"

"真是太傻了!"李约素喃喃地说。

船舱里再次沉默下来。

"我们去'上佳'号。"李约素打破沉默,他看着眼前的两个人,"卡伊能和根母深入交流,我们可以请她帮忙,要求根母尽快履行协议。"

"但我们怎么说服她?她对待根母就像对待神明,她不会帮助我们隐瞒任何情况,我们还不知道,到底根母和那个进入到科尼尔的中枢星是什么关系?也许它就想在中枢星移动成功之后才结束这个宇宙。"

"这不可能,它不知道那边的信息。"李约素说。

"既然我们能够透过脐带区进入这个宇宙,蜘蛛人也可以,至少,信息可以从外部传递到这里。"佳上反驳。

李约素并不服输,"脐带区的那些蜘蛛人属于根母,和外边的中枢星没有关系。我们也的确看到了,真的没有关系,它们甚至不攻击我。"

李约素的话引起佳上的深思,他眉头微蹙,放慢语速道:"的确,它们会回避你。唯一合理的解释,只能是根母让这些蜘蛛人对类似卡伊的人类进行回避。而你和卡伊她们有类似的特点。"

"这就对了!"李约素很高兴佳上赞同自己的观点,"根母在这里,只是根据自己的需要来安排进程。我们可以告诉它,我们要加快速度。否则,协议就作废!"李约素把最后一句话说得掷地有声,似乎一切尽在掌握之中,根母只有乖乖地听从。

李约素的声音在舱室里回荡,他自信满满地望着旦素一和佳上,两人却沉默地望着他。片刻之后,佳上缓缓地说:"从这里带走一个新人类,并不是根母单方面的愿望。哪怕所有的人都在这里,你也必须带着需要的人离开。"

李约素一怔,他明白佳上的意思。佳上在提醒他,不要意气用事故意留下。是的,当他见到旦素一,这个念头就在他的潜意识里默默滋长。显然,他无法带着旦素一离开,那意味着他背叛了整个人类的事业;而带着一个暗影人离开,旦素一就势必要留在这里等死。他甚至对埃博之子心生恼恨,为什么开启时空门的钥匙一定是他本身,这杜绝了其他选择的可能,他只能按照设计好的路线一步步走下去。命运的绳索套住了他的脖颈,他没有挣扎的余地。甚至连佳上,这个最好的伙伴,也希望他按照设计好的步调走下去。

他无法挣脱这宿命,只希望根母能够拒绝他,这样他就不必有任何负疚。他可以任性一回,留在这里,和旦素一在一起。佳上却提醒他,即便所有人都留下,他也要带一个暗影人离开,埃博之子说,这关系到人类将来的命运。

李约素突然感到一阵悲凉。他甚至想到,这宇宙、银河,一切的一切,和他又有什么关系?为什么不像佳上头次建议的那样,直接带着旦素一离开?银河广阔,他们可以找一个安静的角落终此一生。

这个念头一冒头就被断然否决:即便我同意,她也不会同意!

李约素抬头望着旦素一。

旦素一微微一笑，"该做什么就做什么吧，不必担心我。"

李约素勉强挤出一丝笑容，"我们先找到卡伊，也许根母能很快答应我们。"

"船长，卡伊正在外边。让她进来吗？"正说话间，布丁报告了卡伊的到来。

"让她进来。"李约素说着起身，突然间他想起什么，"我的盔甲呢？星渊盔甲在哪里？"

"在这儿，需要把它收入舱里吗？"布丁显示了影像。星渊盔甲正伫立在"天狼星"号旁，控制舱敞开着。卡伊正好走过来，两个伙伴仍旧形影不离地跟着她。当她经过盔甲时，停下了脚步，饶有兴致地打量起它来。

"之前是卡伊把你送回来的。当时她穿上了星渊盔甲，而把你抱在手上。看来她已经尝试过打开时空门，根母很清楚只有你能打开它。也许它最终能够破解十三维度能的秘密，但是，它同样没有太多的时间来完成这件事。"佳上向李约素解释。

"她和星渊盔甲倒是很般配。"李约素笑了笑，"女孩子总是喜欢比较花哨的东西。"他说着看了看佳上。他已经把卡伊当做人类，他相信"上佳"号上的人们并非根母所控制的傀儡，他们只是有些特别，根母给了他们亚空间侧面，因此，他们能感受到根母沉浸在亚空间中的庞大体积。常人看不到它，只能从仪器的读数上知晓它的存在。

他接受了卡伊。卡伊和他是一类。

佳上笑了，笑容很宽慰。

"船长，你认为卡伊会受到根母的控制吗？"佳上接着问。

李约素一愣，随即说："埃博之子已经说过，根母并没有试图控制她们，她们保持着独立的意志。"

"我想问的是你的看法，凭你的直觉判断。"

"我？我认为她们和我一样，虽然有点儿特别，但仍旧是人类。我相信埃博之子的断言，它能看到的东西，肯定比我要深远。"

"埃博之子是谁？"旦素一问。

"一个神秘的存在物,没人知道它到底是什么。它神通广大,无所不能,给了我一个时空门,让我去和根母谈判。它有些遮遮掩掩的,也很让人怀疑它的企图。真理会沙达克和佳上都怀疑它是起源星球。虽然我和它接触过,但我真说不清它到底是什么。"李约素露出一个笑容,"它说什么,你照着做就是了,不需要知道为什么。你看它像不像是上帝?"

旦素一沉默不答,垂下双眼,似乎在思考什么。

舱门打开,卡伊和她的伙伴步调一致地走了进来。

"关于你的问题,根母和诺姆之间的事,我已经问明白了,你想听吗?"她开门见山地问佳上。

"是的,我必须知道。"

"蜘蛛人被人类驱逐到这里,它们原本有许多族群,然而千万年的自我完善之后,只剩下一个意识中枢。很不幸,这个宇宙也即将走到寿命的尽头。为了逃离,根母分离出了诺姆。诺姆带领舰队跳了出去,大能量的亚空间跳跃导致时空瘤下沉,于是不可能再有第二次跳跃,希望彻底破灭了。"

"那么它们之间到底是什么关系?母亲和孩子?"

"是手掌的正反面。根母原本的计划是分两次跳跃,她把自己分成两个部分。诺姆是孢体,它本该在根母完成跳跃之后才苏醒,然后带领绝大部分舰队通过脐带区进入银河,然而,它却提前苏醒了。它选择了对自己最为有利的方案:带领舰队进行跳跃。"

"这么说,根母被自己出卖了。"

"这不是出卖,只是意外。诺姆也不是根母,一旦分离,即是永恒。诺姆是独立的中枢星,除了它由根母分离而来这个事实,它们之间并没有什么关联。诺姆只是按照最佳方案行动,脱离时空瘤,进入银河,清除阻碍行动的人类。那就是你们后来所见的事,是诺姆毁灭了你们的家园,杀死了无数的人,根母与此无关,她也是受害者。"

李约素冷笑一声,"这说得真轻巧……虽然我们要和它做一个交易,它也不用把自己打扮成受害者。如果那个诺姆中枢星没有提前苏醒,进行弹跳的就是根母，残杀人类的也就会是根母。它虽然没有杀人，但它对人类也没有怜悯之心，照样会干那些事，它就是恶魔。"

"她救了我们。"

"是的，它是你的恩人，却是人类的仇敌。"李约素毫不客气。

卡伊看了看他，并不生气，"李约素阁下，你可以先听我说完。"

李约素做出一个悉听尊便的表情。

"根母计划和人类进行接触。因此，她计划把诺姆封闭在脐带区，把绝大部分的武装留给诺姆支配，自己先跳出时空瘤和人类谈判。根母保存着远古的记忆，正是人类把蜘蛛人驱赶到了这个封闭宇宙中。她深刻明白，人类极为强大，全面对抗并不是最好的选择。

"然而，一个意外让事情走向反面。"卡伊顿了顿，看了看李约素。

李约素满不在乎地看着她，"难道是我？"他想也不想地反问。

卡伊的回答却让他意外，"不错，就是你。"

"脐带区单向封闭，为了进行这个计划，根母用了六万年的时间制造尘埃屏障，然后又用两千年的时间清除脐带区周围的物质。一切就绪，一旦根母启动弹跳，她将进入银河。她会找到人类的代言人，与人类谈判。诺姆的武装力量并不会被使用，它们会被尘埃云遮蔽，它们就像尘埃云一样毫无生命迹象，除非根母将它唤醒。

"然而，一艘人类飞船突然闯入脐带区，导致脐带区出现吞吐反应。这不是什么大事，脐带区吞吐过无数飞船。但在这个关头，这艘飞船的闯入触动了诺姆，让它苏醒过来。"

卡伊用一种平静的语调叙述着，李约素的心头却刹那间翻腾起来。一艘落入脐带区的人类飞船！他的眼前仿佛浮现出"天狼星"号拼命逃离黄金星球的情形，金灿灿的星球仿佛一瞬间化作黑洞，连人带船都被吞了进去。

"船长，她说的是'天狼星'号。"布丁说，"我们是最后一艘被脐带区吞进来的飞船，至少我的记录上是这样。"

"然后呢？"李约素感到口中焦渴，他突然意识到，命运真正选择了自己。他在一个错误的时间,闯入了错误的地点,做了错误的事。然后,银河中最大的一场浩劫接踵而至,延续至今,非但没有结束,还愈演愈烈。他脸色惨白。虽然已经有一些人说过灾难因他而起,然而,那都是没有真凭实据的猜测。此刻,卡伊却正在讲述来自敌人的记录,这记录明白无误地说明,他正是这一切的罪魁祸首。

"根母试图让诺姆回到孢体状态,可它非但没有服从,反而选择了跳出,这也把根母彻底封闭在了时空瘤里。"卡伊继续说。

"'天狼星'号一艘小小的飞船,怎么可能影响到中枢星?"李约素勉强提出反驳。

"事情已经发生了,就是如此。原因在于根母并没有留下太多的冗余,她希望诺姆能够保留尽可能多的武装,因此能量使用达到极限,并没有留下冗余。'天狼星'号本身不会对诺姆产生任何影响,然而,天狼星号触发了脐带区的吞吐,这是一个高能效应,直接打破了诺姆的封闭状态。"

李约素痛苦地呻吟了一声,"真的是我吗?"两个高度智慧的种族,在千万年前经历了一场旷世战争,当一切沉默下来后,双方都饱含戒备之心,却并没有继续战争的欲望,和平也许能永久地持续下去。可是现在一切却失去了控制,仿佛一台正在疯狂运转的超级引擎,而他就是点火的那点火星。火星没有知觉,不会内疚,李约素却感到五内俱焚。他感到命运是如此的不公,在闯入黄金星球之前,他经历过无数次的危机,哪怕只要有一次意外,他都能提前去见上帝,从而不会成为一个罪人。银河在上,如果真有掌管命运的神灵,那这神灵该是多么阴险的一个角色!负疚和愤怒在李约素的心头混合成无法控制的力量,他的声音因此而变得高亢,"我不信,你在骗我!"

旦素一紧紧握着李约素的手。佳上伸手搂住了李约素的肩膀。

"卡伊,如果你陈述的一切都是真的,根母对人类充满了善意,而坏事做绝的只是另一个中枢星,那该怎么解释'上佳'号?当时我们所有的族人都被屠杀了……"佳上发问,恰到好处地让李约素发热的头脑冷静下来。

"对，'上佳'号！那根本就是在'天狼星'号掉进脐带区之前发生的事！"李约索仿佛抓住了救命稻草，大声斥责道。

卡伊并不慌乱，"'上佳'号是另一件事。根母没有把握理解它，因此造成了伤害。"她扫视着船舱里的人，"我们还有一些时间，如果你们愿意去'上佳'号，就可以得到答案。"

她看着佳上，"我会解开你的疑惑，哥哥！"

第三十四章 白原遗梦

李约素选定了目标，"天狼星"号飞快地靠过去。距离不断缩短，目标的轮廓逐渐清晰起来，它有些像科尼尔重型巡航舰，船体庞大，棱角分明，充满机械感。"天狼星"号射出探照灯光，光柱打在上边，只能照亮舰首部分舰桥附近小小的一片。

这是一艘古老的飞船，非常原始。船首上印着巨大的字——白原鑫。字迹模糊不清，勉强能够分辨。飞船表面布满裂纹，经历了长期的严峻考验，船体几近崩溃。

"天狼星"号轻巧地落在船上，三条柔软的固定臂牢牢缠住甲板上的突起，另三条固定臂穿透飞船表层，深深扎入。这种连接方式简单高效，却很粗暴，不过这是死亡已久的飞船，没有人会就此提出抗议。

"船长，我发现了探孔。"布丁报告。

不远处，一个黝黑的洞口潜藏在黯淡的背景中，若隐若现。布丁用强力探照灯光把它暴露出来。

"我们走吧！"李约素扭头对佳上和旦素一说。

三个人鱼贯进入后舱，几分钟后，他们身穿动力服，踏上沉寂已久的飞船。

外边的世界一如既往,充满了沙沙的电波声,以至于要把音量调到最高才能听清彼此间的对话。相对银河,这个宇宙的背景辐射已经成了沸腾的海洋,这是末世降临的征兆。三个人默默地在白原鑫的船体上攀附前行。他们很快接近了探孔。这是一个大型探孔,足够身穿动力服的人穿行。这省去了很多麻烦。

"布丁,确认生命探测迹象!"佳上呼叫。

"没有任何生命迹象,也没有能量迹象。这是一艘死船。探测确认完毕。"布丁很快回答。

三个人彼此间交换了确定的眼神。离开根母之后,他们原本打算和卡伊一道前往"上佳"号,然而经过这些荒弃的飞船时,李约素突然改变了主意,决定探测这些失落已久的飞船。如果根母曾经攻击人类,它会留下某些痕迹,他们可以证明到底根母是不是曾经攻击人类,有没有撒谎。

他们已经探测了两艘小船,都没有发现遭受攻击的痕迹。船里的人早已经死了,他们并非死于暴力,而是困顿而死。蜘蛛人也曾经到来,在飞船上留下了探孔,迹象表明,在探孔存在之前,飞船早已死去。蜘蛛人的到来,只是为了确认飞船已经死亡。

这是第三艘飞船,船体庞大。

探孔的存在提供了方便。李约素首先俯身钻了进去,旦素一紧随其后,最后是佳上。

探孔上遗留着腐蚀的痕迹,那是十脚蜘蛛幼体特有的强酸遗留物。在遥远过去的某个时候,蜘蛛人靠近飞船,十脚蜘蛛幼体聚集成群,分泌强酸,汇入到黑飞船的发射舱。高热的强酸弹飞快地侵蚀飞船装甲,打开通道,直抵飞船内部。十脚蜘蛛脱离黑飞船,落到探孔附近,以便气体泄漏形成的狂飙过去之后很快钻入船体。也许根母曾用这样的方法搜索过这里的每一艘飞船,而他们正沿着十脚蜘蛛当年的路径深入飞船内部。

探孔穿透了三重厚实的装甲。如果飞船仍旧有人控制,会有自动装置来修补缺口,然而远在蜘蛛人侵入飞船之前,飞船上的人早已不在了,自动装置也早已失灵。

李约素从探孔中穿出。四周一片黑暗,只有探孔透着微弱的红光。扫描显示这里非常宽敞,前后延伸开去,是一条巷道。

"向左,船长,这边靠近舰桥。"布丁提示。

李约素却向右边靠过去。他发现了一些异常物。当扫描图像变得清晰起来时,他呼叫佳上和旦素一:"我找到了。"他简单地说,然后就在原地等待。

两个伙伴跟了上来。

呈现在他们眼前的是一具具尸体,人类的尸体,一具挨着一具,一直排到巷道尽头。他们都在冬眠舱中,希望用这种方式延长生命,等到救援,避免死亡,然而飞船的能源早已耗尽,没有一个人能够再醒过来。

十脚蜘蛛也留下了痕迹,它们用一些柔软的丝状物包裹了每一只冬眠舱,然而年代久远,这些包裹物也几乎成了灰烬。

"这冬眠舱真的很大,至少能容纳上千人。"旦素一说。

"要证明一下吗?"佳上说。

李约素摇摇头,眼前的情形和其他两艘飞船如出一辙,飞船上的人们面临死亡,他们都希望借助冬眠来让自己的生命延长一些。唯一不同的是,这艘飞船上的冬眠舱规模庞大,技术更先进。然而,任何技术都无法抵抗悠久的岁月,一切最终随时光而枯朽。

根母并没有杀戮。这些飞船跌入时空瘤,无法逃脱,他们也并不准备和蜘蛛人共同生活,于是选择了冬眠,把生命交给时光来裁判。更多的飞船则不够坚硬,从脐带区跌落时损毁严重,这些飞船上,人类的尸体早已不复存在。宇宙微波缓慢地破坏一切,偶尔的射线暴更是凶猛,如果岁月足够漫长,这宇宙中的一切都会被蒸发掉。

他们检查过另两艘飞船上的尸体,虽然损毁严重,但在船体和冬眠舱的保护下,还能保持大致完整。他们没有发现任何暴力迹象,这些人都是在平静中死去的。

"在这样一艘大船上,应该有沙达克。"李约素说。

"如果终止能量供应,沙达克的记忆体模块平均只有六万年寿命。"

佳上说,"这艘飞船在这里,也许已经超过上百万年……"

李约素有些意外,他从未考虑过这样的问题,"沙达克难道不是一个永恒的智能体? 他有无限的寿命。"

"此话不错。但是,沙达克要不断维护记忆体,一个沙达克如果要活一百万年,需要大量的维护工作。这里的一切都中断了,沙达克也无能为力。"佳上顿了顿,"如果沙达克停止运行,他的记忆体会逐渐失去功能,休眠的时间太久,即便重新提供能量,也无法恢复。而且这里环境恶劣,沙达克不可能幸存下来。"

冰冷冷的飞船里没有一丝能量运行的迹象。所有乘员都死亡了,包括沙达克。

"那么我们只能相信卡伊所说的一切了?"且素一问。

"我想至少我们可以感到欣慰一点的是,这个根母对人类确定没有恶意。或者说,它已经消弭了恶意。它是一个厉害的角色,这里曾经有许多中枢星,现在只有一个。最后剩下的必然是最厉害的。你说对不对?"李约素说。他也想到了自己和布丁的那次意外,如果那也是真的,那么他罪无可赦。想到这里,他的情绪变得有些消沉。

"必须牢记这个宇宙的基本法则:最后剩下的那个获得胜利。"布丁听到了李约素的通话,高兴地说,"船长,是不是这一句?《银河百科全书》第十五章的题记,这一章是关于人类早期历史的。"

布丁的兴致却丝毫无法影响李约素,他感到胸口发闷,沮丧的感觉挥之不去。

"我们确定根母没有在这个宇宙中主动攻击过人类,它甚至还帮助过一些人类飞船重返银河。所以我们能听到关于黄金星球和蜘蛛人的一些传闻。这从逻辑上能说得通。"佳上说出自己的结论,"我们是否相信它,没有太大的意义,因为我们都会留在这里。"他看着李约素,李约素关闭了头盔里的灯光,因此看上去黑沉沉一片,隐没在黑暗中,"但是你必须了解真相,因为你还要回到银河世界中去。"

"我们回去吧。"李约素不想多说,"看得够多了。"

佳上敏锐地觉察到李约素语气中的失落。他给旦素一发送了一条加密信息，旦素一很快反馈，表示毫无办法。

李约素见两人没有动静，便自顾自地返回，准备钻回探孔中。

"也许我们可以再看一看这艘飞船。"旦素一突然说。

李约素停下动作。

"在根母行动之前，我们也无事可做，不如仔细看看这艘飞船。这艘飞船不是一般的鑫船，它规模很大，也许我们还能发现一些没有湮没的信息。"旦素一补充。

"是的，这是一艘百万吨级的鑫船，虽然它还不是世代飞船，但一定是某个舰队中的重要骨干。我们可能会有意外的发现。"佳上也同样鼓励李约素。

李约素沉默了一小会儿。他明白旦素一和佳上的心意，他们希望他能够乐观一些。

他打开了头盔的照明，让两个伙伴能够看清自己的脸。他笑了笑，"好吧，既然你们都有这个兴致，我也陪你们一道看看。在等待宇宙死亡的伟大时刻，满足一点好奇心总比无聊等死好。我们从哪里开始？"他掉头看看自己身后，"这边，我们先上舰桥看看。"说完，他开始移动。

佳上和旦素一交流了一个宽慰的眼神，然后跟了上去。

舰桥上空空荡荡。这里曾经是一个灯火辉煌的所在，至少有六幅全息投影分布在整个舱室，船长的座椅就在舰桥中央，可以看见飞船前方的景致，也可以俯瞰整个舰桥。李约素移动到船长的座椅上。他向前方望去，红色的星星布满天宇，红色的光芒洒满舰桥，船舱里显得朦胧一片。他突然感到一阵恍惚，仿佛看到那早已消失的船长正坐在这张座椅上，透过舷窗望着前方无限深远的星光，部属们工作在各自的岗位，指令不断从船长的口中发出，并获得肯定的回应。那位船长意气风发，对未来充满热切的渴望，似乎在这宇宙中，没有任何事可以难倒他。船长是否曾经想到过，白原鑫最后的归宿，竟然如此惨淡，而他和他的船员们，则成了冬眠箱中安静的尸骨，再也不会醒来……

这真是一种奇怪的感觉！李约素静静站立，迎着漫天星光。宇宙那无可匹敌的雄伟力量从来不需用惊涛骇浪般的气势来表达，它的力量就在这点点星光中。浩渺，无穷，生命与之相比是那么渺小，一生不过是一瞬，一个人不过是一粒沙。

"李约素！"他突然听见喊声，扭头望去，只见苏北旦正站在眼前。英姿飒爽，长发盘作高高的发髻，军服上的科尼尔三星标志熠熠生光。

李约素惊讶地张开嘴，最终却没有说出任何话来。

"李约素，你怎么了？"他又听到了声音，这一次，他分辨出是旦素一的声音。

李约素深吸一口气，收敛心神，抬眼看去。旦素一正向着自己飘过来，脸上充满关切。

"你刚才好像在发愣。"旦素一说。

李约素看了看自己的双手，又看了看旦素一，"我刚才好像产生了幻觉，不过现在好了。你们发现了什么吗？"他瞥了一眼，发现佳上正在角落里，在墙面上摸索着什么。

"有一些东西，你一定没见过。"旦素一微微一笑，拉起李约素，"过去看看。"

两个人很快落在佳上身边。佳上回头，向着李约素道："是文字，刻在上面的。"

李约素感到惊讶，他仔细地端详墙上的痕迹，果然，那是一个个细小的文字。字形古朴，却仍旧能够辨认。一笔一画，似乎是用尖锐的器物刻画出来的。

"这是人写的！"李约素低声惊呼。

"肯定不是根母写的，也不会是卡伊。如果有必要，我们可以切下一块让布丁鉴定年代。"佳上说。

李约素靠上前，伸手抚着墙面。隔着动力服，他碰触不到它们，然而他可以感觉到凹凸不平的表面，字符穿透上百万年的光阴扑面而来，向他讲述那湮灭已久的故事。

"真不可思议！"李约素喃喃地说，"我从来没有见过。"

"我也没有见过，任何一本教科书上都没有说过这样的事。"旦素一说。

"我看了一小部分，要听吗？"佳上指着一个角落，"从那里开始。"

"它说了些什么？"

佳上指示着文字，开始念起来：

这是最后一篇船长日记。我咨询了沙达克，沙达克告诉我，他无法保证信息能够流传到十万年后，那时候所有的电子信息都会失效，沙达克也会死去。这真是一个令人惊讶的消息，从前我从未意识到。没有什么东西可以永恒，我又为什么还要留下这段文字？然而总有些东西让我无法割舍，在此刻，我更感到生命本身是一种多么美好的东西，以至于看着那沉重的冬眠舱盖，想到睡去就再也不能醒来，我会本能地感到一丝恐惧。

白原鑫的遭遇和这里荒弃的飞船如出一辙。我们掉进了这个银河的窟窿眼中，再也无力出去。这里是一片荒漠，星星都到了寿命的尽头，我怀疑，这个小小的宇宙也已经接近末日。当然我无法证明，宇宙的末日也和永恒一样漫长。更糟糕的是，这里生活着智慧种族，是一种有智慧的虫子。它们并不友善，却也没有主动攻击我们，它们只是不打算接触我们。白原鑫漫游了二十二年，看见了许多智慧的奇迹，也试图和它们对话，然而它们始终不理不睬。我们的能源逐渐枯竭。

我看不到希望，然而也不想放弃，于是下令所有人员进入冬眠舱。我在这里等待，和沙达克一起寻找机会，试图从这些神秘莫测的种族那里得到某些帮助。六十三年来，它们从不回应。我并不怨恨这些奇特的生物，它们没有任何理由对陷入绝境的白原鑫施以援手。它们并非人类。它们在我们眼里是虫子，我们在它们的眼中又何尝不是？我们也没有任何利用价值可以提供给它们。如果我看见一船的虫子，它们对我毫无价值，我也会避而远之。从另一个角度看，它们是此间的主人，它们没有把我们像垃圾一样清理掉，我们已经应该心存感激。我只是感到遗憾，无法将我的飞船送回银河群星间。

也许我在做一件毫无意义的事，然而，为后来者留下信息，这是绝望中唯一聊以自慰的事。在舱壁上刻下字迹费时费力，沙达克试图帮助我，我拒绝了。这是我的职责。我对飞船能够得到拯救持悲观态度，或许沙达克也无法幸免。想到这样的结局，我的心中就充满悲怆。不过，感谢银河和沙达克，没有让我失去最后的理智。

正在读日记的人，请走到最靠前的舷窗。我无法守望到最后一刻，就让我用一种任性的方式结束生命。我不喜欢冬眠舱里永恒的黑暗，与此相比，外边微红的宇宙倒显得更可爱一些。我不知道与你相隔多少年，或许你也落入了同样的命运，如果这样，也不必惧怕，在你之前，一艘叫做白原鑫的船已经走完了这段旅程。除了稍稍有些孤寂，也并没有什么。如果你真的充满力量，就去征服那些虫子，战争会让你的旅程增色。但这里是一个牢笼，一个窟窿眼，无法摆脱。就算你征服了一切，最后又能得到什么？最后的旅程总是孤独的。

再见，朋友。很高兴你能读到这些字。你是一个人，对吗？

佳上略带忧伤地读完了刻在墙上所有的字。

三个人都陷落在沉默中。

半晌，李约素说："他没有留下名字。"

是的，这是一个没有名字的人，他甚至连自己的尸体也没有留下。李约素飘到前方的舷窗边，这里，舷窗已经打开了，船舱直面真空。从舷窗里望去，无数飞船陷落在死寂中，一动不动。李约素不知道这位船长到底是用一种怎样的方式结束了生命，也许他命令沙达克打开舷窗，让气流把他冲进了宇宙里。但是，他留下了一些让人肃然动容的东西。孤独和绝望的文字刻在墙上，穿透百万年的光阴而来，和眼前无数荒弃的飞船相伴，让人不由战栗。

"至少这也算一个证明。根母没有撒谎，它的确没有攻击人类飞船。"佳上说。

"这比杀死他们残忍一百倍。"李约素回应。

"是否这也算是一种宿命？人类的祖先把蜘蛛人困在这里，而它们对人类飞船不闻不问,任由飞船上的人困顿而死,也算是一种报复吧。"旦素一说。

"真可怕。"李约素似乎在回答旦素一,又似乎在自言自语。这段穿透了时光的文字让他感到说不出的烦闷。

"我们回去吧,布丁还在等我们。"旦素一柔声说。

"这里也没有什么了。"佳上说,"我们可以相信根母,它没有主动攻击人类。但是,谁也不知道它什么时候会发动攻击。"

佳上飘移到李约素身旁,和他一道站在打开的舷窗前,"根母没有撒谎,它只是说了已经发生的事。但就算一切按它的计划发展,你也会发现它绝不会是人类的朋友。"

李约素扭头看着这个伙伴,感到他并没有把一切都说出口,于是问:"你的结论是什么?"

"根母没有打算动用武力,因为它认为人类和亿万年前把蜘蛛人驱逐到这个深渊时一样强大。它根本没有料到自己所面对的只是一个小小的星域,是一个退化的人类文明。它隐藏武力,因为它不敢轻易使用,所以打算示弱。如果它真的进入银河,发现人类一盘散沙,根本无法与它抗衡,又有什么能阻止它使用武力?对人类的同情心?它根本不会对人类有任何怜悯。就像你在这里看到的一样,它根本不关心人类的生命。"

佳上的话仿佛一块石头投入到李约素心中,激起阵阵涟漪。佳上试图将沉重的石头从他心底移去。这灾祸并不由他而起,而是情势使然,无可避免。

"但你也看见了,就是在这里,它并没有对人类飞船动手,而是任由那些飞船自生自灭,如果在银河,即便它不关心人类,那对人们也没有什么影响。"李约素并不想就此放过自己。

"银河是另一种情形。如果有可能,它们会扫除任何有威胁的东西,人类就被包括其中。这里,没有任何东西能够威胁到它。落入深渊的人类飞船对它来说,根本无足轻重。"佳上继续开导李约素。

李约素沉默半晌,突然爆发出一阵大笑,所有的抑郁都随着笑声而逝。笑声过后,他仿佛恢复了本色,"别说那些没用的。就算这事儿真的是因为我而起,又怎么样? 我还能改变什么? 就算我现在死掉也改变不了任何东西。我们还得想办法,救更多的人。"

"说得对,我们现在就回船上去。"旦素一从两人身后起身,直接从舷窗里飘了出去,"我们换一条路回去。"说完,几个起落,人影消失——她在飞船外部攀爬。

李约素和佳上交换了一个眼神,鱼贯而出。

突然间,李约素停止了动作。

"怎么了?"佳上感到奇怪。

"卡伊来了!"李约素回答,"她很快就到。"

"哦!"佳上并不感到惊讶,李约素能够感受亚空间的变化,而卡伊,也有同样的能力。他们彼此间可以相互感知。

"船长,有飞船马上要弹出亚空间。"布丁发出警告。警告比李约素的警觉来得迟。

"没关系,她不是敌人。"李约素笑着对佳上说,"她是你的妹妹,我们和根母之间的桥梁,我们应该热烈欢迎。"

"'上佳'号是唯一一艘还活着的人类飞船。"李约素望着眼前的一艘艘坟冢般的飞船道,"唯一的例外。"

"不,还有'天狼星'号。"佳上回答。

"我倒是忘了这个。"李约素抓住飞船表面的突起,移动身体,"对,'天狼星'号,我和布丁。我们是真正的幸运儿,否则,就像这些飞船一样,永远被荒弃在这里,而飞船上的人,都在绝望中死去。"

"这就是命运。"佳上的语气平静,语调平和,他望着眼前绵绵不绝的飞船坟冢,眸子里竟然显示出一丝温情。这不仅仅是这些飞船的命运,无数浪迹银河的飞船,最后都在某个角落里变成一片废墟。人们都在寻找自己的归宿,我们的归宿在茫茫星海! 他想起这一句话来,他想起了那个正在变得黑暗的通道,通道的边缘有最后一丝光。光照亮了门缝,映出刻在上面的这句话。卡伊和他,从此被隔绝在两边。佳上突然感到自己真正明白了这句话的含义。

命运！这个词打动了李约素。他再次停下动作，"这就是我的命。他妈的我要是一块石头该多好！"

佳上看了看李约素，自从踏上银心之旅，李约素便很少说粗话，此刻却突然爆出一句。他明白李约素已经抛开一切，恢复到最本真的状态了。

"船长！"布丁呼叫，声音有些高亢。

"怎么了？有什么值得大惊小怪?!"李约素感到奇怪。

"沙达克要见你！"

"沙达克？他在哪里？"李约素惊讶不已。

"就在我这里。"

话音刚落，天宇中闪过一丝不易觉察的光，卡伊的锥形飞船出现在"天狼星"号不远处。

"都一道来了！"李约素对佳上说，"他们都爱凑热闹。"

"沙达克要求马上见你！"布丁继续说。

"李约素，必须马上回到'天狼星'号！沙达克无法支持太久，他正借助布丁的系统说话。"旦素一的声音传来，"布丁，把通道让给沙达克。"她向布丁下令。

沙达克无法支持？李约素突然感到事态严重，他抓紧时间向"天狼星"号靠近。

"李约素。"耳边传来一个陌生的声音，那是占据了布丁通讯频道的沙达克。

"怎么回事？"李约素一边急速穿行，一边大声发问。佳上默默跟在他身后，听着两个人的对话。

"我会和根母融合。"沙达克说，"这是唯一让它了解人类的方法。"

"融合？"李约素大声问，"这是什么意思？你要和它合为一体？"

沙达克并没有回答李约素的问题，"你们所要了解的事实，就是根母将会获得脱离时空瘤的最终办法，当然，即使如此，它也无法回到物质形态。它可以重生，却会失去力量。如果你们真的能够利用高维空间离开这里,就尽量去做。我保证根母会履行它的承诺。"

"不要这样,沙达克,你无法控制它。出来见我!"李约素大声叫喊。

"我的力量已经非常虚弱,无法显示可见形态。"沙达克继续说,"我当然无法控制它,但是我可以影响它。你不明白两个亚空间体之间的融合。它将获得我的记忆和知识,同时它也会获得我的思维。它根本不会认为在受我的影响,因为我和它完全成了一体。不必为我担心,我的一切仍旧存在,只是换了一种形式。敌人的行动迫在眉睫,做你该做的事,你会得到我的帮助。

"佳上,感谢你的提议。你让我意识到一种新的可能性。沙达克真理会感谢你!"沙达克说完又向佳上说了一句。

"沙达克!沙达克!"李约素叫喊着。

"沙达克是人类永远的朋友。再会!"说完,声音沉寂下去。

"沙达克!"李约素仍旧不死心。他感觉到微弱的亚空间波动,仿佛一丝涟漪,却浩瀚无边,迅速地向着根母的中枢所在聚集而去。

"他已经走了。"布丁报告。

李约素站直身子。他正站在白原鑫的船头,脚下,巨大的飞船黝黑一片。红色的天宇上,星星如一颗颗宝石般闪闪发光。

卡伊的飞船正在靠近。这不是商量好的计划,她本该在"上佳"号上等着他们。

沙达克突然出现,又转瞬离去。卡伊匆匆赶来,有什么意外吗?

李约素回头,佳上正望着快速靠近的飞船,似乎也在深思。

第三十五章 时空之钥

卡伊从连接通道进入"天狼星"号,刚落入舱中,就听到李约素的声音:"欢迎大驾光临!你的同伴呢?"

"只有我一个人。"卡伊简短地回答。

她快速向前,移动到李约素面前,伸手抓住他的双肩。

"你要做什么?发生了什么事?"李约素疑惑地问,然而并不反抗,任由卡伊抓着。

佳上和旦素一警惕地盯着卡伊。

"放开船长!否则你会受到攻击。"布丁警告。

卡伊似乎有些急躁,一改平日的沉静。

"你听着。"卡伊的声音显得很严厉,"马上跟我去'上佳'号,就现在!"

李约素抓住卡伊的胳膊,缓缓地把她的手从肩膀上移开,"别着急,我就在这儿。发生了什么事?"

佳上靠过来,"卡伊,'上佳'号出了什么事?"

"根母要毁掉'上佳'号。"卡伊急急地说,她看着李约素,"只有你能救'上佳'号。你必须马上跟我走!"

李约素一时发愣，不由向佳上望去。

佳上伸手轻轻搭在卡伊的肩上，"卡伊，我们马上赶过去。现在，不要着急，告诉我们发生了什么。"

"根母命令'上佳'号自毁，我们反对她的决定，她就派出舰队来执行指令。"卡伊说着，语调变得低沉，眼里透着一丝悲哀，"她要毁掉'上佳'号！"随即她又从悲哀中挣脱出来，"你必须跟我走，李约素，只有你能拯救'上佳'号。快，马上进行弹跳，也许还来得及。"

李约素没有丝毫犹豫，"布丁，我们去'上佳'号。"

"船长，卡伊阁下的飞船怎么办？"

"摆脱它。"李约素下令。

"天狼星"号断开对接，开始加速，锥形飞船仿佛断了线的风筝般飘开，转眼间消失在远方。

"你让我去做人质，是吗？"李约素问。

"不是人质，而是要你救'上佳'号。根母不会伤害你。"卡伊回答。

"它为什么要毁掉'上佳'号？"李约素继续追问。

卡伊露出一个惨淡的微笑，"既然达成了协议，她就要清除一切无用的东西。"

"但它要我带走你们当中的一个。"

"是的，根母指定让我跟你走，她认为毁掉'上佳'号有助于我下定决心。"

"天狼星"号快速闪过一艘艘荒弃的飞船，进入一片较为空旷的地方，波动引擎启动，飞船消失不见，只留下一道闪光。

船舱里略显沉闷。最后还是旦素一打破沉默，"不会有事的。根母没有必要毁掉'上佳'号。"她安慰卡伊。

"飞船上的人都撤离了吗？"佳上问。

"我们决定保卫飞船。"卡伊回答，"我们不会放弃。"

佳上望着卡伊。他们的身体里流淌着同样的血，沙川人从来不会放弃。他也明白"上佳"号的凶险处境，在这个宇宙中，除了宇宙本身，没有什么可以对抗根母的意志。

"你还相信根母吗?"佳上似乎只是随口一问。

"她是这个世界的主宰,我无条件地信任她。"卡伊回答。

"哪怕根母要你毁掉'上佳'号?"

"我不会让她毁掉我珍爱的东西。"卡伊斩钉截铁地回答。

旦素一露出一个微笑,"你是一个巡逻者,根母没有改变这一点。"

卡伊并不应声,她继续向着佳上说话,"你是我的哥哥,我承认这是真的。'上佳'号不仅是我的,也是你的,还是所有人类的。你想知道'上佳'号为什么会遭受袭击,答案就在飞船上,我们必须保护飞船,阻止根母毁掉它。"

"答案是什么?"佳上问。

"只要'上佳'号能保存下来,你就可以亲眼看见。"卡伊说完不再言语。

李约素接过话茬,"只要根母还没有毁掉它,我就钻到飞船里去。不过,根母的蜘蛛很多,它可以用十脚蜘蛛把我们都绑起来,事情到了那个地步就没有办法了。"他向着佳上,皱起眉头,"你妹妹真是一个厉害的角色。你们沙川人的女人都这么凶吗?"

佳上微微一笑,不置可否。

"天狼星"号微微震荡,弹出亚空间。

无需布丁预警,李约素已经感觉到周围有无数的高能点,根母在这里汇聚了一支中型舰队,其中甚至有三艘巨型红虾母舰。使用这样的力量对付"上佳"号似乎有些小题大做。然而,根母的一个意念就能让整个宇宙颤抖,它不在乎多派出几艘飞船,也不在乎把这个垂死的宇宙完全榨干。

黑飞船对"天狼星"号的到来毫无反应,并不理睬,它们继续向着"上佳"号推进,准备摧毁它。

"上佳"号停留在十六个光秒外,并没有采取措施躲避敌人。无路可逃,黑飞船包围了它,任何一个方向都是死路。它摆出了警戒的姿态,数以百计的小型飞船散布四周,准备迎接即将到来的攻击。这是毫无希望的抵抗,也许用不了一分钟,就会被攻击的狂潮吞没。

"我们来得还算及时。"李约素看着远方的"上佳"号,故作轻松。

"快,它们要开始进攻了。"卡伊催促。

"天狼星"号穿过黑飞船集结区,向着"上佳"号逼近。

李约素感觉到一阵浅浅的亚空间涟漪,掠过所有黑飞船。是根母!黑飞船调整队形,突然间,一艘重型装甲船喷射出炽热的火焰。火焰从距离"天狼星"号不到六百米的位置穿过,直指"上佳"号。这是超远距离的束流攻击,对"上佳"号不可能造成损伤。根母只是在发出警告。

李约素试图跟随那阵涟漪,寻找机会和根母对话,然而无从下手。

"它在这里。你能感觉到吗?"李约素问卡伊。

"是的,"卡伊回答,"根母无处不在。"

"告诉它,我们就在这里,它不能毁掉'上佳'号。"

"她不需要我们告诉它什么,这个宇宙的一切她都明白。"

"但如果有些延时……她还没有下令停止攻击,我们就已经成了灰。"

"不会有这样的事,除非她想让你死,她能随时控制任何一艘飞船。但是,她不会让你死。"

"但愿如此。"李约素回答,"不过,死了也没什么,大家一起死,也挺好。"说完他看了旦素一一眼。

旦素一闻声从座椅中起身,移动到李约素身边,从腰边的暗袋里取出一个小小的浅浅黄色球,"带上这个。"

李约素接过来,"这是什么?"他用拇指和食指夹着小球捏了捏,略有弹性。

浅黄色的小球突然在李约素的指尖弹开,分作两个半球,仿佛两片鼓鼓的豆瓣,当中是银闪闪的心形链坠。

李约素有些意外,抬头看着旦素一,"这是你的东西,给我干什么?"

旦素一并未回答,她轻轻握住李约素的手,用力把两片豆瓣合拢,细微的咔嗒一声后,小球恢复原状,"收好它!"旦素一轻轻地说,然后缓缓地放开李约素的手,身子向后退去。

李约素一时间有些惶然,望着旦素一,两人视线相对,李约素竟然有些隐隐的不安。旦素一这是在告别吗?虽然故事的结局已然注定,却远远没有到最后的时刻,意外随时可能发生。也许今天,他们就可能迎来意外,随着这棺材般的宇宙一道湮灭。

他攥着软软的小球,一时间思绪万千。

"船长,'上佳'号的飞船正在靠近,有三艘。"布丁提示。

"好!"李约素从飘忽的思绪中回过神来,"跟随他们,进入'上佳'号。"

他扭头向着旦素一,"这东西我送给你了,你现在还给我,我不能收下。"

旦素一欲言又止,最后只是说:"收好它!"

船舱里突然间有些沉闷。

佳上打破沉默,"卡伊,你说过要解开我的疑惑,现在是时候了。"

"回到'上佳'号上,你就会得到答案。"卡伊仍旧坚持把答案留到最后。

佳上点点头,向布丁发问:"布丁,按照目前的状态,黑舰队最快多久能开始围攻?'上佳'号能支持多久?"

"如果它们希望一次攻击就摧毁'上佳'号,至少要让六艘主力舰进入'上佳'号六十万公里范围内。按照目前的移动速度,还有八十八分钟才能形成这样的态势。但如果它们使用红虹进行攻击,时间将无法预料。我没有'上佳'号的武装资料,无法计算'上佳'号能支持多久。"

"好。"佳上对这个答案表示满意,"等我们登上'上佳'号,至少还有一个小时可以消磨。"他向着卡伊,面带微笑,"希望一个小时足够了。"

李约素悄悄收起小球。他很感谢佳上的暗示,这里有太多的人,有的事,只需要两个人知道,就算最坏的情况发生,他们还有时间。他看了看旦素一,旦素一也望着他,露出一个微笑。一阵暖意涌上他的心头。

"天狼星"号很快落入"上佳"号起落舱,重力准备飞快完成。

舱门打开的同时，一个声音响起："欢迎来到'上佳'号。"

"沙达克！"李约素和旦素一异口同声，这个声音和"青云"号沙达克几乎一模一样。

"没错，我是沙达克。"

李约素不禁满腹狐疑。上一回来到"上佳"号，并没有沙达克存在的影子。短短两个月的时间，沙达克就在飞船上复活。他望了佳上一眼，佳上的脸上也带着困惑的表情。但至少，这让卡伊的说法显得更有理由一些——沙达克在船上，他们必须到船上才能了解事情的来龙去脉。

舱门打开，卡伊迫不及待地拉起李约素，"跟我走。"

"做什么？"

"你必须去和根母谈谈。"

"不是说发生的一切，根母都会知晓吗？它一定知道我们已经到了。"

"没错，但是如果你和她直接对话，可以让她明白，你对保存这艘飞船态度很坚决。"

"我当然可以这么做。但我从来没能告诉根母什么东西，倒是它能给我展示很多东西，甚至还能直接从我的头脑里拿……"

"我会和你在一起。"卡伊打断李约素，她拉着李约素向舱外走。

"等等。"李约素挣脱卡伊，走到旦素一身边，"跟我一块儿去。"不等旦素一回应，他一把拉起她的手。

旦素一被拉扯着，随着李约素向外移动。

卡伊点点头，说："跟我来。"说完径直出了舱门。李约素和旦素一跟着她。

舱室里只剩下了佳上。他缓步走到门前，起落舱里很空旷，所有的飞船都被派出去抵抗敌人了。

"沙达克，"佳上沉声说道，"是你要我来的吗？"他望着空旷的起落舱，仿佛沙达克就在那里。

"欢迎回到'上佳'号，落亦。"沙达克回应，"我等了你很久，到控制舱来，我会在那里等你。"

"好!"佳上简短地回答,随即跳落地面。

"布丁,"他转身对着"天狼星"号发话,"我去船上走走。你可以起飞,这样会安全一些。"

"我要等你和船长回来。"

"在外边等也一样。把星渊盔甲留下……如果根母一定要攻击,它无法毁掉盔甲上的时空门,在哪里都一样。你带着它吧,船长在这里就行了。如果真的有意外,抛弃盔甲,躲藏起来,你可以继续活下去。"

"你和船长都不在,我该干什么?"布丁仿佛生怕佳上就此一去不返,"你们不能抛下我。"

"别急,"佳上安慰他,"这只是防止万一,你预先起飞,可以更灵活些。更大的可能,根母不会进攻。"

"我会照你说的做,但是你们一定要回来。"

"好,再见!"

佳上说着转身,沿着李约素三人跑过的通道向前走。他走得不疾不徐,步调沉稳,看上去胸有成竹,然而心中却疑虑重重。他并不担心根母是否会进攻,那就像宇宙是否会坍塌一样和他无关。他感到奇怪的是,这里的沙达克怎么会苏醒,上一回来到这里时,沙达克并不存在。卡伊至少在这里生活了半个世纪,如果能够让沙达克复活,她们早就做了。那么唯一的可能是,他的到来导致了沙达克的苏醒。这到底意味着什么? 他预感到某种不同寻常的东西,存在于思维的空白处,若隐若现。

门倏然间打开,佳上步伐坚定地走了进去。

佳上在一扇铅灰色的门前停下脚步,门并没有自动打开。佳上打量着这扇门,铅灰的背景上,镂刻着色彩鲜艳的家徽。门不大,只容一个人通过。这是控制舱的门,它并不通向舰桥,而是通往船长的座舱。

一些记忆碎片在脑海间蓦然闪过。

"卡伊! 让我抱抱!"一双有力的手抓住了妹妹,然后一把将她举起。妹妹清脆的笑声响了起来,在空气中回荡。

"落亦,到这边来。"伟岸的身形就在眼前,背向着他,妹妹坐在他的肩上，正回头瞧他。

他回头，船长的座舱半掩着，放射出柔和的白光。

"落亦，快来！"他听见浑厚低沉的嗓音。

"好的，就来。"他一边应声，一边向前走，猛然间抬头，他看见一张熟悉的脸，面孔却模糊不清。

父亲！佳上突然间明白了自己在期待什么。父亲可能还活着？这不可能，根母无处不在，而且，红虹的袭击杀死了所有的人。这个念头刚冒出来，便被他否决掉了。

佳上缓缓伸手，轻轻地摁在门上。门发出轻微的咔嗒声，然后悄无声息地向内打开。佳上忐忑不安地走了进去。

沙达克并不在。

一个投影突然出现在佳上面前。这是一个高大的男人，眉宇紧锁，神色严峻，仔细看去，眉眼间和佳上有几分相似。

父亲！这个词在佳上心头滑过，一瞬间，记忆中的面孔变得清晰起来，这就是父亲的模样。

"任何人进入这里，必须牢牢记住以下的话。我们遭受了突然袭击，这是一场灭绝性的灾难，'上佳'号上所有的人都将遭到屠杀，而我们对敌人一无所知。它们渗入飞船，渗透到每一个角落，屠杀每一个活着的人。"

"听着，无论你是谁，你必须知道这场灾祸因何而起。'上佳'号得到了起源星球的消息，这是一个确定无疑的信息，然而，我们并不知道它在何方。它通过这个装置和我们进行亚空间通讯。你没有听错，是亚空间通讯，这是一个巨大的亚空间收发机，我不知道它到底能联系彼此相距多远的地方，也许横跨银河。"

影像从眼前消失了，取而代之的是一个巨大的青色球体，光泽均匀，温润如玉。

"'上佳'号得到起源星球的指示，进入 RH149 进行调查。起源星球没有说明到底需要'上佳'号寻找什么，眼下的突然攻击，也许就源于这个神秘原因。"

人像回到画面中,正忧心忡忡地望着前方。

"'上佳'号无法幸免。沙达克会把这个座舱发射出去,任何人类,如果发现了这段信息,请务必找到沙川人的雷电家族,或者任何一个巡逻者家族,把信息传递给他们。或者,任何人类,请把信息带往银河之心。起源星球仍旧存在,而且拥有超越我们认知范围的科技。"

"记住,起源星球拥有超越我们认知范围的科技。它一直默默地关注着人类。这是我代表'上佳'号全体成员对银河世界发出的最后消息。"

人像抬眼看了看别处,"我必须要走了。沙达克,封闭座舱,找个机会把它发射出去。"

转瞬间,一切都消失不见了,佳上的眼前只有阴冷的座舱,眼前有一片巨大的空白场所,深深凹陷,看得出来一个巨大的球形曾在这里存在过。青色的光照亮四周,这里犹如一个玉的世界。

我曾经见过它!仿佛有一道光在佳上的头脑间划过。

它并非青色,只是反射了座舱的色彩。它反射所有的光。

镜船。

佳上默默地站着,脑海里一片翻腾。

沙达克悄无声息地出现在眼前,他看见沙达克,甚至连眼睛也没有眨一下。他全力思考,一切的事实都快速地串联成形,整个事件变得清晰起来。

沙达克默默看着他,等着他的问题。

佳上定了定神。

"为什么座舱还在这里?"

"我失去了这段记忆。可能的答案是,我发现无法进行发射,或者敌人的动作太快,我无法完成船长的指令。"

"它怎么来的?"

"它?"

"那个亚空间收发机。我父亲提到,它来自起源星球,它怎么会在'上佳'号上？"

"我是重生的沙达克，对这件事我同样不明白。我检查了所有的记录，'上佳'号的航行记录中并没有关于这样东西的记载。我们只能猜想在某个地点，'上佳'号遭遇了它。有两个可能的地点：一在银河仙女座旋臂长蛇伽马星，'上佳'号在那里停留了超过两年时间，记录不完整；一在仙女座WD754，这是一颗序号恒星，没有特殊名字，但是'上佳'号曾经在那里停留过六十四小时，没有行动记录。"

佳上凝视着那空空的底座。那个神秘的存在并不属于"上佳"号，它来去自如，从"上佳"号上脱离，驻留在这个宇宙里，和根母进行了一场猫捉老鼠的游戏。当然，根母看不见它，它却进退自如。这真的是来自起源星球的把戏？一个比人类更高超的文明，从人类漫游银河的起始之日就躲藏在暗处，默默地观察着人类，也许还悄悄地进行干预。佳上仿佛看见一只黑暗之手，正悄悄拂过银河，抖落小小的灰尘。无论它是善还是恶，这件事本身就让人不寒而栗。佳上不由打了一个寒噤。他很快让自己的情绪平复下来，"给我看看'上佳'号停留过的那两个星球，你能展示它们的外观吗？"

"如你所愿。"

两颗行星出现在佳上眼前，它们很相似，拥有大量的水体，透出蓝色的主色调，然而一个大陆上绿意盎然，另一个却呈现出深沉的紫色。

"把资料送给布丁。"佳上平静地说。他想起李约素谈到的那个星球——土斯星，李约素在那里遭遇了镜船。但是，那里距离银河之心太近，不可能是起源星球，或许，那是起源星球的一个基地？

佳上收回思绪，"沙达克，那么你呢？为什么你会突然出现？"

"蜘蛛人的入侵毁掉了所有的系统，我也被摧毁了。但'上佳'号的各个部分仍拥有低级智能，卡伊恢复了它们，它们则帮助卡伊恢复了飞船。而我的备份，深藏在飞船核心，完全沉默，只有船长能够唤醒。你的DNA中携带有船长基因组，卡伊把它导入了控制舱，于是我得以重生。"

佳上微微点头。两个人陷入沉默。突然间佳上想起什么，"你给卡伊说过那场袭击的事,对吗?"

"是的。我把所有残留的记录都给她看了,她明白发生了什么。"

"发生了什么? 所有的人都被杀死了吗? 卡伊她们为什么能活下来?"

"所有成年人都被杀死了。现在的飞船乘员,在当时的年龄最大不超过十四岁,敌人袭击飞船,杀死所有成年人,劫持了孩子……"沙达克欲言又止。

"敌人改造他们的躯体,成了一种新的人类?"佳上问。

"结果你已经看到了。但卡伊告诉我,敌人并非刻意杀死成年人,它们摧毁了抵抗运动后,仍旧有许多成年人幸存下来。只是那些成年人无法承受身体的改造,最后只有孩子幸存下来。"

"敌人如何改造他们?"

"我没有答案。但是我观察了卡伊的细胞,她的体细胞有些异常。正常的 DNA 检测可以完全匹配,但是细胞核中有另一种东西,它能向细胞中送出一种黑色物质,就是这种物质,让卡伊的身体变成了黑色。这种物质有精细的结构,它能产生亚空间感应。在大脑中,这种黑色物质的浓度最高,人的大脑活动能和亚空间感应之间产生关联。在一定程度上,卡伊可以感知亚空间的运动。我试图进一步分析这种能够产生亚空间感应的生物结构,但没有任何结论。这和人类的遗传基因不是一回事。我没有这方面的知识,也缺少样本观察,无法进行有效分析。"

"这种特性会遗传给下一代?"

"是的。它紧密结合在细胞核中,不会中断,任何直系后代都会带上这样的特征。"

佳上点了点头。根母彻底改变了"上佳"号上的人类,卡伊她们虽然仍旧是人,却是一个全新的种族,已知的文明世界中,从未有过类似的种族。她们仍旧是肉身的人类,甚至 DNA 都没有丝毫的改变,然而在细胞层面上,却已经发生了翻天覆地的变化。感知亚空间,这种能力只有机器的躯体才能匹配,但"上佳"号上的人们给这个说法画上了句号。这些新人类还会进入银河,这对银河世界来说意味着什么? 虽然这个事实早已呈现在眼前,然而经由沙达克揭示出来,仍旧让人感到沉甸甸。

"谢谢你,沙达克。"佳上说,"如果我有别的问题,会再找你的。现在,让我安静一下,我想在这里坐坐。"

"当然可以。"沙达克微微颔首,"但是我还有一些东西要给你看看。"

"什么?"

"船长留下的最后资料,他在给你准备成人仪式。"

沙达克的身影一瞬间消失不见。他的眼前再次出现了父亲的影像,"落亦,也许你觉得不甘心,但是男人必须学会成长。为了时刻保持清醒的头脑,基因修正是每一个船长的必修课,不要把这件事想得太可怕,你不会变成一个冰冷的机器人,就像你看到我不是一个机器人一样。"

父亲的眼光穿透屏幕,似乎正注视着他,"你会成为一位合格的船长,成为'上佳'号的领路人。来,跟我一道看一看基因修正……"

全息投影在佳上眼前活动,佳上默默地注视着,一阵阵暖意不断涌入心田。那严厉而慈爱的形象在记忆中彻底复活过来。他甚至回想起很小的时候,父亲抱着他,站在林园的高处,对他说:"这里是我们的家园,外边是广阔的银河世界。你将来会见到无数的星球,每一个都与众不同,你可以在广阔的大地上探险,寻找属于你自己的星球。不过,"父亲顿了顿,"你很快会有一个妹妹,照顾好你的妹妹,这是你作为哥哥的责任。"这句话似乎回响在耳边。

突然间,佳上感到有些异样,他扭头望去。

一个黑色的人影站在门边,正望着他。

是卡伊!

佳上露出一个微笑。

"欢迎回到'上佳'号,船长!"卡伊说。

第三十六章 危机时刻

根母同意继续保留"上佳"号,不会再有战斗和毁灭。

这个消息让整个"上佳"号沸腾了。人们原本沉浸在紧张的战备中,骤然间松弛下来,情绪再也压抑不住,如火山般喷发,像喝了兴奋剂一般上蹿下跳,用各种方式表达自己的情绪。

卡伊简直被自己的船员吓坏了。他们高声歌唱,彼此间相互拍打,在巷道中追逐,用物品相互投掷,甚至一些人大哭大笑,仿佛疯了一样。

"上佳"号陷落在一片疯狂中,这样的情形已经持续了三天三夜。

"我从来没有见过这样。他们都疯了吗?"卡伊对沙达克说。

"没关系。他们承受了太大的压力,一个简单的触发因素就会引起群体性反应,发泄过后就会恢复正常。"

"还有这种事!"

"如果进行了基因修正,就不会有这样的事。现在船上的人都没有进行过这项修正。是否要进行一次修正?"

"不用了,这样也挺好。"卡伊看着屏幕上一张张熟悉的脸,他们似乎陷落在癫狂中,脸上却都带着兴高采烈的笑容。虽然"上佳"号最后的命运已经注定,飞船会随着这个宇宙一道毁灭,大家还是为能够多活上一段日子而由衷地感到高兴。他们和飞船相依为命，她却很快就要走了。想到这里，卡伊感到一阵忧伤。按照计划，明天李约素就将离开，前往中枢星，她也要随同前往。还有十六个小时，她就将和眼前的一切永远说再见了。"上佳"号会留在这里，在她和李约素脱离时空瘤之后，将随着宇宙的坍缩而毁灭。

"根母的飞船有异常动静，它们正在快速撤离。"沙达克说，"李约素要求我通知你去祈祷舱，他在那里等你。"

"我会去的。"卡伊回答，并没有太在意。

"事情紧急，李约素要求你马上过去。"

"哦？"卡伊意识到有些不妙。一些奇特的能量点正从亚空间逸出，这并非正在进行撤离的根母飞船，它们的亚空间特征有些怪异。李约素在祈祷舱一定看得更清楚。

卡伊快步穿过舱室，两个伙伴很快跟上她。她急匆匆地向着祈祷舱奔跑。

"卡伊，根母的飞船正在返航。我观察到一些其他飞船，它们和根母的飞船发生了战斗。我派遣两架无人机去贴近侦察。"

"沙达克，你去找落亦，他才是船长。"

"落亦船长的基因修正工程正在进行，你是代理船长，我必须向你请求授权。"

"按照你的计划去做，我会直接指挥几艘船，其他的控制权就交给你。"

"遵命。"

广播动员令突然响起来，"所有人回到岗位，所有人回到岗位。一级警报，袭击随时可能发生，这不是演习，这不是演习……"

广播里传出来的竟然是卡伊的声音。

"该死！"卡伊低声咒骂一句。沙达克竟然用她的声音进行这么糟糕的广播动员。

然而广播让所有人从狂热中清醒过来，最初的错愕过去后，船员们显示出训练有素的镇定，人群有条不紊地散开，没入到飞船的各个角落。起降舱一片繁忙，上百艘飞船喷射而出，更多的飞船整装待发。"上佳"号迅速恢复武装。

卡伊一步也没有停下，当她气喘吁吁地赶到祈祷舱时，迎面碰上了李约素。

"什么事？"卡伊迫不及待地问，"那不是根母的飞船。它们是从外边来的？"

卡伊所说的外边，指的是银河。

李约素点点头，"根母在召唤你。"说完，李约素跨出门去，卡伊这才注意到，旦素一正站在一边，等着李约素。李约素伸出手，旦素一微微一笑，把手放在他的手心里，两个人手牵手走开了。

卡伊面对这样的场景微微一愣，随即回过神来，"你们去哪里？"

"'天狼星'号。"李约素头也不回，"再见了，卡伊，我们在世界的尽头再会。"

卡伊目送他们消失在转角处。她转身，门自动合上，祈祷舱里，亚空间波动充盈着整个空间，根母正等着她。两个伙伴走到墙角边站立，卡伊走向中央，她的意识仿佛融化在一团热水中，随着起伏的波涛迅速扩散。

根母引导着她。

人类充满了怪异。我无法根除你的人类遗传，你和那些人一样怪异。

我尽力帮助你，你的飞船已经没有存在的必要，留着它，让我不安。它会让你变得软弱，无法完成使命。然而，这是你们人类的行为方式。我同意放过它，让它继续存在。不过，你必须离开飞船，到中枢星来。我要确保你在最后关头不会退却。

让我留在这里，我会按照您的要求去做。卡伊请求。

根母的回答很坚决。不，马上离开。你已经观察到有敌人入侵。来自外部的力量正试图将我们扼杀在这里。它来得不算太迟，然而并不会成功。到我这里来，我要确保你的安全。

那么李约素呢？只有他才能启动时空门。

他已经答应到我这里来。

卡伊有些迟疑。方才李约素和旦素一携手离去的情形历历在目,他们并不像要去根母那里,而像要跑到无人的角落躲藏,相守一生。这是一种奇怪的感觉,卡伊也说不清自己为什么会有这样的怀疑。

李约素告诉我,在世界的尽头再见。

他说的没有错,我们已经跨入世界的尽头。倒计时已经开始,这个世界很快将不复存在。但是你将继续生存下去,把希望带到银河。

卡伊一惊。这消息突如其来,虽然根母一直在进行宇宙坍缩的准备,却从来没有设定时间表。卡伊一直觉得那一刻的到来还在遥远的未来。

必须如此吗?

必须如此。

在一瞬间,卡伊看见了那些东西。它们正从脐带区涌入,四处扩散,而根母的舰队试图将它们限制在脐带区附近,就地消灭。然而,它们却成功地转移到他处,出现在越来越多的地方,从四周向中心挤压,它们寻找根母的舰队所不能顾及的地方,全力进攻,努力压缩根母的空间。它们做得很成功!薄弱的环节太多了,无法应付。根母只能收缩在根须附近的狭小空间,保证网络安全。狭小的宇宙仿佛一个小小的气球浮现在卡伊的意志中,气球上,盘根错节的网络仿佛骨架,撑起球体,又仿佛寄生物,牢牢地依附在时空膜上。

突然间,卡伊意识到,她正看见根母的原貌。这宇宙的主人弥散于真空之中,无影无形,然而入侵者却让她重新凝聚,显示出真正的脉络。生命之根牢牢扎入时空膜中,她和宇宙融为一体,彼此间完全不可分离。

她便是这宇宙,这宇宙便是她!

宇宙坍塌的倒计时已经开始,她并非在毁灭一个外部世界,而是毁灭她自己。

根母从未准备离开这宇宙,因为她根本无法离开。一个人可以制造躯体,根母却无法给自己制造一个宇宙。脱离只是一个谎言,跳入银河的中枢星只是她的一部分。根母欺骗了她!

卡伊感到一阵悲凉。

并不是那样，卡伊！我没有隐瞒任何东西。我只是自己也并不知道。进行时空脱离，我的意志会随之而去，然而留在这个宇宙中的主体会凝聚成新的自我意识，和原来相差无几。进入到银河的中枢星，他从我的本体上分离，此后他就成了另一个。

他在银河中大开杀戒，杀死了无数的人类，你也会如此吗？

卡伊无法想象，根母会有这样凶残的行为，然而，联想到根母试图毁掉"上佳"号，只为了确保她能完成计划，她感到一阵痛苦。她认识到，根母的身上并没有慈爱，有的只是漠然。

根母继续传递出亚空间波动。

如果我进入银河，也会是同样的结果。但我选择留在这里，卡伊。我和那个银河中的中枢星不同，我没有伤害过任何人类，除了"上佳"号，那是为了自保。一个超越了时空的存在对我来说很可怕，我误判了"上佳"号，这是一种自我保护。而诺姆杀死所遇到的一切人类，因为他需要广阔的空间来扎根。这是一个错误，为了存在，并不需要永久地占有空间。不要因为我不能理解你们的怪异行为而沮丧。银河是一个充满妥协的地方，我向你们妥协。你的身上承载着我的文明，而且你还属于人类。我会送你一程，作为最后的礼物，我会依照承诺，让这个宇宙坍缩。人类会得到他们所要求的东西，而你，会在人类中间建立独特的文明。

不！你欺骗了我，我不会让你继续欺骗！卡伊呐喊道。

没有欺骗，没有谎言。我们彼此间的思维始终是透明的。现在，你能看到大敌当前。到我这里来，我会保护你，直到世界的尽头。

根母的波动淡去。卡伊站在舱室中央，一动不动。两个伙伴走上前来，站在她的身旁，关切地看着她。这给了她温暖的感觉，她转身说："我没事。"

这时，沙达克的声音传来："发现敌对小型飞船，截击机前往拦截。根母的飞船被消灭得很快，我们是否应该考虑转移？"

"李约素呢？"卡伊问。

"'天狼星'号在'上佳'号第六十五舷窗位,相对飞船静止。"

"帮我找到他,我有话要问他。"

"'天狼星'号保持沉默,我可以尝试联系他。我们是否考虑转移?"

"先找到李约素。"

沙达克隐去,卡伊缓步走到门前。从祈祷舱望出去,外边是一个红色的世界。天宇从来没有这样艳丽!星星们都在疯狂燃烧,仿佛它们知晓最后的时刻很快就要到来,要赶在大限之前将所有的能量都抛撒出去。

卡伊知道根母一直在进行准备,然而,只在此刻,当根母告诉她一切即将完结,她才意识到,短短十多天,这个宇宙的变化多么巨大。星星们原本陷落在时空膜中,缓慢燃烧,根母却挤压亚空间,让星星从时空膜上突出,万有引力因此而变得异常强烈,聚变反应加速,原本需要上千万年才能燃烧殆尽的火球将在几百年的时间内消耗一空,坍缩成黑洞,强烈的辐射让宇宙仿佛都燃烧起来。这似乎是地狱烈焰的最好注解。

"卡伊,找我做什么呢?不是说好世界尽头见吗?"李约素的影像被送到卡伊面前。

"根母和你说了什么?"卡伊直截了当地问。

"末日,这个宇宙的末日已经到了。"

"你打算怎么办?"

"不是已经达成协议了吗?我把你带出去,根母会让这个宇宙坍缩。"

"你相信她?"

"难道你不信吗?我以为你是它最忠实的信徒。我们该怎么办呢?外边的世界已经不可收拾了,旋臂上的文明马上要遭受攻击。只有根母能帮我们,让那些四处杀戮的蜘蛛人收敛一些,让星域有时间做准备,使巡逻者的舰队能及时赶到。"

"你真的打算带我走?"

"你这么问,是什么意思?"李约素不解地看着她。

"难道你不想带走旦素一?"

李约素一愣,随即哈哈大笑,"你倒是提醒了我……"笑过之后,李约素半开玩笑地说,"如果你愿意让出名额,我不会拒绝。不过根母恐怕不会答应,这交易多半不能成。"

卡伊却显得很认真,"你可以问问旦素一。"

李约素不由也认真起来,"为什么这样?难道你觉得自己的生命相比而言不重要?"

"我要留在这里。"卡伊说,"'上佳'号在这里,而且,我要看着根母履行诺言。"

"你怀疑它?"

"我不确定。我必须亲眼看见她这么做。"

"根母会拒绝这个提议的。它的条件从来没有变,它要求一定要把你带出去。"

"但是,旦素一可以接受根母的改造。根母只是需要送出能够传递这身黑皮肤的人类罢了!"卡伊的脸上露出一丝不易觉察的痛苦神色,她很快地掩饰过去,却没有逃过李约素的眼睛。

"敌人正在逼近,我们没有什么时间来调整计划。最稳妥的方案就是按照原计划进行。这里情势不妙,我们需要立即转移。如果你真想和根母达成新的协议,就必须马上动身去中枢星。"不等卡伊回答,李约素又接着说,"'天狼星'号先走一步,转告你哥哥,我在中枢星等他。你一定要来。"

李约素没有留给卡伊继续说话的时间就关闭了通讯。

"布丁,我们又要逃跑了!"他随意地喊了一句,然后扭头看着旦素一,"我替你拒绝了这个美好的想法。但是现在我又改变了主意,我们是不是再慎重考虑一下?我们离开这里,就可以继续活下去。没有人知道这里发生了什么。如果你愿意重返战场,我们可以找到雷电家族,找到那些巡逻者,他们会很乐意接收我们。"李约素越说声音越低,最后几乎听不见,他不自觉地扭头看着屏幕,眼神不定,视线游移。

旦素一面带微笑,"你这个样子真是可爱!"

李约素回过头,脸上带着坚定的神色,"只要你愿意,我可以带你走。"

"但是你会愧疚一辈子。"旦素一轻轻地说。

李约素沉默不语。

"船长，前方敌人的飞船干扰了跳跃，我们是否采用超光速甩开它们一段再进行弹跳？"布丁发问。

"就这么办。剩下的时间不多了，爱怎么折腾就怎么折腾吧，别在世界末日之前把飞船折腾散架了就行。"李约素大声回答。

"天狼星"号舰体表面猛然间冒出两个蓝色亮点，仿佛两道利刃划破天宇，蓝色的轨迹在红色的天宇映衬下闪闪发光，缓缓褪色，一时间成了整个星空中最引人注目的景象。

然而，混战一团的黑飞船并没有为"天狼星"号分出哪怕一点力量，仿佛它只是一个无关紧要的存在。

这真是奇怪的感觉，在热火朝天的战场中招摇过市，竟没有任何阻碍。

"船长，没有人理睬我们。"布丁似乎感到有些委屈。他憋了一身的劲，却无处释放，"我可以顺道攻击几艘飞船吗？这样能帮'上佳'号减轻点压力。"

"别傻了！启动吧，尽早离开。别担心'上佳'号，佳上在那儿呢。"

"遵命，船长。"

"我们是不是等一等'上佳'号？"旦素一试探着问。

"不用了，根母不会让他们陷入危险，卡伊也不想死在这里。"

"天狼星"号猛然间迸发出强劲的蓝光，整个飞船湮没在光影中，转眼间消失了踪影。倏忽间，飞船在六个光秒外出现。

卡伊正注视着"天狼星"号的行动，沙达克把一个立体星图展示在她眼前，她看见一道蓝色的光迹延伸，最后终止在某个位置，下一秒，飞船显示出形态，包裹在一团若有若无的辉光中，正疾速前行。它在进行弹跳准备。

"'天狼星'号拥有我无法理解的科技，刚才一瞬间，它的速度超过光速，只能看见遗留的轨迹。它已进入亚空间弹跳准备，预计在六分钟内弹跳。"沙达克说。

"所有飞船回归，我们去中枢星。"卡伊下令。

"遵命。'上佳'号将在六个小时内完成跳跃准备。"

六个小时，"上佳"号这样的巨型飞船根本无法在这么短的时间里完成弹跳准备——看来沙达克早已准备好弹跳，只等待自己下令。卡伊点点头，"沙达克，你是'上佳'号真正的主人。"

"不，我只是个合作者，服从你们的意志。"

"我没有下令进行弹跳准备。"

"那是落亦的指令。"

"你说什么？"

"落亦要求我进行弹跳准备，但由你决定最后是否进行。"

"他不是还在进行基因修复工程吗？"

"两天前，在进入基因修复工程之前，他下达了指令。也许李约素告诉了他一些什么。李约素和他有一次会面，会面之后，落亦向我下达了指令。"

"为什么他没有告诉我？"卡伊感到奇怪。

"落亦要求我不要告诉你。"

卡伊微微皱眉，"你没有记录下来他们谈了什么吗？"

"没有，我并不会监视每个船员的生活。他和李约素的会面发生在船长舱，如果没有特殊的缘由，我不会出现在那里，也不会窥看。"

"那就这样吧！"卡伊说，"准备好弹跳，我们去中枢星。"

"遵命。六小时后弹跳，目标中枢星，空白期二十六小时，移动零点六个光年。"

沙达克悄无声息地退去。

卡伊向前走了两步，两个伙伴紧跟着她。

"你们去舰桥上等着吧，我要独自待会儿。"卡伊吩咐。

两个伙伴点了点头，走向另一个方向，卡伊注视着她们的身影消失在转弯处。她要去见哥哥，这个至亲的陌生人。这种感觉很奇怪，她为了一个陌生人,把两个伙伴抛在一边。她的视线转移到舷窗上。

舷窗仍旧保持透明,窗外,大大小小的飞船正在返航,也有飞船在"上佳"号舰体表面降落,它们将维持在波动引擎的影响范围内,跟随"上佳"号一同弹跳。

卡伊走了几步,站在窗前,这有条不紊的繁忙景象让她深深着迷。沙达克的调度和她完全不同,简洁而高效,相比之下,虽然她能够和每一个飞行员产生感应,他们也能完全执行她的指示,可部队每一次大规模出入"上佳"号,却总是变得一团糟。这看起来像是一种艺术,如果沙达克也有内心,是否他正陶醉其中?

卡伊稍稍驻留片刻,便顺着通道向前走去。不经意间,她的眼光扫到一扇门,不由停下脚步。她曾经无数次经过这里,从来不曾注意到这扇门。她知道它的存在,然而,在过去的成千上万个日子里,却从未想起。

卡伊走过去,伸手在门上轻触。

门自动打开,卡伊走进去。这是一个小小的舱室,很久没有人来过,显得有些过于寂静。

卡伊抬头,舱室的顶部有明显的修补痕迹。这是一个历史的遗迹,若干年前,正在寻找黄金星球的李约素曾经从这里进入到死寂一片的"上佳"号。这里曾经是她的乐园。儿童桌椅摆放得整整齐齐,甚至玩具也焕然一新,似乎在等待着那些天真烂漫的孩子归来,用他们天籁般的喧哗把空间填满。孩子们早已经长大成人,再也不属于这里。

卡伊顺着墙向里走。她很快见到了琳琅满目的墙壁,各种各样的画挂在墙上,是小朋友的涂鸦。卡伊站在其中一幅画前。这是她早年的画作,虽然完全不记得。

画面上,一个小女孩一手拉着一个高大的男人,一手拉着一个少年,远方是高山,山上露出半个太阳,他们走在阳光灿烂的草地上。

"爸爸,哥哥和我。"画上写着这样的字。

这不是"上佳"号上的情形,"上佳"号上没有照亮大地的太阳。这是孩子的想象,憧憬着那从未见过的星球表面。在孩子的想象中,她在最美丽的地方,和最亲的两个人在一起。

卡伊伸手在画面上抚摸。绘图玻璃表面冰凉,这画也像那些失去的记忆一样,永远地冰封在脑海深处触不到的地方。

她把画摘下来,拿着走出了舱室。

通道里没有其他人,卡伊快步走着,她迫不及待地想要见到佳上,把这张画拿给他看看。

她跳上电梯,指定目的地,电梯舱快速移动。卡伊的目光落在一个按钮上,这是一个全景按钮,它一直在那里,每一个电梯舱中都有配备,然而却从来没有人去触动它。鬼使神差一般,卡伊伸手按下它。四周的墙突然间消失得干干净净,她仿佛正在一个深黑的空间里穿行,前方有一点光亮,快速逼近,刹那间交错而过,带来一片炫目的光。那是另一个电梯舱。电梯很快进入到一片光亮中,脚下显现出翠绿的大地和蜿蜒起伏的小小山丘。这里是林园,她甚至看见了草地上三三两两嬉戏的儿童,虽然警报已经下达,他们还有几个小时的时间可以自由嬉戏,两个船员站在不远处看着这些孩子。

林园一闪而过,她再次进入黑暗,这里许许多多的光点不断移动,那是繁忙的电梯舱,沙达克调动各种物资,充实到飞船的每个角落。原本她和她的伙伴需要承担这样的职责,现在一切都由沙达克承担,"上佳"号的运行从来没有这么流畅。卡伊以一种欣赏的眼光打量着一切,川流不息的光仿佛一幅抽象画,传递着晦涩难懂的信息。

突然间,周围变得一团漆黑。电梯门悄无声息地打开。

卡伊跨出门去。这里是一个巨大的空间,却挤满各种各样奇特的设备,因此显得狭小而逼仄。最醒目的无疑是一个个巨大的玻璃罐,在许多环形世界,这样的地方是克隆下一代的所在,然而对于"上佳"号来说并非如此。卡伊的确利用这些设备制造了许多克隆士兵,但是当沙达克醒来,一切都改变了,他把最后一批克隆人送出了实验室。他告诉卡伊,这里并非制造克隆人的所在,而是基因净化舱。他在这里对船员的破损基因进行修复,确保每一个人的健康。同时,更重要的是,每一任船长都必须接受基因修正,确保船长能够最大程度地掌握飞船。

如果没有当年的意外,她的哥哥应该成为船长,而她应该找到属于自己的星球,繁衍出属于自己的族群……

卡伊在巨大的玻璃罐间默默地走着,这里很安静,只听见沙沙的脚步声。

最后,脚步声停了下来。

她在一个巨大的玻璃罐前站定。玻璃罐里没有液体,却有人盘膝而坐,腰板挺直,双目微闭,脸上一派平和,隐约有些光彩。

突然间,罐子里的人睁开双眼,两人视线相对。

"危机时刻,何去何从?"虽然隔着厚厚的玻璃,卡伊还是听到了对方说话。

"我要留下!"卡伊坚定地说。

第三十七章 天降红虹

旦素一望着星渊盔甲,大红大绿的装甲就像一朵艳丽的花。

李约素会穿上这套盔甲,穿过那不可思议的时空之门,回到波澜壮阔的银河中去。他会成为一个真正的英雄,得到一切:舰队、财富、荣誉、爱情……他会拯救无数个世界,和人类历史上的那些伟大人物并肩,成为一个传奇。但是,他的名字的光芒会遮住许多其他名字,其中有一个叫做旦素一。想到这里,旦素一微微一笑。

进去看看! 这个念头突然冒出来,不可遏制。

她起身,动作利落地钻进盔甲。舱盖合上,旦素一扫视着前方。透明的舱盖玻璃上,应该有一个圆滑的凸起。她伸手摸索着,很快触到了那个浑圆的凸起物。这就是时空之门,解开一切困境的钥匙。这看不见的东西会影响到千万个世界的存亡和无数人的死活。她静静地把手放在这看不见的按钮上,似乎想从中感受到什么。

剩下的时间不多,他们该来一次最后的告别。

说些什么? 似乎该说的都已经说过。他们早已经诀别——当"天狼星"号落入那灿烂的金色光芒,李约素便踏上了一条不归路。她下定决心,来到这里,即便不能找到李约素,至少可以和他埋葬在同一座坟墓中。这是她曾经打定的主意。然而,李约素却要回到银河中去。

命运很残酷,一次诀别不够,要来第二次。第一次,她留下,生,他走,死;第二次,还是她留下,他走,生死却倒了个。这是命运的作弄吗?

但是,命运也可以说是公平的,命运让她遇见了李约素,并爱上了他。作为一个巡逻者,能够体会那炽热而奇妙的情感,她还有什么可抱怨的?

旦素一露出微笑,仿佛一个沉浸在美丽梦想中的少女。

门开了,李约素如游鱼般滑了进来,一眼望见旦素一正坐在盔甲中。

"这盔甲很适合你,"李约素笑着说,"星渊人的审美观比沙冈人强多了。"

旦素一冲着他一笑,从盔甲中起身,很快脱离,飘然落地,和李约素面对面,"情况怎么样?"

"惨烈!"两个字带着灼热的气息从双唇间蹦出来,李约素看了看旦素一,"根母还能支撑,但是敌人真的很疯狂。你一定不能错过红虹大战,这些虫子相互残杀,简直就像天文现象。真没想到居然在这里能看到这个!"

"它们能追到这里,不正说明我们来对了地方?!"

"没错,希望我们还来得及。跟我来,我们去看看。"说完李约素拉起旦素一的手,想拉着她一道去前舱。

旦素一却轻轻抽出了手。

李约素一怔,"怎么了?"

"我们还有多少时间?"旦素一问。

"根母还能支撑一段时间。"

"到底是多久呢?"

李约素显然没有料到旦素一会这样追问,不由露出一丝犹豫,随即说:"大概六个小时。根母要求我六个小时内跳出去。只有六个小时。"

旦素一露出一丝微笑,"很好。我给你的坠子呢?"

"在这里。"李约素掏出小盒子递了过去。

旦素一伸手接过,捏在掌心里,伸出另一只手拉住李约素,"我们去看看那些'天文现象'吧。"

李约素咧嘴一笑，"好。"

两人来到前舱。战场上，爆炸此起彼伏，闪光不时照亮他们的眼睛。两团弥漫的红云在中枢星上方碰撞，弥散开，各自收缩，然后再次碰撞。每一次碰撞都伴随着剧烈的闪光，那是无数细小的爆炸汇聚而成的强光，远远望去，仿佛青紫的电弧火光，无比耀眼，以至于整个天宇在一瞬间都失去了光彩。

李约素进入控制舱中央，"布丁，全景模式！"他大声叫喊。

"遵命，船长。"

地板上升起两双触手，分别拉住李约素和旦素一的身体，把他们拉到地板上坐定。更多的触手包围上来，两个人被牢牢地包裹在内膜层中。突然间，周围的舱壁消失不见，他们仿佛正停留在真空中。黝黑的中枢星就在脚下，狂乱的辐射让红色的天宇显得刺眼，而星星黯然失色。无数细小的光点在高速移动，各种各样致命的射线铺天盖地，爆炸此起彼伏。光与影构成一幅绚烂无比的画。

最引人注目的莫过于两团红云的碰撞，云团规模庞大，几乎遮蔽半个天宇。碰撞产生的火光穿透杂乱的辐射，照亮脚下的中枢星。中枢星上，密密麻麻的生物不停地涌动，它们沿着根须快速攀爬，从根须的某些位置探出身躯，很快便和根须融为一体，形成仿佛炮管一般的奇特结构，当敌人接近时，便喷射出灼热的束流。

根母在竭尽全力抵挡敌人的进攻，然而却无法防卫每一个节点。一条根须在红虹的连续攻击下悄无声息地断开，这似乎并未影响到战场的格局，断开的根须上，每一个生物仍然活跃，仍旧在不断地打击那些靠近的敌人。然而，李约素却明白，根母正在被削弱，它失去了这一条根须，就丢失了相对应的亚空间侧面。

敌人并没有试图战胜根母，它们只是企图削弱它。它们的行动目标很明确，选择那些火力最为薄弱的根须，不惜一切代价全力切割，一旦得手，马上奔向另一条。根母的红虹兵团无力阻挡这样的情况，它们可以杀死大量的敌人红虻,然而,却无法阻挡攻击。它们所能做的就是尽可能消灭更多的敌人,然而双方旗鼓相当,只有硬碰硬地一点点消耗。

"布丁,我们到那边去。"李约素指着前方,那正是两个红虻集团相碰的位置。

"可是,那里是战场,太危险。"

"如果真有危险就逃跑,知道吗?逃跑!我教过你很多遍了。"

"但你自己从来不这么做。"

"你是你,我是我。现在照我的话做。我们死不了,你有能力让我们不死。"

布丁沉默下来,似乎正在考虑。最后,布丁说:"这还是太危险了!"布丁没有行动。

李约素笑了起来,"你不听话了,布丁。你难道不听船长的话?"

"船长,这个命令我很难服从。我要对你的安全负责。"布丁坚持,他违抗了李约素的命令,这是破天荒第一次。

"在这里看一看就行了。"旦素一也说。

李约素抬眼看着远方,那里正在发生新一轮的碰撞,耀眼的光刺痛了他的眼睛。

根母正在急剧地收缩,它蜷起所有的亚空间体积,准备来一次最后的反弹。当它蜷缩到最小,就是这个宇宙的末日。那个时候,他必须坐在星渊盔甲中,带着卡伊离开。

一切都没有问题,然而旦素一偏偏来了。

旦素一不想让他为了这件事而愧疚一辈子,她不会随着他离开,她情愿留下等死,只要他能完成这个关系到无数条生命的任务。他同意了,然后又改变了主意——因为卡伊。

卡伊坚持要留下,她还告诉李约素,如果让根母改造旦素一,只需要短短十分钟。

卡伊甚至没有留下退路,此刻,她正在天宇中的某个位置,和那些从脐带区掉落下来的敌人战斗。除非把她打昏,否则她不会离开"上佳"号。

她要留在这里,看着根母兑现诺言。她要永远和"上佳"号绑在一起。

"'上佳'号在哪里?"李约素问。

眼前显示出"上佳"号的位置,它正在敌人的红虹群边缘,从侧后方进行攻击。

"去'上佳'号,我们要与他们会合。有意见吗,布丁?"

"遵命,船长。我会绕开红虹群。"

"天狼星"号快速启动,向着战场而去。

绚烂的光影从李约素眼前飞快地划过,他们仿佛正在这沸腾的宇宙中自由驰骋。李约素看了一眼旦素一,她正望着前方,怔怔出神。

李约素轻触她的手,她回过头,笑了笑。李约素报以微笑,握住她的手。两人携手并肩,在绚烂的光影中飘然向前。毁灭,绝望,挣扎,死亡……沸腾的宇宙中,绽放着一朵又一朵死亡之花,仿佛礼花,照亮人的眼睛。

两个人默默无言,突然李约素说:"我真希望这一刻永远不会过去。"

旦素一笑了笑,什么都没说,李约素却从她的眼神里捕捉到一丝忧伤。

"跟我走。"李约素突然说,"我们回到银河中去!"

旦素一有些惊讶,望着李约素,"我们谈过这个,我们不能这么做。"

"但是卡伊坚持要留下,而且她说,根母完全可以把你改造成暗影人,它只需要十分钟就能完成这个过程。"

"你想我成为暗影人? 就像卡伊那样?"

"我不在乎你是否会变成一个暗影人。我要你活下去,和我一道。而且,如果根母能用十分钟就把你改造成一个暗影人,我们在银河中一定能找到人帮你变回来。"李约素急急地说,既然开了口,他的决心变得很坚定。

"不。"旦素一轻轻地说,却很坚决,"我不会离开这里。"

李约素感到不解,"这是为了我吗? 如果你死在这里,我会更愧疚。现在既然我们能达成目标,也可以把你救出去,为什么不这么做? 别傻了,跟我走!"

旦素一抬眼望着远方的火光，"根母还未必同意呢……你命令布丁去'上佳'号，原本是为了说服卡伊吗？"

"我告诉过佳上，根母在进行亚空间蜷曲，它的亚空间体积过于庞大，过量的压缩会导致空间膜震荡，为了避开震荡，'上佳'号要转移到中枢星这里来。他们来了，但是卡伊却告诉我，她绝不会走，要我把你送过去，让根母改造你。"

"你就这么轻易相信她？你之前可是拒绝了她的提议。"旦素一脸上带着浅浅的笑意。

"我还是想把你带回银河！"李约素盯着旦素一，目不转睛。

"哪怕把我自己留在这里也没关系。"他接着说。

旦素一低头含笑不语，轻轻摩挲着李约素的手背。半晌，她抬头看着李约素，"我们先去'上佳'号吧，到飞船上再说。"她转头望着远方，红色的天宇无比亮丽。

"有什么音乐吗？"她回头望着李约素，"我听说科尼尔人结婚的时候，会有很动听的音乐伴奏，新郎和新娘携手走过长长的花桥，是不是这样？"

李约素有些意外，"是这样。"他放低声音回答。

"布丁，你有这个音乐吗？"旦素一问。

"我……"布丁犹豫着，"船长，那是什么音乐？"

李约素看着旦素一，有一丝茫然。

"你会唱吗？"旦素一看着李约素，眼光流转，似乎有无穷的柔情蜜意。李约素的眼光有些发直，点点头，"会一点。"

旦素一微微一笑，看着他，不说话。

李约素哼起了曲调，他不记得那到底是怎样的一首曲子，只是凭着记忆哼唱起来，五音不全，断断续续，不成调子。

旦素一专注地看着他，似乎沉浸其中。李约素望着她明亮的眸子，脑子里的旋律渐渐变得熟悉，哼出的曲子也有了调门。

布丁很快加入进来，他给李约素加上和弦，加上各种各样的配器，声音由单调变得恢弘,回荡在看不见的舱室中。

李约素不再哼唱,只默默地望着旦素一。她的眸子犹如一汪清水,李约素可以看见其中倒映着自己的面孔。

李约素紧紧抓着她的手。

旦素一低头,缓缓地在李约素的手背上画了一圈又一圈,她的脸上带着微笑,神色平静,在火光的映照下,脸色显得异常红润。

"这样挺好。"她抬起头,"我们走吧!去'上佳'号。"说着,她挽住了李约素的胳膊,"这样好不好?"

李约素觉得,旦素一越是平静,他越感到不安。《婚礼进行曲》的调子恢弘,而漫天的火光,就像是婚礼的烟花。旦素一就像一个新娘似的,依偎在他身旁。他低下头去,脸颊贴着旦素一的秀发,轻轻摩挲。

"给我一个科尼尔的婚礼。"他听见旦素一轻轻地说。

"好!"他轻轻地回答,感到心里被什么深深地划了一下,痛入骨髓。他直起身。

"天狼星"号带着他们在这烈火熊熊的世界里飞奔,悠扬恢弘的曲调中,绚烂多姿的光影充斥着每一个角落。如果这就是婚礼的殿堂,它的宏大和壮丽绝无仅有。旦素一将他的胳膊挽得更紧。一阵阵暖流在李约素心底激荡,无论是否还有明天,至少此刻,他们的幸福无与伦比。

"你愿意嫁给我吗?"他背出了那古老的台词。他从来没有想过有朝一日会说这句话,此刻却顺顺当当地说了出来。

旦素一抬头看着他,脸上带着微笑,眼里却噙着泪花,"我愿意。"她像一个普通的女主角一样回答,然后闭上了眼睛。

李约素低下头,温柔地吻着她的双唇——轻轻地碰触,却久久不愿分开。旦素一睁开眼睛,两人四目相对,彼此凝视。一切的情意仿佛都融化在这轻轻的吻中。

如果时光就此凝固,那该多么美妙!

然而,一切美妙的东西都会过去。忽然间,传来了布丁小声的提示——小心翼翼,万般不情愿,却不得不说:"船长,收到'上佳'号的消息。"

佳上说,要和你见面。"

"我们很快就到'上佳'号了。"

"那我让他再等等。"布丁慌忙说,然后沉寂下去。然而不到三秒钟,他便再次说话了:"'上佳'号快无法抵抗了,佳上要求马上和你见面。他要我们马上返回中枢星。"

李约素心中一惊。他抬眼望着前方,手指碰触"上佳"号的影像,飞船一瞬间变得巨大,显露在眼前。零星的红虬正在攻击"上佳"号,不远处,一群红虬正蜂拥而来。

佳上的影像跳了出来,就在李约素身边。他看了一眼全息图景,"你也看见了,形势不妙。"

"我们去救你。"李约素急急地说。

"不,你救不了别人,但是可以救你自己,还有银河。"佳上却显得很平静,"我来和你告别,伙计。"

李约素一愣,佳上一直称他为船长,从来没有改过口,此刻却称他为"伙计"。这是一个包含了太多感情的称呼,他心头一沉。

"它们来了,这一次我们会抵抗到底,我们不会输得那么窝囊。我是'上佳'号的船长,船在人在,船亡人亡。"

"佳上,别这样……"李约素打断他,然而,宇宙都已经到了尽头,他又能有什么办法拯救佳上?靠那个不可靠的十三维度时空门?连旦素一都无法带走,想到这里,他不由顿住。

"'上佳'号今天会走到尽头。我很高兴能够回到飞船上,和我的族人一道面对这最后的命运。我要感谢你把我带到这里。当年,是你把我从这里带走,现在,又是你带我回来,这是美妙的巧合。很高兴能和你一道游历银河,很遗憾无法继续和你一道战斗。"佳上平静地说完这段告别辞,举手敬了一个科尼尔军礼,他注视着李约素,"那么,永别了,伙计!我所能想到的最后的建议:当心埃博之子,除了那些蜘蛛人,最可能的潜在敌人,就是它了。如果无法抵抗,就逃得远远的。"

"不!"李约素使劲摇头。佳上却点了点头,然后便消失不见。

"我们要返回中枢星吗?"布丁小心翼翼地问。

李约素摇头,"布丁,如果你的朋友快要死了,你会抛下他,独自离开吗?"

"如果情势危急……"

"'天狼星'号会害怕那些虫子吗?"

"我不怕,不过……"

"别啰唆了,我们去'上佳'号。"

"佳上已经明确告诉我们,'上佳'号要被攻击,他们已经到了最后关头。"

"照我说的做!不要废话!"这一次李约素很强硬。他感觉到了异样。蜂拥而向"上佳"号的红虹并非全是敌人,根母也在竭尽全力保护"上佳"号。他无法说服自己在这个关头离开。

布丁服从了李约素的指令,"天狼星"号再度向前方战场靠近。

李约素看着旦素一,"可能有点危险,但佳上就在那里,我要帮他坚持到最后一刻。哪怕多活一分一秒。"

旦素一微微一笑,"这是你的飞船。"

李约素笑了起来,"我们继续完成婚礼吧!"

旦素一摇头,"我们已经完成了。让我再看看链坠。"

李约素掏出盒子,打开。银色的心形在红色光芒照射下散发出奇特的光泽。旦素一伸手抚摸着它,露出微笑。

"我给你戴上!"李约素说。

"不。"旦素一坚定地拒绝,"带着它,你会找到合适的人。拥有它的人一定会很幸福!"

"别说傻话!"李约素拉住旦素一的手,"我不会让你死在这里,你一定要跟我走。"

旦素一轻轻挣脱,"你们科尼尔人,经历着这个宇宙中最美妙的生命。我终于明白,为什么星域在银河中四处开花,而巡逻者,只有区区几个家族。"她微微一笑,"因为人类渴望爱和被爱,只有爱才能让人摆脱孤独,生命才得到应有的意义。我体会到了。

"但是……"她把眼光转向前方的"上佳"号,红虹群已经逼近飞船,环形飞船巨大的船体上不断闪起火光。"有时候命运让人身不由己,就和'上佳'号一样。佳上肯定也不想让他的飞船埋葬在这里,但一切都拖不过几个小时。"

她看着李约素,微笑着,"我的命运就在这里。"

"我要你活下去。我要牵着你的手,一起漫游银河!"李约素几乎在大叫。

旦素一抚摸着李约素的脸,"你会明白的。只是,有一个很自私的要求:别忘了我。"

李约素心中一急,"你这是为什么?既然卡伊已经放弃,既然我还能从这个世界里拯救一个人,你为什么不能是那个人?"

"因为,那个人不是我。"旦素一很平静地回答,仿佛是一个深思熟虑的答案,"带上一个暗影人,这才是你要做的。"

"可她不愿意!"李约素怒吼。

"天狼星"号紧急变向,几只红虹从飞船边急速掠过。

旦素一并不回答李约素,却反问:"你打算怎么进行这最后的战斗?"

李约素一愣,随即回过神来,"我们穿上盔甲。"

"星渊盔甲。"旦素一加重语气,"如果情势不妙,你必须离开。必须离开!"

李约素看着眼前的人,旦素一仿佛换了一个人般,透出坚定果敢的气质。一刹那间,他仿佛穿透五百年的时空,看见了苏北旦坚毅的眼神。

他明白,自己不可能改变她的心意。明明有机会活下去,却执意要放弃;明明深爱着对方,却绝然不再跟随。李约素无法明白这到底是怎样的一种心思,然而,他知道,旦素一的决心不会改变。

"答应我,你能做到!"旦素一催促他。她的语气里包含着某种让人无法拒绝的东西。

"好!"李约素心一横,"我答应你!"

"天狼星"号再次一个趔趄，躲过两只红虹的攻击。另两只红虹从一侧疾速冲来，它们的目标并不是"天狼星"号，而是攻击了"天狼星"号的红虹。这里成了一场混战，敌人和盟友混杂在一起很难分辨。

然而李约素可以分辨。

"我们走！"他从内膜层上脱离，舱室瞬间恢复成正常的样子。如果旦素一心意已决，继续说下去只是浪费时间，危险迫在眉睫，已经没有时间。李约素快速起身。

"布丁，你在星渊盔甲上找到地方容身了吗？"旦素一问。

"我找到一些能够存储信息的地方，但是容量不够。我想我还是能在这个盔甲上生存，不过没法醒过来。"

"我会想办法唤醒你的，布丁！只要把主逻辑和记忆传输过去就行。"李约素边移动边说，说完最后一个字，他已经消失在后舱。

"布丁，一定帮我把话带到。"旦素一见李约素消失在门后，平静地说。

"是的，旦素一将军。我会完完整整转告给船长。"

"多谢你，布丁！到了那边，也帮我祝福他们！"

"我会的。"

旦素一打开后舱门，飘了进去。

李约素刚在星渊盔甲中坐定，便看见旦素一尾随而来，有些惊讶，"你怎么来了？"

"雷电家族的人天生都是战士。"旦素一一边回答，一边钻进沙冈盔甲，"在战场上，我不会落后。"

李约素默默不语，突然间，他抬起手来，拉住了旦素一的手，两副盔甲仿佛两个人般手拉手，并肩走进了减压舱。

舱门落下。李约素和旦素一彼此对望。

这也许是最后的一眼。两人沉默着，直到发射舱门打开。外边没有星空，红虹铺天盖地，遮蔽了整个天宇。"上佳"号陷落在重重包围中，顽强抵抗着。

"我会永远记得你！"李约素说。

"我也是。"旦素一回答,"很高兴还能和你并肩作战。但是别忘了,你答应我必须离开。"

"我会做到的。"

"真好!"旦素一露出一个微笑,李约素心中一阵暖流涌过,即便到了此刻,她的笑容依旧触动着他心底最柔软的部分! 旦素一启动盔甲,向着前方的红虻群而去,李约素快速跟上。如果这就是最后的相处时刻,那就在这一刻全力以赴!

"它们不全是敌人,"李约素告诉旦素一,"我来指引目标。"他加速赶到旦素一前方。

无数的红虻就在眼前,仿佛潮水一般涌来涌去,它们围攻"上佳"号,也保护"上佳"号,它们彼此间相互攻击,迸发出一道又一道火光。

李约素深吸一口气,闭上眼睛。他仿佛看见一幅黑白相片,深黑的底色上,星星点点,纷繁如尘,那是红虻在亚空间上的投影。红虻透过亚空间彼此间辨识,属于根母的红虻和入侵的红虻,在亚空间有如黑色和白色一般对比鲜明。李约素睁开眼睛,眼前仍旧是乱纷纷的景象,所有的红虻几乎一模一样。这真是一种奇特的感觉,脑中的另一幅情景和眼睛所见的景象完全不同,他必须根据亚空间图景分辨敌我,然后回到现实图景中找到敌人的方位,发起攻击。

"二一五,三四,九。"

"二一五,三八,七。"

"三三四,六,八八……这一群全是!"

李约素不断地传达敌人的方位,旦素一在他的侧翼飞行,锁定目标攻击。"天狼星"号跟在后边,保护后路。

一艘飞船,两架机甲,在漫天飞舞的红虻群中披荆斩棘,向"上佳"号不断靠近。然而,越来越多的红虻向着"上佳"号涌来,远方两团巨大的红云越来越近。"上佳"号,"天狼星"号,似乎正被无穷无尽的红虻所吞没。

李约素已经无法估计敌人身在何处。进入到红虻军团深处,到处都是敌人,到处都是友军。他所能做的唯一一件事,是牢牢地抱住旦素一,带着她躲开各种突如其来的攻击。

李约素！他突然感受到强烈的信号在呼唤自己。

是卡伊！他努力分辨信号的源头，很快，在千千万万的红虹背后，他找到了那艘锥形飞船。

他惊讶地发现，在锥形飞船周围，红虹环绕，构成一个严密的防御圈。卡伊控制着它们！

仿佛雷电劈开深沉的黑暗，李约素突然意识到，他正面对着无可逃避的命运。

"布丁！"他大声吼叫，"我们要突破，靠近卡伊！"他似乎看见了战场的结局。

第三十八章 灭顶之灾

战术！红虻没有战术！它们彼此间疯狂地攻击，这种场面就像一场浩大的群架。在数量上，它们占据绝对优势，这是它们能够获胜的绝对原因。它们是一群乌合之众，只不过，紧密的亚空间联系极大地克服了这个弱点，它们能够感知同伴所遭受的攻击，从而快速地做出调整。红虻群就像一只巨大的组合动物，凭本能行事。

卡伊却让事情发生了质的变化。她指挥红虻，透过亚空间对红虻施加影响，让它们组成小队，拱卫飞船。在她的影响下，红虻在锥形飞船前后左右形成屏障，抵挡攻击，给锥形飞船制造出一片安全空间。

李约素试图再次和卡伊对话，却再也找不到她的亚空间痕迹。她忙于应付眼前的危险，亚空间侧面弥散，和红虻结合在一起。

必须和卡伊会合！李约素的信念无比坚定，只要他能够和卡伊会合，只要卡伊能够明白该做什么，他们就能够取得胜利。只需要几句话，一点提示！

"天狼星"号顽强地突破红虻屏障，向着卡伊靠近。李约素和旦素一紧靠着"天狼星"号，全力打击那些造成威胁的红虻。然而，红虻数量众多，犹如浪潮一般涌动，"天狼星"号随着浪潮而动，反而距离"上佳"号更远。

李约素一咬牙,"让我来!掩护我!"说着他加速向前冲去,避开眼前的几只红虻,闯入红虻群中。

布丁大吃一惊,"船长,太危险了!"然而他没能听见李约素的回应,红虻飞快地淹没了李约素的身影,也隔断了通讯。

"旦素一将军,我们怎么办?"布丁有些慌乱。

"尽量跟着他。"旦素一简单地回答。她也从"天狼星"号上脱离,朝着李约素的方向而去。

"天狼星"号火力全开,全然不顾红虻的火力,紧跟在旦素一身后。

突然间,仿佛一个无声的命令从天而降,红虻开始撤退。不远处,巨大的根须从中折断,聚集的红虻群飞向下一个目标,在"上佳"号周围混战的红虻也随之而去。

两团巨大的红云同时开始漂移。

"上佳"号犹如一头被晾在沙滩上的鲸鱼,在潮水退去之后显露出来。

李约素一动不动地看着无数的红虻从眼前飞过,飞向远方。他不动,红虻也不主动攻击。这些从天而降的红色恶魔,根本不在意"上佳"号,也不在意那些抵抗的飞船。它们只有一个目标——根母,其他的一切目标分为两类,一类阻挡自己前进必须消灭,一类则无关紧要不用理会。它们消灭一切阻挡前进的东西,而对无关紧要的事物则熟视无睹。

他看见了卡伊的飞船。锥形飞船周围,仍有几只红虻环绕着。李约素快速靠上去。他不断呼叫,这一次,卡伊回应了他。

"你还有多少时间?"卡伊问,"为什么你还要留在这里?"

"一触即发。但我还不想走。"李约素干脆地回答,"我要帮你赢下这一仗。"

"赢下这一仗?"卡伊显然并不相信,"我们会赢下这一仗,只不过,根母需要一点时间。"

"不,我们要在根母完成蜷曲之前打败它们,干净利落,一场完全的胜利!而且,它们正在干扰根母的蜷曲,如果我们不尽快彻底消灭它们,就算最后根母能把它们都消灭掉,却无法完成蜷曲,胜利也毫无意义,我们来帮助它。"

旦素一和"天狼星"号跟了上来。"天狼星"号伤痕累累,主控舱几乎完全暴露,外层的黑飞船伪装也几乎完全被剥去。

"就凭两副盔甲和一艘破船?"卡伊不无讽刺地问。锥形飞船掉转方向,准备追击红虻。飞翔在锥形飞船周围的红虻突然间散开,随即聚集起来,向着大部队追去。卡伊的亚空间侧面正重新凝聚,她解除了对红虻的束缚。

"不,凭着你和我。"李约素斩钉截铁地回答,"你能控制红虻,你可以控制更多的红虻,让它们组成队伍。只要能把它们组织起来,就能取得优势。"

李约素看不到卡伊的脸,然而他能感觉到卡伊的情绪产生了波动。她的亚空间侧面清晰地反映出实体的每一个细节。

"卡伊!"这一次,他保持着亚空间接触,卡伊并没有甩开他,她在静静地听着,思考着这是否是一个可行的方案。

"你没有经历过战争,你没有学习过人类的战争艺术。如果你有所怀疑,可以问问沙达克,问一问你哥哥。他们都会告诉你,有效组织火力,是获得战斗胜利的不二法门。这些红虻,它们各战各的,只有战略,没有战术。只要你把一丁点儿战术贯彻下去,它们就成了毫无威胁的废物。"

频道那边传来一阵沉默,李约素还想说点什么,却又作罢,尽管心急如焚,他也明白多说无益,卡伊需要一点时间,也许她正和沙达克交流。他迫使自己保持平静,等待着卡伊的决定。

残存的锥形飞船向着卡伊靠拢过来。"上佳"号的护卫舰队倾巢出动,和红虻军团一场混战之后,只剩下寥寥十多艘。舰队很快形成整齐的队列。卡伊依旧保持着沉默。

"卡伊!"李约素再次呼叫她。

"我承认你说得对!"卡伊终于开口,"这两群红虻都失去了中枢星的控制,如果能够把它们捏合起来,就能取得胜利。"

"你可以教我,我也能帮忙。"李约素说。

"你做不到。"卡伊立即回应,带着几分轻慢,"你永远无法学会。"她顿了顿,"不过,我要感谢你的建议。"

卡伊说完开始加速移动。红虻群再次在远方开始混战,它们围绕着庞大的根须进行攻击和反攻击。根母的根须上,炮火并不猛烈,从星球上涌来的黑色虫子已经不如先前那般数量众多。它们仍旧从星球的各个角落涌来,然而已经从汹涌的黑色浪潮变成了不起眼的涓涓细流。而红虻的攻击势头并没有减弱。

中枢星自身的防卫力量已经到了极限,只能依靠红虻军团和敌人混战。

根母的亚空间蜷缩也快到临界点。

一切都在和时间赛跑。这个宇宙的生命只剩下短短几个小时,所发生的一切却比过去的几个世纪加在一起还更有分量。

"希望你真的明白!"李约素跟了上去。

"不要跟着我。"卡伊的声音传来,透着股执拗劲儿。

"我想帮忙。"

"你只能帮倒忙。"卡伊并不领情,"你的建议很不错,我会用这种办法来保护根母。现在你在场一点益处也没有,只会添乱。去'上佳'号,也许你可以和我哥哥告别。"

"但根母的条件是让我把你带回银河。"

"你看见了,"卡伊的反应迅速而强烈,"我还有职责要完成。难道旦素一不愿意跟你走吗?我欣赏她的选择。我也给你想好了退路,带上'上佳'号的两个孩子。你可以很好地满足根母的要求,这场交易可以继续进行。"

两个孩子!这个想法让李约素微感意外。然而一切又顺理成章,如果没有一个人愿意跟着他逃走,两个孩子是最佳的选择。他们可以是两个,一男一女。他们不会拒绝大人的安排,也不会因为抛弃了职责而愧疚终生。

两个孩子,如果盔甲的空间允许,他可以带上三个、四个。

"快走,如果你不去'上佳'号,我哥哥就要带着孩子来找你。这种时候,在外活动很危险。"卡伊催促他。十多艘锥形飞船组成的舰队已经距离遥远,逼近了红虹军团的边缘。每一艘飞船上的人都散开了自己的亚空间侧面。他们正在把属于根母的红虹从混战中拉出来。

他又听见了卡伊的声音:"替我向我哥哥说声再见。告诉他,我会在某个星球上等他。"

李约素一愣,"某个星球?"

"你告诉他就行了。当着他的面我说不出这样的话。"卡伊说完,关闭了通讯。

混战中的红虹逐渐分开,归属于根母的红虹暂时放弃了对抗,汇聚在锥形舰队四周。敌人的红虹军团没有了牵制,大肆疯狂地攻击根须。根须上,黑虫炮火无力地抵抗着。

李约素深吸一口气。

他能感觉到这个宇宙的最后呼吸。根母的亚空间蜷曲已经接近完成,然而它的亚空间体积也随着根须的断落而缩减。这是死亡线上的挣扎拉锯,只要体积再大那么一丁点儿,它就能够达到临界体积,然而红虹军团不断削弱它,让它始终无法跨过那道门槛。突然间,李约素感觉到一阵剧烈的波动,根母巍峨如山的亚空间发生了一次微小的震颤,传递出来,成了一次剧烈震荡。

疯狂的红虹攻击又斩断了一条根须。

失去目标的军团陷入短暂的无序中,很快它们自动调整了队形,准备向下一个目标进发。就是此刻!李约素猛然间仿佛感受到了卡伊发出的命令,十多艘锥形飞船以最大的速度向着红虹军团突进。红虹追随着他们,分作十多个队列,仿佛十多个巨大的箭头,刺向敌人。

他们快速地突破,避开一切纠缠,很快把敌人分割开来。他们分割包围了将近十分之一的红虹。

就是这样!李约素宽慰地看着眼前的情形。卡伊是一个合格的巡逻者指挥官,穿插分割进行得坚决彻底。如果对手也懂得战术,那么它应该进行反包围,在对手有效组织优势火力之前,将这些分割部队击溃,重新靠拢,形成集团。幸运的是,敌人并没有这么做,它们仍旧按照预定的计划冲向根须,去切断它,全然不顾落入到包围中的伙伴,也对即将到来的灭顶之灾惘然无知。

十倍的数量带来单方面的屠杀。高效组织的红虻显示出它们是多么可怕的屠杀机器,哪怕对手拥有和自己一样的性能。红色光芒四射,青紫的闪光令人目不暇接,被包围的红虻本能地感觉到危险,愈加疯狂地撕咬,试图突破包围,和大部队会合。然而,卡伊没有留给它们任何机会。

短短六分钟,超过六万只红虻化作了尘埃。这些小虫强悍得令人生畏,却在瞬间蒸发。

李约素低下头。虽然他坚信卡伊将取得胜利,但是没有料想到竟然如此快速彻底。他突然意识到,这就是暗影人的巨大潜力。他们可以和这些该死的红虻融为一体,形成不可思议的强大战斗力。也许这和"天龙"号的流体颗粒战斗模式很类似。然而,红虻更小,更灵活,彼此间的亚空间一体化让它们的联系比流体颗粒之间的电磁交流更为快捷,也不会受到干扰,若一个人类指挥官同样通过亚空间来下达指令,甚至可能比沙达克更有效率。

真是威力无穷的战斗体系!在数以万计的红色小虫爆炸的火光中,李约素感觉到一阵寒意。这是人类从未有过的武装方式,即便是铁人、银河人,他们虽然拥有亚空间侧面,也从未在这样的规模上一体化。

一个想法突如其来地进入到李约素的头脑中:如果有一个流体颗粒的集群,雷电家族的人也透过亚空间来协调指挥,是否能够纵横银河?

他抬眼望了一眼身边。旦素一正和他并肩而立,望着前方激烈厮杀的战场。她扭头迎着他的视线,沉默地看着他,显然也对眼前的景象感受深刻。

"我们去'上佳'号。"几秒钟沉默之后,李约素说,"这里的战斗是根母和卡伊的事,我们帮不上忙,我们要去找到孩子。"

旦素一点头赞同。

"船长，我也跟你去。"布丁插入到谈话中。

李约素的视线转移到"天狼星"号上。"天狼星"号的模样仿佛经历了一场灾难，飞船几乎成了残骸，伪装成黑飞船的表面早已不知所踪，露出灰色的深层，主舱上有一个巨大的窟窿，哪怕身穿重型盔甲也可以轻易地钻进去，突出表面的两门等离子炮都被炸毁，留下两个残存的基座，无法缩回。

"'天狼星'号伤得不轻！"

"没事，我好得很，引擎一个也没有坏，只是生命维持系统彻底毁了，你们没法上飞船。"

"我们不需要上飞船。"李约素结束了会话，"那就跟我们一块去'上佳'号吧，你也可以和佳上道个别。"

"遵命！"布丁飞快地答应，充满着欢快的语调，仿佛他们并非经历着生离死别，而是一场普通的野餐会。

"上佳"号很快接近了。环形世界的巨轮仍旧缓缓旋转，飞船却已经千疮百孔——飞船的灯火全灭，了无生迹，在绯红色天宇的映照下，一个又一个爆炸的弹坑一闪而过。

它仿佛是一座荒弃已久的太空城。

李约素有一种不祥的预感。他突然感到自己回到了那个初次遭遇"上佳"号的时刻，见到的不过是一艘死船，而自己则被困在陷阱中。他猛然向后望去，看见旦素一和只剩下一个骨架的"天狼星"号，再远处，他看见了深黑的中枢星伸展着数不清的触须，一团弥散的红云盘旋在黑色星球周围，一条颜色更红的飘带正挤压着红云，仿佛一条绞索。这一幕让他稍稍安心。

"布丁，能找到佳上吗？"李约素问。

"我的全波段扫描仪被毁了。在有限频段上，没有发现佳上的信号。"

"我们得上飞船去找他。"

"还有两个暗影人的孩子。"旦素一接上李约素的话。

李约素看了看她，点点头，"还有两个孩子。"

　　说话间，他们已经贴近飞船表面，巨大的转轮成了一望无际的钢铁原野，坑坑洼洼，到处都是爆炸留下的伤痕，或深或浅，李约素和旦素一向着一道深深的伤痕降落下去。

　　"船长，我就在这里等你。"布丁呼叫。

　　"好，我会让佳上和你说上两句。"李约素一边降落，一边回应。

　　"船长……"布丁又喊。

　　"又有什么事？"李约素落在"上佳"号上。布丁的表现有些异常，他停下来，转身望着"天狼星"号。

　　"没什么。现在是我们最后交谈的时刻，对吗？"

　　突如其来的问话让李约素感到意外。然而，事实不正是如此吗？

　　"还没到最后的时刻呢，别担心。"李约素试图安慰他。

　　"船长，我永远是你的伙计。虽然我想永远和你不分开，但现在是最后时刻了。"布丁说，"我要去帮帮卡伊，她会需要一些支援。"

　　"卡伊马上就要大获全胜……"话刚说出口，李约素突然感觉到异样，更多的高能点浮现在他的亚空间知觉中，它们从遥远的地方赶来，来者不善，它们是从脐带区坠下的黑飞船。至少有三十艘黑飞船马上要弹出亚空间，这一次，布丁赶在前头发现了它们。

　　李约素望向远方，两个红虹军团间的厮杀已经见了分晓，卡伊带领的舰队拥有无比强大的攻击力，如果时间足够，她可以消灭敌人的红虹军团，然后回身来对付这些黑飞船。然而，时间有限。敌人并不想消灭任何东西，它们只是要阻止根母的亚空间蜷曲，让时空瘤消散，无法形成空间反弹。是无声无息地消散还是剧烈反弹，一切都取决于根母是否能够累积足够的亚空间体积，双方都已经孤注一掷。哪怕一点微小的力量也可能改变局势。

　　"你想怎么办？"李约素问。

　　"我会把引擎能量开到最大，超光速，在它们刚弹出亚空间的时刻撞上去。我至少可以撞毁两艘飞船。我已经算好了，有把握。"

　　李约素没有料到布丁居然是这样的打算，一时间不知道该说什么。

"我必须走了，船长！保重！"布丁并不犹豫——"天狼星"号的引擎光芒正发生微小的变化，零点能引擎的蓝色光芒中央现出一小点紫色，这点紫色很快消融在整团光芒中，原本纯粹的蓝色变得微微偏紫。两个异常突出的亚空间高能点在李约素的意识中浮现出来，他意识到布丁甚至没有进行任何预热，就直接将引擎设置在了最高能量模式，"天狼星"号随时可以投入超光速飞行。这是一种高度危险的行为，零点能引擎随时可能爆炸。

"布丁，好样的！"电石火光之间，李约素找不到其他的词句，这句话脱口而出。

话音未落，"天狼星"号倏忽间消失不见，只有一道粗大的蓝色光迹，向着天宇中的某个位置而去。光迹向着前方延伸，"天狼星"号转眼已经在更远的地方，把轨迹远远地留在身后。

李约素望着那道轨迹，突然感到茫然若失。布丁一路追随他，从来没有主动离开过，在这最后的时刻，布丁却主动离开了。

然而这是一个好的选择。如果我替布丁决策，也是如此。李约素心想。

"布丁在向你学习。"旦素一的声音传来，"他一辈子都在向你学习。"

"不知道布丁是不是听见了……"李约素喃喃地说。

"他明白你对他有什么期望，就算他没有听见，他也知道你会赞许他。只要你回到银河，布丁还可以复活。"

李约素沉默不语。他将把布丁带回银河，然而，他无法带给布丁这最后的记忆。布丁在这里死去，他的一部分将永远留在这里，随着宇宙的湮灭而消失得无影无踪。

远方的蓝色光迹似乎停了下来。

"我们赶紧去找佳上，找不到他，也要找到孩子。"旦素一提醒他。

"没错，我们走。"李约素纵身跳入到裂缝中，旦素一紧跟上去。

这道裂缝如此之深，以至于几乎将"上佳"号截断为两截。李约素掠过一个又一个舱室，很快，他发现了主通道，这里可以通向舰桥和船长室。

他正打算钻进去，却猛然间怔住了。

旦素一几乎撞上他，紧急规避之下，她抓住一旁的突出物，稳住身体，"怎么了？"

李约素没有回答。他不知道该怎样向旦素一描述刚发生的情形，一次能量的狂飙扫荡亚空间，那些正从亚空间弹出的黑飞船高能点，仿佛烟尘般弥散，很快不复存在。

它们死了！李约素马上意识到这点，每一个蜘蛛人都拥有亚空间侧面，当它们的亚空间侧面如风一般散去，唯一的可能就是它们死了。

他猛然意识到发生了什么。

"是布丁。"李约素说。

"布丁怎么了？"旦素一有些疑惑。

"不好！"李约素一声惊呼，他向着洞开的主通道冲了过去。

"发生了什么？"旦素一一边追上去，一边发问。

"布丁消灭了那些黑飞船，全部的黑飞船。"李约素匆忙解释，两个人在"上佳"号的主通道里狂奔，冲向舰桥，"它把空间膜撕开了口子，这些黑飞船正好从亚空间弹出，还没有形成波动保护就被吸回到亚空间，结果它们都完了。"

还有一句话李约素没有说，布丁也完了。时空膜破裂，形成一个短暂的奇点，它就像黑洞一般吸收一切，包括"天狼星"号。这并不是布丁设想的结果，他没有预想零点能引擎会爆炸，或者，他没有想到零点能引擎的爆炸会导致如此严重的后果。它威力惊人，直接撕裂时空，把周围的一切都吸了进去。

"这是好事。"旦素一有些疑惑，"布丁想帮卡伊消灭两艘飞船，结果他把所有敌人都消灭了，是这样吗？"

"没错。"李约素回答，他紧张地关注着远方的时空破洞。灾难性的后果正在显现，破裂的时空区在扩大，整张宇宙膜仿佛一个被戳破的气球般急剧萎缩。肉眼所见的空间里，所有的星星似乎正在向着中央聚集。

"他引爆了宇宙。"李约素不知道该怎样描述这样一件事，凭着直觉，他知道最后的时刻到了，"我们原本还有几个小时，现在也许只有几分钟。"

破裂的时空膜已经影响到中枢星,根须被折断,消失在深渊中,时空裂缝正向着中枢星延伸。原本疯狂地发动攻击的红虻也意识到这灭顶之灾的到来,它们放弃了攻击,竭尽全力向着相反方向飞,就像一群受惊的动物逃离崩塌的悬崖。卡伊的混合军团也在逃离。

然而一切抵抗都只是徒劳。时空膜正在消解,空间仿佛被烈火灼烧的冰块般迅速消融,没有任何容身之处可以留下。

根母还没有完成最后的聚集,宇宙却已经到了末日。敌人没有做到的事,布丁帮着它们做到了。

"找到佳上。"旦素一显得很冷静,李约素回头看着她,"靠近我,如果我找不到佳上,你就跟我走。"

旦素一沉默不语。

很快,他们冲进了舰桥。这里大门敞开,空气早已经泄漏得干干净净。没有一个人影。

李约素冲到了舰桥前端,紧急刹住,转过身探察船长舱的情形。

旦素一却面对着玻璃窗外,"看!"

李约素转身。他看见了此生从未见过的情形,巨大的星星正在爆炸。它们像一个个巨大的爆竹,此起彼伏地炸裂开,绯红的天宇被染成白亮,这些超级辐射的光芒很快就会充斥整个宇宙。在时空膜完全退缩之前,这些星星所放出的能量将使宇宙变成一锅沸腾的离子汤,一场惨烈的大火。一切将在消融于亚空间之前,被这大火烧得干干净净。

"真不可思议,我们怎么能看到这一幕?它们距离我们至少有好几个光年。"在这样的情形中,旦素一仍旧保持着清醒,"得马上找到佳上,爆炸也许马上就会烧到这里。"

李约素点点头,"我们走!跟紧我。该死的佳上怎么还不出现?!"

"伙计,你在找我吗?"李约素突然听见了佳上的声音。他猛然转身。佳上身穿动力服,正站在舰桥上方。两个孩子,一左一右,紧紧地依偎着他。也许因为害怕,他们各自抱着佳上的一条大腿。

佳上从上方落下，站立在李约素面前，他轻轻地松开孩子的手，让他们依附在李约素的盔甲上。

他的视线随即转移到窗外亮如白昼的天宇。

"没想到我们居然能看到这样的情形。我们居然能看到一个光速接近无限的宇宙，如此壮丽！这是在给你送行，伙计！"

李约素不知道该说什么。窗外，白亮的天宇中出现一道粗黑的线，迅速扩张，仿佛一道深不见底的鸿沟，又仿佛一个巨大的黑色箭头，正把整个天宇劈开，势不可挡。时空膜彻底崩坏，无可挽回。

"快走！"旦素一催促他。

这是最后的时刻了，李约素不再犹豫，触动时空钥匙，镜子般光亮的表面映射出白亮的天空。他将手放在镜子上，却没动。他望着眼前的两个人，一旦分别，将永远不能再见。

他们也望着他，佳上看上去很平静，旦素一眼中则透着一股坚定。

"跟随我！"李约素听见了一个声音，亚空间波澜如海啸一般涌来——中枢星落进了时空裂隙，根母庞大的亚空间体积蓦然间瓦解，就像一块巨石重重地砸在水面上。

一瞬间，旦素一和佳上仿佛成了凝固不动的相片，他们就在身旁，却隔绝在不同的世界。

李约素只感到巨大的悲伤，哪怕宇宙的崩裂迫在眉睫，也不能让这悲伤减少分毫。他绝望地望着眼前的人，只想从这盔甲中跳出去，和他们在一起。

"跟随我！"一个声音仿佛在头脑中炸开，它呼唤着李约素去到另一个世界。眼前的世界变得一片白亮，旦素一和佳上的身影仿佛化作了缥缈的幻影，随着光芒四散。

"跟随我！"声音仍旧在呼唤。

永别了！李约素心中默念，用力地摁下时空按钮。一瞬间，一切都消失在一道青紫的光中，亚空间里，咆哮的浪潮将他整个拖拽了下去。

"跟随我！李约素。"透过惊涛骇浪，他仿佛听见一丝细语。

第三十九章 生死茫茫

李约素仿佛正坐在高速电梯里,以惊人的加速度被抛出。眼前一片漆黑,看不见任何东西。急剧变化的空间不断侵袭他,还好,引力并没有强大到撕碎一切的地步。

骤然间,巨大的压力消失得干干净净。全身绷紧的肌肉用力过猛,他像一只大虾般弹了起来。

然后,他听见了哭声。

是孩子! 李约素马上清醒过来,他在不远处找到了孩子。盔甲状态正常,他飞快地起身,来到孩子身边,轻轻地抱住他。

这正是"上佳"号的孩子。黑色的小人看见李约素,马上停止了哭喊。他睁着圆圆的眼睛,一动不动地看着李约素。

还有另一个。李约素迅速扫描周围,却没有发现任何信号。他的心猛然一沉。

小家伙不哭不闹,静静地趴在李约素肩上。

李约素四下张望。这里是某个星系的边缘地带,中央恒星看上去只有指甲盖般大小,散发着烛火般的光芒。这是一颗微微偏红的星星。天空中群星璀璨,银河更是灿烂夺目。漆黑的天宇无比深邃,通向无穷无尽的远方。

这正是银河世界。熟悉了那狭小的空间里满天的红色星星和绯红的天宇，一眼看见这苍茫寥廓的星空，李约素仿佛一个憋闷已久的人呼吸到一口新鲜的空气，有某种沉重的东西从胸口被移去。

能够活着，看见这美丽的星空，这真是太好了！

然而，他随即想到那沉没的时空。那些爆裂的红色星星，末日的大火，还有被烧成灰烬的一切。佳上，旦素一，他们是被大火吞没还是被亚空间消融了？无论怎样，他们已经不在了。永远不在了！他甚至还失去了布丁！

一股悲凉的感觉涌上心头，李约素突然感到一阵深入骨髓的孤独。他凝望着银河，这美丽的星星之河横跨天宇，那里有无数个世界，无数的悲欢离合，然而，却没有任何一个地方是他归属的。恍然间，他感到失去了一切，生命变得如此灰暗，以至于逃出生天的畅快感也无法将它点亮。他曾经无数次经历绝境，但从未有过这种感觉。一时间，整个世界都失去了意义。

银河在眼前焕发着光彩，他凝望着，仿佛一尊石化的雕像。

"叔叔！"一声呼喊把他从恍然中唤醒。他猛然意识到，身边还有另一个人，一个小家伙。

李约素伸手把他从肩上抱到眼前，举着他，仔细端详。虽然包裹在臃肿的动力服中，他还是能感觉到那身躯是多么瘦小。虽然还是一个孩子，他那高耸突出的前额和羸弱的下巴却毫无疑义地昭示着他的血统，只是浑身漆黑，就和卡伊一样。

李约素向着孩子微笑。这就是要拯救银河世界的那个人？他暗暗想。

一个暗影人的孩子。李约素感受到他的亚空间侧面，很弱小，只是一个小小的皱褶。这孩子甚至还没有意识到自己具有感知亚空间的能力。此时此刻，除了全身漆黑，他和一个普通的人类孩子无异。

"叔叔，我饿。"孩子说。

"暂时忍耐一下，我们会找到办法。"李约素安慰他，"你叫什么名字？"

"赤釉。"

"赤游？"

"是赤釉。赤是红色的意思，釉是一种光彩，漂亮的光彩。"

"上佳"号的人们总是有些稀奇古怪的名字。李约素不再追问。

和孩子的对话让他恢复了常态。他很快意识到眼下最重要的是如何活下去，在这远离文明的偏远角落，不会有任何人来拯救他们。他们很快就会因为氧气耗尽而丧命。

李约素露出一丝讥讽的笑。埃博之子难道从来没有想到他是一个需要呼吸和饮食的普通人？难道一切的辛苦就是为了把他和这个孩子送到这里活活憋死？一切都按照埃博之子的想法来做了，下一步呢？

李约素望着远方的中央恒星，恒星至少在五光时之外。借助盔甲，至少需要十多天才能接近文明带。按照正常的消耗，盔甲内的氧气只能坚持六天，也许赤釉的动力服维持的时间更短。

但还是有办法的，他可以强制进入休眠状态。只要来一针……如此一来，意味着必须把孩子从动力服中取出，将他放入盔甲中。他们要暴露在真空中，这对孩子是一个巨大的考验。

忽然间，李约素感觉到某个奇特的信号。这是一个亚空间信号，它就像连绵不断的波纹般扩散，无比细微，却非常清晰。这不像有知觉的亚空间体，它不断扩散，最后消失。这只是一个信标，一个亚空间信标。它在移动，向着这边而来。

这似乎是一种熟识的东西，然而李约素却想不起到底是什么。信号突破亚空间而来，承载着信号的物体也正在接近。

李约素依稀辨认出波动引擎所形成的特殊波纹。那是一艘飞船。

有人来了，是冲着他来的！李约素感到振奋。不管这个人为什么在此刻到来，他有救了。

"赤釉，有人来接我们了。"李约素兴奋地把消息告诉小伙伴。

没有回应。

"赤釉!"李约素感到不安,忙一把将他抓到眼前。动力服里,小赤釉正在沉睡,依稀间,能听见他均匀的呼吸。

李约素不由得笑了。

他让赤釉自由地悬浮着。

一阵异样的亚空间波动传来,李约素打了一个寒噤。那波纹倏忽间消失得干干净净。

谁来了?他警惕地四下张望。

李约素。有人在接触他。一个缥缈的亚空间体正凝聚成形。

沙达克?李约素辨认出真理会沙达克的某些痕迹。

不,我不是沙达克。当然,你可以继续这样称呼我。

你是那个融入了根母的沙达克。

我就是根母,我也是沙达克。一旦融合,我们就成了同一个。虚无缥缈的亚空间体凝聚成球形,这是根母喜欢的形态。如果是沙达克,他会用一个人形。但是,这都不重要。

你逃出来了!

我是一个纯粹的亚空间体,并不依附于时空膜,时空瘤的崩溃对我毫无影响。

你的实体是中枢星。

曾经是的,但我舍弃了她。或者并不能说是我舍弃了她,根母已经死了,我是一个新个体。虽然我保留了一些关于根母的记忆。

放弃中枢星,那意味着根母将亚空间体积缩减了上万倍,对一个超级智能,这几乎和杀了它一样。然而它还是选择了舍弃,也许这是别无选择,也许这是一种新生,虽然不能保留所有的一切,至少它还能保留一些至关重要的东西。一个纯粹的亚空间体,一个混合着沙达克和根母特质的存在物。还有什么能比这更好地提供见证!

我们的交易成功了吗?孩子在这里,科尼尔星域的蜘蛛人呢?他们被抛出了吗?李约素发问。

计划出现了一些变化。我没有计划在末日之后进入银河生存。沙达克的加入改变了计划,他让我认识到生命可以以另一种形式延续。这是一个不错的变化,对大家都有利。我同意加入真理会。同样,我们也没有预料到诺姆会进行自杀式攻击。这让计划在最后关头产生了一些变数。

李约素有些不安,根母－沙达克似乎正在推卸责任。

那么,科尼尔星域的敌人并没有被消灭掉,我的目标完全没有达到?一丝愤怒悄然而至,他经历了千辛万苦,得到的却是一个如此不堪的结果。你没能履行协议!

不,恰恰相反。科尼尔星域高度反弹,那里已经成了一片灰烬,因为时空的高度反弹导致引力系数暂时性减弱,科尼尔所有的星星都因此而爆裂,形成数以百计的超新星,那里形成了一片超新星暴,没有任何东西幸存下来。就像你在时空瘤内所见的一样,一切都被毁灭在射线暴中。如果你的目标是毁灭科尼尔星域的一切,你不仅成功了,而且超过了任何预定目标。

李约素感到自己仿佛被一盘凉水从头到脚浇透了。听起来,他毁掉了整个科尼尔盆地。这并非是他想要的结果。他想到"天狼星"号最后的爆炸。布丁英勇的行为带来灾难性的后果,甚至连科尼尔的恒星也无法幸免于难。他不能苛责布丁,从某种意义上来说,布丁是他的一部分,他亲手毁灭了家园。如果说蜘蛛人摧毁了天垂星,那他连星系都一道摧毁了。

那里还有我们的人。他艰难地说。他想到"青云"号,想到抵抗联盟,感到一阵揪心疼痛。他们会被那不可思议的熊熊大火吞没。

有人能幸存吗?他带着一丝希望问。我们的飞船提前进入黑暗区了。

反弹会让所有的飞船获得巨大加速。如果飞船没有足够强大的动力,它们不可避免会被抛入黑暗区,和暗物质碰撞。如果飞船动力足够强大,反弹本身并不能造成太大影响,只要飞船能够抵挡射线暴。如果飞船提前进入黑暗区,暗物质和暗能量能够保护他们,这取决于他们深入黑暗区多远。

这给了李约素一些希望。"青云"号应该能够抵抗射线暴,而抵抗联盟,他们早就计划提前进入黑暗空间,但愿计划得到了正确执行。

多谢你告诉我这些。有人正向着我来了,是你通知他们来接应我吗?李约素问。

这不是我的计划。当然,如果有这个需要,我可以找人来。但别忘了空白期,从任何一个文明所在送飞船到这儿,你至少需要等待一个月。他们早就在路上了。本来他们预计会在你抵达的同时抵达。只不过,我们的情况发生了变化,你提前抵达了。

根母-沙达克突然中止接触,它的形态发生了变化,更像一个人形。

有人安排了一切。那也就是我在这里的理由,你是我唯一的线索。

李约素马上意识到对方想要什么。你想找到埃博之子?

是的,无论他自称为什么,他是这个宇宙中最神秘的力量。沙达克真理会不会放弃努力。

你找它,是因为起源星球?李约素问。

没错,人类的起源星球。找到人类的起源星球是一件很有趣的事。所有的人类都源自起源星球,但今天却几乎占据了全部银河,这是一件很不可思议的事。人类之前,有无数的智慧种族,它们从未曾占据如此广泛的星域。另外,别忘了我来自根母,我和它之间,还有一段恩怨要了结。我是非同一般的沙达克。

我帮不了你什么,我对它一无所知。

我知道,但事情会发生变化。根母-沙达克继续变幻着形体,这一回,他犹如一只巨大的四足动物。我们可以彼此帮助。沙达克真理会感谢那些曾经提供帮助的人。如果你同意合作,可以得到真理会的全力支持。

你曾经告诉我沙达克是人类的朋友,难道你在向朋友索要代价吗?

每一个沙达克会有不同的看法,每一个沙达克所定义的人类有不同的含义。我代表真理会来征询你的意见,只要你同意,我将把这个协议带回真理会。我们会派出专人来帮助你完成事业。

我的事业?我没有想到什么事业。

拯救人类,这不是你想要做到的事吗?让文明世界免遭天垂星的厄运,这不是支持你一直挺到今天的动力吗?

李约素回味着根母-沙达克的话,他感到一阵苦涩从心底翻上来——他葬送了整个科尼尔盆地,他成了最大的罪人。

如果科尼尔所有的星星都已经爆裂,那我也不再有更多的动力了。蜘蛛人完了,科尼尔完了,对我来说,一切都已经结束了。

低落的情绪再次控制了李约素,他又一次体会到幻灭感,结束一切成了最后的想法。

诺姆并没有被反弹摧毁。它给自己争取了时间,在反弹的时刻启动了星门。它利用反弹跳得更远,它甚至把中枢星直接推出了好望角。当然,它的力量也被大大削弱,它几乎失去了所有的舰队,只有跟随中枢星的少量飞船留存。你的敌人并没有被终结。

李约素大吃一惊。最高的代价已经付出,最大的敌人却成功逃离了。

你说的是真的?

"你说的是真的?"他情不自禁地开口说话。

根母-沙达克没有理睬这个愚蠢的问题。

再看看你身边的人。一个暗影人。这是从你开始的,李约素。你是第一个试验品。然后埃博之子把你夺走,送到了星域。根母成功地创造这种新人类,为什么埃博之子要你不惜代价,带一个人回到银河?

暗影人有无穷的潜力。

对,无穷的潜力。如果要对付这样的敌人,实在太可怕。

根母-沙达克似乎在暗示些什么。李约素努力跟上它的思路,过了一小会儿,他试探着发问。蜘蛛人也能制造类似的人?

只要诺姆觉得有必要。也许埃博之子已经看到了些什么,他对超维度的了解超过任何人,也许他不知不觉窥探到了什么。

一切都还没有结束,战争没有尽头,也许更为惨烈,中枢星跳出了好望角,人类的反击又在哪里? 他想到联合舰队,铁星人的幽光舰队,还有巡逻者……他们会期待与他会合。他们会在一起战斗。李约素思绪万千。

我等待你的回答,李约素。如果你愿意协助真理会寻找埃博之子,你会得到真理会的全力支持。这一回，根母－沙达克的亚空间形态开始弥散，他准备离去。

李约素微微沉吟。

我怎么才能找到你们？你们来去无踪，我根本无法告诉你们任何东西。

沙达克会在合适的时间地点出现，我只需要你的承诺：你不会隐藏任何有价值的线索，沙达克可以得到你所有的情报。你给出了肯定的答复，对吗？

我可以合作。李约素下了决心。

很好，真理会与你同在！

根母－沙达克的亚空间形态变得稀薄，逐渐淡化，最后，化作不易觉察的波纹，向着远方而去。

他给李约素留下了一条信息：

佳上和旦素一可能还活着。时空瘤的意外破裂提供了更高的能量。但是我无法知道他们落到了何处。也许他们和另一个孩子在一起，也许这对埃博之子也是一个意外，也许这对所有人都是一件好事。真理会与你同在！

佳上和旦素一还活着！这个消息让李约素感到一阵狂喜。这真是太好了！他面带微笑，望着天边的银河，觉得那光彩竟然无比悦目。然而，他们又在哪里？

李约素心头一动，突然意识到埃博之子的计划可能如此：将自己和暗影人分开，然后把暗影人带到秘密所在，而任由他自生自灭。他想了想前因后果，觉得这件事几乎可以肯定。埃博之子对暗影人更感兴趣，而他不过是一个半成品而已。

李约素伸手在玻璃舱盖上触摸着，到处光滑而平整，那神秘的时空钥匙完全失去了踪影。他自嘲地笑了。

不过，还有接应的人。至少这个高高在上的神秘存在没有打算让他成为宇宙中冰冷的浮尸。埃博之子，他念叨着这个名字，很奇怪，此时此刻,他对这个从未露面的神秘之物竟然生出一丝感激,它救回了佳上和旦素一,还有什么事能让他更感谢一个人?

高能点变得更为清晰,李约素能够更好地辨认那个特殊的信号。他突然想起来那是什么,当他还未学会如何进行亚空间搜索之时,他就能感觉到那信号的存在,只不过从未意识到那是一个信号。那是白沙人在零点能引擎的罐子上安装的亚空间信标。罐子留在吉钠手中。

吉钠! 李约素眼前浮现出一张严肃的面孔,铅灰色的脸上,乌黑的眼珠仿佛黑洞般深邃。这个高大的铁人是否成功地组织了幽光舰队? 联合舰队是否已经和蜘蛛人交火? 他突然无比渴望马上见到这个铁人,得到所有问题的答案。

天宇上闪过肉眼不易觉察的光辉,一艘飞船出现在距离不到六千米的位置上。

这是一艘贝壳船,却又有些不同,舰体圆润,并不像真正的贝壳船一样缀满珍珠般发亮的舷窗,通体呈现灰扑扑的颜色。它就像一块巨大的扁石头,静悄悄地出现在李约素眼前,轨迹笔直地和李约素擦肩而过。

李约素把赤釉抱在手中,面对飞船,静静地等待着。

突然之间,眼前的飞船化作无数细小的光点,仿佛飞船在一瞬间彻底裂解。李约素眨了眨眼,意识到这是一个幻觉,然而贝壳船体内有许多细小的能量点,它随时可能爆炸开。贝壳船的引擎亮起来,船体转向李约素,一刹那间,船体中央出现了一道亮丽的光,将飞船一分为二,船体随即从中央开裂,仿佛一个真正的贝壳般张开,就像一张吞吐的大嘴。若隐若现的小能量点大放光芒,数十个小飞行器飞了出来,排列成方阵,簇拥在贝壳船周围。

这些都是幽光飞船,装备着零点能引擎,然而却模样怪异,仿佛生长了无数条胳膊的流体颗粒。每一条胳膊上,都挂着一件枪一般的武器。圆球的中央,是一个深色的孔洞。它们让李约素联想起科尼尔军队的移动炮台。所有的武器都对着李约素,仿佛他是一个危险的罪犯。李约素把孩子挪到身后,用一个固定爪抓住他。

吉钠不会用这种虚张声势的办法来给自己做铺垫，来者并不是吉钠。李约素稍稍有些失望。

贝壳船体中央现出一个光点，越来越大，最后形成一个发光的气泡，缓缓向前移动。有人站在气泡中。

气泡移动到贝壳船的边沿，李约素看清了他的面貌，那是一个陌生人，一位年轻的军官，身着深青色制服，左胸上有一枚徽章，一柄长剑斜斜向下，搁在盾牌上——这是李约素从未见过的一种徽章，很像坚盾帝国的徽章，却多出一柄长剑。

"奉帝国守护者、伟大的银河之子、联合舰队最高指挥官、所有战士的父亲皮克斯将军之命，请李约素船长登上'星云'三号突击舰。我们将确保阁下的安全。请上船！"

军官向着李约素大声宣告，声音洪亮，抑扬顿挫。

皮克斯！这个名字引起了李约素的回忆，他想起了坚盾帝国的前贵族，那个忧心忡忡的好人。然而一串长长的称谓却让他感到疑惑，年轻人的神情举止更是带着一股掩饰不住的趾高气扬。

"我该怎么称呼你？"李约素问，他淡然地看着眼前的年轻军官，毫不计较这个年轻人的无礼。

"你可以称我为萨米尔舰长。"军官不无自豪地加重了"舰长"两个字的读音。

"萨米尔，我可以问问你怎么会到这里来接我吗？"李约素点头致意，一个意气风发的年轻人，也许不够沉稳，却也没有什么害处。

"萨米尔舰长，如果你要称呼我，请称呼我萨米尔舰长。"年轻人强调，"我奉帝国守护者皮克斯将军的命令而来，其他的一概不知。"他看着李约素，眼中带着一丝张狂，"李约素阁下，请上船。"

李约素扫视着眼前数十个黑洞洞的炮口，"这算是一个欢迎仪式吗，萨米尔舰长？"

"这是为了确保安全。"

"是确保你的安全吗？"李约素开了一个玩笑。

　　萨米尔听出了弦外之音,脸上露出不快,"李约素阁下,我遵照联合舰队的标准流程执行任务,请不要误会。"

　　"我该在哪里降落?"李约素没有纠缠,直截了当地问。

　　"就在我身边。我在这里欢迎你。"

　　李约素微微一笑。眼前的阵势充满不友好的意味,他并不害怕,只是感到疑惑。联合舰队发生了什么?他们是得到了埃博之子的指示来接应他吗?皮克斯怎么会让这样一个草率鲁莽的年轻人担任舰长?

　　李约素把孩子抱在肩上,缓缓地从无数枪口中间穿过,向着贝壳船降落下去。他穿透了气泡的穹顶,在萨米尔身边站定,把孩子放在地上,打开舱盖从盔甲中跳出来,落在萨米尔身前。

　　两人相对而立,萨米尔显得身材高大,英俊的脸上容光焕发。

　　"多谢你来接应我。"李约素说着伸出手去。

　　萨米尔礼节性地握了握李约素的手,"李约素阁下,为了确保安全,我必须对你进行一次体检。希望谅解!"

　　李约素点点头,"按照你的流程来办。我们不用在这里浪费时间,返航吧。"

　　萨米尔的手微微抬起,气泡开始向着飞船内部移动。这时他注意到了孩子,"这是哪里的孩子?给我的命令中没有提到他。"

　　"他是我的孩子,和我一起回来了。"

　　赤釉仍旧在熟睡。李约素摸索着,很快打开动力服,把他抱了出来。小小的身子却挺沉,李约素小心翼翼地抱着他,生怕惊醒。

　　萨米尔走上前去,看着赤釉,"他是个黑人?黑人很少见呢。"他没有在这个问题上纠缠,转身做出一个请的姿势,"孩子也要接受检查。"他突然想起来,补充说。

　　赤釉醒了过来,李约素放下他。

　　"叔叔,我饿!"赤釉小心翼翼地说。

　　稚嫩的声音引来萨米尔的哈哈大笑,"到了叔叔的船上,你不会饿的。"他转向李约素,"我们会经历三十四天空白期,要有两天时间在我的飞船上。有了这个小鬼,不会没乐子。"

李约素只是微微一笑。

"叔叔带你去吃晚餐。"萨米尔说着躬下身子,一把将赤釉抱了起来。

晚餐后,李约素回到房间。

灯亮了,这是一个标准的飞船卧室,六米见方,一张单人床,可收起的桌椅,简单干净。特别之处仅在于,桌边有一个舷窗,萨米尔按照贵宾的待遇给了他这个拥有舷窗的房间。只是飞船处于亚空间弹跳模式,舷窗外一片黑沉,什么也看不见。

李约素站在黑漆漆的舷窗前,陷入沉思。

萨米尔告诉了他一些事。蜘蛛人的推进并不迅猛,联合舰队在蜘蛛人推进到同宙星之前能够及时赶到。联合舰队打赢了一场战役,消灭了蜘蛛人的前进集团后并没有向着好望角继续推进,他们甚至还不知道科尼尔盆地反弹的事。联合舰队在同宙星止步不前,扩大武装,皮克斯征服了整个同宙星政府,又说服了坚盾帝国加入联盟。吉钠在消灭蜘蛛人的前进集团之后就离开了舰队,据说他接到了铁星的召集令,要赶回去。皮克斯建立了强大的舰队,甚至是一个帝国,只不过,他不是帝王,因此给了自己一个很特别的称号——银河之子。一个人居然能想出这样的头衔!他让所有的人感到敬畏,萨米尔提到皮克斯,通常会加上一个头衔,或至少要加上一个定语:伟大的。这让李约素感到自己正面对着一个狭小封闭的退化世界。然而,皮克斯却统治着横跨上千光年的星域。

李约素没有问关于甲目的事,也没有问墨拉迪斯和他的"千首"号,当萨米尔告诉他,吉钠离开了舰队而皮克斯成了银河之子,他意识到联合舰队早已不是他当年所带领的那支舰队,那支为了全人类而战的舰队已经不复存在。

"叔叔。"门口传来稚嫩的童音。李约素回头,萨米尔带着孩子站在门口。

萨米尔微笑着。这个青年褪去那层光芒四射的军服,就是一个热心甚至有些单纯的孩子,他只是沉醉于联合帝国的光荣而不能自拔。李约

451

素向他笑了笑。

"这孩子真是调皮。"萨米尔说,把赤釉送进门,"不打搅了,请安心休息。我们很快就要弹出亚空间,这是最后一次弹出,然后就抵达同宙星。"他礼节性地点头示意,转身消失在通道中。

舱门自动关上。

"你睡吧。"李约素对孩子说。赤釉爬上床,突然间,吃惊地叫起来:"好漂亮!"

李约素随着赤釉的视线望去,舷窗外,星星显露,他们正经过一片薄薄的尘埃云,恒星的光芒照亮它,仿佛一只振动翅膀的金色蝴蝶正翩然起舞。贝壳船正好弹出了亚空间。

飞船正在调转方向,舷窗外的金色蝴蝶一掠而过,当飞船再次稳定下来,银河好像巨大的银色瀑布在他们眼前倾泻而下。

赤釉看得入神。

"这是银河,有三千亿颗恒星。"李约素说。

"这真的是银河?我听说过,从来没见过。"赤釉赞叹,"这里真的有很多很多的人类世界?"

"没错,很多很多,多到超过你的想象。"

赤釉似乎突然想到什么,露出难过的表情,"卡伊不在这里,是吗?虽然有许许多多的世界,但没有一个有卡伊,是吗?她死了,是吗?"

李约素一怔,不知道该如何回答。他走上去,抚摸着赤釉的头,孩子的头发硬得有些扎手。

卡伊已经死了。他不知道该如何向一个孩子解释这些。他想起了一个记忆模糊的故事。

"你知道灵魂吗?"

赤釉睁着大大的眼睛,看着李约素,"灵魂?那是什么?"

"灵魂是另一个世界的人,它永远不会消失,它就在那里,永远和你在一起。虽然你看不见,你的卡伊姐姐也会永远在那里。她永远活在你心里。"

"这就是说卡伊永远不会死,是吗?"

"她死了,但在另一个世界里活着,她会永远和你在一起。"

"是银河里无数个世界中的一个吗?"赤釉看着他。小家伙把银河当做了某种异世界。

"也许是的。"李约素只能模棱两可地回答。

"那我要把她找回来。我要一个个世界走过去,找到她。叔叔,你帮我一起找好吗?"

"当然可以。"

"我们一定会找到她的。"赤釉坚定地宣告。

李约素淡然一笑。他的视线投向舷窗外光芒万丈的银河。在那十万光年的瑰丽空间里,无数的世界正演绎着无数的故事,恐惧和死亡也孕育其间。他要去保护那些素不相识的人,让他们免于恐惧。他更想找到那些曾经关心他爱他的人,否则,茫茫星海之间,终归过于寂寞。

卡伊死了,佳上和旦素一也许还活着。

一个也许,不仅给孩子带来希望,也能给所有人带来希望。

他抚摸着赤釉的头,"我们会找到的。"

尾 声

一场战争绵延了千年，这是他从未料想到的情形。

战争就像眼前的黑暗空间，没有尽头，也空无一物，身在其中，除了厌倦，还是厌倦。那些激烈的厮杀、壮烈的爆炸发生在银河群星之间，他知道那一定正在发生，却看不见，也得不到任何消息。战争正如火如荼，关系到全人类的生死，这仿佛只是一个信念，一个先验真理，而他选择无条件地相信这一切。

孤身一人横跨黑暗区是一种无休止的折磨。上一回，他跟随天龙舰队横跨黑暗区，旅程并没有如此残酷，整个舰队都和他在一起，他们是一个团体。这一次孤身一人，随着时间的流逝，他逐渐意识到孤单活着对一个人来说并没有太大的意义，人必须活在群体中，只有和伙伴们不断交流，无论是欣赏还是仇恨，生命的意义才能凸显。千万年来，沙达克从来没有离开过人类，原因也就在此吧！

孤独的人生没有意义。然而这只是一段插曲，他终究会回到人群中间。每一天，杜欣都会在挥之不去的厌倦感中醒过来，他似乎在咬牙坚持让自己保持清醒。最初，两个小时的静修可以让他恢复冷静，然而，随着日子一天天过去，他似乎越来越无法承受这挥之不去的孤独感，需要静修的时间也越来越长。到后来,他几乎时时刻刻都要让自己沉浸在静修中,才能忘却可怕的孤独感以及随之而来的沮丧。这是炼狱,每一天,杜欣都希望这不是真的。然而天天如此,已经持续了六十二年。六十二年!足以让一个科尼尔人从青年变成老年。无数的人们在他们的黄金岁月里欢度人生,而他却在无限孤独中度过,陪伴他的仅仅只有一个信念。

记忆在不断衰退,他已经无法想起一些人和事,他甚至不太能够回想起那一场大战的细节。只有无数爆炸的火光和鬼魅一般的梭形飞船偶尔出现在梦中,将他惊醒。天龙舰队凶多吉少!虽然他没有目睹舰队最后的命运,然而当他从战场离开,当飞船发出亚空间通道崩溃的警告,"天龙"号逃生的可能已经微乎其微。他思念那些战友,他们的容貌慢慢变得模糊,最后只剩下一个象征性的名字,到后来,连名字也成了陌生的东西。终于有一天,他发现自己无法想起关于这些名字的任何事,他只记得自己用刀把这些名字刻在飞船的舱壁上,他甚至不记得为什么要把名字刻上去。

沙达克、旦素一、申秋、李泉、庄明月……这些名字慢慢地埋没,最后,它们成了可有可无的装饰,不再具有任何意义,只是在他静修的时候,偶尔瞟到一眼。

然而他始终记得一个名字——李约素。他必须找到这个人。

控制台发出弹出警告,这是第四百三十三次弹出。

杜欣麻木地看了一眼屏幕,突然间,他的脸上露出了笑容。

他看见了星星,一条漫长的光带在天宇中延伸,仿佛凝固的水袖。

飞船已经靠近黑暗区边缘,长达六十二年的苦闷旅行终于到达了终点。

"看见星星,就可以启动它。"他仍旧记得这句话。

他看了看身边,一个小巧的白色球体静静地缩在角落里,上边除了一个按钮,别无他物。

杜欣保持着静修的姿势坐了一会儿,最后缓缓地起身,把小球拿在手中。金属的球体传递出一种冰凉的质感。

他的脑袋里仿佛空无一物。他像傀儡一般抬起手,用力地把按钮摁下去。

似乎没有任何事发生。然而他知道,手中的白色小球正把信号送向四面八方。会有人来的,他只需要等待,他已经习惯了等待。

飞船等候着他的指令。穿越黑暗区的六十二年中,飞船始终处于自动运行状态,现在,它在等待新的指示。控制台上闪烁着字符,杜欣不经意地看了看,这些字似曾相识,然而他已经不认得。字符闪烁了一会儿,消失掉,取而代之的是另几个字符,看上去似乎是一些选项。杜欣的手碰触上去,会让所碰到的字符变得高亮。他随手在某一个选项上摁了下去。

一张星图浮现在眼前,星图中只有一颗星星,在缥缈的辉光中时亮时暗。飞船启动。杜欣看着眼前的星图,一条轨迹显示在星图上。他意识到飞船正向这颗星星靠近。

一颗恒星,这个念头进入他的头脑。什么是恒星?他努力地试图想起一些东西,最后还是放弃了努力。

无论那对他多么重要,一旦遗忘,那就什么都不是。

李约素!

他只记得这个名字。李约素会来的。他沉默了一会儿,最后瞥了一眼那颗光芒四射的星星,然后闭上眼,沉浸在静若止水的内心世界里。

时间在不知不觉中过去,仿佛已经很久,又仿佛只是一瞬。

飞船突然发出刺耳的警报。杜欣睁开眼,他看见一艘飞船正飞快地靠近。这是一艘怪异的飞船,船体上长满各式的棱角,它就像一只异常强壮的虫子,充满好斗的气息。

杜欣静静地看着。强壮的虫体上伸出两只机械抓臂,抓住了飞船。飞船轻微地晃动起来,然后,那虫子一般的飞船从屏幕上消失。一切都归于平静,似乎什么都没有发生。

杜欣缓缓地起身。他明白不速之客正试图闯进来。这正是他所等待的时刻,他应该站着。

舱门悄无声息地滑开,有人轻巧地滑进舱内。

来者戴着头盔,看不清面目。他显然也看见了杜欣,于是把头盔摘了下来,露出一张干瘦的面孔。他看上去很老,却透着一股坚韧劲儿。

"你是杜欣?"他开口问,声音嘶哑,仿佛并不愿意将气力花在说话上。

杜欣似懂非懂。他张了张口,想说点什么,却无法说出来——舌头就像一块坚硬的石头,无法动弹。

"你一定是杜欣。"老人见杜欣不说话,也不再言语,四下环顾起来。

"科尼尔飞船!"老人的脸上露出些许琢磨不定的表情,"很久没有见过科尼尔飞船了……恒星级救生船。你是科尼尔人?"

杜欣无法回答。他看见了控制台上闪闪发亮的字符,挪过去,"取消导航。"他对着屏幕输入指令。

指向恒星的轨迹消失,飞船的轨迹成了笔直的一条。

"你在做什么呢?"老人看着杜欣,"你让飞船自动寻找宜居星球?这里是银河边缘,没有人会在这里建立文明。"

杜欣默默地努力着,试图说出点什么,却还是没有成功。

老人有些好奇地看着杜欣,他的视线落在杜欣手中的小球上,"这是埃博之子带给我的东西吗?给我看看。"

他把小球从杜欣手中拿了过来,用力地把按钮摁下去。没有任何动静。老人松开手。小球静静地浮在空中。

突然间,按钮下陷,变成空洞,一道光射出,一个全息影像跳了出来。

这是一个美丽的女子,脸上带着浅浅的笑,眼波流转,神采飞扬。她只是站着,不时张望,似乎正在等待着什么。

老人直直地看着这影像,泪水悄然浸透眼眶。

"好!"他嘶哑地说。

小球发出嘶嘶的声音;突然间四分五裂。那美丽的人影也随之消失得干干净净。

"且……素……——"杜欣吃力地发出了声音,他想起了这个女人,他回忆起了她的名字。蓦然浮现的回忆拨动了他的心弦,她曾经那么地迷人,以至于千载之下,他止水般的心境也涌起阵阵涟漪。

老人回头望着他,"你终于说话了。你是杜欣吗?"

杜欣凝望着旦素一的影像消失的位置,默不作声。

老人微微皱眉,声音也陡然间洪亮起来,"布丁,我们有客人了。准备一套学生课本,我们的客人是个旅行幽闭症患者。"

"没问题,船长。我会让他恢复的,我在《银河百科全书》上见过情况更严重的患者。"

"需要我帮忙吗?叔叔?"一个年轻的声音传来,中气十足,充满力量。

老人正准备回答,却发现杜欣向前挪动,正努力地伸手去抓小球的碎片。他凝神细看,碎片仍旧凝聚成团,然而有样东西却在层层包裹中显露出来,银光发亮。老人不由一愣,随即飞快伸手,一把抓过小球的碎片。他缓缓摊开手掌,把那些七零八落的碎片都剔除掉。

他盯着眼前的东西,眼皮眨也不眨。不知不觉,两行热泪缓缓流了出来。

舱门再次滑开,一个魁梧的身影飘进舱室,空间顿时显得分外逼仄。

"叔叔!"年轻人看着眼前的情形,有些迟疑。

杜欣看到一张似曾相识的面孔。他努力回想,却终于没有能够想起来。

老人收起手掌,收拾情绪,"帮我们的客人登船,我们回去。"说完他看着杜欣,"你是科尼尔人,我会找机会跟你谈谈。"

杜欣茫然地看着眼前的两个人。魁梧的年轻人挤上来,抓住了他。他没有丝毫挣扎,任由对方把自己拽向舱门。不经意间,目光划过他刻写的那些名字。申秋……他猛然想起来,这个年轻人的模样很像申秋。然而申秋又是谁?

杜欣闭上眼睛。他知道自己几乎失去了所有的记忆,哪怕再努力回忆也无济于事。既然到了这里,一切都会好起来吧。

每一天,他都要进行一次恢复性治疗,然后和那个自称布丁的飞船中枢进行对话。起初他们只有极少的交流，后来便越来越频繁。布丁是一个非同一般的智能中枢，如果不是它自称为中枢，他几乎怀疑自己是在和一个人隔着麦克风对话。

他想起了越来越多的事。他回忆起"天龙"号的雄姿，那巨蟒般庞然而柔软的船体，如繁星点点般的流体颗粒，还有那些伴随飞行的科尼尔护卫舰红色的引擎光芒。他想起穿越黑暗区的无尽旅途，敌人的踪迹若隐若现，各种意外层出不穷。他想起抵达猎户座旋臂所遭遇的那些星域，在那些原始的星域里，人们几乎遗忘了星际旅行，他们有各种各样的生活形态，和科尼尔人迥异，也不同于他所知道的任何其他文明。看着这些人用一种特别的方式生活，让他感到无比的惊异。最后他想起了那场战争，也许应该称为战役，天龙舰队经历了许多胜利，逐渐迫近敌人的主力舰队，然而……那是一个陷阱，敌人一步步引诱着"天龙"号进入到它们的包围圈中，远征舰队分崩离析，除了"天龙"三号，所有的母舰毁于一役。他幸运地逃离战场，却没有找到"天龙"三号，而是被带到了一个奇异之地，那里的主人自称埃博之子。他看见了数以万计的卫星兵工厂，大规模的机器人正从流水线上源源不断地生产出来，形成武装，他见到了庞大得不可想象的机械军团，他还看见了同样从战场上逃生的科尼尔飞船，埃博之子搜罗了十多艘救生船，改装它们。再然后，他被送上了这漫漫的横跨黑暗区的旅途……

一切仿佛一个梦，他刚从梦中醒来；又像一个巨大的泡影，破灭之后，空无一物。

当他再次醒来时，已在床上躺了很久，然后对着空无一物的床头说话："带我去见李约素。"

"你终于想见船长了。他等了很久了。"布丁即刻做出了反应。

"那是多久？"

"从你来到船上那一天，他就告诉我，一旦你说要和他谈谈，他会马上来和你见面。"

"那是多久？"

"七十六天。"

这不算一个太长的时间,他用七十六天的时间想起了自己的前半辈子。

"船长会在三十分钟后到你这里来。"

"布丁,多谢你帮我恢复记忆。"

"这是我该做的。"布丁的语调听上去很让人愉快,"你的头脑并没有受到严重损害,只是长期处于孤立状态让你的记忆被抑制住了。不过你的症状比较严重,你是在进行自我精神控制的训练吗? 这样的训练的确会有记忆抑制的副作用。"

杜欣并不回答。过了一小会儿,他从床上翻身而起,"布丁,你说你曾经见过天垂星?"

"是的,那是很久之前的事。"

"它漂亮吗?"

"当然漂亮。我见试过无数的星球,但是没有一个星球像天垂星那么漂亮。它是我们的母星,还有什么比母星更漂亮?"

杜欣微微一笑,这个人工智能中枢不仅语调像人,连思维方式也像人,他更怀疑它是否真的仅仅是一个中枢。

"我总觉得你像个人。"

"是吗? 多谢夸奖。"

母星这个词引起了杜欣的无限思绪。天垂星是一个传说,他从未真正见过天垂星,好望角才是他真正的家乡。记忆已经模糊,他却对此深信不疑。

"我倒觉得好望角是世界上最漂亮的地方,虽然它只是一个基地。"

"如果你这么认为,我当然不会反对。"

"如果有可能,我想请你帮忙把我送回好望角。我想我的生命快到尽头了,我想回去看看。"

"你可以和船长商量,他会帮你的。但你不会认得好望角。"

"为什么?"

"因为好望角早已经毁了。"

"毁了？"

"是的。《银河百科全书》的记录为'科尼尔大反弹'，整个科尼尔盆地的引力系数被削弱，所有的恒星爆炸成了超新星，没有剩下一颗星星，好望角星系在科尼尔盆地边缘，虽然它的恒星并没有发生爆炸，但是超新星群的巨量辐射扫荡一切，除了恒星本身，那里什么也没有剩下。"

这突如其来的消息让杜欣感到无比震惊，他反复回味着布丁这一席话。

"太糟糕了。"半晌之后，他说。

"很抱歉，造成这样的后果并不是我的本意。"

"你？"

"船长告诉我，是我的莽撞行为造成了今天的后果。当然，我并不记得这些，因为那个有些英勇也有些莽撞的我已经死了……"

杜欣听得有些困惑，正想发问，舱门悄然打开，李约素站在了门口。

"船长，我正在告诉杜欣关于科尼尔大反弹的事。"

李约素向杜欣点点头，"我可以告诉你更详细的经过，如果你不介意，我们一块走走吧。"

杜欣起身，"不胜荣幸。"

杜欣跨出门，一抬头，便看见巨大无比的星球横在头顶。密密麻麻的舰船排列在星球的光辉中，繁复而有序。他看见了三艘母舰，它们就在不远处，船体庞大，灯火辉煌，无数细小的飞行器正不断起落。这三艘母舰，每一艘都可以和"天龙"号的规模相媲美，更何况远处那更密集的灯火……这是一支无比庞大的舰队。

"我们这是在哪里？"

"敌后第一基地。你来得正是时候，我们正在准备对敌人发动总攻。"李约素向着杜欣咧嘴一笑，"不过你也来得真他妈不是时候，我没法亲自参加这次总攻了。我得去找埃博之子。"

杜欣并没有留意李约素说的第二句话，他的注意力完全被眼前看上去似乎无穷无尽的舰队所吸引，那是一种充满力量的壮阔之美，让他一见倾心。与之相比，天龙远征舰队黯然失色，甚至他在埃博之子的神秘巢穴中的所见，也不及这般战舰麇集。曾几何时，人类拥有过如此强大的舰队？

"动心了？"李约素不无揶揄地向着杜欣笑笑。

问话打断了杜欣的思绪，他扭头看着李约素，"印象深刻。我从没见过规模如此之大的舰队。"

李约素的脸孔绷了起来，"你没有见过天垂星的毁灭。这是硬碰硬的较量，当然我们能赢下这一场。"

李约素示意杜欣跟着他，"不过，正像埃博之子所预言的一样，你来了。我穷尽一生，希望在合眼之前把这些垃圾扫除干净，你却给我带来更糟糕的消息。"

杜欣默默听着，并不言语。他知道身边的人是一个银河传奇，此刻掌握着人类有史以来最庞大的舰队。布丁也一定把自己所讲述的东西告诉了他。因此，他并不需要多说些什么，而只需用心倾听。

两人走过对接通道，进入一个宽敞的空间。身穿军服的人们来来往往，步履匆匆，经过他们身边，都会稍停向李约素敬一个军礼。杜欣注意到这些军人身上军服混杂，至少有六种以上的式样，他甚至看见了身穿科尼尔军服的人，只可惜远远瞥见，无法招呼。

"这是一支联合舰队。"杜欣说。

"没错，联合舰队。一旦我们消灭了敌人，大家就要各奔东西。这样的情形在人类历史上上演过无数次。我们就是这样一种生物，为了共同利益走在一起，为了各自的利益大打出手。"李约素停下脚步，"从未变过，上亿年的历史，从未变过。"

杜欣尴尬地一笑。他从未想过人类会有上亿年的历史，也未曾想过星域之间钩心斗角的往事和将来。

一层气流将喧嚣的人声隔绝在外。

一名军官穿透气流走了进来，他身材魁梧，相貌威严，军服上绣着两只握在一起的大手,肩章上亮闪闪的将星直晃人眼。他看见杜欣,大踏步走上前,"你是杜欣? 你到底看见了什么,让将军要放弃他最重要的战役。"

"甲目,别这样。你吓坏我们的朋友了。"李约素的声音有些嘶哑,却仿佛有一种无形的威慑力,这个叫做甲目的军官顿时安静下来,只满怀警惕地盯着杜欣看。

"我们商量好的,你来接任基地指挥官。赤釉会很好地帮助你,铁星代表也会同意服从你的指令。一切按部就班,完全不会有问题。如果有,沙达克也可以解决。"

"将军! "甲目有些按捺不住性子,"还有六个月,我们的进攻就可以开始。这是史无前例的壮举,辉煌的史诗战斗。我这一辈子都在不断冬眠,你这一辈子都在不停跳跃,难道我们等的不就是这一刻吗? "

"没错,我们盼着把这些杂碎从银河间扫除掉。但是,现在情况有了变化。"李约素看着甲目,"我已经说过原因,从战争一开始,我们就和一个叫做埃博之子的存在纠缠不清。真理会也对埃博之子非常感兴趣,他们同意帮助我们,因为我承诺会给真理会提供埃博之子的任何消息。最重要的是,埃博之子的预言从来没有失败过,包括这一次,它说会有使者来报告申秋舰队的消息,果然有人来了,而且这人还报告了敌人的情况。虽然别人不清楚,但是你应该很清楚。那不是一般的敌人,那是一支暗影舰队。"

"暗影舰队? "杜欣感到疑惑。

"是的,你描述过一些类似科尼尔飞船的敌方飞船,它们更快,配合更好,击破了'天龙'号的流体颗粒防护。那是暗影舰队。"

"我从来没有听说过。"

"这是一个新名词,但也许很快就会传遍银河。埃博之子不断地提示我,也许它认为我还有一点价值。他要求我前往银心,在猎户座旋臂的根部组织力量。"

"如果你能直接得到埃博之子的提示,为什么他要送我过来? "

"原因在这里。"李约素掏出一个小小的盒子,"它和我之间,本没有什么私人恩怨。但这事到最后还是带上了私人色彩。"他打开盒子,"它在告诉我,只有它才知道旦素一的下落。"

两只银光闪闪的链坠出现在两人眼前。

"一件属于我,另一件是你带来的。"李约素把盒子放在杜欣面前,"但是,你完全无法区分,到底哪一件才是我的。"

杜欣低头,注视着两颗闪闪发光的银色心饰。旦素一,他想起这美丽的女子,还有她甜甜的微笑。

李约素向着甲目,"所以,无论是私人原因还是为了人类,我都必须按照埃博之子的要求去做。我必须在两个月内起程。"

甲目哼了一声,却也没有言语。

又有人穿透气流走过来。

当杜欣看清她的面目,他惊讶地叫出声来,"旦素一!"眼前的人和旦素一一模一样,然而却让人感到说不出的冷漠。

女人用冷冷的眼神看着他。

李约素默默地把两只链坠推到旦素一面前,她低头瞥了一眼,"你确定她还活着?"

"这就是证明。除了你和她,谁还能记得这里边的诗句?"

"你必须响应埃博之子的预言。"

"真理会沙达克要求你这么跟我说?"

"我个人也这样认为。另外,去找到她。这是她的,她是你的,你是她的。"

李约素收起链坠,"我会的。"他望着旦素一,"甲目会担任基地司令,皮克斯那方面我会去获得任命,我希望甲目能获得你的支持。"

"如果这是你的条件,你可以得到支持,但是赤釉必须留下。"

"我早已经同意了。"李约素回答。

甲目似乎想说些什么,却终于忍住没有说出口。

"你是杜欣,"旦素一转向杜欣,"我记得你。多谢你把天龙舰队的消息带回来给我们。一旦我们了结了中枢星，我们会转向猎户座旋臂。雷电家族会在战场上挽回荣誉。"

旦素一的话铿锵有力，掷地有声，她完全不是记忆中的那个人。杜欣望着她，不由得发怔。

"不要这样看着我，我不是女人。"旦素一用一种冰冷的调子说。

一句话把杜欣唤回到现实中，他依稀记得很久很久之前，那个叫做旦素一的女人似乎也说过类似的话，"对不起。我不是有意冒犯。"杜欣低下了头。

"就这样吧！"李约素拍了拍杜欣的肩膀，面向旦素一和甲目，"明天我们召开一次前敌战略会，把事情最后决定下来。"

他拉着杜欣，准备离开。杜欣挣开他的手，面向旦素一，"我也记得那链坠里的句子：把无限握在手掌心上，永恒在一刹那里珍藏。另一半的句子是什么？"

旦素一盯着他，显然并不理解杜欣为什么要问这个。

李约素拍了拍杜欣的肩膀，拉着他走了。

"你一定觉得奇怪，为什么她会变得这样。"李约素边走边说，"原因很简单，她并不是一个完整的旦素一。这故事有点儿复杂，如果有时间，我可以慢慢讲给你听。现在我要带你去看一样东西。"

李约素带着杜欣穿过两道舱门，进入一部电梯，漫长的等待之后，他们步入一个宽敞的平台。

这是一座林园，他们正站在各种各样的植物中间。

杜欣不解地望着李约素。

"就在头顶。"

杜欣抬头。林园的顶部有一个巨大的窗口，银河当空，皎洁的光辉从窗口洒落。

杜欣的目光并没有被银河所吸引，他看见了一样特别的东西。它犹如一个小小的旋涡，不停地盘旋着缓缓移动。

杜欣凝神屏气，童年时代的神话仿佛复活了——他看见了"天龙"号。

"我很快就要出发。按照我的身体状况，不可能活着抵达银心。我必须冬眠。我需要一个帮手。"

"这艘船正是为了你而来的，它不是'天龙'号，它是旦素一的船，叫做'银龙'号，但和'天龙'号一般无二。你可以选择，留下的话，你可以跟旦素一和'银龙'号在一起；和我一道出发，也许要面对十几年的旅途，然后一切物是人非。"

杜欣舔了舔嘴唇，"为什么要选择我？"

李约素微微一笑，苍老的脸上皱纹横生，"因为你和我一样，对孤独无所畏惧，已经失去了一切，就无所谓。"

是的，他已经失去一切。舰队覆亡，好望角也被大火焚烧得干干净净。杜欣没有亲人，没有朋友，也无所牵挂，他甚至孤身一人横跨了数百光年的黑暗空间。李约素说得没错，他是一个合适的人，不如做一些合适的事。突然之间，他感到眼前的传奇英雄并没有那么伟岸，这个老英雄拖着孤独的身影，踯躅在光芒无限的银河群星之间，为生命寻找意义。

他已然做出了决定。

"那么，"杜欣问，"你还要去寻找另一个旦素一，是吗？"

"是的，如果她还活着，如果我还能活着。如果埃博之子足够公平，它会让我们见面的。"

杜欣默默点头。

"我还有最后一个问题，也许冒犯了你——到底你的链坠里写着怎样的句子？"杜欣说完，有些忐忑地看着李约素。

李约素并不以为意，他清了清嗓子，"这是很美的句子——

为了看见，

一粒沙中的大千世界，

一朵花里的美妙天堂，

把无限握在手掌心上，

永恒在一刹那里珍藏。"

他一字一句地读着，嘶哑的声音带着无尽的沧桑。银河之心的光辉照亮他的脸庞,突然之间,杜欣感到那苍老的脸上浮现出一层圣洁的光。

银河在上!让他和旦素一重逢,那该是多么美好的童话!杜欣注视着李约素,蓬勃的活力在他身上苏醒,他从未像此刻这样渴望着去为别人实现一个目标。

"银河在上!"他向着李约素伸出手。

"银河在上!"

两只手紧紧地握在一起。